中国言实出版社

图书在版编目(CIP)数据

中条峰峦 / 墨迪著 . -- 北京 : 中国言实出版社 , 2025. 7. -- ISBN 978-7-5171-5064-0

Ⅰ . I247.5

中国国家版本馆 CIP 数据核字第 20255SL665 号

中条峰峦

责任编辑：王蕙子
责任校对：张天杨

出版发行：中国言实出版社

地　址：北京市朝阳区北苑路180号加利大厦5号楼105室
邮　编：100101
编辑部：北京市海淀区花园北路35号院9号楼302室
邮　编：100083
电　话：010-64924853（总编室）　010-64924716（发行部）
网　址：www.zgyscbs.cn　电子邮箱：zgyscbs@263.net

经　销：新华书店
印　刷：三河市华东印刷有限公司
版　次：2025年8月第1版　2025年8月第1次印刷
规　格：710毫米 × 1000毫米　1/16　39印张
字　数：600千字

定　价：79.00元
书　号：ISBN 978-7-5171-5064-0

读过《白鹿原》的人都知道，作品中提到的中条山，被誉为中条卧龙，这是一座英雄的山，是中华民族永远不会忘记的山。

中条山位于黄河臂弯，北濒皑皑盐池，南临滚滚长河，东挽太行，西邻秦岭，与西岳华山隔河守望。二十世纪上半叶，置身于抗日前线的中条山人民，在极度艰难困苦的岁月里，究竟发生了怎样的家仇国恨，怎样的爱恨情仇，怎样的生离死别，怎样的残酷斗争？本书试图揭秘那段艰难岁月背后所隐藏的鲜为人知的故事。

《中条峰峦》这部长篇小说，把中条山地区的英雄人民，在党的领导下奋勇抗击日本侵略者所经历的跌宕起伏、扣人心弦、感天动地的一个个催人泪下的故事，通过深情的文字展现出来，相信读者会产生浓厚的兴趣。

目 录

第一章　老爹卖女无奈泪　恩师帮助盼希望

岳少峰送走了李鸿远，显得有些失落。

回来的路上，他心里一直在想着上学的事。李鸿远上的是山西第二师范，校址在运城，当地人都叫运城师范。运城师范在中条山之北，与家一山之隔，自己却去不了，心中颇不是个滋味。面容清瘦、个头高挑的他，顺着竹林小径，漫无目的地向凤凰城走去。

凤凰城是中条山之南的一座小城，是他和李鸿远共同上学的地方，曾经留下他俩难忘的记忆。小城位于中条山与黄河之间一个盆地，盆地三面环山一面临河，一条清澈的涧水由西北向东南蜿蜒流过，从容而悠闲地注入黄河。小城濒水而立，坐西面东，依山傍水，格局分内廓城和外廓城，内廓城城墙高大坚固，外廓城城墙曲折起伏，犹如展翅欲飞的凤凰，故名凤凰城。凤凰城周围有茂密竹林，为凤凰披上美丽的羽翼。

凤凰城西北高东南低，一条石砌的人工水渠依势从西北向东南流来，在城外一分为二,一支流从城中穿过，供城里人生活用水；另一支流绕城外灌溉菜地农田。涧水两边大片土地，是城里及周边大户人家的农田菜地，他们凭借得天独厚的自然优势，生活过得富庶安逸。但多数以租种为生的佃农，仍是半年糠菜半年粮，饥寒交迫苦熬日子，孩子们更不可能奢望上学了。李鸿远家有十多亩田地，父亲天天东山日头背西山，日子过得勉勉强强。但李老汉认定叫儿子上学，东拼西凑硬是把已经十一岁的鸿远送到学校。岳少峰就不同了，家是佃户，无一亩土地，平时连吃饭都是问题，更无钱上学了，虽然侥幸遇上恩师徐清源上了高小，但要上更高的学府恐怕就难了。

岳少峰的父亲岳老汉原是山东人，因黄河下游经常泛滥，常常庄稼被淹颗粒无收，在爷爷辈的时候就携家带口逃荒要饭到凤凰城，靠给财主家扛长工打短工挣点粮米养家糊口，奶奶靠给人浆洗缝补，挣点米面做点添补，日子虽说不像在山东经常有黄河泛滥之灾，但也非常艰难。爷爷奶奶去世后，父亲靠租种地主家田地过日子，一年下来，收成好了缴了租子还有剩余；收成不好，连租子都缴不起。少峰母亲继承奶奶的做法，常年给城里人浆洗缝补，挣点米面勉强度日。少峰从小就懂事，不到十岁就跟着父亲学种地，过了十二岁就到城里打零工，经常挨打受骂，受尽凌辱。徐清源是凤凰城学校的教书先生，偶遇少峰心生怜悯，把他带到学校上学，十二岁的他就成为东街学校的一名大龄学生。由于他的年龄与李鸿远差不多，也都是半农半读的耕读生，老师就把他俩的座位安排在一起，他俩前半天上完课一同离校，各自回家干活，时间长了，两人成了无话不说的好朋友。

上学期间，穿得破破烂烂的他，尽管受到个别富家子弟的嘲笑欺凌，但还是和李鸿远一样坚持把小学读完，老师徐清源坚持让他俩上高小，高小毕业后，又鼓励他俩去报考运城师范。此时李鸿远报考了，他却犹豫了。那是因为他母亲突然有一天吐血晕倒一病不起，请大夫看说是痨病。父亲一再借钱请人看病，最后连钱也借不到了。这让一向老实巴交的父亲，举步维艰。此时，他高小毕业，虽然非常想跟李鸿远一样报考运城师范，希望走出去看看外面的世界，但家里面临的困境，使他难以抉择。让他彻底死心的一件事，是租种的土地被强行收回，理由是不能按时缴纳租子。母亲一口气没上来就走了，父亲拿不出一个麻钱给母亲买薄板棺材，乡邻们七拼八凑还是不够，最后还是老师徐清源赶来，添了几个碎钱，买了口薄棺，才算把母亲安葬了。为了让好友李鸿远安心上学，他没敢告诉他这件事。没了租地，父亲不知所措，弟弟妹妹还小，一家人生活怎么办？岳少峰心里没底，不知今后该怎么办？他不知不觉来到学校。此刻，他唯一想见的就是徐清源老师。

徐清源是离凤凰城二十里远的茅津城人，一九二一年从运城师范毕业，回来在茅津高小教书，由于成绩突出被聘请到凤凰城学校当校长，一干就是八年，李鸿远和岳少峰都是他的学生，由于对他俩照顾有加，他俩有啥心里话都愿意跟老师说。

岳少峰上的学校位于凤凰城东街，东街是一条长长的街道，一头连着西边的内城门，一头连着东面大观楼，路面五颜六色的鹅卵石凤颈路是他

再熟悉不过的路了。走着这条不知走过了多少回的风颈路，无数次梦想着要走出去求学，如今却不知该怎么办，该如何改变目前的困境？岳少峰心中感到非常迷茫。

他刚进校门就看见身穿长衫的徐老师。“少峰！你咋来了？鸿远送走了？”“老师，你咋知道我送鸿远唻？”“今天是鸿远的报到日，能有错吗？”徐老师见他闷闷不乐，说：“是不是鸿远上学去了，你心里不是个滋味？有啥想法跟老师说说。”岳少峰把心中的迷茫跟老师说了，老师马上介绍他去西塬教书，并写了封推荐信，岳少峰刚才迷茫的眼神瞬间焕发出兴奋的光亮，高兴得马上要把这个好消息告诉给父亲。

岳少峰的家在城南杜家崖村。杜家崖因杜家人曾做过乾隆帝的老师而出名。其村位于外廓城，大多人家都居住在离南城墙不远的土崖上，少峰的家却在崖根下的两孔土窑洞里，院子一圈是篱笆墙围着。

岳少峰回到家，看见古铜色皮肤的父亲心情郁闷地蹲在院子里抽旱烟，弟弟少青在院里拿根树枝在不停地削，似乎很不高兴。少峰为了让父亲高兴，进门就说：“爹！我有事做了！”然后把手中的推荐信递给父亲，说：“这是徐老师的推荐信，我明个就能去西塬学校教书了，弟弟妹妹就可以上学读书了。”父亲一声没吭，拿着旱烟袋一个劲地抽。岳少峰见父亲如此沮丧的神情，不解地问：“爹！你咋了！难道就一点不为我高兴吗？”爹还是没吭声。少青却说：“哥，妹妹被爹卖了。”岳少峰的头顿时嗡了一下，说：“爹！为啥要卖妹妹？”岳老汉再也憋不住了，老泪纵横地呜呜哭起来，边哭边说：“为你娘看病借了老丘秃的高利贷，岂不知利息越滚越大，爹实在是没有一点点办法啦……”“卖啥地方了？”爹哽咽着说不出话来，少青说是在码头上卖的。岳少峰疯也似的向码头跑……

少青所说的码头，是位于凤凰城南的太阳渡码头。从城南到码头要经过南关套、泉地、店头街才能到达。店头街是店头镇最繁华的地方，是太阳渡码头繁荣的产物。太阳渡南接中原大地，北通运城盐池，是河东通往中原的重要物流集散地，交通运输十分繁忙，商家店铺众多，街道繁荣。平时这里就人来人往，每逢集会更是熙熙攘攘。岳少峰一口气跑到店头街，又顺着人流挤过闹市，疾步向河边跑去。河边没有妹妹的身影，河岸停靠着几只大木船，河面上有一只行船。他急切地在河岸的几只大木船上寻找，但都没见到妹妹的身影，他赶紧对着河面的行船使劲地喊，但河面上行船根本不听他喊叫，而是一直朝对岸驶去，他焦急而又无奈，只能等船靠往对岸，才使劲睁着眼睛望着河对岸下船的人，盯着模模糊糊的一个个人影，眼睛都盯酸了，始终不见妹妹的影子。他把双手弯成喇叭筒形状使劲朝河对岸喊："英——子！ 英——子——"对岸没有一丝回音，他一屁股瘫坐在岸边，泪水唰地涌了出来……妹妹的影子一刻不停地在他脑海里浮现：他在地里干活，妹妹给他送水来；他从学校回来，妹妹把母亲炒的豆豆给他吃。他和妹妹一起玩，一起下涧水抓鱼虾抓螃蟹。妹妹帮母亲洗衣服，帮父亲扛锄头，经常干一些超过自己能力的活，但妹妹总是乐呵呵的，时常给这个困苦的家，带来些许的快乐……

岳少峰满脑子都是妹妹的影子，他坐在黄河岸边待了许久许久，天渐渐黑了下来。晚上的码头是不渡船的，河岸上就少了白天的喧嚣，除有停靠的木船上透出的几处灯火外，就只剩下黄河奔流不息的涛声了……

夜色沉沉的太阳渡，岳少峰怀着极其忧伤的心情，拖着疲惫的身体从码头回来。尽管他对失去妹妹非常痛心，但还是得为去西塬学校教书做准备。

他到了西塬学校，可万万没想到只是个试用，挣的粮食也只能糊住自己的嘴而已，别说给家里拿了。无论怎样，他还是咬牙坚持了下来。但让他更没想到的是只教了半年，就被人强行挤掉了。他无可奈何，心情烦闷地背着铺盖卷又回来，他不知该如何把这件事告诉父亲。

此时麦假刚过，农村学校都陆陆续续开学了，岳少峰背着烂铺盖卷不知是回家，还是去城东见老师，他的脚步还是不由自主地来到学校，站在校门口犹豫不定。此时，徐老师从学校出来看见他，说："少峰，咋没去学校唻？"岳少峰欲言又止。"进来说吧。"岳少峰跟老师进了学校，把自己被别人挤掉的情况说了一遍。徐老师又把他推荐到茅津小学，然后又给他写了一封推荐信，让他明天一早去茅津。岳少峰怀着激动的心情从学校出来，天已麻黑。

岳少峰的父亲岳老汉因为小女儿被卖，曾一度心情郁闷，这段时间以来，情绪似乎好多了。岳老汉有个嗜好，就是抽旱烟，这似乎是农村汉子共有的嗜好，不知是为除烦恼还是提精神，有事没事总爱抽上几口。此时，他像往常一样依旧蹲在院里抽旱烟。岳少峰推开柴门喊了声“爹！”岳老汉一愣说：“你咋回来了？”“我要去茅津教书。”“咋不在西塬了？”“西塬被人顶了，徐老师又给我介绍到茅津。”岳老汉噢了一声，他似乎对这种事感觉麻木了。少峰还没跟弟弟少青说上话，就听邻居小石头喊他明天去地里拾麦子。少青从门口折回来想跟爹说，爹却说：“都听见了，在家也是闲着。”岳少峰说：“爹，得让少青上学，早都到上学的年龄了，家里没钱，我教书挣钱供他。”父亲沉默了一会儿说：“你教书的事还不知能成不成。”“我……”岳少峰欲言又止，因为有前次的教训，他心里也没有十足的把握。院子里一片寂静，父亲的烟锅在烟袋里挖来挖去，似乎要把烟布袋挖个窟窿，他一锅接一锅地抽，有时鼓足气抽，把瘦瘦的腮帮鼓得圆鼓鼓的，试图用足气力把烟锅里的烟丝燃烧得更透彻些，使烟劲来得更大更猛烈些，以此来麻醉自己，从而淡化心中的郁闷和无奈。站在黑暗中的岳少峰，看不清父亲的表情，只见那烟锅里的火光忽闪忽闪不停地闪动……

次日一早，岳少峰拿上徐清源给他的推荐信，背上简单的铺盖卷到茅津小学去报到。

凤凰城到茅津城要经过三湾村。凤凰城到三湾这段路程一马平川，岳少峰走在滩涂路上，两边全是一望无际的金黄色麦田。麦田大部分已经收割，变成了麦茬地，有少部分还正在收割。这些大片麦田，都是大户人家的田地，收割季节雇佣长工或短工。岳少峰望着辛勤忙碌的穷苦人同自己家人一样，为了生计，收获着不属于自己的庄稼，不禁深深叹了口气。

大户人家收割过的麦茬地是穷苦人家的期待，他们希望能把散落在地里的麦穗捡回家，搓搓打打变成粮食，哪怕是半袋，或是一升半斗，也是一份收获的喜悦。

六月的天气，尽管骄阳似火，但三五成群的孩子们，抑或是老弱病残的人们，仍是不顾酷暑炎热，在毒毒的日头下低着头弓着腰，一穗一穗地捡拾着。他们不分大小，不管胖瘦，只要看见麦穗就像见到宝石一般，小心翼翼地捡拾起来，整整齐齐握在手中，直到手里握满时，才寻一根比较湿软的麦秆将其紧紧绑扎起来，积攒在自己的绳子上。当辛苦和时间一点点让麦穗垛大起来时，也该到回家的时候了。他们会用绳子把一晌的收获捆成一捆，高高兴兴地背回家。

麦茬地里有许多捡拾麦子的大人小孩，他们很少在一起说话，只会弯着腰低着头寻找，生怕漏掉一穗，非常专注安静。突然一群娃娃被举桑杈的人撵着在地里奔跑。不知是主家不让这伙娃娃捡拾麦子，还是有人偷拿了人家的麦子，娃娃们被撵得满地乱跑。

岳少峰望着这些孩子们，心里想着弟弟少青，是不是也被人撵得满地乱跑呢？他边走边想边往三湾方向走去。

三湾之东有一道山梁，山势犹如一条在黄河饮水的巨龙，龙身由东南向西北盘绕，由低到高形成一个弯弯封闭的地势，龙脖处有个狭窄陡峭的通道，叫龙门关。

三湾村位于龙门关西侧，是龙门关内的富饶之地，龙门关隆起的山势犹如三湾村的一道天然屏障。三湾村并不是有三个湾，而是一湾内有三个村子，分别叫西湾、东湾和后湾。三个村子紧密相连，外来人几乎分辨不出哪是哪个村子。岳少峰迈着快步向三湾走去，过了村子就爬上东面的龙门关。站在龙门关，展望湾内的壮丽美景，不禁想起老师曾经讲过的美丽神话。说是东海龙王第九个儿子与凤凰仙子是一对恋人，由于王母娘娘拒绝这门亲事，凤凰仙子离家出走，来到一个山清水秀的地方，看到溪水清澈，就落下来在溪边喝水，正好被王母娘娘看见。王母娘娘对女儿出走本就生气，几次召她都不肯回宫，更加气恼。此刻说啥也不能让她再走，随手从老柏树上摘了一粒柏树籽，用手指轻轻一弹，把女儿定在了那里。女儿欲飞不能，最后化成了一座美丽的高地。而东海龙王第九子为了寻找凤凰仙子，踏遍了千山万水都未能找到，最终疲惫得倒在黄河边没了一点力气。黄河边的人们给龙子送了食物和水，龙子才慢慢恢复气力。从此龙子在黄河边与当地百姓同吃同住同劳动，一方面守护着这里的百姓，一方面期待着凤凰仙子的出现。突然有一天，一只凤凰的影子在凤凰城上空忽隐忽现，这让龙子非常惊奇，但定睛一看并不是凤凰仙子，而是凤凰仙子的幻影，凤凰仙子已化作幻影下的一块高地。他悲痛欲绝，也化成一道山脉与其相守。龙子和凤凰仙子把心中的爱都给了这方土地，护佑着这方百姓的幸福与祥和。岳少峰不禁在心中发出由衷的感叹：“美丽的神话赋予这片土地无限的美好和情感，更何况生于斯长于斯的人。”他遥望着凤凰城，心潮起伏，难以平静。千百年来，人们把美好的向往都赋予美丽的神话，但残酷的现实使穷苦人食不果腹举步维艰。他不知该怎么办？唯一的办法就是去好好教书，来改变自己穷苦的境地。他翻过龙门关，涉过山涧水又翻过一道梁，远远看见了茅津城。

茅津据传是由茅族居住而得名。茅津城城墙依地势起伏，有东南西北四个城门，北门通张茅官道，南门接黄河码头，东门通往东山深处，西门经三湾到凤凰城。地理位置与太阳渡同样重要，商贾云集，人来车往，非常繁荣。岳少峰来到河边，顺着河滩路走进西城门。茅津城内商铺林立，客栈繁多。他顾不上浏览城里的景物，一心只想尽快找到茅津小学。没想到他来到西街学校，校长说已经有人了。一听这话，他傻愣愣地站在那儿，半天没说一句话。他无可奈何地提着铺盖卷从茅津小学出来，挪动着沉重的脚步，他不知该去哪里该往何处？想到从家走的时候还信心满满说教书挣钱供弟弟念书，这下教书的事又黄了，咋回去跟父亲和弟弟说呢？他满脸沮丧，苦不堪言。突然茅津小学校长从后面撵上来，说三湾学校需要一名教师，推荐他去三湾，他心中又泛起一丝希望。虽然走了一上午的路，肚子早已饿了，但他还是顾不上吃馍，怕再被耽误。于是，重新背起行李打起精神，马不停蹄地往三湾赶。当他赶到三湾小学说明来意后，还是已经有人了。他再三解释，人家说学校小，负担不起几个老师。这个结果让岳少峰备受打击。他不知为什么这么难？为什么？为什么？他在心中无数次地发出质问，不知是在问天问地？还是在问自己？他万般无奈地又朝凤凰城往回走。

凤凰城城西的赵明轩是个大财主，人们都叫他赵老爷。赵老爷生性爱整洁，在家总是一身大方得体的中式衣衫，显得既体面又不古板。尽管出门也穿长袍锦褂，但绝不像其他地主老财那样，瓜皮小帽，长袍短褂，迂腐得像个老古董。赵明轩思想开明，从不守旧，对女儿不缠脚留短发从不反对，对人和睦友善，宽慈仁厚，在凤凰城有好口碑。自从兴学办教开始以来，他不仅出钱大力支持，还出资办起了女子学堂，把女儿赵紫云送到学堂读书，想让她长知识懂道理。但结果让他没想到的是，紫云毕业后一直闹着要报考运城女子师范，他死活不答应。紫云看父亲不同意，就拿在日本留学的哥哥说事："爹！都说你开明，我看你一点都不开明，哥哥在北平读完北大，又去日本留洋了，我考个运城师范你都不让。""女孩子家家的考啥考咪？运城那么远，咱不去！""运城难道比北平还远咪？比日本还远咪？"赵老爷被女儿的话给呛住了，半天说不出话来。"你这嘴巴就是不饶人，赶快寻个婆家把你嫁出去，省得在家添堵。"赵紫云噘着嘴说："爹！你要再逼我，我就出走！"赵老爷一听女儿这话，扑哧一笑说："我云儿长本事了？""你以为我不敢？"母亲毛夫人为了缓和气氛，笑了笑说："前几天，有人还说有一家小伙子看上咱云儿了！"赵老爷说："这正好，打听打听，看是哪家，合适了，给人家回个话。"没等母亲再说，赵紫云就急了："爹！娘！你们再这样，我真的就离家出走了！"赵紫云气呼呼地走了。毛夫人说："他爹，你也别太屈云儿了，让她慢慢想想。""都是你惯的！"毛夫人愣了一下，说："你没惯咪？"老爷还没回答，佣人田妈带着一个身穿长衫的先生进来。赵老爷一看，赶紧从太师椅上起来说："徐先生，您咋有空来寒舍咪？""今个冒昧造访，实属无奈。""有啥难事，你尽管说。""狐三村一完小开学，还缺些课桌，情急之下就来寻您，您看……""这没问题，前几年给女子学堂做的课桌还剩几张，晚上地里人回来我让他们给学校送去。"徐先生作揖道谢后说："我想推荐令爱到一完小去教书。"赵老爷愣了一下，他看看身边的毛夫人，回头对徐先生说："这，这……""咋咪？不想让紫云教书？""不是，这云儿也老大不小了，也该到嫁人的年龄了。再说，现在哪有女娃娃抛头露面出去教书咪？""看看看！都说你是个开明人，咋还这么封建，女娃娃就不能教书了！外面女娃娃教书的多的是。女娃娃不仅能教书，还能干很多事咪！""您说的我也知道，只是……"赵老爷还没把话说完，赵紫云从里屋跑出来，说要去教书。赵老爷不想让她去，赵紫云坚持要去。赵老爷望望女儿，又望望徐先生，说："云儿她能行吗？""行！行！紫云在女子学堂一直勤奋好学，成绩优异，教小学没问题。"赵老爷回头对紫云说："云儿，到学校要好好教，不懂就多问问徐先生，一定要给人家娃娃教好咪。"赵紫云高兴地说："爹！这么说你同意了？"赵老爷点点头。徐先生起身准备告辞，转身又说："紫云，你明天一早就到狐三村一完小学校报到。"赵紫云高兴地点点头。

送走了徐先生，赵紫云按捺不住心中的喜悦，朝爹娘笑了笑，哼着小曲一蹦一跳地跑回自己的房间，她对着镜子，用两手拨拉拨拉自己的齐耳短发，又用手拽拽衣襟，从桌上拿了本书揣在手里，在屋里走来走去，对妹妹说："燕，看姐姐像不像教书先生？"紫燕上下打量了一番说："不像不像！太不像了。"赵紫云眉头一皱说："不像？你等着。"她匆匆出去从外面转了一圈回来，戴着一副账房先生的老花镜，手里拿着一本书说："像不像唻？"把紫燕逗得咯咯咯笑。赵紫云突然想起明天要穿的衣服，然后翻箱倒柜地寻了起来……

岳少峰背着行李卷回到家，刚推开柴门进院，弟弟少青就兴冲冲地跟他说，他拾了很多的麦子。少峰看到院里确实放着一大捆麦子，惊奇地说："咋会这么多唻？"少青说："这是从赵家麦地背的，只要帮他家往车上装麦子，完了就让人背，能背多少背多少。"听了弟弟的话，少峰的脸上才有了笑意，说："这是真的唻？""真的，你不信去问石头狗娃，他们也都去了。"岳少峰没想到凤凰城竟然还有这样的大户人家。

父亲从外面回来，看到少峰感到诧异："你咋又回来了？""学校人已满了。"父亲噢了一声，拍拍身上的尘土，蹲下靠在门框上，从衣兜里掏出旱烟锅挖了一锅，吧嗒吧嗒又抽了起来，过了一会儿说："明儿个跟我一搭去帮工，先干几天再说。""哎！"岳少峰应着父亲，话音刚落，徐清源风风火火走来，对他说："今天是不是白跑了一趟？"他点点头。徐清源说："明天你到狐三村一完小去教书。"他有点不敢相信，怕又是空欢喜一场，疑惑地问："是真的吗？""是真的，你到学校找我。"他望着老师的背影，心里感觉又有了希望。

狐三村主要是狐姓氏。据说在爷爷的爷爷辈，从中条山之北一个狐地迁来姓狐的老弟兄仨，在这一带定居，弟兄仨分别居住在西院、上院和下院，从此在这里生产生活，久而久之，各院后代逐渐繁衍居多，形成村落，故名狐三村。狐三村位于凤凰城东门外，一座七孔石桥与城相连，由西北五龙庙沟蜿蜒而来的涧水从桥下流过。由于涧水不深，小石桥也并非出城的必经之路，平时城里人往北去，都是出北门，脚踩列石过涧水，或是车马直接蹚水而过，只有在夏季暴雨来袭时，涧水骤涨水势加大，人们才绕道小石桥进出城。但小石桥对狐三村人来说尤为重要，是通往城里的最佳途径。

岳少峰家住的杜家崖村，位于凤凰城南，从杜家崖到狐三村，要经城南街和城东街，再经过小石桥才能到达。岳少峰这次去学校教书不必带行李，吃住都可以在家。

次日一早，他早早起来，简单整理一下就准备出发。父亲也起来准备出去帮工，弟弟准备和小伙伴还去拾麦子。父亲说："峰，你这教书的事要是真准了，好好给人家娃教，家里事就别操心了，爹还能干几年唻。"少青高兴地说："哥！是不是我就能上学了？"父亲责备道："净想你自个儿唻，你哥还没开始给人家干唻！你就想着上学唻？去！拾麦去！"少青噘着嘴嘟囔："我就说说嘛还不行？"岳少峰笑了笑说："等哥挣了钱，日子好了，一定供你上学。不过，哥每天回到家也会趁空教你认字。"少青兴高采烈地拿着小绳索寻他的小伙伴去了。岳少峰也准备出门，出门前特意嘱咐父亲："干活沉着点儿（悠着点儿），别使猛劲，小心别把身子骨扭伤了。"

岳少峰从南城经过石板路到东城门，这条路是他最熟悉的路。上城东学校的那几年，他就经常走这条路，路上哪儿宽哪儿窄，哪儿直哪儿弯，甚至哪儿铺的什么颜色的石头，他都记得清清楚楚。不过，今天走这条路与往日上学时的心情不一样，他有一种沉甸甸的责任感，而这种责任感又很自豪很神圣，这是他从来没有过的感受。此时，他感觉有些心跳，虽然之前在西塬学校教过半年书，可那是在塬上，不像在城里，他知道城里的娃娃淘，他们会不会听自己的话？岳少峰边走边想，不知不觉过了南街，又过了东街，出了东城门，一眼望见涧水对面的狐三村。

第二章　教书巧遇赵家女　老父惨死告无门

狐三村一完小设在村边傅岩书院。傅岩书院是为纪念商朝名相傅说而建，红墙黛瓦的建筑，远远望去有一种有别于周边村民住宅的不同风格。

岳少峰不由得加快了脚步，他过了七孔石桥，径直向傅岩书院走去。尽管他经历了一次被挤掉、两次被推荐又两次被拒绝的考验，但今天还是有点胆怯，越走近学校，心跳得就越厉害。他在心里不停地鼓励自己，鼓足勇气进了大门，向书院走去。

书院分前院后院，这种布局是这一带大户人家庭院的普遍格局。迥然不同的是殿堂楼阁，翘角飞檐、雕梁画栋的古建筑里供奉的是历史名相，大户人家岂敢相比？中轴线上依次分布山门殿堂，左右两边分别是中兴楼和藏书阁，还有长长的厢房为书院的教室，伴有大大小小样式各异的门楼，皆为卯榫固体、青瓦盖顶、画梁漆柱、石雕砖刻，每一处建筑的设计和工艺，无不透露出能工巧匠的聪明和智慧，散发着浓郁久远的古老气息……

岳少峰家虽说离傅岩书院不算太远，但他从来没有到过这里，更没有这样身临其境地感受过大大小小的过道和门槛。他不知徐老师在哪里，站在院中间，傻呆呆好一会儿都没动。

此时，看门大爷过来询问他，他才意识到自己是前来报到的，赶紧说："大爷，徐清源老师在哪个屋？"大爷转身指了指里面的院子说："你进了二门往右拐，边上的那个屋子就是校长室。"岳少峰心中疑惑。看门大爷说："徐先生是校长啦！"岳少峰一下子兴奋起来，疾步向校长室走去。

校长室白色门帘在微风中飘动，门虚掩着，岳少峰掀起门帘走了进去，兴奋地说："老师，您是校长了？"徐清源说："我也是昨天才接到通知，原来的校长突然外调，我就被调来顶上了。""太好了老师，我在路上还一直担心。"徐清源说："没想到今年城边的学生骤然增多，城里的两个班也移过来了，一完小还要扩招两个班，你来负责带一个试试。”

岳少峰虽然之前在西塬学校教过，但时间不长。再说那里毕竟是乡村，与傅岩书院的学校没法比，他有点胆怯。徐清源说：“不要怕，边教边学，不会的可以问我。不过这里还有一个师范班，有空也可以去听听课。”这让岳少峰更加意外，能在师范班学习，是再好不过的事了。他的心情又激动起来。徐清源又给他安排了班级和教室，并安排他与赵紫云同带一个班。他听说赵紫云从女子学堂毕业，又是赵家大小姐，让他心里多少有点紧张。

此时，赵紫云身穿月白色上衣和过了膝盖的黑裙子走来，刚走到跟前，徐清源就给岳少峰介绍，介绍完又准备对赵紫云介绍岳少峰。没等老师开口，赵紫云却说：“岳少峰我知道，老师不是常说他唻！”徐清源笑笑，让他俩赶紧招呼学生。

岳少峰和赵紫云在开学的第一天，又是给学生排座位，又是发新书，又是讲注意事项，整整忙了一个上午，到中午放学时，同学们一拨一拨地从学校走出，他俩才缓了口气。此时，小狗娃慌慌张张跑来喊：“少峰哥！快！少青哥被人打了！”“咋回事？”岳少峰迫不及待地询问。狗娃解释说：“我们几个人在地里拾麦子，城北的几个坏怂娃硬要抢我们的麦，我们就打开啦。”“要紧吗？”“头打破了，还流了好多血唻！”岳少峰一听心里着急，正要往外走，石头扶着少青从校门进来。岳少峰疾步走上前，扶住少青查看额头的受伤处：“咋打的？”少青还没回答，石头就说是铁蛋打的。

岳少峰说：“你看这有多危险，以后再不能打架了！”赵紫云过来赶紧把少青带到校长室，徐清源点燃了棉絮套灰给少青捂上，然后用一条干净的手绢，撕成两条接在一起绑在少青头上，并嘱咐他不要沾水。

少青和几个小伙伴从校长室刚出来，徐清源又撵出来说：“少峰，我看你弟弟也到上学的年龄了！该来上学了！”“这……”岳少峰欲言又止，然后说：“我知道了！”

出了校门就是涧河石桥，石桥连着大观楼，清澈的涧水从桥下潺潺流过，大观楼就像凤凰昂起的头，朝着东方迎着太阳，两边的城墙随自然地势迤逦而开，在竹影婆娑中若隐若现。这是凤凰城最美的地方，在此处欣

赏眼前的风光，一幅竹林古城小桥流水的画面跃然纸上，这个让画家流连忘返、刻骨铭心的地方，但对于久居此地的人来说，是再平常不过的了。岳少峰赵紫云跟少青一伙娃娃，谁也没有顾及周边的美景，而是径直朝城里走去。

突然从桥的另一边，慌慌张张跑来一个汉子说：“谁是岳少峰？”“我就是。”“好娃俫！可不得了俫！你爹受伤了！”“伤哪儿了？严重吗？”“一句两句也说不清楚。”岳少峰疯了似的往事发地跑去。少青听说爹出事了，也跟着跑去，石头、狗娃也都跟着跑。赵紫云打发妹妹紫燕先回家，然后也疾步朝事发地跑去，急切地想知道少峰爹究竟咋样了？

岳少峰去狐三村教书，岳老汉心情一下子好起来。心想：要是峰儿这教书的事能长久了，再让青儿出去寻点事做，兴许这日子就会好起来。可少青才十岁，能做啥呢？岳老汉心里没底，他前两天跟关老汉说了，也不知哪家会要这么大点儿的娃干活？他寻思着来到城北的赵家麦地。

赵家麦地有一群赶麦场的汉子，趁早上凉快都已经开始干了。一般割麦子都是年轻力壮的汉子，年轻人手脚麻利，割麦又快又好，年老体弱的人在后面捆麦。捆麦的活也不轻松，把割下的麦子一堆一堆地摞在一起，然后用麦秆结成长长的蒌子，再把散麦捆成瓷瓷实实的麦捆。这样既不怕麦子散乱，也好装车往打麦场运送。岳老汉干的是捆麦的活。割麦配套的人数是前三后一。前面三人割麦，后面一人捆麦。前面三人一人割一垅，一垅三行，中间一人是三人中割麦把式最好的，叫拱洞。拱洞人以最快的速度割下麦子，而且一堆一堆地摆放在身后，其余的两个叫挎翅，分左翅和右翅。右翅好挎，割下麦子脚下后退一步，顺手放在中间的麦堆上；左翅就相对不好做，得把割下的麦子用腿顶着往右边的麦堆上送。不管是挎左翅还是挎右翅，这庄稼活都得会干，要不咋赶麦场呢？这些活，对于只管捆麦的岳老汉来说，年轻时也不在话下。但眼下年纪大了，只管捆好麦捆就行了。捆麦的还有关老汉，关老汉说：“岳老哥，听说你家大小伙少峰当教书先生了？”“他关叔，还不知这事能不能长久俫！”“咋不能长久？”岳老汉叹了口气说：“说不准。”关老汉羡慕地说：“那要是准了，你家少峰可就出息了。”岳老汉听了心里乐滋滋的，嘴上却说：“出息啥俫，就是有个事干。”“这事可不是谁想干就能干的，肚里得要有墨水唻。”“哦啊！你说的也是。”岳老汉不知少峰教书的事到底能不能成，万一不成又落人笑话，只能勉强打着哈哈应付关老汉的话，一不小心，手被麦秆划破，鲜血直流。岳老汉用嘴对着流血的伤口吸了吸，然后揪了片刺蓟叶，用另一只手捏巴捏巴挤出点汁水来，捂在伤口上止血，随后找一片叶面光滑的叶子缠在指头上，再用一根细细嫩绿一点的麦秆扎紧后继续干活。在农家人眼里，干活扎破手是再平常不过的事了，如遇到这种情况，都是用土办法简单处理就完事，从不耽误干活。

岳老汉包扎好手指继续干活，他虽然不像年轻人那样麻利，但他做得很认真，把麦葽子从麦堆下穿过，两头紧紧扭在一起，再把葽子头在麦捆里塞紧，然后用手掂掂，感觉结实了才放下，然后再去捆下一个，随着岳老汉一起一伏的身影，身后排起了长长的麦捆队。岳老汉干活从不歇息，也不偷懒，但他的身影突然不动了。他感觉脚底扎心地疼，好像脚下扎了啥东西。他在麦堆上慢慢坐下，脱下烂布鞋，抬起脚底一看，硬硬的一根麦茬刺在脚心，血不停地往外流。他用手指捏住麦茬猛地往外拔，麦茬拔出来了，血流得更厉害了。岳老汉又揪了几片刺蓟叶捏出汁来按在脚心，但手一松，血仍然往出流，他干脆用一只手捏住脚心，一只手在口袋里掏出一团黑乎乎的旧棉絮烂套，又摸出口袋里的火石火镰，这是他的取火工具。他从那团黑乎乎旧棉絮上揪了一些碎棉絮压在火石上用铁板猛擦，溅出火星点燃棉絮，然后把灼热的棉灰捂在伤口上。这是庄稼汉止血常用的办法，而且非常有效。血止住后，岳老汉又接着干活。此时，赵家管家看见了，急忙走过来询问：“岳老汉，不行不要硬撑，歇一会儿也没关系，不会扣你工钱的。”岳老汉说：“赵家仁厚，咱也不能白吃人家的饭。”岳老汉又开始捆起了麦子。关老汉突然问：“岳老哥，你说的事，还算数不算数？”“只要合适就算数。”岳老汉盘算着为小儿少青寻个长期的活干，也能顾上他那张嘴。

岳老汉在城北赵家麦地已捆完了麦子，地里干活的人正在一捆捆地把麦子往车上装。岳老汉在旁边喊着：“装麦子这活得讲究，不能乱装，如果装乱了就装不了几捆。”也就是说，会装的装得跟小山似的，不会装的装得平布塌塌没有多少。这伙人都知道岳老汉的意思，得把车子装得像小山似的。他们先把麦捆在车底层整整齐齐地摆放平整，然后再把麦捆头朝里，根朝外，像大雁展翅似的向两边张开，中间头和头交错相压，一捆挨着一捆，一层压着一层，装得像小山一样，然后用绳索绑得瓷瓷实实稳稳当当。岳老汉望着装满的车，脸上满意地笑了。

年轻力壮的傅愣强驾着车辕开始往回走，岳老汉与其他人跟在后面推车招呼。

傅愣强驾着车在前面走，一会儿走平路，一会儿过涧水，一会儿过壕沟。走平路车子稳稳当当，过涧水时，由于水中有大大小小的石头，即使傅愣强用再大的力气驾住车辕，车子还是左晃右摆在水中摆动前行。下坡时，车推着人走，有时坡度大，车下坡的推力也大，为了减小这种下推力，傅愣强用肩膀顶住车子，保证车子稳稳当当地往下走；上坡时，就需要其他人从后面推住车子，齐心协力推上坡。这些活对岳老汉来说都是熟套，他走一路吆喝一路，要大伙注意。虽然嘴上没说不能翻车，但心里一直是这个想法。

当车行走到一个土桥上，突然一匹快马狂奔而来，来不及躲闪，他们连人带车侧翻在路边，傅愣强也被摔得坐在地上不停地揉搓着胳膊哼哼。岳老汉被人揽着半躺在地上说不出话来，嘴角一阵一阵地往外流血。边上的人一直安慰鼓励:“岳老汉！坚持住！你娃马上就到了！”岳老汉想说话，张张嘴却说不出声。

此时，岳少峰飞奔而来，由于速度过快，脚底蹭住地面在眼前急刹了过去，又迅速折回来，扑倒在父亲面前，大声呼喊:“爹！爹！爹！你这是咋啦？”听到儿子的喊声，岳老汉微微睁开眼。少青也气喘吁吁跑来，拉住爹的胳膊哭喊。岳老汉看见两个儿子都在眼前，抬起颤巍巍的手，把少青的小手放在少峰并不太大的手上，勉强微笑了一下，头一歪就走了。兄弟俩哭天喊地地呼唤，也没能唤醒父亲。

此时，石头、狗娃也赶来了，赵紫云也赶来了，看到眼前的一幕，都惊呆了。

几个汉子说要把岳老汉放在车上拉回去，岳少峰却坚持要背着父亲回家，几个汉子拗不过他，只好由着他。

岳少峰背着父亲，止不住的泪水一直往下流。想到从小跟着父亲在地里玩，每当父亲干完活总是把他高高架在脖子上回家，说一路笑一路，父亲从没说过累。这些年母亲有病，父亲家里家外操劳，租地被强行收走，母亲突然离世，父亲为了还债忍痛割爱卖掉妹妹。这一连串的精神打击，让老实巴交的父亲难以承受。突然间他发现父亲老了许多，不仅面色苍老，背也驼了，身体显然没有原来硬朗了，走路也没有原来稳健了，干活也没有原来利索了。本想自己教书挣钱，家里日子能好过些，让父亲享几天清福，没料到祸从天降。想到此，他的泪水像决堤的河水，不断地涌了出来……

岳少峰含着泪对关叔说："关叔，你先回去把门打开，看咋安放我爹，钥匙在门垴上，我随后就到。"

穷人家的门户从来没有多么牢固的门锁，甚至根本就没有锁，既是有门锁也是搭在两扇门之间做个样子，然后把唯一的钥匙放在人人都知道的地方——门垴后面。门垴是门框顶上的承重木板，主人随时回去用手从门垴上摸下钥匙就能开锁。岳少峰的院子是个柴门，柴门用的是用铁丝扭个圈，在木桩上再扭个钩，把钩挂在圈上就算关上了门；屋里窑洞门晃晃荡荡，一个锈迹斑斑的铁锁挂在上面，一个前面带钩的小铁棒，就是那开锁的钥匙，同样是放在屋内的门垴上。其实像岳少峰这样家徒四壁的境况，锁不锁门没多大意义，只是怕狗啊啥的不该进去的东西进去了也是不妥，所以岳老汉出门时还是加了把锁。

炎热的夏天，虽然大天底下到处被日头烘烤得像蒸笼似的热，但土窑洞里却是凉意宜人。这种天然的凉意无论富贵人家，还是贫苦穷人，大地都是不偏不倚地赐予，无论是装饰豪华的窑洞，还是家徒四壁的破窑，都是一样的凉爽。

岳少峰背着父亲回到家，院里已经聚集了不少人，有的是邻里帮忙的，有的是打听情况的，关老汉几个汉子看见岳少峰把他爹背回来，赶快上前扶着，帮忙把人安放在窑洞里的门板上。

岳少峰安放好父亲后，"扑通"一声双膝落地跪在关老汉几个汉子面前。关老汉见状慌忙说："娃！你这是做啥咪？快起来！"岳少峰没有起来，跪在地上说："叔！哥！我想知道我爹究竟是咋死的？"关老汉说："娃！是警察队的马撞的咪！"于是，岳少峰一伙人便去警察大队讨说法。

警察大院位于城北，坐北面南，大门朝西，坐北的是五间正房，东面是三间厢房，西面的三间厢房带一个门洞，南面是一道院墙，院里的木桩上正拴着一匹枣红马，身上还滴着汗珠。警察大队长是拐巴子。

拐巴子并非其真名，就是个绰号，一个“拐”字道出他儿时的一个秘密。拐巴子幼时被凤凰城富户毛老四收养，起名叫毛德良，在学堂上了几年学，也算是喝了半肚子墨水。养父毛老四家境落败后他无处安身，无所事事的他跟着几个鼻涕娃在一起比赛尿尿，看谁尿得高，结果他射出的一股尿水突然拐弯，几个鼻涕娃戏称他是“拐巴子”。拐巴子长到二十大几还是无家可归，但半肚子墨水起了点作用。东山的一家富户姓尤，想把女儿嫁到凤凰城，并且在家能当家作主过日子，就看中了拐巴子。于是，就在凤凰城购置了一座小四合院把小两口安顿下，还在警察队给他买了个官职。这可把拐巴子高兴坏了，把家里的媳妇当奶奶敬着。拐巴子当上警察队长后，日子过得挺滋润，虽然忌讳拐巴子这个绰号，但人们不管这些，你越忌讳就越叫得厉害火。拐巴子很无奈，索性让大人小孩在背地呼来唤去，成了人们嬉闹调侃的笑料。拐巴子虽说这个名字是鼻涕娃的戏要之称，但他的南瓜脑袋确实有特点，从未直起过的脖子深深塌陷在两肩之间，使那神似南瓜的脑袋，稳稳当当地搁在上面，一张肉乎乎的脸上，勉强露出一双细眯眯的眼睛，看上去似笑非笑，永远保持着和蔼的面容。警察大队最近配备了一匹枣红马，是为巡警用的，被拐巴子的小舅子尤申达瞄上了。

尤申达虽是个小伙子，但长得细皮嫩肉，贪图享乐，不愿干活。在东山的时候，跟着父亲骑过骡，骑过毛驴，但就是没有骑过马。得知姐夫的警察大队新配备一匹枣红马，就想骑骑。他知道姐夫在警察队里说一不二，也知道姐夫惧内，抓住了姐夫的弱点，想骑马的事自然就胸有成竹了。

时值中午，拐巴子胖乎乎的身体深陷在罗圈椅中，一双高高跷起的臭脚放在办公桌上，正在打迷糊。尤申达一进警察大院就喊：“姐夫！”拐巴子听到喊声，赶紧收回桌上的两只臭脚，穿好鞋戴好帽，整整衣服坐好。在小舅子面前绝不能显出懒散状态，一定要表现出非常守规敬业的样子。拐巴子刚坐好，外面的声音就进了门：“姐夫，我听说你这弄了一匹好马？”“你听谁说的？”“你就别瞒了！我都看见了。”拐巴子见瞒不过去，只好说：“是有一匹。”尤申达说：“我想骑骑，溜达一圈。”拐巴子一愣说：“这是给巡警准备的，你骑上溜达不合适。”尤申达说：“有啥不合适？我就溜达一会儿，完了就还你。”拐巴子说：“那你一定要骑就骑吧！但要注意，别撞着人了。”尤申达说：“没事，我小心就是了。”尤申达得到姐夫许可后，很快拿上马鞭牵着马出了门。

尤申达最初骑马在街道上慢悠悠溜达，走了一会儿嫌马太慢，不等出城门就在马屁股上甩起了鞭子，马放开四蹄突然加速，街道两边的人们慌忙躲避，他甩着鞭子，马越跑越快，出了城门身后扬起一路尘土……

尤申达回来把枣红马送到警察大院，拐巴子不放心地说：“没出啥事吧？”尤申达说：“没事，能有啥事哝？”他若无其事的样子，吹着口哨走出了大门。

拐巴子把小舅子打发走后，在院里看了一会儿警员们下棋，然后进了办公室，刚沏杯茶呷了一口，就听见大门口一群人吵吵闹闹叫嚷：“警察队的人出来！撞死人要偿命！”听到喊声，拐巴子差点儿烫了嘴，他有点丈二和尚摸不着头脑，放下茶杯走出门呵斥：“嚷嚷啥哝？这是警察大队！不是大街！”“我们寻的就是警察大队！”“嘿！寻警察大队，有啥事哝？”“你们警察大队的马撞死人了！”“我们警察大队的马啥时候撞死人了？这话可不能乱说啊！”“我们没有乱说，就是你警察队的马撞死人了！”拐巴子感到好笑：“我们警察队所有警员从早上到现在都好端端地在院里，谁骑马撞人啦？”拐巴子把所有警员都叫到院里让这伙汉子认，大伙都不知是谁。拐巴子说：“你们都看到了吧！没有吧？！”但忽然间一个不好的预感袭上心头，表情立刻阴沉下来。他怕人察觉，马上又微笑起来，而且态度和蔼了许多：“老乡，没根据的话不能乱说，你们看，我们的人都站在这里，这半天没有一个人出城，一定是你们搞错啦！回去！回去吧！”拐巴子脸上微妙的表情变化，并没有被这伙汉子察觉，汉子们面面相觑，没有证据也无可奈何。岳少峰感到心里憋气，但无计可施，只好抽身出来。傅愣强和几个汉子跟在后面还是不服气地说：“不能就这么算了！”但没有证据也吵不出啥结果，只好收兵回来。

赵紫云见岳少峰爹被撞了，慌忙往学校跑去。

她看见徐清源就说："老师，少峰爹被撞了！""撞咋样了？""看来是不行了。""走！去看看。"徐清源走了几步，又回头拉出床下的小木箱，拿出点碎钱装入口袋就走。赵紫云说："老师，您先去少峰家，我回家跟爹说一声。"于是徐清源向岳少峰家走去，赵紫云又往家跑。

赵紫云跑回家把少峰爹被撞的事对她爹说了，赵明轩说："少峰是谁？岳老汉是给谁家干活哝？"赵紫云只知道岳老汉是岳少峰他爹，是杜家崖人，却不知给谁家干活。此时，赵管家慌慌张张回来说："老爷，给咱家干活的岳老汉被马撞死了。""谁撞的哝？""不知谁撞的。咋弄哝？""这还用问？谁撞的就得由谁出血！"赵老爷说的出血，意思是谁闯的祸由谁来承担责任，谁来出钱解决问题。赵紫云和管家也知道他的意思，但目前不知肇事者是谁，找谁解决问题？他俩都焦急地望着赵老爷。赵老爷摆摆手说："等事情弄清楚了再说。"赵紫云只好忙着准备上课，赵管家又忙着麦场上的事去了。赵老爷虽说等等再看，但心里却焦虑不安……

岳少峰从警察大院憋着一肚子气出来，不知爹的事该咋办。回到家看见父亲躺着的窑洞点上了香烛，少青的头上也裹上了白孝布，这让他心头一热，不知是哪个好心人置办的。

他环顾四周，泪眼蒙眬中看见一个熟悉的身影在院里忙碌。于是疾步上前，哽咽着说："老师！"徐清源望着泣不成声的少峰，把他拥入怀中："少峰，你势单力薄去讨要说法，能行吗？"岳少峰摇摇头。

警察队队长拐巴子因为岳少峰向他讨要说法的事突然心里焦虑起来，平时和蔼的面容此刻变成了一张不令人待见的苦瓜脸。他走在大街上，偏偏就遇到老丘秃。

老丘秃在城中是个不大不小的富户，不知是因为爱算计还是从来不肯吃亏的为人，从没有人正眼看过他。老丘秃有一个特别引人注目的脑袋，光光的秃顶犹如一望无际的戈壁，戈壁四周硬生生长出一圈茂密的灌木丛，强烈的反差越发衬托出秃顶的油光滑亮，大家送他老丘秃这个绰号倒也名副其实。

老丘秃与拐巴子的养父不知是啥八竿子打不着的亲戚，虽说也属城里的富户，但光欺负穷人，在有权有势人面前，腰杆子总是直不起来，他见到警察队队长拐巴子过来，就像老鼠见猫似的畏缩着，结结巴巴地说："大侄子，我想跟你说个事。"拐巴子瞥了他一眼说："有啥事快说！""是这样，你家小舅子骑马踩踏了我家的麦子，你看这……"拐巴子没好气地说："这啥哝？""这总得有个说法？"拐巴子绷着一副脸说："要啥说法哝？谁能证明我家小舅子踩了你家的麦子？""这……"老丘秃一时语塞。拐巴子气得甩了一句："净是没事寻事！"然后嗤之以鼻甩手而去。

老丘秃望着走远的拐巴子，狠狠朝背影啐了一口："你神气个毬哝，还不是凭你老丈人掏钱买的官！还真把自个当盘菜哝！啥毬东西！别哪天求到老子，看我不……"老丘秃没把话说完哼了一声，显出一副不服气的样子。这一幕被城北的牛礼邦看见，说："老丘秃，你一个人在那嘀咕啥哝？"老丘秃一脸怨气没有回答。牛礼邦看看老丘秃，又望着走向拐家巷的拐巴子，莫名其妙地摇摇头笑了。

城中的拐家巷因拐巴子住在第一家而得名。老丈人买的小四合院虽不大却精致，三间北房，东西各两间侧房，南面两间房，东边带个小门楼。拐巴子在警察大队当队长，收入也不少，小日子过得有滋有味。媳妇叫尤申娥，说话利舌辣嘴，嘴巴从不饶人，凤凰城人都叫她辣椒嘴。辣椒嘴凭着父亲有钱在家说一不二，拐巴子也处处让着她，虽是家庭妇女地位却高，在家里总是占上风。此时，辣椒嘴正对着镜子打扮自己，拐巴子从外面拉着个苦瓜脸回来，她看见就说："嗨！我说拐子，你进门就耷拉个苦瓜脸，好像谁不让你娶二房哝？"拐巴子没搭理她的话，而是岔开话题说："申达哝？""你问申达干啥？"拐巴子又抬高了嗓门："我问申达在哪哝？""你吼啥吼！吃错药了？！""整天眼高手低，不干正事。"辣椒嘴不高兴了，嚷道："你数落他不干正事，他就是没找到喜欢的工作。你原来干正事？你那队长还不是我爹用钱给你买的？你有多大能耐？！叫你给他寻个像样的事干，你寻了没有？还说他不干正事。这怨谁哝？！"辣椒嘴一通数落，拐巴子也软了下来，但还是有点心烦："行啦行啦！申达到底去哪了？"辣椒嘴感觉有点诧异："你今儿个回来，一直问申达去哪了，该不是申达有事哝？"拐巴子犹豫了一下说："对！还就是有事哝。""你说说究竟啥事？""我得问问他才知道。""那他还没回来。""你出去寻寻。"辣椒嘴一听说让她出去寻，又来气了，嚷嚷道："你叫我出去寻他？他一个大活人到处游荡，我去哪寻他？"拐巴子有些不耐烦地说："这事我急着哝，你不寻到他，让人家抓住把柄，看以后如何找工作哝！"辣椒嘴惊得半天合不拢嘴，忙问："有这么厉害？到底出啥事了？"拐巴子没有回答辣椒嘴的问话，只是坐在竹沙发上一副焦躁不安的样子。过了一会儿又说："这个老丘秃也是，说申达骑马踩踏了他家的麦子，想要索赔哝。"辣椒嘴一听，气不打一处来："这不是讹人吗？老丘秃这个老东西，算计到咱们家了。我寻他去！""行啦行啦！你就别添乱啦！""啥叫添乱，我就是气不过。"两口子正在家拌嘴，尤申达从门外进来。辣椒嘴看见他回来，就责问："申达！你上哪去了？你姐夫寻你有事哝。"拐巴子从沙发上骨碌一下坐起来说："你今个骑马出去是不是撞着人了？"尤申达一惊，但立马又恢复镇静说："没有的事。""人家都寻上门啦！你还说没有？""寻咱家啦？"拐巴子没好气地说："寻警察大队啦！"尤申达试探性地问："谁说我撞人了？""今天只有你骑马出去，不是你是谁？"尤申达眼见隐瞒不下去了，无奈地说："我又不是故意哝。"尤申达的话使拐巴子心里清楚是咋回事了，责备道："这几天好好待在家，哪搭也别去。"听了拐巴子和弟弟的对话，辣椒嘴迫不及待地问："到底出啥事了？"谁也没有回答她的话。辣椒嘴看了看拐巴子气呼呼的脸，回头虎着脸责问："你说！你到底捅了多大的娄子？"尤申达说："我没有。"辣椒嘴扭住他的耳朵，尤申达被拧得哇哇乱叫："我的姐！我的姑奶奶！你就饶了我吧！别人还不知道咋的哝，你就把我弄死啦！""我饶了你！人家可不饶你哝！"拐巴子望着他俩，黑着脸出了门。

拐巴子心神不宁地从家里出来，预想事态的严重性。他寻思着如何化解眼下的危机。从之前情况来看，讨说法的人好像是被他说服了，没证据，寻不到骑马撞人的人。那只是侥幸，没准哪一天有人指认出尤申达来，事情就麻烦了。这几天要做的事，是不让人抓住把柄。拐巴子边走边寻思着对策……

第二天一早，岳少峰听说骑马撞死他爹的人是警察队长的小舅子。于是又和几个汉子去警察大队讨说法，结果拐巴子说："谁能证明是我小舅子？"由于警察队的人没人出来说真话，岳少峰气得又回来了。

岳少峰回来拉住父亲的手不停地流泪，看见父亲手指上缠裹的叶片麦秆更是泪如泉涌。弟弟少青跟着一直哭。

徐清源望着两个孩子心如刀绞，他思前想后还是先去张罗棺材的事，到棺材铺由于掌柜的不赊账他又回来。徐清源急得团团转，天黑回到学校，躺在床上翻来覆去地睡不着觉。他一早起来从学校出来，边走边寻思，突然感觉牙疼，用手一摸脸，感觉热辣辣地胀疼，想想可能有点心急上火了，他想去药店买点药，但摸摸口袋几个小铜子，想想还是忍忍吧！

徐清源忍着牙疼来到岳少峰家，见岳少峰又要去警察大队，于是责备道："你这娃，咋又要去咪？""我想给我爹讨个说法。""老师知道你的心情，但打官司告状不是一件容易的事。"正在此时，有人跑来对岳少峰说："找到撞人的人了。""是谁？""尤申达。"徐清源一惊说："是尤申达？！"岳少峰气愤地说："原来是他，我寻他去！"徐清源说："少峰！尤申达是警察队长的小舅子，这不是说你寻他讨说法就能讨得说法。况且现在没人出来指证他，你即使寻到他，又能咋样咪？你就明明知道是他干的，但没人作证啊！"徐清源拍拍岳少峰的肩膀说："打官司，不是一件容易的事啊！"

为了棺材的事，徐清源跟岳少峰商量把院里的两棵桐树砍了。但狗娃娘出来拦住说："万万不能动。你娘生病时，你爹就寻先生看过，说院里这两棵树是小儿煞，动了你弟弟妹妹就有血光之灾。就连你娘不在时，你爹宁肯借钱买棺材，都没敢动咪。"

徐清源没办法，只好到当铺把他的一件长衫和一个砚台当了，换了点钱买了副薄板抬回来。

刚把岳老汉入殓，傅愣强却说："少峰，你不能就这么把你爹给埋了！""不埋又能咋样咪？""去县府告他！""县府能行吗？""能不能行试试再说。"傅愣强拉着岳少峰就走。几个汉子一看要去县府告状，也跟着一起去了。徐清源看见岳少峰又要去告状，刚喊了声"少峰……"无奈岳少峰已经走远。徐清源心里清楚，县府门不是好进的。

县府位于凤凰城西北处。北靠高大的内城墙，南临宽敞的西大街，大街连着一个大场子，大场子紧临县府大院前的更楼，更楼两侧分别是两座亭子，东侧施善亭，西侧瘅恶亭。从更楼门洞下进去是县府二门，从二门进去才是县府大堂。大堂东西两侧是县府的重要部门。从大堂进去是二堂，二堂院子是四合院，再往后就是县府住宅，除此之外，两边还有侧门，层层进入。周围有几处亭台，以及典史宅、庙宇、花园和仓库之类的建筑。一般平民进去，就像《红楼梦》里刘姥姥进了大观园，弄不清东西南北，更别说打官司告状。可岳少峰跟这几个愣头青小伙子，就是不知天高地厚，非闹着要告状，为老爹讨说法。

县府大门，不是谁说进就能随便进得了的。高大门楼下有两个门卫在执杖把守，要想进去，必须得门卫允许才可入内，否则很难跨进一步。县府大门都是些达官显贵之人出入，很少有平民百姓进去。达官显贵一个县就那么几个，平时能有多少事？所以门卫闲着无聊，时间一长就犯起困来。此时，头裹孝布的岳少峰和几个汉子风风火火走过大场子，来到县府大院的更楼下，到门口就要往里闯。结果被两个门卫挡住。

岳少峰几个不甘心，又往里闯，结果撞倒门卫。从二门出来几个人，不由分说，把岳少峰和傅愣强关进了边上的瘅恶亭，另几个汉子见状，撒腿就跑。

几个汉子跑回来说岳少峰被关进了县府，徐清源急得直跺脚。少青听说哥哥被抓，哭得跟泪人似的。

徐清源安抚了少青，急匆匆到城西找赵老爷，想通过赵明轩跟县府的人说情放了少峰。赵老爷得知缘由后，一口答应到县府去通融。

县府瘅恶亭里，岳少峰和傅愣强使劲地拍打着门，不停地喊着要见县长。外面看门的说：“在里面乖乖待着吧！县长是你们说见就能见啸？！”他俩一个劲地喊，任凭喊破嗓子，也没人搭理。他俩气得没辙，一屁股坐在墙根，两手抱着头一直想对策，但就是啥也想不出来，气得一个劲叹气。

瘅恶亭说是亭子，实际是一座五间大的砖瓦房。四个高高的小窗户，中间开一个两扇门，门外用一个大铁锁牢牢地锁着。小窗户木条格窗棂，结结实实，谁也甭想弄开。房子里空空荡荡的啥也没有，岳少峰环顾四周颇为无奈，他怎么也没想到，说法没讨到，倒把自己关这里了。他俩不甘心，又接着喊。一阵阵的吵闹声，把二门的门卫引来。门卫呵斥道：“吵啥吵？老老实实在里面待着，知道啥叫瘅恶吗？像你们这样乱闯县府的刁民，就得关关你们，叫你们长长记性！”“我们不是刁民，是好老百姓！”“啥好老百姓？好老百姓还打公差啸？”他俩闹腾了半天，也没人再搭理他们，都蔫不拉几一屁股蹲在地上。

岳少峰想不出任何能出去的办法，眼下别说要找县长讨说法，就是回去安葬死去的父亲都成了问题。他陷入深深的自责，自责自己遇事欠考虑，以致落到现在的地步，不知啥时候能走出这个鬼地方？

他和傅愣强无奈地坐在地上，不知过了多久，门外传来了脚步声，一阵丁零咣啷的开门声后，瘅恶亭的门打开了。他俩都骨碌一下从地上起来，感觉事情有了转机。傅愣强对开门的说："是不是放我们出去唻？"门卫说："谁叫岳少峰！""我是。""你可以出去了！"又指指傅愣强说："你！再待两天。"岳少峰说："为啥？"傅愣强也问："为啥？"门卫对傅愣强说："你！行凶打人，关你两天还是轻唻！"岳少峰见不放傅愣强，执意也不走。门卫眼睛一瞪说："咋的唻？这里舒服是吗？不想走就再关两天！"傅愣强赶紧推了他一把说："出去一个是一个，干吗要在这里陪我？"傅愣强硬是把岳少峰推了出去，他只好一步一回头地离开。

岳少峰家院子一大群人，眼巴巴等着他快些回来安葬他父亲，徐清源更是急得团团转。此时，门外有人喊："少峰回来了！"院子里的人马上动起来。徐清源望着少峰，想说但又不知说啥好。岳少峰望着老师，哽咽着说："老师，我……"他话未说完已泪流满面。"少峰，先办你爹的后事，其他的事咱再从长计议。"徐清源安慰着少峰。少青看见哥哥平安回来，一张带泪的脸紧紧贴在哥哥身上，生怕再失去他。

岳少峰怀着既不甘心而又无可奈何的心情安葬了父亲。母亲尚且还新的坟丘旁又隆起父亲的坟丘；母亲坟头的白幡依然还在，父亲坟头的白幡却又飘起。弟弟不停地哭泣，少峰任凭泪水在脸上流淌，他一边流泪一边为父母燃烧着纸钱，希望父母到另一个世界，不再缺吃少穿，不再饥寒交迫。

傅愣强仍在县府门侧的瘅恶亭关着，他不知如何才能走出这个鬼地方。傅愣强早早没了父母，从小的流浪生活，养成他爱打抱不平的性格。这次，没想到为了岳老汉的死讨说法，县府门丁不问青红皂白就把他们关起来。县府都不说理了，哪里还有说理的地方？他感到既无奈又憋屈。

两天时间，对于一个忙忙碌碌的人来说，很快就会过去，但对于被关在黑屋里失去自由的傅愣强来说，简直就是度日如年。白天屋内还透几缕光线，到了晚上，黑咕隆咚得啥也看不见，除了身边有几只蚊子和老鼠不厌其烦地“造访”外，四周静得让人发慌，远处偶尔几声狗吠鸡鸣声能打破这种沉寂，还有更楼上隔时段的打更声。傅愣强在黑夜一点点煎熬着，数着自己的心跳来度过这漫漫长夜……

漫漫长夜尽管难熬，但白天的饥饿和无水的滋味更让他难受。被关在瘅恶亭，却无人记得送吃的给他，直到第二天早上，才来一位老差役从门缝塞进一个馍馍来。傅愣强接过啃了一口，怎么咀嚼也咽不下去。老差役知道里面的人没水喝，一只眼睛对着门缝瞄了瞄说：“你这娃，自个找罪受哧。”说完叹了口气，又摸摸索索从袖筒里掏出半根黄瓜，从门缝递了进来。傅愣强看不完整老差役的脸，从门缝里只能看见一只眼睛和被挤压得变了形的鼻子以及一窄溜脸，还有下巴颏的花白胡须随着说话一动一动的，但胡须一直被门扇挤压得弯曲着，只有几根从门缝伸进来。他接过黄瓜很感激地吃了起来，再没顾得上细看。他三口两口吃完说：“谢谢老伯！”老伯在门外叹了口气，默默转身走了。

傅愣强在瘅恶亭好不容易熬过日落，暮色降临对他来说，又是一个漫长之夜，他不知这个漫漫长夜该如何度过？当他坐在墙角不停地拍打着袭来的蚊子时，突然听到有人开锁，等开锁人推开门悄声喊道：“小伙子！小伙子！”声音一声比一声急促。傅愣强听出来是之前送馍馍的老伯，他骨碌一下从地上起来，不安地问：“老伯，您这是？”“小伙子！快走吧！”傅愣强感到非常意外。老伯又说：“他们把钥匙交给我，让我明儿个一早放你。我寻思着，今黑明早差不了多少，我就今黑把你给放了，也没人知道，你也少受点罪。”傅愣强感激得不知说啥好。“快走吧！以后别再犯傻了！”他谢过了老伯，急匆匆消失在夜色中……

第三章　尤申达离奇失踪　王神仙“神机妙算”

岳少峰草草安葬父亲后，第一件事就是去县府门口的瘅恶亭看傅愣强。他扒在门缝往里瞅，屋内空无一人，他询问门卫，门卫摇摇头说不知道，他又询问门口的另外几个人，都说不知道。傅愣强没有家，也没有地方去寻他，不知他究竟去了哪里？他一天之内去询问了几次，直到天黑都没有结果。

为了给学生上课，他顾不了再多想。次日一早起来，跟弟弟少青说了声就向学校走去。

学校大门已经打开，校园里还很寂静，岳少峰迈进大门向里院走去。他想看看徐老师，看看老师这些天来为自己家的事奔波操劳，肿胀的脸是否好些了吗？他随着思绪进了里院，看见徐老师的门帘在微风中飘动，眼眶中噙满了泪水，见了老师哽咽着说不出话来，老师拍拍他的肩膀说：“上课去吧！”

岳少峰忍着泪水刚上完一节课下来，门房大爷来说有人找他。他来到校门口一看是弟弟少青，还有那个和爹一起干活的关老汉。他诧异地说：“少青，你这是干啥咪？”“去山上放羊。”“少青，你把哥哥都弄糊涂了，你咋会想起去放羊咪？”关老汉解释说：“是这样，你爹在世时就跟我说好了，要给少青寻个事干，还一再叮咛说话算数咪！我寻了一圈没有合适的人家，夜儿个刚好有一家说要人手，就捎来话说今个赶去咪。”岳少峰听了关老汉的话，又看看年龄尚小的弟弟，说：“关叔，少青还小咪，我不想让他离开我。”关老汉为难地说：“娃！我也看着少青不大，可这是你爹活着时说下的话。”岳少峰说：“我实在不忍心让弟弟去，我不放心他。再说，我现在就这么一个亲人，跟着我咋着都行，这马上说要离开，我舍不得咪。”关老汉说：“当初你爹一再叮咛要说话算数咪，我也一再跟人家叮咛要说话算数。跟人家现在说定了，咱的人又说不去了，这叫我咋跟人家回话唻？再说，放羊这活也不重，这事也是了却你爹的一个心愿唻。”关老汉忍不住流下泪来。岳少峰见关老汉为此事难过，也不忍心。于是又说：“放羊这活他不会。”关老汉说：“人家羊也没几只，赶到山坡上自个吃草，也不用咋个管，丢不了就行了！”“关叔，这事太突然了！容我好好想想。”岳少峰想了想对弟弟说：“青，还是不要去放羊，哥想法让你上学。”关老汉听了岳少峰的话左右为难。一边是岳老汉生前叮咛和雇主的捎话；一边是岳少峰坚持不让弟弟去的态度。关老汉说：“好娃唻！你说咋办？这话都跟人家说定了，这又说不去了，这以后说话谁还信咱唻？”听了关老汉的话岳少峰也为难了。他看看关老汉又看看少青，想听听弟弟的想法。于是说：“青，你跟哥说，是去山上放羊，还是留下来有机会上学？”少青低着头抠着手指，脚上的白布鞋一直在地上蹭，半晌不说话。哥哥跟关叔的对话，不停地在他的脑海里转，他既想上学不离开哥哥，又不想失信爹爹生前的话，少青思前想后下不了决心。岳少峰见弟弟半晌不说话，又催促道：“青，你倒是跟哥说呀！是去，还是不去？”少青咬了咬嘴唇，果断地说：“去！”少青的决定让关老汉长舒了一口气，却让岳少峰忧虑不安：“为啥唻？”少青说：“爹活着时，就给关叔留下这话，上学的事以后会有机会唻。”岳少峰明白了弟弟的心意，说：“青，既然你决定了，哥也不拦你，那哥就送你去。”然后又对关老汉说：“关叔，这家人住在啥地方唻？远不远？”“就在张店山上，说远也不算远。”“那这样，我送弟弟去。”“娃，不用你去，我去！”岳少峰不愿麻烦关老汉，关老汉却说他上山干活，顺便把少青送去。少青见哥哥有点迟疑，说：“哥，你就别去了，我行。你好不容易谋个教书的差事，别因为我给耽误了。”听了弟弟的话，岳少峰鼻子一酸，他怕弟弟看见，强忍着没让泪流出来。岳少峰抚摸了一下少青的额头，关切地问：“伤口还疼吗？”少青摇了摇头。岳少峰蹲下身子，把脸贴在弟弟的脸上，贴了好久好久。兄弟俩以这种方式告别，关老汉心里好不难过，背过脸抹了一把泪水。

兄弟俩分别后，岳少峰望着弟弟远去的身影，似乎感觉弟弟一下子长大了，懂事了。

岳老汉被撞致死事件因岳少峰弱势无力，讨要说法的事不了了之，肇事者尤申达倚仗有一个警察队长的姐夫而逍遥法外。满不在乎的身影又开始在凤凰城大街上出现，其姐辣椒嘴也不再为此事焦虑了，而是悠闲地在家嗑起了瓜子，喝起了茶，拐巴子也显得轻松了许多。

岳老汉安葬后再也没人说为他讨要说法的事了。此段时间，尤申达似乎完全忘记了之前因骑马给岳少峰一家带来的灾难性打击，完全不顾背后的指责声，而是毫无收敛、问心无愧地把头扬得高高，频繁地出现在街面。无所事事的他突然对玩骰子感了兴趣。他每天早出晚归，沉溺于赌馆，不到半夜不肯回家。他跟几个赌鬼挤在一起，两手抓起骰子举在空中像作揖似的念叨一会儿，然后往蓝花瓷盆里一丢，嘴里不停地喊："大！大！大！"骰子在瓷盆里"咣咣当当"地蹦跶了一会儿停下来，结果一看不是最大，沮丧了一会儿又说："不行！再来！这回我押小！"他抓起骰子又举在空中念叨，然后又把骰子往瓷盆里一丢，又是一阵狂喊："小！小！小！"等骰子"咣咣当当"停住后，结果又不是最小。尤申达还是很沮丧，但又不服气，还是要"再来！再来！"……

凤凰城的夏天非常炎热，傍晚时分人们大都在外乘凉，等夜深人静时便都回屋睡觉了，大街上很少有人走动。静静的石板路面，此时才能显露出它的全部真容。月光明亮时，光滑的路面会反射出一道弯曲的灰色亮光来；月色朦胧时，云动月移，光影忽明忽暗变幻莫测，给人一种神秘莫测的感觉。

尤申达自从迷上赌博，常常到大半夜才回家。一个人走在大街上，总感觉有影子在身后跟随，当他回头时却啥也没有了。他怀疑是自己眼睛困了，还是精神恍惚？正在心里琢磨，突然头上挨了一闷棍，便啥也不知道了。之后，迅速被一个黑影不知扛到城外啥地方去了。黑影倏然出现，并没有惊扰凤凰城的宁静；黑影倏然闪去，凤凰城依然寂静如初，似乎什么事情也没有发生过一样。

夜已很深，拐巴子和辣椒嘴早已进入梦乡。辣椒嘴梦见尤申达被人抓去砍了头，吓得"哇"的一声惊叫，这一声也把拐巴子吵醒。拐巴子忙起身问："咋唻？"辣椒嘴骨碌一下坐起来说："我做了个噩梦，吓死人啦！"拐巴子睁着惺忪的睡眼说："啥梦？一惊一乍唻？"辣椒嘴惊魂未定地说："梦见申达被人砍啦！血淋淋的唻。"拐巴子听了觉得好笑，安慰道："净是瞎胡梦，哪有的事，快睡吧！"辣椒嘴想了一会儿说："不行，我得看看申达。”随即从床上起来，趿拉着鞋摸索着朝申达房间走去，她推开门轻轻地喊：“申达！申达！”没有应答，又走到床前用手一摸，床上空空没人，把她惊出了一身冷汗。她不由大声喊：“拐子！拐子！”拐巴子应声跑来，责备道：“你这大半夜大呼小叫的，就不怕吵醒四邻哝？”“申达不见了！你看！床上没人。”拐巴子回头点亮蜡烛举着过来，在申达床上照照，四周照照，最后在床下也照了照，疑惑地说：“这申达是去哪了？”辣椒嘴说：“会不会是出事了？”“你净往瞎处想，说不定过一会就回来了。睡吧！睡吧！”两人虽然回到床上躺下，但谁都没有睡意。

两人从未感到过失眠的滋味，今夜申达未归，引发两人诸多猜想：一会儿想到申达被人杀了；一会儿想到申达被人吊在树上；一会儿想到申达被人丢到黄河里；一会儿想到申达又回来了。想想坏处，又想想好处，揪着的心一刻都没能放下过。他俩多么希望能听到大门开动声，申达能瞬间回来。但静静的窗外只有虫儿的啾啾声，偶尔还有远处的几声狗吠，以及隔时段的打更声。如此的煎熬似乎之前为岳老汉的死讨要说法而被关在痒恶亭的傅愣强经历过，今夜阴差阳错地轮到了拐巴子和辣椒嘴头上。他俩胡思乱想心中烦乱，好不容易捱到天亮，仍然没有听到大门的响动声。辣椒嘴猛然坐起说：“不行！我得出去寻寻。”

辣椒嘴心急火燎地跑到街上，凤凰城的赌馆酒肆，一大清早一个也没有开门，她只好又从街上回来。

拐巴子到警察大队上班后，心里着急却不显露。因为之前尤申达骑马撞死了岳老汉，他却百般掩盖事实真相，逃避罪责。此时他心里发虚，却故意显得轻松的样子，打发小六子去酒肆赌馆看看，看有没有尤申达。

小六子按照队长的吩咐去街上找去了，找了所有的地方都没找到，最后肚子饿了，他拐弯溜进一家小酒馆，向店家要了一碟油炸落花生和二两小酒，坐在桌前慢悠悠地喝了起来……

拐巴子把小六子打发出去后，心神不宁地在院里来来回回地踱起步来。他不知这小舅子申达是玩疯了忘了回家，还是另有其因？如果是忘了回家，那不算啥大事，回来了就完事；如果另有其因，那就……拐巴子无法猜想，他也不愿往坏处瞎想。

拐巴子在警察大院来回踱步等不来任何消息，他知道辣椒嘴心里焦急，不知能给她带回啥消息心里也着急，于是忍不住到街上去看，看了几家同样一无所获。时至中午，肚子开始咕咕叫了。这回家该如何跟辣椒嘴交代呢？说没找到，辣椒嘴还不跟他吵起来？想到此，还不如去个偏僻的犄角旮旯的酒馆，先安抚一下肚子再说，于是就进了一个不起眼的小酒馆。

拐巴子进了酒馆就看见小六子在那慢悠悠地喝酒，气不打一处来，狠狠地骂道："好你个狗日的，你敢欺哄老子咧？"小六子赶紧求饶："队长队长，你先消消气，你听我说。"小六子压低声音说："队长，你不是叫我看看赌馆酒肆都有些啥人，再看看申达在不在。我都按照您的吩咐，一家一家仔细看了，到底啥也没有。这不，转了一大圈，腿也跑累了，肚子也咕咕叫了，走到这里实在走不动了，就顺便……"小六子指指桌上。拐巴子看了一眼桌上，一碟油炸落花生，一小壶酒，又瞅瞅小六子，想想也是，只跟小六子交代出去走走看看，也没说有多大的事，脸色渐渐缓了过来。小六子见队长不生气了，心也就放下了一半。拐巴子又看了桌上一眼，然后喊掌柜的，又加两个菜和一壶酒，小六子才把心放进肚子里。拐巴子叫小六子把他桌上的酒菜移过来，此事掌柜的也把一盘牛肉片、一盘西红柿炒鸡蛋，还有一壶酒放在桌上。拐巴子先自斟了一盅酒呡了一口，又夹了片牛肉放进嘴里嚼了起来，小六子在一边没敢动筷子。拐巴子见小六子没动，说道："吃呀！干瞪着做啥？"拐巴子想快点吃完，回去给辣椒嘴回话。

没想到刚吃了两口，辣椒嘴就火冒三丈地出现在他面前："好啊！你在这里好滋味啊！申达一夜没回家，你还有闲心在这里喝酒咧？我的腿都快跑断了！你倒好，躲在这里喝起小酒咧！"拐巴子小声责备道："你这是干啥咧！有啥话回屋说。"辣椒嘴根本不听拐巴子的话，不依不饶地上去就掀翻了桌子，边掀边嚷："我叫你吃！我叫你喝！"酒菜霎时翻倒一地，然后气呼呼扬长而去。此时，小酒馆客人的目光唰地都投了过来。小六子看看气呼呼离去的辣椒嘴，又看看满身菜汁的队长，不知说啥才好。拐巴子感觉在众人面前丢尽了脸面，气狠狠地说："臭娘们儿，反了天啦！看我回去不收拾她！"撂下狠话也气呼呼出了酒馆。小六子看看洒落一地的酒菜，又看看怒气而去的队长，也赶紧撵了出去。愣在一边的酒馆掌柜，本以为今天客人多能多赚点，心里着实高兴了一阵，没料到闹了这么一出。一看这婆娘掀翻桌子走了人，那队长也撵了出去，眼瞅着这小子也要走，立马上前拦住要酒菜钱。小六子本想跟着队长能吃上几口，没料想刚动筷子吃了一口就被辣椒嘴掀翻了，酒菜没吃成也就罢了，掌柜的还来要酒菜钱。他没好气地朝掌柜的吼道："你就不长眼看看，看看前面的人是谁？！"吼完也气呼呼地走了。掌柜的左右看了看，摇摇头自认倒霉，回头喊了声："伙计！收拾……"

辣椒嘴从酒馆掀翻桌子甩手出来，气呼呼朝家走去。拐巴子从酒馆出来也随后撵去，小六子看队长走了也撵了出去，他这才知道是尤申达找不到了。拐巴子走了一会儿停下来，扭头看了看小六子，没好气地说："你跟着干啥唻？""我帮你唻！""你帮我啥唻？""我怕你吃亏。"拐巴子对小六子这种多余的关心哭笑不得，不耐烦地说："去去去！"说完一扭头走了。小六子赶紧拉住队长说："如果尤申达真的是失踪了，不如叫王神仙算上一卦，看看有啥好法唻。"拐巴子想想，也倒是个法子，于是两人向花园村走去。

花园村在城北的竹林与桃林之间，出了小北门，一条小路穿过竹林越过涧水，再过竹林就是村子。此处，高高低低、大大小小、坐落有致的农家院落被大片农田林木环绕，显得安闲幽静。每到春天，月季、牡丹、蔷薇等各种花卉竞相开放；四周桃花盛开，麦苗蓬勃，油菜花生机盎然；牵牛花纷纷爬上路边的篱笆向人们展示别样的姿态；还有各种叫不出名字的野花在田埂路边自由开放，装点着曲径田园，一片鸟语花香、蜂飞蝶舞的景色，仿佛世外桃源一般。如此迷人的自然园林，不负为凤凰城之后花园。王神仙的半仙堂就坐落在村子前面。坐北朝南的院落，虽说没有大户人家的气派，但也是清一色砖瓦房，前厅后院掩映在竹林花木丛中，显得幽静恬淡。其前厅挂有半仙堂匾额，此为有心人所赠。传言王神仙不仅能掐会算，还精通医术，谁家有个病灾啥的都会寻到这里，虽说其住宅不在城中闹市，每天寻他的人也是络绎不绝，看似幽闲之处，其实并不幽闲。

王神仙是小六子的老舅，小六子很熟悉这里，他带着拐巴子队长很快来到半仙堂，拐巴子还未开口，王神仙就说："看你面有难色，印堂发黑，可是家人遭遇不测？"听了王神仙的话，拐巴子惊得半天合不拢嘴，他看看王神仙，又看看小六子，简直不敢相信自己的耳朵。心想：自己还未开口，他就知道我要问啥，真是神了。拐巴子往前凑了凑，压低声音问：“有啥破法唻？”王神仙把他叫进了小里屋。

王神仙的小里屋是他专门看相破灾授法之处，一般不让人搅扰，只是私密相语之处。王神仙慢条斯理地跟拐巴子交代了一番，拐巴子脸上显出喜色却又疑惑：“这能成吗？”“信了，你照着做，保你三天之内回来。信不信由你。”“信信信！”拐巴子一连说了几个信字。

拐巴子从王神仙那儿出来，一路不说话，心里一直犯嘀咕。小六子一直跟在屁股后面追问：“队长，他到底跟你说啥了？”拐巴子只走不语。

拐巴子回来叫小六子先在院里等着，他一个人进了屋，此时辣椒嘴脸上的怒气还没下去。拐巴子说：“我寻王神仙算了一卦。”听了此话，辣椒嘴的脸色才缓过劲来，说：“卦上咋说？”“说是凶卦。”“凶……”辣椒嘴惊慌了半天，然后说：“有啥破法吗？”“还真有破法，我回来正想跟你商量这事唻！”拐巴子压低声音对辣椒嘴嘀咕了一番。辣椒嘴失声道：“招魂幡？！还得在大门外竖三天？！这不是家里死了人才这么做唻？”拐巴子说：“难就难在这唻。我知道你嫌晦气，要不然咱不弄了！我看这事也瞒不住，干脆跟东山爹说了，让他老人家想想办法吧！”“跟爹说？这哪行啊？咱爹把申达搁咱这里，说咱们在城里见得多，有机会再给申达谋一份好差事。这倒好，啥事没干成，反倒把申达弄丢了。这如果让爹知道，还不把我给活劈了。”“那你说咋办唻？竖招魂幡？”“这招魂幡如果在咱家门前这么一竖，那还不让四邻街坊笑掉大牙唻？这不行！这绝对不行！”“不行，我就再没辙了。王神仙说这招魂幡竖上三天，申达准能回来。”“能有这么邪乎？”“邪乎不邪乎，咱弄了不就知道了？”“我就是说这好端端的，门前竖个大白幡，好像咱家死了人。这不是招人笑话唻！”“我也感觉有点损，可是，不这么弄也没别的法呀？那万一招魂幡一竖，申达回来了？如果不竖，万一……”“呸！呸！呸！我就不爱听你那歪嘴胡咧咧。”拐巴子说：“那你是同意竖了？”“竖！竖！竖！顾不了那么多了，就是不要我这张脸也得竖！”拐巴子见辣椒嘴如此坚决，朝院外喊：“小六子！你想法弄一根丈六长的杆子来。”“队长，你要那么长的杆子做啥？”“叫你弄你就弄，问那么多干啥！”小六子应了一声出去了。拐巴子叫辣椒嘴弄丈二长的白布，她这才赶紧翻箱倒柜地寻起来……

小六子把长杆扛来，拐巴子把白布固定在杆头，然后竖了起来。

辣椒嘴望着竖起的白幡，心中瞬间有一种说不出的滋味。小六子望着长长的白幡大惑不解，试探性地说："队长，这是王神仙叫弄的？"拐巴子"嗯"了一声。小六子小心谨慎地又说："那这搁哪呢？""竖大门外。"看那队长的爽快样，小六子手举白幡就往大门外走。辣椒嘴却小声小气地说："小六子！你等等。"小六子不知辣椒嘴要干啥，停住了脚步。辣椒嘴蹑手蹑脚地走到大门外。此时正是正中午，大街上的人们都在家歇着。辣椒嘴探头探脑地往两边看了看，看看没人，向小六子招招手。辣椒嘴的举动开始让拐巴子疑惑不解，之后才明白她是出去观察人。心想：这么高的白幡竖起，人们能看不见？这不是多余吗？拐巴子心烦地说："竖吧竖吧！"小六子把长幡举到大门外，左右看看没个地方固定。拐巴子和辣椒嘴看看也确实没法固定，只好靠在墙头上。白幡竖好后，拐巴子打发小六子回去，他和辣椒嘴望望竖起的白幡，又看看空无一人的巷子，然后回了屋。

六月的天小孩的脸，说变就变。刚才还是烈日炎炎，瞬间却黑云压城，光线灰暗。辣椒嘴心里一动说："难道真的灵验了？"拐巴子也心中疑惑："莫不是还真灵验？"两人面面相觑，心中泛起了希望。回到院里竖起耳朵仔细地听着外面的动静。

霎时间，电闪雷鸣，风雨骤起，突然咔嚓一声，招魂幡倒地，辣椒嘴和拐巴子赶紧跑出去扶起，一刻也不敢松手，铜钱大的雨点噼噼啪啪下了起来，紧接着就是倾盆大雨，把他俩浇得如落汤鸡一般。风渐渐变小后，他俩回到屋里，心神不宁地过了一夜……

拐巴子和辣椒嘴在院外竖起了白幡，就像凤凰城上空丢下一颗炸弹，轰动了全城，人们议论纷纷。

两天时间过去了，还是不见尤申达的影子。

第三天天已黑下来还是不见尤申达回来。辣椒嘴不停地埋怨拐巴子找的王神仙是骗人，拐巴子虽然嘴上宽慰说别急，但他心里也没底。拐巴子一会儿从屋里出来，凑近大门看看，摸摸门闩，把门闩插上，想想不妥，又摸索着把门闩拉开，他轻轻叹了口气，回来坐在辣椒嘴身边，两人心烦意乱地坐着，谁也没有一句话。

月色沉静，月光流影，远处传来“梆梆——梆梆——”的打更声。更深夜静最容易犯困，更何况辣椒嘴这几天就没有好好睡过，她困得实在难受，靠在拐巴子肩上迷糊了过去……她梦见爹来要儿子，娘也来要儿子。爹用拐杖追着打她，娘数落她没把弟弟管好，她百口难辩，步步求饶，最后惊得“啊”了一声猛然醒来。拐巴子知道她又在做噩梦，赶紧安慰。二更过了，快三更了，还是没个动静。“王神仙到底准不准呀？”辣椒嘴催问，拐巴子也没法回答。

“梆——梆梆—— 梆——梆梆——”“你听听！这都三更了！还没个人影，看来今夜儿黑是没指望了。”“别说泄气话。”拐巴子虽然嘴上安抚着辣椒嘴，其实他心里也在犯嘀咕。

自从那一夜尤申达从赌馆出来，不知被何人抡了一闷棍挟持后，丢弃在一片竹林边的荒草地上，昏睡了两天两夜才醒来，醒来才发现自己的脚手被捆着。他勉强起身想找到东西把身上的绳索割断，但就是没有力气，最后好不容易看见一块石头，但石头很光滑，怎么也磨不断绳索。茫茫竹林，静静草滩，看不见一个人影，他又往有水的地方移动，但一不小心又掉进了泥潭，他感觉非常倒霉，想爬出泥潭都不是一件容易的事。但此时他的脚底触及到泥潭底部一块尖锐的石头，让他心中一喜。他把石头用脚勾到手跟前，然后磨蹭手腕上的绳索，磨得气喘吁吁，终于磨断了绳索，他又把腿上的绳索解开，等这一切弄完后，天已经伸手不见五指了。

凤凰城外，月色朦胧，忽明忽暗，月色下的村庄在茫茫竹林间时隐时现，隐隐约约。尤申达被丢弃在远离城池的林海间，夜风吹动着竹林沙沙作响，溪流在黑暗中哗哗流淌，众蛙们在夜幕中不停地聒噪着“呱呱”的声音，此起彼伏，偶尔还夹杂几声猫头鹰“咕咕——咕咕——”的叫声……如此夜况，让他心里一阵阵发怵。

无论如何都要走出草滩，但朝哪个方向走？尤申达很茫然。漆黑的夜，周围全是竹林，辨不清东西南北，更不知凤凰城在哪个方向？他侧耳听了听，似乎听见很远的地方传来打更的声音。打更的地方就是城里，这让他有点兴奋。于是他朝打更的方向拼命前行，一会儿走，一会儿爬，走走爬爬，跌跌撞撞往凤凰城移动……当推开家门时，跌倒在院里啥都不知道了……

三更过后，拐巴子没了一点睡意，焦躁徘徊，心绪不宁。辣椒嘴也感到无望，心绪烦躁地说："完了完了！这都过三更了，三天都快过完了！王神仙不是诓人吗！让咱竖个招魂幡丢人现眼不说，申达也没能招回来。算啥神仙！净糊弄人。不行！天明我得寻他去！"拐巴子继续安抚说："再等等！""我还等个啥咪？等得我都上火了，嘴角都起泡啦！我……"辣椒嘴哭丧着脸，望望黑咕隆咚的大门口，气得不吱声了。拐巴子也不知如何再安慰她，只好默默地在边上陪着。

忽然，"咣当"一声大门被撞开，紧接着就是扑通一声，之后再无动静。他俩被这突如其来的响声惊呆了，你看看我，我看看你，然后赶紧起身跑到院里，同时看见一个黑影倒在院中，他俩一起跑到跟前一看，原来是尤申达。

尤申达使出全身力气跌跌撞撞回来，昏昏沉沉躺在院中，被拐巴子和辣椒嘴弄到床上。辣椒嘴问他从啥地方回来？他摇摇头。拐巴子又问："是不是岳少峰绑架了你？"他一会儿说不知道，一会儿又说是。尤申达就像灌了迷魂汤一样，几天的情况啥也说不清楚。辣椒嘴又问："你难道就不知是被谁绑了吗？"尤申达突然起来死死抓住辣椒嘴的衣领大叫："你这个混蛋！骑马撞了我还跑了。走！去县府评理去！"辣椒嘴被抓得喘不过气来。拐巴子上去把尤申达的手死活掰开，按倒在床上睡了过去，辣椒嘴这才松了口气，她惊魂未定地说："这申达是在替谁说话？"拐巴子无法回答。辣椒嘴有气撒不出，拐巴子也判断不出是不是岳少峰干的。他怕找岳少峰再翻出岳老汉死的旧账来，那可就麻烦大了。此事若不追究心里不爽，若追究下去就更不爽。拐巴子进退两难。

拐巴子整整在家待了三天没上班，也不知外面发生了什么事。不管怎样，尤申达总算回来了。他早上起来，取了门外的招魂幡，然后上班去了，辣椒嘴却守着申达愁眉不展。

凤凰城大街上，拐家巷招魂幡灵验的事传得纷纷扬扬。同时，王神仙的名声也越传越神。街上茶楼酒肆也异常火爆起来，吹拉弹唱的艺人忙不暇接，一场接一场，其内容当然是拐家巷竖招魂幡灵验的事，还有从中条山传来一块银圆救活一位母亲的故事，以及凤凰仙子报恩的故事……艺人讲得头头是道，众人听得津津有味。一场接一场地演，一拨接一拨的人来听，来来往往，经久不息……

第四章　岳少峰被迫离去　李鸿远意外归来

凤凰城赵老爷本以为找到撞死岳老汉的人，就能使其承担责任，但肇事者尤申达一直逃避，姐夫拐巴子队长又千方百计掩盖真相，警察大队也没人出来作证。无奈之下，徐清源只好当了自己的长衫和砚台，买了副薄板才把岳老汉埋了。为此事，赵老爷感到心中非常愧疚，于是到当铺把长衫和砚台又赎了回来，让紫云带到学校。

岳少峰几天不见徐老师穿长衫，又不好多问，见赵紫云拿着长衫和砚台给了徐老师，他才明白原因，说："老师，您为给我爹买棺木，都把长衫、砚台当了？"徐清源笑着说："这不又回来了吗？！"又对赵紫云说："谢谢你爹啊！"赵紫云说："这件事我爹愧疚了好几天，不知如何弥补，听说你当了这两样东西，就叫管家又赎了回来。"徐清源话题一转说："你在城里听到人们对这件事有啥议论？"赵紫云把尤申达失踪和拐家巷竖招魂幡的事说了一遍，徐清源感到惊讶。赵紫云又说："县府仓库失火了，县府人忙着救火咪！"徐清源也吃了一惊，说："县府失火这事跟少峰联系不上，但尤申达失踪的事……"徐清源没把话说完，他不想把自己的真实想法说出来，怕给岳少峰增加恐惧感，而是对岳少峰说："既然你弟弟去山上给人放羊去了，你就搬到学校来住，住到学校也能帮我多做点事。"岳少峰不知老师的真实意图，但对老师的安排非常乐意，赶紧回家取铺盖。

岳少峰在学校住了几天，徐清源仍放心不下，他把岳少峰和赵紫云叫到办公室，想了解一下最新情况。他问赵紫云城里最近还有啥情况？赵紫云把尤申达遭人绑架的事说了一遍。岳少峰越听越觉得离奇，赵紫云却说城里都传疯了。岳少峰被徐清源安排住在学校，对外面的情况一无所知。他看看赵紫云，又看看徐清源还是疑惑不解，说："真有此事？这会是谁干的？"徐清源也感到疑惑，沉思了一会儿，说："少峰，无论这事是谁干的，我都怕拐巴子队长会怀疑到你头上，对你不利。"赵紫云也感到紧张，说:“万一这家伙找碴咋办唻?”岳少峰说:“我不怕,我爹的死我还没再寻他算账唻!他来正好。”徐清源说:“正因为有这个前因,我怕他把这笔账栽赃给你。”岳少峰说:“我心里没鬼,我不怕。”赵紫云说:“你心里没鬼,可他们心里有鬼呀!”岳少峰说:“难道他们就不讲理了?”徐清源责备道:“你跟这种人讲啥理唻?能讲得清吗?”赵紫云焦急地说:“万一他寻上门可咋办唻?”徐清源说:“紫云,你多注意城里的情况,少峰这段时间就待在学校,哪儿也别去。”岳少峰感觉颇为无奈。

拐巴子在警察大队左思右想,怎么想也觉得尤申达被绑架一事与岳少峰脱不了干系,于是派小六子和小板凳去学校查看岳少峰的动静。

岳少峰正在教室上课,徐清源看见两个身穿黑色警服的人,扒在教室窗上察看岳少峰上课,看了一会儿,然后匆匆离去,他感觉极不寻常……

天黑后徐清源就特别注意,生怕出问题。果然不出所料,突然听到嘈杂的脚步声由远而近。此时,他断定要出事,赶紧托起岳少峰从后墙翻了出去。警察赶到学校也没说找谁,但岳少峰不在,只好转了一圈不言而去。

岳少峰逃出学校后,躲藏在学校外的竹林中待到天亮,观察学校没有异常,又返回学校。此时,徐清源在学校门口张望,看见他赶紧招手,示意他回来。徐清源怕再发生此类事情,安排他去关家窝小学,补充那里的老师空缺。岳少峰担心离开老师怕教不好。徐清源拍拍他的肩膀说:“别担心,老师相信你。”岳少峰望着老师迟迟不愿离开。徐清源也有些不舍,但还是说了声:“去吧!”然后把他送到校门外。徐清源的话虽不多,但岳少峰知道老师对他的关爱,他一步三回头地望着老师。徐清源站在校门口眼睛有些湿润,恋恋不舍地看着他走远……

关家窝村位于狐三村东北方向六七里的塬坡根。北面西面依塬坡环绕,形成一个自然背风的窝势地形,因村里关氏家族居多而得名关家窝。关家窝小学在村东关家祠堂内,两个教室和老师的办公室分别在东西两边的厢房里,共有六个年级,分两个班,一个班三个年级。这种情况是针对学生少又不是同一个年级,只能由两个年级或是多个年级组成的复式班。一个老师带多个班级,每堂课先为一个年级上课,另一个年级预习,把上个年级的课上完并布置好作业,然后再为另个年级上课。岳少峰来这个学校就是为了接替一、二、三年级这个复式班。

岳少峰背着行李来到关家窝小学，跟校长说明来意。校长姓关，是关家的一位老族长，只负责学校的安全和管理，不具体代课。学校有另一个代课的年轻教师叫关山，也是关家窝人，很热情地为他介绍学校情况，并说明了教学内容。岳少峰对这种复式班的教学方法感到颇为新奇，从一开始他就不停地向关山讨教方法，没过多久很快就适应了。

岳少峰代课灵活多样，从不死板教条，同学们非常爱听，把师生关系处成了朋友关系。学生关峻是关山的弟弟，对岳少峰说他家有满满两柜书。什么书啊、杂志刊物、报纸啊啥都有。岳少峰对此饶有兴趣，就要与关山到他家看看。

关山毕业于山西省立第二中学，也就是运城中学，老师推荐他再考太原学校，他见父母年事已高，不忍离去，就留在家门口教书。关山嗜好读书，每读完一本都要精心收藏起来，日积月累，就存了满满两大柜。

岳少峰之前虽然在傅岩书院教书时到过藏书阁，但管理人员非常严格，只是拿出很少的几本供他选择。而到关山家，面对满满的两大柜书籍，他显得有些兴奋，一眼就看见那本《古诗词》，他取出书籍拿在手中，如饥似渴地读了起来。关山见他如此喜爱，笑着说："没事你就来我家看吧！"这对岳少峰来说，是求之不得的大好事。

岳少峰从关山家出来就很兴奋，回到学校他翻开《古诗词》迫不及待地又阅读起来。一连多天，他在上课之余如饥似渴地品读书中的诗句。杜甫的"安得广厦千万间，大庇天下寒士俱欢颜"，范仲淹的"先天下之忧而忧，后天下之乐而乐"，文天祥的"人生自古谁无死，留取丹心照汗青"，岳飞的"壮志饥餐胡虏肉，笑谈渴饮匈奴血"，等等，伟大诗人杜甫关注民生的博大情怀，范仲淹忧民忧国的思想，文天祥慷慨悲壮的情怀，尤其是岳飞抗敌的英雄豪气深深地感染着他，但他最近听到的是东北三省被日寇侵略的事，却没有军队去抵抗，只有流亡的人们在悲凄逃亡。他非常不明白为什么？此时的他，想起了去运城上学的李鸿远，他很希望李鸿远回来，不知他现在怎么样了？

等不见李鸿远回来，他只好与关山讨论这个问题。岳少峰说："我就感觉奇怪了，日本人都侵占咱东北三个省了，咱国家为啥就不抵抗咪？就是村里人耕地过了地界，还要打官司告状哩，东北这么多土地都被日寇侵占了！当局的也没人吭声哩？”关山也感到奇怪，但就是不知为啥？岳少峰带着疑问从关山家出来，忽然看见李鸿远，让他欣喜若狂。他拉住李鸿远激动地说：“你咋知道我在这搭哩？”李鸿远笑着指着鼻子说：“鼻疙瘩下面有嘴哩！”把岳少峰逗得直乐，一把把他拉进屋里，迫不及待地说：“快说说，这几年在学校情况咋样了？”于是，李鸿远讲述了他这几年的经历。

李鸿远是一个精干而有远大志向的青年，在运城师范学习期间，受到新文化、新思想的影响，思想观念发生了深刻变化。他非常喜欢阅读一些课外书籍和进步书刊，常常废寝忘食。为此他与同学高杨和秦河山成为了好朋友。没多长时间，“九一八事变”爆发，学校掀起抗日反日热潮，学生老师纷纷上街游行抗议，其他学校也积极响应，农工商界人士也纷纷参加。一时间，运城大街小巷到处都是游行队伍。“驱逐日寇！还我国土！”“小日本从东三省滚出去！”“打倒日本帝国主义！”的口号声此起彼伏……游行抗议活动整整进行了一个礼拜，最后引起当局不满，出动警察联合校方，强行把游行队伍驱散。

李鸿远等人愤愤不平：东北三省都被日寇侵占了，国民政府不仅不抵抗，反而镇压学生抗议，简直无能透顶。他们压抑不住心中的怒火，从后墙翻出去继续游行。

校训育张主任从这次抗议活动中，发现李鸿远爱国热情非常高涨，于是借此机会，送给他一本《共产党宣言》。书中的内容深深地吸引着李鸿远，他第一次阅读这样的书籍，感觉有一种从未有过的激情。他与高杨、秦河山几个人一起讨论书中的内容，这是他们这一时段以来，第一次坐下来静静看书，似乎要从中寻到一个非常需要寻找的答案……

师范学校为了遏制学生闹学潮，又制定了苛刻的会考制度，规定考试成绩达标的学生继续留校学习，不达标的均被除名。此制度一出，立刻遭到学生们的强烈反对。反考、拒考、罢考，以致在校方会考时，考场没有一个学生参加。不得已校方又派校警到街上抓人，看到貌似学生的人就抓往考场，结果把不是学生的村民也抓进考场，闹出许多笑话。校长气得恼羞成怒，扬言一定要抓几个起事的。

为了避免被抓，张主任秘密派李鸿远去张家口抗日军官学校学习。但不久日军南侵，国民到处流亡，形势进一步恶化，李鸿远不得不终止学业。从军官学校出来，该何去何从？李鸿远听说共产党的上级组织可能在北平，于是他只身来到北平。北平古城人海茫茫，动荡不安，加之人生地不熟，要寻到党组织谈何容易。他在北平街头到处寻觅，无处落脚，甚至几天吃不上一顿饭，身无分文的他只好从北平又回到太原，结果在太原还是一无所获。为了寻到党组织，他到处颠沛流离无处安身，为了生计他不得不又返回运城，在盐池寻一份临时的装盐工暂住下来，暗暗寻找运城师范的张主任。

李鸿远一次次来到运城师范，都不知张主任去了什么地方。他站在大街十字路口，心中非常迷茫。此时，一个身穿大衣、头戴鸭舌帽的人匆匆向他走来，拉起他说："跟我走。"李鸿远被动地跟着走了一段，来到一个书店。此人摘下帽子看着鸿远，原来他就是朝思暮想的张主任。他激动得不知说什么好，就像见到久别的亲人。张主任说："你的情况组织上都知道，近期你的工作，主要是了解盐池工人的情况，尽快把盐池工人组织起来。今后有事到师范或是女子师范找我，也可以到书店找我。"他感觉又有了前进方向。

盐池工人每天起早贪黑超负荷劳动，微薄工资难以养活一家老小，遇到灾病没有任何生活保障，长年累月的重体力劳动，致使好多工人积劳成疾，不治而亡。李鸿远把这些情况汇报给张主任。张主任心情沉重地说："这就是当前的社会现状。我们如果不改变这种现状，不推翻这种旧制度，我们的广大工人、农民，这些生活在最底层的人民群众就永无翻身之日。"

……

李鸿远在工人中宣传进步思想，揭露当局欺压工人的罪行，在工人中引起极大反响，也引起国民党当局的注意。张主任派人把他叫到书店说："当前形势非常严峻，我们必须做好长期斗争的思想准备。国民党当局最近又瞄上了盐池，你不能再在盐池待了，先回家乡避避风头。""老师，咱在盐池的工作刚刚开始，就这样中断了吗？""我们的事业绝不会中断。你回去后在家乡开办读书会。"李鸿远对读书会不太理解。张主任解释说："读书会是宣传新思想、新观念，组织进步青年学习的一种很好形式。可以利用回去这段时间，在古平县开展活动，把读书会尽快办起来。利用读书会的形式，向家乡青年宣传新文化、新思想，启发调动广大青年的爱国热情，充分发挥他们的积极性。”李鸿远又担心盐池工作。张主任说：“盐池工作组织另有安排，希望你回去很快把读书会办起来。”并把他的学生荆凯介绍给李鸿远，说：“荆凯是你高两届的校友，也是古平县人，在创办读书会方面很有经验。你俩回去共同把读书会办起来。”李鸿远和荆凯都很激动。荆凯说：“你先回去，我把手头的事情尽快处理完也很快回去，回去就跟你联系。”两人约好匆匆握别，荆凯离去，李鸿远出发。

说到回家，一种浓烈的思乡情绪在李鸿远心中荡起。中条山南麓家乡的小城、小桥、竹林，还有竹林边那条潺潺流淌的涧河，那是很美的一幅画面。自己的家就在涧河边，在竹林掩映之中，那里有日夜思念的父亲母亲。几年没见到父母了，脑海里尽是父母的影子：父亲佝偻着身子在涧河中搬弄石头，让人们行走方便，或者在田里锄草，或是背着一捆杂草走在田间路上；母亲颠着小脚不是在院里喂鸡，就是坐在纺车前纺棉花，或是在油灯下一针一线钻帮纳底，一年四季忙碌的身影从没停歇过。此时，李鸿远对父母的思念、心疼和愧疚一起涌上心头……

中条山东西走向，蜿蜒六百多里长，其中中部的三百里长向阳坡属古平县范围。站在山顶极目远望，微微倾斜的塬面均被无数条沟壑分割成条条块块状，而无数条自然形成的沟壑，犹如中条山顶一株异常发达的根系向坡面自由分叉延伸，栩栩如生地阴刻在这片黄土斜坡上。黄土斜坡属台塬地貌，分沿山、中塬、沿河三个阶梯状，沿山地带从山顶到山根，山峦起伏，坡度陡峭；中塬地带从山根到塬面尽头，地势平缓，但沟壑纵横；从塬面尽头断崖式下去是黄河沿岸滩涂地带，地势平坦。张村塬与大多数塬面一样呈南北走向，从运城盐池到太阳渡，一条大路穿过其中，是中条山最繁忙的一条路，也是河东连接中原的一条经济运行大动脉。路上骡马毛驴，多是从运城盐池驮盐往太阳渡码头转运。

李鸿远疾步行走在回家的路上，几年前翻越中条山的情景又浮现在他的眼前，他多么希望能遇到那个好心救他的赶驮骡大哥，多么希望遇到为他送入学通知书的兄妹俩，好跟他们说声感谢的话。如果不是他们，可能就无法顺利入学了。他随着飞快的脚步走下山顶，走到土地庙村南的下乐街。

下乐街原名叫皇华镇，不知何时改为下乐街。如今人们只知道下乐街，而忘了皇华镇。李鸿远计划到下乐街，借喝水之际，顺便打听一下那个小妹妹的情况，结果要了一碗水，喝出了咸味。他感到奇怪，说："你这水里放盐了？"主人笑了笑说："我这井水就是咸水唻。"李鸿远感到诧异，说："这里咋会有咸水井唻？"主人说："咱这山南，也就只有这口井水是咸的唻，其他的都是甜的。"李鸿远说："为啥唻？"主人说："我也不知道为啥唻。"李鸿远非常好奇，如果不是战乱年代，一定要好好研究研究这个问题，是不是会与山北的运城盐池有关呢？这个想法在李鸿远脑海里一闪而过，他再没有多想，又匆匆开始赶路，已经走出下乐街了，忽然想起小妹妹的事，他又回头向路边人打听，都摇摇头，他不免有点遗憾，只好往前走，穿过韩村、辛店、张村，很快走到六里坡垴。

六里坡垴是凤凰城西边的最高处，站在祖师庙遗址可俯视整个凤凰城。李鸿远站在高坡俯瞰竹林掩映中的凤凰城，以及绕城而过的涧水，一股强烈的思乡之情不禁使他飞跑起来，他不顾坡陡路窄，连跑带溜往下下，当跑到涧水边的一刹那，他撂下背上的行李，双手将涧水往脸上撩了两把，拎起行李就往家跑……

李鸿远一口气讲了这么多，岳少峰听到此又问到"九一八事变"。一提到"九一八事变"，李鸿远就愤慨不平，开始谈国内形势，谈东北三省被日寇侵占，由于国民党政府不抵抗政策，致使日寇又过了热河一带，东北大片国土沦陷，几千万人民流离失所，无家可归。这个状况能不使人愤慨吗？李鸿远谈得情绪激动，岳少峰听得愤恨难平。李鸿远又问岳少峰在家的情况，岳少峰又介绍了关山家的两柜书。两人挤在一张床上不知不觉谈到深夜，最后迷迷糊糊地睡到天亮。

次日一早，李鸿远就要去关山家看书，岳少峰跟关山做了介绍。关山和李鸿远一见如故，非常热情，又是沏茶又是拿书。李鸿远说："你先别沏茶，先把刊物拿来我看看。"关山说只有两本不打紧的刊物，没有重要刊物。李鸿远说没有不要紧，只要你们感兴趣，我就给你们讲。于是他讲起了《新青年》，说里面有李大钊的文章，介绍新文化、新思想，在全国很有影响力。还有介绍"五四运动"的文章，内容都是唤起民众反帝反封建反列强的内容。岳少峰说："你说的这些反帝反封建内容，我们以前从没注意过，感觉这些事离咱很远咪！”关山也认为这事跟自己没多大关系。李鸿远着急地说：“你们这种模糊的思想，可能在大多数人中都存在。都认为东北离咱很远。那运城离咱远不远？运城盐池离咱远不远？清政府时，八国联军还没打到北京，慈禧太后就从紫禁城逃出来，后来签了《辛丑条约》，签订了一系列不平等屈辱条约，赔了数亿两白银。英、日、俄、法、德五国银行联合起来，在运城坐地收银，白白拿走我们的白银咪！小洋楼就盖在运城东街。能说这事离我们远吗？能说这事与我们没关系吗？”李鸿远把两人说得眼睛瞪多大。他又接着说：“所以说，你们一定要改变这种糊涂认识。我这次从运城回来，就是要办一个青年读书会，把青年人都组织起来，加强学习，更新观念，不能再认为国家的事跟自己无关了。如果大家都这么认为，还有谁来捍卫我们的国家呢？还有谁来保卫我们的家园呢？面对列强入侵，我们的国民一定要有强烈的忧患意识啊！”岳少峰说：“鸿远，你说的我好像明白了一些了。”“不是让你明白一些，而是要让你们彻彻底底明白咪！”“那你说，咋个做才能让我们彻底明白咪？”“城里的读书会办起来后，我希望你们都能参加。先解决思想认识问题，提高了思想觉悟，认清了国内国际形势，就会产生危机感和使命感，才能激发青年人的爱国热情，才能把大家团结起来，与一切反动势力进行斗争，把日寇赶出去，给老百姓一个和平安宁的环境，让老百姓都有饭吃，都有衣穿，孩子们都有学上！”李鸿远的一番话，如同拨开了迷雾，让岳少峰眼前豁然开朗，他感到了前所未有的振奋，说：“你说的读书会，我们俩一定参加！”

李鸿远从关家窝回来，吃过饭出门准备去凤凰城，望见门外随微风摇曳的竹林，哗啦啦流淌的涧水曲折向南，蜿蜒穿过远处的小石桥，一幅小桥流水的图画展现在他眼前。这是他再熟悉不过的环境了，但几年没见，今天有一种特别的亲切感。李鸿远顺着竹林边小路向远处的小桥走去。抬眼望去，一位穿裙子留短发的女子，从七孔桥上轻盈走过，让他眼前一亮。他完全没想到，在家乡的山城小县竟然有如此淡雅、如此超前的装束。女子在桥上留下美丽的倩影，李鸿远望着涧桥发愣，一种怦然心动的感觉油然而生，那种挥之不去的感觉久久萦绕在心头……

第五章　少峰进城遇紫云　俞倩讲述读书会

凤凰城出北门往右拐有一处不起眼的清闲小院，忽然间开始热闹起来，进进出出的年轻人很多，这是荆凯和李鸿远办的青年读书会。青年读书会不仅供青年们看书，还跟大家讲国际国内形势，讲东北大片国土被日本人侵占后的情况，非常吸引青年人……

过了一段时间，荆凯对李鸿远说："这段时间，城里的青年来来往往不少，但乡村青年还没有，这个问题得想法解决。"李鸿远说："要不然，我背上一部分书籍，到各村镇走走，办个流动读书会咋样？"李鸿远的想法荆凯很赞同，于是两人挑好书籍，包在包袱里。李鸿远在走之前，特别跟荆凯交代，说岳少峰和关山一定会来。

岳少峰和关山在学校都带的是复式班，两人商定周六上完课一起去城里读书会。他俩走到七孔桥时遇见赵紫云。"少峰，你们这是去啥地方？""我们去城里青年读书会咪。""我也想去看看。"于是赵紫云也跟着一起去了。

自从岳少峰去了关家窝小学教书后，也没再听徐清源老师说拐巴子警察队长到学校找碴的事，这次遇见了赵紫云，听她说警察再也没到过学校，也让他放心不少，但多多少少心里有一种小顾虑，为了不影响心情，他不愿再说这件事。

岳少峰和赵紫云几个来到青年读书会，就跟荆凯自我介绍是李鸿远的同学。荆凯笑着说："听鸿远说过你，就是一直没见你来。"岳少峰又介绍了关山和赵紫云，并说赵紫云在狐三村一完小学校教书。荆凯夸赞说："教书好啊！不仅有自己的工作，还能提高自身素质，在女性中为数不多啊！"岳少峰说："她家不远，进了北门就是。"荆凯说："这么说你就是城西赵家吧？"赵紫云腼腆地点点头。赵紫云无心看书，她听说李鸿远从运城回来了，但一直没有遇到过，今天来的目的就是想看看他。荆凯见赵紫云心不在焉的样子，说：“紫云姑娘，你想寻谁？”赵紫云慌忙掩饰说：“没……没有。”随手拿起一本书看了起来。说是看书，其实心根本就没往书里去，一直想着心中的他……

岳少峰从读书会出来，笑着跟赵紫云说：“看你多方便，一抬腿就到了，我俩还得跑几里路唻。”赵紫云说：“那你就再回到狐三村学校来吧？”“这可不是说回就能回的事。”几个人正说着，一个女子慌慌张张在一边喊：“紫云！紫云！”赵紫云一看，惊讶地说：“俞倩！你咋啦？”“到你家再说。”赵紫云带俞倩匆匆回家。岳少峰望着这个失魂落魄的姑娘，感到有些莫名其妙。

赵紫云带着俞倩往家走，边走边问：“你咋把自个弄得这么狼狈唻？”“一两句我也跟你说不清，回到家我慢慢跟你说。”赵紫云带着俞倩一前一后进了大门，又蹑手蹑脚想悄悄溜进闺房，不巧被母亲看见，母亲说：“云儿，没看见娘在厅堂等你唻？”俞倩吓得吐了吐舌头。赵紫云只好停下脚步说：“娘！我遇到俞倩了。”“伯母好！”俞倩赶紧问候了一句。毛夫人一看是紫云的好朋友俞倩姑娘，自然气就消了，说：“是俞倩姑娘啊，还没吃饭吧？让田妈给你们准备饭去。”“谢谢伯母！”“去吧！”赵紫云见母亲许可，赶紧带着俞倩向闺房走去。俞倩用手捂着胸脯，只怕心从心窝跳出来，等进了赵紫云的闺房，才长长舒了一口气，一下放松了紧张的神经：“吓死我了！”赵紫云说：“究竟咋回事唻？”俞倩满脸沮丧地说：“我真是不幸啊！”

自从俞倩和赵紫云从古平县凤凰城女子学堂毕业后回到家，正巧被村里的媒婆看见，媒婆多次在她娘跟前鼓捣说：“老嫂子唻！不是我说你，看把你家闺女都惯成啥了？披着短发，敞着脚丫，将来准嫁不了好人家。”没想到俞倩娘听了这话，就像中了邪似的鬼迷心窍，在村里叫了几个裹脚婆娘，弄了两根长长的裹脚布，把俞倩关在屋里不许出门，几个婆娘使出浑身解数，把她绑在太师椅上，拽住脚又是缠又是裹。

说到此，俞倩抚摸着她的脚说：“疼死我了！”顺手从衣袋里扯出一根长长的裹脚带，提溜在手中抖动着说：“你看看！你看看！”逗得赵紫云捂住嘴笑。“你还笑唻！我都快被折磨死了。”俞倩两只手不停地在脚上揉搓，边揉搓边说：“你看看，我这脚都被她们整成啥样啦？这大个脚硬是往小里缠，非把人整残了不可，到现在还疼得厉害唻！紫云，你说我娘是不是吃错药啦？咋能信那帮臭婆娘的鬼话，把自己女儿往死里整？你说，都啥年代了，还这样整我唻？！”俞倩像放连珠炮似的说了一大通，也不见赵紫云为她抱不平，忍不住说：“哎哎哎！我被整得这么惨了，你也不说一句同情的话，就知道笑。”“那你是咋逃出来的？”赵紫云终于说了一句。“在这个时候，村里的媒婆也来凑热闹，说是一个啥官想娶二房，来我家提亲，爹很乐意，说是攀上一个有权有势有家产的。娘却不乐意，嫌是二房，怕我嫁过去受罪。二老意见不统一，我就有机可乘。”“然后呢？”“然后几个裹脚的婆娘也放松对我的监管。我就趁她们困乏时，偷偷叫隔壁小弟弟帮我解开身上的绳子，才悄悄溜出来，一路跌跌撞撞跑到你这里来。”说完她哭丧着脸看着赵紫云。“你跑了，家里人不撵你吗？”“撵唻，我没敢走大路，在小路上躲躲藏藏。这不，从上午一直到现在，都把我渴死了，快给我水来。”赵紫云拿起桌上的茶壶倒了一杯递给她，俞倩接过茶杯咕嘟咕嘟喝了个底朝天，说：“再来！”赵紫云又倒了一杯递给她，她又咕嘟咕嘟两口喝完，说：“来来来，给我，我自个儿来。看你家这一点点小茶杯，喝着一点也不解渴。”然后自己一手提壶一手拿杯，一边倒一边喝，一直喝了六七杯才放下，说：“看你家这小杯小碗的，喝口水都喝得不痛快。”赵紫云一直看着俞倩在笑。此时，田妈把饭菜端来说：“大小姐，你和俞姑娘吃饭吧！”田妈把饭菜放好走后，赵紫云说：“赶快吃，饿坏了吧？”“是有点饿。”俞倩吃得狼吞虎咽，赵紫云一直在边上说：“慢点吃，别噎着。”俞倩说：“我都快饿死了。”赵紫云说：“你今后有啥打算唻？”“目前还没啥打算，只是先逃了出来。你现在做啥唻？”“我现在在狐三村一完小教书唻。”“教书好啊！能自个独立了。我如果能像你，有一份自己的工作该多好啊！”“你也一定能，我帮你问问。不过，在寻到工作之前，我跟你说一件感兴趣的事。”俞倩马上来了兴致，迫不及待地问：“啥事唻？快说说。”赵紫云把凤凰城青年读书会的事跟她说了。俞倩马上喜悦起来，好奇地说：“青年读书会是干啥唻？”“我才去过一次，不过，去那里的年轻人可不少，那里的书特别吸引人，有时间你也去看看。”俞倩高兴得一夜没睡着。

凤凰城读书会吸引着俞倩，次日一早，赵紫云给她朝城北方向指了指，自己则朝狐三村学校走去。俞倩出了北城门，寻到青年读书会小院，小心翼翼地走了进去。

一直住在青年读书会的荆凯，刚洗漱完打开门，就看到一个姑娘进来，让他感到很意外。这个年代，女孩识字的很少，更不用说来读书会。除了昨天岳少峰带来一个叫赵紫云的，就再也没有女孩子来过。今天又来一个女的，确实让荆凯感到意外。俞倩说："老师，这里的书都可以看吗？""都可以看。"俞倩随手拿起一本《新女性》阅读起来，里面的新词汇、新思想很快吸引了她，她越读脸上的表情就越兴奋……

自从俞倩到青年读书会读书，她读得如饥似渴，恨不能把所有书都一下子读完。饿了到街上买点吃的，渴了向荆老师要点水喝，一连多日，从不间断。她听大伙讨论，听荆老师讲国情讲形势，之前心中的迷茫渐渐驱散。每当她从读书会回来，赵紫云总要问她有哪些收获，她都会滔滔不绝地讲给紫云听。

李鸿远从青年读书会背一包袱书籍来到凤凰城东二十多里的茅津城。此时，徐清源任茅津高小校长，他把学校的学生老师都集中起来，听李鸿远讲当前形势，讲日寇在东北犯下的罪行，讲大家要团结起来，才能把日寇赶出中国的道理。徐清源望着慷慨激昂的李鸿远，又激动又自豪。李鸿远告别徐清源，又走向去东山涧阳镇的路上。

李鸿远背上书籍步履坚毅。他一路爬坡蹚溪，穿林过桥，层层梯田满山秋韵的东部山区，让他显得异常兴奋。他站在一处山圪梁上，望着掩映在秋色之中的涧阳镇，一股清澈的山涧从崇山峻岭中湍急而出，绕过村镇曲折奔流，有一种按捺不住的激动。这些天，他连续演讲，大力宣传，在广大知识青年中掀起了不小的波澜，极大地增强了他的决心和信心，他怀着急切的心情，疾步向涧阳镇走去。

涧阳镇是中条山腹地一个很大的村镇，由十多个自然村组成，聚集在一处美丽的盆地，四周群山环绕，底部地势开阔，农田平展，农家屋舍坐落有致，商店药铺临街而开，区府、学校均在其中。虽然从人数和建筑方面比不上凤凰城繁华大气，但在山里来说，也属不一般的山中大镇。人们日出而作，日落而息，自给自足，祖祖辈辈居住在此，很少走出去，俨然一幅世外桃源的景象。此处，闭塞幽静，一条清澈的涧水从西北向东南蜿蜒穿过，因村镇位于涧水之阳，故名涧阳镇。

李鸿远来到涧阳镇，他把国际国内形势讲给山里人听，把国人要团结、人民要自强的道理讲给父老乡亲听，组织大家学习讨论，启发大家的爱国热情。山里人开始有些茫然，感觉生活安安稳稳的为啥要闹腾？李鸿远反复讲东北三省被日寇侵略，几千万同胞流离失所的悲惨遭遇。再三讲不要安于现状，要树立忧国忧民的忧患意识。同时把带来的进步书刊发给大家看，跟大家一起学习，一起讨论，激发大家的爱国热情。李鸿远的到来，就像平静的湖水驶进一叶小舟，激起无数浪花。年轻人不再是日出而作，日落而息，而是一到晚上收工回来，就赶紧跑来听讲，跑来看书，尤其是涧阳镇高小的师生，学习热情非常高涨，令李鸿远信心大增。

一路走来，李鸿远忽然感到：中条山的沟沟壑壑、梁梁峁峁、村村庄庄，忽然间迸发出一种势不可当的蓬勃力量……

俞倩从读书会回来，赵紫云让她快说说都有哪些收获？她说："收获可大了，好像思想长了翅膀，目光有了望远镜咪！""哟！你倒是真会比喻啊！""就是啊！心里感觉亮堂多了，好像走路有方向了。""之前没有这种感觉吗？""之前只感觉自己处在一个迷茫的世界里。现在有一种要走出去的感觉。""你想怎么走出去？""我想考运城女子师范。""这个想法好啊！我之前也是想考的，我爹死活不让。""为啥咪？""我爹说女娃认得字就行了，上那么多学干啥咪。""嗨！咋跟我爹说法都一个样咪。"此时，俞倩忽然想起赵紫云之前跟她说过的事，问道："我听你说过，你哥不是在日本留学吗？那你爹让你哥去日本留学，咋就不准你考运城女子师范咪？""我也是这么说的，可我爹就是不答应。正好狐三村学校要我去教书，我想想也行，就暂时教书了。""你教书了，我可咋办咪？"俞倩沮丧地把头枕在膝盖上，情绪低落地又说："我如果去考女子师范，家里肯定不会给我费用。这次，我是彻底跟家里闹翻了，一切只能靠我自个儿了。"赵紫云望着情绪低落的俞倩，沉思片刻说："不如我们去找徐校长问问，看哪个学校需要教书的，你可以先教书去。""哪有那么容易的事？你去教书有赵伯伯的面子，说去就去，我哪行咪！""别把话说死了，我们去问问。""你说的徐校长是谁啊？他能帮我吗？”“就是咱们的徐清源老师。”俞倩一听马上兴奋起来，两人约定第二天到茅津去找徐清源。

次日一早，赵紫云和俞倩抱着试试看的心情走在通往茅津的路上。清爽的秋风吹拂着她们的短发，她俩像燕子一样在路上蹦蹦跳跳，说说笑笑。忽然俞倩说：“紫云，你心中的那个白马王子自从去了运城师范后，再见过没有？”赵紫云没想到俞倩突然问到这个问题，不由得心中怦怦乱跳，赶快掩饰说：“你说啥咪？”“别跟我打马虎眼，你当我不知道你的心思？”赵紫云看瞒不过，说：“听说他回来了，还没见着咪。”“你就不会去寻他？”赵紫云马上涨红了脸。俞倩又说：“别不好意思，下手晚了小心别人抢了去。”“你就不害臊？”“你就光知道害臊？整天在街上走来晃去，不定让那个啥长看上了，就等着跟别人做二房吧！”听了俞倩的话，赵紫云又好气又好笑，她边追边打边嚷：“我叫你胡说咪！”把俞倩逗得一边躲闪一边咯咯咯地笑个不停。被撩动的春情使两个姑娘心波荡漾，秋天的景色美得比春天还醉人，更让两个姑娘异常兴奋。滔滔黄河，潺潺流水，大片竹林，还有那一株株如火焰般燃烧的柿子树，以及远处起伏山峦中深深浅浅的红叶林，在两个姑娘的视野中尽情地显露出层层叠叠的秋韵来……

茅津城位于黄河之阳，茅津高小位于城东街，赵紫云和俞倩顺着路人所指的方向朝学校走去。

徐清源校长近来心情颇佳，在听了李鸿远演讲后，感觉自己的学生成熟了，有出息了，有见识了，心情格外激动，不由得在办公室里写起自己的感想来。

赵紫云和俞倩按照看门大爷的指引，来到徐老师门前。老师门半开着，门上的白门帘在微风中轻轻飘动。赵紫云和俞倩在门口停住了脚步，她俩不敢贸然进去。赵紫云在门外咳了一声。“谁啊？”“是我，紫云。”赵紫云进了门，徐清源惊讶地说：“紫云，你是啥时来的？”“我刚来。”“这么远，你是咋来的？”“我走着来的。”“你可真行。”徐清源边说边倒了一杯茶水递给她，她接过杯喝了一口，然后朝门外喊：“快进来啊！”徐清源好奇地问：“还有谁？”赵紫云起身把俞倩从门外拉了进来。徐清源一看笑了，说：“这不是俞倩吗？”俞倩显得有点腼腆：“徐老师，您还记得我咪？”“咋不记得咪？快人快语的俞倩，今天咋变得扭扭捏捏了？”俞倩不好意思地笑了。“你俩这么远来，是有啥事唻？”赵紫云说：“老师，俞倩想考运城女子师范，但家中不支持。”徐清源说：“考运城女子师范是好事啊！但家里不支持，生活费无法保障。”赵紫云说：“老师，快帮俞倩想想办法。”徐清源说：“只能半工半读。”“啥叫半工半读？”“就是半天上学，半天打工挣生活费。”赵紫云说：“俞倩是个女娃，去哪打工呀？”徐清源沉思了起来。赵紫云又说：“老师，你看哪里需要教书的，能不能让俞倩先教一段时间的书，积攒点钱，然后再考？”“行！这个想法好。你俩还别说，前两天这茅津小学有个教师家中有事，想要一个合适人接替一段时间唻，不知寻下人没有，让我去问问。”徐清源起身出了门。赵紫云和俞倩望着老师的背影，互相看了看，似乎看到了希望。不大一会儿工夫，徐清源从外面回来，满脸笑容说：“俞倩，算你运气好。”俞倩激动地说：“老师，这么说这事成了？”徐清源点点头，然后带她俩去茅津小学。

茅津小学位于茅津城西街。徐清源把俞倩介绍给小学校长，当得知学校不提供住宿时，俞倩犯难了。徐清源沉思了片刻说：“要不你就到我家，在小偏房住一段时间。”徐清源见俞倩不好意思，说：“没啥不好意思的，谁没个难处？就这样啦！”俞倩点了点头。俞倩的事总算是安排妥了。此时赵紫云却说：“糟了！”俞倩一问才知道赵紫云是为明天有课要赶回去的事，也紧张起来，急得要送紫云回去。徐清源说：“你们俩这样送来送去的，送到啥时候才能结束唻？”赵紫云和俞倩都不知该咋办？徐清源说：“找个顺路的熟人，跟紫云搭个伴。”于是他想起了赶驮骡的表弟。

赵紫云和俞倩一同跟着徐清源来到他家，老师进门就喊：“他娘，玉堂走了没？”“走啦走啦，刚走没多大会儿。”听到应声，从屋里出来一位脑后挽着发髻的中年妇女。她一看见俞倩和赵紫云就惊喜起来：“哟！这么俊的两个姑娘，这是从啥地方来的？”“这是我的两个学生，一个在小学教书没地方住，先住咱家；另一个今儿个要回去唻。”然后跟赵紫云和俞倩介绍说：“这是师母。”俞倩和赵紫云都问候师母好。徐清源说：“玉堂今儿个去码头送盐这么快就走了？”“刚走，没多大会儿，说不定还能撵上唻。”徐清源回头对俞倩说：“你跟师母在家，我带紫云撵玉堂去。”刘玉堂是徐清源的表弟，送完货要去太阳渡码头，能跟赵紫云一路。

赵紫云跟着徐清源老师从胡同出来，徐清源知道她没吃饭，从路边的烧饼摊买了两个烧饼塞到她手里，让她路上吃。赵紫云说啥也不要，徐清源不由分说硬塞给她。赵紫云跟着徐老师的脚步一路小跑。本来不多走路的她，刚和俞倩一路从凤凰城来到茅津城，就已经很累了，再加上没好好吃饭，也没好好休息，一出城就两腿发软，渐渐跟不上徐清源的脚步，最后，累得一屁股坐在路边直喘粗气。徐清源一看赵紫云走不动了，再看看前面路上，根本没有刘玉堂的影子，这让他犯了难，煎熬地说："紫云，要不然今天你不回去了，回我家休息一夜，明天再走。""老师，如果不回去我明天会误课的。"赵紫云要缓歇一会儿再走。徐清源说："可这不是一步近路，二十多里的路程唻？"赵紫云说啥也要回去给学生上课，于是又起来一瘸一拐继续往前走，徐清源只好送她回去。

徐清源望望偏西的日头，心里有点着急，但赵紫云脚疼走不动路让他无可奈何，只好沿黄河岸边滩道缓慢前行。走了一段，忽然一阵铃铛声从身后传来，徐清源停住脚步回头张望，看见一个人骑在骡背上悠闲地朝他们走来。他打量了一下，高兴地喊："玉堂！""表哥！你这是要去哪唻？""撵你唻！到家听你嫂子说你刚走，说是前脚后脚的事，我就赶紧出门撵你。这不，撵到这里也没撵着。结果，你还在后面唻。""我出门吃了碗羊肉泡馍。表哥你说，有啥事唻？"徐清源指指赵紫云说："这是我的学生，在狐三村教书，今儿个非得赶回去，明儿个还得给学生上课唻。你看能不能把她捎上。""没问题，顺路的事。"刘玉堂从骡背上跳下来，见赵紫云走得一瘸一拐的，要她骑上骡子，赵紫云迟疑不肯。但在徐清源的督促下，只好被刘玉堂扶上骡背，她抓紧鞍桥，一摇一晃地走了起来。徐清源望着他们，又叮嘱了一番，才放下心来。

走在路上，刘玉堂边走边说："大妹子，教书的都是有文化人，我这个大老粗，虽说不识字，却与文化人有缘唻。""这么说，大哥肯定与哪个文化人有故事唻？""赶驮骡是我的老本行，去运城往码头驮盐是经常的事。那年去盐池在路上，就遇到一个去运城上学的小伙子，结果到半路遇上土匪，连行李都弄丢了，入学通知书也弄丢了，脚上还打了好几个水泡，路都走不成了，最后我把他送过盐池。也不知那小伙子后来咋样了？"赵紫云焦急地说："入学通知书丢了？那小伙子可咋办唻？""就是说唻，我还一直不放心这件事。"赵紫云说："大哥，你可真是个好人唻。我咋称呼你哝？”“我姓刘，经常在这一带走哝。”赵紫云说：“那我就叫你刘大哥哝！”“能认识你这个有文化的妹子，也是我的福分哝。”刘大哥不知这个有文化的妹子就暗恋着那个丢通知书的小伙子，赵紫云当然也不知道那个小伙子就是他心中所爱的李鸿远。一路上，她与刘大哥边走边聊，不到一个时辰的工夫就到了凤凰城。赵紫云和刘大哥道别后，一瘸一拐向家走去。

日头快落山了，毛夫人一天不见紫云的影子，心里不免有点担心，坐在厅堂焦急地说：“田妈，你知道大小姐今个去哪了？”田妈说：“也没听说大小姐要去哪呀！”毛夫人说：“这一天都不见个人影，我这心里七上八下的。该寻个人家了，不能让她这样由着性子了。”田妈听了没敢吱声。毛夫人又接着说：“田妈，我上次听你说城外有个小伙子不错，就是家境不太富裕？”田妈说：“是家境不太好。但小伙子有文化，还在山那边念书哝！”毛夫人噢了一声。两人正说着话，赵紫云悄悄推开大门蹑手蹑脚进来，想从厅堂边溜过去。“过来！说说这一天都去哪了？”赵紫云见娘发怒，吞吞吐吐地说：“送……送俞倩去了。”“把俞倩送哪了？”“送茅津了。”“你本事不小啊！能把俞倩送到茅津，那你是咋回来的？一个人？”“我一个人回来。”“你好大的胆子，这么远的路，竟然敢一个人回来，路上要是出个啥闪失可咋办哝？你气死娘了。”毛夫人一扫往日的温和。赵紫云见娘真的生气了，赶紧解释说：“娘，你别着急，不是我一个人，路上还有个伴哝。”“啥样的伴？”“脚夫。”“啊！跟个脚夫搭伴哝？”赵紫云听了娘的话也不高兴了，说：“脚夫咋了！脚夫就不能搭伴了？”“你认识不认识人家，就跟人家搭伴哝？”赵紫云见娘想得复杂了，不耐烦地说：“脚夫是徐老师的表弟，是徐老师托付的。”毛夫人这才舒了一口气，说：“以后再也不能出远门不吱一声就走了，让娘一天都悬着一颗心。”赵紫云见娘消了一些气，耐心地跟娘解释：“娘，我以为茅津没多远，没想到还真不近，把俞倩送到那里安顿好，才想起我还得回来给学生上课哝，急得我呀……多亏有刘大哥吆的驮骡，我骑上才回来，要不然我脚疼得一瘸一拐的，不知得走到啥时候哝。”听了紫云的解释，毛夫人的气也消了一大半，绷着脸说：“你也不把人家叫回家吃顿饭再走？”“人家还急着赶路送货哝！”“好了！赶快洗洗，让田妈给你弄饭去。”赵紫云应了一声，赶紧向闺房走去。

第六章　紫云暗恋李鸿远　媒婆提亲惹祸根

自从赵紫云送俞倩从茅津回来的这些日子，从没有第二个人跟她讲读书会的事情。俞倩在家住的那些日子，每天都会从读书会带回好多新鲜有趣的消息，尤其是那些自己从未听说过的革命啊、主义啊、解放啊，这些新词儿。她很想到读书会去看看。这天放学，她和妹妹紫燕从学校回来，过了县衙门就打发紫燕回去，自己则朝城北走去。

读书会已有一屋子的青年，他们都在聚精会神地听荆凯老师讲说。赵紫云进来静静地坐在后面也跟着听起来："现在，我们的首要任务是唤醒民众，让民众觉醒，要清醒地认识到国家有难，匹夫有责。我们不能只顾自己的一亩三分地，要有大局思想，大局观念，放眼全国。如果我们的国家都被强盗侵占了，我们的国就不复存在了，没有了国，我们就成了亡国奴了，就没了家，就到处流浪，任人欺负，任人宰割。同胞们！现在日本帝国主义已经侵占了我东北三省，几千万同胞流离失所，无家可归。国民政府一味地求和不抵抗，让国人心寒哪！所以说，我们作为有骨气的青年，再不能麻木下去了，我们要团结起来，敢于反抗，敢于斗争，同黑暗势力斗，同反动势力斗，同日本帝国主义斗，把日本强盗从中国赶出去！"荆凯讲完，大家报以热烈的掌声，并纷纷要求跟着荆老师干。赵紫云心情也颇为激动，兴奋的目光一直在寻找，寻找一个她最最希望寻到的身影。

此时，荆凯老师走过来寻问："你是赵紫云吧？"赵紫云不好意思地说："老师，你还记得我唻？""怎么不记得唻？俞倩咋今天没跟你一起来？""俞倩去茅津教书了。""教书是好事啊！"荆凯老师见赵紫云心不在焉的目光，说："紫云，你是不是在寻人唻？"赵紫云赶紧掩饰说："不不不，不是。"随后又问："这里就您一个人在管吗？""不是我一个，还有一个去了东山，我们这读书会是流动的，不固定在哪个点，因势而动，灵活多样。"赵紫云若有所悟地点点头。荆凯又说："紫云，有时间可以经常来，我们随时欢迎。”“知道了老师。”赵紫云没见到李鸿远，心中多多少少有些失落。不过她想，只要读书会在这里办一天，她就有可能见到他。

赵紫云这些天来一直不能按时回家，让母亲非常担心。这天，毛夫人又见紫燕一个人回来，说：“燕儿，这几天你姐姐都没跟你一搭回来，你知道姐姐去哪了？”“不知道。”“你没看见姐姐朝哪去了？”“好像是朝北街去了。”毛夫人寻思着紫云去北街干啥咪？等回来问问她。毛夫人正在生气，赵紫云一蹦一跳回来，看到母亲怕受训斥，想立刻溜掉。“你站住！”赵紫云停了下来。母亲数落道：“你看你这些天，跟着了魔似的，东跑西颠的，放了学也不早早回家。说！去哪了？”赵紫云有点心虚，吞吞吐吐地说：“就，就看了会儿书。”“看书？咱家没书？”听了母亲的质问，赵紫云索性就直说：“对，咱家就是没那些书。”“啥书？就那么好看？”“娘，你不懂，我在外面看的书就跟咱家的不一样咪。”“啥不一样的书，就这么让你着迷咪？”“娘，你就别管了。”“我咋能不管？如果你出点啥事，你爹回来我咋交代咪？”“就看个书，能出啥事咪？”毛夫人盯着赵紫云看了一会儿，话题一转说：“你也老大不小了，也该寻个人家了。”赵紫云一听就急了：“娘，您说啥咪，我还小咪！”“还小咪？都十六七了还小？再不嫁都要被人戳脊梁骨了。”“谁爱戳让谁戳去，我才不管咪！”毛夫人瞥了女儿一眼说：“让田妈给你弄饭去！”赵紫云如同获赦一般的，赶快逃离前堂，躲进后面的闺房。

尤申达被招魂幡招回来，一直胡言乱语，说的都是死去了的岳老汉拉他讨说法的话。拐巴子也顾不上再调查被绑架的事，又把王神仙请来在家折腾了一番，尤申达才稍有好转，但一直萎靡不振。

辣椒嘴想到为弟弟申达寻个媳妇，收住他的魂。拐巴子说：“你看上哪家女娃了？”辣椒嘴说：“赵家大小姐啊！”拐巴子笑了笑，又说起当年被毛老四收养的事。辣椒嘴说：“毛老四都死了多少年了？你那亲戚，早都没气乎了。”拐巴子挠了挠头说：“要是这门亲事成了，倒是天大的好事。”“是啊！多好的事，等过了门，这申达说不定也就收了心了，好好过日子，咱爹也就放心了。”辣椒嘴正乐滋滋地说着这件事。拐巴子说：“咱这么做是不是有点越俎代庖啊？”“啥越祖不越祖，也不必带啥袍咪，请个媒婆先去说说。”辣椒嘴狗腿安羊胯地胡乱解释，让拐巴子觉得好笑，也没法跟她计较，说：“那你就试试吧！”辣椒嘴听了信心满满……

辣椒嘴这几天一直在心里琢磨着为尤申达娶媳妇的事。这天拐巴子回来，她说：“拐子，要不你让申达在警察队先干着，他整天没事干，也不是个事！这要是跟人家提亲，人家问咱申达是干啥唻，咱总得有个说辞啊？”拐巴子挠挠头说：“那就先干个临时的，试试再说。”于是，辣椒嘴扯着嗓子喊：“申达！申达！”尤申达一副无精打采的样子从屋里出来：“姐，啥事？”“姐跟你姐夫说了，明儿个你去他那里上班。”“让我当警察？”“那你想干啥唻？就一直这么等你满意的事唻？申达，姐跟你说，这警察有些人想干还干不上唻！你就先干着，等有你满意的工作咱再换。”尤申达不吭声了，转身就想走。辣椒嘴一把拉住他，耐心地说：“姐给你寻个媳妇，人家女娃可好唻，你没个工作，恐怕人家不愿意。”听了辣椒嘴的话，尤申达好像有点兴趣，虽然看样子还是漫不经心，但还是问道：“是哪家女娃？”“就是城西的赵家大小姐。”一听说是赵家大小姐，尤申达的眼神马上亮了起来。继而想想，赵家大小姐根本就看不上他，感觉很没底气，说：“赵家大小姐能愿意吗？”辣椒嘴兴致不减地说：“那可不一定，事在人为唻！姐央人去给你说，保不准就能成，只要你能干出个样唻。”辣椒嘴的话就像为尤申达注了一剂强心针，尤申达马上兴奋起来。

尤申达跟着拐巴子去警察大队上班去了。辣椒嘴一个人在家翻着箱底寻找东西，她寻出一个锦缎包囊，从里面拿出两个银圆，用手绢包好，撩起衣襟装进衣袋，又特意把出嫁时娘陪嫁的那个红玛瑙玉饰簪子插在高高的发髻上，这样的装扮在凤凰城也是绝无仅有。她在镜中又前后照了照，感到满意后，才走出门。

辣椒嘴虽说与拐巴子结婚多年，但一直未育，肌肤和身材一直都保持得很好，与刚结婚的新媳妇看上去没多大差别，再加上头上与一般女人绾得不一样的高高发髻，看上去从头到脚显露出的曲线，有一种风姿绰约的别样韵味。辣椒嘴出了家门，扭动着细细腰肢走在大街上，自然是引来一群婆娘们的窃窃私语，她朝人堆瞟了一眼，见巧嫂也在里面，扬了扬头从边上走过，耳朵却收听到戏耍之言。一堆婆娘说着辣椒嘴多年不生育是因为拐巴子的那个拐了的缘故。有的说你见人家的拐了？有的说我没见你见了？然后又嘻嘻哈哈嬉闹起来。辣椒嘴虽然对这种情况见怪不怪习以为常，但还是在心里暗暗骂道："一堆臭婆娘！"然后仰着头径直朝花媒婆住的胡同走去。

辣椒嘴来到花媒婆门口，一看门上挂着锁，这让她有些失望，她想了想，只好盘算着明天再来。

尤申达被拐巴子安排在警察大队上班后，根本无心做警察的事，一心只想着如何能见到赵家大小姐。他一穿上警服就去了大街上，四处转悠。赵紫云和妹妹刚从学校放学进了东城门，他就远远瞅见了，随即马上正正帽子，拽拽衣襟，整理好警服等赵紫云走近。当赵紫云走近时，他立刻挺胸抬头从赵紫云姊妹俩面前走过。赵紫云眉头一皱拉起妹妹赶紧走。

赵紫云一进家门，毛夫人就摆摆手示意说："云儿来，你坐下听娘慢慢说。"赵紫云看娘说话的语气与平时不一样，感到诧异，笑了笑说："娘，啥事啊！这么严肃？""是这样，今个有人来提亲了。"赵紫云一听，马上羞红了脸，说："是谁唻娘？我不嫁。""还没说是谁唻！"赵紫云压低声音问："那到底是谁唻？""花媒婆说是县长……"赵紫云还没等娘把话说完，就愤然地说："县长他有老婆！"毛夫人知道女儿是弄错了，赶紧补充道："是县长的兄长。"赵紫云半天说不出话来，她缓了一会儿说："县长的兄长？那该有多老啊？"毛夫人说："县长的兄长死了夫人，想续弦唻，央媒婆提亲唻。"赵紫云腾地从椅子上起来说："这不行！娘，你可不能答应人家。""我没答应人家，等你爹回来再说。""爹回来也不能答应。""云儿，你也不必紧张，婚姻大事得稳妥才行。既要门当户对，还要郎才女貌。虽说当今婚姻是媒妁之言，父母之命。但我和你爹还是要顺着你的意愿，不会强求的。"听娘的这番话，赵紫云才把心放下。这件事让赵紫云心里很是不爽，她转身跑到自己的闺房，坐在床上抱起枕头一个人生闷气。此时，她脑子里全都是李鸿远，却始终见不到他的影子……

后晌，赵紫云和妹妹刚从学校出来，过了小石桥进了东城门又遇到尤申达，而且那双眼睛一转不转地盯着她。赵紫云一看见尤申达，心里就厌烦，赶紧拉起紫燕的手急匆匆往家走去，一边走，一边想着心中的李鸿远。

李鸿远在涧阳镇学校办读书会，立刻吸引了不少学生和老师。一屋人围着油灯听他演讲。大家一会儿静静地听，一会儿又热烈鼓掌。一批批青年纷纷前来参加，大家的心情激动又高涨，意想不到的收获让他充满信心。

山峦起伏的东部山区，在李鸿远的眼里更加迷人。他望着无边秋色，想到这次东山之行的收获，心里非常激动。这许许多多的进步青年，犹如满山遍野的红叶，一夜间被革命的激情之火点燃……

李鸿远把所带的书籍全部留在各读书点，然后一身轻松快步归来。他想把这好消息尽快告诉给荆凯，以便安排下一步工作。

李鸿远回来天已经黑了。娘见他回到家，溜下炕颠着小脚就去做饭。爹说："鸿儿，你一回来，整天不着家，说是寻同学校友聊天，聊啥天？就聊这么多天？""爹，外面的事您不懂。""你就没说，咋就知道我不懂唻？"父亲的一句话把鸿远给问住了。他想了想也是，这些道理也该跟父母讲讲了。于是坐在炕沿上，边剥玉米边说："爹，我问您一个问题。""啥问题？""土地庙供奉的是哪个神？""土地神啊！这还用问唻？""那土地神能分给穷人土地吗？""这……"李老汉被儿子的话噎住了。农民敬奉土地神，希望能长好庄稼多打粮食，守护一方平安，最忌讳不敬之词。儿子突然问分地的事，这让李老汉大为不快，气恼地说："你就不能说些别的？"李鸿远见爹忌讳说土地神，就把话题一转说："那为啥我都十一岁了，进不了学堂读书唻？""那不是因为咱家没钱，上不起学吗？""如果有一种社会，娃娃们到了年龄，不论穷富，不用交学费都能上学，你高兴不高兴？""哪有这样的好事唻？""先说您高兴不高兴？""那当然高兴唻！不仅我高兴，我看全村人都高兴唻。""日本人侵占了咱国家东北三省，你们知道不知道？"娘在锅台边说："这跟咱有啥关系唻？""怎么说没关系？现在日本人占了咱东北，将来可能就占到咱这里来了。"娘说："不可能吧！他来咱这干啥唻？""占咱的地，挖咱的煤，占咱的码头，抢咱的牛羊。"爹说："真有这么厉害？""现在东北的几千万同胞无家可归，到处流浪，就因为这个。"娘问："那可咋办唻？"李鸿远说："得把日寇赶出去！"爹说："就凭你？""我一个人肯定不行，得有千千万万的中国人团结起来，才能把小日寇赶出去。"听了儿子的话，鸿远的爹娘若有所悟。感觉儿子是在干一件了不起的大事。停了一会儿，鸿远娘说："娘不管你在外面干啥大事唻，有一件事你得听娘说。""娘，您说，我听着唻。""你得赶快娶个媳妇，都老大不小了。""娘，哪有现成的姑娘等着我，说娶就娶？""这你不用管，我叫村里胖婶去说。""娘，你可不能包办啊！""这事由不得你，娶个媳妇把你拴住，省得你老不着家。""这……"李鸿远见娘如此固执，笑了笑显得很无奈。娘把饭菜端上饭桌，他赶紧端起碗呼呼噜噜吃了起来。"慢点吃，慢点吃。"他看了娘一眼傻傻地笑了。"你别笑，寻个媳妇给你做饭。""娘，咋又说这个唻？""娘不说这个说啥唻？"娘瞥了儿子一眼，憋不住笑了。李鸿远想想也是，娘大字不识一个，每天就是纺线织布，钻鞋帮，纳鞋底，洗衣做饭，忙一家人穿衣吃饭的生活琐事，而为儿子娶媳妇就是她心中的大事，还有啥事能比这更重要呢？何况自己经常不在家，这好不容易儿子回来，能不逮住唠叨几句吗？想到此，他忍不住也笑了。

李鸿远到读书会把县东的情况跟荆凯做了详细汇报，荆凯高兴地说："鸿远，你这次东山之行，大有成效，为咱以后开展工作打下了基础。县西几个点我去一趟，这样，全县从东到西就很快铺开了。"荆凯家是县西人，轻车熟路，说走就走。

荆凯走后，李鸿远马上想起岳少峰来，他不知这么多天，他和关山究竟来过读书会没有？

岳少峰在关家窝学校教书，一直记挂着读书会。自从上次到读书会去过一次后，一直安排不出时间再去听荆凯老师谈形势讲理论，心里着急。他和关山约好周六再去读书会。

李鸿远看见岳少峰和关山来，高兴地说："你们俩早该来了。我这次去东山，大家的读书热情非常高涨，白天读，晚上读，在家里读，有的还把书带到地里读，恨不得把我拿的书一股脑都读完。"逗得几个人都笑了。李鸿远又接着说："少峰，你在关家窝教书，离这里远了点，如果能近一点，在读书会的组织方面也可以参与进来。"岳少峰迟疑了一下说："我行吗？""咋不行？""我可啥都不会做呀？""不会没关系，只要肯学就行。""可我还能再回到狐三村学校？""啥事都是有可能的。现在日寇侵占咱东北三省，逼得几千万同胞到处流亡，国民政府一味地不抵抗。如果任由局势这样下去，日寇的膨胀野心会越来越大。到那时，不只是东北三省的问题，也许整个中国他们都想吞并。”岳少峰看了看关山，回头又问：“会这么严重？”李鸿远说：“如果任其发展下去，那是迟早的事。”岳少峰着急地说：“这可咋办唻？”“这就需要国人清醒，不能这样再麻木下去了。”“那我们能做些啥？”“首先，我们这些有文化有知识的青年，必须看清形势，认清方向，尽快组织起来，团结起来，形成一股强大的力量，才能同欺诈人民的邪恶势力斗，同日寇侵略者斗！”李鸿远的话，使岳少峰和关山为之一振。

这些日子，赵紫云有很多烦心事儿。她心中那个李鸿远听说从运城回来好些日子了，咋就一次也遇不上呢？让她心烦；再是不愿见到那个叫尤申达的，却天天在面前晃悠，也让她心烦；还有可气的，不知从哪冒出个老朽，说是县长的兄长来续弦，这让她更烦。这几件事凑到一块，让赵紫云烦透了。她耷拉个脸从外面回来，正好遇上花媒婆在厅堂跟母亲嘀咕着什么。一看赵紫云回来，上下打量了一番，笑嘻嘻地说：“你看这紫云姑娘长得多水灵啊！难怪县长三番五次托人要跟他兄长说唻。”听了花媒婆的话，赵紫云把手上的书重重往桌上一砸，气冲冲地说了一句：“请你出去！”花媒婆一看这架势，刚露出的笑容瞬间僵硬在脸上了，尴尬了好大一会儿，然后不得已溜出了门。毛夫人看到女儿的举动，有失大家闺秀的体面，嗔怪道：“云儿！你这样失礼会让人笑话唻。”赵紫云气恼地说：“不看看他都老朽成啥了？不是糟践人唻？”毛夫人却心平气和地说：“女儿大了，人家上门来提亲没有错。”“娘！……”赵紫云气得没说完话就转身走了。毛夫人的观念是根深蒂固的，谁能一下子把她改变过来？可毛夫人也没有错，人家来提亲对一个母亲来说也是好事，这说明自家闺女长得好。赵紫云却不这样认为，只要是她不顺心的人，就认为是糟践自己，所以她气得坐在屋里生闷气。田妈端来的饭菜一口也没吃，急得田妈在屋外干着急，她怕毛夫人责怪，不知该不该把鸿远娘的想法告诉给大小姐？

花媒婆被赵紫云撵了出来，回到家坐在椅子上刚喝了口茶水，就听到有人敲门。“谁呀？”“是我，花婶，您可是大忙人啊！我来了几次都没见到您，今儿个可算是见到您了。”花媒婆看着一个年轻妖艳的女人边说边扭动着腰肢进来，上下打量了一番说："你是？""我是拐家巷的。""噢！是她辣嫂啊！你看我这眼神，你咋有空来我这？""我就是想来看看花婶，给花婶带点点心唻。"顺手把一包点心放在桌上。花媒婆瞟了一眼说："你来就来吧，还带啥点心唻，这不是太见外了？""经常不来，来了还不带点心意唻？""你不单单是来看我吧！恐怕是有啥事吧？""我想请您跟我家申达说个媳妇。"花媒婆探了探身子说："你说，看上哪家姑娘了？"辣椒嘴往前凑了凑说："城西赵家大小姐。"一听说是赵家大小姐，花媒婆把头摇得跟拨浪鼓似的，连声说："不行不行不行！""咋的就不行了？""说谁都行，这赵家大小姐不行。""听花婶这话，赵家大小姐是有主了？"花婶摇摇头说："还没有唻。""既然还没有主，不妨劳花婶去说说？""有人央我去跟赵家大小姐正说着唻。""说定了吗？""还没定。""既然没定，我家提亲也不碍啥事，您就多费费心。"辣椒嘴说完撩起衣襟，从衣袋里摸出两块大洋放在花媒婆面前。花媒婆盯着银圆看了看，又推辞说："恐怕不好说，别的家先央我去说了，这又跟你家说，不妥不妥！""这有啥不妥唻？您本来就是说媒的，能跟别人家去说，也能跟我家去说呀！"花媒婆看着银圆想想被赵家大小姐轰出门的情景，但想到尤申达这小伙子也不错，就答应说："那我就试试看！""就这么说定了，我等您消息啊！"辣椒嘴高兴地往外走去。花媒婆望着扭动着细腰出了门的辣椒嘴，心里也没底，不知赵家人会不会答应。

这几日赵紫云从学校回来，在大街上总是遇到那个烦人的尤申达，让她心里很不爽。她百思不得其解，回到家又见花媒婆跟母亲嘀咕着，更是一脸的不高兴。花媒婆一见赵紫云满脸堆笑说："大小姐……"赵紫云没等花媒婆说出后面的话，就甩出一句："你别说了，我不想听！"花媒婆又笑着说："这次是个年轻的，一表人才，姐夫还是警察大队的大队长唻！"赵紫云想到在街上遇到尤申达的事，甩了一句："我不愿意！"她愤然回到自己的闺房，狠狠地把门一关，谁也进不去。

这些天，花媒婆到赵家来来回回反反复复地折腾，让赵紫云心里烦透了。她深深体会到之前俞倩为何从家里逃出来的感受。虽然母亲不像俞倩母亲那样逼她，但花媒婆这种不间断地骚扰，也让她受不了。继而回想：怪不得这些天在街上经过，一直遇到尤申达在面前晃悠，原来是这个原因。岳少峰爹的死还没有让人们完全淡忘，就这样耐不住性子了？还想……赵紫云不愿往下想，她随手拿起一本书想让自己静一静，可翻了几页怎么也看不进去。此时，她听到有人敲门，问了声：“谁呀？”“云儿，是娘，你开门。”听到是母亲，赵紫云开了门。毛夫人进屋在椅子上坐下，耐心地说：“云儿，花媒婆说的那个县长兄长你不愿意，娘也不乐意。娘不能把女儿做续弦，那花媒婆说这个年轻的警察，你甩脸子又是为啥咪？”“娘，你不知道，花媒婆说的这个人，就是以前撞死少峰他爹的那个人。你还记不记得咪？后来，还遭人绑架了，她姐在家门口竖招魂幡招魂的事，难道您不知道？”“噢！原来是他呀？”毛夫人忧心忡忡地说：“你爹去太原这么长时间了也不见回来。你说这整天来提亲的人，娘都不知该咋回人家的话咪。”紫云说：“你就说等爹回来再说。”“女儿大了，反倒让娘操不完的心咪。”毛夫人说完话起身要走，赵紫云喊了声：“娘！”然后欲言又止。毛夫人见女儿心思重重的样子，说：“云儿，你想跟娘说啥咪？”赵紫云的心思羞于出口，赶紧掩饰说：“没啥。”毛夫人猜不透女儿的心思，摇摇头出了门。

鸿远娘自从托村里胖婶打听为儿子说媳妇的事，就一直惦记着这件事。胖婶从城里回来，赶紧跑来对她小声小气说了几句，然后说：“她就在狐三村教书，你有空去看看。”

鸿远娘听胖婶说那个姑娘在狐三村教书，满心欢喜，准备去看看。她对着镜子用木梳在嘴上抿了点唾沫，然后在头上把凌乱的头发轻轻地抿了抿，又整整脑勺后圆圆的发髻。她上身穿灰蓝色偏襟大布衫，下身穿黑色大裆折腰裤，裤脚用带子扎得紧紧的，显露出娇小的一双小尖脚。一双被缠过的小脚是上辈延续下来的遗迹，也是用来欣赏女人美不美的唯一标准。这种畸形的审美观在鸿远娘的观念中根深蒂固。鸿远娘这种装束和发髻，是当时中国农村妇女的普遍现象。她在镜里看看自己，还感到满意，就颠着小脚出了门。她走过院外的打麦场，走过竹林与涧水之间的小路，站在东城门外的石桥边。

鸿远娘一直朝狐三村学校门口张望，希望学校放了学就能看到她想要看到的那个姑娘。为儿子相媳妇是母亲最开心的事，也不知姑娘长啥样，

究竟是俊还是丑咪？稀罕人了，那没的说，自然是心里欢喜。如果丑了呢？丑了当然不行，到娘这一关就过不去。但回头一想，赵家这样的大户人家怎么会生出丑八怪的姑娘呢？那也说不准，要万一是呢？万一是丑八怪咱说不愿意，这让赵家知道了，岂不得罪了人家？到底人长得咋个稀丑歪样？鸿远娘心里从来都没这样纠结过，心里就像挂着十五个吊水桶，七上八下，忐忑不安。她盯着学校门口一直张望，感觉时间过得太慢了。

鸿远娘站在涧桥边一直等着，好不容易等到学校开门放学，纠结的脸上才有了喜色。她看见一群娃娃从学校出来，就是不见有女老师，心里不免有点焦急。心想：莫非是今个那女娃没来？还是已经早早走了？正在心里胡乱猜想时，一个齐耳短发姑娘带着一个小不点妹妹从学校出来，她心里一喜，心想：这一定是胖婶说的赵家大小姐。她眼睛一眨不眨地盯着这个俊俏姑娘，脸上露出掩饰不住的喜悦，当她的目光从姑娘脸上移到脚上时，脸上的喜悦瞬间不见了，她一转身，捣着小脚回来了，心里一万个不愿意这个姑娘跟儿子做媳妇，希望儿子快点回来，跟他尽早说明这件事。

此时，李鸿远在城北青年读书会，正与荆凯交谈县西的情况："荆老师，县西的情况还顺利吧！""县西有两个点，但不比县东。不管怎样，根据目前情况，按照咱们临行前上级的安排，也算搞了一个段落。下一步究竟如何开展工作，还需要再请示上级。"李鸿远说："不如让我去运城一趟，听听上级如何安排。""你快去快回。"李鸿远又踏上去运城的路程……

第七章　紫云一病卧在床　俞倩出马解危机

鸿远娘在七孔涧桥边悄悄偷看了赵紫云回到家，左等右等不见儿子回来，只好坐在纺车前开始嗡嗡纺起了棉花。

李鸿远从运城回来，饿得在馍盆里找馍吃，娘丢下纺车起身要给他做饭。他说："不用做了，凉馍咸菜开水就行。"娘说："你整天将就着不吃热乎饭，时间长了会生出病咪。"李鸿远说："我哪有那么娇贵咪？！"娘心疼得瞥了他一眼。炕上的父亲说："他娘，这几天让胖婶说的赵家女娃咋样啦？"鸿远娘忽然想起不缠脚的事，说："这女娃不行！""咋不行咪？是人家女娃长得丑咪还是咋的咪？""女娃脸长得倒是挺俊，就是脚大。""为啥脚大咪？是没缠好？""根本就没缠。"鸿远爹不吭声了。娘却接着说："脸长得俊有啥用咪？这一落花轿，村里人看的都是脚。这脚缠得小了，就是三寸小金莲，是好媳妇咪。这不缠脚，五个脚趾展开像把扇，成何体统？还不叫人笑掉大牙咪？"李鸿远对娘的话很感兴趣，说："娘，这女娃是哪家的？做啥的？""是城西赵家大小姐，在狐三村教书。鸿儿，这女娃咱不要，娘再给你另寻个好的咪。"李鸿远却说："娘，你说女娃缠脚的事，那都是老思想，要不得。你想啊，女娃缠了脚，走路都走不稳，地里干活既不能担也不能挑，还不能走远路，遇到紧急情况更不能跑。有啥好处咪？缠小脚是有百害而无一利，是一种陈规陋习，一定要根除掉咪。"娘愣了半天，然后说："你说不缠脚还有这么多好处咪？"李鸿远苦笑了一下说："娘，你还没有感受？整天颠着个小脚方便吗？"娘说："这不都是这样过来的吗？"李鸿远说："这种陋习早得改改啦！"娘没吭声，李鸿远又说："娘，你说的赵家大小姐，我倒是想认识认识她。"李鸿远起身出去了，娘直愣愣地望着儿子走远，自言自语道："这娃在外面念了几年书，管不了啦！理儿还一套一套的咪。"

李鸿远从家出来，到城北读书会跟荆凯谈了上级的意见："上级要求我们，在开展读书会的基础上要慎重发展党员，以便开展党的工作。”荆凯说：“发展党员一定要稳妥，一定是忠诚可信的，敢于工作、甘于奉献的同志。这一点一定要把握好。”李鸿远说：“发展新党员，还要进一步提高他们的思想觉悟。首要问题，还是要加强学习。”荆凯说：“目前学习资料远远不够，这是个问题，得尽快解决。我想马上去西安一趟，看看能不能从那里搞些学习资料回来。”李鸿远很快送荆凯出了门，远远看见穿警服的尤申达在街上溜达。李鸿远与尤申达在凤凰城是同年级同学，上学期间，他对尤申达就没有好感，上了运城师范也没有联系过。这次看见他也不想搭理，他怕他来会搅事，于是很快转身进了读书会。

尤申达自从当了警察，每天上班不是专心干警察的事，而是想方设法在街上转悠，希望能见到赵家大小姐。每见到一次，回去就催促姐姐辣椒嘴一次，越见心里就越着急。

这天，他又在街上见到赵紫云，赶紧上前搭讪，赵紫云眼皮抬都没抬就走了过去。后晌，赵紫云从学校回来时，尤申达又上前问候，赵紫云还是没搭理他。尤申达回到家催促辣椒嘴说：“姐，那个事你到底说了还是没说？”“我说了呀！”“说了咋没回音唻？”辣椒嘴瞅瞅躺在沙发上的拐巴子，说：“拐子，这事看来……”“咋了，赵家不愿意？”“花媒婆没明说，看那意思是不痛快，好像有啥事绊着唻。”“能有啥事，要说门当户对，咱家在东山也是大户；要说郎才女貌，咱申达穿上警服也是仪表堂堂。”听了拐巴子的话，尤申达又抖抖身上的警服。辣椒嘴看了申达一眼说：“是啊！我就纳闷唻。”拐巴子说：“那你说该咋办唻？”辣椒嘴说：“不如来个霸王硬上弓。”拐巴子骨碌从沙发上起来说：“你想咋办唻？”辣椒嘴对着拐巴子耳语了一番，拐巴子笑笑说：“也倒是个办法。”

凤凰城城西赵家大门前突然热闹起来。花媒婆带着一队穿警服的人抬着十多箱系着红绸带的礼品盒子，浩浩荡荡往赵家走去。与此同时，同样有一队人马抬着礼品盒子朝赵家走来，到了大门口都要抢先进去。结果，两队人马在门口互不相让，顶在那里谁也进不去。花媒婆见两家顶上了，知道事情不好收场，自己难脱干系，趁人不注意赶紧溜了。

赵家门外两个送礼队伍，一个要进，一个不让进，穿警服的也不问对方是谁，最后都僵持在那里，一动不动。

拐巴子按照辣椒嘴出的主意，派人把礼品盒抬到赵家大门口，结果被另一队人马顶在门口进不去，这让辣椒嘴很是恼火，她回到家瞅见拐巴子就气愤异常：“谁这么大胆，敢跟你这个警察队长对着干？也不看看马王爷有几只眼！”“花媒婆唻？寻她问问。”“花媒婆早没影了。”辣椒嘴气呼呼地蹾在椅子上。

城西赵家门外看热闹的人越来越多，赵家人被堵在门里一个也出不去。赵紫云一气之下病倒在床上不吃不喝。赵老爷外出还没回来，毛夫人在家急得团团转，赶紧叫田妈请大夫。田妈看大门被堵上了，于是又折回来从后门出去。

田妈带着大夫从后门回来，大夫给赵紫云把了脉，说是急火攻心，气血瘀滞。大夫开好药方交给毛夫人，毛夫人又把药方交给田妈，叫她快去抓药……

赵紫云昏昏沉沉地睡着，毛夫人守在身边不停地叹气，见田妈端药汤过来，赶紧唤云儿喝药。赵紫云固执地说自己没病，喝药也无济于事，她坚持不喝药，毛夫人看看田妈，愁得不知如何是好。

田妈家在东山，嫁到邻村不久就死了丈夫，一个人孤苦伶仃生活艰难。田妈跟水磨村的胖婶是远房表亲，胖婶就把她介绍到赵家帮着看孩子做饭挣点钱粮。由于她干活勤快人也厚道，赵家也从不亏待她，她就一直在赵家看了紫骏看紫云，看了紫云又看紫燕，一待就是二十多年，与赵家人相处得跟一家人似的。虽说相处甚好，但毕竟是下人，说话还是要讲分寸，对紫云的事也不敢乱插嘴。紫云喜欢李鸿远，却不敢跟父母说，但私下里在田妈跟前偷偷打听了几次，田妈就知道了她的心思。田妈望着毛夫人心里犹豫：小姐都病成这样了，如何把小姐的心思告诉毛夫人呢。正好前几天水磨村鸿远娘打发胖婶来询问，想必也有这心思。两家都有这心思就好办了。但她一个下人如何跟夫人说呢？她怕夫人怪罪，于是想到俞姑娘。她大着胆跟毛夫人耳语了几句，毛夫人起身跟田妈一同来到厅堂，听了田妈的一番话，说：“你意思说让俞姑娘来劝劝？”田妈点点头。

俞倩接到信后和徐清源从茅津赶到凤凰城。徐清源神色焦虑地边走边说：“俞倩，你说说，李鸿远这会应该在哪唻？”“如果他从东山回来，不在家里就在读书会。”于是两人向读书会走去。

李鸿远在读书会正与几个青年在讨论问题。岳少峰急匆匆地从外面跑进来说："出大事了！"李鸿远说："出啥大事了？"岳少峰把赵家大门前的情况说了一遍。李鸿远一听这事与赵家大小姐有关，心里咯噔了一下。他得知是强权逼婚，但一时又束手无策。正在为难之时，忽然听到喊声："鸿远！"鸿远一看是徐清源老师，惊喜地说："老师，你们这是？"徐清源还没说话，俞倩就接过话说："我叫俞倩，以前来过，你不在，荆老师在。"李鸿远说："这段时间也不见你再来看书？"徐清源说："俞倩现在是教书先生了。"李鸿远说："教书好啊！有了自己的工作，就向前迈进了一步。"俞倩说："是的，感觉自信多了。"李鸿远又问："老师，你和俞倩今天一起来，有啥事唻？""这事跟你有关。"李鸿远有些莫名其妙。徐清源说："听说这几天赵家门前，为了赵紫云两家提亲送礼的在门前顶上了，闹得满城风雨，是不是有这回事？""有有有，我正为这事烦着唻！"徐清源说："你烦啥？"李鸿远说："强权逼婚，丑恶至极。我们读书会，不能袖手旁观，得想法施救，但还没想到好办法唻。"俞倩说："你啥时能想出好办法唻？紫云都快病死了。""有这么严重？""事情不在你头上，你当然感觉不到。"李鸿远说："你说具体点儿。"俞倩说："你想啊！一个老朽，一个他不喜欢，两家人逼在门口，急火攻心，气血瘀滞，紫云能不生病吗？"俞倩越说越气，停顿了一下又气冲冲指着李鸿远说："都是因为你！"李鸿远一头雾水。她又回头指着岳少峰说："还有你！"两人都傻傻地站在那里。

徐清源说："少峰，鸿远去运城上学之前，我让你交给他的东西，你给了吗？"岳少峰莫名其妙地说："给了呀！鸿远，你该不会是忘了吧？""咋能忘唻？"李鸿远从衣袋掏出一块丝手绢，里面还有两块银圆。徐清源看到李鸿远手里的东西说："这就对了！"俞倩说："对啥对？是三块银圆，咋只剩两块了？那一块呢？"李鸿远更是大惑不解，心想：这事我没对任何人说过，俞倩咋知道得这么清楚？他拿着手绢和银圆，愣巴巴地看看岳少峰，又看看俞倩，疑惑地说："这是咋回事唻？究竟有啥秘密？快说给我听啊！"于是，几个人你一言、我一语地把事情前前后后说给他听。俞倩气愤地说："为啥当年紫云把攒下的零线兑换成大洋送给你唻？"李鸿远感到更诧异了："我不认识她，她怎么会认识我唻？"俞倩说："徐老师经常在课堂上给我们讲李鸿远怎样好，怎样刻苦努力，紫云就默默地爱上了你。就是因为她心里想着你，怕你在外面受苦。你可倒好，跟啥事都没有似的。”李鸿远听了内疚地说：“我咋一点都不知道啊！我甚至连她长啥样都不知道。”俞倩从口袋掏出一张照片拿给他说：“这就是紫云，你好好看看。”李鸿远接过照片一看，照片上一位齐耳短发身着浅色布衫和黑裙子的姑娘，就是他心中挥之不去的那个姑娘。他惊喜地说：“是她是她，就是她唻。天然无雕饰，清水出芙蓉。我在城东桥上见过。”俞倩说：“她在狐三村教书，应该就是她。这么好的姑娘你哪儿找去？”李鸿远懊悔自己太大意了，差一点错过一桩好姻缘。此时，他心里乱极了。他稍微整理了一下自己的情绪，说：“你们说，现在该咋办唻？”俞倩说：“现在紫云在家几天不吃不喝，一直昏睡，赵伯伯不在家，伯母一个人在家急得团团转，不知如何是好，田妈捎信希望我们来能有个好主意。”李鸿远焦虑地说：“我心里乱得很，不知该咋办唻？”徐清源说：“我看这紫云的病也好医治。”俞倩说：“好医治？老师，您知道紫云的病唻？”徐清源点点头。俞倩说：“那您说说，紫云到底害得是啥病唻？”“是心病。”“心病？心病咋个医治唻？”俞倩瞪大了眼睛。徐清源说：“心病啊，还得心医唻。”“咋个心医法唻？”“我说俞倩啊，在这个时候，紫云最需要的是啥呀？”“是安慰啊！”俞倩恍然大悟，指着李鸿远说：“对！你去安慰。”李鸿远说：“赵家大门紧闭，一个人都进不去。”俞倩说：“后院有个小门，可以进啊！”李鸿远摇摇头说：“不妥不妥，素不相识，贸然造次，确实不妥。”俞倩说：“你说这也不妥，那也不行，难道就这样干等着唻？”徐清源说：“我看这样，还是鸿远你给紫云写封信，让俞倩带进去，这样稳妥点儿。”几个人都觉得这个办法好。俞倩催促李鸿远赶紧写。李鸿远坐下来稍微捋了捋思绪，铺开信纸掏出钢笔，略作思索迅速写了几行潇洒文字。最后又写上自己的名字，叠好装进信封，又写上“赵紫云亲启”几个字，然后交给俞倩。俞倩说：“你们等着啊！”然后信心满满地向赵家走去。

俞倩走后，李鸿远和岳少峰几个人商量如何向县长施压的事，但最终不知该如何施压。正在此时，门口传来一个声音：“游行示威！”李鸿远一看，惊喜地说：“荆老师，您没走啊？”“我在码头听到这个情况又返回来了。”“为啥唻？”“得抓住这个机会，游行抗议，唤醒民众。这是最好时机，要让广大民众意识到争取自由、反对强权的时候到了！”李鸿远激动地说："我急得都没辙了，多亏荆老师提醒，咱们把学生、青年都组织起来，游行抗议，向县长施压。"岳少峰几个一致同意……

赵紫云病在床上坚持不喝药，毛夫人一筹莫展，田妈在院子里心焦乱转。她忽然听到后院小门响起拍门声，赶紧打开门，惊喜地说："俞姑娘，你可来了！快来劝劝大小姐。"

毛夫人见俞倩来，马上站起身来，边擦拭眼角的泪水边说："俞姑娘，你看这紫云……"毛夫人没把话说完，泪水又流了出来。俞倩说："伯母，你别难过，这事我都听说了，我就是专门为紫云的事来的。"毛夫人强忍着泪水点点头。俞倩又抚摸了一下紫燕的头，对毛夫人说："伯母，你们都出去，紫云就先交给我吧！"毛夫人点点头，和紫燕田妈一起出了门。

俞倩关上门来到赵紫云床前，俯下身子用手抚摸着她的脸，轻轻地唤："紫云！我是俞倩。"赵紫云微微睁开双眼，用微弱的声音说："俞倩，你来了？""你这是咋了？不吃不喝的？""我要死了，还吃啥喝啥唻。"赵紫云说完勉强笑了一下。俞倩责怪道："看你说啥丧气话，快别说这活唻死唻的话。"赵紫云有气无力地说："你不知道……"俞倩打断她的话说："我啥都知道了。"赵紫云又勉强笑了一下说："你知道啥唻，我到现在才感到啥叫万念俱灰。"俞倩忍不住也流下泪来，说："紫云，你不该这样，还有人在想着你唻。"赵紫云不以为然地摇摇头，闭上眼睛再不愿听俞倩说了。俞倩从怀里掏出一封信说："紫云，你看看，就是这个人在想着你唻！"赵紫云闭着眼说："别逗了。""不信？你自己看。"俞倩把写有"赵紫云亲启"的一面朝向她并念了一遍。赵紫云微微睁开眼一看，眼睛忽然放出了亮光，说："拿来我看看。"俞倩把赵紫云慢慢扶起靠在自己身上，然后帮她打开信封，取出信笺。赵紫云颤巍巍地展开信笺，几行潇洒的字迹映入眼帘：

碧水溪流远，小桥伊人行。
倩影拂不去，深秋寄慕情。

李鸿远

赵紫云看完信，一下子坐了起来，说："他在哪儿呢？"然后就要下床，头一晕差一点摔倒了。俞倩赶紧扶住说："别着急，你身子还虚弱，得好好吃药吃饭咪，等把身体调养好了再见不迟。"然后扶赵紫云半躺半靠在床上。

赵紫云靠在床上拿着李鸿远写给她的信反复看，默默读，一遍又一遍，好像永远也看不够。俞倩望着她的样子，悬着的心才放下。她打开门对田妈说："大小姐有所好转，愿喝药吃饭了。"田妈高兴地转身去了。

大小姐肯吃东西了，田妈激动地把这个好消息告诉给毛夫人。毛夫人按捺不住心中的喜悦来看女儿。小紫燕也高兴地陪着母亲来看姐姐。

床上的赵紫云见母亲来，想起身下床，但身子软弱无力。毛夫人赶紧按住她说："娘不能没有你，你是娘的心头肉啊！"说着又忍不住流下泪来，紫云紫燕也跟着流泪。一边的俞倩忍着泪水说："伯母，别难过了，紫云这不是好了吗？""俞姑娘，这可得谢谢你，要不是你来，伯母都不知如何是好。"毛夫人要给俞倩施礼，俞倩慌忙说："使不得，使不得。伯母，你折煞我了。""这次多亏了你，要不是你来，紫云还不知会成啥样咪。""伯母，这都是应该的。当初，要不是紫云和您收留我，我还不知道咋样咪！"此时，田妈端着药汤进来，俞倩赶紧接过药碗，一勺一勺地给紫云喂。毛夫人见此情景，脸上露出欣慰的笑容，然后招招手，跟田妈和紫燕一同离开。

此时，凤凰城大街上，突然出现好几百人的游行队伍，学生、老师、工人、农民，他们手举彩旗，不停地喊着口号："反对强权！婚姻自由！""反对强权！婚姻自由！"……最后游行队伍聚集在县府大门外的大场上。口号声一阵紧似一阵，一阵高过一阵……

城西赵家离县府大院不算太远，毛夫人听到外面的嘈杂声，不知发生了什么事，她唤了声："田妈，外面发生啥事了，这么闹腾？你去看看。"田妈支起耳朵听了听，也听不出什么，于是向大门走去，刚到大门跟前就想起外面两队送聘礼的事。她扒在门缝往外看，两家的礼品盒还在门口堵着，就又折回来转到后门出去，悄悄在胡同口探着身子向县府方向望了望，赶紧又折了回来。

赵紫云闺房里，俞倩正和赵紫云说着悄悄话，忽然听到外面有呐喊声，她俩屏住气息听了听，但不知是哪些人在呐喊？俞倩来到院里听了一会儿，回来说："听不清啊！甭管他，你还是先把身体养好再说。"赵紫云说："俞倩，你计划考学的事，还做不做唻？""做啊！想好的事情为啥不做唻？""我就佩服你这敢作敢为的大丈夫性格。""看你这光想不做的小女人，夹在几个男人中间咋办唻？""你还拿我取笑？""我不拿你取笑，你赶快做决断吧！把你的心思跟李鸿远说了。""咋说唻？""这还用问？人家给你来信，你给人家回信呀！"赵紫云迟疑了一下说："信写好了，谁送呢？""我这个兼职邮递员呀！"赵紫云笑了笑说："好，我写。"赵紫云慢慢下了床，俞倩帮她搬好凳子，准备好笔墨，她伏在桌子上想了想，拿起小楷毛笔也写了一首小诗，然后把信笺折叠好，放在信封里，在信封上写上"李鸿远亲启"几个字交给俞倩。俞倩举着信挥了挥，调皮地说："先打开让我看看？""别别别！"俞倩逗得咯咯咯笑个不停，忍住笑说："逗你玩唻，看把你吓的。""别逗了，你赶紧去吧！""你刚好一点就撵我走唻？"赵紫云不好意思地说："谁撵你走唻？"俞倩逗趣地说："刚才是谁说让我赶紧走？敢情不是让我赶紧把信送过去唻？""你这张嘴就是不饶人，看你将来咋个嫁出去唻？""你别说我将来的事，还是先说你眼前的事吧！我也不跟你逗了，这会儿还不知你那个白马王子急成啥样唻，我这个红娘啊！得赶紧寻张生去了！"俞倩一蹦一跳地跑到后门，探头探脑蹑手蹑脚地溜了出去。

自从前几天辣椒嘴叫拐巴子打发警察队人把礼品盒抬到赵家大门口之后，弟弟尤申达整天催问："姐，事情到底咋样了？""你还急唻？我比你更急。礼盒抬在赵家门口都几天了，硬是进不去，也不知是哪个王八蛋跟咱家顶上了。""那你寻花媒婆再问问，不就知道了？""花媒婆这个老东西，也不知躲到啥地方去了，真是气死我了！"拐巴子气冲冲从外面回来，辣椒嘴赶紧迎上前说："拐子！叫你警察大队的人赶紧把那一队死家伙轰走，省得耽误咱的好事。"拐巴子摘下头上的帽子往沙发上狠狠一摔，气呼呼地说："你知道那队人马是谁唻？""是谁？还能是县太爷不成？"拐巴子瞪着小眼睛说："还真让你说中了，就是县太爷的人！""你就别逗了。""谁跟你逗了？现在大街上都闹翻天啦。县衙门前游行示威的人山人海，喊叫抗议，我看这事闹大了。”“别说得那么邪乎。提个亲，娶个媳妇，这不是很正常吗？能有多大的事唻。”“堵到人家家门口，一家人出不了门，这事还不大呀？”“谁也没让她一家不出门呀？”“赶紧叫人把东西抬回来，别在那丢人现眼了！”“那不是你警察队的人抬去的吗？”“你……”拐巴子狠狠瞪了辣椒嘴一眼，抓起沙发上的帽子扣在头上，气冲冲地出了门。

游行队伍在县府大门口聚集抗议，排在赵家大门外的两队礼品盒，先是一队默默地撤退了，之后，另一队穿警服的也撤退了。田妈扒在门缝看了看，高兴地跑去跟毛夫人说：“撤了撤了，都撤了。”毛夫人不由得手在胸前抚摸了几下，长长舒了口气，说：“田妈，大小姐现在咋样了？”“现在好多了，药也吃了，又喝点蛋汤，气色也好多了，多亏俞倩这姑娘。”“是啊！要不是俞倩这姑娘来，云儿还不知成啥样唻。也不知俞倩这姑娘使了啥招数，人一到病就没了。”“听说……”田妈把话说一半，不好再说下去。毛夫人知道肯定有隐情，催问：“听说啥唻？你尽管说！”“好像是俞倩拿了一封信。”“一封信？一封啥信？谁写的信？”毛夫人一连串问了几个问题。“我也不知道，小姐大了，有自个的心思唻。”毛夫人噢了一声。

堵在赵家门口的人马撤走了，小紫燕也高兴地跑来报告情况，她边跑边喊：“姐姐！姐姐！咱家门外的大礼盒长队都撤了！”赵紫云脸上露出轻松的笑容。

凤凰城北读书会小屋里，李鸿远、岳少峰、荆凯、关山等几个年轻人正兴致勃勃地谈论着赵家被堵然后又撤退的事。岳少峰说：“他们撤退了，我们胜利了！”李鸿远说：“我也没想到，原来感觉束手无策的事，反而轻而易举地就解决了。”荆凯说：“这就是民众的力量，像这样的活动，我们要不失时机地搞，才能收到意想不到的效果。但是，我们不能把事情看简单了。”李鸿远说：“老师是说……”荆凯还没回答，俞倩就进来了。荆凯招招手说：“这不是俞倩吗？”李鸿远看见俞倩焦急地问：“她咋样了？”俞倩明知故问：“她？她是谁呀？”李鸿远不好意思地笑了。徐清源说：“俞倩，你就快说说情况吧！别让大伙着急。”俞倩清了清嗓子说：“赵紫云啊！几天不吃不喝，一直昏睡，谁喊她也不答应。”李鸿远焦急地问：“现在咋样了？”岳少峰说：“鸿远，你别着急，听俞倩说啊！”俞倩又接着说："毛夫人急得直掉眼泪，小紫燕急得直哭，田妈急得在院里团团转。"李鸿远眼巴巴等着俞倩的下文，俞倩却故意绕七绕八地就是不说结果。岳少峰催促道："你快说结果呀！"俞倩故意拖着长腔说："结果啊！就是，就是……"李鸿远实在是耐不住性子了，追问道："快说呀！究竟是啥唻？你都把人急死了。"俞倩见李鸿远着急，故意慢条斯理地说："结果张生书信到，崔莺莺病就好了。"大家一听赵紫云病好了，都舒了一口气，唯有李鸿远还在追问："还有唻？"俞倩故意装傻充愣说："你还想要啥唻？""这……"李鸿远不知自己写去的信会不会有回信，不免有点尴尬，逗得大家哄笑起来。徐清源说："俞倩，别逗了，快拿出来。"俞倩嘟囔着："老师，您还真把我当红娘了？""红娘有啥不好，红娘成人之美唻！"俞倩这才把怀中的信慢慢拿出来，在李鸿远面前晃了一下说："咋个谢我唻？"李鸿远一把抢过信迫不及待地打开，几行清秀的字迹映入眼帘：

求学踏征君远行，忽闻小院读书声。
悄声试问无君影，遥望崇山盼飞鸿。
赵紫云

李鸿远刚看完，岳少峰好奇地说："写得啥唻？"李鸿远一不留神，信笺被岳少峰抢去，看了哈哈大笑，说："看来，李鸿远真是交桃花运了。"俞倩从岳少峰手中把信抢过来又还给李鸿远，说："啥叫交桃花运，本来就是啊！"岳少峰说："鸿远，啥时候请我们喝喜酒唻？"李鸿远还没应声，荆凯却说："鸿远，如果两情相许，想法尽快办了，省得再出差池。"李鸿远犹豫地说："这恐怕也太快了吧？"俞倩听了着急地说："你不快点，别人就抢跑了。"荆凯说："是得抓紧办唻，办了有几个好处：一是为紫云姑娘解了围；二是促成了一桩好姻缘；三是断了某些人的念头，使他们不再来纠缠。"俞倩高兴地说："这多好的事啊！一举三得。"徐清源说："我赞同荆老师的意见，尽快办。"岳少峰说："我举双手赞同。但这么快能行吗？"荆凯说："这件事大家都想办法，等我从西安回来，要听到好消息啊！"李鸿远在一边只是傻笑，俞倩瞪着他说："还傻笑个啥唻！赶快行动啊！"

……

第八章　李赵两家结良缘　申达使计害鸿远

赵老爷不仅在凤凰城周边有几百亩土地和一个药材铺，而且在太原也有一个药材铺。这次去太原的目的：一是看那里的生意情况；二是打听儿子的消息。

赵老爷从太原回来，毛夫人跟他哭诉着家里发生的事。“他爹，这么多天你不在家，紫云被逼得差点儿……”毛夫人没把话说完就哭了起来。赵老爷听了半晌没吭声，他想到县太爷和警察大队，一个也得罪不起，现在好歹两个都撤了，要不然真不知如何是好。毛夫人说：“这两个提亲的，如果有一个云儿中意的也行啊，偏偏她一个也看不上。”赵老爷听了有点坐立不安。毛夫人说完又想起儿子的事：“你这次去太原，有没有打听到咱骏儿啥时回来？”赵老爷说：“也许还得两年，也许马上就回来，到底啥时回来，谁也说不准。”毛夫人噢了一声，说：“这些个娃，没一个让人省心的，个个都让人牵肠挂肚。如果有个好人家，能把云儿的事赶紧办了，也省去我一份心，要不然我这心老悬着。”毛夫人起身回屋去了，留赵老爷一个人在厅堂沉思……

李鸿远从读书会回来，正跟爹娘说着赵家大小姐的事。娘笑着说：“都说这女娃好，那我就寻胖婶去赵家提亲。”鸿远娘刚颠着小脚走了几步，被他爹叫住：“他娘，带上点心。”鸿远娘应着转身又回来，从箱底摸了几个麻钱来，撩起衣襟装进口袋出了门。

胖婶按照鸿远娘的意思来到赵家，跟赵老爷和毛夫人说提亲的事：“虽然这李家家境没有你赵家富裕，但这李家的娃好，跟你家大小姐那可是天生的一对，地造的一双唻！”听了胖婶这番话，赵老爷有些动心。他看了看夫人，用征求的语气问：“她娘，你看这事能不能成唻？”毛夫人说：“问一下云儿，如果她没啥说的，就成。”赵老爷看夫人没意见，就说：“田妈，你把紫云叫来。”田妈听了心里直高兴，应了声赶紧向紫云闺房走去，进门就说：“大小姐，有高兴的事了。”赵紫云疑惑地说：“田妈，能有啥高兴事咪？”“老爷和夫人在前厅等你咪，商量事咪！”然后对赵紫云耳语了一番，赵紫云脸上露出羞涩的笑容。“快去，胖婶在那等着回话咪！”赵紫云有些害羞，却掩饰不住内心的激动，她快步向前厅走去，到了前厅又放慢脚步。胖婶看到赵紫云，少不了一番夸赞：“这姑娘长得多俊，又知书达理，真招人喜欢。”赵紫云腼腆地笑笑。“云儿，胖婶提的城外水磨村李鸿远，你中不中意咪？”赵紫云听了娘的问话，低着头两手拨弄着衣襟，脚尖在地上来回地蹭着，她竭力掩饰着内心的喜悦，说：“凭爹娘做主。”当然，这是赵紫云同意的表现，就会和颜悦色地回答。若不中意，使性子，甩脸子，毛夫人不是没见过。赵老爷说：“你要是中意，这件事就这么定了？”赵紫云点点头。赵老爷回头对胖婶说：“她婶子，你回去对李家说，择个吉日，把这事给办了。”“好好好！我这就去回话。”胖婶高高兴兴地出了赵家门，又欢欢喜喜地进了李家院……

李鸿远和赵紫云两人的亲事很快就说定了。

水磨村李鸿远家张灯结彩。李鸿远爹李老汉特意请剃头的把自己的头和脸刮得油光锃亮；娘也把发髻梳得油光，并插上多年没舍得用的陪嫁银簪子。老两口都穿着走亲戚吃摊时才穿的衣服，衣服上折叠的块状痕迹仍清晰可见。老两口满脸笑容忙前忙后张罗。李鸿远却说婚礼还是简单点，不能太铺张了。娘执意说花轿还是要有，聘礼还是要送，不能委屈了人家大小姐。爹认为自家虽比不上赵家，可礼数还是要到，不能让人家小看了。村里人得知李家办喜事，都赶来帮忙。有牵来枣红马的，有请来大花轿的，还有请来唢呐乐人的。李鸿远一再说不要这些，太浪费了，可爹娘说一定要热热闹闹，红红火火，图个吉利。岳少峰和关山也是忙前忙后……

凤凰城赵家大院，同样是张灯结彩，热闹非凡。赵管家和田妈穿戴整齐忙里忙外。赵老爷和毛夫人更是进行了一番收拾：赵老爷身穿黑色长锦袍，外穿褐色锦缎短褂，显得儒雅得体，花白的头发和胡须也修剪得整齐利落，显得心情爽朗，精神饱满；毛夫人下穿质地讲究的黑色裤子，上穿深紫红锦缎斜襟袄，尊贵得体，头发梳得油光滑亮，别在发髻上的翡翠玉簪更显得润滑光鲜。小紫燕头上两个小发辫上，各别一朵小花儿，兴高采烈地跑来跑去。贺喜的人来来往往，络绎不绝，赵老爷和毛夫人满面红光迎来送往，好不欢喜。

赵紫云闺房里更是喜气洋溢，俞倩跟几个姑娘媳妇帮紫云穿好嫁衣，正在为她梳妆打扮。赵紫云上穿玫瑰红锦缎对襟袄，下穿玫瑰色锦缎裙子，脚穿一双大红绣花鞋，一头短发强行被俞倩几个别上了几朵玫瑰花。赵紫云被整得哭笑不得，既喜悦又发愁："这叫我咋见人咪。"俞倩说："你坐在花轿里，反正没人看见。""能不能不这样？""不这样，就过不了伯父伯母这一关。"赵紫云无奈，只好依从，任凭她们在脸上搽脂抹粉。最后俞倩拿起镜子对着她说："你自个儿看看，漂不漂亮？"赵紫云一看镜中的模样，一下用手捂住脸。俞倩笑得前仰后合，憋住笑说："叫你看，你捂脸干啥咪？"赵紫云也憋住笑说："叫你这样作践我咪，等你出嫁时，看我不收拾你。"俞倩一边笑一边说："你就先顾当下吧！还管我以后咪？"赵紫云剜了俞倩一眼，任由她拨弄。俞倩拿着镜子给赵紫云前看看后照照，几个姑娘媳妇叽叽喳喳、嘻嘻闹闹忙个不停……

凤凰城大街上突然响起欢快的唢呐声，一队吹吹打打、热热闹闹的迎亲队伍从赵家出发，经过衙门前，经过丁字街口，一直向东，走过鹅卵石铺成的凤颈路，出了大观楼向城外水磨村方向拐去。一路上，欢快紧促的唢呐声伴随着噼噼啪啪的鞭炮声，引来了大街小巷许许多多跑出来看热闹的人……

李鸿远家欢欢喜喜、热热闹闹地办完喜事，亲戚乡邻吃完婚宴，陆陆续续散去，岳少峰和关山与李鸿远告别后，已是黄昏时分。

院北面的两间小瓦屋是布置的新房，门框上挂的大红彩绸依然充盈着结婚的喜气。李鸿远跟爹娘收拾着院里的桌椅板凳，母亲示意他停下手里的活去看看屋里的新媳妇，他却不好意思。"去呀！"李鸿远这才放下手里的活向新房走去。

新房屋两扇木门敞开着，门上的两个大红双喜字仍然喜气洋洋，门框两边垂吊的大红彩绸在微风中飘来荡去，似乎在迎接着新郎官的到来。李鸿远走到新房门口，还是迟疑了一下。尽管他是一个具有新思想的青年，但此刻，他不知该如何与这个在脑海中挥之不去而又朝思暮想的她说话。

想了片刻，从口袋里掏出那方丝手帕和两块银圆，轻轻地抚摸着，瞬间有千言万语想要对她说，他终于忍不住进了新房……

新房土炕蒲蓆上铺着花被子，花被上端坐着新媳妇。作为新媳妇的赵紫云，当在唢呐声中被花轿晃晃悠悠抬进李家布置好的既简陋又喜庆的小瓦屋时，感觉自己从此离开了娘家，之后的生活就要从这里开始了，心里既难过又激动。难过的是不能再陪在父母身边；激动的是从此可以跟心上人在一起朝夕相处了。她难过的脸上又溢满了幸福，待村里的媳妇娃娃们喧闹后散去，她几次抬手想掀去头上的盖头，但一想到临行前母亲的嘱咐：做了新媳妇就得守新媳妇的规矩，不能下炕随便走动，红盖头必须等新女婿来掀……要不然，别人会笑话咻等等的话，只好把手放下。赵紫云不愿就这么盘腿坐在炕上，她撩起花盖头偷偷朝窗外窥视，看着李鸿远跟公公婆婆在院子里收拾，心中念叨着他快些过来，但同时又羞怯他来。当看见李鸿远朝新房走来时，赶紧放下盖头恢复原样，端坐炕上静静等候。

李鸿远进了新房，看见新媳妇头顶花盖头端坐炕上。她到底长啥样咻？是俞倩相片上的那样吗？此时此刻，他多想对她说发生在银圆上的事；对她说在运城上学的情况；对她说在涧河桥上看到她时的心动；对她说她生病时他对她的担心和焦急；对她说娶她回来的喜悦之情。他心中有好多要对她说的话，但不知该从何说起，心里怦怦直跳。此刻，坐在炕上的赵紫云听到脚步声，心也骤然跳了起来，她朝思暮想的心上人，从今天起，将成为她一生一世永远跟随的人。到这一刻，她想把如何送他银圆的事对他说；想把在狐三村教书的事对他说；想把去读书会寻他的事对他说；想把对他的思念对他说。她不知有多少心里话想要对他说，更不知从何说起。当这个令她朝思暮想的人一步步向她走来时，羞怯和心跳，期盼和热望，一切的一切同时在两颗年轻的心海激荡……

他上了新炕，心在怦怦乱跳，喘气都有些不均匀了。他在新媳妇面前不知是蹲还是坐，才能取下她头上的花盖头，最后只好半跪半蹲在新媳妇旁边，用笨拙的大手颤巍巍地掀开她头上的花盖头。瞬间，一张羞怯而涨红的脸庞呈现在他面前。此时，她对幸福的渴望和温顺，以及心甘情愿的表情，全部通过一双脉脉含情的眼神和羞涩的微笑表现出来。他看到眼前这张清秀可爱的脸庞，比在俞倩相片上看到的更真切，更动心，更可人。

此刻，他感到眼前的她是他遇到的最能让他心动的姑娘，这个姑娘就是曾经默默送他银圆的那个，让他云里雾里费猜了好长时间。此时此刻，两对热切的目光默默地对视着，交织着，激动着，一股热流在全身涌动，事先准备好要说的话此刻全都忘了。瞬间，一切都凝固了，一切都不存在了，一切都远去了，唯有心中那根激情充盈的爱之弦，被自己的心跳急切地弹奏着，迸发出一阵阵强烈地震颤……

凤凰城赵家大小姐出嫁的消息，迅速传遍了大街小巷，整天在街上晃悠的尤申达很快就知道了。辣椒嘴正为从赵家门口撤回聘礼摆了一院而心烦，尤申达从门外慌慌张张跑回来说："完了完了！这下完了！""啥完了？""赵家大小姐，让别人娶走了。"辣椒嘴"腾"地从沙发上起来说："不可能！这才几天工夫？""确实是，我亲眼看见的，一群人马，吹吹打打的。""是那个县太爷的人娶走的唻？""不是啥县太爷，就是城外的李鸿远。""李鸿远是干啥的？你认识不？""原来都在城里念书，同过学，后来他考运城师范了。""那他现在干啥唻？竟有这么大能耐，能让赵家大小姐看上他？""我不知他现在干啥唻，但确确实实是他把赵大小姐娶走了。""你看见是他？确定是他？""骑在马上，一身新衣裳，身上还披着大红绸唻！我认不错。""你打听打听，看看这小子在干啥唻，能有这么大能耐，竟然坏了咱家的好事？"辣椒嘴感觉心里窝火。尤申达更感觉心里憋气，气狠狠地说："我就不信，弄不出他个一二三唻！"

自此以后，尤申达在街上溜达时，两只眼睛总是转来扫去，不是看赵紫云，而是看李鸿远在干啥。

一天，他忽然看见李鸿远向城北走去，于是尾随跟踪来到读书会小院，看到许多年轻人在这里进进出出，来来往往。他从侧面打听，才知道这是个知识青年聚集的地方，并得知上次在县府门前游行抗议的就是他们组织的。得到这个消息，尤申达如获至宝，非常兴奋地回到家，对辣椒嘴说："姐，我得来一个好消息，叫李鸿远吃不了兜着走！""啥好消息？这么厉害？""我抓住了他几个把柄。""啥把柄唻？""一是李鸿远办读书会，经过县府允许了吗？没有啊！违法唻！二是李鸿远聚众闹事，造成恶劣影响；三是破坏他人婚姻，强行把别人未婚妻娶回家。这几条够了吧？我告到县长那里，县长能不管？”“县长肯定管，县长心里还有一肚子气没出咊！”尤申达得意地说：“我就说咊！只要一告，他李鸿远准遭殃。”姐弟俩正说到高兴处，拐巴子进了门说：“又合计告谁咊？”辣椒嘴对拐巴子悄悄说了几句。拐巴子说：“你去哪告咊？”“到县长那告啊！”“县长还在气头上，这不是寻死咊？”“你说啥话，我们这是跟县长联手，搞掉李鸿远你懂不懂咊？”拐巴子“呵”了一声说：“三日不见，得刮目相看啊！”辣椒嘴显得有点得意。

赵紫云自从与李鸿远结婚后，心情非常愉悦，因她深爱着李鸿远，很快便融入了这个家庭。她每天起早贪黑，既要去学校教书，还要帮助婆婆操持家务，忙里忙外，不仅与公公婆婆相处融洽，就连家里的几只鸡都被她喂得熟熟的，一见到她都咯咯咯地叫起来。

荆凯去西安以后，城里读书会的事就由李鸿远一个人负责，他希望荆凯能快些回来，商量下一步的工作，可是左等右等，就是不见荆凯回来，心里有些着急。

李鸿远一个人正在读书会思考下一步的工作，突然，岳少峰从外面带回一个人来，他一见是同学高杨，紧紧握住他的手说：“你咋来了？”“我打听这里的青年读书会，刚好遇到这位青年。”李鸿远说：“他叫岳少峰，是我高小的同学，也是读书会的。”高杨又握住岳少峰的手说了声谢谢。李鸿远说：“现在运城情况咋样？”“形势越来越严峻了，运城党组织大部分遭国民党破坏，我来是传达上级指示咊。”“上级有啥指示？”高杨环顾一下四周，岳少峰主动出门望风。高杨接着说：“上级指示，在你们古平县要抓紧时间建立党的基层组织，一切工作在党的领导下进行。”李鸿远说：“等荆凯同志回来，我们抓紧这方面的工作。”高杨突然语气沉重起来，说：“鸿远，荆凯同志从西安回来的路上，在风陵渡被暗杀了。”李鸿远迫不及待地问：“谁干的？”高杨说：“我们在学校活动受限制遭追捕，在运城活动还受限制遭追捕，你想想这会是谁干的？”“那我们该咋办咊？”“临行前张主任一再交代，工作要开展，但一定要注意保护自己，我们不能明着来，就只能把工作转入地下。情况就是这样，得抓紧时间，我还得去别的地方。”说完高杨就走了，连一口水都没喝。李鸿远望着高杨远去的身影，心中有一种说不出的担忧。

岳少峰回来看见李鸿远悲痛的样子，焦急地询问：“发生啥事了？”“荆凯老师牺牲了。”岳少峰瞬间感到脑子一片空白，疑惑地说：“好端端的咋就牺牲了？”李鸿远面对满脸疑惑的岳少峰说：“作为一名共产党员，为了革命事业，随时都有牺牲的可能。”岳少峰不解地问：“这会是谁干的？”李鸿远没有直接回答岳少峰的话，而是说：“我们要革命，革谁的命，我们革命会触及哪些人、哪个阶级、哪个党派的利益，他们千方百计要打压我们，甚至采取极端手段残害我们。少峰，你怕不怕？”“我不怕，我敬佩荆凯老师这样的人。有啥事，你就吩咐！”在李鸿远的引导培养下，岳少峰光荣地加入了中国共产党，就在他家的土窑洞里，他站在党旗下举起了右拳，向党庄严宣誓……那一刻，岳少峰激动万分，决心为党奋斗一生。

为了加紧工作，岳少峰白天教书，晚上与关山一同赶到凤凰城与李鸿远研究工作解决问题。很快，关山也被确定为发展对象。李鸿远对岳少峰说：“经过这段时间的考察，你谈谈对关山的看法？”岳少峰说：“关山是个好同志，诚实可靠，肯吃苦，有奉献精神。可以信赖。”“条件既然成熟，抓紧时间办理入党手续。有了三个党员，我们就能建立党支部了。”岳少峰接受任务后刚准备离开，又被李鸿远叫住：“你的工作离城里近一点就好了。”“这……”岳少峰愣了一下。李鸿远想了想说：“你去吧！”李鸿远送走了岳少峰，想想还得去寻徐清源老师商量这件事，他疾步朝茅津走去。

李鸿远把自己的想法说给徐清源老师听，徐清源沉思片刻说：“狐三村一完小教师岗位暂时没有空缺，如果有空缺就好办了。”李鸿远思索了一会儿说：“老师，这事我再想想，看还有啥别的办法。”

李鸿远从茅津回来，一路想着狐三村教师岗位空缺的事，就是想不出更好的办法来。此时，赵紫云高高兴兴从学校回来，瞬间大脑里萌生出一个想法，但看到紫云高兴的样子，又不想扫了她的兴，于是说：“看你高兴的样子，有啥开心的事唻？”赵紫云说：“自从我开始教书，就感觉自己能做一点事情了，尤其是听你讲了外面那么多有趣的事，使我明白了很多道理，我感觉自己从里到外，都像换了个人似的，能不高兴吗？”李鸿远想：当前工作迫在眉睫，不能再等了。于是笑了笑说：“紫云……”李鸿远刚开口又迟疑了。赵紫云望着他的神情是想对她说什么，却又难以启齿的样子，不禁问道："鸿远，你今天说话咋吞吞吐吐咪？这可不像你啊！有啥话就直说啊？"李鸿远见紫云催促，索性把心里话说出来："紫云，这书咱不教了行吗？"赵紫云睁大眼睛疑惑不解地说："为啥咪？""不为啥，就是想让你在家。"赵紫云一听就生气："还说你是有新思想的新青年，你在读书会跟大家讲得一套一套的，说妇女要走出家门，走向社会咪，对我反倒……我看你就是说一套做一套。"赵紫云委屈地哭了起来。李鸿远赶紧安慰："你听我说呀，我不是不愿意你教书，而是，我们目前工作遇到了难处了。"赵紫云说："有啥难处咪？非要我辞掉教书工作？"李鸿远不知如何跟紫云解释，他停顿了一下说："荆凯老师牺牲了。"赵紫云吃了一惊："咋回事咪？""被国民党特务杀害了。"赵紫云惊得半天说不出话来。李鸿远说："目前，我们的工作受阻，我需要少峰做帮手，可少峰在关家窝学校，我俩相距甚远，联系不太方便，想把他挪得近一点。"听了李鸿远的话，赵紫云说："我明白了，我就是有点舍不得咪。""我知道你会舍不得，这只是暂时的权宜之法，等有机会了，你还可以再去教嘛！""如果是这样我没得说。等过几天，我寻个合适的理由，辞职就是了。"李鸿远既感动又愧疚地把紫云拥入怀中……

一九三五年元月十五日，是一个特殊的日子，是载入古平县史册的日子。这天深夜，寒风刺骨，北风呼啸，伸手不见五指。李鸿远和岳少峰、关山三人秘密聚集在凤凰城西北角的城隍庙内。

凤凰城城隍庙是天下独一无二的城隍庙。一是庙院里的古老神柏，传说是王母娘娘限制凤凰仙子使用的定身法神器，是独一无二的；二是城隍庙里的显佑伯城隍爷，是唐朝皇帝李世民赐予的封号，是全天下唯一一个受封爵、穿官服、戴官帽的三品官，也是独一无二的。神柏粗壮高大，遮天蔽日，但在漆黑的夜晚，三个人啥也看不清，更看不清城隍爷的模样。他们不敢点灯，不敢大声说话，蹑手蹑脚来到庙堂。岳少峰对来城隍庙聚集感到不理解，说："鸿远，为啥不在读书会开会？"李鸿远说："我总感觉有一双眼睛在盯着读书会。为了安全起见，临时决定在这里开会。今天，我们三个党员要做出一个史无前例的重大决定。"三个人都感觉到彼此的呼吸急促，心跳加快。李鸿远说："同志们，古平县第一个党支部今天成立了。”同时又宣布李鸿远任党支部书记、岳少峰任组织委员、关山任宣传委员的决定。此时，三双激动的大手紧紧地握在一起，三颗火热的心紧紧聚在一起，如同黑夜里的一把火。李鸿远又接着说：“从今天开始，我们无论在什么时候，在什么情况下，都要在党支部统一领导下开展工作。”岳少峰迫不及待地问：“那我们今后该干啥咪？”李鸿远说：“我们的目的是要实现耕者有其田，让广大劳苦人民有饭吃、有衣穿。要达到这个目标，光靠我们几个人是绝对不行的。目前的首要任务，是发展党员，但之前必须做好宣传工作，引导有志青年树立责任感和使命感。”关山说：“宣传工作，我没啥经验，不知该咋做咪？”李鸿远说：“最好我们支部能有一份刊物，把当前形势和任务向青年宣传，进一步提高他们的认识，坚定他们的信心。我们先讨论一下，把刊物的名字确定下来。”岳少峰说：“我们古平县主要是种地的农民、码头和煤矿工人。前一阶段我们只注意了农民青年这一块，码头工人和煤矿工人这一块也要加强。我看就叫《工农朋友》吧！”李鸿远说：“关山，说说你的看法？”关山说：“这个名字好，很切合我们古平县的实际，我赞同。”李鸿远说：“我也同意，那我们支部刊物的名字就叫《工农朋友》。”

……

李鸿远和岳少峰他们的秘密工作，赵紫云虽然不知其具体内容，但每次李鸿远从外面带回来的文件，都是她帮着收拾整理。尽管李鸿远在外面特别小心，但还是出了问题。

一天夜里，正在睡梦中的李鸿远突然被外面嘈杂的脚步声惊醒，他推了推身边的紫云，紫云赶快起身，把鸿远带回的文件迅速拿起，摸黑来到鸡窝跟前，她怕吵醒了鸡引起不良后果，还在犹豫之时，墙外的脚步声却越来越近，情况不容她迟疑，最后她不得不把文件快速藏进鸡窝内。鸡窝内的鸡竟然没发出一点声音，这让紫云感到非常意外。此时，她家已经被拐巴子的警察队团团围住。当紫云回到屋里重新躺下时，尤申达与拐巴子一伙也翻墙入院，他们强行撞开屋门抓捕李鸿远。赵紫云上前拦住说：“你们凭啥抓人咪？”拐巴子说：“有人举报李鸿远通共。”赵紫云说：“证据呢？无凭无据就胡乱抓人？”尤申达却阴阳怪气地说：“哟！这不是赵家大小姐吗？现在可是李家少夫人了吧！”赵紫云一见是尤申达，这个令她讨厌的家伙，都不想正眼瞅他。李鸿远说："紫云，甭跟他费口舌。"尤申达说："李鸿远，你识相点儿。"李鸿远嗤之以鼻说："尤申达，你还真把自个儿当警察了？""少废话，搜！我就不信没证据。"尤申达一喊，一群警察翻箱倒柜搜起来，结婚时的嫁妆、大红喜字、红色彩绸，以及穿的新嫁衣，都被扔得满地都是，结果一无所获。尤申达说："把人带走！"赵紫云说："凭啥带人？"尤申达说："这是上头的命令！"李鸿远见没有挽回的余地，就对紫云交代说："照顾好爹娘，照顾好自个儿。"赵紫云望着鸿远被带走，一双泪眼模糊了他的身影……

李鸿远被警察抓走了。

鸿远爹娘听到响声从窑洞里出来。鸿远娘说："鸿儿出啥事了？"赵紫云抹去脸上的泪水说："娘，鸿远被抓走了。"鸿远娘听了哭了起来，鸿远爹说："为啥唻？"赵紫云忍住泪水说："我也不知为啥唻，您二老先别急，等天亮了我去城里打听打听。"老两口回屋去了，想必两位老人是难以入眠。

赵紫云回到自己屋里，望着一片狼藉的房间，呆呆地坐在炕沿上，耳边不停地回响着李鸿远的声音。过了一会儿，她猛然想起刚才藏在鸡窝里的文件，赶紧起身重新从鸡窝里把文件摸出来用油布包好，在院里拿了把镢头，轻手轻脚地朝院外竹林摸去……

次日一早，尤申达带着几个警察又来到李鸿远家。赵紫云看见他们，没好气地说："人都被你们带走了，还来干啥？"尤申达没回答赵紫云的话，而是朝院里扫视了一圈说："搜！我就不信搜不到。"尤申达一伙又开始新一轮搜查，柴堆粮袋、衣柜和两个土窑洞，都搜个遍，最后，连鸡窝都翻了个底朝天。这让赵紫云倒吸了一口凉气，她在心里暗暗庆幸，幸亏把文件转移出去了，要不然可就真的大祸临头了。尤申达没搜到任何想要的东西，只好悻悻而去，赵紫云却瘫坐在门槛上。尤申达第二次带着警察大队人马来李鸿远家还是一无所获，他们又到城北读书会拿走了诸多书籍和刊物，最后，以传播禁读刊物为由查封了读书会。

李鸿远被抓走后，赵紫云来到城里向父母诉说李鸿远被抓之事，她一边说一边哭。毛夫人听了心里一直犯嘀咕："她爹，你看这事来得是不是有点蹊跷，会不会是谁在后面使坏？"赵老爷沉思了片刻，对赵管家说："他叔，你到县衙打听打听，看看究竟是啥情况？”赵管家出门向县衙走去。毛夫人说：“她爹，是不是尤申达和县长报复咱家哝？”“这个我也琢磨不透，等管家回来再说。”赵紫云不停地在边上抹眼泪。没多大一会儿工夫管家就回来，说：“人没在县衙，听说是上头来人叫抓的，人已经带走了。”这个结果让赵老爷一头雾水，心想：这难道不是因为说亲的事得罪了县太爷和警察队长落的祸？他们合伙在背地里搞的鬼？干吗又是上面叫抓的人？这云里雾里的，赵老爷一时也琢磨不透。赵紫云在一边急得哭出了声。娘安慰道：“云儿，别着急，鸿远又没杀人放火，又没干违法的事。不怕，也许等些时日就回来了。”爹也说：“你回去安慰安慰你公公婆婆，别让他们太着急，现在不知是咋回事，之后也许就没事了。”赵紫云擦去泪水，告别父母朝水磨村走去。

李鸿远被抓后，最高兴的人就是尤申达，他回到家兴奋地说：“姐，你猜猜，我们夜黑间把谁抓了？”“把谁抓了？”“把李鸿远抓了。”“是县衙叫抓的？”“当然是县衙叫抓的。”“看来县太爷真的出手了？”“我不管谁叫抓，只要把他抓了，我就觉得解气了。我本该好端端的事，却不知半路杀出他这个程咬金，好好的事全让他给搅黄了。”“为啥抓人家呢？就因为你之前告的那个一二三哝？”“我也不知是不是。你管他为啥哝，反正我感觉抓了他很痛快，解了我心头之恨。”此时，拐巴子从外面回来，辣椒嘴满面春风地迎上去说：“听申达说，夜黑间把李鸿远抓了？”“是抓了。”“抓了好啊！看以后谁还敢跟咱作对，真是大快人心啊！”拐巴子小眼睛一瞪说：“你高兴个屁！”辣椒嘴听了极不乐意，说：“你吃错药啦？”“你才吃错药啦！”辣椒嘴左右看看，莫名其妙地说：“申达，你姐夫今儿个发的是哪门子火啊？”正在此时，门外闯进一伙人来，为首的说：“尤申达！今个咱们该清清账啦？”辣椒嘴莫名其妙地问：“清啥账哝？”“你家尤申达欠的赌债该清清啦？”辣椒嘴听了心里一急，语无伦次地说：“赌赌赌债，欠欠……欠多少哝？”“三百万。”辣椒嘴惊得“啊”了一声，回头问申达：“这是真的吗？”尤申达点点头。“好！认账就好。限期三天还清，否则后果自负！”辣椒嘴看这伙人气势汹汹，也是憋了一肚子的气。一贯说话盛气凌人的辣椒嘴，哪受过这样的气，毫不客气地说：“后果自负？还怕你们不成，你当我们家拐子警察队队长是白当哝？”为首的哈哈大笑，说：“你以为你家拐巴子还是警察队队长啊？已经被县长撸了，你还不知道吧？”说完又哈哈哈哈大笑了一阵，然后扬长而去。辣椒嘴不知所措地“这这这……”这了半天，也没这出个所以然来，结果一屁股瘫坐在竹沙发上，压得竹沙发咯咯吱吱乱响，哭丧着脸说：“县长为啥要撸去你的警察队长唻？”拐巴子没好气地说：“为啥唻？说擅离职守；还说我滥用职权唻。”“你不是中规中矩地每天上班下班，咋就擅离职守了？”“还不是因为竖幡那三天跟你待在家没上班，正巧县府仓库失火，我不在岗，警察大队没能及时去救火，造成重大损失了。”“这滥用职权又是咋说唻？”说到此事拐巴子更来气：“这都怨你？”“咋又怨起我唻？”“能不怨你吗？你非得叫警察大队的人抬上礼盒给赵家送聘礼，结果，赵家大小姐没娶上，我的乌纱帽倒给弄没了。”“我哪知道抬个礼盒，就能把你队长职务给抬没了？人家这是新账老账一搭算啊！拐子，你不是夜黑间刚带人抓了李鸿远吗？这还不能将功补过啊？”“补啥补唻？谁跟你说这个唻？”“刚干完活，就撸你的职？这不是卸磨杀驴吗？”“人家的人多得是，不缺咱一个。”“你当初当警察队长多不容易啊！不是我爹拿大洋给人家送能轮到你？这好不容易当上了，就被人家轻而易举给撸了。”说到此，辣椒嘴又气呼呼地对尤申达斥责：“都是你惹的祸！你说咋办唻？”尤申达躲在一边不敢吱一声。

岳少峰把李鸿远被抓以及读书会被查封的消息告诉关山，关山非常意外，说：“这是谁干的？”岳少峰说：“我也不知是谁干的。”“你分析分析，会是谁干的？”岳少峰说：“从荆凯老师被杀害到鸿远被抓，谁能有这么大的能耐和劲势？我感到这是个不祥的预兆，我们得千万提防啊！”关山说：“那我们以后该咋办唻？”岳少峰说：“不能因为鸿远被抓，读书会被封就停下工作，还要按照支部成立时布置的任务继续干。关山，你印发宣传刊物的东西准备好了吗？”“油印机和印油我都从陕州买回来了。”“伯父伯母没说啥吧？”“没让他们知道，我一个人偷偷买回的。”“这些东西买回来了，就是咱的宣传工具，你可为支部办了一件大事，下一步就是撰稿了。”“少峰，第一期出啥内容唻？”“围绕农民为啥受穷受难的问题，主要还是土地问题，这是当前农民最关心的问题，相信大家会感兴趣的。这次先写农民，以后还要写工人，写如何把日本鬼子赶出中国。《工农朋友》是咱支部第一份刊物，大家可都等着看咪！”岳少峰交代完，又匆匆向水磨村李鸿远家走去，他想去看看李鸿远的父母。

鸿远爹蹲在门槛上，一锅接着一锅地抽旱烟，烟锅里的火光忽闪忽闪不停地闪动，鸿远娘坐在炕上不停地哭泣。赵紫云从娘家回来，看着两位老人如此这般，心里非常难受。想想父母亲交代的话，赶紧上前安慰：“爹，娘，鸿远没事，过些时日说不定就回来了。”鸿远娘止住哭说：“你说的可是真的咪？”“我爹娘都这么说了。”“你爹娘说的可是真的咪？”“娘，你想咪，鸿远既没杀人，也没放火，凭啥咪？”鸿远娘想想也是，说：“是咪，我娃没干犯法的事，凭啥咪！”赵紫云说：“娘，你和爹都放心，把身体养得好好的等鸿远回来。要不然鸿远该怪我了。”“娘知道了。”李老汉在一边把烟袋锅在鞋底上磕了磕说：“媳妇，你放心，我和你娘都会好好的咪。”

赵紫云跟公公婆婆正说着话，村里的胖婶进来说：“紫云，听说了没有，拐巴子的警察队长职被县长撸了。”赵紫云说：“您听谁说的？”胖婶说：“城里的人都传遍了。”

胖婶走后，赵紫云看见岳少峰走来，赶紧说：“少峰，拐巴子警察队长的职被撸了。”“你听谁说？”“胖婶刚说的，城里人都传遍了。”岳少峰说：“你知道是为啥吗？”赵紫云说：“不知道为啥，但我觉得是件好事。”岳少峰说：“你说得没错，起码少了许多不必要的麻烦。”赵紫云话题一转：“少峰，我把教书的事辞了，你来狐三村教吧！”岳少峰说：“你不能辞，好不容易有一份工作。”“之前，我跟鸿远都商量好了。”“我知道你的心意，但目前你还不能辞，我暂时在关家窝那边反而会更好些。”“那好吧，我就先干着。只是鸿远……”岳少峰说：“鸿远被抓，我也感到很突然。不过，你们先别急，看看情况再说，这事会有人管的。”鸿远爹问：“你说这事会有人管？谁会来管鸿儿的事咪？”“大伯，我一时半会儿也说不上谁会来管，凭一种直觉。”岳少峰望着老人困惑的表情，心中也没有答案。

从李鸿远家出来，岳少峰的脑子就不停地在思考：目前情况下，李鸿远不在他就是主心骨，刊物交给关山负责，那刊物印出来如何分送呢？送往哪里呢？学校还等着他去上课，他不由得加快了行进的步伐……

第九章　岳少峰挑起重任　合作社巧藏玄机

李鸿远被抓，对于尤申达一家来说，就是天大的好事，这下解了一家人的心头之恨。但他们万万没想到，自己家跟着也是接二连三地出事。一是尤申达欠的赌债，债主逼上门来要账；二是拐巴子警察队长职被撸。一向盛气凌人的辣椒嘴一时没了主意，再加上逼债人限期三天，尤申达根本不知道赌债有这么多，辣椒嘴不知如何是好，拐巴子沉闷地坐在沙发上生气，竹沙发被压得咯吱乱响。

辣椒嘴满腹怨气指着尤申达数落："你啊你，咋就能欠这么多啊？三百万唻！我上哪去弄这么多钱？要是让爹知道了不揭了你的皮？！"拐巴子也怒气难平，斥责道："还能等到爹知道，看夜儿个那伙人就能把他给废了！"辣椒嘴说："拐子，你快想想啊！还有啥法子没？""我能有啥法子？""你在外面干这么多年，见多识广，办法总比我们多啊？"拐巴子说："原来吧，我还有警察这身皮吓吓人，现在啥也没了，我能咋着唻？"辣椒嘴一听又来气了，对着尤申达又数落："都是因为你，要不是你要娶赵家大小姐，跟县太爷杠上了，哪能有这事？"尤申达被逼急了，反倒说："不是你让我娶赵家大小姐唻？咋这会又怨上我啦？！"尤申达的话把辣椒嘴噎得无话可说，瞪了他一眼，又叹了口气说："谁知道偏偏就遇上个县太爷唻，天下哪有这么巧的事啊？这下倒好，你的警察才当了几天，赵家大小姐没娶上不说，就连你姐夫警察队长的职也被撸了。这还不说，还摊上了讨债鬼上门。这人要是倒霉了，喝口凉水都塞牙，啥烂事都往一搭凑唻。"辣椒嘴气呼呼地说了一大堆。尤申达说："姐夫，县府刚叫咱抓完李鸿远就把你给撸了？这不是日弄人？""日弄人？你算个啥唻？你算老几？"拐巴子一连串问了几个还不解气，最后又说："你懂不懂？这叫卸磨杀驴！没想到这县太爷可是动了一番心思。"辣椒嘴说："我不管他动啥心思，倒是眼前这事咋弄？拐子，你倒是拿个主意啊！过了明儿个，那伙人就又来了。那么多的钱，咱们去哪弄啊？”拐巴子说：“就是把咱家的房院都卖了也不够。”辣椒嘴说：“把房院卖了咱住哪啊？”“要是真到了山穷水尽的地步，倒是有一个办法。”辣椒嘴催促道：“有啥办法，你快说啊？”“只能金蝉脱壳。”“啥是金蝉脱壳？”拐巴子虎着脸说：“就是拍拍屁股，跑！”“这跑了人家就不要了？”“管不了那么多，躲过了这阵再说。”“咱们走了，咱房院咋办咪？没人管了？”“现在人都没法保，还能顾上说房院？只要有人在，啥都好说。”辣椒嘴不吭声了。为了避祸，他们简单收拾好行李，趁夜黑人静时，匆匆离开了凤凰城……

次日一早，凤凰城大街上就有一帮人风风火火朝拐家巷走来，气势汹汹地砸开拐巴子的大门，一窝蜂地拥了进去，在屋里胡乱翻腾打砸了一阵子，扬长而去……

李鸿远被抓、读书会被查封后，岳少峰和关山的工作并没有停歇。为了早日把《工农朋友》印发出来，两人夜深人静时在后院堆杂物的角屋秘密刻板印刷，从深夜忙到鸡叫。天亮后，他俩又把印出来的刊物分成两捆，分别捆在两个行李捆中，计划分送到凤凰城、三湾、茅津城、涧阳镇以及码头和煤矿工人手中，就像黑夜里的一把火炬，在一个个有志青年手中传递……

岳少峰背着一捆刊物来到茅津城，他把一部分送给徐清源老师，徐老师心情颇为激动，并告诉他说：“俞倩考上运城女子师范了。”“是吗？这可是个好消息。”“俞倩这姑娘，就是有一股不服输的犟劲。”“人就得有犟劲，有犟劲才能冲出束缚，一往无前啊！”“你们这帮年轻人啊！老师真是羡慕。我要是再年轻十岁，也能跟你们一样咪。”“其实老师之前已经为我们做了很多。我和鸿远早把老师当作我们的同志了。”徐清源重复着“同志”二字，一股暖流在心中涌动。虽然之前为李鸿远和岳少峰做了点事，但那仅仅是出于老师的仁爱之心。可“同志”二字意义不同，是志同道合为正义事业共同奋斗的战友，这种师生的情感被“同志”二字迅速升华，让徐清源颇为激动。他紧紧握住岳少峰的手说：“我得向你们年轻人学习咪！年轻人精力旺盛，接受新事物快，不过，一定要小心稳妥，切不可麻痹大意啊！”

回来的路上，岳少峰回想着老师的话，如何能更稳妥地开展活动？自从城里读书会被查封后，许多工作极不方便，人员往来、信息收集与掌握、情报传递等等，都是问题。如果能有一个合理合法的组织，这一切问题都好解决了。但目前这个问题如何解决？回到学校后，他与关山正在商量这些事，突然听到有人敲门，两人立马警觉起来。

岳少峰赶快从书柜里拿了一本书看了起来。关山起身来到院里，问："谁呀？""是我，快开门。"关山打开门，惊了一大跳，一个蓬头垢面的人出现在他面前，他半晌说不出话来。来人在嘴上做了个"嘘"的动作，他才仔细打量了一番，惊喜地刚想喊叫，来人却把他一把拉住，两人赶紧关上院门，匆匆进了屋。屋里的岳少峰还在佯装看书，关山进来说："快看是谁？"岳少峰转身一愣，然后欣喜若狂地喊："鸿远！你可回来了！"岳少峰紧紧抱住鸿远。李鸿远说："你把我抱得都喘不过气了。"岳少峰松开他说："你是咋回来的？咋成了这副模样？"李鸿远说："国民党监狱待了三个月，就成了这副模样。"关山很快端来一盆热水，又找了身干净的衣服拿来。李鸿远说："这一路，人们一直把我当叫花子看哩，我这个模样跟叫花子也差不多。"说完哈哈哈哈笑起来。岳少峰说："还笑哩？赶快洗洗。"李鸿远洗完，换了一身干净的衣服。岳少峰又迫不及待地说："快说说是咋出来的？"李鸿远说："国民党当局以赤色宣传为由把我抓送到太原，并交给法院审理，期间，党组织通过关系多方通融，法院因证据不足不得不放人。"岳少峰气愤地说："啥红色宣传，这都是强权政府想抓人寻找的说辞。鸿远，那咱们下一步该咋办哩？"李鸿远说："目前，国民党白色恐怖严重，运城大部分党组织已遭到严重破坏，甚至处于瘫痪状态。现在唯有我们古平县的党支部较为健全。我们应最大限度地发挥党组织作用，坚持'扎实有序，稳步推进'的原则，把工作迅速开展起来。从目前情况看，我们既要扎实有序地工作，又不能被国民党当局抓住把柄，这还需要有一个很好的办法哩。"岳少峰说："你被抓走后，县城的读书会也被查封，现在我们啥都没有了，这不利于我们的人员往来。我跟关山正愁着哩！如果在凤凰城能有一个合法的商业性组织作为掩护，我们就能大张旗鼓地组织人员往来，进行活动了。可我俩不知咋弄哩！弄啥商业组织啊？"李鸿远说："按你说的就是消费合作社。""啥是消费合作社？""这是我在太原听说的，消费合作社是个商业性组织，就是大伙入股合作办社，来提供人们的生产生活消费服务。”岳少峰说：“就是入股合伙人共同出钱，从别的地方采购来生产生活必需品，然后在城里开个店铺再卖出去。是这样吧？”李鸿远说：“对，就是这样。”岳少峰说：“这不就是杂货铺吗？”李鸿远说：“是杂货铺，但又与杂货铺不同。不同的就是入股合作。”岳少峰说：“这两个到底有啥不同咪？”李鸿远说：“杂货铺只限于一人一家开个店。入股合作就不同了，他可以是两个人三个人，或者更多的人参加。”岳少峰拍拍脑门说：“我明白了，入股合作社就可以大张旗鼓地把大家召集起来，进货送货，光明正大地来来往往，既赚到了钱，又便于开展工作，一举两得。”岳少峰的一番说明，让三个人都高兴起来。李鸿远说：“少峰理解得很透彻，就是这个道理。目前就是人选问题。由谁来主管这个店铺？”关山说：“让我去吧？”李鸿远说：“你还在教书，腾不出手来，但可以做入股人，少峰也可以做入股人，我们几个都可以做入股人。但具体管理得另寻合适人选。你俩想想，在可信可靠又有经商经验的亲戚朋友中选几个人。”关山思索了一下说：“我有个表兄叫周胜武，之前在陕州做过生意，刚回来没多久，人也可靠。”李鸿远说：“这个行，再寻几个好的帮手。”岳少峰说：“我去找徐清源老师，看看他带的学生中有没有合适的。”李鸿远说：“这几个人家庭住址尽可能分散点，便于以后了解情况传递信息，然后在城里寻个好地段做商铺，再寻个有名望的人入股合作。”岳少峰说：“有名望的人把门面一撑，看谁还敢来捣乱？”三人商量完，李鸿远匆匆往家赶。

凤凰城外水磨村，赵紫云拖着有孕的身子，在院里忙上忙下，村里胖婶进来，帮着干了会儿活，边干边说：“紫云，尤申达一家逃走了，你知道不？”赵紫云说：“为啥逃走？”胖婶说：“听说尤申达欠了赌债三百万，赌馆催债，被吓跑了。”赵紫云长舒了一口气，说：“这个咎由自取的家伙。”

胖婶走后，李鸿远从门外进来，看见紫云忙碌的身影，心里有一种说不出的滋味。赵紫云是富家小姐，在赵家衣食无忧，跟自己吃苦受累，完全没了大小姐的影子，心中的愧疚不言而喻。他看紫云拿着担子准备挑东西，赶紧跑上前把担子拿在手中。赵紫云一看是鸿远回来，忍不住的泪水夺眶而出，鸿远把她紧紧拥入怀中。

自从李鸿远被抓后，他娘的眼神一下子差了许多，但耳朵能听得见。

她说："媳妇，是谁呀？"赵紫云擦擦眼泪说："娘，是鸿远。""啊！是鸿儿回来了？"老娘颤颤巍巍起来，鸿远赶快扶住娘。娘一直问长问短，放心不下儿子。李鸿远环顾了一下说："爹呢？"娘说："地里一年四季有忙不完的活，你爹去地里了，一会儿就回来。"李鸿远要去地里看老爹，娘说吃了饭再去，可鸿远要跟爹回来一起吃……

夜晚，李鸿远跟赵紫云在小瓦屋悄声诉说离别之情，他一会儿摸摸紫云微微鼓起来的肚子，一会儿又俯下身子听听胎动，一种当父亲的喜悦洋溢在脸上。"紫云，你说咱生下娃娃叫啥名唻？""生下男娃你取名字，生下女娃我取名字。女娃的名字我都取好了，叫兰儿。""兰儿，好啊！为草当作兰，生了男娃叫劲松。""这个名字也好啊！为木当作松。"两人都幸福地笑了。紫云和鸿远次日一早醒来，第一件事就是进城看父母。

李鸿远被抓后，赵老爷和毛夫人也一直担心着。毛夫人说："他爹，听说鸿远回来了。""回来了好，回来了说明没事了。""他爹，紫云的月份也都不小了，给她送点营养品补补。""叫田妈准备准备给她送去。"毛夫人应了一声，刚想起身就看见紫云和鸿远进来，鸿远把拎的点心放在桌上说："爹！娘！给二老买点点心，也不知合不合口味？"赵老爷说："花那钱干啥唻？都是自家人。"毛夫人说："还说给云儿买点营养品送过去唻，你们倒先来了。"赵老爷说："鸿远，这次回来该踏踏实实待一段时间，不走了吧？"赵紫云说："爹，鸿远想办个合作社。""啥叫合作社？"李鸿远解释说："是消费合作社。"赵老爷说："啥叫消费合作社？""消费合作社就是大家伙以入股的形式，在一起办一个方便生产生活的大杂货商铺。""这个好啊！既便利了大家伙的生产生活，也使合作人分到了红利。"李鸿远笑着说："还是爹见多识广。"赵紫云说："爹，您参加不？""这个……"赵老爷犹豫了起来。毛夫人说："他爹，你不是刚刚还夸好唻，这会咋又沉顿（犹豫）起来？""你不懂，夸两句又不要钱。"毛夫人笑着说："一说要钱就不干了？"赵紫云说："爹，这是入股，用不了多少钱。况且生产生活必需品，都是大家需要的东西，这个买卖，包赚不赔。"赵老爷说："那就算我一份。"李鸿远说："爹，这个社长由您来当？""不行不行，我一大把年纪了。""您德高望重，当这个社长，合作社准能兴旺发达！"赵老爷说：

“照你这么说，我只好挂个名吧，具体事还是由你们年轻人来干。”鸿远与紫云对视了一下，高兴地说：“行！就这么着。”

没过几天，古平县消费合作社在凤凰城东街的药王庙大门口揭牌。合作社大院内外张灯结彩，宾客盈门，李鸿远、岳少峰、赵明轩、关山等人胸戴红花，不停地迎接客人，频频的恭贺声让赵明轩不停地打拱致谢。房里院外陈列着各种商品：铁器、木器和竹器，各种农具家什，可以说耧耱犁耙、扫帚叉把、木铣推板样样都有，还有锅碗瓢盆、蒸笼风匣、油盐酱醋茶，各种日用杂货应有尽有。掌柜的周胜武和几个伙计忙里忙外，应接不暇……

消费合作社红红火火地开张了，馋得城里的某些大户有点嫉妒，尤其是那个叫老丘秃的，既不愿去祝贺，又想看热闹。他站在远处踮着脚跟伸着脖子张望，嘴里嘀咕着：“这里面的人也没啥大户，就赵明轩还算个有钱的，其余的都是些没几个钱的穷鬼，还张扬个啥唻？只不过是凑钱在一搭做做小生意罢了，还美其名曰消费合作社，也成不了啥气候，还不如我放一次高利贷唻！”一副不屑一顾的样子。此时，一个挑货担做小本生意的货郎从边上路过，看到如此热闹的场面，羡慕不已。嘴里嘀咕着：“如果有一天，我也能赚大钱，就不用再挑着货担到处叫卖了，那就是再风光不过的事了。”此人平时挑着货担走街串巷，见了人就说他经常做梦发大财，却一直发不了大财，于是人们就送他一个绰号“梦大发”。此时，老丘秃看到他说：“梦大发！看你那穷酸样，也想干干唻？”“我倒是想干唻，怕人家不要咱。”“也没啥了不起，就几个穷鬼凑钱在一搭，也就是个小本生意，甭羡慕，等有了机会，咱也能搞个啥大的唻。”“您老哥若是能搞大的，也拉小弟一把，让小弟也沾沾光！”“保准没问题，有机会再说。”

凤凰城消费合作社开张后，李鸿远感觉完成了一件大事，心里轻松了许多。这天，他准备到消费合作社看看，忽然街上有卖《并州日报》的，他顺手买了一张翻看，不禁大吃一惊。他赶紧揣着报纸去关家窝找岳少峰。岳少峰看他焦急的样子，问：“出啥事了？”他掏出怀中报纸说：“你看，太原德合信石印馆党组织被国民党破坏了，运城党组织也可能受到波及。我预感到形势危急，可能一时无法得到上级指示。没有党的领导，今后我们的工作就无法开展啊！”岳少峰也感到事态严重，但不知咋办。李

鸿远说："我得赶快去西安一趟，通过同学关系，想法与党组织取得联系。"岳少峰嘱咐他路上小心，取得联系后赶快回来。李鸿远没多考虑，就从太阳渡过黄河向西安赶去。

西安对于李鸿远来说，是一个陌生的城市。他根据同学的来信地址，在西安大街小巷穿行寻找，打听同学秦河山的家。当他敲开秦河山家门时，秦河山感到很惊讶："鸿远，你咋来了？快进来。"秦河山把李鸿远让进屋说："发生啥事了？""太原党组织已遭国民党破坏，我一时半会跟组织联系不上，想通过你寻到党组织。""我们这里国民党也盯得很紧，不过，我会想办法帮你联系。""那就太好了。你现在做啥工作哩？""在三秦报社当编辑。""编辑好啊，这是你的强项，在学校你就擅长写作，编辑工作涉及面广，能掌握更多信息。""快说说你，都忙些啥哩？"李鸿远把建立党组织之后被捕，党组织遭破坏的情况一一讲给秦河山听。两个几年不见的老同学，在一起兴奋地谈着各自的情况以及近阶段面临的严峻形势，一直谈到深夜。

李鸿远万万没料到，秦河山的住处早已被国民党特务盯上了，他来秦河山家时也被盯上。次日一早他跟秦河山刚准备出门，突然从门外闯进一帮不明身份的人，不由分说把他俩一同抓走。他俩再三追问为啥抓人？为首的只说奉命行事。结果被强行送到国民党军法处看守所关押。

在狱中，敌人严刑拷打，轮番审问，把他俩折磨得死去活来。半年时间过去了，当局得不到任何证据，却又不放人。在此情况下，李鸿远秦河山组织狱中难友与当局据理力争，并进行绝食斗争。与此同时，党的外围组织在西安大街组织民众游行抗议，进行施压。当局在无可奈何的情况下不得不放人，秦河山重回编辑部，李鸿远返回。

李鸿远仍像叫花子似的一路回来，他寻思着无论如何都要找到党组织。他反思了自己之前的行为，认为之前去西安有些欠考虑，应当先去运城寻找师范张主任。此时张主任还在不在运城他不得而知。但无论在与不在，都应该去看看。想到此，他决定去运城一趟。李鸿远从潼关乘船渡过黄河来到运城，当他寻到运城师范学校时，门卫看看他的样子，连门都没让进。他又寻到书店，发现书店门被封了。百般无奈的他又寻到运城女子师范学校，结果到了门口仍然进不了门。他不知该怎么办，正在犹豫徘徊，正好看见俞倩。此时的俞倩并没有认出他，他只好主动跟俞倩打招呼。俞倩看见眼前这位叫花子似的人跟她打招呼，感到诧异，正在纳闷，叫花子一个“嘘”的动作让她大吃一惊。俞倩一看是李鸿远，赶紧把他拉到一个僻静处，焦急地询问：“你咋到运城来了？你知不知道有多危险？你难道不知道当局正在到处抓你们吗？尤其是你们这些办读书会的。赶紧走吧！”俞倩带着李鸿远从一个隐秘的巷道快速离开。

李鸿远像叫花子似的一路翻过中条山回到家，把赵紫云惊得目瞪口呆，她不知这一年来鸿远去了哪里？回来都让她认不出了。“赶快给我找身干净衣服，别让爹娘看见了。”赵紫云很快打了一盆热水让他擦洗，然后给他寻衣服，她边寻衣服边问情况，听了鸿远的简单叙说，她心疼地说：“不知你在外面受这么多罪？”“千万别跟爹娘说。”赵紫云瞥了他一眼，苦笑了一下。

李鸿远找到岳少峰，把西安党组织也遭到破坏的情况跟少峰说了，还说在运城遇到了俞倩，要不是她，恐怕又被抓去了。岳少峰听到这接二连三的坏消息，不由得焦虑起来。他熬煎地说：“国民党当局整天抓抓抓，我们又与党组织失去了联系，今后该咋办唻？”李鸿远说：“无论当局怎样疯狂抓人，我们工作不能停，要继续发展党员队伍。少峰，我们支部你现在掌握的积极分子情况咋样？”岳少峰说：“通过一段时间的观察，有几个好苗子。消费合作社的周胜武、城里的毛瑞兴、脚夫刘玉堂，还有南吴村的负自奋……”李鸿远一听高兴起来：“看来我们前段工作还是很有成效啊，我们今后还要继续加强这方面的工作，尽快发挥他们的作用。只是与上级党组织一时半会联系不上，我们就像没娘的孩子。”岳少峰说：“你还记得咱们同学中有一个叫毛瑞锋的吗？”“咋能不记得？当时考学时，他和石云山考的都是太原学校。他咋了？”“他最近回来了，在消费合作社我遇到过一次。”“你了解他现在的情况吗？”“言语间听得出他的倾向性，没有深谈。”“我想找他叙叙旧，顺便做进一步的了解。”

李鸿远在城中寻到老同学毛瑞锋，他俩在谈话中都了解到对方的意图，话题越谈越投机。他俩边走边谈，越谈越兴奋，一直来到黄河岸边。李鸿远望着破浪前行的帆船，感慨地说：“失去了党的领导，就好比风浪中的船只失去舵手。”毛瑞锋也深有感触地说：“是啊！党的领导很重要，是我们的主心骨啊!”李鸿远从怀里掏出一封信说:“这是我写给党组织的信,你务必想方设法在太原帮咱古平县联系到党组织。”毛瑞锋说:“你放心,我一定想方设法联系。不过,在走之前我要告诉你一个好消息。”“啥好消息?”“石云山回来了。”“石云山回来了?”这让李鸿远非常惊喜。“他可能不走了。听他说家里人给他在涧阳镇寻了一份教书的工作,有机会跟他联系。”这个消息对李鸿远来说,确实是个好消息,让他激动不已。

毛瑞锋去太原后,李鸿远找到石云山谈了好一会儿。李鸿远说:“你先在涧阳镇教书,有重要事我再联系你。”石云山点点头。李鸿远回来后,每天都在盼望着上级组织的消息。他来到消费合作社,看见一个脚夫牵着一匹驮货进来,边往院子里走边吆喝:“掌柜的,货来了!”然后与周掌柜进了侧屋。过一会儿从侧屋出来,然后提高嗓门说:“我得走了,还有货要送咻!”

李鸿远在院里一直注意着这个脚夫,感觉好像在哪见过,但一时又想不起来,他在大脑中竭力搜寻……猛然间,去运城上学时在中条山遇险的一幕在眼前浮现,他马上走过去向脚夫打招呼:“刘大哥,是你啊!”刘脚夫听到有人喊他,忽然一愣。李鸿远见刘大哥发愣,提醒说:“不记得了?我去运城上学,路上遇到土匪时,是你救的我。”“噢噢,嗨!”刘脚夫拍拍脑门说:“你看我这记性,那都过去好几年了,差点儿认不出来了。”“我还没好好谢谢你就走了,要不是你……”李鸿远还没把话说完,刘脚夫就说:“嗨!那都是顺路的事,谁还没有个难的时候,以后有啥事还可以寻我。现在我还有货要送,得走了!”刘脚夫身后留下一串叮叮当当的铃声。李鸿远望着刘大哥远去,回头向周掌柜买红豆小米。周掌柜趁机把他叫进侧屋,从怀里掏出一封信说:“这是刚才刘脚夫送来的。”李鸿远接过信笺赶紧打开看了一遍,脸上露出了喜悦的笑容。他把信塞进怀里,然后提高嗓门说:“周掌柜,这红豆小米都不错,给我各来五斤。”然后在柜上付了钱,急匆匆往家送去。他要把红豆小米赶快给紫云送回去,然后去找岳少峰……

凤凰城药王庙消费合作社在周掌柜的打理下,几个伙计像往常一样井井有序地营业,侧屋里却聚集着股东正在召开一个秘密会议。股东会议其实是古平县党支部扩大会议。李鸿远在会上说:“今天召集大家开会,主要是给大家传达两个信息：一是要告诉大家一个振奋人心的好消息，我们与上级党组织取得了联系。”听到这个消息，大家马上兴奋起来。李鸿远又接着说：“二是提高警惕，隐蔽工作。目前形势不容乐观，但我们能与党组织取得联系，也是值得我们高兴的事。我们的党员人数比原来增多了，但还远远不够。根据上级指示，还要进一步发展党员，壮大基层组织。同时要加强学习，提高认识，充分树立起救国救民的决心和信念。”岳少峰听得充满信心。会议结束后，其他人很快离去。周掌柜待大伙出门，焦虑地对李鸿远和岳少峰还有关山说：“这里离县府太近了，你们在里面开会，我在外面一直悬着心咪！万一让他们发现可就麻烦大了！”李鸿远和岳少峰对视了一下，都感到这还真是个必须注意的问题……

到了一九三六年三月的一天，古平县凤凰城突然出现大批黑衣警察，把所有从外地回乡的青年学生，以及身上系有红裤带红布条的人一律抓走，就连在酒楼茶馆说书拉唱的艺人都被统统关进城南的看守所。岳少峰和李鸿远等人也被关在里面，他俩倒不是因为身上有红的东西，是县府看他俩有嫌疑。李鸿远感到极不寻常，他与岳少峰简单交换了一下看法，认为这次当局抓捕，属于盲目抓捕，一定是局势发生了某种变化，否则，不会这样大面积抓人。在经过对岳少峰和李鸿远轮番审讯后，在没有任何证据的情况下，只好放人。岳少峰和李鸿远被释放后，才知道是红军东渡黄河，准备组织力量北上抗日，引起阎锡山的极大恐慌，当局不分青红皂白到处胡乱抓人，进一步证明了他俩之前的判断。

经过一连串发生的事件，李鸿远和岳少峰都体会到前进道路的不易和艰难，更需要提高党员的觉悟素质和对敌斗争的应变能力，以及面对困难需要的韧性和耐力……

中共古平县党支部在中条山下黄河岸畔艰难生存，坚持斗争，如同黄河波涛中的一叶小舟，在激流浊浪中艰难前行着，而奋力驾驭这叶小舟的是年仅二十来岁的几个不屈无畏的青年人。

黄河岸畔，李鸿远和岳少峰边走边谈。李鸿远说：“这次组织安排我去太原学习，学完之后，可能会安排新的工作。”岳少峰一听就急了，说：“你走了，咱古平县咋办咪？”“这正是我今天要跟你谈的重要事情。我走后，古平县党支部书记一职由你来接任。”岳少峰说：“我行吗？”“行！一

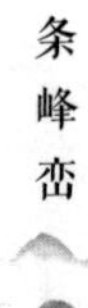

定行。干啥工作都要在干中学、学中干，不断总结经验教训，我也是这么走过来的。经历了这么多事情，我想你一定会很快成熟起来。这一点你不用质疑自己。”“那我就试试吧。”“不是让你来试试，而是一定要做好。这是党组织的决定。”岳少峰望着李鸿远坚定的目光，紧紧地握住他的手。

为了革命工作，李鸿远又要远行了。赵紫云拖着笨重的身子为他整理行装。他望着快要临产的爱妻，一种说不出的感觉在心头涌动。赵紫云说：“放心吧！在外面照顾好你自个儿，就别惦记我。”李鸿远想安抚紫云，却一句也说不出来，他紧紧把她拥入怀中。

李鸿远离开家，绕过打麦场，穿过竹林小路，向凤凰城背后的高坡走去。六里坡是他熟悉的小路，他爬到坡顶站在高处，深情地回望着凤凰城，望着生他养他的这个地方，心中升腾起无尽的热爱和眷恋……

第十章　少峰掌控牺盟会　申达鼓动狂抓人

岳少峰知道赵紫云生了小孩，他按照李鸿远的交代，计划到消费合作社买些小米红豆给她送去。当走到凤凰城大街上时，忽然听到叫卖声："卖报！卖报！山西牺牲救国同盟会成立！"岳少峰顺手买一张看了起来。与此同时，他得到消息，党组织要求借牺盟会（简称）成立的机会发展会员，建立自己的情报站。他拿上报纸疾步向消费合作社走去。

周掌柜见岳少峰进来。赶紧以看小米为由把他带到侧屋，岳少峰说："目前，山西省牺牲救国同盟会已经成立，并要求各级也成立牺盟会。上级指示我们，借此有利时机，在牺盟会成员中发展党员，快速稳妥地在西塬、张村、三湾、茅津、张店、望原、涧阳等地建立我们的联络点，及时传递情报，通报信息。正好这几个地方也都有咱们的送货点，尽快从中选出情报人员。"岳少峰交代完，提着小米、红豆匆匆向水磨村走去。

岳少峰拎着东西来到李鸿远家，进门就喊："伯母！"鸿远娘向门口张望了一下，说："是少峰吧？""我是少峰，我来看您老。"顺手把东西放在桌上。"这娃，你来就来了，干吗还拿这么多东西哝？""鸿远走时就交代我买，说怕紫云坐月子小米不够用，您和伯父的腿脚又都不好使，所以我就跑跑腿。"岳少峰环视了一下，说："伯父呢？""你伯父去地里了，地里一年四季都有忙不完的活。"听到婆婆和岳少峰的说话声，赵紫云抱着孩子从屋里出来。岳少峰看见她说："鸿远交代让我过来看看。"鸿远娘唠叨着说："你说这鸿儿也是，说走就走了，也不言语一声。"赵紫云安慰婆婆说："娘，鸿远是怕您二老担心。""哪能不担心，这儿在外当娘的总是拽着一条心哝。"岳少峰安慰道："伯母，没事，您就放心吧！过些日子鸿远就回来了。"鸿远娘笑着说："你是在跟大娘说宽心话哝。"岳少峰笑了，他又看了看孩子说："紫云，你把教书的工作辞了，以后有啥打算？""我都想好了，等兰儿大一点，我就去城里摆个小布摊，也能挣钱维持家用。”“你这行吗？”“咋不行唻？啥事都是人做的。我觉得摆个布摊挺好，家里有事我就在家，家里没事我就去摆摊，家里摆摊两不误。这点小事不算啥。”岳少峰没想到赵紫云身上没了一点大小姐的娇气，让他非常佩服。赵紫云见岳少峰半晌不吭声，说：“少峰，你有俞倩的消息吗？”岳少峰说：“听徐老师说俞倩考上运城女子师范了！”赵紫云惊奇地说：“她考上女子师范了？这可是好事啊！以后有俞倩的消息可得跟我说唻！”岳少峰答应着从鸿远家出来，又开始思索着牺盟会的事……

古平县牺盟会成立后，岳少峰和关山都参加了牺盟会，借牺盟会物色秘书长人选之际，岳少峰建议关山辞掉学校工作，去担任秘书长，具体掌握牺盟会的日常工作。

山西牺盟总会为了加强对各县的领导，特别下派人员检查指导工作。关山陪特派员只是跟着走走看看，贴贴标语，并没有深入群众，看似红红火火的抗日工作，关山却感到问题的严重性。他认为特派员的工作方向有严重偏差。岳少峰也认为关山提出的问题很现实很尖锐，需要把问题尽快反映给上级党组织，希望得到上级的支持。

没过几天，特派员就被调走了，新派的特派员郑曦也到位了。这次郑曦来，岳少峰也参加热情接待。郑曦见岳少峰说话办事很有分寸，就建议他也参与进来。于是岳少峰，关山和郑曦等人一改之前工作只浮在表面的状态。他们仨一道走村串户，把传单发到学校，发到矿山码头，标语贴到街巷村巷，深入田间地头与农民促膝谈心，解答农民提出的各种问题，帮助农民解决遇到的困难。更让感动的事，是一次他们仨进村时，发现一个妇女因为孩子病重，没钱医治而放声哭号。岳少峰二话没说就把孩子背送到城里诊所，并主动付了医药费，感动得孩子爹一个劲磕头谢恩。一传十、十传百，这件事感动了周围村民，让他们很快与农民拉近了距离，群众愿意听他们讲掏心窝子的话。时间不长，一场抗日救国的爱国运动，从县城到农村，在古平县大地上轰轰烈烈开展起来。工人、农民，尤其是青年人积极踊跃参加学习，培训班一期接着一期……

岳少峰领着大伙坐在凤凰城文昌阁大院，这些学员大多是农村青年，还有到过读书会的青年人，他们都非常愿意到学习班来听课。他们啥也不讲究，跟岳少峰一样，屁股下坐着板床马扎或是砖头瓦片，全神贯注地听郑曦给他们讲抗日救国的道理。

文昌阁大院房屋老旧，没几间能用的，他们就在院里讲课。郑曦在黑板上写下“团结、抗日、救国”六个大字。然后讲道：“团结，就是要我们大家的心往一处想、劲往一处使，这样才能形成强大的合力。就像平时我们搓麻绳一样，把许多细小的麻缕，一丝一丝地续到一起，拧成一股粗壮的绳，就能挑起千斤重的担子，这就是强大的合力。我们有了这种强大合力，才能抵挡一切邪恶势力，才能把日寇强盗赶走！我们才能过上安稳的日子。是不是这个理啊？”讲到此，忽然有人高呼：“团结抗日！团结救国！把日寇强盗赶出去！”大家跟着一起高呼，口号声一阵接着一阵。郑特派员的讲课很精彩，深入浅出地就把道理给学员讲清了，深受学员喜爱。但郑特派员的政治倾向性如何，岳少峰还不得而知，他想跟郑曦深入谈谈，如果目标信念一致，就可利用其有利的身份大胆启用。

岳少峰把郑曦约到竹林外涧水边交谈。他说：“郑特派员，你对牺盟会今后的工作有啥想法？”“我希望抗日救国运动能很好地开展下去，只是……”岳少峰见他迟疑了一下，催促道：“只是啥？有啥就说啊！”“这只是我个人私下的看法，恐怕有些不合时宜。”“有啥不合时宜的，我一个教书匠你怕啥哩？说说看。”郑特派员左右看看，确定在四周没人的情况下，才悄悄说：“岳先生，我怕这牺盟会阎长官老奸巨猾。”“噢！何以见得？”郑特派员压低声音说：“阎长官地方观念很重，跟共产党面和心不合。这个能长久吗？我怕是……”“你怕这个合作长久不了？”“我觉得发动民众这个办法好，这是共产党的一贯主张。”“那你对共产党有啥看法？”“共产党的力量现在看似薄弱，但其根扎在广大劳动人民之中，总有一天会枝繁叶茂。”说完他又笑笑，说：“你看，我又不是共产党，这都是瞎说哩，不足为论。”“不不不，你说得很好，有道理，说到很多人的心里了，尤其是说到我的心里了。”岳少峰得知郑曦的想法，计划培养他入党，以便今后更好地开展工作。

李鸿远在太原的几个月学习培训结束后即刻回来，他背着简单的行李在中条山布满积雪的道路上爬涉。这次太原学习，他不仅学到了很多东西，而且还带回来一个重要消息。

李鸿远见到岳少峰就说："最近西安事变你听说了没有？""听说了，是不是局势又发生变化了？"李鸿远说："日军从东北打到北平，在北平又虎视眈眈觊觎整个华北。蒋介石不组织兵力抵抗日军，而是一味地逼迫张学良、杨虎城剿共，对此两位将军极为不满，于是，借机软禁蒋介石，要求他停止内战，联共抗日，蒋介石不得不答应。形势对我们很有利，我们要尽快发展抗日武装，这是我这次回来的主要任务。"岳少峰说："对！再不能像以前空喊口号了。现在我们的学习班是办起来了。但就是还没武器。"李鸿远说："先有了人就好说，武器我们再想办法。"

半年之后，卢沟桥事变爆发。凤凰城大街上出现报童的叫喊声："卖报！卖报！卢沟桥事变爆发，中本全面侵华！"岳少峰赶紧买了一份看了起来，并急匆匆向牺盟会办公室走去，与关山简单交换了意见后，又向药王庙消费合作社走去，叫上周掌柜逐一到各点通知，要求各点组织民众上街游行，大造团结抗日的声势。

次日，凤凰城大街上出现了浩浩荡荡的游行队伍。没过几天，西塬、张村、张店、茅津以及东山的涧阳镇也纷纷掀起了抗日救国的大游行大演讲活动，尤其是凤凰城大街上，到处张贴着"团结抗日！一致对外！保卫家园！保卫中国！打倒日本帝国主义！"的宣传标语，游行队伍打着横幅，举着旗帜，口中不停地喊着口号。游行过后又开始演讲，演讲者义愤填膺，情绪激昂，周围民众群情激愤。游行抗议和演讲活动的持续高涨，引起县府密切关注。

尤申达因赌债逃往河南后，特别注意打听凤凰城的情况，听说岳少峰这穷小子在牺盟会办起了学习班，而且搞得风生水起，心中甚是不服，也想回来，但不知回来干啥？牺盟会他看不上，因为光干活没工资，都是白干，他想要更好的工作。突然得知县长招聘秘书，心中一喜，转身到东山跟父亲要了一袋大洋，就回来自我推荐，并把大洋给县长塞上。干上县长秘书后，让他大喜过望。这是他期盼已久的好工作，既能在县长跟前伺候，又能在政府各部门周旋，还有一件令他放心的事，就是赌馆老板再也不敢寻他要赌债了，他可以放心大胆地在凤凰城露面，不用遮遮掩掩。拐巴子听说小舅子尤申达当了县长秘书，也从河南回来，要尤申达跟县长说说，让他重新干警察大队长。这时姐姐和姐夫对尤申达的态度来了一个一百八十度的大转弯，再不是之前训斥的话了，而是千方百计地讨好他。辣椒嘴撵到县府跟尤申达说:“好兄弟唻！你跟县长说说，让你姐夫再把警察大队长干上啊！”“姐，你就不能等等啊？我这刚跟着县长当秘书，就说自个的事，你让县长咋看我唻？”辣椒嘴说:“那你说，你姐夫的事你就不管了？”尤申达说:“管，总得等一段时间呀！你这也太心急了吧！”辣椒嘴说:“能不急吗？你看你姐夫整天在家背个枕头，就在炕上睡觉，也没个收入，这今后的日子咋过唻？”辣椒嘴说完叹了一口气。尤申达说:“你先回去，等过一阵子再说。”辣椒嘴还想解释，尤申达推着就把辣椒嘴送出了门。辣椒嘴从尤申达办公室出来，一肚子怨气，说:“这个没良心的，吃我家，住我家，现在有能耐了，六亲不认了！”

尤申达看着姐姐辣椒嘴不乐意的表情，也不理她，只管忙自己的事去了。尤申达自当上县长秘书后，办事处处小心谨慎，也不敢造次说他姐夫的事。

尤申达对县长分配的各项事务特别上心，工作也做得井井有条，有时还给县长出点小主意，深得县长喜欢。

这次凤凰城青年学生闹游行，闹得县长心烦意乱很不开心，带上尤申达和几个要员登上县府更楼，观察街上游行队伍的情况，县长见街上的民众如此闹腾，拉着个脸回到办公室。尤申达见县长一脸的不高兴，知道是因为街上的事，于是凑到县长跟前，小声说:“这恐怕是有人在后面故意起事唻。”县长看了他一眼说:“谁在起事唻？”“这个……”尤申达怕说得不如县长的意，没敢说出来。县长看他吞吞吐吐的样子说:“有啥就不能直说唻？”尤申达这才说:“恐怕是牺盟会这伙人闹的，还有从外地回来的学生。”县长一听，觉得有道理，马上叫他把警察局长叫来，抓这些闹事的学生。

瞬间，巡警军警一起涌上街头，把游行队伍驱散，并到处追捕。满街都是慌乱奔跑的学生和民众，以及丢弃的传单纸旗还有跑掉的鞋帽，街上一片狼藉。随后一队警察来到牺盟会办公室，看看没人，又匆匆向关家窝方向赶去。

走在大街上的周掌柜看到此种情况，赶紧回到合作社，叫身边一个伙

计火速向关家窝方向跑去。

此时，岳少峰正在和关山、郑曦通报当天发生的情况。忽然听到一阵急促的敲门声，关山打开门一看，是消费合作社的伙计。“快快快！警察来抓人了。”关山二话没说，一把将伙计拉进院关上大门，然后到屋里移开墙角柜子，打开地洞，把岳少峰几个人藏了进去，等警察赶到时，他却若无其事地在院里劈柴。警察一脚踢开院门，二话没说就要把关山带走。“为啥抓人？我犯了啥法啦？”“别啰嗦！跟我们走！”一帮警察不由分说，架着关山出了门。这一幕，正巧被关山的弟弟关峻看见。关峻心知肚明，知道哥哥是共产党。他看见警察带着哥哥走远，赶紧关上门来到屋里，挪开墙角的柜子，轻声朝里喊：“岳老师，出来吧！他们走了。”岳少峰郑曦和消费合作社的伙计，几个人从地洞里钻出来。岳少峰问：“你哥呢？”“被警察抓走了。”

岳少峰迅速把放在角屋的文件和刊物烧掉，又把油印机包好埋在菜地，然后带着几个人迅速钻进村南的竹林里，并在竹林里开了个短会。“这次县府动用警力到处抓捕，与当前大的形势极为不符，我判断这是县太爷的个人行为。现在，我们的首要任务是摸清情况，我们有多少同志被抓，然后制定营救方案。”

关峻送走岳少峰几个后，一群警察又撞门而入。他们在家里翻箱倒柜地搜查，结果什么也没找到，最后拿了两本《世界知识》和《新观察》就要带走。关峻拦住说：“这是我的书，你们凭啥拿走？”警察不由分说，拿着刊物扬长而去。警察把《世界知识》和《新观察》强行拿走后，关峻知道大事不好，一定会因为这两本书刊定罪哥哥。于是他索性跟着这帮警察，一直跟到县府大院。

警察押着关山拿着书刊在警察局长面前邀功：“局长，你看。”局长拿过刊物翻了两下，在手上晃了晃说：“好啊！这也算罪证，看他还有啥好说的。”此时关峻赶来争辩：“你们凭啥拿我的书刊？这是我花钱买的。难道你们连书都不让人看了？你们听清楚了，这是我从城里花钱买的。”警察局长说：“花钱买的咋咪？花钱买的也是罪证！”关峻说：“书刊是我买的，我好汉做事好汉当，凭啥抓我哥咪？”警察局长说：“好！你敢当就把你也抓起来！”关峻说：“就凭两本刊物抓人，你们还讲不讲理咪？”此时，围观的人也多起来，警察局长只好把关山放了，却把关峻扣下。关山出来后，才知是弟弟为他背了“黑锅”，他忽然感觉弟弟懂事了。同时又焦急不安，盘算着如何救出弟弟。

为了救出被抓的人，岳少峰关山和郑曦他们仨在竹林秘密碰头。岳少峰要关山回想一下，具体被抓的都有哪些人？关山说：“有从太原回来的毛瑞锋，还有从西安回来的吴中建、杨永生，有从洛阳回来的解文生、任万川。听说要把毛瑞锋、吴中建押送太原。”岳少峰说：“情况非常严重，我要尽快写信向党组织报告。同时，我们还要最大限度地利用当地关系，尽量做工作，把无辜群众都解救出来。”

岳少峰把写好的信交给消费合作社的周掌柜，然后与关山商量如何解救出被关押的学生和群众。岳少峰说：“你再回忆一下，被关的还有谁？”关山说：“有城里的毛瑞兴，有个叫牛二柱的，还有许多叫不出名的。”“有没有石云山？”关山摇摇头。岳少峰说：“这些被关押的人，无论是青年学生还是普通百姓，我们都有义务把他们解救出来。目前最主要的办法是如何去解救？谁去解救？得必须有个能与县府说上话的人去才行。”关山说：“我看赵老爷去就行。可谁去跟赵老爷说唻？”岳少峰说：“我看光找赵老爷说还不行，得把被关押学生的父母都集合起来，找县府评理。人们常说：法不责众，不信他县府不放人？我去找赵紫云，你和郑曦还有合作社的伙计去召集被关押学生的父母。”

东城门外水磨村通往城里的这条小路，一边是流水，一边是竹林，景色秀美，风景宜人。赵紫云抱着孩子，胳膊上挎个小包袱走在路上。她丝毫没有愉悦的心情，无心顾及身边的美景，径直向城里走去。她好长时间没有去娘家了，想去看看爹娘，看看紫燕。对她来说，还有一件非常重要的事情，就是想去问问爹娘，在日本留学的哥哥啥时回来？自从日寇侵占了东北三省，赵紫云就一直记挂着哥哥回来这件事，“七七事变”后她更坐不住了。赵紫云看见岳少峰焦急地朝她走来，问：“少峰，出啥事了？”“有许多学生被县府抓去了，我想让你跟你爹说说，把他们放出来。”赵紫云不加任何思考，就答应跟岳少峰一起劝说。

此时，赵老爷和毛夫人正在厅堂聊着女儿紫云。毛夫人说：“紫云好长时间没来，也不知小兰儿长啥样了？”赵老爷说：“想见你就去看看呗，别光作念。”“你看你这老头子，还不让人作念了？”“作念作念，就能来了？”话音刚落，就听到紫云的声音。老两口一看是紫云来了，乐得合不拢嘴。毛夫人说：“看看看，我一作念，云儿就来了。”毛夫人赶紧抱起兰儿，兰儿咧着嘴一个劲地笑。

岳少峰站在边上一直看着他们，心里的着急没法言语。赵紫云知道岳少峰心里急，赶紧把话拉回来，说：“爹，听少峰说县府抓了不少学生，想让您去跟县长说说，把这些人都放了。”赵老爷沉默了一会儿说：“这么多恐怕不好说。”赵紫云一听急了，说：“瑞锋、瑞兴都关在里面唻！您也不管啦？”毛夫人一听两个侄子被抓，死活逼着老爷去，赵老爷不得已只得去说。赵老爷不是不愿意去，而是之前因为紫云的事怕县太爷记恨，也怕尤申达从中作梗。但经不住夫人督促，就只好硬着头皮去了。岳少峰看见赵老爷去县府了，也回来等待消息。

赵老爷来到县衙，门口已经聚集了好多家长，都是为孩子们被关的事。大家见赵老爷来，纷纷围拢上来，其中就有他大舅子毛老大。赵老爷说：“你们啥都别说了，我进去试试。”赵老爷是凤凰城大户，为人好，威望高，十里八乡都知道，县府衙门也知道，乡亲们有啥难事都爱找他，县府有解决不了的事也会找他。赵老爷来到县长办公室，县长赶紧让座倒茶，客气地说：“赵老爷今天是有啥事？”赵老爷说：“县长大人，你把这么多娃娃都关起来，他们的父母在县府门外坐了一大片，这么多人不干活不开店，到时候拿啥给咱县府交粮缴费唻？说娃娃都是共产党？！本来不是，你这么一关，我看都被你关成共产党了。”“赵老爷你这话是咋说的唻？”“娃娃们游个行碍啥事了？他游几天就不游了，你关他不是关出仇来了？我说这话你可能不爱听，你好好想想吧！”赵老爷撂下话起身走了，县太爷寻思起来。此时尤申达凑近县长耳朵说：“县长，不能听这个赵老头的。”县长瞥了他一眼，没有理会。

赵老爷从县府回来，赵紫云赶紧问：“有啥结果？”赵老爷说：“我把该说的话都说了！县长听不听是他的事。”

县府放不放人，爹做不了主，紫云也不好再逼爹，又转了话题说：“爹，我哥啥时回来？”“这仗都打开了，他还能在日本待得住？说不定哪一天就蹦跶回来了。云儿，你把学校教书的事辞了，计划干啥唻？”“今儿个来，就是想跟您和娘说这件事。”“你说说，想干啥唻？”“我想在街上摆个布摊。”赵老爷一听连连摆手说：“别别别，一个女娃娃摆啥摊唻？”“女娃娃咋了！女娃娃就不能摆摊了？摆摊挣钱养家糊口天经地义。”“你去摆摊，让爹这张老脸往哪搁唻？”“爹，这摆摊一不偷二不抢，凭自个辛苦挣钱唻，不丢人呀？”“你若想干，就在咱药材铺干。”“这不是还在老母鸡翅膀下护着唻？”“这么说你是铁了心了？”“铁了心了。”毛夫人嗔怪道：“这娃，还来劲了。”赵老爷说：“你既然想摆也行。啥事都是人学唻。这样吧！爹给你拿些本钱，你就学着做吧！”赵紫云高兴地说：“这么说爹是同意了？”“同意不同意你都要干，我能不同意吗？”娘说：“你爹知道你那犟脾气，在心里盘算好的事情十头牛都拉不回来。”赵紫云笑了。

赵紫云很快在街上摆起了布摊，布摊就摆在离药王庙消费合作社不远的地方。站在那里不仅能看到县府大门，能看到药王庙，还能看到另一个方向的亨泰昌商号。亨泰昌是城南石家的商号，生意红红火火，人来人往，门口的店小二不停地叫卖着，赵紫云也学着叫卖起来：“卖布唻！卖布唻！各式各样的花布唻！”她一边叫卖，一边观察着县府的动静。在她的心里，还是惦记着被关押的学生。赵紫云布摊一出现，在凤凰城引起不小的轰动。大街小巷的婆娘们纷纷议论，说长道短。花媒婆直接跑到赵家，当着毛夫人的面说：“哎哟唻！我说嫂子，你咋能让大小姐去街上摆摊唻？还扯着嗓子高一声低一声地吆喝唻，成何体统，这哪像是赵家大小姐啊！”毛夫人说：“我也是不愿让她去摆摊，可这孩子就是犟，非得要干，我拿她也没办法，就由她去吧！”花媒婆说：“你知道人家都说些啥唻？说紫云寻婆家时七挑八捡，结果漏油灯盏，最后挑了个穷光蛋不说，还把自个儿也搭进去，书也不教了不说，还又去摆布摊了。还有，可难听了，我都不敢给你学。”毛夫人听了不急不躁，气定神闲地说：“爱说啥说啥，由她们去，又不跟她们要吃要喝唻。”花媒婆听了毛夫人不咸不淡的话自觉没趣，又赶紧附和着说：“就是就是，人家嘴是扁的，舌头是软的，爱咋说咋说。”

岳少峰听说赵紫云在街上摆起了布摊，心里有些不是滋味，再怎么着赵紫云也是为了他辞去了教书工作。如果说之前赵紫云从生活优越的赵家嫁到生活艰难的李家是为了爱情的话，那么现在赵紫云宁愿放弃受人尊敬的教书职业，而甘愿做一个摆布摊的小生意人是为了啥？这种抉择对赵紫云来说，应该非常艰难。赵紫云能做到这一点，那得需要多大的决心和勇气啊？岳少峰想到此，感到对赵紫云有一种深深的愧疚。但赵紫云却不这样想，她知道岳少峰和李鸿远一样，肩上的任务重，责任大，需要大家支持，她应该义不容辞。开开心心地摆布摊，她认为这就是对岳少峰工作的最大支持，支持了岳少峰就等于支持了李鸿远。李鸿远做的事，她心中乐意支持。她看见岳少峰从东城门进来，乐呵呵地朝他笑，岳少峰也向她微笑，然后向药王庙消费合作社走去。

岳少峰来到消费合作社，以看货的名义与周掌柜进了侧屋，马上从怀里掏出一封信压低声音说："这封信很重要，关乎营救我们的同志，要尽快送到上级手中。"面对目前的问题，他多么希望李鸿远能尽快回来，指导一下当前的工作。

此时，李鸿远正在太原学习，上级领导跟他语重心长地说："鸿远同志，你这次任地委组织部副部长，肩上的担子可不轻啊！不仅要掌握整个运城的党组织建设，具体还要负责中条山各县的党组织建设。目前形势很严峻，建设好基层党组织，就是筑起一个个战斗堡垒。一定要把这项工作做细致做扎实了。"接受了任务的李鸿远，从太原回到运城，又翻过中条山回到古平县。

李鸿远回来后，岳少峰马上汇报了发生的事情。李鸿远说："我分析，经过群众施压，县府会慎重做出反应来。到底能达到什么程度？我们等几天再看。"没过两天，被关押的大多数学生、群众确实被放出来了，但让人没想到的是，有十多个无辜群众，却被县府枪毙在南城外，对这种草菅人命的做法还说是震慑。

这件事让李鸿远和岳少峰非常气愤。李鸿远说："过去的事情我们无法挽回，究其原因还是因为我们太弱小了。目前，我们面临一个亟待解决的问题。"岳少峰说："啥问题？"李鸿远说："党组织建设问题。我们如果把党的组织建设搞得强大了，就会有足够的力量与这些旧官府斗。"岳少峰点点头。李鸿远把具体想法跟岳少峰细说了，然后又跟关山三个人研究起来……

一九三七年十月二十七日这一天，也是载入古平县史册的一个重要日子。这天，赵紫云心里既高兴又紧张，高兴的是鸿远回来了；紧张的是鸿远正在自家窑洞里召开一个非常重要的会议。会议名义上是消费合作社股东大会，其实是组织建设大会。赵紫云没有去街上摆布摊，而是抱着兰儿在门口纳鞋底。她的任务是在门口放风，观察周围情况，周围一旦有异常情况，她就立刻发出信号，开会人就会随机应变。

窑洞里坐满了与会人员，大家都凝神静气地等着会议开始。岳少峰说："同志们，今天的会议很重要，不准用笔记，只能用心记。下面由上级领导李鸿远同志讲话。"李鸿远站起来严肃地讲道："同志们，截至目前，我们古平县的党员人数已经发展到三十多人，原来的党支部已远远不能适应当前的形势。为了下一步能很好地开展工作，充分发挥每个党员的先锋模范作用，上级经过认真考虑，决定中共古平县支部升格为中共古平县委。"与会人员激动地轻轻鼓掌表示祝贺。李鸿远又接着说："同时任命岳少峰同志为中共古平县委书记；关山同志任县委组织委员；石云山同志任县委宣传委员；李友农同志任农运委员；贠河川同志任工运委员。"大家又是一阵轻微的掌声。李鸿远又接着说："县委成立后的主要任务：一是继续稳妥地发展党员，壮大党的队伍，尽快在各行政区或主要村镇，建立党支部或党小组，进一步发挥基层党组织的战斗堡垒作用；二是积极培养党的干部，争取掌握对县政、村政的领导权；三是贯彻落实好党的减租减息政策，最大限度地解放农民，武装农民，使广大农民积极投身到抗日救国运动中来……"窑洞内的会议在紧张地进行着，赵紫云在门口看似悠闲地纳着鞋底，其实心里非常警惕。此时，两个黑衣巡警溜达着由远而近，赵紫云赶紧使劲"吭吭"两声，马上窑洞内传来吵吵嚷嚷声："你说那一把扫帚能赚多少钱？连抽一袋烟的钱都不够哝？""一袋烟钱也是钱哝！那你还想赚多少？"……巡警支起耳朵听了听，不屑一顾地说："净是些蝇头小利，还费这么大的劲。"赵紫云对巡警说："进屋坐坐，喝杯茶吧！""不啦不啦！""慢走啊！"屋内听到赵紫云发出的安全信号，马上停止吵闹又继续开会……

开完会后，周掌柜送来一封信。李鸿远打开信看了一遍，对岳少峰说："告诉你个好消息，毛瑞锋、吴中建两位同志，在我党的多方努力下，已经在太原获释了。"听到这个消息，岳少峰感到非常高兴，但还是为被冤杀的十多名无辜群众而愤恨。李鸿远说:“今后要注意在县府、警察等要害部门，想方设法安插我们的人，做到遇事可控。”岳少峰点点头。

中共古平县委成立后，岳少峰更是信心满满，他说:“这段时间，我们深入到张村、辛店、三湾、茅津、望原以及涧阳镇等地，共建立了七个党支部，十三个党小组，而且，这些组织成员基本渗透在各区委班子成员中，便于我们今后开展工作。”李鸿远说:“在此基础上，我们尽快把抗日武装建立起来!”岳少峰说:“办抗日骨干训练班，快速提高我们的人员素质，势在必行，刻不容缓。”李鸿远说:“还有一件事，十一月份，中共中央北方局要在临汾举办县委书记培训班，我也给你报了名，到时记着参加。”岳少峰激动地说:“这是个难得的机会，我要去好好学习学习。”李鸿远说:“上级要求各县县委书记把最近一段抗日救亡工作情况作一总结汇报，有好的做法可以推广学习，你要好好准备准备。”说到此，李鸿远突然话题一转说:“少峰，我几次回来都没见到少青，少青现在咋样了?”岳少峰支支吾吾了半天，说:“我这个哥哥没当好啊!”李鸿远看他不愿说，继续追问:“少青到底咋样了?你说唻!”岳少峰憋了半天才说:“父亲去世没几天，少青就到山上为人放羊去了。”“放羊去了?你咋能让少青去放羊唻?”李鸿远的问话一下戳到岳少峰的痛处。他强忍着心痛说:“当时，我不想让这小子去，可这小子就是拧，一定要去，说是爹活着时对人家说的话。”“你知道他在哪个村吗?”“在张店山上叫斜树凹的一个地方。”李鸿远又问:“那你去看过吗?”“看了两次，之后工作忙开了，就再也没去过。”“你看了是啥情况?”“那家人还行。只是说那家人快搬走了，说要再换一家，也不知现在咋样了。”李鸿远生气地说:“你呀!让我说你啥好唻。抓紧时间去看一下，不行把少青带回来，这不是办学习班吗?他也可以来学习呀!”岳少峰点了点头。

李鸿远回来开展工作，在家没停几天，就又要走了。赵紫云为他准备着行囊，边收拾边说:“你每次回来，都是住不了几天就匆匆要走，就不能多待些时日吗?”“等赶走了日寇，大家有好日子过了，我会天天待在你身边。”赵紫云噘着嘴说:“你就哄我吧，我哪有那福分唻。”“城里的学习班办起来了，我还得去别的地方看看。”“我也想扛枪练兵。”“革命不光是扛枪在战场上拼杀，还有很多不同的形式唻。比如之前你保护党的文件;你在门口为我们站岗放哨，搜集信息传递情报等等，都是革命工作啊！”“这么说我已经革命了？”李鸿远笑笑纠正说：“你已经开始革命工作了。”“那我还不是你们的人咪？”“在我心里啊！你早都是我们的人了。”赵紫云望着李鸿远走远，一脸的不舍。

第十一章　前线征兵少峰忙　县长不满另有因

十月底的天气渐渐转凉，岳少峰安排好培训班的工作，趁空想去看看弟弟，这是他第三次去看弟弟。虽然他没有常去看望弟弟，但心里无时无刻不惦念着弟弟。两年没见少青了，也不知现在他长啥样了，长高了还是瘦了？他不由得加快了脚下的步伐。

张店是运城盐池通往茅津的必由之道。因这里第一家店铺是张姓人开办，而且远近闻名，故而得名。张店塬是古平县境内的最高塬，塬面处于中条山顶端，也是中条山的最中心位置。就是这个中心位置，虽然为最高塬面，但比起其他山峰来说却又显得低矮平缓，因而形成了一个巨大的通风口，冬天风由北向南刮，夏天风由南向北刮，一年四季的风就从没停歇过。虽然此处常年有风，但土地相对平坦，也便于耕种，居住人也不少，微微起伏的塬面散落着十多个自然村。斜树凹位于一低凹处，一年四季的山风把周围树木刮得扭成了麻花。夏天刮风还好说，古平县盆地和运城盆地被毒日头烘烤得像两个大蒸笼，这里则是凉风习习，不受一点酷暑困扰。冬天就是另一番景象了。不管古平县和运城气候如何温暖，如何落不住雪，这里都是寒风刺骨，冰雪一层层往上叠加，直到来年四五月份还难以消尽。少青待在山上，夏天还好说，可到了冬天怎么办？少青的薄棉衣不知能不能抵挡住寒风？想到此，岳少峰非常自责，应该多来看看弟弟，他怀着极其愧疚的心情走到山顶。还好，山风没有想象的那样大，如果真是大起来，估计会刮得人都站不稳。岳少峰庆幸今天是个好天气，他望望周围的树木都是扭斜的姿态，知道斜树凹就在眼前，激动的心情油然而生。

斜树凹处于低凹处，比起四周相对要避风些。朝阳的地方有不少汉子闲着无聊，靠在地埝根晒日头，嘴里不停地胡侃瞎谝，哪个媳妇咋了。对这些乱侃瞎谝的话，年轻娃们不感兴趣，他们一会儿玩起顶拐拐，扳起一只腿折成牛犄角似的倒“V”型把膝盖顶出去，另一条腿单踮着拉开距离，然后一起往前猛冲对方，用膝盖互顶互压互克，企图把对方打垮制服；一会儿玩骑马打仗，人骑人肩上，手持棍棒互相追打。娃娃们玩得起劲，没人注意村里来人。

岳少峰扫视了一下周围的情况向村里走去，进村正好遇到一位热心的大婶，带着他来到姓郭的人家。大婶推开门喊：“郭大哥！”一个留有胡须的老汉听到喊声，用手扳着雷达似的耳朵说：“买山货唻？没有！”岳少峰说：“老伯，我想问少青唻？”“噢！你说路不通唻？山里的路不像城里的路！”岳少峰见老伯说话老打岔，想必是耳朵不好使。于是，又耐心地一字一句慢慢说：“老伯，少青在您这不？”“你说想借杆秤？”大婶见此情景，又好气又好笑，皱着眉头说：“你这个老东西！人家娃问你话唻！干吗老打岔？”郭老汉马上接过话茬说：“你咋骂人唻？”大婶没好气地说：“骂你就听见了？”郭老汉又说：“干吗不说了？”大婶没再搭理他，对岳少峰说：“跟他说话真费劲。小伙子，你是来寻少青唻？”“大婶，少青您认识？”“认识认识。”“那您知道少青还在郭老伯家吗？”“不在了，一年前就不在了。”“那您知道少青去哪了？”“我也不知道少青去哪了。只是听郭老汉说，一年前，少青在山上放羊，不知从哪冒出一伙土匪，连人带羊都不见了。这不，郭老汉一着急，耳朵也不好使了。”岳少峰喜悦的心情顿时消失，他不知心里是啥滋味。父母相继去世，妹妹不知何处，现在仅有的弟弟也寻不到了。他非常想躲到一个没人的地方，痛痛快快地哭一场，以此来宣泄憋在心中的痛。但他没有，他强忍着对弟弟的思念与牵挂，整理好心情，又向凤凰城走去。

岳少峰从斜树凹走到塬边，远远眺望掩映在竹林中的凤凰城。这是他和弟弟妹妹生长的地方，这片土地对他来说，从骨子里都浸透着浓浓的情感，怎能会不为之努力奋斗呢？不仅仅如此，国家还面临着日寇的侵略，美好的家园随时都会陷入日寇的铁蹄之下。作为古平县的县委书记，如何带领大家战胜困难战胜敌人呢？他感到肩上的担子沉甸甸的，使命感和责任感是前所未有的。他不能再想弟弟的事了，要全身心投入到工作中去，他迈着坚定的步伐向凤凰城走去。

岳少峰走下塬面，走过田野，走过城边的一片竹林，突然听到“杀！

杀！杀！”的声音。他止步观察起来：一个姑娘甩着大辫子，手里拿着镢把在竹林里练刺杀，练得满头大汗，不停地用衣襟擦拭着额头上的汗，当觉察到有人在看她时，显得不好意思起来。岳少峰走上前说：“你叫啥名字哝？”“我叫石妹。”“你咋一个人在这里练？”“学习班没有一个女娃，我去人家也不要。”“你家住哪？”“就在南城。”“我记住你了。”石妹莫名其妙地望着他走远，回头继续练刺杀。

岳少峰直接来到凤凰城文昌阁大院，对关山说：“咱们学习班这么多的学员，你不觉得还缺点啥哝？”关山一时丈二和尚摸不着头脑，说：“缺点啥？”“你看，培训班办了好几期了，却没一个女的。”“女的能干啥？”“你可别小看女的。这是一支不可缺少的力量，抢救伤员，护理伤员，没女的行吗？从明儿个起，开办一个女子培训班。”

次日，文昌阁大院很快就出现了一个女子培训班。石妹和几个女娃也扛着竹竿镢把，在院里练队列，练走步，引来了一群媳妇婆娘在边上咯咯咯地笑。石妹被关山安排为女子班班长，她走得很认真，边上的媳妇们看着她扛着竹竿学走步，笑得前仰后合。

狗娃和一群小娃娃也跟着看热闹，他看见前年拾麦子打破少青头的那伙坏怂娃也在里面，其中就有那个锅盖头铁蛋，他真想上去揪住锅盖头狠狠揍他两下，以解心中之气。

男队员中的石头当然也没忘记当年城北一伙娃投石块打伤少青的事，见了铁蛋几个不免要旧事重提。铁蛋只是敷衍地笑笑说：“我也不知是哪个打的。”然后诧异地说：“你咋光记着我哝？咋没记得他哝？”又指指牛二柱。石头笑着照铁蛋肩上就是一拳：“我就只听喊你的名字了！”牛二柱说：“这事就算扯平了，不能再提啦？！”石头说：“谁还有工夫再说这事？练！”周围的队员都笑了。

中条山各县抗日救国培训班办得热火朝天，山西省牺盟总会非常重视，为了进一步加强地方工作，专门向各县下派了特派员检查指导工作。

这天，郑曦带着身穿灰色军服的一男一女来到狐三村一完小，进门就喊：“岳先生，你看我带谁来了？”岳少峰从办公室出来一看，惊喜地喊：“俞倩！”“少峰！”两人同时喊出对方的名字，并紧紧地握手。俞倩又介绍了前来协助地方工作的王力合同志。岳少峰激动地说：“俞倩、力合同志，你们来得正是时候。我也刚接到上级指示，牺盟会的班子人员亟待调整。现有的人员多数是些商界政界人物，工作多浮在表面。”俞倩说：“这个情况我听郑曦同志说了。这次省委派我们来的重要任务就是调整牺盟会班子成员和建立抗日队伍。力合同志是黄埔军校毕业，文化素质高，工作上能独当一面，总会调郑曦同志去夏县牺盟会开展工作，特派员工作由我来接替。咱们几个先议议，首先如何调整牺盟会班子，才能有利于今后的工作。”说着就开始研究起来，几个人在一起研究了一会儿，最后俞倩说：“就这么定了，尽快开会宣布。”

此时，岳少峰话题一转急切地问：“俞倩，我听徐清源老师说你考到运城女子师范了，咋又去了太原呢？到底咋回事唻？”俞倩说：“之前我是考到运城女子师范了，可我父母固执要我回来，我无法解决学费生活费问题。无奈之下，听说太原纺织厂招工，我又考到太原纺织厂当了一名纺织女工。”“那咋又到牺盟会唻？”“我在纺织厂没干几个月，卢沟桥事变爆发，太原街上到处都是游行抗议的队伍。我们女工也不甘落后，上街发传单，贴标语，搞演讲，后来听说牺盟会抗日救国学习班招人，我又报考了学习班了。学习班结业后，就被分配到咱古平县来。没想到转来转去，转了一大圈又转回来了。”俞倩的话，把几个人都逗笑了。岳少峰说：“你还是快人快语，办事利索果敢的那个俞倩。”“我这个秉性恐怕难改了。”“那以后咱们又在一起工作了。”郑曦开心地说：“看到你们是老相识，这以后工作配合起来就没得说。我也该去夏县了。”岳少峰关山依依不舍地把郑曦送走后，又安排俞倩在书院住下，以便开展工作。

为了使牺盟会工作能正常地开展起来，岳少峰与俞倩、关山等人开会研究。他说：“牺盟会是古平县的抗日组织，以后开展工作，还得县长支持，牺盟会进行整改大会最好请县长来参加。”关山说：“这件事得向县长汇报一下比较稳妥。”岳少峰说：“这样是稳妥些，但尤申达现在是县长秘书，咱们能不能见到县长？”俞倩惊讶地说：“尤申达当县长秘书了？”岳少峰说：“县长前一段招聘秘书，不知这小子使了啥招数，竟然被县长选上了。”关山说：“他能有啥好招数，除了送大洋再没别的。”岳少峰说：“不管他用啥法当上秘书，现在咱要见县长，就得通过他，我怕这小子从中作梗，县长不好见。”俞倩说：“不好见，我去见。”

俞倩急匆匆来到县府，首先见了尤申达并做了自我介绍。尤申达一看见干练飒爽的俞倩，感到非常惊讶，说："原来俞特派员是女中豪杰啊！牺盟会的事我会鼎力支持。但你总得让我知道牺盟会成员都是哪些人吧？"俞倩就说了岳少峰当会长的事。尤申达一听岳少峰当牺盟会会长，马上显得不高兴，但并没有完全表示反对，只是说："牺盟会成员变动，总得让县长知道吧！这县长都不知道，你要请县长参加会议，恐怕不妥吧！"俞倩听岳少峰说了尤申达的为人，知道他会阻拦，于是以特派员的身份说："我来见县长，就是说明这个情况。"尤申达说："县长正忙着唻！没时间见你。"俞倩说："县长再忙，这抗日的大事也得重视啊！我就在这里等，等县长忙完了，我见他。"俞倩坐在尤申达的办公室等，尤申达几次出门回来，都说县长腾不出时间见她。俞倩等了一个上午，没能见到县长，只好回来。其实县长根本就不愿见她，因为县长家是个大财主，从骨子里就恨共产党，他感觉牺盟会这伙人似乎跟共产党有瓜葛，推辞忙不能参加会议，让牺盟会整顿，使其工作不能正常开展。县长的意图正好符合尤申达的心意，这样，岳少峰也就当不了牺盟会会长。

俞倩从县府回来说明情况后，岳少峰说："这个县太爷有问题，我看尤申达也没起好作用。"俞倩说："我看得出，就是尤申达从中作梗。我看少峰，县长不参加也罢，这会咱们不能等了，明天就开。"岳少峰点点头。

很快狐三村傅岩书院召开了古平县牺盟会整顿大会。参会人员有工、农、商、学、政各界人士，还有学习班的学员，会场上参会人员众多，黑压压坐了一片。主席台上坐的是关山、俞倩、岳少峰、王力合等人。大会的主要任务是宣布岳少峰、俞倩、关山、王力合等同志为古平县牺盟会成员一事，会长由岳少峰同志担任。大会最吸引人的是两个讲话，一是古平县牺盟会会长岳少峰的讲话；另一个是山西省牺盟会特派员俞倩的讲话。岳少峰讲："乡亲们，团结抗日是当前之大事，牺牲救国是我们义不容辞的责任。在国家生死存亡的危难关头，我们这些中华民族的子孙们，要挺身而出，团结起来，抗击日寇，用实际行动来保卫我们的国家，保卫我们的家园，保卫我们的父老乡亲和兄弟姐妹！"岳少峰的讲话赢得全场一阵掌声。说明他的讲话极能鼓舞人心，讲到大家的心坎里了。俞倩开始讲话，台下出现不一样的声音。本来刚才她在主席台上一落座，台下就投来诸多惊奇的目光，这时她开始讲话，下面的议论声就更大了："看人家这女的，真不简单唻！"铁蛋转着锅盖头说："听说还是省里派来的呢！真了不起，哪像咱们这里女娃一个个拉不出圈门。"石妹瞪了铁蛋一眼说："谁说我们女娃拉不出门唻？"铁蛋赶紧赔不是："好好好，说错了还不行？"俞倩听到议论声，笑了笑讲道："乡亲们，兄弟姐妹们，我们今天为啥聚集这里开这个会唻？就是因为日本鬼子已经打到咱家门口了，日寇不仅侵占了我国东北大片土地，致使几千万同胞流离失所无家可归，紧接着又挑起卢沟桥事变，借机把魔爪伸到我国华北，到处烧杀抢掠，残害我父母兄弟姐妹，抢夺我资源，霸占我国土，无恶不作，丧尽天良！我们作为一个有血性的中国人，能袖手旁观吗？不能！能坐视不管吗？不能！能说这事与自个儿无关吗？不能！"讲到此台下有人发问："那我们咋办唻？"俞倩还未应答，就有人高呼："打倒日本帝国主义！"众人跟着振臂齐呼："打倒日本帝国主义！""团结抗日！""保卫家园！""小日本从中国滚出去！"……一阵口号声过后，俞倩又接着讲："兄弟姐妹们，强盗的铁蹄已踏进了我们的国门，横冲直撞地来到我们家门口，我们还能坐得住吗？我们还分男女老幼吗？抗日是每个人的事，不分年龄，不分党派，不分职业，不分贫富，有钱出钱，有物出物，有力出力。只要大家心往一处想，劲往一处使，万众一心，才能形成强大的合力，才能把小鬼子赶出中国！我们才能有和平安宁的日子！牺盟会就是组织大家，带领大家抗击日寇。岳会长刚才作了精彩的讲话，我们一定要按照牺盟会的统一安排，有条不紊地把抗日救国的大事做好。大家有没有信心？""有！"全场响起一片热烈的掌声……

古平县牺盟会人员调整后，岳少峰开始以牺盟会会长的公开身份，带领大家开展抗日活动。会议结束后，他和俞倩边走边交谈。"俞倩，你讲得太精彩了，很鼓舞士气，说出了大家的心里话。没想到这段时间没见，你的变化就这么大。"俞倩笑着说："我觉得你变化也挺大的，与我之前认识的大不一样了。""噢！我之前是啥样？""之前是文质彬彬，还有点书生气。现在不一样了，完全是一个成熟的领导。"岳少峰也笑着说："这都是一点点磨炼出来的，形势所迫，我们都不得不快点成熟起来！目前，我们在加强对青年、妇女、农民等人员军事训练的同时，还有一个问题亟待解决。""啥问题你说？""之前，郑曦和关山一直说训练经费问题，向县长要了几次，这个县长阳奉阴违推三阻四，说县府困难拿不出经费，其实根本就不愿给我们经费，更不用说买枪支弹药武装我们的人了。”俞倩说：“那咱们就发动社会募捐。”岳少峰犹豫地说：“你这个主意是好，只是我们县大多是穷苦人。”俞倩说：“普通人要捐，朱门大户有钱人更要捐。我们几个就专门找朱门大户捐。”

在牺盟会的组织下，一场抗日救国的募捐活动轰轰烈烈开展起来……

凤凰城大街上，石妹铁蛋几个很快拉起了“古平县牺盟会抗日救国募捐活动”的横幅，还有准备好的募捐箱。石妹、铁蛋和几个青年不停地吆喝：“积极抗战！守土有责！有力出力，有钱出钱，有物出物！多的不限，少的不嫌！父老乡亲们，兄弟姐妹们！小日本已打到咱家门口了，我们要团结，要齐心！有力出力，有钱出钱，有物出物……”石妹、牛二柱、铁蛋，还有石头一伙小青年不停地吆喝，如同一场精彩的演讲，感动了许多民众，大家纷纷拥上前去往募捐箱里塞钱。一个妇女抱着手里拿钱的娃娃挤向募捐箱，一个老爷爷手里攥着皱巴巴的钱往跟前挤，路边的乞丐也往募捐箱里塞了一枚脏兮兮的麻钱，赵紫云把几天来卖布的钱全捐了出去……

凤凰城商会会馆也同样在进行着募捐活动。岳少峰和俞倩、关山等人正组织商界人士开会。参加会议的有城北的毛老大、牛礼邦，城西的赵明轩，城南的石有才等，大约有二十多人，主席台上有岳少峰、俞倩、关山、王力合等人。岳少峰讲道：“各位商界名人，今天的会议议题很明确，就是为抗日救国搞募捐。面对国难，大敌当前，在座的诸位都是豪门大户、商界的精英，今天大街上的平民，无论男女老幼都在为抗日捐款，就连路边的乞丐都在往募捐箱里塞麻钱，场面实在令人感动。话说到此，我想诸位都是明白人，后面的话我也就不多说了。”岳少峰讲完，下面议论纷纷，互相询问，都说还没想好，其实都不知该捐多少合适。大家愣了一会儿，你看看我，我看看你，就是没一个带头。牛礼邦说：“没人先捐我捐！大洋二十块。”说完大家都在看他。“看啥看？还有小麦十石。”岳少峰说：“记账员，快记上。”记账员边记边唱：“牛礼邦捐大洋二十块！小麦十石！”牛礼邦捐完后补充说：“我可是这里收入最少的，你们不能跟我一样啊！”逗得大伙都笑起来。接着毛老大说：“我捐大洋五十块、小麦二十石。”记账员又重复唱道：“毛老大捐大洋五十块、小麦二十石！”石有才也同样捐了，后面的也都跟着捐了，最后只剩下城西的赵明轩了。牛礼邦见大家都捐了，赵明轩却没动。笑了笑说：“老赵，你把儿子送日本留洋去了，这日本人打来了，你咋不动咪？还是在想日本人来了是该捐还是不捐？”一副想看笑话的样子。赵明轩本想把儿子送日本留洋能光耀门庭，不承想却成了别人取笑的话柄，但又不想跟这些人争。于是冷冰冰地说：“说募捐的事，你扯我儿子留洋的事干啥！两个搭边吗？”“人家老毛老石的娃去太原上学都捐了，你娃去日本上学就更应该捐了，你为啥不捐咪？你还等啥咪？等日本人打来咪？”赵明轩没好气地说：“你不说话谁把你当哑巴了？”逗得大伙哄堂大笑。“嫌我说，那你捐呀！”“我捐大洋一百块、小麦五十石。”赵明轩的捐数，像一团无形的棉花团紧紧堵住了牛礼邦的嘴，也堵住了众人之口，大家一时愣住了，刚才想取笑赵明轩的牛礼邦也哑口无言。此时，会场气氛瞬间如凝固一般，大家一声不吭，场面显得有些尴尬。此时，岳少峰站起来开始鼓掌，大伙愣了片刻也跟着鼓起掌来。

到场的人都捐了，可不到场的人呢？此时，牛礼邦又说：“老丘秃呢？老丘秃今个咋没来咪？”有个人说：“听说老丘秃病了。”牛礼邦说：“啥病？我看他是在装病咪，不想捐。脑袋的头发都想没了，整天不知想啥咪！”逗得在场的人又是一阵哄堂大笑。牛礼邦也跟着笑起来，站起来说：“走！到他家看看去，看他是真病咪还是假病。”几个人纷纷跟着牛礼邦向老丘秃家走去。

老丘秃有个与常人不一样的脑袋，形状特别怪样，寸草不生的顶部犹如戈壁，周边却长出一圈茂密的灌木丛来，这种强烈的反差越发衬托出顶部的油滑光亮。老丘秃不仅不让儿子门墩参加抗日训练班，捐款时还躲在家里不肯去，如同马戏团里的小丑，扮演着一个滑稽可笑的角色。此刻，他躺在炕上，额头上搭条白毛巾，不停地在那哼哼。老婆在边上数落道：“你这个老东西，人家都去商会开会去了，你窝炕上哼哼个啥咪？”老丘秃止住哼哼说：“你娘们懂个啥？”接着又开始哼哼。老婆说：“你在家里哼哼别人又听不见，倒把我哼哼得厌烦。”老丘秃一把扯掉头上的毛巾，骨碌一下坐起来说：“你厌烦个啥咪？我不在家里哼哼，还能躺大街上哼哼咪？真是的，你不知去商会开会要干啥咪？那是叫去捐款捐物咪。咱家的钱物是大风刮来的？那是我一点点积攒下来的，说捐就捐？就那么轻巧？”“那你说日本人都打来了，不捐行吗？”“就这些穷鬼能把日本人挡住？不是白日做梦？要钱没钱要枪没枪，还折腾个啥劲唻？我才不跟他们凑这个热闹。”“那你说大伙都去捐了，咱能躲过去？”“躲一阵算一阵。”“那躲不过去呢？”“躲不过去到时候再说！”老两口正在屋里拌嘴，听外面有人喊：“老丘在家吗？”老丘秃一听有人来，赶紧又躺下用被子盖上，嘴里不停地说：“快快快！毛巾毛巾！”老婆赶紧把毛巾又搭在他头上，遮住了半个戈壁滩脑袋，嘴里又开始哼哼起来。牛礼邦进屋，看着躺在炕上一直哼哼的老丘秃，心中想笑，但憋住没笑出来，而是说：“老丘，看来你病得不轻啊！要不要我给你请个大夫看看？”他老婆说：“不用不用，躺会儿敷敷毛巾就好了。”牛礼邦说：“病了就得请大夫！又不差钱干吗受这洋罪？”老丘秃哼哼着说：“大夫看过了，说过了这阵子就好了。”牛礼邦说：“牺盟会的人说了，这次捐款就结束了。”老丘秃骨碌一下又坐了起来，惊喜地说：“这么说是不捐了？”“也没说再让捐。”“没提到我吗？”“没有啊！”牛礼邦一看老丘秃坐了起来，也不哼哼了，故作惊讶地说：“老丘，你不病了？”老丘秃这才意识到自己失态露馅，又赶紧躺下哼哼起来，并有气无力地说：“我头疼唻……”进来的几个人面面相觑，差一点没笑喷。几个人出门后，他老婆不耐烦地说：“行啦！行啦！别再装了，人家都走远了。”这时儿子门墩说：“爹！你丢人不丢人？”“你懂啥？我跟你说门墩，那抗日训练班你不能去！”“为啥不能去？”“不能去就是不能去！”“我就去！”“你敢去，看我不打断你的腿！”“爹！别人都去，你为啥不让我去唻？”“你不懂，别跟着瞎掺和！”门墩不知爹这脑袋瓜里到底想的啥？

牛礼邦几个人从老丘秃家出来，纷纷议论：“这个老丘秃，就知道他在装。”“这个老东西，到底想啥唻？”“谁知他想啥，管他。”牛礼邦说：“反正我看他没憋好屎。”“你看出啥了？”“一时半会还看不出个啥唻，咱就往后看吧！”

赵老爷从商会开会回来心情不错：“他娘，我今儿个看见俞倩了，这姑娘出息了，没想到啊！”“咋个出息了？你说清楚。”“今个商界募捐，她坐在讲话台上了。”“是吗？在咱家的时候，还真没看出来。”“岳老汉的儿子也出息了，他现在是咱古平县牺盟会会长了。”毛夫人又是一个惊喜，说：“时间过得真快呀，一转眼，原来的小娃娃，现在一个个都长成大人了。”

赵老爷正在跟毛夫人说着话，俞倩喊着伯父伯母从大门进来。毛夫人说：“是俞倩姑娘啊，刚才跟你赵伯还在说你唻！”“说我啥？”“说你出息了，还坐在讲话台上。”“伯母，那是我的工作。”“你跟伯母说说，这一向都去哪工作了？”“伯母，我去茅津教书后，又考到运城女子师范。我父母根本不像您和伯父，太固执了，就是不给我生活费，还坚持叫我回来嫁人。我没办法，又考到太原纺织厂工作，后来又到省牺盟会工作，再后来就又回来了。”“好你这鬼丫头，可真能折腾。”赵老爷说：“这一折腾啊！可折腾出息了。”俞倩说：“伯父，你今天可是带了个好头啊！”“我最后一个捐，还带啥好头。”“您虽然最后一个捐，可您捐得是最多的，能不是好头吗？回来的路上，大家一直夸您唻！”“老了，啥也干不了啦，只能捐点钱物。”几个人正说着，小紫燕蹦蹦跳跳从外面回来，进门见到俞倩就喊：“俞倩姐姐，我真想你。”俞倩见到紫燕惊讶地说：“哟！小紫燕长这么高了，都大姑娘了。”“俞倩姐姐，你这么长时间都不来我家，去哪了？”毛夫人说：“你俞倩姐姐啊！现在可出息了。”紫燕说：“做大官了？”逗得几个人都笑了起来。俞倩忍住笑说：“姐姐没做大官，姐姐就是有了一份自己愿意干的工作。”紫燕有些似懂非懂，但她马上话题一转说：“俞倩姐姐，我们学校今天搞募捐了，我把我的零花钱全捐了。”“那你跟姐姐说说，为啥要捐钱？”紫燕思索了一下说：“因为小日本打来了，大家要团结抗日，有钱出钱，有力出力。”俞倩说：“小紫燕长大了，再不是过去跟着姐姐到处跑的跟屁虫了，再长长也能像姐姐一样做事了。”“真的吗？”“当然是真的。”俞倩又对赵老爷说：“伯父，紫云最近在干啥？咋不在学校了？”“紫云有孩子了，没再教书。”“有空我想去看看她。”毛夫人要俞倩住家里，俞倩说已经在书院住下了。俞倩忙着要走，赵老爷一家人把俞倩送出了门，一直望着她远去的身影。

捐款捐物工作在群众中影响不小，达到了预期的目的。但还有一个亟待解决的问题摆在他们面前：上级要求各县为山西新军招募新兵，以扩大山西正规军的抗日武装力量。岳少峰说：“力合同志，这方面你是内行，你来说说。”王力合说：“我们目前培训的学员中，有很多优秀分子，不妨抽调出一部分来，组成一支强有力的精干队伍，再继续加强训练，训练好随时待命，有需要即刻出发。”岳少峰说：“这个办法好，就这么定。目前太原已经沦陷，形势非常严峻，即使我们各区的抗日大队成立了，但刚组织起来的年轻人，没有任何经验，如何应对强大的敌人？”王力合说：“再抓紧时间从各区抽调一批素质好、思想过硬的骨干人员，组成军政教官训练班。只要把这批骨干力量训练好了，就能进一步训练下面的队员，还愁新兵带不出来？”岳少峰说：“这是非常好的想法，只是你一个人恐怕忙不过来。如果上级能给我们多派几个军事教官，那我们就不发愁了。目前只能辛苦你了。”王力合说：“只要能把我们的队员训练出来，再辛苦我也不怕。”

凤凰城文昌阁大院，一批精选出来的骨干队员整整齐齐地坐在黑板前摆起的砖头瓦块上听讲。黑板上写着“游击战”，王力合教官把游击战的打法耐心地讲给学员听。他讲得很仔细，学员们记得很认真，还不时有学员提问，他都耐心地一一解答。王力合说：“今天所讲的游击战，都是些理论上的知识，主要是实战时要做到机动灵活。课后大家再好好琢磨琢磨，下一课讲麻雀战。”……

骨干学员训练班进行得扎实有序。王力合坚持每天为学员讲课：“学员们，这些天给大家讲了各种战术的打法，大家也在课后不停地琢磨讨论，又提出了不少问题，这是非常好的学习态度，说明大家的思想真正融入到学习中来。这些都仅仅是理论上的学习，具体在实战中还要灵活运用，要在实战中不断学习，不断总结，才能逐步提高。毛主席说过要从战争中学习战争。现在学员们还有啥问题，尽可以提出来。”牛二柱说：“老师，咋没讲阵地战咻？”王力合笑了笑说：“根据目前情况，敌我力量悬殊，阵地战对我们来说暂时不可取，以后有机会再给大家讲。”牛二柱听了不好意思地挠挠头。王力合又接着讲：“战前要掌握自己的兵力情况，还要摸清敌人的情况，做到知己知彼，这个很重要，只有做到知己知彼，才能做到百战不殆。实战时，要根据具体情况做出准确判断，灵活运用，切不能生搬硬套。在实战中要不断总结经验教训，丰富实战经验，才能提高实战能力，才能灵活机动地打击敌人。希望大家回去后，要认真讲给队员们听，让大家反复讨论，在实战时能明白指挥官的作战意图，才能很好地予以配合。”铁蛋问：“听说日军的武器家伙很厉害，火力很猛哝？”此时，岳少峰走来说：“我们不怕，再凶猛的野兽也有它的软肋。我们古平县地处中条山中部，绵延三百多里，山脉起伏，沟壑纵横，易于隐蔽便于伏击，是开展游击战的好地方。只要敌人来犯，我们就捡他的软肋打，把他打残打死，定叫他们有来无回。”学员们一阵热烈的掌声。

此时，岳少峰看见关山带来了十多个身着灰色、黄色不同军服的年轻教官来，跟岳少峰介绍说：“这是省里给我们派来的军事教官。”岳少峰高兴地对教官们说：“你们来得真及时啊！我们正发愁教官不够哝。”寒暄后，岳少峰向学员做了介绍，学员们见来了这么多教官，一下子兴奋起来。

各地的军事训练在有条不紊地进行着。此时，在外地上学的吴中建、杨永生、任万川等人也相继回来参加训练，让岳少峰惊喜不已……

经过三个月的严格训练，学员们的政治素质和军事素质得到极大提升。文昌阁大院内，一排着装朴素队列整齐的学员正准备待命返回各区。

王力合开始点名：

“傅跃华！”“到！”

“毛瑞兴！”“到！”

“吴中建！”“到！”

“卫青山！”“到！”

“杨永生！”“到！”

“梁虎生！”“到！”

“裴永安！”“到！”

……

“现在由岳会长给大家讲话。”

“同志们，大家的训练就结束了。从今天起，就要奔赴各自的岗位。在你们离开之前，我要送大家几句话：第一，在做好指挥官的同时也要做好教官，带出一支过硬的队伍；第二，要发动群众，依靠群众，才是我们这支队伍不断发展壮大的根本；第三，要坚定信心，不怕困难，敢于斗争，敢于胜利，敢于歼灭来犯之敌。”岳少峰的话音刚落，响起一阵热烈的掌声。掌声过后，岳少峰又接着讲：“今天还有一件重要任务，按照上级指示精神，要从我们训练队伍中抽调一百名优秀队员，编入正规

军奔赴前线抗击日寇。大家回去后，要积极配合，挑选出你们的精兵强将支援前线。能不能做到？”“一定完成任务！”最后岳少峰喊道：“傅跃华！”“到！”“卫青山！”“到！”“你们俩具体负责这项工作，要抓紧时间完成任务。”“是！”……

为山西新军征兵的工作正在紧锣密鼓地进行着。各区队队员们都摩拳擦掌跃跃欲试，希望能把自己选上，奔赴前线，抗击日寇。

凤凰城文昌阁大院，一区队毛瑞兴训练完队员后，站在队前讲话：“今天上午操练就到此，现在我给大家宣布一项重要事情。省里要在各县抽调精兵强将，编入正规军支援前线，我们古平县也要抽调一百名队员去支援。其他区队都已经抽调好了，现在就剩咱一区队的队员还没定下来。经过研究决定，被抽调的队员名单已经确定。”此时，队伍里有些不安，都在互相询问。铁蛋说：“不知有没有我唻？”牛二柱说：“你那稀屎尻样，跑都跑不动，准没有。”铁蛋不服气地说：“就你好，你能选上？”铁蛋又问：“铁虎，有你吗？”“不知道。”此时，毛瑞兴清了清嗓子念道：“王战兵！毛铁虎！……”铁蛋说：“铁虎，有你唻。”被选上的队员脸上洋溢着自豪感，没被选上的铁蛋、牛二柱沮丧不已。毛瑞兴说：“念到名字的队员出列！”队员们迅速出列排成一队。

岳少峰拿着新兵的名单对俞倩说：“咱俩把这份征兵名单拿给县长看看，定下了就可以送往前线。”俞倩点点头。两人一起向县府走去。进了县府就看见尤申达，岳少峰说明来意。尤申达接过名单看了一眼，说：“县长正忙着唻，没时间见你们。”岳少峰说：“你跟县长说，就说是前线征兵的事。”尤申达拿着名单进到县长办公室，县长正在喝茶，他扫了一眼名单说：“先搁桌上，我有空再看。”然后又喝起茶来。尤申达从县长办公室出来，对岳少峰、俞倩说：“县长还没忙完呢，等忙完了回复你们。”岳少峰说：“前线征兵这么紧急，县长再忙，看一下名单能花费多少时间？再说了，上面催得紧，要我们今天就要把新兵送到运城，这县长要我们等到啥时候？”停顿了一下，他又说：“尤秘书，你能不能再跟县长说说，事情不能再拖了？”尤申达不高兴了，说：“岳会长，你以为这是你家？这是县府！”俞倩说：“县府就应该高效率办事，而不是拖拖拉拉。”俞倩盯着尤申达看了一会，尤申达说：“你盯我干啥唻？我又不是县长。”俞倩气得说：

“少峰，咱们不能就这样把时间耗下去了。赶快得送新兵走，要不时间就来不及了。”两人不得已从县府出来。

岳少峰和俞倩很快送新兵出征。文昌阁大院，一时间出现了妻送郎、父送子、母送儿的动人场面。亲人们拥挤在院子里，争着与亲人话别，说不完嘱咐的话。没被选上的铁蛋、牛二柱等队员在边上投去羡慕的目光。此时，岳少峰、俞倩、王力合、关山一行走来。一声集合哨响，被选好的一百名队员迅速排成整齐的队伍，等待出发。岳少峰走到队列前，郑重地讲道：“同志们，你们是从古平县几千名队员中挑选出来的精英，代表古平县人民的抗日意志，一定要狠狠打击日寇！能不能做到？”大家异口同声：“宁愿前进死！绝不后退生！”

正当队伍准备出发时，一个老婆婆跌跌撞撞赶来，边走边喊：“青山！青山！”“娘，你咋来了？”“儿啊！你这一走，啥时候才能回来？”“娘，等打走了小日本鬼子，我就回来了。”老娘双手上下抚摸着儿子，然后撩起衣襟颤巍巍从口袋里掏出一个拴着红线的小银锁塞到儿子手中，说：“你在外面千万要照顾好自个哝，子弹可不长眼啊！打跑了小日本，可一定得全全乎乎给娘回来啊！”“娘，您放心吧，儿一定回来。”岳少峰说：“大娘，您就放心吧！你儿子一定能回来。”老婆婆拉着儿子的手，久久不肯松开……

运城新兵出征誓师大会在运城师范大操场上举行。这里集合着各县新兵，再加上运城师范等学校报名的学生，大约有四五千人，整装待发，威风凛凛，不停地喊出“抗击日寇！中华有我！”的口号。

运城牺盟中心负责人握着师范张主任的手说：“张主任，您是军校毕业的，上级把这支队伍交给您，也是经过深思熟虑才决定的，这副担子不轻啊！”张主任说：“请组织放心，我一定带好这支队伍。”李鸿远说：“老师，我就是不放心您的身体，你能吃得消吗？”“我虽然年龄比你们大一点，但还不算老，还能为国家出力，这点你放心。”李鸿远紧紧握住张主任的手激动地说：“只要有老师在，河东人民就放心了。”张主任点点头，一切尽在不言中……

送走新兵后，铁蛋情绪非常低落，说：“二柱，我以为你能被选上，结

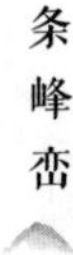

果你和我一样。”牛二柱叹了口气说：“谁知咋搞的，我也没想到。”“就你还嘲笑我跑不动是稀屎屁唻，你也没强到哪里去。咱们这回算是抬不起头了。”牛二柱不服气地说：“啥抬起头抬不起头？选不上就抬不起头了？那这么多选不上的人都不活啦？”他不服气地瞥了铁蛋一眼。队长毛瑞兴走来说：“咋的啦？一个个蔫不拉叽的？”铁蛋“腾”一下站起来说：“队长！凭啥我们就选不上？”“选不上就泄气啦？这搁是我呀！选不上更要好好练，憋着劲，把自个练得棒棒的，让他们看看，看谁还敢小瞧咱？！”几个队员都直愣愣地望着毛瑞兴。毛瑞兴说：“看我干啥？我说得不对吗？只要你们把本事练好，在哪都是好样的。”几个队员若有所悟，马上又投入到训练中去。

岳少峰也为这次征兵能顺利完成感到高兴。他怀着愉快的心情，同俞倩一起来文昌阁看望自卫队员。此时，尤申达带着县长走来，岳少峰赶紧迎了上去。县长说：“你就是岳少峰岳会长？”岳少峰说：“我就是。”县长马上生怒说：“为前线征兵这么大的事，为啥不报告县府？随随便便就把人送走了？谁给你这么大权力？你们懂不懂道理？”说完县长怒气冲冲转身走了，岳少峰想做解释，尤申达对他摆摆手，跟着匆匆离去。

岳少峰望着走远的县长，不知自己哪里做错了。俞倩气愤地说：“我们见他，他躲着不见，我们干工作又干得不对了。他说的叫啥理？”

……

第十二章　训练班如火如荼　尤申达暗中使绊

岳少峰带领牺盟会成员，又是忙捐款又是忙征兵，总算是告一段落，没想到工作不被县长肯定，还遭到县长训斥，心中很是不爽。俞倩见他心里不痛快，安慰他说：“别跟这种人生气了，为这种人生气不值。他根本就不愿意我们轰轰烈烈搞抗日。上次我去县府见他，他躲着不见。这次征兵，他还是躲着不见。最后还倒打一耙，说我们不让他知道。这种颠倒事实的县长，让我们咋工作？”岳少峰说：“我也知道这一点，但以后我们的工作该如何开展呢？难道停下来？”俞倩说：“我看，咱们顾不了那么多了，只要他不直接来阻挡牺盟会的活动，咱就照样干！”岳少峰望着俞倩笑了。俞倩也笑了，说：“我得去看紫云，回来还没见着她唻。”说完她在大街上买了个拨浪鼓玩具拿在手中，朝水磨村走去。

自从李鸿远走后，赵紫云家里家外都得打理。此时，她怀里抱着兰儿正在院里收拾着杂七杂八的东西。婆婆说：“媳妇，你把兰儿给我抱。”“娘，没事。”“那你把兰儿放在坐车里，我看着。”

长方形的小木坐车，前面是一块固定的小桌板，后面是个小坐坑，正好兰儿坐到里面。十个月大的兰儿不肯在车里好好坐，蹬着两只小腿总想站起来，吓得奶奶赶紧上前护着。“小兰儿想出来是不是？等过些时日你会走路了，自然就不坐这小坐车啦。”小兰儿“啊啊啊”地叫着，逗得鸿远娘和紫云直乐。

俞倩从门外进来喊：“紫云！”赵紫云回头一看非常惊喜。“听说你回来了，就是见不到你人影。”“回来事情就紧。这不，刚忙完就来看你。”赵紫云拉住俞倩的手说：“你去哪了，走时也不说一声？”“情况紧，来不及说。我听伯母说你有孩子了，就来看看。”赵紫云笑着说：“你看，她正瞅着咱们乐呢！”俞倩看着坐车里咧着嘴笑的小宝宝说：“叫啥名？”“叫兰儿。”“兰儿好可爱啊！你看姨姨给你买啥了？”说着把拨浪鼓送到兰儿手中。兰儿拿着拨浪鼓使劲在小桌板上击打，逗得几个人都笑了。

俞倩跟鸿远娘打了招呼，跟紫云一起进了小瓦屋。赵紫云倒了一杯茶水递给她说："我听说你出息了，干大事了？""你听谁说咪？""满大街人都传遍了，说有个女特派员，很漂亮，很能干。这还有假？""别听他们瞎说。快说说你？""我有啥好说的，我现在就是一个地地道道的农家妇女，啥也干不了，哪像你啊。""你可别这么说。当初要不是你帮我，我哪有今天啊？说来，我可要感谢你这个大恩人。"赵紫云笑着说："这次回来就住我家。""好啊！我巴不得咪！""你别高兴，我得求你一件事。""啥事啊？还求不求的，直接说不就完了？"赵紫云对着俞倩的耳朵小声地说："我想参加你们那个。"俞倩开始并没明白赵紫云的意思，想了想才恍然大悟，忙说："好好好，这事我跟少峰说。""之前我跟鸿远说过，可他就是忙，根本顾不上我。"赵紫云委屈地叹了口气。"别叹气，我帮你办。"俞倩从赵紫云家出来，直接去找岳少峰。

凤凰城外涧水边，俞倩和岳少峰边走边交谈。岳少峰说："军政教官这期培训的学员，已到各区开始工作了，这是一个很好的势头。这是我们训练的第一批，随着形势发展，我们还会有第二批、第三批。形势逼人啊！"俞倩说："虽说八路军在平型关打了大胜仗，但阎锡山的队伍思想麻痹，警惕性不高，防御松懈，致使太原沦陷。日军步步南逼，形势确实不容乐观。"岳少峰说："目前，我们古平县牺盟会工作看似搞得红红火火，可这县里的旧县府，看县长对我们那个态度……"岳少峰没把话说完。俞倩气愤地说："这个县长，一点都没有危难时刻一县之长抗日救国的样子。不说他了，我还要跟你说说紫云的事。""紫云咋了？""我去看紫云了，紫云跟我说她想……"俞倩说了半句没往下说。岳少峰说："你一向快人快语，今天是咋了？还吞吞吐吐的？"俞倩说："紫云要求……"俞倩说到这里把嘴凑到岳少峰的耳朵跟前压低声音说了后半句。岳少峰直愣愣望着俞倩半天没说话。俞倩说："你看我干啥？"岳少峰说："鸿远整天在外面忙，却忽略了紫云的想法。其实在我和鸿远的心里，早把紫云当成自己的同志了。之前，她为我们党做了很多工作，保护了鸿远，保护了组织，她早已经合格了。"俞倩惊喜地说："真的？""真的。"俞倩说："紫云也是一个激情澎湃的热血青年。她看到培训班热火朝天训练，也想参加。"岳少峰说："抗日工作有多种多样，不只是上战场杀敌。这个你要跟她解释。紫云这件事，我看咱俩就做她的入党介绍人，你看咪？”俞倩说：“这还用说？我义不容辞。”

水磨村赵紫云的小瓦屋里，俞倩带着赵紫云在鲜红的党旗下庄严宣誓：“我志愿加入中国共产党……不怕困难，不怕牺牲，为共产主义事业奋斗到底。”宣誓完赵紫云就哽咽起来。“看你，咋又哭上了？”“我太激动了，我要马上工作。”俞倩说：“组织安排，趁你在街上摆摊的当儿，多注意观察街上的动向，如有情况及时报告。”赵紫云不解地说：“这就是工作？”“别小看这工作，这工作很重要，既收集了情报，又不会被别人怀疑。”“既然你说重要，那我一定做好。”俞倩点点头，很快消失在门外竹林中。赵紫云望着俞倩消失的身影，想想自己刚才在党旗下的誓言，开始了她认为最有意义的人生……

古平县现任县长对人苛刻，人们都叫他苛县长。岳少峰领导牺盟会会员，开展轰轰烈烈的抗日工作，苛县长对此极为不满，几次刁难，总想遏制其发展，但岳少峰没有被他吓倒，而是继续坚持工作，这让他非常恼火。尤申达心里清楚县长对岳少峰的不满，在后面鼓动县长再成立武装组织，直接压倒岳少峰成立的牺盟会自卫队。于是他召集县里几个要员，紧锣密鼓地研究讨论如何建立政府抗日武装的事。他说：“这段时间都看见了吧？”几个要员不知县长啥意思，一脸懵相。“你们还看不出来？牺盟会这帮人，我看八成都是共产党。名义上是搞抗日武装，实质借此机会扩大他们的势力。这样长此下去可不行啊！咱不能任其坐大，也得赶快建立咱的武装。”“那咱也成立个啥团？”“我都想好了，成立个‘冬防团’。”成立冬防团是之前尤申达同县长密谋好的，而且尤申达推荐姐夫拐巴子为团长。几个要员不知情，想着是县长的意思，也都附和着说：“好好好，冬防团好，那谁来当这个团长呢？”苛县长说：“团长嘛！之前警察队的拐巴子毛队长就可以。”“拐巴子毛队长不是免了吗？”“免了就不能再任啦？！”几个要员见尤申达在旁边，也都不好说反对意见，说明这件事就这么定了。尤申达脸上露出了不被察觉的微笑。

尤申达回到家把这个消息给姐姐姐夫说了。姐姐听了马上兴奋起来，拐巴子也不在床上睡了，起来就精神抖擞，准备去上班。尤申达吩咐说：“姐夫，这个活我可是费了好大的劲，县长才答应。你可得干好，要不然我在县长面前就没法工作了。”拐巴子说：“你不用交代，我知道该咋干，以前又不是没干过。”拐巴子信心满满地去上班。

……

古平县“冬防团”成立后，凤凰城大街上很快出现了拐巴子挎枪的身影，引起了一阵人们议论：“这拐巴子又出来了，这是凭小舅子的福唻！”“是啊！小舅子跟着县长当秘书，能不凭福吗？”……

关山听说尤申达的姐夫拐巴子当了冬防团团长，对牺盟会威胁很大，心里很着急，只盼在临汾开会的岳少峰快些回来。

岳少峰同诸多县委书记在临汾培训班学习，听形势报告和抗日工作的经验交流。他在总结大会上作的典型发言得到大家的一致好评。上级领导对古平县的做法也给予充分肯定：“同志们，古平县能充分发挥好牺盟会的重要作用，关键在于他们一班人能凝心聚力，尤其在发动群众，组织培训，组织募捐等方面的工作做得具体扎实，并且有一套切实可行的经验值得其他县学习借鉴。目前形势，日军逼得很紧，时不我待。各县回去之后，要抓紧时间，充分发动群众，迅速组建多种形式的抗日武装，使我们的抗日队伍活跃在晋西南大地。对公路、铁路以及桥梁等交通干线进行截断阻隔，寻找有利时机袭扰日军、打击日寇……”

县委书记培训班结束后，岳少峰很兴奋，不仅工作得到了上级领导的肯定，还意外地见到了老同学毛瑞锋，这是他没想到的。回来的路上他回想着毛瑞锋对他说的话：“少峰，古平县抗日工作做得很出色，你回去后，一定要继续加强抗日队伍的建设。古平县是山西的南大门，是进入中原地区的重要通道，地理位置非常重要。你肩上的担子不轻啊！”

岳少峰从临汾回来就迅速传达会议精神：“这次培训班结束后，上级领导又对开展晋西南抗日游击战做了具体的部署安排。主要任务是放手发动群众，尽快建立抗日武装，加快培训抗日骨干。会议还让咱古平县做了典型发言，要把咱们的做法作为学习推广的经验。”“真的吗？”俞倩激动地问。“是真的，上级说我们的工作走前一步，也为各兄弟县今后的工作提供了宝贵经验。不过，今后还要继续加强，不能松懈。我们现在的工作仅仅是开了个头，以后要做的工作还很多。”他又对关山说：“我走了这么多天，家里的情况咋样？”关山说：“我们这段时间组织抗日骨干培训，组织募捐，搞得轰轰烈烈。这个县长早就对此不满了，惧怕这股力量壮大了对他不利，就伙同一些官绅和恶霸地主到处造谣污蔑我们，说我们是穷鬼瞎胡闹，成不了大气候。他变着花样地召开士绅代表会，建立冬防团，明目张胆地说是防共。”说到此他停顿了一下，又接着说：“他还指定拐巴子为冬防团团长，我看这准是尤申达在后面鼓动的。要不然咋会让拐巴子当团长呢？”一提起尤申达和拐巴子，岳少峰心中不禁浮现出父亲惨死时的一幕。关山说：“这两个人都不是啥好东西。之前拐巴子警察队长的职务被县长撸了，撸了之后这家伙就跑到河南。尤申达听说县长招聘秘书又跑回来，送了一包大洋县长就要了他。这次为了对抗咱们，又把他姐夫拐巴子推荐出来当冬防团团长，明摆着就是对抗打压咱们。”俞倩说：“有这个尤申达在县长身边，能添啥好话？！”关山说：“不管他们玩弄啥花样，要啥手段，他们的一个目的，就是来破坏我们的抗日活动，对付共产党。”岳少峰气愤地说：“我们绝不能让他们阴谋得逞！大家说说看，我们如何应对？”王力合说：“他们想搞破坏，我们就来个反破坏。”岳少峰说：“说说具体办法。”王力合说：“他们组织的冬防团，实质是防共团。那我们就得处处小心提防着他们，这样有点被动。如果我们的抗日自卫队多长几只眼睛，及时捕捉他们的相关信息，既能防于不测，又能出其不意。说到这，情报人员很重要，有了情报来源，就能掌握主动性。”岳少峰说：“你说得很有必要，不仅要配备情报人员，我看还要配备政工人员。”王力合说：“政工人员我们可以在之前的军政训练班学员里选配，情报人员还要适当培训，不过此事不可张扬。”岳少峰说：“这件事你具体负责，人员由你来抽调，大家注意配合，同时要做好保密工作。”一切都在有条不紊中进行。

岳少峰来到文昌阁大院，召集抗日自卫队领导人会议。他说：“同志们，目前我县形势不容乐观，有一股恶势力蠢蠢欲动，企图与抗日武装力量对抗。我们一定要提高警惕，睁大眼睛，密切关注他们的动向，一旦发现破坏我们抗日工作的，必须予以严惩，绝不姑息！为了进一步加强自卫大队和各区队的工作，我宣布古平县抗日自卫队领导人员名单：

大队长：王力合　　　政治指导员：岳少峰兼任

一区队长：毛瑞兴　　政治指导员：解文生

二区队长：吴中建　　政治指导员：任万川

三区队长：梁虎生　　政治指导员：杨永生

四区队长：裴永安　　政治指导员暂时空缺

今天，大家正式接受任命，主要任务就是保护好我们的百姓，保护好我们的家园。这是大家的职责，也是人民赋予我们的光荣使命，能不能做到？”“能！一定能！”岳少峰喊道：“毛瑞兴！”“到！”“我看到前段城里训练时有女子参加，咋回事，没有编班？”“会长，你说这打仗的事，又不是绣花，女娃娃能干啥？枪一响还不吓得叽里哇啦乱叫？”逗得大伙一阵哄笑。“你可不能小瞧女娃娃，古有花木兰替父从军，这可是千古流传的佳话。你难道不知？”毛瑞兴难为情地回答：“好吧！”“你不能光嘴上答应，一定要重视！”“是！”岳少峰把工作交代完之后，看大家站着都不动，笑着说：“咋都不动唻！还有啥问题？”三区队梁虎生说：“岳会长，我们都办了这么多期培训班了，队员们一直还拿铣把镢把和木枪在练，到现在还没见过真家伙唻，也该给我们弄点真家伙了？”几个队长都跟着附和：“是啊！该弄些枪唻！我们这长时间了都没枪，队员们都练得腻烦了。”这个问题触及到岳少峰的心焦处，他犹豫片刻说：“枪的问题我会尽快想办法，争取在最短时间内给一个区队配三支。”“啊！只配三支？”几个队长有些失望，都看着岳会长。岳少峰说：“目前，枪支问题是个很棘手的问题，我们没有现成的，很难给大家一人配一支。再说了，你们也不能光等着上面给你们发呀！要多动动脑子，多想想办法唻！比如大户人家看院护城的，可以动员动员捐献出来些。再发动群众，看看哪家藏有枪，也可以拿出来。这都是办法呀！”听了岳会长的点拨，大家又兴奋起来，异口同声地回答：“是！”岳少峰说：“二区队吴中建、任万川，你俩留下。”

吴中建、任万川留下后，岳少峰把从张店塬斜树凹寻弟弟时看到的情况说了一遍。他说：“这说明我们的抗日宣传力度还不扎实，不到位。面对边远山村，应该派人具体去做工作，号召大家积极踊跃地投入到抗日活动中来。吴队长你说唻？”吴中建说：“岳会长，你放心，我俩回去会很快做那里的工作。”吴中建和任万川商量之后，决定这个工作具体由任万川负责。

任万川在接到任务后，迅速到张店附近的村子发动组织，把青年人苏高年、韩亮、黄大甫、韩石瓯等人召集到一块。任万川和吴中建与这几个都是同学，熟得很。这次任万川把他们叫到一起，目的是想让他们也参加培训学习。他说："你们在家闲着也是闲着，不如跟我一起去抗日训练班学习咋样？"苏高年和韩亮都高兴地说："行！练好了将来打鬼子。"黄大甫听了却说："打啥鬼子唻，就凭你们这几号人？想都别想。"苏高年说："咋的？一说你就泼冷水？"黄大甫说："不是我泼冷水，咱那家伙就不行。你没听人家说，日本人的枪炮可厉害了，谁也打不过，别做梦了。"任万川说："黄大甫，你咋能光说风凉话？""我说你还不服气，不信你走着瞧。"任万川说："我还就真的不信唻，日本人的能耐有多大？好啦！今天也不是要你们马上答应我，回去都好好想想，愿意不愿意在你们自己，我也不强求。"说完几个人各自回家了。之后，苏高年、韩亮等人秘密加入了自卫队，韩石瓯还在犹豫，黄大甫彻底不干。

这个结果吴中建很是懊恼："这个黄大甫，他想干啥？"任万川说："这也很正常，个人有个人的想法。他不愿干没关系，不是还有愿意跟咱干的吗？""倒也是，只要他不跟咱对着干就行。"吴中建怕此人背后使坏，嘱咐任万川要提防，以防以后有变。

……

中条山的冬天异常寒冷，万物凋零，草枯木秃，刚下了一场大雪，又刮起了一场大风，风卷雪花一阵阵在山野呼啸，把一层层落地的雪花又一团团翻卷着全赶进低洼处堆积得厚厚实实，紧紧聚拢在一起，任凭狂风肆虐吼叫，始终坚硬不散，紧扣大地，等待来年春来地暖时，化作涓涓细流滋润脚下大地……

凤凰城没有中条山顶那样寒冷，但高高低低，大大小小的瓦屋上，被风吹过的积雪，仍残留在一道道瓦沟里，形成银白色的条形状。县府官员住宅和大户人家的屋内有木炭炉火，房顶被升腾的热气融化，显露出青湿色整齐密实的瓦鳞。盖有瓦当的屋檐上，倒挂着一排整齐修长的竹笋样冰棒，宛若一道透明的冰帘，装点在房檐。偶尔有一根跌落，瞬间在坚硬的地面上发出"咔嚓"的声响，然后被摔得粉身碎骨。孩子们会兴高采烈地从地上捡拾一截，放在嘴里当冰糖吃。散落在城外的独门小户人家就不一样。屋内没有木炭，更没有炉火，房屋四处漏风，到处透骨冰冷，风雪顺着门缝一个劲地往里钻，在脚地形成一层扫不掉的冻雪。屋里温度在零下，有水就结冰，就连水缸里的水都结了厚厚一层。狂风大雪在茫茫天地间肆虐，简陋的瓦屋像个风烛残年的老人，在寒风中艰难地支撑着……

在此种情况下，看不到县长及县府官员体恤民情的身影，却看见新成立的“冬防团”出现在凤凰城外。拐巴子挎个盒子枪，带着一帮人在通往城外的雪路上一步一个雪窝地走着。一个叫吊儿的队副说：“团长，你说咱这冬防团到底是干啥来？”“你管他干啥？有吃有喝还有枪挎，没人惹咱就行了。管那么多干啥？！”“据说是专门对付共产党？”“共产党脸上又没刻字，你知谁是共产党？”“团长，你说咱这一天出来不弄个啥，这么冷的天，光瞎溜达有啥意思？”“你这臭小子，又想啥歪主意了？”吊儿缩缩脖子，又擦了两下清鼻涕，说：“大冬天这么冷，在外面瞎溜达个啥！”“天不冷，咋叫冬防团？”“这空溜达也没啥意思，不如弄只鸡或是弄条狗来，让嫂子在家香喷喷地炖一锅，再弄一壶酒啥的喝上几口。”拐巴子瞪了他一眼，说：“就知道吃喝。”吊儿说：“咱们不就是为了吃喝吗？”拐巴子瞪了他一眼说：“去去去！别让人给逮住了就行了。”吊儿高兴地一溜烟跑了。

吊儿跑了一会儿没抓到鸡，有些沮丧，牢骚满腹嘟囔着，感觉冬防团没啥意思。忽然看见从花园村方向一颠一颠走来个老太婆，手里还拎着一只老母鸡，这让他心里一喜，于是他上前抢走了鸡，把老太婆搗翻在地，扬长而去。老太婆爬起来在后面大声叫骂：“强盗！强盗！不得好死！”

毛瑞兴带着二柱、石妹、铁蛋、石头等人也在凤凰城周边巡村，看到这一情况，迅速跑过来，说：“大娘，你这是咋来？”老太婆气喘吁吁地说：“哪里一帮土匪，抢了我的鸡。那可是给我闺女坐月子吃来！”“大娘，你等着，我给你把他撵回来。”几个人快速往前追去。快到东城门口时，二柱瞄准吊儿身上的枪猛扑过去，一手扭住他的一只胳膊，一手抓住他的枪。铁蛋也快速扑上去拦腰抱住二狗，石妹和石头上去缴了二狗的枪。吊儿因有了鸡正高兴着，没想到冷不防有人收拾他，极不耐烦地说：“干啥来？！”毛瑞兴说：“走！咱们去县府说理去！”吊儿一看是自卫队的毛瑞兴，更不服气，说：“毛瑞兴！你弄毬啥？”“就弄你这个人渣！”“谁是人渣？我是冬防团的人。”“冬防团就这样祸害老百姓来？”“啥叫祸害老百姓？不就是一只鸡吗？”“一只鸡也是老百姓的。走！寻县长评理去！”吊儿骂道：“毛瑞兴，你再跟我较劲，不是人咪！”“你再骂信不信我拧断你胳膊？”吊儿看来硬的不行，又来软的求饶：“毛队长，算我求你了，快把我放了！”“甭想溜掉，今天非得见县长！”吊儿无奈，只好被毛瑞兴几个人押着往县府。

街上行人一看有热闹瞧，都纷纷向县府大门口涌去。毛瑞兴说：“我今天就要跟县长说道说道，让县长评评理。”此时，县府早有人把冬防团的事告诉给县长。县长在办公室正想发作，想想还是忍了忍来到众人面前，他见毛瑞兴押着吊儿，有点不高兴，责备道：“毛瑞兴！咋能随便抓人咪？吊儿不管咋说也是冬防团的人啊？冬防团属于县府直接管辖的武装团体，也是保护咱一方百姓的，怎么说抓就抓咪？”“县长大人，你口口声声说冬防团是保护百姓的。你看，冬防团的人抢的可是老百姓的东西啊！”毛瑞兴把吊儿手中那只老母鸡举得高高地说：“这就是保护百姓的咪？有这样保护的吗？恐怕是想保护到他的肚子里吧？”围观的百姓一片叫骂声。县长有些尴尬，说：“谁能证明这只鸡不是吊儿自己掏钱买的，而是抢来的？”此时，从人群外怒气冲冲挤进一个老太婆，瞅见吊儿拽住就厮打，边争边嚷嚷：“你这个土匪！你抢了我的鸡，你给我！”老太婆使劲地争夺，吊儿抓住老母鸡死活不放，逗得围观人哈哈大笑。老太婆经过奋力争夺，终于夺下了老母鸡，气喘吁吁地说：“这是给我家闺女坐月子吃的，被这个狼娃抢了，大家说说，还有没有王法了？还有没有天理了？”毛瑞兴说：“大家都看见了吧！我没冤枉他吧？”此时人群里发出许多指责声：“啥冬防团？简直就是祸害团！”“这县府都弄些啥玩意啊！整天不干正事，在村里偷鸡摸狗。”此时县长的脸在众人面前有些挂不住，一阵红一阵白，显得非常尴尬。拐巴子躲着不敢来见县长，尤申达急得跟在县长身边不知该咋解释。毛瑞兴说：“县长大人，你说说，该咋处理？”县长瞥了一眼尤申达，气得一跺脚，转身挤出了人群，逗得众人哄然大笑。尤申达知道闯了大祸，默默跟在后面，不敢多说一句话。

这件事情给县长弄得下不了台，县长很恼火，但毛瑞兴感觉很痛快，很解气。事后，岳少峰和俞倩、关山、王力合等人谈论这件事情时，毛瑞兴说：“等你们赶到时，县长早不见了踪影。”岳少峰说：“这县长是理屈词穷了。这次是给了这个苛县长当头一棒。他存心成立冬防团跟我们作对，结果这伙不争气的家伙不给他挣面子。”俞倩说：“这次这个县太爷的脸可是丢大了，我要把这个情况报告给总会。”岳少峰说：“对！让总会做出决判。”回头又说：“毛队长，听说你还缴了一支枪？”毛瑞兴笑着说：“缴了吊儿一把盒子枪，还缴了二狗子一杆长的。”“这收获不小啊！”“岳会长，你看这枪咋处理？”“你们先留着，一定要保管好。”毛瑞兴高兴得不知说啥好。岳少峰又说：“虽然县长理屈词穷了，但我们缴了他们的枪，这枪可是县长专门拨款给他们购置的，他们岂能善罢甘休？再说冬防团团长是尤申达的姐夫，尤申达能坐得住？”俞倩说：“这事下一步该咋办？他们有武器，闹起来恐怕咱们要吃亏的。”岳少峰说：“大家注意几个问题。一是要求各自卫队密切注意他们的动向，同时也注意这个县长的动向；二是俞倩抓紧时间向牺盟总会报告，我也向上级汇报，争取我们的主动性。”

县长因吊儿抢老百姓的老母鸡弄得他下不了台，回到办公室一怒之下把拐巴子叫来训斥：“县府花钱买枪成立冬防团干啥咪？不就是防着共产党吗？你们可倒好，弄的这叫啥事？”拐巴子说：“这共产党也实在是让人难区分咪！谁知道谁是谁不是啊？他们这些可都是牺盟会的人呀！也没说是共产党啊？”“他们看是牺盟会的人，我看他们就不跟县府一条心。”“那把他们都抓起来？”“就凭你？刚捅的娄子还小？人家都告到省里了。你还是消停点，不惹事我就烧高香了。去吧！去吧！”县长心烦地摆摆手。拐巴子刚转身走了几步，苛县长又说：“把你那伙队员管好，别再惹事了！”拐巴子“哎”了声出了门，县长叹了口气。尤申达看见姐夫从县长办公室出来，想说什么，但没有说出来，望着姐夫沮丧地走出县府大院。

拐巴子遭到县长的训斥，令他懊悔不已，后悔不该放纵吊儿在城外抓鸡，以致闹得县长心中不痛快。好歹县长训斥几句也就没事了，没想到让他闹心的事还是发生了。

第十三章　岳少峰县府要枪　尤申达阳奉阴违

随着北方战事吃紧，中共山西省委决定在临汾召开县委书记会议，岳少峰在临行前对关山说：“我走后，家里事由你来负责。遇到问题大家一起想办法解决，解决不了的等我回来再说。特别要注意冬防团的动向，还有那个县长。”岳少峰安排好工作，踏上去临汾的路程。关山在接受任务后，抓紧各区队队员的训练。

自从有了真枪，一区队队员们再也不愿用木头枪了。但一支真枪根本无法满足队员们的需求，只能再拿出木头枪。毛瑞兴叫牛二柱把木头枪拿出来练，牛二柱却说木头枪磨手。“磨手就不会用刀刮刮？”结果没刮几下，手就被割破了。毛瑞兴喊：“石妹！快过来给二柱包一下。”石妹跑过来一看，皱着眉头说：“队长，我怕血。”“怕血你将来咋打仗？”石妹受到训斥，只好硬着头皮为二柱包扎。牛二柱说：“听说没有，拐巴子冬防团团长的职被撸了。”石妹说：“撸了不亏他。”……

拐巴子的职被县长撸掉后，坐在家里闷闷不乐，一言不发。过了好一会儿，辣椒嘴哭丧着脸说：“好不容易申达跟县长说把你弄上团长位置，这才干了几天就又不行了。咋就这么不顺唻？究竟咋回事？你那冬防团说解散就解散了？”“不解散咋的？县长都换人了。”辣椒嘴惊讶地说：“县长都换人了？”“可不，新的都来了。”辣椒嘴一听新县长来了，马上高兴起来，说：“我找申达去，让他跟新县长说说，再让你接着干。”

辣椒嘴不管拐巴子啥想法，起身就去了县府大院，找到尤申达说：“申达，姐听说新来了县长了？”尤申达说：“你想咋？”“你跟新县长说说，让你姐夫接着再干？”尤申达看了辣椒嘴半天没说话。辣椒嘴眉头一皱说：“你看我干啥？我说得不对吗？”尤申达说：“姐！这是县府大院，不是咱们家。”辣椒嘴说：“我就说让你找县长说唻！你咋这么说姐？”尤申达说：“冬防团都被撤销了，让我咋说？你回吧！等等再说。”“等等再说？你让你姐夫等出病来了？”尤申达不耐烦地说：“回吧回吧！”辣椒嘴说：“你这个没良心的，你姐夫的事你就不管了？”不管辣椒嘴再咋着说，尤申达也不回话，只顾走出去办自己的事。

辣椒嘴拉着个脸回来，一直在心里骂申达。拐巴子见她回来的样子，知道她不顺心，说：“我就知道不行，是不是这样唻？”辣椒嘴说：“冬防团都撤了！”拐巴子说：“冬防团都撤了，还说啥唻？”他知道再回冬防团无望了，坐在沙发上像霜打似的。

……

岳少峰从临汾开会回来，立刻传达中共北方局临汾会议精神：“同志们，这次会议对当前华北局势作了具体分析。认为太原失守后，意味着以国民党为主的山西正面战场基本结束，取而代之的将是运动战、游击战。面对新的形势，给我们带来新的任务：一是我们必须清醒地认识到日军步步南逼的危急，以及战争带来的残酷性，必须做好充分的思想准备；二是坚持统一战线，尽最大可能团结所有抗日力量；三是加速创建抗日根据地。迅速建立和强化群众武装，利用地理优势，积极开展对敌斗争；四是进一步加强党的领导，尤其对抗日武装的领导。除此之外，还要强调我们目前最急迫的任务：就是学习训练问题。每个党员干部都要学习军事知识和游击战术，积极投身到具体活动中，做平时能组织、战时能打仗的双面手；再有就是征兵问题。八路军这段时间连续对日作战，人员伤亡消耗很大，急需补充兵力。上级要求各县抓紧时间宣传发动适龄青年踊跃报名，我们古平县也不能落后。大家下去要迅速开展工作。这次我们的重点放在码头工人和矿山工人中，这样可以以最快的速度完成任务。”俞倩接着说：“这个任务很重要，而且刻不容缓。为此，运城牺盟中心区专门召开了紧急会议，再三强调了任务的重要性，我在会上也作了表态。只要我们的宣传工作做到位，群众一定会支持。”岳少峰接着又说：“我们古平县太阳渡、茅津渡、葛赵渡以及东部大大小小一二十个码头，还有煤矿、铁矿、石膏矿，这些地方的工人集中，便于发动。我们把重点放在码头矿山。这一工作具体由俞倩同志负责，其他所有同志积极配合。如果没有异议，大家抓紧时间赶快行动。”

会议之后，岳少峰又与关山交谈了最近情况。关山说：“你走没几天，县长就被调走了，又新来了一个叫石谷安的县长。”岳少峰说：“这个新来的县长咋样？”“时间不长，还没见啥大的动作。”“我们不指望他能咋样了，只要不跟咱们对着干，起码不消耗咱们的精力。咱们的抗日自卫队情况咋样？”“自从一区队缴了吊儿和二狗子的枪，队员们天天在文昌阁练射击，练得可带劲了。由于枪少人多，有的都顾不上回家吃饭。”“队员热情这么高？”“是啊！还有三区的梁虎生，天天带领队员在东山练行军，练夜间走山路，真有股虎虎生气啊！”岳少峰感慨地说：“就是枪的问题不好解决啊！咱们要尽快想想办法。”“之前，我跟周掌柜说过这事，要不让周掌柜到河南陕州看看？他原来在那边做过生意，有些熟人。”“这个办法可行。马上通知周胜武，即刻动身。”

周掌柜接到任务后，肩搭布褡裢行色匆匆地朝码头走去。

黄河岸边太阳渡码头之北的店头街依然特别热闹，街道上各种杂货小吃的叫卖声，夹杂着有关支前的议论声：“这些天从风陵渡经运城北上的部队不少，还有抱猴子的兵。”周掌柜顾不得听这些人议论，急匆匆地乘船到黄河对岸，下船顺人流向陕州城匆匆走去。

周掌柜在陕州城穿街进巷寻找熟人袁掌柜，袁掌柜又寻到贾掌柜，终于购得十几支枪。一切妥当后，周掌柜回来把情况汇报给岳少峰，说：“就是少了点，我想多弄几支，袁掌柜说那里的国民党盯得很紧，多了会引起他们注意。”“这些枪现在在哪？”“现在存放在一个朋友家，得赶快派人弄回来。”于是两人商量安排脚夫铁脚板去。随后周掌柜又说从陕州带回一个人来，跟他认识，而且有患难之交。岳少峰听了很诧异，不知这人是谁？让周掌柜赶快把人带来。

不大一会儿周掌柜把人带来了，说：“岳会长，就是他，你还认识吗？”岳少峰望着眼前这个精干结实、看上去又好像在哪见过的年轻人，慢慢地站了起来。他在大脑里迅速搜寻着记忆，忽然，多年前在县府门侧瘅恶亭的记忆在脑海里闪现，瞬间，他表情激动起来：“你是愣强哥？”傅愣强也抑制不住内心的激动，说：“少峰，我是愣强。”两人情不自禁地紧紧拥抱在一起。“愣强哥，你去哪了？走时也不说一声，让我这么多年心里一直悬着。”“自从在县府被放出后，我就一直在外打工，到处漂，后来就到了河南陕州，在一家码头货运铺干。这不，正巧遇上周掌柜了，于是就说到你。周掌柜说你现在领着大家伙抗日打鬼子崃！我就跟着周掌柜一起回来了。”“愣强哥，你在陕州这几年都好吗？”“好着崃，一人吃饱，全家不饿。”“回来都想干点啥？”傅愣强拍拍胸脯说：“你看我能干啥我就干啥。”几个人都笑了。岳少峰说：“愣强哥！”傅愣强赶紧制止说：“以后可不能这样叫了，就叫愣强好了。”“为啥崃？”“你一个堂堂的会长，这样愣强哥愣强哥地叫，叫得我好不自在。”“这有啥不自在？”“你还是听我的，叫愣强，以后好工作。”听了傅愣强的解释，岳少峰笑着说：“好，就按你说的叫。”然后接着说：“愣强哥……”“哎哎哎！咋又忘了。”傅愣强赶快制止，几个人又笑起来。岳少峰笑了笑说：“你这让我直呼你名字，我还真不习惯崃。”“叫多了就习惯了。”岳少峰笑笑说：“你这次回来就住我家。反正家里也没人，具体干点啥，我想你还是先到一区队当一名抗日自卫队队员，先学习学习，练练枪法再说。”“好啊！我就想干这个。”岳少峰说：“家里破旧些，你回去拾掇拾掇，将就着住吧！”傅愣强笑着说：“我终于有家了，高兴还来不及崃！”顿了顿又说：“少峰，我想去县府一趟。”“你去县府干啥？”“当年放我走的那个老差役，现在不知咋样了，我想去看看他。”“你去吧！快去快回，我等着你。”

傅愣强快速向县府走去，没过多大一会就回来了。岳少峰问道：“见着老差役没有？”傅愣强摇摇头，显得心情郁闷的样子。“到底咋回事？”“老差役被衙门辞退了。”“为啥辞退了？”“说他私自放走了在押人犯。”“这么说，老差役是因为提前放走了你而被辞退的？”傅愣强点点头。“你知道老差役叫啥名字？”傅愣强摇摇头。“你知道他家住哪？”傅愣强又摇摇头。“你就没留下一点印象？”“我就记得是个留胡子的老头。”“留胡子的老头多了，光凭这点恐怕不好寻。”傅愣强有点难过。岳少峰说：“好了，别难过了，以后咱们慢慢寻吧。现在你的首要任务，还是抓紧时间训练。”傅愣强马上精神一振说：“我会的。”岳少峰带他向文昌阁大院走去。

凤凰城文昌阁大院，一区队的队员仍然在坚持训练。铁蛋说：“我跟你们说个好玩的事。”牛二柱说：“啥好玩的事？”“我听说去前线打仗还有抱猴子的。”“听谁说崃？”“街上的人都这么说。”一直跟着看热闹的小狗娃听说有猴子好玩，也凑过来说：“铁蛋哥，哪里有猴子？”铁蛋责备道：“大人的事，你小屁娃瞎打听啥！”毛瑞兴见他们不训练，凑一块嘀咕猴子的事，走过来呵斥道：“瞎嘀咕啥！都好好练！”小狗娃赶快跑开，铁蛋吐吐舌头又练了起来。

铁蛋拿着木头枪，有些不耐烦：“毛队长，听说从码头和矿山招八路军了，我也想参加八路军，拿着真刀真枪跟小鬼子干。整天让我拿木头枪练，多没劲啊！”“干啥事没个耐性，还想当八路军打鬼子？”“我就是说这木头枪不得劲啊！要是有个真家伙该多好啊！”“等本事练好了，到鬼子手里夺。”此时，石妹也噘着嘴一脸不高兴的样子。毛瑞兴说：“你瞅瞅，石妹嘴噘得能挂个油葫芦。石妹，谁惹你了？”“毛队长，也不知八路军要不要女的，我也想去。”铁蛋说：“你一见血就害怕，还想当八路军？”“这跟想当八路军有啥关系？”“关系大着唻！八路军打仗哪一天不受伤？不流血？”“反正我就想当八路军，你管不着。”毛瑞兴说：“想法都没错，只要能克服自身的缺点，就一定能上前线打鬼子。”牛二柱拿着真枪兴冲冲跑过来说：“队长，我也想参加八路军。”“我说你们啊！八路军可是讲团结互帮，不能只顾自个啊！”牛二柱不好意思地把真枪递给铁蛋。铁蛋接过真枪笑得合不拢嘴，石妹却瞥了二柱一眼，拿起木头枪气冲冲地走了。牛二柱并不知石妹生他的气，拿着为他包手的棉布手巾追了过去。石妹一把夺过手巾气冲冲地走了，牛二柱愣在那里不知所措。

队员情绪变化引起毛瑞兴和解文生的注意。毛瑞兴说：“咱们人多枪少，等练射击的队员扎成堆，我想了想，不如一部分人练长跑练耐力，从凤凰城跑到三湾，另一部分人练射击。这样交换着来，互不耽搁时间。”“这个想法好啊，我赞同。”毛瑞兴一声口令：“全体集合！”大家迅速排好队。“都听好了，从今天起，一部分人训练长跑，从文昌阁出发到三湾龙门关；另一部分人原地练习射击，每半天一换。练射击的队员跟解指导留下，跑步的队员跟着我。全体都有，立正！报数！”“一二三四五……”“单数的出列！向左转，三湾方向，跑步前进！”

毛瑞兴带着队员从凤凰城文昌阁出发一路向东，后面的队员越拉越远，尤其是女队员跑得气喘吁吁捂着肚子直喊不行了。石妹不服气地从地上爬起来继续往前跑，跑在最前面的是牛二柱。毛瑞兴看到队员拉得远，只好站在三湾西口等着队员们。石妹跑得一屁股坐在地上起不来。毛瑞兴喊牛二柱去扶，牛二柱却犹豫不去。石头去扶石妹，牛二柱却又后悔；等牛二柱明白过来要去扶时，石妹却说：“用不着！”牛二柱尴尬了一会儿，故意岔开话题说：“队长，这后面的队员跟不上来咋办？”“第一天强度可能有点大，有些队员吃不消。”“那咋办，在这里等唻？还是……”“不等了，咱们往回返，遇到掉队的把他们带回去。”牛二柱应了一声往回跑。

队员们陆陆续续跑回来，东倒西歪地坐在院里。毛瑞兴看到队员一个个气喘吁吁，说：“吃不消了吧？这以后得多练，练多了就好了。”队员们稍稍歇息了一会儿，毛瑞兴一声令下：“全体都有，集合！”练习射击的队员很快集合起来，练习长跑的队员一瘸一拐地走过来。毛瑞兴说：“根据第一天长跑的情况看，队员的身体素质强弱不一样，尤其是女队员不能运动量过大，运动量太大了一下子吃不消，咱们得循序渐进。从明天起，女子班和男队员分开训练，可以适当减少训练强度，之后慢慢再加强。女子班由石妹带队，可以练长跑，也可以练爬山。”此时，岳少峰带着傅愣强走来，说：“毛队长，这几天训练情况咋样了？”毛瑞兴挠挠头说：“岳会长，枪实在是太少了，能不能再给我们弄些枪唻？”“过不了两天就会给你们送来。”毛瑞兴高兴得都想跳起来。岳少峰看他那激动样，说：“给你再送个新队员。”然后把傅愣强介绍给他。毛瑞兴一看傅愣强长得精神壮实，高兴得合不拢嘴。岳少峰说：“傅愣强我就交给你了，尽快把他训练出来。”“是！保证完成任务。”岳少峰安顿好傅愣强，又想着为八路军征兵的事。

岳少峰与俞倩等人研究，计划把这次征兵任务安排在码头和矿山，因为这里青年人集中，能很快完成任务。并明确由岳少峰带队，俞倩和贠河川配合。于是，岳少峰和俞倩、贠河川的身影频频出现在码头、矿山。

码头和矿山的工人们，听说是八路军招兵，纷纷踊跃报名参军。一时间，古平县又出现了父送子、母送儿、妻送郎的动人场面。

古平县为八路军迅速征集四百名新兵的事，在抗日自卫队员中又引起不小的反应，许多队员都渴望能参加八路军上战场打鬼子。尤其是一区队的几个队员，因为没能参加上八路军，心里不畅快，闹情绪。铁蛋说：“二柱，你听说没有，这几天，咱古平县为八路军招收新兵的码头、煤矿可热闹了！”牛二柱说：“我也听说了。”铁蛋说：“我特想参加八路军。你想不想？”“想啊！参加八路军打鬼子，多光荣啊！”“不知咋回事，我们还没报名，人家就已经招够了。”“听说新兵都送走了。”“这么快？”“这还有假？”铁蛋沮丧地说：“我们为啥总是赶不上唻！”牛二柱说：“听说这次只在码头和矿山招，那里的工人多，很快人数就招够了，难怪没咱们的份。”铁蛋懊恼极了。石妹走过来说：“我也想参加八路军。”铁蛋说：“八路军不要女娃。”石妹不服气地说：“谁说八路军不要女娃？我听说运城女子师范还有不少人报名！”牛二柱说：“你就别想了！哪能轮到你们女娃唻？”“你就小看女娃。你能行，你去啊！”石妹呛了牛二柱一句，一甩辫子气呼呼走了。牛二柱看看石妹，转转眼珠子说不出话来，逗得铁蛋憋不住哈哈哈地笑起来。

古平县牺盟会为八路军征兵工作顺利结束后，岳少峰又召集大家开会研究如何解决枪支短缺的问题。他说：“目前，枪支短缺问题是个亟待解决的问题。要尽快解决这一问题，就必须找石县长谈。”王力合说：“你找石县长谈啥？谈枪？让石县长给咱买枪？”“你先别急，我先说说我的想法。我们可以以牺盟会的名义去跟新县长谈，争取把从冬防团收回来的十几条枪配发给咱自卫队。这是其一；二是我们必须进门入户做大户人家的思想工作，让他们把看家护城的枪支都捐献出来；三是发动我们的队员深入下去，了解哪家有私藏枪支，做做工作都捐献出来。”俞倩说：“我觉得这个想法好。前段只是嘴上说说，一直没有落到实处。现在我们腾出手来抓紧时间分组行动。”岳少峰说：“分组行动好，进展快，如果遇到啃不动的，我们可以合力解决。”大家都说赞同。“既然大家对这个办法没有异议，就把这个意见传达到各区队，让各区队也行动起来。具体由王力合同志负责，并注意收集情况。我去跟石县长谈，关山和俞倩你俩负责去大户。”岳少峰要跟石县长谈，俞倩有些担心，跟他说：“这个石县长好不好谈？”岳少峰说：“好不好谈，都得谈。”俞倩说：“石县长的秘书还是尤申达，你可得提防唻！”岳少峰点点头。

自从县长调走后，尤申达就继续跟着新县长石谷安当秘书。

岳少峰知道尤申达不会对他的事添好话，但抗日之事不能因为个人恩怨就停步不前，他还是迈着坚毅的步伐来到县府门前。这个大门曾经是他为父亲之死讨说法望而却步的门槛，他今天为了古平县抗日自卫队的发展，来约见县长，有一种使命感驱使他径直而入。不同时期，不同处境，不同身份，不同心情。之前是贫穷弱小的毛头小子，现如今是古平县堂堂正正的抗日救国牺盟会会长。从一个弱势的毛头小子到拥有一万多名会员的会长，岳少峰深深懂得，一个人的强大乃至一个民族的强大、一个国家的强大，人的力量是多么的重要啊！所以说，建设和发展一支抗日武装力量，是当前刻不容缓的事情。想到此，他毅然向县长办公室走去。

岳少峰进了县府大门，径直往里走去。尤申达看见他后赶快上前阻止，说："岳会长又要干啥？"岳少峰说："我找石县长！"尤申达说："石县长正忙着咪！"岳少峰说："我说几句话就走。"尤申达说："啥话不能等县长忙完了再说？"岳少峰很清楚尤申达不给方便，故意阻拦，说："抗日的事，不能等。"尤申达说："啥抗日事就不能等了？是今天日本人打来了，还是明天日本人打来？"岳少峰说："你咋说话咪？"尤申达说："你说我咋说话咪？"两人在门口吵了起来。石谷安县长听到吵声，从办公室出来，两人都停住了。尤申达正要说明原因，岳少峰赶紧说："石县长，我是牺盟会的岳少峰。"石县长一听是牺盟会的，也不敢慢待，赶快把岳少峰让进办公室。尤申达见县长这么重视牺盟会，也改变了态度。

石县长进到办公室坐到椅子上说："听说岳会长把抗日工作搞得有声有色，轰轰烈烈。石某从心里佩服啊！"岳少峰说："没石县长说得那么好。"石县长又说："牺盟会组织抗日自卫队学习培训、军事训练，各项工作都是我没有想到的啊！"岳少峰说："那都是些明面上的事，还有很多实际问题没有解决。""噢！还有啥问题？你说？我能帮上的尽可能帮，抗日救国，人人有责。""石县长，我来正是跟您说这件事。咱们古平县虽然说抗日自卫队成立了，可这还是个空架子。""为啥说是空架子？队员们不是训练得热火朝天吗？""队员们是训练得很刻苦，可到现在连一支枪都没有，难道不是空架子吗？""有这事？你看我这刚来，县府账上也没几个钱，这……""石县长，我不是跟您要钱来。""那你的意思是啥？""我的意思是让石县长把之前配给冬防团的十几支枪配发给抗日自卫队，好让队员们手中有枪。"石县长惊讶地说："冬防团？配枪？有这事？"随即他又问尤申达说："尤秘书，有这事？"尤申达支支吾吾说："哎呀咪……"石县长说："你哎呀啥咪？到底有还是没有？"尤申达见石县长逼得紧，岳少峰又在当面，不好说假话，只好说："有唻，确实有。"石县长说："那你去查一下，看收回的枪都放在哪里？"尤申达转身出去了。石县长客气地说："你看，我刚来乍到，情况不了解，有点惭愧啊！"此时尤申达进来说："石县长，枪支存放在后院仓库里。""尤秘书，你带人把枪取出来全部交给岳会长。""这……""这啥唻？快去！"尤申达不得已转身出去了。石谷安说："真是抱歉得很啊，都这个时候了，枪还躺在仓库里睡大觉，真是失职啊！""石县长深明大义，少峰谢谢了！""谢啥唻，都是应该的，应该的。"岳少峰辞别石县长出了门。但尤申达给他的枪并不是他想象的那些数目，而感觉并没有给完。岳少峰不好再说什么，只好叫人把仅有的长枪取走，并对石县长表示了谢意。石谷安望着岳少峰走远，自言自语道："日本人的枪炮那么厉害，阎锡山几十万大军都抵挡不住，就你们自卫队这几个人、这几条枪？能行吗？"尤申达虽然从中做了手脚，但听了石县长与之前截然不同的话，一时也没反应过来，于是问了一句："石县长，你刚才说啥唻？"石谷安自知失口，马上说："没啥没啥。"尤申达弄不明白石县长的心思，莫名其妙地退了出去。

俞倩和关山开完会商量着先去城西赵家，认为赵老爷为人谦和，是个明白人，说不定捐枪这事能开个好头，于是两人向赵家走去。

此时，赵老爷和毛夫人在厅堂正忧心忡忡地说着话："他爹，听外面说娃娃们整天练啊训啊的，手里也没个枪，咋个抗日唻？""我也听说了，这还真是个事！""那咋不给娃娃们发枪？""难哪！""咋就难了？""你没听外面说，牺盟会，牺盟会，没有钱，光有人，急得会长团团转，法子想了一大堆。""那这牺盟会为个啥唻？""为个啥？还不是为了打日本强盗？""他爹，你整天从外面回来说抗日救国，匹夫有责。你尽责了吗？"赵老爷一愣说："我咋没尽，上次募捐咱家捐得可是凤凰城里最多唻。""这我知道，可这些娃娃现在缺的是枪啊。"赵老爷诧异地说："哎！我说老婆子，今个咋了？云儿来了一趟，你这说话口气都变了，好像你也是牺盟会里的人了。""你这个老头子，我干吗就不能是牺盟会里的人？"两口子正在为抗日的事斗嘴，从门口传来"伯父！伯母！"的声音。老两口一看是俞倩，忙招呼她进来。"伯父伯母，您二老刚才说啥？""跟你赵伯瞎拌嘴唻。”“能说说让我听听吗？”“有啥好听的，外面的事我又不懂，就是听紫云说说，就跟你赵伯掰饬上了。”“到底跟赵伯掰饬个啥唻？说说让我听听嘛。”“说你们这些娃娃整天练啊训的，手里也没个枪，就是个竹竿木棍，叫人看了寒碜唻！伯母心里不好受。”俞倩看了看关山，又回头说：“伯母，我们今个就是为这事来的。想让伯父伯母帮我们想想办法，解决当下我们的困难，再不能让队员手里没有枪了。”毛夫人看看赵老爷又看看俞倩，说：“我们能有啥办法？他爹你说唻？”赵老爷说：“原来护城时是有几杆枪，可也解决不了大问题。”俞倩说：“能拿几支拿几支，只要大家都拿出点，就会积少成多唻！”赵老爷说：“其实这事前几天我就看到了，也想着把家里的几支枪让管家给你们送去，也不知这样做合适不合适？不合适了，还惹人笑话。”俞倩高兴地说：“我们高兴还来不及唻！”关山也说：“赵老爷和毛夫人都是明白人，这么多年在凤凰城都是出了名的，只要是利于大家伙的事，总是走在最前。”赵老爷说：“国难当头，匹夫有责嘛！”说着就喊管家把仓库里的那几支枪都拿出来。管家应了声就走，走了几步又迟疑了，说：“这都拿去了，家里咋办唻？”赵老爷说：“日本人都打到家门口了，就家里这几支枪能挡住？去去去！都拿来。”俞倩和关山交换了一下意见说：“赵伯，给家里留一支吧！这么大个院子，也要防盗唻！”赵老爷说：“这回防的可不是小盗贼，而是大强盗日寇啊！”赵老爷的态度，让俞倩和关山感动不已。

第十四章　牺盟会为枪奔忙　中条山烽火燃起

东山涧阳镇三区队的铜锁也是因为枪的事犯愁。他在队长梁虎生面前夸下海口，说自己要弄杆枪来，这几天一回到家就琢磨此事。

他忽然想起父亲说爷爷当年打猎的事，于是就在家翻腾起来。他翻箱倒柜四处倒腾着，弄得院里鸡飞狗跳。铜锁娘听到响声出来一看，满院狼藉，说："铜锁！你这是翻腾啥唻？"铜锁不搭理娘，只顾自个翻腾。铜锁娘回屋对老头子说："他爹，你快看看，铜锁这几天有点不对劲，一直在家翻腾，你知他在翻腾啥唻？""他又不跟我说，我知他翻腾啥唻？""你问问娃不就知道了？"铜锁娘又到院里喊："铜锁！你到底寻啥？""娘，你不知道，你别管。""我不知道，你问问你爹嘛！兴许你爹知道。"铜锁停止了翻腾，回到屋站在爹面前。他爹说："你寻啥？""爹说过爷爷上山打猎的事，我想寻爷爷的猎枪。""你要那干啥？"铜锁没直接回答爹的话，只是说："能打鬼不？"铜锁爹一愣说："你要干啥？啥打鬼不打鬼？可别胡来啊！"铜锁眼前一亮说："只要能打鬼就行。""这娃，你到底想干啥？""我想用他打日本鬼子唻。""日本鬼子能到咱这山沟沟里来？""爹，你是真不知，还是假不知？日本鬼子把太原都打了，阎老西从太原都跑出来了。日本鬼子现在天天往咱这里打唻！""你听谁说？""我队长说唻。""你队长咋知道？""我队长不几天就要去县城一趟。消息可灵着唻！"铜锁爹沉思了一会儿说："你说这小日本鬼子真能打到咱这唻？""队长说要做好准备，一旦小鬼子打来，我们也不能等着挨打，就要全力反击，直到把小鬼子打跑。我们整天在山里训练跑，就是因为没枪。如果能有枪，我们也能练练打枪。爹，快说说，爷爷的枪到底藏在啥地方？""你搬个梯子，上阁楼上瞅瞅。"铜锁一听高兴极了，立刻搬来梯子三下两下上到阁楼。铜锁爹所说的阁楼，就是用几片木板在房梁上棚起的能存放东西的空间，上面有许多不用的陈旧东西，常年没人上去，落满灰尘，布满蜘蛛网。铜锁顾不了这些，把前半身探进去，从中取出一个落满灰尘的油布包裹掂了掂，感觉沉沉的，拿出来说："爹，是这个吗？""就是它，你慢点。"铜锁小心翼翼地把东西拿下来，到院里除去灰尘，然后放在桌子上轻轻打开，一杆漂亮的猎枪呈现在眼前。铜锁激动不已，双手拿起枪左看看右瞅瞅，爱不释手地摆弄起来。"别瞎弄，小心走火！"铜锁爹这么一说，把铜锁吓了一跳。铜锁爹放下手里的烟袋说："拿来，让爹跟你说说。"铜锁爹接过猎枪边指边说："你看，这是枪筒，枪筒是装铁砂和火药的，瞄准猎物后扣动扳机就能打出火药击中猎物。后面这部分是枪托，瞄准时要稳住就离不开它。"铜锁心里不由得对爹有几分佩服。之前，以为爹只会种地放牛，岂不知爹还懂得这么多。铜锁爹又说："前面的枪筒是先放火药，用铁棍捣瓷实了，再装铁砂，然后再用棉花团或是布团把枪口紧紧堵上，瞄准猎物，扣动扳机就能命中。""哎呀！我的爹咪，你干脆到队里教我们队员打枪好了。""别瞎闹，那是你们年轻人的事。""咋光是年轻人的事咪，你听说了没？小日本鬼子进村可不管年老年少，统统都杀。"铜锁爹望着铜锁看了半天，说："要这么说，我得去教教。""爹，你可得说话算数咪！""知道了。"铜锁出了门，身挎猎枪，挺胸昂首向三区队大院走去，引来许多好奇的目光。

梁虎生正在和杨永生讨论如何能搞到枪的事，见铜锁挎着一支猎枪进来。梁虎生还未开口，铜锁就沾沾自喜道："队长，咋样？"梁虎生"呵"了一声，上下把铜锁打量了一番："你小子从哪弄来的？拿来我看看。""我爷爷留下的。"铜锁喜滋滋地把枪递给梁队长。边上的杨指导也夸赞起来。队里的其他队员听说铜锁搞了支枪，都纷纷凑过来，边看边议论："铜锁，你可真行，说弄枪就弄了一支。""这枪还油光锃亮的。"听了这番议论，铜锁显得很得意。忽然曹贯贯说："队长，不是说枪上有准星吗？铜锁的枪咋看不到准星？没有准星咋个瞄准呀？"铜锁的表情从得意变成了尴尬，不知该如何解释。梁虎生说："这叫猎枪，也叫土枪，土枪是没有准星的。"贯贯说："没有准星咋瞄准呀？"梁虎生说："铜锁，你能跟大家讲讲这土枪瞄准法吗？"铜锁一听梁队长让他讲，清了清嗓子说："土枪的瞄准法就是，就是……队长，我心里知道就是不会讲。""没事，你心里知道啥就说啥。"铜锁又接着说："就是眼睛顺着枪管往前看，看到猎物就扣扳机，保准打中。”贯贯说：“你这叫啥瞄准法？也没听说过呀？”“这叫顺杆捋瞄准法。懂不懂咪？”正说着铜锁爹走来，把枪的用法给队员们讲了一遍。梁虎生和杨永生见铜锁爹给大家讲得头头是道，也在边上静静听了起来，待铜锁爹讲完，梁虎生说了一番感谢的话把老人送走。梁虎生说：“铜锁爹讲得很好，大家别小看这猎枪，虽然装火药装铁砂麻烦，浪费时间，但有总比没有强。我希望大家多开动脑筋，积极想想办法，争取多搞几支来。”大家不约而同地叫起好来。

杨永生这几天一直看着队员围着铜锁的猎枪，心里琢磨着如何能到大户人家再搞些枪来，哪怕是看家护院的借来用用也行。梁虎生挠挠头说：“尤抠爷家有，恐怕不好做工作。”杨永生说：“你说说尤抠爷的情况？”“尤抠爷是个大户，但做事很抠，舍不得吃舍不得喝，就连别人还他麦子时，他都要把斗底缝隙里的麦粒一粒一粒地抠出来。尤抠爷本来是尤老爷，尤抠爷这个名字也是涧阳镇人给他起的。尤抠爷有个儿子，前多年一直没有正经事干，听说最近当了县长秘书，他爹应该不会小气了吧！”尤抠爷愿不愿捐枪，与他儿子当不当秘书不知关系大不大，他俩心里不太清楚，但还是想去试试，于是两人向尤抠爷家走去。

尤抠爷家四合大院，虽然比不上凤凰城的赵家，但在涧阳镇也是数一数二的大户，长工护院的也有几个。对于尤抠爷到底能不能拿出枪给抗日自卫队队员训练，梁虎生心里没底，但还是硬着头皮进去了。

尤抠爷前半年儿子回来要了一袋大洋，说是要当县长秘书，着实让他高兴了一阵子。他见梁虎生来借枪，说话也不拐弯：“梁队长，不瞒你说，尤申达当了县长秘书，我得给我娃装脸！家里的枪都给你们拿去，让队员们都好好练。”梁虎生万万没想到尤抠爷会如此爽快，感动地直说谢谢！“谢啥咪？你们这些娃为了啥？还不是为咱老百姓有个平安？我一会儿叫人给你们送去，就不烦你们再来了。”

梁虎生还是不想再麻烦尤抠爷了，于是派队员们把枪取回来。队员们扛着枪从尤抠爷家回到区队，高兴地议论着：尤抠爷咋突然不抠了？想必是儿子当了县长秘书了。

梁虎生和杨永生从尤抠爷家出来都非常感慨。梁虎生说：“都说尤抠爷平时处事抠门，没想到在大是大非面前一点也不糊涂。”“真是没想到啊，

有了这几支枪，咱队员的训练射击就不用发愁了。”其实尤抠爷的真实想法，是想为儿子装脸面，毕竟儿子是县长秘书，他这个县长秘书的爹也不能拖后腿，也得表现得积极一些不是。不管是什么想法，捐了枪就得到大家的好评，这是毫无疑问的。

牺盟会为自卫队组织大户捐献枪支的事，是当下最重要的事情。此时，岳少峰召集牺盟会成员正在狐三村傅岩书院通报情况，交换意见。他说："大家说说，这几天捐献枪支的进展情况。"关山说："城里几个有枪的大户，都积极捐献，尤其是城西的赵老爷，把原来看院护城的几杆枪全都拿出来了，只是那个老丘秃说啥也不拿。"俞倩气愤地说："不拿不说，还说我们是瞎子点灯——白费灯油。我看他就是顽固不化，真想扇他两耳光。"岳少峰说："抗日热潮势不可当，凭少数几个说风凉话，甚至暗中破坏捣鬼，也阻挡不了人民群众被激发起来的抗日热情。力合同志，你说说自卫队的情况。"力合说："一区队的几个队员之前家里藏有枪，是爷爷辈之前防土匪时留下的，也都拿出来了。二区队和四区队也各有三四支。情况最好的要数三区队。梁虎生和杨永生经过动员大户，发动群众，目前能有七八支，其中有三支土枪。"岳少锋说："情况不错啊！这一成绩要充分肯定，说明大家做了一定的工作。不过，这还远远不够，以后还要进一步想办法。听说三区队尤抠爷把枪全捐了？说说尤抠爷啥情况？"

王力合说："尤抠爷其实就是尤申达父亲，因为从来处事抠门，把别人还他小麦时，都要把斗底缝隙的几粒抠出来，所以人们送他绰号尤抠爷。这次真大方，把家里的几支枪全捐出来了！"岳少峰惊讶地说："是吗？为啥不抠了？"王力合说："他说他儿是县长秘书了！他得给他儿装装脸。"岳少峰说："不管是啥想法，只要捐出枪来，我们都应该表扬。"

之后，岳少峰又说："我把冬防团枪支的情况跟大家说一下。原来冬防团留下的十几支长枪、盒子枪一把，但我感觉与咱之前掌握的数字不太相符。"俞倩说："你是说尤申达没给咱完？"岳少峰说："我不敢肯定，但我总感觉这不是全部。算了，不去想这些了，有多少算多少。加上我们的人从河南陕州购回的十几支，大约有三十来支枪。我们实现了从无到有，这是一个很好的开端。但是，面对强大的敌人，这还远远不够。这只能说部分队员在训练时手里有了真枪，能实际操作了，与我们形成有效的战斗力还相差甚远。枪的问题仍然是我们面临的一个重要问题，还得进一步想办法，要多多发动群众，集思广益，把范围再扩大点，思路再开阔点，发动群众，把不可能的事变成可能。涧阳镇尤抠爷就是一个很好的例证。”王力合说：“购回的枪支如何分配？”岳少峰说：“购回的枪支你负责分配。由于各区队的人员多少不等，分配时不能过于平均，根据人员情况适当调整。大家如果没意见，最后我还要强调一件事：根据上级指示精神，要求每个党员干部都要投入到军事训练中去，必须懂得战术，学会作战，战时才能做到能打仗能指挥，既是战斗员又是指挥员。大家明白了吗？”“明白了！”

开完会，王力合和俞倩来到文昌阁大院。毛瑞兴看见王力合就说枪的事。王力合笑笑指了指后面的车子，说：“你看，那是啥？”毛瑞兴一看兴奋地跑了过去，打开箱盖抓起一杆高兴地喊。队员们呼啦一下都围了过来，纷纷争抢。“别抢别抢！大家都放下。”拿到枪的队员说啥也舍不得放下。毛瑞兴虎着脸说：“牛二柱！铁蛋！听到没有？把枪放下！”牛二柱极不情愿地说：“枪拿来不就是给我们发吗？干吗又要放下？”王力合说：“这次的枪虽然弄来了这么几杆，但也做不到人手一杆。大家别急，以后我们还会有的。”毛瑞兴要求队员还按之前的安排，一部分人跑步爬山，一部分人练习刺杀射击。王力合和俞倩都说参加训练，说岳会长过一会儿也来。毛瑞兴高兴地说：“好啊！你们来带带我们的队员。”

抗日自卫队缺少枪支的事一直是岳少峰心头的一个重要问题，他和俞倩、关山就这个问题又商讨起来：“目前枪支严重短缺，是一个亟待解决的问题，我们必须尽快再想想办法。”俞倩说：“不行派人到西安看看。”关山说：“那叫周掌柜再到陕州看看，陕州不行再去西安看看。”岳少峰说：“要去西安的话，周掌柜一个人出去恐怕不行，到路上遇到啥事不好应对。要不然再给他派个人一起去，两人在路上也有个商量。”关山说：“这派谁去合适？”岳少峰说：“我看愣强就行。这些年他在外面打工闯荡，经验也多，也该让他出去试试了。”

凤凰城文昌阁大院，傅愣强这段时间练得非常刻苦。此刻，他正在“杀！杀！杀！”地练习。毛瑞兴见岳少峰来，就喊：“傅愣强！给你派任务了。”傅愣强跑过来说：“啥任务？”岳少峰说：“派你跟周掌柜出去一趟，看能不能再搞些枪回来。”“我能行吗？”“咋，还怀疑自个哝？上次不是干得好好的吗？再说了，这不也是锻炼你的好机会吗？”傅愣强说：“我不是不敢去，我是怕做不好误了大事。”岳少峰说：“又不是你一人去，还有周掌柜，遇事你俩商量着办。现在咱自卫队枪支短缺的问题你也看到了，刻不容缓。”傅愣强不再犹豫了，干脆爽快地说：“保证完成任务。”

太阳渡码头同往常一样，人来人往熙熙攘攘。消费合作社的周掌柜身穿灰布长衫，头戴瓜皮小帽，肩搭布褡裢，行色匆匆地穿梭在拥挤的街道上，后面的傅愣强腰缠草绳头戴草帽，一副外出打工的样子，远远在后随行。他俩乘船渡河来到陕州，见了贾老板，贾老板摆摆手表示无能为力，又寻到袁老板，袁老板也是摇摇头表示不行。无可奈何之下，他俩赶往西安拜见熟人，熟人又介绍商家，商家又寻到国民党部队的军需官，塞了一摞袁大头，军需官才答应帮忙。“货倒是能弄几箱，离中条山这么远你们咋往回运？”周掌柜又塞了一摞袁大头说：“就拜托军爷的军车了。”“那好吧！只能送到潼关，出界是万万不行。”“潼关就潼关。”两人千恩万谢后，几箱枪支弹药装上了一辆大卡车，周掌柜和傅愣强蹲在后面的车厢里和货物在一起，军需官坐在前面的驾驶室里，一路摇摇晃晃向潼关方向驶去。大卡车颠颠簸簸扬起一路尘土，在人流中穿行至潼关，开进了一个貌似仓库的院内停住。军需官从驾驶室跳下来说：“就送你们到这里，把货卸下我还得赶回去。”周掌柜千恩万谢后，与傅愣强赶快把货一箱一箱从车上卸下。军需官登上驾驶室，大卡车一溜烟开跑了，车后扬起一股尘土。

周掌柜望着远去的军车，回头看看堆在地上的几箱货物，对傅愣强说：“你先守着，我去寻辆车来。”周掌柜匆匆出去，过了一会儿，雇了一辆马车走来。傅愣强二话没说赶紧装车，上面盖上蒲草捆好，周掌柜坐前，傅愣强坐后，车夫“驾”的一声，赶着马车摇摇晃晃上了路。

此时潼关车流行人比来时多了许多，平民、富商和军人混杂在一起，人们神色焦虑，行色匆匆，行人向西，军人向东。周掌柜意识到形势危急，不由得喊：“快！”

此时，山西临汾已被日军攻陷，情况越来越危急。古平县牺盟会成员正在召开紧急会议。岳少峰说：“同志们，临汾已经被日军占领了，离运城已经不远了，情况十分危急，上级要求我们做到以下几点：一是要最大限度地保护老百姓的生命财产安全；二是利用各种有利地形开展游击战、运动战；三是党员干部要靠前指挥，具体到每个自卫队，哪些人负责群众安全，哪些人掩护群众转移。工作必须细化到人，之前考虑周到，战时就不会慌乱。大家明白了吗？”“明白了！”“还有一个问题。之前，我们的募捐物资，大部分已经送往前线，还剩有一小部分，这个由俞倩同志负责安排全部转移。除此之外，还有一个焦心的问题，就是去购买武器的同志还没回来。关山同志，你注意这件事，回来及时通知我。大家抓紧时间，赶快分头行动！”

俞倩快速组织人员把棉花、棉布都打成包。记账员成自奋说：“俞特派员，还有半缸食油咋弄咪？”“寻几个洋铁桶装起来。先把一切收拾停当，等候通知。”

凤凰城大街上，人们听说临汾失守也慌乱起来。他们不知日本人打来究竟会出现啥样的状况，但之前所说东北三省几千万流民无家可归到处流浪的实情，由此推断日本人打来一定不会有好的状况而显得更加慌乱。

赵紫云同样担心日本人打来所带来的灾难性后果。此刻她最担心的是年老的父母和年幼的妹妹。她抱着兰儿匆匆向城西走去，想劝爹娘赶快离开。赵老爷也听说临汾失守的消息，忧心忡忡，焦灼不安，在客厅正跟毛夫人说这事：

“他娘，听说日本人打过来了，不知是真是假？”

“这日本人打来究竟会咋样咪？”

“日本人打来能有个好？好了还能打起来？”

“这小日本不好好在他们家待着，大老远跑咱这搭来是要干啥咪？”

“干啥？就是来搅得你不得安生。”

“他爹，你说这可咋办咪！好好的日子都被这小日本跟打得不得安生了。”

“这小日本不知抽的是哪根筋。可恨死了。”

……

老两口正说着，赵紫云进门就说：“爹，你和娘听说没有？临汾失守了，日本人眼看就要打到运城了。”赵老爷“腾”地从椅子上站起来说：“不是说打到临汾了吗？眨眼工夫就打到运城了？真就这么快？”“爹！您还懵个啥唻？快叫我哥回来啊！”“他爹，快叫骏儿回来，日本人把仗都打到这个份上了，还在日本干啥唻？”赵老爷又坐回椅子，说：“这仗一开打，兵荒马乱的，啥都乱了，咋个叫法唻？该回来的时候他自然就回来了。那么大个人了，他啥事不懂？”“爹！您和娘也该做个打算，想法出去躲躲。”“躲？去哪躲？哪也不去！我还就不信了，看他小日本能把我咋样？”赵紫云一看爹的倔脾气又上来了，耐心地说：“爹，不光是您和娘，还有燕儿呢？”“燕儿有我和你娘在，看他谁敢动一指头！”“那也该心里有个盘算，别到时候手忙脚乱啊！”“知道了。我这你就别操心了，操心操心你家吧！鸿远又不在，你还得照顾公公婆婆，还有兰儿呢！你的事够多的，就够你操心的了。”“爹！娘！不管如何，还是多注意为好！我走了。”“去吧去吧！”

周掌柜和傅愣强在路上护运枪支弹药，马不停蹄地往陕州码头赶。路上还不时遇到国民党兵盘查，周掌柜只好用香烟或是银圆一一打发。一到陕州码头就听到纷纷议论临汾失守了。这个消息让周掌柜心急如焚，他焦急地说：“快把货物装上船。”傅愣强在码头人熟，很快寻来一辆独轮车，把货物装上。周掌柜不敢懈怠，临汾失守了，日军下一个目标就是运城，手下的这批枪支弹药，一定不能有任何闪失，要确保万无一失，安全运回。

下了船就是太阳渡码头，关山赶着马车早早等候在码头，几个人把货物装上车，傅愣强赶着马车“驾！驾！”地吆喝，等马车赶进消费合作社大院时，他撂下鞭子撒腿就往牺盟会跑。岳少峰见到傅愣强二话没说就匆匆来到消费合作社，进门就说：“辛苦了！辛苦了！”周掌柜说：“这次有枪支有子弹，还有几箱手榴弹。”“太好了！太好了！愣强，赶快通知王大队长，把这批枪支弹药分发下去。”傅愣强快步跑出去。岳少峰又回头对周掌柜说：“胜武同志，大战在即，消费合作社的去留问题，你赶快拿出个意见。”岳少峰见王力合疾步走来，说：“赶快抓紧时间教会队员使用。”王力合走后，他又对关山说：“运城已经沦陷，七专署和其他各县县府都迁驻到东山涧阳镇各村，情况非常紧急。运城地委也秘密转移到涧阳镇领导县委工作。国民党二十九军已经进驻咱这里，上级指示我们要全力做好配合工作。我们得尽快去二十九军看看有没有需要帮助的。”

二十九军军长宋哲元，曾任平津卫戍司令。此时，他正在城隍庙指挥部看地图，卫兵报告岳会长求见。宋军长放下手里的放大镜，抬起头惊讶地说：“这么年轻的牺盟会会长？”岳少峰说：“让宋军长见笑了。”宋军长说：“这话就不对了，你们年轻我高兴还来不及呢！不像我都年过半百，身体也不行了，跑不动了。”岳少峰说：“宋军长敢打敢拼，敢向小鬼子开第一枪，大长了中国人的志气。”宋军长听到此话，就想起卢沟桥事变，不禁感慨道：“小鬼子欺人太甚，被逼无奈啊！”岳少峰说：“宋军长，就这一点，全中国人就记住你了。”宋军长说：“惭愧啊，无言面对天下父老啊！要是再年轻二十岁，我……”没等宋军长把话说完，岳少峰说：“宋军长，可别这么说，打鬼子不是你一个人的事，而是全中国人民的大事。”宋军长说：“没想到你年纪轻轻，就能说出如此有分量的话，着实不简单啊！正好你们来，我正想了解这里的具体情况。”几个人围拢到地图前。岳少峰说：“古平县位于中条山南麓，东西绵延三百里长，境内沟壑纵横，起伏不平，素有‘古平不平沟三千’之说。古平县凤凰城盆地位于山麓中部，北依中条山与解州和安邑、夏县毗邻，南临太阳渡、茅津渡连接河南陕州；西面是张村塬、西塬接壤芮城；东面是南村塬、望原、涧阳镇接壤夏县祁家河；北面是杜马塬、太臣部官塬毗连解县、安邑；东北面是张店塬、晴岚塬毗连安邑、夏县。黄河上有葛赵渡、太阳渡、茅津渡、南沟渡四大渡口，还有不少小渡口，连接河南豫西。经过中条山通往运城方向的路，有从二十里岭翻山到解州的，有从张村塬土地庙翻山到西姚村去运城的，还有从杜马塬经过韭菜园到盐池的，有从张店卸牛坪到运城盐池的，这几条道最后都合到一起通往运城盐池，还有从尧店经晴岚、经庙凹山都能翻过山……”宋军长听了岳少峰的介绍，高兴地说：“你这一详细介绍啊，我就清楚多了。”岳少峰说：“我们来就是想看看宋军长有啥需要帮助的，牺盟会会尽力协助。”宋军长激动地说：“谢谢！谢谢！太感谢了！”

宋军长送走岳少峰几个后，马上开始对张村、杜马、张店塬进行布防，并抓紧时间修筑工事……

岳少峰和关山从城隍庙出来后，王力合与俞倩就来到牺盟会。岳少峰说：“战事迫在眉睫，我们开个短会，研究一下应该怎么做。我的具体想法是：二十九军已经在张村塬、杜马塬、张店塬开始布防。我们的任务是既要配合部队阻击日寇，又要保护好老百姓的生命财产安全。当下最吃紧的要数张村塬和杜马塬这一带，因为这里是日军翻越中条山冲击县城最近的路线。力合同志，你和毛瑞兴要带好一区队人马，同时，要通知二区队的吴中建，时刻准备应对突发状况。俞倩同志，你带领一区队女子班，研究一下如何组织群众，保护老百姓。任务都清楚了就立刻行动。”岳少峰话音刚落，宋军长的卫兵就到，说：“岳会长，宋军长有急事请你去一下。”岳少峰和关山一同前往。

第十五章　鬼子来县长逃走　岳少峰担当重任

宋军长正在凤凰城西北角城隍庙指挥部查看地图，见岳少峰和关山进来，便说："现在杜马塬布防部队，遇到一伙不明身份的武装团伙，你们分析一下这都是些啥人呢？"岳少峰想了想说："这伙人很可能是杜马塬大郎山的土匪。"宋军长说："你再说详细点。"岳少峰说："这伙土匪的头子叫老鹰嘴，在杜马塬这一带盘踞久了，行踪不定。有时窜到张村塬，有时窜到张店塬，到处抢掠，把群众骚扰得不得安宁，危害不小。"宋军长说："大敌当前，我军不想与这伙土匪擦枪走火，引起不必要的麻烦。但是，这伙人在一旁骚扰，致使杜马塬守军不能专心抵抗日军。"岳少峰说："这点你放心，我会派一区队立刻上杜马塬，专门对付这伙土匪，解除宋军长的后顾之忧。""那就太感谢了。"岳少峰说："不用客气，这正是锻炼我们抗日自卫队的一个好机会。"岳少峰和关山从城隍庙出来，直接向文昌阁走去。

王力合正在文昌阁指导队员训练，见岳少峰急匆匆走来，便迎上去，毛瑞兴也跑过来。岳少峰说："现在杜马塬老鹰嘴对驻防部队开始骚扰，严重影响部队的注意力，你们俩带领一区队队员，立刻上去，想方设法制止住这伙土匪。尽可能做思想工作，不要发生枪战，把子弹留给小鬼子。"领到任务后，毛瑞兴立刻喊男队员集合。大家迅速聚拢站好队列，向大郎山跑步前进。

此刻，大郎山一伙土匪正趴在山圪梁上窥探着驻军的动态。这些驻军大部分士兵都在挖战壕，一部分士兵占着有利地形监视着周围。土匪看到如此情况，对匪首老鹰嘴说："老大，你看这些个兵是不是想占咱们的地盘唻？""这还真难说，也不知他们唱得哪一出？说是打咱们吧，又不像；说是打日本人吧，日本人还没来。""管他唻，先打他一下，抢了他手里的家伙再说。"老鹰嘴用手在那土匪头上扒拉了一下说："你没看见这些都是正规军不好对付？！别急，他又没打咱，看看再说。”

此时，王力合带领自卫队来到大郎山，与驻防团长交换意见后，选一处有利地形进入阵地。对面山头的老鹰嘴看到又来了一支队伍，心中狐疑起来。身边的土匪问：“打唻还是不打？”老鹰嘴不耐烦地说：“你咋老问打唻还是不打？就没有别的话？”老鹰嘴当然不敢打，一打后面的正规军就不会放过他，不敢打又觉得丢了面子，如果不打就能挟制住对方岂不更好？于是，老奸巨猾的老鹰嘴扯着嗓子喊：“嗨！对面山头的，你们是哪部分的？”毛瑞兴说：“大队长，对面在喊话，回不回答？”“回答他。”于是毛瑞兴也扯着嗓子喊：“我们是古平县抗日自卫队的！”“抗日自卫队不去抗日来大郎山干啥？把枪对着老子唻？！”“我们也不想这样做，可是你们的枪对着我们的抗日队伍唻！”“你说的是那些大兵吗？”“对！就是他们。”“我对着他们，管你们屁事？”“我们都是抗日的队伍，当然关我们的事！”“关你们啥事？”“你们在边上骚扰部队，扰乱了队伍的注意力！”“那你们说咋办？”“你们赶快撤吧！”“撤？笑话，老子还从来没有这样空手回去过呢！”“那你们想咋样？还想试试唻？”“试就没必要了，我想问问这伙部队是不是想占我们的地盘？”“谁把这里划归你了？那只是你自个认为的。再说啦，部队打仗随战机而动，谁还老住这不动了？”这么一阵子喊话后，两边人都喊得口干舌燥。此时王力合也对老鹰嘴喊话：“老鹰嘴！你们玩花样也不看个时候，今天没工夫跟你啰嗦！”“那好吧！我只有一个要求。”“啥要求？快说！”“叫你当头的过来？”毛瑞兴喊：“你叫当头的过去干啥？”“不干啥，就是看看他手里的盒子枪。让老子看了，老子立马就走人。不让老子看的话……”毛瑞兴说：“不让你看，你想咋？”老鹰嘴说：“不让老子看嘛，老子就不走了！”

王力合说：“这个老狐狸，又想要啥花招？我们不能一直跟他这么耗着，我过去看看，看看他还要啥花样。”毛瑞兴说：“大队长，你不能去。我去！”“为啥唻？”“万一有个啥闪失咋办？”“人家出招了，咱能不接吗？再说对付这几个小毛贼就胆怯了，以后还咋打日本鬼子？”王力合又喊道：“老鹰嘴！看了我的枪你就撤。说话算话吗？”“当然算话！不算话，天打五雷轰！”“好！既然你这么说了，咱就一言为定。”“都是大老爷们，说话算话！一言为定！”毛瑞兴说：“大队长，还是我去吧？”“还是我去，看看他还有啥招数。”王力合把手枪插在腰间，从容镇定地向对面走去。他从这个山头下去，过个沟壕，然后又上到对面的山头。王力合一上去几个小土匪端着枪就围了过来。王力合不动声色地看了看老鹰嘴，是一个秃头鹰嘴的老头，刚才喊了半天的话，嘴角还冒着白沫。王力合笑着说：“老鹰嘴，你们就这样欢迎我唻？”老鹰嘴在嘴上抹了一把，对小土匪摆摆手说：“去去去！谁叫你们过来的？”老鹰嘴凭着人多势众，满不在乎，挺着肚子大模大样地走了过来，说：“你是王大队长吧？”“我是王力合。”“听说你是黄埔军校毕业的，还是省里派来的？”“是，一点没错。没想到你了解得蛮仔细唻！”“哎！弟兄们瞎说，老子也是顺耳听听。”王力合不想跟土匪消磨时间，说：“你不是说看枪吗？我这都来了，看吧！”“对对对，看枪看枪。”王力合抽出腰间的手枪给老鹰嘴递过去，老鹰嘴挺着肚子满不在乎地接枪。就在老鹰嘴伸手接枪时王力合的另一只手顺势就把他腰间的枪拔了出来。本来老鹰嘴想缴了王力合的枪就可以挟制住他，但万没想到王力合来了这么一手。顿时老鹰嘴的脸由晴转阴，之后，又不自然地哈哈大笑起来，尴尬地说：“王大队长不愧是黄埔军校的高才生啊！做起事来滴水不漏。佩服！佩服！”随后拿起手枪看了看说：“盒子炮唻！厉害！厉害！”王力合也看了看手中的枪说：“你的是汉阳造！也不错唻！”“啥不错！人家都配上美式的啦！咱还是这老掉牙的东西。”“能有这就不错了，你还嫌老旧？老鹰嘴，闲话别说了，现在你枪也看了，之前说的话还算不算数？”老鹰嘴没有回答王力合的话，只是给手下使了个眼色。手下想上去绑架王力合，还没动手王力合眼疾手快一个转身，枪就顶住老鹰嘴的脑袋。老鹰嘴惊慌地说：“干啥唻？干啥唻？”“你说干啥唻？你还想跟我玩阴招？”“误会！误会！都是误会。”王力合押着老鹰嘴说：“别要滑头，叫你们的人都退后。”老鹰嘴战战兢兢地说：“都退后！都退后！”王力合说：“以后还骚扰抗日队伍吗？”“我没骚扰啊！我是想看日本人长啥样，到时候也放他几枪唻。”“你要真这么想，还算你是中国人。要是偷奸耍滑，看我今天不收拾你！”“没有没有！”“以后还敢到处抢掠危害百姓吗？”“不敢！不敢！再不敢了。”王力合口气严厉地说：“我见到的今天是第一次，也不想浪费子弹。如果再让我遇到第二次，决不轻饶。”老鹰嘴连声说：“是是是！”王力合说：“带着你的人赶快滚蛋！”老鹰嘴一伙土匪拿着枪连滚带爬地跑了。其中有一个小的落在后面，一直拖着不想走，只听前面喊道：“少青！快走！不走等着挨枪子咪？”

趴在山头的自卫队员们，看到王大队长一个人到土匪窝里，都替他捏着一把汗，对面山头的一举一动，都看得清清楚楚。当看到土匪都撤了，高兴得一下子欢呼起来。

处理完土匪的事，王力合与杜马塬布防部队道别后即刻返回。回来的路上，毛瑞兴说：“大队长，我真替你捏把汗。真是神了，平时没看出，今个真让我长见识了。没想到这打仗的事里门门道道这么多，今个不费一枪一弹就把问题解决了。”王力合说：“这打仗的事，不光是打打杀杀，里面的学问多着咪！有强攻，有智取，有出其不意。我们今个就是智取加出其不意。”毛瑞兴好羡慕地挠挠头说：“我啥时候才能像大队长一样咪？”“只要肯学，肯动脑子，到处都是学问。”

王力合和毛瑞兴带着队员兴高采烈地回到凤凰城，岳少峰奇怪地问：“咋这么快就回来了？半天工夫问题就解决了？”毛瑞兴说：“岳会长，你不知道，王大队长一出马，一人能顶一百个，一下子就镇住了老鹰嘴。你没见那场面，王大队长吼了一声滚蛋！吓得那伙土匪连滚带爬都窜了。”逗得大伙哈哈大笑起来。此时，宋军长的副官过来，对岳会长说：“宋军长请你们过去。”

岳少峰等人一进城隍庙大院，就看见三箱枪支弹药摆放在那里。毛瑞兴悄悄对王力合说：“大队长，这么多的好家伙，可馋死我了。”“别让人笑话。”宋军长见他们来，赶紧迎上去握住岳少峰的手说：“岳会长，我要感谢你们啊！感谢古平县的抗日自卫队。杜马塬防军打来电话，说王大队长带人把问题顺利解决了。王大队长真是好身手啊！”岳少峰又把王力合、毛瑞兴介绍给宋军长。宋军长跟他俩一一握手，然后说：“也不知咋感谢你们。部队也没啥好东西，院里这几箱枪支弹药，表表心意。”听了宋军长的话，岳少峰激动地说：“宋军长，你送的这几箱东西对我们来说，可都是宝贝疙瘩啊！我会毫不推辞地收下。”“还有两把汉阳造手枪，如果不嫌老旧，就一并收了？”岳少峰说：“我们抗日自卫队正为少枪没弹发愁咪。宋军长真是雪中送炭啊！”宋军长说：“本来想多给你们些，说起来惭愧，力不从心啊！”岳少峰说：“宋军长能送给这些已经让我们很是惊喜了，哪还有嫌少的道理？”王力合和毛瑞兴早已兴奋得想把东西赶快搬回去……

回来的路上，王力合说：“这次执行任务，我想到了一个问题。”岳少峰说：“啥问题？说说看。”王力合说：“大战在即，伤员是不可避免的事。我们应该把自卫队、青年农民组成一个担架队，做好抢救伤员的准备。”岳少峰说：“你说的这个问题我也在思考，我计划这件事交由俞倩同志来负责，结合女子班人员的特点，既能抢救，又能护理。”王力合说：“抢救伤员光女子班恐怕不行。”岳少峰说：“那就再加强一部分男队员。”

三箱枪支弹药搬到文昌阁大院后，队员们围着高兴得不得了。牛二柱眉飞色舞地跟女队员们讲述王大队长徒手擒拿土匪头子的惊心动魄经过，女队员们也羡慕极了，尤其是石妹，一直嚷嚷着下次也要参加执行任务。铁蛋说：“你就先克服克服见血害怕的毛病吧！”石妹狠狠瞪了铁蛋一眼，铁蛋向她做了个鬼脸。岳少峰看到队员们兴奋的样子，笑着说：“女队员要参加是好事啊！现在就给你们任务。”石妹高兴地说：“岳会长快说，啥任务唻？”岳少峰没有回答石妹的话，而是对大家说：“同志们，日军已经打进运城了，与我们古平县只有一山之隔，作战部队严阵以待。大战在即，可能有大批伤员需要救治，现在交给大家一个新的任务，不分男女，立刻组成担架队，时刻准备抢救伤员。这个任务具体由俞特派员负责。能否完成好任务，就看大家有没有信心？大家回答我！有没有？”“有！”岳少峰又说：“王大队长，通知二区队也要组织担架队，支援张店防军。三、四区队加紧训练，随时待命。”

很快，木杠、竹竿、绳索等东西从四面八方纷纷集中到文昌阁大院，男女队员们紧张有序地绑扎着……

古平县县长石谷安听到临汾失守的消息，在办公室里走来走去，坐立不安，他大脑里不停地设想着日军打来杀人放火以及抓住他这个县长的各种情形，吓得一身身出冷汗，不停地用手绢擦拭着额头，心里焦急地盘算着如何逃走。尤申达见他焦躁不安，说：“石县长有啥打算？”石谷安不想把他的真实想法告诉秘书，而是说：“你把雷周泰叫来。”尤申达不知石县长何意，但又不好多问，只能去叫雷周泰。雷周泰拳脚功夫好，之前因为打了一个欺负剧团女演员的一个地方官员，被人家告了，坐了几年监狱，刚放出来被石县长看中，就收为护身保镖。平时县府没啥危险之事，雷周泰就打打杂，干些出力的活。雷周泰正在搬东西，尤申达对他说：“县长叫你去。”“县长啥事唻？”“没说。”他放下手里的活赶紧来到县长办公室。县长把尤申达打发出去，然后对他说：“现在局势很紧，我想叫你跟我去西安。”雷周泰一听这话，立刻摇头。他知道县长想逃，他不想跟他走。县长见雷周泰不跟他，心里感到很不爽，摆摆手让他走了。雷周泰出了县长门，就直接回了家乡，头也没回。石县长又叫尤申达把警察局长徐久叫来，说明情况后，徐久一口答应跟县长走，石县长这才露出笑脸。石县长跟徐久在办公室谈的啥，尤申达都不知道。

夜幕降临，石谷安把尤申达打发走了，他跟徐久在办公室密谋如何逃走。徐久说：“石县长，二十九军已经入驻咱古平县了，要不要见见宋军长？”“见啥唻？见了就走不了啦！”徐久说：“就这么走了，能行吗？”此刻石谷安心情非常焦虑，国军从北到南节节败退，恐怕二十九军也难以抵挡。运城各县府已经转移至涧阳镇，中条山形势危在旦夕，万一日军打到古平县，第一个要抓的就是他这个一县之长。想到此他坐立不安，不知日军究竟打到运城没有，他犹豫再三拿起桌上的电话机摇了起来。没想到电话摇通了，让他非常高兴。他咽了一口唾沫，然后谨慎地询问了一句：“请问是七专署办公室吗？”电话里突然发出一阵让他听不懂的叽里呱啦声，他瞬间意识到这是日本人的说话声。日本人已经打到运城了，这是确信无疑的事了，七专署的人员一个也不在行政公署了。什么也不需要再问了，预料的结果已成事实。石县长愣在了那里。徐久也听见电话里的日本人声音，焦急地说：“县长，咋办唻？”石谷安急速在脑子里盘算着，说：“如果再不赶紧走，万一日军打过了中条山，再想走恐怕就来不及了！”此时石谷安已经吓得浑身直打哆嗦，哆哆嗦嗦说：“走走走！”然后把桌上的铜印放进皮箱里，让徐久提着，匆匆出了办公室。

石谷安家人听说日本人打到运城，赶快准备逃走。儿女们慌乱得不知所措，老婆一个劲地拾掇她的金银首饰和绫罗细软，一包袱一包袱，一边拾掇一边督促：“他爹，你赶紧帮帮我拿东西啊！”石谷安不耐烦地说：“你这娘们儿，咋就这么啰嗦，随便拿几件换洗衣裳，其他的都不要了！”老婆眼睛一瞪说：“随便拿几件？这都是我这么多年积攒下的，说不要就不要了？”石谷安只好耐着性子等老婆，待老婆大包小裹弄了一大堆后，他说：

"快快快！快往车上装。"几个人又七手八脚把东西装上马车，徐久吆着马车一路向南……

清冷的月光洒在大地，此时，从凤凰城通往太阳渡码头的道路，在月光下显得灰白而又弯曲，徐久赶着马车在路上急速行驶，马车在奔跑中剧烈颠簸，把车上的人摇晃得颠来倒去，但谁也没敢出声。到了渡口，他们急急忙忙从马车上下来，又背着大包小裹高一脚低一脚来到码头要求过河，但码头船工说黑夜不渡船。徐久一听就火了，立刻吼道："你他妈的这么不识相！不知道这是县长大人要过河咪？""县长大人也不行，这是几千年的规程了。"徐久掏出手枪对着船工吼道："啥狗屁规程！老子今黑就得叫你们开船咪！"船工无奈，只好摸黑开船，在浊浪滔天的黄河上，胆战心惊地把他们送到河对岸。

次日一早，尤申达来上班，见不到石县长，问了几个人都说没看见。尤申达感觉很纳闷，紧要关头，县长去哪了？他在县长办公室站了一会儿，回想县长昨天不正常的举动，又看看县长的抽屉，都是开着的，他一个个抽出来看看，发现县府大印不见了。按说县长去哪里办公，他这个秘书应该跟着，但他却不知道。尤申达由此断定石县长在日军打来之前逃走了，而且是背着他偷偷逃走了。想到此，他有一种被县长丢弃的感觉，心中非常不舒服。他思索了半天，走出县长办公室，急匆匆朝县府后院走去，把之前藏的一把短枪别在腰间，然后悄无声息地消失在城外的竹林里……

日本人快打过中条山了，凤凰城气氛紧张起来，拐巴子和辣椒嘴等不见弟弟尤申达回来，焦急地在门口张望了一次又一次。辣椒嘴叫拐巴子去县府看看弟弟，可拐巴子从县府回来说："县长不见了，申达也不见了！"辣椒嘴说："申达走都不跟咱说一声？"拐巴子说："大难来时各自飞，谁顾谁咪？"辣椒嘴气得骂："这个没良心的。"拐巴子说："骂也没用。"辣椒嘴说："申达都走了，咱还在这干啥咪？赶紧走吧！"拐巴子只好和辣椒嘴一起往河南逃。

正当凤凰城人慌乱时，岳少峰和俞倩、关山等人正在牺盟会研究如何保护好群众的生命财产安全，如何配合好驻防部队作战，以及消费合作社等事宜时，宋军长指挥部的卫兵急匆匆跑过来说："打过来了！宋军长让我告诉你们，日军兵分两路，一路从二十里岭打过来一直往东，正朝张村塬土地庙方向打来；另一路从夏县王峪口朝张店方向打来。”卫兵说完急匆匆走了。听到这个情况，气氛骤然紧张起来。岳少峰说：“大家不要慌，按照咱们之前的安排，赶快行动！”

凤凰城大街上，人们慌乱地奔跑着。他们知道日本人很快就会从中条山打过来。俞倩带着担架队，傅愣强带着搬运队，迅速向土地庙方向奔去……

土地庙战斗在激烈进行，枪炮声震耳欲聋……

此时宋军长拿起电话说：“拨杜马塬防军。”“我是杜马防军。”“撤出阵地马上支援土地庙！”“是！”宋军长刚放下电话，电话铃又响了起来，宋军长抓起电话说：“我是宋哲元。”“宋军长，日军来势很猛啊！”“坚决顶住，给县府和群众争取转移时间！”“宋军长，恐怕不好顶。”“不好顶也得顶！”那边电话挂断了，宋军长也放下电话，背着手来回踱步。

凤凰城大街上，岳少峰和关山疾步走着，他俩边走边说。岳少峰说：“根据牺盟总会要求，为保证各职能部门的安全，县府各部门要马上东移，我们要立即着手这件事。”关山说：“我去安排。”岳少峰说：“消费合作社最好也东迁，到时这块少不了。”关山说：“我马上通知。”此时赵紫云匆匆走来，岳少峰说：“紫云，你这是要去哪里？”“我回家看一下，看我那在日本留学的哥哥回来了没有。都快把我急死了！这个时候了，也不见他回来。我想当面问问，他是不是不要这个家了？甘心留在日本当汉奸？！”岳少峰说：“别瞎猜，紫云，鸿远不在家，你和伯父伯母一定要注意安全！”“我知道。”然后各自匆匆走了。

防守部队在张村塬土地庙防线与日军正打得激烈。伤员被源源不断地抬到凤凰城，俞倩不停地为伤员包扎。石妹见到伤员血肉模糊的伤口，又马上紧张起来，愣在那儿不敢动手。俞倩喊：“石妹！快包扎！还愣着干啥？”“哎！哎！”在俞倩的督促下，石妹不得已开始动手，她皱着眉头扭过脸不敢看，但还得硬着头皮看，用颤抖的双手为伤员包扎。俞倩看看石妹，苦笑了一下。俞倩处理完跟前的伤员跑过来说：“石妹，听毛队长说你怕见血，能行吗？”石妹倔强地说：“别听毛队长瞎说，你看，我怕了吗？”石妹一边说着，一边克服心理障碍，坚持为伤员包扎。俞倩说：“怕了就说一声，可以把你换下去。”“不！我绝不当胆小鬼，让人家笑话咪。”俞倩说：“不怕就好，只要能坚持，过一段时间就会适应。”石妹点点头，继续为伤员包扎，而且越来越自如。岳少峰也忙着一会儿看望伤员，一会儿安排群众转移。此时，关山匆匆走来说：“岳会长，石谷安跑了，还把警察局长徐久也带走了。”“你再说一遍？”关山放慢了语速说：“石谷安带着家眷，还有警察局长徐久一起跑了。”岳少峰有点怀疑自己的耳朵，又问了声：“真的跑了？”“真的跑了。他一听说日军打到运城就跑了，把县府大印都带走了，昨晚就跑了。”“真是个混蛋！”岳少峰从来没这样骂过人。关山愣了一下说：“现在咋办咪？县府各部门都乱成了一锅粥了。”岳少峰说：“走！咱们看看去。”

县府各部门人心惶惶，没了县长，没了号令，此时，不知该何去何从。看到岳少峰来，大家一下子围拢过来，纷纷抢着与他说话：“岳会长，我们该咋办咪？现在我们倒成了没娘的娃了。”岳少峰说：“各位局长主管，我们古平县在危难时刻，需要的是一个坚强的领导。但是，县长石谷安不顾全县人民的安危，只顾个人私利，携妻儿临阵逃离让人不齿，让人唾弃！这样的县长没有也罢！”大家纷纷议论，有人说：“岳会长是古平县牺盟会一会之长，说话也是响当当的，你发话大家都会听咪。”岳少峰说：“情况紧急，大家先东迁，等我向上级请示派新的县长来。现在我以牺盟会会长的名义通知大家，整理好东西，迅速往东山转移。”

凤凰城大街上到处都是伤员还夹杂着慌忙逃离的百姓。俞倩、石妹、铁蛋、石头还有许多青年农民，把一拨一拨的伤员从阵地上抬下来，迅速往东山转移。此时，一个身着藏青色西服、手提皮箱的年轻人，急匆匆行走在大街上，看到街上的情景，年轻人的脚步更加疾匆。

凤凰城西赵家，赵紫云焦急地劝说着父亲：“爹！你咋就这么固执咪？”“我就不走！我看他小日本能把我咋样？”“爹！你就气死我了。我哥也不回来，你们怎能让我放心？”“你管好你自个的事就行了。”“爹！你就是个老顽固。”正在此时，门外传来说话声：“说谁是老顽固咪？”赵紫云回头一看，愣了一下，突然惊喜地叫起来：“哥！你可回来了。爹！娘！哥回来了。”赵老爷心里一喜，表面却没表现出来，冷冷地说：“你还知道回来？”赵老爷一脸铁青。赵紫云从来没见爹这样过。毛夫人说：“骏儿回来，你应该高兴啊！”赵老爷说：“我高兴不起来！”毛夫人向儿子摆摆手说：“骏儿过来，让娘看看。”赵紫骏走到娘跟前，毛夫人伸手抚摸着儿子的脸说：“高了，就是有点瘦。”紫燕见哥哥回来，高兴地跑过来望着紫骏说：“你就是爹和娘常说的紫骏哥哥吗？”赵紫骏俯下身牵着紫燕的手说：“你是紫燕妹妹吧？都长成大姑娘了，哥哥都快认不出来了。”赵紫云说：“爹！娘！哥回来了，我就少操一份心了。”赵紫骏说：“我回来满大街都是伤员。看来这仗打得好惨烈啊！”赵紫云说：“就是说唻！我让爹和娘出去躲躲，可爹就是不肯。哥，你回来了，爹娘就交给你了。”毛夫人说：“云儿，你赶紧回去吧！照顾好你公公婆婆，还有兰儿。”赵紫骏惊奇地说：“紫云有孩子了？”毛夫人说：“有了，都会跑了。”“有空带来我看看。”赵紫云说：“好！你这个当舅舅的，小外甥女长这么大了，还没见过面唻。”赵紫骏说：“记着唻！”赵紫云应着哥的话出了门。赵老爷赶紧撵了出来，说：“云儿，要不然把你公公婆婆接咱家来，你哥回来了，也有个照应。”“知道了。”赵紫云应了声来到街上，看到满大街伤员，顿时愣住了。俞倩说：“紫云！你咋还在这里唻？兰儿呢？鸿远爹娘呢？”赵紫云说：“都还在家唻！”俞倩说：“咋还在家唻？赶快回去把他们都转移出去，咱们的群众都转移东山去了，你也带家人去吧！快去啊！”赵紫云不得已，疾步朝水磨村走去……

县府大院内，岳少峰正在安排各职能部门向东山转移的事情，忽然宋军长的副官跑来，说：“岳会长，宋军长交代，前线战事吃紧，可能无法再守，给你们一个半小时的时间，全部撤离。”听到这个消息，在场的所有人都懵了。岳少峰定了定神喊道：“快！各局局长和主管负起责来，立刻行动！”大家纷纷寻找车马，准备拉走必要的文件和办公用品。突然有人喊：“县府的马车呢？”县府的马车不见了，县府人员一阵慌乱。县府的马车莫名其妙不见了，肯定是石县长走时带走了。石县长咋能这样？机关人员在指责和抱怨声中紧张地收拾着东西……

岳少峰从县府大院出来，他要看看群众转移情况咋样了。此时他看见关山走来，说：“群众转移得咋样了？”关山说：“有一部分群众不愿走。”“做工作啊！”“做了，就是丢不下家里的东西。”岳少峰说：“老百姓攒点东西不容易，舍不得是人之常情。”关山说：“那这些不走的群众咋办唻？”岳少峰说：“能做工作尽量做工作，一定不行密切关注这里的情况。宋军长只给我们一个半小时的时间，现在已经过去快半个小时了，再最后检查一下我们的物资，我再去看看宋军长。”

城隍庙指挥部，宋军长一会儿一个电话，电话另一头的声音非常急促：“宋军长，不行了，实在是顶不住了，再不撤我们就全撂这儿了。”宋军长咬咬牙说：“撤！”副官和卫兵赶紧整理地图文件之类的东西，宋军长在院子里焦躁不安地走来走去。

此时，岳少峰进来喊：“宋军长！”宋军长一看是岳会长，说：“咋还没走？”“我来看看你这里咋样了。”“伤员你们都转移了，其余的就不必担忧了。”岳少峰说：“我还要告诉你一件事。”“你说。”“石谷安县长跑了。”宋军长吃了一惊，说：“县长跑了？”岳少峰点点头。宋军长的情绪有点难以抑制，停顿了片刻说：“岳会长，你说像这样的县长……唉！”宋军长没把话说完，岳少峰接着说：“宋军长有啥困难，尽管跟我说，我们牺盟会会竭尽全力的。”岳少峰告辞离去，宋军长在后面又喊了一声：“赶快撤！”岳少峰回头感激地摆摆手。

通往东山的道路上，老百姓、伤员、车马行人、县府职能部门人员，以及闲杂人员，一个庞杂的转移队伍正在缓缓向东移动。俞倩、石妹不停地在人流中穿梭，招呼着伤员和群众。“快！快！小心！小心！”气氛异常紧张……

岳少峰和关山、王力合从后面匆匆追赶转移队伍，他们在路上边走边商量工作。岳少峰说：“这次还有一部分群众不愿离家，真让人担心啊！”关山说：“是啊！思想工作又做不通，咱总不能强行把他们拉走。”俞倩急匆匆跑来说：“岳会长，我咋没看见紫云和赵伯他们出来呢？”岳少峰说：“你跟紫云说转移的事情了吗？”“说了！她说她爹不愿走，她再去做做工作。现在不见出来，这可咋办唻？赵伯和伯母年纪都大了，紫燕又小，真是急死人了。”岳少峰望望转移人群，说：“我咋也没看到鸿远的父母出来呢？这不行！俞倩你跟我回去一趟，就是抬也要把他们抬走。”关山说：“要不然我跟你们一起去？”岳少峰说：“你和王队长还有其他同志负责大队人马赶快往南村塬转移，我和俞倩去去就来。”

此时，宋军长已经从凤凰城撤了出来，正在急速向东转移。

岳少峰和俞倩火急火燎地向凤凰城赶，走到西湾一带遇上宋军长。宋军长见他俩行色匆匆，忙勒住马问：“岳会长，你们这是要去哪？”岳少峰说：“还有几个人没转移出来，我得回去。”宋军长说：“现在凤凰城周围到处都是日军，你咋进去？”岳少峰说：“都是几个老人和娃娃，我必须得回去。”宋军长说：“这样太危险了。”岳少峰说：“我不能眼睁睁看着他们落入日军手里。”宋军长说：“你先别着急，等等再看。你这样冒冒失失进城，说不了救不了他们，反倒害了他们。”岳少峰看看俞倩，俞倩又看看他，两人简单交换了一下意见。岳少峰说：“要不然咱先跟大部队往东，这么多群众转移也很重要。县城那边，咱们多注意情况变化。”俞倩点点头。

岳少峰和俞倩又折回追到西韩窑爻里一带，看到前面转移的群众坐在路边一动不动，不知发生了什么事，赶紧上前寻问，才知群众不愿意往东山，想去小山庄投亲靠友。岳少峰说：“乡亲们，说说你们的理由。”一个年长的老伯说：“岳会长，我知道你们是好心，不想让这些老百姓落入日本人手里。可这翻过龙门关，离县城几十里远，辛庄、董庄还有爻里、西韩窑、东韩窑、庄上这一带大大小小的村庄，我们大部分都有亲戚，这里路窄坡陡沟多，小鬼子也来不了。不如你让我们各自投亲靠友去，大家伙也有个落脚的地方，也省了你们一份心，你们也能一门心思地帮咱部队对付小日本鬼子。这样不是更好吗？”听了老伯的话，岳少峰征求俞倩意见：“俞特派员，你看这样行吗？”俞倩说：“老伯说得有道理。”岳少峰说：“那就按老伯说的办？”然后又征求大家伙的意见：“乡亲们，你们同意老伯说的办法吗？”“同意！”“那好，既然大家都同意，就按老伯说的办。不过，大家一定要注意安全啊！”“谢谢岳会长，你们也要注意安全啊！”

安排好转移的群众，岳少峰和俞倩又疾步赶上前面的担架队，与关山、王力合等一行带着自卫队员抬着伤员，一路向南村塬方向行进……

转移队伍行走到南村半坡，二区队队长吴中建和指导员任万川赶下来接应。岳少峰说：“吴队长，通知你们去协助张店防军，你们怎么会在这里？”吴中建说：“我们刚送回伤员，听说你们来了，就赶了过来。”岳少峰说：“赶紧寻一个比较安全的地方，先把这些伤员安顿好。”吴中建说：“尧店村远离张茅公路，西北隔沟是晴岚塬，后面隔沟是毛家山，东边连着庙凹山，此地可进可退，比较安全。”“行！就把伤员安顿尧店村。”吴中建说:“你们先把伤员往尧店转移，我抓紧时间再弄些铺草门板。”此时，南村塬的百姓也都行动起来……

古平县县府的职能部门已经向涧阳镇方向去了，后面的担架队在南村塬二区队队长吴中建的安排下到了尧店村。

尧店，相传上古尧帝因拜访隐居深山的贤能之士许由在此借宿过一晚，故而得名。尧店村人淳朴厚道，对到来避难的人们很是热情。村长很快把伤员安置在关帝庙大院和村公所的几个窑洞里，村民们帮着做饭烧水，给伤员喂水喂药。岳少峰见伤员已经安顿好，对关山和王力合几个说:“咱们先开个短会。”几个人迅速围拢过来。他说:“我刚才想了一下，有这么几个事情尽快要做：一是尽快把石谷安携带家眷临阵逃脱的事件报告给运城牺盟中心，由运城牺盟中心向阎长官另行推荐县长人选；二是撤出的群众和伤员也已经安顿好，一区的自卫队就可以腾出手来协助部队对付日军。一区队具体的任务是迅速返回一区，在凤凰城周边一带进行活动，了解日军情况，摸清日军兵力；三是二区队既要保护好伤病员的安全，又要想方设法提供伤员的吃喝供需问题。这个可以从我们之前剩余的物资中解决；四是要发挥各地党组织的战斗堡垒作用，尽可能建立起各村各片的游击队，并抓紧训练，争取在短时间内形成一定的战斗力。我提的这几点，大家有没有不同意见？”关山说:“岳会长说的这几点很切合当前实际，我完全赞同。”俞倩、王力合等人都表示同意。岳少峰说:“关山同志，你把有关内容拟写好，通知各区队各支部；王力合同志具体安排各区队；俞倩同志负责伤员护理这块；其他同志积极配合。任务清楚了就赶快行动。”

会后，岳少峰对俞倩说:“俞特派员，有些委屈你了，本来你是来指导工作的，现在倒成了我们的一名骨干。”俞倩说:“我回来就是脚踏实地干工作的，你如果高高把我供着，我反倒不自在。”“你这么说，我也就不客气了。你和石妹这些女同志就留这里照顾伤员，待伤员都养好了再做安排。”俞倩接到任务一转身快步走了……

岳少峰把照顾伤员的工作安排妥当后，又对县城的沦陷产生了一种极度不安的情绪。他不知留在凤凰城的群众此时咋样了？也不知赵伯和李伯一家咋样了？此时的他非常想知道凤凰城的情况，哪怕是一丁点的消息。于是便打发傅愣强去凤凰城打探……

第十六章　小日寇入侵凤城　老丘秃自荐会长

凤凰城的大部分群众已经转移出去了，城外水磨村赵紫云还在不停地做公公婆婆的思想工作。“爹！城里的人都转移得差不多了，你们也得出去躲躲啊！”“你爹去不去唻？”“我爹就是个老顽固，说啥也不走。”李老汉说：“你爹没说为啥唻？”“爹说了，就不走，看小鬼子能把他咋样。真是太气人了。”李老汉说：“你爹不走，我也不走。”赵紫云生气地说：“爹！您是咋唻？鸿远不在家，您和娘不走，万一小鬼子来了有个三长两短的，叫我跟鸿远咋交代唻！”李老汉说：“你别担心，万一爹有事，鸿远绝不会怪罪你。”赵紫云见公公说不通，又对婆婆说：“娘！你说说我爹吧！”婆婆说：“你爹不走我也不走，要活活一搭，要死死一块。”赵紫云气得哭笑不得：“你们咋都这么拧唻？要不然你们跟我一搭去城西我娘家躲几天，我哥从日本回来了，我爹说叫咱们都过去，两家人在一搭也有个照应。”李老汉说：“兰儿和你娘跟你去吧！我就不去了，看着家。”赵紫云说：“家有啥看头？你们的安全比啥都重要。”婆婆说：“他爹，你就听媳妇的，鸿远不在家，别再难为媳妇了。”“他娘，你去吧！我没事。去吧去吧！别再磨蹭啦！”几个人磨磨蹭蹭还没出门，凤凰城周围已经聚集了好多日军兵马。

日本人的模样肤色跟中国人差别不大，只是个头矮小。难怪史上称日本侵略者为倭寇，现在人叫他们小鬼子。小鬼子的服装狗屎黄颜色，看着很刺眼，帽下两片垂帘一走一扑扇，更显得滑稽可笑。他们有的斜挎着枪，有的把枪杵在地上，有的把枪抱在怀里，有的让机枪趴在地上，还有各式各样的洋枪洋炮。他们有的站在桥上，有的靠在城墙根，有的蹲在竹林边，有的坐在水边的石头上，有的胳膊缠着纱布低头闷坐，三五成群，偶尔发出叽哩哇啦的说话声。附近没有一个中国兵，日军显得特别放松，他们懒懒地望着涧水，不想去水边洗洗他那已经肮脏得再不能脏的手了。总之，日军士兵疲惫不堪，杂乱无章，不成队形地等候在城外。日本人的军马奇大，比当地老百姓的马要高出半个头，老百姓都叫它大洋马。大洋马膘肥体壮，是日本军官的代步工具。大洋马的主人带着翻译在城门口与老丘秃说着什么，被老丘秃点头哈腰引进了城。日本人不从北门直接入城，却费尽周折从城北绕到城东待在大观楼外暂不进城，目的是要让城里人组织一个声势隆重的欢迎仪式。

此时，凤凰城大街上，死一般的沉寂。街上几乎看不到一个行人，大部分人家都逃走了；没逃走的人家也是大门紧闭，躲在家里悄无声息。老丘秃从东城门跑进来，一家一户挨着拍门，边拍边喊："出来！出来！在家的都出来！欢迎皇军进城了！……"他来到城西赵家门前，仰头看看门没上锁，确定屋里有人，于是大声喊："赵老爷！开门咪！开门咪！快开门！"赵管家把门刚打开，他把头伸进来就喊："赵老爷！快出来！欢迎皇军进城啦！"赵紫骏说："我爹感冒了，出不去。"老丘秃看到赵紫骏愣了一下，随即笑着说："这不是赵家大少爷吗？你啥时从日本回来？"赵老爷靠在椅子上，头上敷了条毛巾，有气无力地说："骏儿刚回来。"老丘秃说："赵老爷，你去不了，就让大少爷去吧！""骏儿刚回来，还得在家照顾我咪！你就别为难了。""那好那好，你慢慢养着，这就告辞，我还忙着咪。"老丘秃出了赵家门，又挨家挨户吆喝去了。赵紫骏说："爹，这是谁呀？""城边的老丘秃，见日本人来了就蹦跶开了，一副汉奸嘴脸。前些日牺盟会号召大家捐款捐物，他却装病，这会日本人还没进城，你看他忙活得就像孙子似的。"赵老爷说完骨碌一下从椅子上坐起来，扯下头上的毛巾喊："田妈！我看这小日本真的要进城了，之前我也听说过日本人不干好事，我左思右想还是想把燕儿托付给你，趁日本人还没进城，你带她到乡下暂避些时日。"毛夫人也说："田妈，你就带燕儿去吧！东山离县城远，到那里会安稳些。"田妈说："老爷夫人放心吧！把二小姐交给我，我一定会好好待。"赵老爷说："骏儿，你去送送田妈和燕儿，路上要小心。"赵管家过来说："老爷，这兵荒马乱的，田妈和二小姐路上恐怕不安全，我把她们送去。"赵老爷思索了一下说："行，你去更好，多带些银两，吃的住的都得用。"田妈说："老爷，甭带钱，带了在山里也花不出去。"赵老爷坚持说："多少都得带点。"几个人匆匆忙忙拾掇东西，赵管家前去探路，田妈挎上小包袱牵着紫燕在后面跟着，赵紫骏紧随其后出了门。

凤凰城周边布满了日军，城南城北城东三个城门全被堵上，急得赵管家和田妈团团转。田妈突然想到小北门，说："小北门可能没有日本人，咱们可以到那试试。"几个人匆匆来到小北门，果然这里没有日本人，几个人迅速从小北门出去，消失在城外的竹林中……

老丘秃拉着老婆推着儿子从东城门进来，胳肢窝加了一捆棍棍棒棒白的红的东西走在东大街上，他从中抽出一个塞给老婆，又抽出一个塞给儿子。儿子门墩把那东西摔在地上扭头就走，老丘秃上去就是一脚："你个狗日的，敢跟老子拧？"又捡起地上的东西硬塞进儿子手里……街上被老丘秃吆喝来的稀稀拉拉的几个人，摊开塞给的布片，看着烧饼样的图案，疑惑不解。

拐巴子和辣椒嘴，刚到太阳渡上船，听人说城里的赵老爷不走，她跟拐巴子商量后也决定不走了，于是又回来了。回来就被老丘秃叫去欢迎皇军。辣椒嘴急着出去了，拐巴子却迟迟不愿出去。辣椒嘴拿着老丘秃塞给她的太阳旗看了看说："这是啥玩意啊？咋跟老药铺的膏药片一个样唻？"老丘秃说："啥膏药片，这是日本人的日头旗。"辣椒嘴说："啥日头旗啊！我看就是膏药铺的膏药片。"老丘秃说："快别瞎说了，待会儿皇军进城时，都要喊欢迎唻！听见了没有？"辣椒嘴只管伸长脖子往东门看，也没有应答老丘秃的话。

日军开始入城，骑大洋马的走在前面，其余士兵扛枪扛炮的列队跟在后面。日军长官满面笑容从东城门耀武扬威地行进在东大街上。街上站着稀稀拉拉一些人，都是被老丘秃强拉硬拽出来的，自愿的没几个。他们从来没见过日本人，胆怯而疑惑地望着前面骑大洋马留小胡子的军官，还有后面的那些个穿着屎黄色衣服扑扇着帽子垂帘的士兵发愣，脸上没有一丝笑容，嘴上也喊不出欢迎的词来。骑大洋马的日军军官听不到欢迎的声音，刚进城门时的满面笑容顿时僵在了脸上。老丘秃一看冷了场，赶紧对着老婆、辣椒嘴喊："快喊啊！喊欢迎！喊起来啊！"随即自己先喊起来："欢迎！欢迎！热烈欢迎！"老婆噘着嘴用眼睛剜他。老丘秃对辣椒嘴说："拐巴子媳妇，你快喊起来！"招呼了辣椒嘴，又招呼其他人。这些人手里舞动着膏药旗，像几天没吃饭似的，张合着嘴巴却听不到声音。老丘秃显得很尽心，不停地点头哈腰喊欢迎。日军队伍走过后，他又赶快追上留小胡子的日军长官，进了县府大院……

日军入城仪式过后，大家纷纷扔掉手中的膏药旗赶快回家，后面的人踩踏着前面扔在地上的东西，回到家闭门不出。

日军入驻凤凰城后，三个城门均布有岗哨，原县府大院变成了日军指挥部，赵家大院与其一路之隔，赵家人顿时感到杀气逼来。此时，赵老爷庆幸自己及时把燕儿送了出去，这让他悬着的心才稍有安慰。

城外水磨村，赵紫云和公公婆婆躲在窑洞里大气都不敢出，生怕日本兵闯进来。此时，忽然听到几声轻微的敲门声，她起身要出去，李老汉不让，他移开窑底的一顶柜子，后面露出一个暗洞来，这让赵紫云非常惊讶。这是李老汉把原来放白菜萝卜的暗洞又掏大了许多，能容进好几个人。李老汉把老伴、紫云和兰儿安顿到拐窑，然后来到院里，从门缝看见一个身穿洋装的年轻人。李老汉顿时愣了一下，既而又恍然大悟。打开门说："你是兰儿的舅舅吧？快进来。"李老汉把赵紫骏带进了窑洞，挪开柜子朝拐窑里喊："媳妇！兰儿舅舅来了。"赵紫云出来说："哥！你咋来了？""我送燕出城了，顺路来看看你。""现在城里咋样了？""城外周围全是日军，三个城门都有岗哨，等着进城咪。""他们怕城里有埋伏？不敢进？""估计是等一个欢迎仪式吧。""还等人欢迎咪？都恨死他们了，谁还欢迎他们咪？""那个叫老丘秃的挨家挨户叫人。""这个狗汉奸，捐款捐物时，他装病害牙疼，一个子儿都不愿出，这会倒蹦得欢。"赵紫骏看紫云生气了，说："不说这些了，让我看看兰儿。"躲在奶奶怀里的兰儿怯生生地看着眼前跟娘说话的这个陌生人。赵紫云说："兰儿，让舅舅看看。"赵紫骏拉住兰儿的小手说："叫舅舅！"兰儿还是怯生生的样子。赵紫骏说："出来时匆忙，没给兰儿带啥礼物。"他从上衣袋摸出怀表说："把这个给兰儿玩。"紫云说："哥！她小娃娃要这干啥咪？还是你留着吧！"又对兰儿说："这是舅舅，是娘的哥哥，今天来看兰儿了。叫舅舅！"兰儿的小脸上才有了笑意，羞涩地张开小嘴巴喊舅舅。赵紫骏说："让舅舅抱抱。"赵紫骏抱起兰儿举得高高的，兰儿乐得咯咯笑。赵紫云赶紧伸手捂住兰儿的小嘴说："小声点。"赵紫骏放下兰儿说："我得赶回去，趁日军还不知有小北门，还好进去。"赵紫云说："你和爹娘要小心咪。""放心吧！"赵紫骏从紫云家出来，迅速进入竹林小道。

老丘秃手里拿着膏药旗跟着日军长官点头哈腰进了县府大院，进去就说："太君太君！可把你们盼来了。"日军长官佐藤说："你的，大大的良民。"老丘秃说："太君！我听说皇军想在古平县成立维持会咪？"佐藤说："是想成立维持会，只是时间短，会长还没有合适人选。"老丘秃赶紧说："太君，您看在下如何咪？""你啊！积极为皇军做事，大大的良民。"老丘秃进一步自我推荐说："维持会的会长，我的，咋样咪？""吆西！吆西！"老丘秃一见佐藤许诺，高兴得又是点头又是哈腰。"谢谢太君！在下一定会为大日本帝国尽心效力。"佐藤发出了一阵开怀大笑。

虽说一个县的维持会长没有七品芝麻官那么大，但也比芝麻官小不了多少，当然被老丘秃颇为看重。日本人来，平白无故地让他捡了个官当，这让他很是意外。他认为这是老祖宗坟上冒了青烟了。此时的老丘秃就像打了鸡血似的亢奋，敲着铜锣不停在大街上吆喝："各家各户！都听好了，从即日起，古平县维持会成立了！会长是我老丘，以后凤凰城的大事小事都由维持会负责咪……"此时，躲在家里的牛礼邦听到喊声，憎恶地骂道："这个老丘秃，就知道他没憋好屎。捐款时阴死阳活装病，日本人来了，看他蹦跶得比谁都欢实。呸！算个啥毬东西咪！"自卫队撤走时，牛二柱叫他爹走，他爹拧着没走，就是想看看日本人有啥稀奇，看看老丘秃玩啥花样。他听见其他院里也传出骂声："羞先人咪！就是一辈子不当官也不当这个汉奸官。"城西赵老爷也听到喊声，嗤之以鼻说："捐款时缩在家里不出来，这会倒张罗开了，啥货色。"……骂声不时从各个院中传出。老丘秃才不管这些，他提着铜锣一个劲"哐——哐——"地敲。

老丘秃来到拐家巷敲得更响了，叫得也更欢实了，似乎用这种方式彰显他从未有过的得意。拐巴子和辣椒嘴在家里听得真真切切。辣椒嘴说："拐子！日本人进城你没出去不知道。日本人来了老丘秃就干了维持会长，你看把他得意的。要不然你也到日本人那里看看，弄个啥官当当？"拐巴子思索了片刻说："原来做事吧，再怎么着也是跟咱自家人干。这日本人打来，跟日本人干我总感到有点别扭。""别扭啥咪！你看老丘秃就不感觉别扭？反正是混口饭吃，跟谁干不是干咪？"拐巴子坐着没动。辣椒嘴瞪了他一眼说："去呀！要不然你去问问老丘秃，他现在是维持会长了，让他跟日本人说说，看有没有啥合适的事做？"拐巴子苦笑着说："此一时彼一时啊！老丘秃这是做给咱们看唻！”辣椒嘴又想起了弟弟，说：“你说也不知申达跑哪去了，真的跟县长跑了！”拐巴子说：“你咋又想起申达来？”辣椒嘴说：“不说申达了，就是申达在，也不一定能指望上。还是顾眼前吧！你跟老丘秃说说，丢不了你啥人。”拐巴子经不住辣椒嘴撺掇，只好出了家门。到门口正好遇上提着铜锣的老丘秃。老丘秃见了拐巴子斜着眼神瞅了一下，说：“这不是拐巴子吗？日本人进城时咋没看见你？冬防团的官又叫人给撸了，连门都不敢出了？这段时间干啥？”“也没啥干的，老丘叔，你这是做啥唻？”这是拐巴子第一次这样称呼他。老丘秃扬了扬头说：“我现在是维持会长了，有啥事尽管跟叔说。”拐巴子吞吞吐吐地说：“就是想寻点事做唻。”老丘秃故作关心地说：“你想干啥？”“我也没想好，也不知日本人那里的活能不能干？”老丘秃纠正说：“得叫皇军。”拐巴子赶紧说：“那你说皇军那里的活能不能干？”“咋不能干？你看我干得不是美美的？”“那你帮忙问问，看皇军那里有啥事可做？”“你若想做，我得空去给你问问？看看皇军有啥差事，如果有，我通知你。”“谢谢老丘叔。”“不谢不谢！顺口的事。”此时，老丘秃想起当年求拐巴子索赔麦子的事，拐巴子不予理睬，今天反倒又来求他，真是应了风水轮流转的那句老话，他觉得时来运转，不免乐滋滋的。然后“哐——哐——”地又敲了起来，边敲边吆喝着走了。拐巴子望着走远的老丘秃，皮笑肉不笑地“哼”了一声。

凤凰城县府日军长官佐藤办公室，佐藤说：“老丘，我之前跟你说的警察队长的人选你物色好了吗？”“正寻着唻，就是眼下没有合适的，有合适的我马上报告。”佐藤说：“这件事你要尽快，不能再拖了。”“是是是！有合适的，我会尽快报告。”老丘秃转身刚准备离开，佐藤又把他叫住。“太君，还有啥吩咐？”“在凤凰城替皇军找找，看有没有懂日语的，皇军需要翻译官。”“太君是说要会说日本话的人？”“对，有没有会说日本话的？”老丘秃那个秃脑袋里急速运转了一圈，然后笑着说：“会说日本话的，有有有，就在路对面。”佐藤疑惑地说：“对面是哪里？”老丘秃把嘴凑到佐藤的耳朵跟前嘀咕了几句，佐藤马上高兴地直叫：“吆西！吆西！”

日军司令部安扎在县府大院，赵家人天天感到有股强烈的杀气袭来，整个院子充满了危险和恐惧。毛夫人一个劲埋怨赵老爷："要是听了云儿的话，早早躲出去，也不至于这样提心吊胆唻。"赵老爷说："我哪知道会是这样唻！如今事已至此，只能与狼为邻了。"赵紫骏说："娘，你埋怨爹也没用。事已至此也没别的办法，只能走一步看一步了。"

赵家大院漆黑的大门紧闭，大门两旁蹲着两只石狮子瞪着圆鼓鼓的眼睛注视着前方。老丘秃躬着腰带着日军长官佐藤从司令部出来，往西南方向一指说："太君您看，这个院子就是赵家，咱一出门就到了，多省事唻。"佐藤"吆西！吆西！"地叫着。老丘秃带着佐藤走到赵家门前，在门上使劲拍了几下，大声喊："开门！开门唻！"赵老爷说："老丘秃来了，准没好事。刚给自己封了个维持会长，就来折腾。他叔！开门去。"管家开门去了，赵老爷叫紫骏进屋避开。

此时，老丘秃又在门上拍，边拍边喊："开门！开门！"管家应道："就来就来！""干啥唻！磨磨蹭蹭的？""来了！来了！"管家把门打开，老丘秃一步跨进大门说："赵老爷！佐藤太君看你来了。"赵老爷说："佐藤太君军务繁忙，老朽哪能烦劳佐藤太君来。"佐藤上前客气地说："赵老爷，听说贵公子赵紫骏从日本帝国留学回来了？"赵老爷说："佐藤太君的消息够灵通唻。"然后瞥了老丘秃一眼。老丘秃扬了扬秃头。佐藤听赵老爷的话确认了老丘秃的说法，于是"吆西！吆西！"地又叫起来。边上的毛夫人一听佐藤"吆西吆西"的叫声就紧锁眉头。佐藤说："既然贵公子是留学大日本帝国，那日语讲得一定很好，皇军想请贵公子为大日本帝国效力，不知赵老爷意下如何？"赵老爷沉思片刻说："犬子留学日本，多年不在老夫身边，如今老夫年纪大了，想让犬子在身边陪陪。"佐藤说："贵公子留学多年，光在家陪您多没意思。不如出来为大日本帝国效力，一来为实现大东亚共荣出力；二来还会有一份可观的收入。再说也不影响陪您，这不是一举多得的事吗？""佐藤太君的好意老夫心领了。老夫心意已定，就不必再说了。"佐藤见赵老爷回绝了他的请求，心里不免生怒。但马上又抑制住情绪，说："赵老爷不必马上回答，可以再考虑考虑。"赵老爷一声"送客！"，佐藤心里极不高兴，却表面平静地从赵家出来，老丘秃为了讨好，马上凑上前去说："太君别生气。这个赵明轩就是个不识好歹的东西！"佐藤说："莫急！莫急！你们中国不是有句俗语，叫作心急吃不了热豆腐嘛！”老丘秃赶紧献媚道：“是是是！是有这么一句。没想到太君到中国没几天，就知道这么多。”“哪里哪里！中国文化博大精深，这就是个皮毛。”“那是那是。”老丘秃附和着，随后又问：“太君，您看赵明轩不答应咋办唻？”“莫急！莫急！我自有办法让他答应的。”

佐藤一行走后，赵紫骏从屋内出来。毛夫人叹了口气说：“他爹，你看这事说来就来了。”赵老爷说：“兵来将挡，水来土掩。既然撞上小鬼了，就只好看小鬼要啥鬼花招。”

日军驻扎凤凰城以来，赵老爷心烦意乱，总感觉日本人来了之后凤凰城少了点啥，思来想去还是不知究竟少了啥了？于是说：“他娘，我总感觉这几天少了点啥？”“少啥了？是不是少了街坊四邻了？”老爷摇摇头说：“不是不是。”“那是不是几天没有听到打更声了？”“对对对，就是没听到打更的声音了，我就说嘛少点啥，但就一时想不起来。”毛夫人说：“这打更的没准也去东山了。”赵老爷噢了一声，忧心忡忡地说：“难道这凤凰城以后就听不到打更声了？”毛夫人说：“你还操心以后，先操心操心眼下吧！眼下打更的都知道去东山躲躲，就你这个老犟头，说啥也不去。这下好了，想走也走不了啦。”赵老爷没有理睬夫人的埋怨，只是叹了口气。

赵家大院与日军司令部一路之隔，这让住在城外的赵紫云非常担心。她不知父母咋样了，她想回去看看。但满大街都是日军，到处都是日军岗哨，一旦进去怕引起麻烦。不去吧，又放心不下。回头想想，好在有哥哥回来在家，还稍稍让她心里安慰一点。

凤凰城日军司令部，佐藤坐在椅子上，对低头哈腰的老丘秃说：“这几天劳工的事怎么样了？”“正催着，正催着唻。”佐藤又说：“赵明轩儿子的事呢？”“太君，赵明轩这个老东西，一点也不识时务。太君叫他儿子为皇军效力，是看得起他，他却不识抬举。要不，干脆把他们都抓起来，看他干不干？”“不不不，不能急，还是得再去拜访。”老丘秃说：“还拜访啥唻？还央求他不成？”佐藤说：“中国不是有句老话，叫作礼多人不怪嘛！还是再拜访拜访。”“好好好！再拜访就再拜访，我陪您再去。”佐藤带上卫兵跟老丘秃又一起去了赵家。

赵家自从前两天老丘秃带佐藤来过后，赵老爷心里总是七上八下，佐藤要赵紫骏当翻译的事他没答应，想必佐藤不会就此善罢甘休，一定还会

再来。这事该如何应对？一时赵老爷没了主意。自从佐藤来过赵家后，毛夫人很少在前厅堂闲坐，赵老爷一个人坐在那里思前想后忧虑着。此时，听到外面有拍门声，随后又听到喊声："赵老爷！开门开门！太君看你来了。"赵管家看着一直发愁郁闷的老爷，不知这门是开，还是不开，他用眼神征求赵老爷的意见，赵老爷无奈地摆摆手，管家这才去开门。门一打开老丘秃就说："赵老爷，你大白天的老关着门干啥俫？"赵老爷说："总是有野狗啥的拱门进来，没办法只能关上。""你关门野狗就不来了？它该来还得来，说不定还把你家门扇抓挠得叮咣响俫！"老丘秃说完，才意识到赵明轩的意思，自知失口骂了自个，不由得脸上露出尴尬的表情，但又不能明说，只好吃了个哑巴亏。既而又赔笑说："你看佐藤太君又来看你了，我都没这个福分。"赵老爷说："你跟着佐藤太君鞍前马后，这福分谁能比得上俫！"老丘秃知道赵明轩话里有话，也不好计较，脸上红一阵白一阵的。佐藤却哈哈大笑起来，说："赵老爷真会开玩笑。如果赵老爷认为这是一个很好的差事，何不让贵公子赶快到位，也能领上一份丰厚的薪水呢？"赵老爷说："老夫没那个福分，犬子也没那个能耐，只能陪在老夫身边为老夫养老送终。"佐藤说："哎！赵老爷此话差矣，贵府与皇军司令部一路之隔，想见随时都可以见，方便得很。再说了，还有一份丰厚的薪水，供您养老不是更好吗？"赵老爷说："我们赵家虽说算不上多富有，但老夫养老还是绰绰有余。你日本人的薪水，我不敢受用。"赵明轩把话说到这个份上，佐藤的脸上有点挂不住。但又强忍着心中的不满，说："这么说赵老爷是不愿与皇军合作了？"赵老爷说："一介草民，岂敢谈与皇军大佐合作，老夫怕被人耻笑俫！"听了赵老爷的话，佐藤想发火，但还是又忍了忍，说："我劝赵老爷还是再想想，告辞！"佐藤出了门，老丘秃跟着屁股后头叨叨个不停："太君太君，莫生气，莫生气。跟这种不识时务的犟老头还说啥好话俫，抓起来不就得啦，看他答应不答应！"佐藤一声不吭，回到司令部抓起电话叫道："宪兵队！"……

凤凰城大街上，老丘秃提着铜锣"哐——哐——"地满大街敲，边敲边喊："出劳工俫！为皇军出劳工俫！各家各户都得出俫！"不停地在街上吆喝，始终没人出来。老丘秃又跑回日军司令部说："太君，我在大街上吆喝了一大圈，叫他们出来为皇军效力，这些刁民就是不听，一个也不出来。干脆把他们都抓来算了！”佐藤说：“修建炮楼的事刻不容缓，不能再耽误了。”“是是是，太君说的是。”一时间，凤凰城大街上到处都是抓劳工的日本兵。

凤凰城城隍庙大院站满了被抓的百姓。佐藤带着日军端着刺刀逼着人们把城隍庙拆掉，人们一动不动愤怒地站着。一个叫木村的日军军官说：“不拆是吧？”人们用沉默表示抵抗。木村走到毛老大面前，抽出刺刀向他胸膛刺去，毛老大趔趔趄趄地倒在了地上……毛老大的死激起了人们的义愤，院里顿时骚动起来。接着木村挥舞着刀恐吓：“再不听话，统统是这个下场……”城里一个大户人家的一家之主都被戳死，一下惊呆了所有人，他们只好忍气吞声去做劳工。

距城隍庙不远的赵家，赵管家慌慌张张从后院跑到前院，大喊：“老爷！不好了！”“出啥事了？”“我刚才在外面打水，看到日本人正逼着劳工拆城隍庙唻！”“啊！拆城隍庙？日本人拆城隍庙干啥？”“要在六里坡垴盖炮楼唻，还杀了人了。”赵老爷气愤地说：“这伙强盗，要拆城隍庙？这还了得！”

城隍庙对民众来说，是护佑凤凰城的神灵，绝对不能有丝毫的不敬。现在日本人竟然要把城隍庙拆去盖炮楼，感到荒唐至极，愤怒至极。赵老爷对此事绝对不会置之不理。他对赵管家说：“走！你跟我去看看，看他小日本究竟想干啥唻？”毛夫人赶紧出来阻挡：“他爹，你别去！日本人你惹不起？”“我就不信了，他日本人就是恶魔我也要去看看！”

赵老爷五十多岁，中等个头，身材不胖不瘦，一张不白不黑不胖不瘦的脸，平时总保持着不笑不恼、不急不躁的状态，无论遇到什么事情，总是不慌不忙、不紧不慢应对自如。但日本人一来，他就感到有诸多让他恼怒的事，尤其是今天，听到日本人要拆城隍庙的事更加愤怒。为了赶快阻挡住日军的恶行，他的脚步迈得急促而坚定。

赵老爷和赵管家一起来到城隍庙大院，看见满院是愤怒的街坊四邻，日本人端着刺刀正对着手无寸铁的人们，还有躺在血泊中的毛老大。看到如此一幕，赵老爷顿时感觉天旋地转，踉跄了一下差一点跌倒。赵管家赶紧上前扶住他劝说：“老爷，咱还是先回去吧！”赵老爷无奈地被赵管家半拖半扶着走了回来，他拖着颤抖的双腿，在厅堂的椅子上缓缓坐下。毛夫人看他刚才气呼呼出去，此时却浑身瘫软地回来，神情疑惑地说："他爹，究竟咋样了？""完了完了！日本人要把城隍庙拆了。""不拆不行吗？""毛老大都被活活戳死了。"赵老爷没注意把毛老大说出来，却把毛夫人气昏了过去。赵老爷赶紧掐住夫人的人中穴，夫人才慢慢苏醒过来……

毛夫人与毛老大是亲兄妹，老二在山北的一个县府当县长，日本人打来他躲藏了起来，老三出去做生意没回来，老四抽大烟死了，留下她和老大哥在凤凰城。老大两个儿子，毛瑞锋在太原上学，上了学不知在哪做生意，毛瑞兴在家刚师范毕业，就参加牺盟会去了东山。所以说毛夫人一听到大哥被日军戳死顿时昏了过去。

毛夫人慢慢缓了过来，平复了心情要去大哥家看看。大门外却响起了急促的砸门声，管家又慌忙去开了门，门刚一打开，一伙持枪的日本宪兵气势汹汹闯了进来，叽哩哇啦地说了半天谁也听不懂的话。赵紫骏也叽哩哇啦地回了一句，毛夫人听了这怪里怪气的声音，说："骏儿，这小日本说的啥鬼话？""说是佐藤请爹和您过去咪。""我一个妇道人家，他请我干啥咪？该不是也把我杀了？"赵老爷气愤地说："黄鼠狼给鸡拜年，能安啥好心？！"日本宪兵见赵老爷和毛夫人没有跟他们走的意思，又是叽哩哇啦地说了一阵，不由分说抓住赵老爷和毛夫人就要带走。赵紫骏立刻上前争辩，却遭到蛮横拒绝，并且连他也一同强行带走。赵管家看到这一情形，顿时吓得腿都软了。突如其来的情况让赵管家不知所措，他瘫坐在地上想了一会儿，还是得把这件事告诉给城外的大小姐。

第十七章　紫骏被逼当翻译　众怒屎尿泼大门

日军进驻凤凰城后，赵紫云和婆婆公公躲在拐窑里一直不敢出来。忽然她听到急促而轻微的敲门声，想出去开门看看，李老汉不让。他自己出去了，从门缝看是赵管家，拉他进来，把紫云从拐窑里叫了出来。赵管家把老爷、夫人还有大少爷被日军宪兵抓走的事，以及日军在城里到处抓劳工、拆城隍庙盖炮楼杀人的事说了一遍。赵紫云听了马上要进城，赵管家说："你千万别进城，躲还来不及唻。我就是来给你报个信，你知道就行了，兴许老爷和夫人没事，过几天就回来了。你大舅我想法找人安葬。"赵紫云满眼泪水焦灼不安，她既担心父母哥哥，又担心大舅，哽咽着说："赵叔，瑞锋远在太原，瑞兴又转移到东山，就你一个人去收尸能行吗？"赵管家说："城里还有街坊四邻唻，日本人再着急修炮楼，总不能不让埋人吧！"赵紫云望着管家离去。此时，她多么希望鸿远、少峰还有瑞兴他们能快些回来，但又不希望他们回来，矛盾的心情使她焦躁不安。

此时，门外又传来轻轻的敲门声，赵紫云拦住公公自己出去，从门缝往外看是傅愣强，赶快打开门让他进来。傅愣强说："少峰让我来看看，你和伯父伯母现在咋样了？"赵紫云满含泪水说："我在城外，暂时还没有太大危险，只是城里的爹娘还有哥，全都被日军抓去了，还死了几个人唻！"傅愣强说："少峰就是想了解城里现在是啥情况，岂不知就这么严重。"傅愣强很快消失在竹林，赵紫云担心着城里的父母。

宪兵把赵紫骏押到佐藤办公室，佐藤对宪兵呵斥道："胡闹！咋能对紫骏君这般无礼？！"然后对赵紫骏说："紫骏君，失礼了，失礼了。"赵紫骏说："佐藤先生，这是何意？""没别的意思，请你来就是想让你为大日本帝国效力。"赵紫骏说："既然是请我来，干吗还把我父母抓来？""不不不！不是抓，是请。一直赵老爷不答应这件事，迫不得已，无奈之举，请紫骏君谅解。我今天请你来，还想让你看看大日本帝国的先进医术。"赵紫骏听了一脸茫然，不知佐藤要干啥？

赵紫骏随佐藤来到县府后院，看见几个穿白大褂的日军，架着一个穿西装的青年强行为其注射药剂，那青年瞬间神情恍惚，过一会儿开始疯打疯闹，衣衫不整，头发蓬乱，胡言乱语，傻哭傻笑，精神失常，赵紫骏一下傻了眼。佐藤说："都看见了吧？这就是不为大日本帝国效力的下场。你如果不愿效力，结果也是一个样。"赵紫骏不寒而栗。

自从佐藤提出要赵紫骏做日军翻译官以来，他思前想后，如果不答应，佐藤不仅拿父母来要挟，自己也难逃一劫；如果应下这件事，实属违心之举。但当下如若不答应，不仅危及父母的生命安全，而且自己极有可能跟眼前这位年轻人的遭遇一样。想到此罢了！为了父母也为了自己，先应下这件差事，以后走一步看一步吧！佐藤见赵紫骏半天不语，催促道："紫骏君，想好了吗？想好了马上可以让你父母回去。""我答应你，但是有条件。"佐藤笑着说："吆西！吆西！只要紫骏君答应为大日本帝国效力，一切都好说。"赵紫骏说："一是要保证我家人的安全；二是只做翻译，别的一律不干。""没问题，只做翻译，别的事不强求。""三是我每天要回家看望二老。""好办好办，这么近，不是问题。"二人就这么谈妥了。

被软禁在另一间屋子的赵老爷和毛夫人，愁眉苦脸地担心着儿子。佐藤笑着进来，说："让赵老爷和夫人受惊了。都是误会！误会！二位可以回去了。"佐藤的说辞让赵老爷和毛夫人莫名其妙。此时赵紫骏也进来了，一脸平静的样子，说要送二老回家。

赵老爷和毛夫人莫名其妙地跟儿子从日军司令部出来，突然发现对面墙上用白灰刷了"佐藤王八蛋"五个大字，心中不禁想笑。佐藤问赵紫骏其字何意？赵紫骏一看，也感到好笑，又不能直译，而是说："那是凤凰城人赞美佐藤君的话。"佐藤要赵紫骏说具体点，赵紫骏还没回答，赵老爷却没好气地说："说太君是这里的王，一天能吃八个蛋。"佐藤心中狐疑，又问老丘秃，老丘秃打着哈哈说："大概就是这个意思吧！"佐藤听了哈哈大笑，其余人也跟着笑起来。

赵老爷回到家，听紫骏说答应了做翻译官的事，马上翻脸骂道："你这个不孝之子，你回来干啥来了？气我来了？给我滚！我没你这个儿子！"赵紫骏说："爹！我不答应日本人，他们能放过你们吗？"赵紫骏这么一说，赵老爷不吱声了，继而又疑惑地说：“那你就心甘情愿当汉奸？这不是让人戳脊梁骨吗？我赵家祖祖辈辈积德行善，为的啥？还不是为你们后代好唻？你反倒不考虑后果，就轻易答应人家了？”赵紫骏说：“爹！我正是因为考虑后果才答应唻。”“你让我这张老脸往哪搁啊！这下我就成了汉奸爹了。”赵老爷哭丧着脸。此时，毛夫人说话了：“他爹，骏儿答应日本人，也是没有办法的办法，你就别责怪他了，骏儿还不是为了咱们唻？”赵老爷不吭声了，但肚里的气一时难消。

赵紫骏当上日军翻译官之后，在凤凰城引起不小的波澜，人们窃窃私语，议论纷纷，连看赵老爷一家的眼神都不对了。

一天早上，赵管家打开大门，突然闻到一股难闻的臭味，回头一看，大门上被稀粪泼了个遍。赵管家赶紧回去把老爷叫出来，赵老爷看到门上地上全是污浊不堪令人作呕的大便稀粪，顿时一切都明白了，这是凤凰城人对他儿子当日军翻译官发泄的强烈不满。赵老爷肚子气得鼓鼓的，但又没法跟人家理论，想想还是自己理屈，也只好忍了。

此时，毛夫人出来气愤难平：“这是哪个缺德鬼干的事？”赵老爷说：“这都是骏儿惹的祸。”“这跟咱骏儿有啥关系唻？”“骏儿跟日本人当翻译官，凤凰城人气不顺啦。”“就是气再不顺，也不能这么干啊！再说唻，骏儿当翻译官的事，也不是他自愿的，那是被日本人逼的？”赵老爷说：“人家也不知这么多，咱又不能一个一个去跟人家解释。行了行了！这事都别说了，权当啥事也没发生过。”毛夫人不作声了。赵老爷对管家说：“他叔，你赶快叫人清理干净，省得一会儿街坊四邻都出来看见了不好。”赵管家立刻叫人从官渠担来清水，一盆一盆往大门上泼去，来来回回、反反复复地冲洗，直到把附着在门上的污浊彻底清洗干净为止。泼上去的水，夹带着屎尿污浊顺着门扇一阵阵往下滑落流淌，形成一股臭气污浊的水流顺坡势蜿蜒向南而去，毫无顾忌地向四邻街坊展示着赵家被人羞辱的结果。

往赵家大门上泼屎尿稀粪这种缺德事当事人自己不敢说，赵老爷虽然对此事绝口不提，但冲洗大门的事凤凰城的人不可能不知，也不可能不猜想，冲洗的人也不可能像赵老爷一样守口如瓶不往外传。事情虽然过去了几天，却不时有好奇的人探头探脑地往赵家门前窥视，尤其是城北的牛礼邦，大老远都来窥探。一切都在赵老爷的预料之中，每遇到这种情况，他就觉得脸上挂不住，但又没任何办法不让人家看，他只能大声“咳！咳！”两声，把探出的脑袋吓缩回去，然后在心里自我宽慰，知就知道吧，屎干了就不臭了。赵老爷在心中默默念叨：我赵明轩在凤凰城清清白白做人，堂堂正正做事，四邻街坊从来没说过半点不是，如今因为骏儿给日本人当翻译官的事，被人家屎尿浇门，真是辱门庭羞祖先啋！唉！但愿骏儿这小子，日后不要再跟着日本人干出啥辱门庭羞先人的事来，让街坊四邻戳脊梁骨。赵老爷无奈地摇摇头，本该打算出门也打消了念头，转身回来闷坐前厅。此时，他又想起紫燕来，也不知她跟田妈在东山咋样了？

田妈在东山的娘家有一大家人，弟兄三个，虽说都是成家分开另过日子，但常来常往，好不热闹。父母跟着大哥黑娃生活，田妈带着紫燕住在大哥家。大哥一家为人厚道，见大妹带赵家二小姐回来，既高兴又紧张地忙乱了一阵子，不知如何敬奉这位赵家二小姐。田妈的老母担心地说：“闺女，你把人家这么金贵的小姐带到咱这破家，咱家这粗茶淡饭，人家小姐能吃得惯吗？”“娘，您放心，赵老爷好着啋！临走之前专门交代，家里人吃啥二小姐就跟着吃啥，不准另给她做。”“赵老爷虽然这么说，咱也不能慢待了人家。”“娘，您放心，小姐不娇气，好伺候着啋。”

田妈的三弟田老三有个儿子叫金锁，听说大姑带城里赵二小姐回来，一个人跑来看稀奇，田妈笑着招呼金锁进来，他靠在门边傻愣愣地看着这个从城里来的赵家小姐。田妈说：“金锁，这是赵二小姐，你可以带她出去玩。”金锁一听马上高兴起来。紫燕听说能出去玩，心里也高兴极了，巴不得马上出去。

紫燕跟着金锁出来，感到哪里都稀奇，东张西望，就像山里娃进城一样。小金锁大伯的院子建在一处斜坡上，后面是远山，四周是蜿蜒起伏的山地，一层连着一层，层层叠叠的颜色往远处延伸……翠绿色的麦苗，金黄色的油菜花，紫色的苜蓿花，犹如美丽的锦花彩带在山间起伏飘动；自由生长在山野的树木开着各种各样的花，雪白的梨花、黄色的柿子花、粉色的桃花竞相开放；灌木丛开的黄色野玫瑰特别诱人，大大小小簇拥成一堆一堆的，鲜艳极了，还有许许多多叫不出名的花，五彩缤纷，点缀其间，为眼前的山川染上了自然绝美的色彩。紫燕说不上这里究竟有多美，但满眼的美丽色彩让她兴奋不已："没想到山里竟然这样美哝。""你觉得我们这里好看哝？""太好看了，城里根本看不到。""我们在这里天天看到的都是这样，觉得没啥稀奇。走！到我家看看，拐几个弯就到了。"小金锁说拐几个弯，其实让紫燕跟着他走了好大一会儿。途中紫燕突然看到前面有一处高高凸起的高地，惊奇地说："金锁哥！你看，那高高红红的土圪塔是啥哝？""那叫萝卜圪塔，是这里最高的地方。""为啥叫萝卜圪塔哝？""你看那土全是红色的，就像胡萝卜的颜色，而且形如长在地上的萝卜，所以叫萝卜圪塔。我们村也叫萝卜圪塔村哝。""没想到你们这里还有这么多好看好玩的地方。""我们山里好看好玩的东西多着哝！你在这里多住些时日，到了秋天，有看不完的红叶，有摘不完的酸枣柿子哝，还有八月炸野葡萄，可好吃哝！"赵紫燕兴奋得完全忘记了日本人打到凤凰城给人们带来的惊恐与不安。

凤凰城的拐巴子因寻不到事干在家发愁，辣椒嘴听说赵家大少爷在日本人那里谋到了差事，羡慕得不得了，说："拐子，你那事老丘秃到底跟日本人说了没，咋到现在也没一点音信哝？听说赵家大少爷都在日本人那里谋到差事了。""也不知老丘秃咋搞哝，我的事咋就没一点音讯。""你就再去问问，问他到底说了没说？别嘴上答应说，实际却没说。"话说到此，辣椒嘴思索了一下，眉头一皱说："该不是因为之前的事咱得罪了人家，人家还记恨着咱？"拐巴子说："你说之前啥事？""就是说申达骑马踩踏了人家麦子，人家索赔的事啊！"拐巴子叹了口气说："这还真不好说哝。"辣椒嘴说："我就不信了，这么长时间了他还记着？"拐巴子说："你都没忘，人家能忘了？"辣椒嘴说："你说这陈芝麻烂谷子的事，还真是烦人。"拐巴子说："你说是陈芝麻烂谷子的事，人家不一定这么认为。"辣椒嘴说："早知这样，你当初就不该怠慢人家。"拐巴子说："谁还长有前后眼哝，你当初不也骂他讹人吗？"辣椒嘴说："之前的事不说了，管他记着不记着，就问问他，看他啥态度？"拐巴子说："我还是觉得不好问。"辣椒嘴眼睛一瞪说："有啥不好问哝，不行我去问他？""别别别！娘们瞎掺和啥？还是我去问。"到此时，拐巴子才体会到求人难的滋味，懊悔当初因尤申达的事不该怠慢了老丘秃。但之前警察队长的身份总是让他放不下身架。

为了到日本人那里谋差事，拐巴子不得不觍着脸再去问老丘秃：“老丘叔，不知跟您说的那个事成不成？”老丘秃说：“太君说了，可以考虑考虑，别急嘛！太君不是正考虑着哧？！”拐巴子欲言又止。他知道是佐藤要的赵紫骏，但到底要不要他，他不得而知，只好耐着性子再等……

佐藤原名佐藤一郎，属日本的名门望族，是东京早稻田大学园林系的学生。日军侵华战争开始后，还没毕业就被征召入伍。赵紫骏就读北海道大学，也是园林专业，自从被要挟当了日军翻译官后，就成了佐藤办公室的常客。佐藤由于专业的原因对花草树木特感兴趣，尤其对茶叶感兴趣，一种小小的叶片有清香提神的功效，对他吸引力很大。但从北方打过来，一直到不了中国的南方，令他端起茶杯就心驰神往：“紫骏君，你们中国的龙井茶真是好茶啊！滋味香醇，甘爽清淡，若饮一口，余味无穷啊！中国大大的好，好东西真是多啊！”此时门口响起一声“报告！”，报务员把一份译好的电文交给佐藤。佐藤看后放下电文又继续喝茶。此时，办公桌上的电话铃响起，佐藤起身接电话，赵紫骏趁势用眼睛余光扫了一下电文，然后又喝起茶来。佐藤拿起电话哇哩哇啦地说了一会儿。佐藤这哇哩哇啦一般人听不懂，但坐在一边的赵紫骏却听得一清二楚。佐藤接完电话说：“紫骏君，今天就到此吧！我还有军务，你回家看看令堂大人吧！要不然赵老爷又要怪罪我抢走了他的儿子。”于是赵紫骏告辞回家。

日军侵占古平县凤凰城后，多数老百姓逃走，没有逃走的都躲在家里不敢出来。赵紫云在家听见有人敲门，从门缝里看了看是村里的胖婶，于是把门打开。胖婶神神秘秘地说：“紫云，你还不知道吧！你哥给日本人当翻译官了，城里人都骂他是汉奸哧。”赵紫云的头嗡了一下，没想到月月盼天天盼，好不容易把哥盼回来了，却落个汉奸的臭名。这让她难以接受，思前想后不知如何对哥哥发泄心中的怨恨。赵紫云按捺不住一肚子的怒火，想立刻去见哥哥问个明白。她顾不得城里的危险，抱起兰儿气呼呼地向娘家走去。

赵老爷对儿子当日军翻译官就憋着一肚子的气，整天在家阴着个脸，毛夫人也是不停地唉声叹气。此时，赵紫云抱着兰儿进来，把赵老爷高兴坏了，一下抱起兰儿在脸上亲个不停。兰儿被姥爷的胡子扎得满脸难受。赵紫云说："爹！你看你那胡子，把兰儿扎疼了。"赵老爷这才意识到，歉疚地笑了笑。毛夫人要抱兰儿，小兰儿又从姥爷身上溜下到姥娘跟前，说："舅宝娗脸不扎。"赵老爷和毛夫人都笑了起来。毛夫人说："兰儿真乖。"兰儿说："舅舅不乖。"毛夫人和赵老爷莫名其妙地对视了一下，忽然悟出兰儿的意思来，不由得苦笑了起来。

此时，赵紫骏从外面回来，几个人都收起了笑容，赵老爷沉着脸，毛夫人不吭声，赵紫云噘着个嘴。赵紫骏一看笑了，说："兰儿来！让舅舅抱抱。"赵紫骏抱起兰儿说："兰儿想舅舅了？"兰儿说："舅舅不乖，兰儿不想。"赵紫骏一愣，随即从口袋里掏出一个漂亮的花发卡，在兰儿面前晃了晃说："你看花发卡，好不好唻？""兰儿不要！"这让赵紫骏有些尴尬，对紫云说："云，你看这兰儿？"赵紫云不搭理哥哥的问话，而是换了个话题说："哥！我问你，你为啥要当日军翻译官？心甘情愿当汉奸唻？"赵紫骏沉默了片刻说："一句两句我也跟你解释不清，我只能说迫于无奈，为了保护家人安全。"赵紫云生气地说："哥！我宁愿不要你这种保护。你知道我在街上走过，人们咋骂我唻？汉奸妹妹！"说完委屈地哭了起来。赵老爷和毛夫人都叹了一口气。赵紫骏说："已经干上了，你说啥也没用了。"赵紫云说："哥！你咋就不明白唻？"赵紫骏不回答紫云的话，而是说："爹，日本人运粮现在还用的是驮骡？""他不用驮骡用啥唻？咋了？""日本人明天要从解州往这驮粮唻。""咋，日本人让你去？""没说，我看见电文了。""你管他唻。""我当然不管。"紫骏见紫云气呼呼瞪着他，说："别气啦！"赵紫云气狠狠地说："能不气吗？"赵紫骏说："气大伤身，何必唻？""你以为我没事找事？你这是丢中国人的脸唻！"赵紫云抱起兰儿气呼呼地走了。毛夫人赶紧说："云儿！你这说走就走啊！不再待一会儿？"不管娘再怎么喊，赵紫云都没回声。

赵紫云抱着兰儿气呼呼回到家中，发现兰儿衣袋里有个硬邦邦的东西，她掏出来一看，是哥哥为兰儿买的花发卡。花发卡很漂亮，她好喜欢，但一想到哥哥当汉奸的事，还是憋一肚子的气，顺手把花发卡摔在地上。她望着花发卡回想着哥哥与父亲的对话，猛然觉得有重要情况，而且越想越觉得事情非同小可，可自己又做不出判断，还是让岳少峰他们来做判断吧！可转眼一想，岳少峰远在南村塬一带，负责联系的傅愣强马上

又见不到，咋办唻？事情是明天，如果再晚就来不及了。赵紫云经过激烈的思想斗争，还是决定亲自去南村塬一趟。她对兰儿说：“你跟爷爷奶奶在家，娘有点事去去就来。”兰儿哭闹着要跟她一搭去。赵紫云见兰儿哭闹得厉害，又怕引起别人注意，跟婆婆公公交代了几句，只好背起兰儿出了门。

日军为抢修炮楼的事沿途暂时还没有设岗哨，赵紫云背着兰儿来到龙门关。她仰望虽算不上高耸入云的龙头山，但陡峭的山梁上面根本就没有大路，过往的人们攀爬的小道上布满沙石，一步一打滑，一不小心就会摔下悬崖。紫云嘱咐背上的兰儿抱紧她的脖子，她一手在背后护住兰儿，一手在前面抓住崖上的小树枝，一步一颤抖地往上攀爬。她战战兢兢，在极度焦急和高度紧张的情况下爬到了山顶，刚翻过龙门关，兰儿就说：“娘，我口渴。”“兰儿再忍一忍，下了坡就是涧水。”赵紫云背着兰儿又走了一段下坡路来到涧水边，一屁股坐在地上，直喘粗气。兰儿又说：“娘，我渴。”赵紫云从地上爬起来，洗了把手，然后用手掬了一捧涧水给兰儿喝，兰儿喝完了一捧还要喝。她又掬了一捧，兰儿喝完，她自己也喝了几口，然后擦把嘴背起兰儿又上了路。赵紫云背着兰儿蹚过一道道溪水，翻过一座座山梁，待赶到圣人涧一带时，已经累得浑身骨头都快散架了，但情况紧急不容她耽误，她只得咬咬牙，继续往南村塬尧店村方向走去。

南村塬尧店村村公所还住有不少伤员，岳少峰和俞倩看完伤员出来说：“看来伤员的情况这段时间恢复得挺快，一部分轻的就可以归队了；重一点的得再好好养养，然后把他们完完整整地交给宋军长。”俞倩说：“我们尽量多做点工作，减少一点宋军长的压力。”岳少峰点点头。俞倩又说：“想法把轻伤员分散到老乡家里养，重一点的集中到几个村干部家里。不能再在村公所了，这样太吵，伤员也休息不好。”岳少峰觉得这个办法好，也便于开展下一步的工作。

俞倩刚走傅愣强就回来，把在赵紫云家听到日军拆城隍庙盖炮楼杀人的情况叙说了一遍。岳少峰气愤地说：“真是一伙强盗，无恶不作。还有啥情况唻？”“赵紫云的哥哥回来了。”“你是说在日本留学的赵紫骏回来了？”“对，还当了日军翻译官。”“噢！这倒是个新情况，以后多注意紫云那边的情况。”傅愣强不解地说：“赵紫骏都当汉奸了，紫云还能相信吗？”

岳少峰跟俞倩交换了一下眼神，又对他说："不要过早下结论。再说了，紫骏是紫骏，紫云是紫云。"傅愣强说："可他俩是兄妹啊！"岳少峰说："具体情况还不清楚，还是要多观察唻。"傅愣强只好勉强答应。

毛瑞兴听说父亲被杀，气得要马上回去，岳少峰坚决不让，说要回也得等天黑了跟他一起回。毛瑞兴不让岳少峰跟他回，坚持一个人回去，说看看就来。

毛瑞兴一个人黑夜摸回家，父亲已被赵管家和街坊邻居草草埋了，留母亲一个人在炕上哭泣，他要母亲跟他一起走，母亲死活不肯，毛瑞兴只好独自回来向岳少峰汇报。

岳少峰立刻召集大家开会。他说："同志们，日军入侵凤凰城后，在周边布置了多处据点，抗日形势发生了前所未有的变化，古平县牺盟会再不能是之前的喊口号、搞募捐、搞训练的阶段了，而是实实在在地面对强大的敌人。如何对付入侵之敌，是我们当前面临的最大问题。"此时，南村塬尧店村成了古平县抗日斗争的指挥中心。

岳少峰又召集大家开会，研究讨论分析凤凰城周边的日军部署情况。他说："凤凰城北靠张村塬，南连太阳渡，城周围有大片竹林，但内城墙高大坚固，日军兵力配备较强，不易强攻，也不好偷袭。这里最好的办法就是让日军自己在城里待不下去。这个问题，我们得好好动动脑子，想想办法。"岳少峰刚说到此，新县长就来报到。岳少峰看了介绍信后高兴地说："王立人同志，可把你盼来了。"为了让新县长尽快开展工作，岳少峰即刻带王立人到涧阳镇向职能部门宣布就任一事。

涧阳镇三区府大院，聚集着古平县各职能部门的局长和主管。岳少峰开始宣布："各位局长主管，我之前说过，我以古平县牺盟会会长的名义向运城牺盟中心请示，请求派新县长来我县主持工作，现在王立人同志被派到任，大家欢迎！"台下响起一阵热烈的掌声。王立人说："各位同仁，国难当头，全民抗战，县府各职能部门理应率先垂范靠前服务，而不是远离前线独善其身。"讲到此大家纷纷议论，有的局长显出愧疚的表情，有的主管低下头。王立人又接着说："我建议，县府各职能部门从即日起，全部迁往尧店村，尽快投入到抗日救亡工作中去。"顿时响起热烈的掌声……

岳少峰从涧阳镇回来，特意跟关山交代："目前，日军不仅疯狂地拆庙宇拆民房加紧修建炮楼，而且要在各村建立维持会，到处寻找会长人选。这是个迫切需要解决的问题。维持会虽然是为日本人服务的，但可以发挥我们的基层组织作用，尽可能让我们的人员担任会长，这样会阻挠或拖延日军的计划，最大限度地保护老百姓的利益。这件事刻不容缓，我们得抓紧时间。”关山点点头。岳少峰又说：“之前各支部所在区域建立抗日游击队的事，现在情况进展如何？”关山说：“据说西塬有个姓雷的有拳脚功夫，已经组织起一队人马；张村土地庙村也组织起一队人马，领头的还是个女的。”岳少峰说：“这都是我们需要的力量，要多注意他们的情况。”关山说：“还有一个情况，靖家山、土地庙一带的群众，从战场上捡到了不少枪支，都交给了游击队。”这让岳少峰感到惊喜：“看来，我们的基层党组织行动起来了。你去通知一下，咱们马上开个会，安排一下下一步的工作。”

关山把大家刚通知来，岳少峰就说：“一区队二区队要注意张茅公路一线的情况……”此时，二区队的小虎气喘吁吁地跑来报告：“一女的带个娃娃晕倒在路上。”一听此话，岳少峰忽地站起来问：“人在哪呢？”“在村公所。”“走！快去看看。”

岳少峰赶到村公所，赵紫云睁开眼看了看他，有气无力地说：“明天，日军驮粮队，从解州经土地庙到凤凰城。快！”岳少峰安排石妹照顾赵紫云，然后对关山说：“情况紧急，我们先研究一下。”几个人疾步来到院里。

关山对赵紫云的情报有质疑，岳少峰认为赵紫云这么远跑来，情报肯定假不了。王力合认为情报无论可信与不可信，我们都得把它当作真的来看待，如果是真的却没有去打就会贻误战机。于是赶紧把一区队队长毛瑞兴和二区队队长吴中建叫来。岳少峰说：“王队长、毛队长，你们俩带领一区队穿过凤凰城盆地，沿五龙庙沟一路向北，务必赶在明天拂晓前在土地庙以北官道岭一带设伏，最好与当地游击队取得联系，协助你们一同行动，争取把日军的驮粮队吃掉！”

毛瑞兴性格沉稳，吴中建是个炮筒子，他听了半天没有自己，脸上的青筋都涨起来了：“岳会长！咋有毛队长没有我咻？”“土地庙那边毛队长比你熟悉，你带二区队在龙门关负责接应！”“让我接应？我想去打伏击。”王力合大声说：“吴中建！”“到！”“一切行动听指挥！”“是！”

夜幕降临，王力合毛瑞兴带领一区队五十多名精干队员，一路摸黑翻梁过涧穿过凤凰城盆地，向五龙庙沟方向行进。五龙庙沟因传说此处有五条龙转世而得名。毛瑞兴边跑边对王力合说："这五龙庙沟上游有两股溪水，左青龙右白虎。当地人把清水沟叫青龙沟；把白水沟叫白虎沟。咱们今晚要沿白虎沟往上走。"他们从五龙庙沟溯流而上，到沟岔处又沿西边白虎沟溪水继续溯流北上。白虎沟溪水平时浑浊泛白，与之东的青龙沟溪水有着明显的区别。不过天黑光暗，谁也辨别不出溪水的清浊来。溪水与小路缠绕在一起，分不出哪里是道路哪里是溪流。一队人马摸黑而上，一会儿在路上跑，一会儿在溪水里蹚，待过了土地庙村赶到官道岭时，鞋和裤子全湿透了。他们喘着粗气感觉骨头都要散架，不管不顾四仰八叉地胡乱躺在山坡上。四月的天气虽不算太冷，但山顶的气温不到十度。此时是凌晨三点，身上的热度在瞬间下降，队员们一个个从冰冷的地上翻起，王力合喊："背靠背挤一块暖暖，过一会儿就好了。"队员们三三两两背靠背聚在一起，等待日军驮粮队到来。

寒冷中的等待时间尤显漫长。王力合看看天色，叫傅愣强去联系土地庙村游击队，争取他们的配合。傅愣强领到任务后向土地庙方向摸去。

拂晓前的中条山，王力合站在山顶眺望东方，渐渐泛出鱼肚白的地方把远山的峰峦衬托出墨色的剪影。此时岳少峰也是彻夜未眠，等待着他们的消息……

傅愣强带着女游击队队长还有十几个游击队员疾步赶来。王力合握住女游击队长的手说："山妮同志，这次任务是伏击日军驮粮队，需要你们配合。"山妮说："王队长，这里地形我们熟悉，可以掩护你们迅速撤离。"王力合说："这次截下的粮食，我们不可能都带走，你们尽可能以最快速度把粮食转移到安全地方，万一不行，分发给群众也可以。但记住一点，就是一粒也不能留给小鬼子。"山妮点点头，赶快进入阵地。

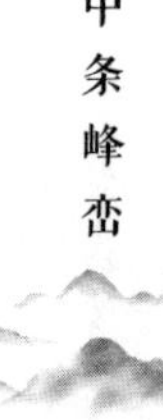

第十八章　紫骏跪求饶乡民　老爷怒斥羞先人

天已大亮，日头渐渐从东方露头。从解州过来的山道在队员们的视线中渐渐清晰起来。清晨的路上没有行人，显得冷静，等日头升有一杆高时，驮骡行人陆陆续续出现在路上。王力合马上意识到问题的严重性。毛瑞兴也不安起来，说："王大队长，这么多人咋办唻？""大家沉住气，等驮粮队出现再说。"时间一分一秒地过去，就是等不来鬼子的驮粮队。铁蛋沉不住气了："队长！这消息是真还是假唻？都这个时候了，咋还不见小鬼子来唻？"毛瑞兴说："别急！沉住气。"大家又静静等了一会儿，十几匹驮骡出现在山路上，铁蛋马上兴奋起来："来了来了！"

赶驮骡的全是当地百姓，只有七八个背枪的鬼子在前面开路，后面有五六个鬼子跟着，驮粮队顺着山道缓缓向伏击点走来。毛瑞兴问王力合咋打？山妮也跑过来问咋打？王力合说："毛队长带三十人打后面的鬼子，我带二十人打前面的鬼子，山妮负责疏导驮骡队撤离，一定不能伤及到行人，做好准备，听我枪响。"听了王队长的命令，所有队员严阵以待。

小鬼子驮粮队越走越近，近得能听到驮骡的铃铛声。此时，"砰"的一声枪响，瞬间"砰砰啪啪"响了起来。尽管队员们平时多次演练，但真正开打起来还是手忙脚乱，枪声不停地响，鬼子倒下的却没几个。

路上小鬼子本来走着疙疙瘩瘩的山路脚下就磕磕绊绊，突然一声枪响，一个鬼子应声倒下，其余鬼子一阵慌乱后迅速组织反击。他们躲在大树后石头后支起枪朝半山射击，子弹从头上嗖嗖飞过，吓得队员们不敢抬头。王力合大声喊："去几个绕到敌后。"队员们趴那半天不敢动。王力合又喊："傅愣强！"傅愣强爬起来猫着腰带几个队员向敌后绕去。敌人发现侧后有人，迅速调转枪口又射了过来，吓得几个队员直打哆嗦，手忙脚乱地朝日军扔了几颗手榴弹后赶紧趴下。一阵爆炸声响过后，日军又开始射击。傅愣强沮丧地说："这狗日的咋没炸死唻？"王力合见傅愣强几个并没炸死树石后面的敌人，焦急万分，边射击边想着对策。

毛瑞兴带的三十个队员对后面的五个鬼子进行射击，结果一个也没打中。情急之下他大喊："手榴弹！"队员们手忙脚乱把手榴弹扔出去，有的爆炸了，有的没打开保险盖就扔了出去。打到最后十几个鬼子只打死三个，其余全跑了。

驮骡被枪声惊吓得在山道上狂奔嘶鸣，把粮食掀翻在地，吓得行人纷纷躲避。粮袋被打烂，大米撒在路上。山妮大喊："赶快把粮食弄走！"队员们看见倒在路上白花花的大米，是从来没见过的，赶紧都往衣袋里抓。铁蛋正为拉不开枪栓而懊丧，心里直骂手中的枪就像根烧火棍，见了大米也顾不得怨气，也跑来往衣袋里抓。牛二柱背起剩下的半袋就跑。王力合大声喊："快撤！"队员们刚抬腿跑了几步就听见枪声。毛瑞兴督促着快撤！铁蛋却跑在最后，突然"啊"了一声扑倒在地。"铁蛋咋啦！""我的屁股。"毛瑞兴跑过一看满屁股是血。"二柱快！"牛二柱把半袋大米塞给石头，背起铁蛋就跑。队员们一窝蜂地拼命奔跑，看不出一点队形。

他们气喘吁吁地跑了一阵，感到安全了才停住。王力合说："大家歇一会儿，我看看铁蛋的伤口。"王力合要扒下铁蛋的裤子，铁蛋死活不让。毛瑞兴说："又没有女娃你怕啥咪？"然后扒下一看，眉头一皱说："真打的不在地方，包扎都没法包。快走！不要耽搁，到驻地处理。"后面又响起枪声。王力合说："鬼子又追来了。我来断后！大家快跑！"牛二柱背起铁蛋又跑了起来。王力合边打边说："想法走小路，甩掉鬼子！愣强、瑞兴咱们仨断后。"跑了一阵，傅愣强说："大队长，这鬼子是狗鼻子啊？咱们走哪条路他就追到哪条路？"王力合回头观察了一下后面的鬼子，又仔仔细细看了看脚下的路，说："都把衣袋的大米检查一遍。"毛瑞兴说："检查大米干啥？""别废话！快检查！"此时，有的队员才发现衣袋里的大米，一半都漏掉了。王力合说："瞅瞅你们这漏布袋，这就是原因。"队员们还是不解其意，愣愣地望着大队长。王力合说："你们的衣袋烂了小洞，大米从小洞里漏出来，跑一路撒一路，鬼子能不追吗？"队员们感到很沮丧。毛瑞兴说："大队长，那咋办？还能把大米扔掉？""把大米集中到不漏的口袋，然后朝龙门关方向跑，那里有二区队接应。快！"

吴中建带着二区队队员，埋伏在龙门关山梁上焦急等待，他不停地朝西边张望，突然看见一队人马朝这边跑来。吴中建怕是日军，心里紧张起来，定睛一看是牛二柱他们。吴中建赶紧迎上去，看见铁蛋负伤了，急问："王大队长呢？""在后边唻。"此时王力合与毛瑞兴也跑到面前。吴中建说："你们快走！我来断后。"王力合说："后面有鬼子，光你恐怕不行。二柱！石头！再去几个队员，背着铁蛋先走，其余的队员也跟着撤，我们几个断后。"队员们翻过龙门关迅速向东而去。日军追至龙门关，看看地势险要也不敢贸然再追，悻悻而去。

岳少峰在尧店村公所焦急地等待，见牛二柱背铁蛋回来，赶紧迎上问："伤哪了？""屁股。"岳少峰叫赶快把人放屋里，然后又吩咐身边的人去叫医生，医生立刻过来查看伤口。岳少峰说："要紧吗？""不是太要紧，但得清理伤口。"岳少峰长舒了一口气。医生把伤口处理包扎好，交代了几句话出了门。岳少峰安抚好铁蛋转身出来，等待大队人马回来。

岳少峰看见王力合等人回来，疾步上前询问情况。王力合叹了口气又摇摇头。岳少峰疑惑地说："情报有误？""情报没误，只是没有达到预期的目的。"此时，石头背回半袋大米放在面前，队员们纷纷把口袋里的大米都掏了出来。岳少峰惊奇地说："还弄回了大米？"王力合说："别说了，就是这大米惹的祸。""到底啥情况唻？说具体点？"毛瑞兴懊丧地说："好端端的一次伏击打成这样？"岳少峰安慰道："第一次嘛，大家没经验，你们先休息一下，我弄些吃的来。"

岳少峰端了一簸箕热红薯走来，一人一个吃了起来。毛瑞兴说："实战与在培训班的感觉大不一样。"王力合也平复了自己的心情，说："说说看，有啥不一样唻？"毛瑞兴说："一旦开打，心里还是有点发慌。"牛二柱说："队长都发慌，我们就更慌了。"王力合说："这是避免不了的。参加实战多了会慢慢克服的。"毛瑞兴说："大队长，我们队员要是都有你的好枪法，那些个鬼子也不会让他给跑了，后来还咬着我们不放。咱们这么多人，咋被小鬼子撵着跑啊？"王力合说："咱们的子弹本来就不多，到一个人手里只有三四发；手榴弹一人一个。我哪敢跟小鬼子再打呀？要是再打下去，把你们全撂那了。"岳少峰说："我们还是把敌人想得太简单了。"王力合说："还有一个问题。就是我们的枪太老旧了，有的拉不开栓，有的退不出弹壳。"铁蛋侧在床板上情绪也激动起来，说："就是就是，我一枪都没放，就是因为这个问题。这买的啥破枪啊？人家不要了卖给咱？还没开打就坏了？”傅愣强的情绪也激动起来，说：“你本事不行，还怨人家枪不好？别的枪咋就没坏？偏偏你的就拉不动了？”铁蛋说：“你有本事你拉拉？”然后把床上的枪拿给傅愣强。傅愣强接过枪拉了几下，确实拉不动，但不服气地说：“你把枪弄坏了，叫我咋拉哝？”牛二柱说：“铁蛋，我看还是你有问题。”“我有啥问题哝？”“技术问题。”“啥技术问题？”“说你也不懂。”“就你懂？”岳少峰见队员们为了枪的事吵了起来，赶紧说：“大伙也累了，吃完了赶快休息。”

安排好队员，岳少峰和俞倩来看望赵紫云。此时，赵紫云还虚弱地躺在村公所的木板床上，看见岳少峰和俞倩进来，强撑着身子想起来。俞倩说：“快别起来，我们来看看你。”赵紫云不知情报到底是真是假，心里忐忑不安。岳少峰说：“是真的。”赵紫云一颗悬着的心总算落了地，说：“真担心是……”赵紫云没把话说完，岳少峰就打断她的话说：“紫云，我们都相信你。”俞倩对着她也点点头。赵紫云看到他们对自己的肯定，心里才稍稍舒服点。岳少峰说：“紫云，我知道你对你哥干日军翻译官不理解，认为是件很丢脸的事。我对这件事也不理解，但现在咱们谁都无法改变。与其与你哥赌气，还不如多留心你哥那里的情况，掌握敌人的动态，做到知己知彼，这个很重要。这次，你能从你哥的话语里分析出情况的重要性，说明你哥当翻译也不算是一件坏事。这件事不要太纠结了，也许你哥有他不为人知的难处。你要放下思想包袱，轻松工作。”赵紫云听了很激动，说要赶快回去。俞倩说：“你再休息几天再回也不迟。”然后又问：“兰儿呢？”赵紫云说：“兰儿这些天一直闷在家不敢出来，到这儿就被石妹带出去玩了。”俞倩让兰儿在这多玩几天。

岳少峰和俞倩看望赵紫云出来，立即组织大家对这次截粮行动进行讨论总结。岳少峰说：“这次伏击战，得好好总结一下，找找存在的问题。王力合同志你先说说。”王力合说：“这次伏击战，虽然没能达到预期的目的，但还是打击了敌人，截得了粮食，虽然有很大遗憾，也算是一个小的胜利。”吴中建说：“到底是啥遗憾哝？”毛瑞兴说：“只击毙了三个鬼子，其余全跑了。”吴中建把大腿一拍说：“干的啥哝？咋能叫鬼子跑了？那三个是谁打的？”“王大队长打的。”“看看看，我说我要去，岳会长不让去，若是我跟王大队长去了，看不揍死他小鬼子。”王力合说：“吴中建！你胡说啥唻？我们是在总结经验教训，不是谁去谁不去的问题。”吴中建不服气地扭扭脖子不吭声了。王力合接着说：“需要肯定的是以下几点：一是情报准确；二是抓住一个速度；三是有当地游击队的配合；四是准确出击。不过还存在很大问题。”岳少峰说：“啥问题唻？说具体点。”“一到开打队员就慌乱，手榴弹没打开保险盖就扔出去了。”吴中建又忍不住说：“看看看，手榴弹没揭盖就扔出去了，万一让鬼子再扔回来，就……”王力合瞪了他一眼，吴中建只好闭嘴。岳少峰接着说：“手榴弹没揭盖就扔出去，这个问题不能忽视，应加强训练，提高队员的心理素质。”王力合说：“还有枪支老旧问题，有的枪栓拉不动，有的队员只放了一枪，弹壳就退不出来了。”吴中建又说：“对对对，我的队员中也有这样的问题唻。”岳少峰说：“力合同志，你对枪械出故障有啥好办法？”王力合说：“最好建立一个枪械修理所，能及时解决这方面的问题。”岳少峰说：“这个建议很好，我想办法尽快解决这个问题。俞倩同志，最近伤员的情况咋样？”“轻伤都可以归队了，还有几个伤到骨头的还得养养。”岳少峰说：“今天总结会就到此，会上提到的几个问题，会后都好好琢磨琢磨。”

会议之后，毛瑞兴感觉很没面子，他立刻把队员叫到一起训话，一脸怒气地说：“这次伏击战大伙都经历了，平时不练好硬功夫，到战时慌乱不知所措，竟然有的队员不揭保险盖就把手榴弹扔出去了，这能炸了敌人？平时一再喊多练多练。为啥唻？就是战时用！这下知道厉害了吧！没把小鬼子打死完，反而被小鬼子撵着屁股跑？还险些丢了性命。说一千道一万，练！练！练！练熟了咋打都行。”此时，队员们都在静静地听队长训，因为他们真真切切地感受到紧迫。毛队长训完话，队员们默默地拿起枪开始练习，再没有之前的嬉闹声了。

二区队吴中建也把队员叫到一起训话，严肃地说：“我们要加紧练习，决不能出现像一区队那样的情况，没揭保险盖就把手榴弹扔出去，咱可不能丢那人。记住了吗？还有射击的问题，也要好好练。不能像一区队的队员，参加一次伏击连一个鬼子都没打着？咱也不能丢那人。牛娃！小虎！听到了吗？”“听到了。”“大家好好练，练出个样子来，到时候显显咱们的身手。”

一区二区队的队员都憋着一股子劲，俞倩和石妹抬着一大木桶蒸米过来喊：“同志们！今天是大米饭，人人有份哝！”队员们呼啦一下围拢过来。毛瑞兴大声喊：“哎哎哎！大米的吸引力就这么大？大米一来就不练了？”牛二柱说：“队长，吃了大米也能练啊！要不然大米吃光了，可就没有了。大伙说，是不是啊？”大伙起哄说：“就是！”不管队长咋说，队员们一个劲地挤着要大米。毛瑞兴见队员们哄抢，站在边上气得干瞪眼。吴中建走过来说：“这大米饭光有一区队的？没有我二区队的？”俞倩笑着说：“有有有，送完一区队就送二区队。”吴中建说：“二区队的不用送，我们直接到锅里去舀。”二区队员呼啦一下都跑去了。

此时，岳少峰看见三区队梁虎生走来，说：“梁队长！你好口福啊！”梁虎生说：“有啥好吃的哝？”俞倩说：“今天有大米饭。”梁虎生高兴地说：“大米饭好啊！我也尝尝大米的味道。”梁虎生边吃边问：“这从哪弄的大米？”俞倩说：“你猜猜？”“该不是从小鬼子那弄的吧？”岳少峰说：“让你说中了，王大队长带人去截了鬼子的驮粮队。”“真的？”“这还有假？”“那大米还有吗？有的话让我带回去些，也让我的队员尝尝？”王力合说：“只可惜弄得太少了。”“太少了是多少？”岳少峰说：“只有半袋，一顿饭就做完了。”“咋弄一回才弄半袋？”毛瑞兴说：“弄半袋你尝尝就不错啦，想吃你日后再弄！”梁虎生还是听得云里雾里。王力合说：“梁队长，第一次队员作战经验不足，存在不少问题，你回去一定要加强队员训练，这个不能放松。”

俞倩端了一碗给岳少峰送来，岳少峰接过碗闻了闻说：“好香的大米啊！你还没吃吧？”俞倩笑笑没说话。此时，王立人走来，岳少峰说：“王县长，正好你来尝尝。”王立人笑着说：“这是战利品？”“让你尝尝战利品，还要跟你商量事哝！”王立人接过碗说：“培训班的事吧？”“对，各种培训亟待进行。”“这个你放心，需要什么我尽量想办法解决。”王立人接过碗并没有吃，而是说：“你们是不是都没吃呀！我一来就给了我了？”岳少峰说：“给你你就吃。”王立人笑笑还是没动筷子。此时，石头在喊：“队长！大米没了。”毛瑞兴说：“把桶底刮干净！”石头说：“刮得光光的啦！”毛瑞兴说：“还有哪个没吃哝？”“铁蛋没吃。”毛瑞兴吼道：“你们就知道抢抢抢！几辈子没吃过？”牛二柱说：“队长，还真让你说中了，我家就是几辈子没吃过大米。”毛瑞兴说：“你没吃过就抢？把伤病员都忘了？！”牛二柱说：“那咋弄？”毛瑞兴说：“牛二柱！你也不带个好头，大米一来就疯抢？还有没有组织纪律性咪？”牛二柱尴尬地说：“不是大伙都没吃过嘛！就管不住自个了。”“以后不能这样了！”“以后绝不再犯，严格遵守纪律！”

岳少峰几个望着毛瑞兴训斥队员，王立人立刻喊道：“毛队长！把这碗大米给铁蛋送去！”毛瑞兴迟疑了一下。岳少峰说：“王县长让你送你就送去！”王立人望着队员们笑了。岳少峰说：“王县长，培训班的事马上得办，你尽快着手准备，我想找宋军长说说枪械的事。”

岳少峰去见宋军长，在半路上突然遇到了尤申达。

尤申达知道石县长逃走后，自己揣上一把短枪也逃了。他没过黄河，而是逃到东山去了。他听说新县长来了，心里高兴，但又听说新县长跟岳少峰走得很近，心里忐忑不安。他怕岳少峰在新县长跟前说他的坏话。其实尤申达想多了，岳少峰每天忙得跟陀螺似的，哪有闲工夫说他。他既害怕岳少峰说他，又想让岳少峰跟新县长说他，让他继续干县长秘书。回想之前他对岳少峰做的那些事，心里就不踏实。但不管岳少峰说不说，他都想试试。他看见岳少峰走来，赶紧迎了上去。

岳少峰自从上次跟石县长要枪时见过尤申达一面，平时两人很少碰面。日寇打来县府机关人员撤退时，也没见到他。岳少峰以为尤申达跟石谷安跑了，就不会再回来了，没想到在这里又见到他。岳少峰对尤申达没有好感，几年前他骑马撞死父亲的怨恨一直在心中没有消散，看见他并没有开口。其实尤申达对于骑马撞死岳少峰父亲的事也懊悔在心，但就是没有勇气向岳少峰认错，几年避而不谈这件事，甚至掩盖真相，致使岳少峰不了了之。这次为了当秘书的事，尤申达不得不来求岳少峰，他看见岳少峰走来，主动微笑着迎上去，说：“少峰，我想跟你说件事。”尤申达这样正儿八经地跟他说话，还是头一次。岳少峰能猜出他的心思，因为王县长来一直是独来独往，没有秘书，尤申达找他，肯定是为秘书的事。为了抗日大局，岳少峰只能忍了，说：“你说，啥事？”尤申达说：“你跟王县长说说，让我跟他当秘书。”岳少峰知道他要说这话，思索了一下说：“你为啥不亲自跟王县长说，而是拐了这么大个弯儿来找我说？”尤申达说：“都认为我跟石县长跑了，我怕不好说唻！”岳少峰说：“你不好说，我就好说了？”尤申达说：“你跟王县长走得近，你说了，王县长肯定要我。”岳少峰说：“我哪有那么大的面子？”尤申达说：“不管咋样唻，我还是想让你帮帮忙唻！我也想为抗战出力唻！”说到此，岳少峰说：“那好吧！但我没有把握，不知王县长要不要秘书。”尤申达说：“你就多跟王县长说说好话，就说我是你的老同学，他不可能不看你的面子。”岳少峰说：“王县长是要能吃苦、能踏实工作的人，不是我多说几句好话的事。”尤申达说：“不管咋说，你只管说唻！我等你消息。”岳少峰说：“我现在还有事，等办完了再说。”岳少峰说完话继续往宋军长的指挥部走去。尤申达望着岳少峰走远，他想不到当年让他不屑一顾的穷小子，今天却要低声下气地求人家，心中不禁产生出一种嫉恨。

尤申达见了岳少峰回到家后，尤抠爷看见他说：“事情说得咋样了！”尤申达说：“不咋样。”尤抠爷说：“他不给说？”尤申达说：“没说不给说。”尤抠爷说：“没说不给说，那就有可能给说。”尤申达说：“很难说。”“难说？那爹给你拿些大洋，你直接找那个王县长咋样？”“爹！你不知道，这王县长不知要不要大洋唻，要是不要的话，咱拿上大洋，不是把事情弄砸了？”尤抠爷诧异地说：“还有不爱见大洋的？”尤申达说：“我说不准，但我想等等再说。”尤抠爷不吭声了。

宋军长见到岳少峰来，热情地握住他的手说：“听说你们打了个伏击？”岳少峰说：“别提了。”“咋了？”“小鬼子不好打呀！”“是啊！小鬼子好打了，我能把仗从北平打到这里来？不过，好打不好打，自卫队不是也打了吗？”岳少峰说：“是打了，只可惜还是让小鬼子跑了。”宋军长说：“小鬼子是跑了，但你们还是揍了他们一顿。”岳少峰哈哈笑起来。宋军长感叹地说：“想不到啊！小鬼子也没想到，我们的兵力都部署在张茅线以东，他们大摇大摆地往凤凰城运送粮食，想必是十拿九稳的事。没想到你们黑夜穿越凤凰城盆地，又摸黑溯流而上，悄无声息地来了个长途奔袭，攻其不备，出其不意，打他个措手不及。佩服啊！真是佩服！让我这个专门搞军事的都汗颜！”“宋军长过奖了。”“一点不为过。今后咱们可要信息共享啊！”“宋军长，伤员基本痊愈，大部分可以归队了。”“这可得好好感谢你啊！”“这是我们应该做的。不过还有一个问题。”“啥问题，尽管说？”“这次伏击战，有的队员拉不开枪栓。”“这个好办，枪械师修修就行了。”“我们没有枪械师啊！”“这个我给你想办法。”岳少峰又说：“对于目前情况，我想谈谈我的想法。”“好啊！我就想听听你的想法。”“日军进驻县城后，到处杀人拆房拆庙盖炮楼，祸害老百姓不得安宁。我想，如果我们军民联合，能不能把这伙强盗赶出凤凰城唻？”宋军长说：“这个问题让我想想。”

佐藤在办公室哼着小调品着香茶，等待着驮粮队的到来。突然桌上的电话嘀铃铃响了起来，他拿起电话哇啦了一句，神情马上紧张起来，不停地“嗨！嗨！”应答着，最后咔嚓一声放下电话，歇斯底里地骂道：“八嘎！”

日军驮粮队遭到伏击后，佐藤非常恼火，并进行了一场血腥报复。鬼子大批出动，在土地庙村进行疯狂“扫荡”，搜出有大米的人家就杀，场面惨不忍睹。

岳少峰再次请求宋军长攻打凤凰城的日军。宋军长很快命令部队发起进攻，自卫队积极配合，战斗非常激烈，但凤凰城城墙坚固，再加上东坪头和张村日军迅速增援，战斗没进行多长时间就死伤惨重，迫不得已，宋军长命令部队匆匆撤离，自卫队也退回尧店根据地。

攻城失败后，岳少峰组织大家研究分析失败的原因。牛二柱说：“上次咱们截驮粮队是咱的家伙不行，还没有战斗经验。可二十九军是正规军，又是从北平打到咱这搭的，应该说经验比咱们丰富？怎么一次次也被日军撵着屁股跑唻？”毛瑞兴说：“总结这次失败的原因，别扯远了。”牛二柱说：“我没扯远啊！”吴中建说：“我看还是没准备好，就急急忙忙攻城，敌人的武器是啥武器唻？城墙上一排重机枪，火力贼猛唻。能不败吗？”岳少峰说：“王大队长你说说看法？”王力合说：“大伙说得都有道理，但我们还是要找出针对凤凰城的具体办法。”岳少峰说：“王大队长说得对，要找出针对凤凰城的具体办法唻。”铁蛋侧在床上沮丧地说：“正规军都没办法，咱们能有啥办法唻？”吴中建说：“办法都是人想出来的嘛！”铁蛋说：“那吴队长你想想办法唻？”吴队长说：“我是对凤凰城不太了解，我如果住在凤凰城肯定能想出办法咪。”岳少峰说：“吴队长说得没错，办法一定会有的。”铁蛋说：“那到底是啥办法？”岳少峰笑笑说：“办法还得我们去找。毛队长，你带几个队员具体到凤凰城周围侦察一遍，仔细看看地形，以及周边的情况，一定把详细情况带回来。”“是！”

毛瑞兴带着牛二柱、石头几个队员来到凤凰城的竹林边，悄悄观察城边的动静：清清的涧水哗哗流淌，一个村民在涧河挑了担水往回走。毛瑞兴说：“你俩看见了吗？”两人都看着他没说话。他又说：“你们看那竹林穿过的电话线，还有那挑水的人。”牛二柱和石头不解其意。毛瑞兴说：“走！回去再说。”

毛瑞兴带人走后，岳少峰与王力合等人也讨论起来。岳少峰说：“如何迫使日军在凤凰城无法待下去：一是我们进攻；二是破坏他们的生存环境。硬攻肯定不行，我们就从生存环境入手。生存环境，一是吃喝；二是通信。”王力合说：“通信就要截断日军与外界的联系。不知这吃喝上有啥法子？”吴中建说：“上次小鬼子粮食被咱截了，这粮食就是问题。为了粮食小鬼子又在村里祸害老百姓。吓得老百姓白天不敢出来，都是晚上出来挑水。”岳少峰说：“水！”王力合说：“你是说截断水源？”“对！”

此时，毛瑞兴兴冲冲跑回来说：“我找到关键点了，水和电话线。”岳少峰兴奋地说：“对！关键就是这水和电话线。我看这就是突破口。”关山说：“这把水和电话线都断了，小鬼子还是不走咋办？”吴中建说：“打啊！”毛瑞兴说：“光靠咱自卫队那哪行？”王力合说：“光靠咱自卫队确实不行。”吴中建惋惜地说：“方法找到了，二十九军却撤走了。”牛二柱说：“二十九军走了，这说了半天不还是空谈？”此时傅愣强兴冲冲跑来说：“岳会长，川军入驻晴岚南村一带了。”岳少峰兴奋地说：“王队长，咱们看看去！”

抗战全面爆发后，一支四川军队在李军长的率领下奔赴前线，誓死抗敌，从娘子关一直打到中条山。

李军长在南村塬槐下村弥勒寺院指挥部正在查看地图，听卫兵报告说岳会长前来，没等李军长回话，岳少峰就走到面前。李军长看见岳少峰就说：“岳会长来正好，我想听听你这里的情况。”岳少峰看着地图说：“目前，日军在古平县的分布是凤凰城、张村、张店、軨桥以及东坪头。兵力分布情况是凤凰城、张村、张店比较多，东坪头相对少些。虽说这几个点分布有兵力，但驻扎时间不长，各据点的工事尚在修建中，而且据点与据点之间相距甚远。就目前情况来看，日军忙于修筑炮楼，沿线一带还未设岗哨，我们可以从日军据点之间的空隙穿插过去，利用游击战的灵活性断其供给，断其电话，断其水源，使他们无法生存，待不下去。”李军长说：“断其电话，断其水源，这个主意好啊！不过我们还得好好合计合计。”……岳少峰与李军长合计了半天之后，本来还想对李军长说修理枪械的事，也不知李军长愿不愿意，想想还是向上级反映这个问题，他想到了李鸿远。

李鸿远正在龙潭沟同地委领导分析研究中条山目前的情况。他说：“自从日军侵占古平县后，在凤凰城拆庙宇盖炮楼，太阳渡已被日军占领了，茅津渡也岌岌可危。”地委领导说：“最近不知古平县委情况咋样？”李鸿远说：“之前已经带领群众转移至尧店，最新情况还不清楚。”“你马上去尧店一趟，了解一下具体情况，看还有啥问题需要我们帮助解决的？尤其是抗日自卫队。”

李鸿远肩搭布褡裢，一副商人的模样，与伙计打扮的警卫员小李警惕地行走在通往尧店的山道上……

岳少峰从川军军部回来，正好看见李鸿远。李鸿远看见他喜出望外的神情，说：“到你住处去说。”他俩来到办公窑洞，岳少峰进屋就说了截粮的事。李鸿远说：“你们敢于打击日寇的这种精神十分可贵，应当鼓励。队员的心理素质和作战经验还有待提高。这个很重要，要在打击敌人的同时，我们要把伤亡降到最低。”岳少峰说：“还有一个枪械修理问题。当时买的枪老旧，枪栓拉不动、弹壳退不出。”李鸿远说：“这个问题亟待解决。我回去向上级汇报，争取八路军给咱派修理师来。”岳少峰又话题一转说：“这次袭击日军驮粮队，多亏紫云提供情报。”说到紫云，李鸿远情不自禁地说：“紫云这几年变化不小啊！”岳少峰说：“是啊！真是不巧，夜儿个紫云刚回去你今个就来。要不然，你回去看看？”李鸿远说：“我是想回去看看，你这修枪械的任务我还得抓紧完成咪！”李鸿远的风趣幽默，逗得两人都笑了起来。

李鸿远走后，岳少峰很快与王力合检查队员的枪械情况，把存在问题的枪支逐一弄清，在训练中等待枪械师的到来。

铁蛋的屁股好得差不多了，拿着拉不动枪栓的枪沮丧地说："我要是有王大队长的枪法就好了。"毛瑞兴说："只要多练，就一定能行。"铁蛋拉了两下枪栓还是拉不动，烦躁地说："这枪啥时候才能不这样。"毛瑞兴说："别急，岳会长说了，很快八路军就给咱派师傅来。"队员们听说八路军派师傅来，都兴奋起来。

李鸿远带了三个师傅来，岳少峰高兴地说："想不到你这么快？"李鸿远说："这几个师傅既能教学员修理枪械故障，又能教制造地雷和手榴弹。"岳少峰一听，使劲握住李鸿远的手说谢谢。李鸿远说："师傅给你们送来了，我得赶快回去。"岳少峰望着李鸿远匆匆走远，回头赶紧招呼三个师傅。

队员们得知八路军派的师傅来了，纷纷要求参加培训学习。尧店村关帝庙很大，周围有很多房子，培训班就办在关帝庙内。培训的主要内容是枪械修理和地雷手榴弹制造专业知识。枪械师首先把铁蛋在战斗中拉不动枪栓的枪修好。铁蛋高兴地拉了几下枪栓说："这枪还真听师傅的话，师傅拨弄几下就好了。"师傅说："只要你们懂得了枪械修理知识，也就自己能修。不过，还有一个重要问题，注意对枪械的保养，枪就少出问题，或是不出问题。"铁蛋说："那咋保养咪？"师傅说："我来时带了几瓶枪油，隔一段时间把枪擦一擦，保证枪的光洁度，这样会好一些。光用不擦是不行的，最容易出问题。"牛二柱说："铁蛋，这下明白了吧？是你没保管好你的枪，还赖人家买的枪不好。"铁蛋不好意思地笑了……

培训告一段落后，岳少峰又召集王力合、关山等同志和师傅研究造地雷的事。岳少峰说："师傅，就目前情况看，我们造石雷最切合实际。这东边的山上沟底都有石头，但不知石头行不行？"师傅说："这几天我也注意观察了东山的石头，我看，只要不破裂都行。""只要师傅说行，我们队员就把石头给师傅弄来。"

队员们听说造地雷需要石头，纷纷开始搬运。男队员背的背扛的扛，有的用独轮车推。女队员两人一组用筐抬，不几天就把一个大场子堆得像座小山。岳少峰望着石堆跟师傅说："你看石头够不够？""现在说不准，

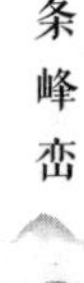

如果不够咱再弄。先多找几个石匠交给我，多造出地雷来，叫小鬼子尝尝咱的手艺。”周围人都笑了。

凤凰城日军司令部的佐藤，似乎这阵子安然了许多，他邀赵紫骏喝茶聊天，说：“紫骏君，你中国的茶真是好东西啊！提神降压消心火，无所不能啊！如果能与大日本帝国长期和善共荣，享受中国的无尽宝藏，也是天皇的一大心愿啊！”赵紫骏沉默无语。此时，一个日本卫兵进来哇哩哇啦地说了两句。佐藤也哇哩哇啦地回了一句。佐藤回头对赵紫骏说：“紫骏君，跟我一同看一场表演如何？”“我对表演不感兴趣。”“还是去吧！你不去，就没意思了。”迫于无奈，赵紫骏只好随佐藤前往。

凤凰城东门内侧的空地上，被一片恐怖的气氛所笼罩。手持刺刀的一队日军，围着一群惊恐不安的老百姓。望着眼前的场面，赵紫骏不寒而栗，他不知佐藤想干啥。此时，一个日军从人群中拉出一个老者。佐藤说：“紫骏君，这个人你认识吗？”赵紫骏一看，是城外水磨村李鸿远的父亲李老伯，说：“你要干啥咪？”佐藤说：“有人说他儿子是抗日分子。”赵紫骏说：“佐藤君，此话不可信。”佐藤说：“信不信没有太大关系，不过今天重要的是想教新兵练练胆子。”赵紫骏说：“不不不！这种玩笑开不得。”佐藤一本正经地说：“没有跟你开玩笑。你总是唯唯诺诺的样子，胆子也太小了。今天看了，你的胆子就会大起来。”佐藤把手一挥：“开始！”

一个日军小兵端起刺刀向李老汉刺去，但到了李老汉跟前小兵把双眼紧闭，结果没刺中。佐藤“砰！”的一枪把小兵击毙，然后说：“作为大日本帝国的军人，就要有军人的胆量和使命，谁做不到就是这个下场！”佐藤本来是学园林专业的大学生，从不敢杀人。但对华开战以来，他从北杀到南，从一个不敢杀人的学生变成了杀人不眨眼的刽子手。他的一枪把新兵蛋吓得再不敢马虎，一个个瞪大眼睛端着刺刀“呀！”地往前冲刺，一刀刀向李老汉刺去，李老汉血肉模糊倒在地上……

赵紫骏一下傻了眼，不禁说道：“佐藤，你……”佐藤说：“不要慌，再看一会儿你就适应了。”两个日军又从人群中架出一个老者向木桩走去，日军端着刺刀又一个个冲上去，扑哧扑哧在身上乱戳，然后用脚一蹬，把人蹬进水井里。接着第三个、第四个……

赵紫骏从日本北海道回来，一路从北到南，看见路上尸骨遍地，知道日军在中国疯狂杀人，但从来没亲眼见过日军杀人。今天看到他们如此杀人不眨眼，心中的愤恨不言而喻，他不由得大喊：“住手！不能再杀人了！”佐藤却哈哈狂笑了一阵，说：“紫骏君，真是少见啊！还是那句话，你见多了就习惯了。”赵紫骏见佐藤如此丧心病狂，望望眼前在屠刀下可怜无辜的乡亲们，他不由自主地给佐藤跪了下来。赵紫骏的个头比佐藤高出许多，但跪下目光与佐藤平视。此时，他感到莫大的耻辱，但又无可奈何，内心经受着巨大折磨。佐藤见赵紫骏跪在自己面前，不解地说：“紫骏君，你这是干啥？就为这些不听话的人？”“他们都是我的街坊四邻乡里乡亲唻！佐藤君如果觉得杀人好玩，就先把我杀了吧！”他把头往上扬了扬。佐藤赶紧说：“不不不！他们这些乡野村民，岂能与紫骏君相提并论。”然后大喊一声：“演戏结束！”赵紫骏顿时晕倒在地……

赵紫骏被抬回家躺在床上，额头上敷着毛巾。赵老爷在院里大骂：“你就是个逆子！知不知道你这么做是羞辱祖先唻！滚！！滚！！！”面对赵老爷如此愤怒，毛夫人愁着脸说：“他爹，你就别骂骏儿了，娃给日本人跪下也是没有办法的事，他如若不跪下，那几十条人命眨眼工夫就都没了。你能眼睁睁看着不管吗？”赵老爷不吭声了，但呼哧呼哧还喘着粗气，他气狠狠地把自己蹾在椅子里长吁短叹。毛夫人从没见过老爷发这么大的火，怯生生地说：“他爹，这不是你发火的时候，快请大夫给骏儿瞅瞅？”赵老爷转过一张因发怒而扭曲的脸朝管家摆摆手。

过了一会儿，一个身穿长衫的大夫提着药箱在赵管家的引领下来到紫骏床前，大夫把了把脉又摸了摸头说：“急火攻心，气瘀不畅，开几副药先调理调理。”而后开好药方递给赵老爷，赵老爷送大夫出门，然后吩咐管家去抓药，他和夫人望着儿子不停地叹气……

次日一早，赵管家刚打开大门，就匆匆跑回来说：“老爷快到门外看看。”“门外有啥好看唻？”“你看看就知道了。”赵老爷满腹狐疑，该不会又是被人屎尿泼门了吧？他跟着管家来到大门外一看，大门被清水冲洗得干干净净，门前的石板上也冲洗得一尘不染，之前的污浊痕迹荡然无存。赵老爷望着眼前的一幕，回想到之前被人屎尿泼门的情景，两种迥然不同的情况，让他好不诧异。

第十九章　凤城赶走小鬼子　少峰率队喜归来

把日寇从凤凰城赶出去，是岳少峰和抗日自卫队坚定不移的决心。为此，岳少峰又召集大家开会。

他说："同志们，日军到处抓人抢粮残杀无辜，尤其是凤凰城城东的水井里，杀了许多无辜百姓，我们不能这样再等下去了，要尽快把这伙吃人的豺狼赶出去！毛队长，你侦察回来把具体想法跟大家说说？"毛瑞兴说："这几天我一直在琢磨凤凰城不好攻打的原因：一是城墙高大坚固，再加上日军有好的武器装备，国军一开始攻城，日军架在城墙上的重机枪就喷火，搁谁谁也攻不进去。"岳少峰说："把你的具体想法说说。"毛瑞兴说："东城水井里杀了很多人，那井水肯定不能再喝了。凤凰城日军唯一的饮水就是五龙庙沟引下的渠水。如果我们派几个队员能从上游截断水源，城里饮水就自然断供了。没了水，日军二三百人喝啥唻？再加上之前我们又截了他们的粮食，没有吃的没有喝的，日军还咋在凤凰城里待？再把日军的电话线掐断，日军司令部就变成聋子瞎子饿鳖子了，凤凰城就变成孤城了。这样，日军司令部就失去指挥作用。"王力合说："然后再进一步打击东坪头日军，同时还要密切监视张村、张店的日军动态。"岳少峰说："这个方案我看可行，待我去联系李军长，咱们军民联合，把小鬼子赶出去！"

李军长听了岳少峰的想法，爽快地说："岳会长，你这个想法很好，我再派兵力堵住凤凰城的几个出口，不让小鬼子出来。再派一部分兵力对付东坪头和张村的日军，阻断其增援，城里的鬼子就是瓮中之鳖，我再派兵盯住张店軨桥的日军，该是有把握的。"岳少峰跟李军长商量好，马上派人到凤凰城边上去截水源。

赵紫云送完信从尧店回来的路上，背着兰儿走走歇歇，远处时不时传来枪声，天也渐渐黑下来，她不敢贸然前行，只好在一位大娘家住了下来，待一切恢复了平静，她才背起兰儿往回走。一路上，她一直回味着岳少峰跟她说的话："你哥一定有他不为人知的难处。"究竟哥有啥难处？她无论如何也想不明白。

赵紫云回到家，看到婆婆一个人坐在窑洞里抹眼泪，不解地说："娘！爹唻？"婆婆哽咽着说："被日本人杀了。"赵紫云的头嗡了一下，她不知发生了什么事。胖婶从外面进来说："紫云，前些时日都说你哥是汉奸，真是错怪他了，前几天日本人在城东杀人，你哥可是救了不少人唻。为了救乡亲们，你哥都给小鬼子跪下了。"赵紫云的头又嗡了一下。她被这一连串无形的重压，压得喘不过气来，坐在屋里直愣愣地发呆。

黄昏时分，傅愣强按照岳少峰的安排带着五六个自卫队员，拿着镢镐悄悄来到凤凰城北花园村竹林边，趴在一处高地仔细观察水渠地形。这里的水渠修筑在崖根高处，属于明渠，只要把渠帮的石头扒下来，水就从缺口流出来，城里的鬼子就没水喝了。几个人蹚着涧水穿过竹林来到渠边，挥动着撅镐七手八脚地扒了起来。渠水仍在哗哗奔流着，并不知此地即将发生什么事。当一个两米多长的缺口猛然扒开后，突然改变其流向，顺坡势瞬间倾泻而下，注入碧波荡漾的涧河，水渠的另一头渐渐枯竭起来。铁蛋说："这下好了，城里没水了，叫他小鬼子喝个毬，看他还咋在城里待唻。"

断了城里水源后，他们很快去剪电话线。几个人跟着牛二柱又摸到竹林边的一根电杆下。牛二柱噌噌地爬了上去，从腰里取下铁剪刀，夹住电线咔嚓一声，电话线瞬间掉落下来。牛二柱顺着电杆往下出溜，溜到半截不动了。傅愣强催促说："下呀！还猴杆上干啥？"牛二柱皱皱眉头说："我好像挂这搭了。""你那么大块肉，啥东西能把你挂住唻？快下！"牛二柱活动了一下身子使劲往下出溜，只听"呲啦"一声溜到地面，说："完了完了！裤裆挂烂了。"铁蛋要看二柱裤裆，二柱捂住裤裆不让看，铁蛋捂住嘴咕咕咕咕地笑起来。

自从抗日自卫队的一伙青年从城里撤出后，老丘秃的儿子门墩再也没有见到过他们。他也很想跟着他们打鬼子，但他爹老丘秃却跟着日本人当了维持会长，让他心里非常矛盾，但还是想见到铁蛋和牛二柱他们，却不知他们在哪里。这天他在竹林边割草，无意中看见了牛二柱几个在剪日军

电话线，他既不敢上前惊扰，又怕日军发现他们，于是就偷偷躲在不远处帮他们望风。牛二柱不知门墩的想法，发现他在偷看他们，抡起镢头吓唬道："你狗日的敢回去跟你那汉奸爹说，看我不抡死你！"门墩吓得傻愣愣地站在那里，看着牛二柱几个向东跑去。

二区队吴中建和任万川带领自卫队员，配合川军，连夜沿龙门关向东坪头日军据点摸去，干掉崖顶哨兵，堵住窑洞门口，小鬼子光着屁股拿枪抵抗，均被机枪扫死。

之前二十九军攻打凤凰城未能成功，佐藤根本没把中国兵放在眼里。昨晚隐隐约约听到远处有枪声，不知是打枪还是耳鸣，始终无法判断究竟发生了什么事，他拨打电话，电话一直不通。早上起来叫勤务兵打水洗脸，勤务兵说没水了。电话打不通，水渠断水了，昨夜的枪声，佐藤心中一阵狐疑。此时，凤凰城因为断水，日军一片混乱，他感到情况不妙。喊来木村去查看，木村回来说，城门全被中国军堵死了。佐藤惊恐万分。

到了黄昏，凤凰城周围全都是自卫队员还有附近的老百姓，一切都准备好了。岳少峰一声令下，鞭炮在洋铁桶里噼噼啪啪爆响起来，老百姓跟着一起大喊："冲啊！杀啊！"……

赵紫云听到喊声从窑洞里跑出来，看到如此震撼的场面，也跟着喊起来。岳少峰望着如此壮阔的场面，激动地说："这就是人民群众的力量啊！"

凤凰城周围的枪声、鞭炮声、冲杀声响成一片，可以说是真真假假虚虚实实，让小鬼子辨不清真伪。佐藤听到密集的枪声和冲杀声，惊慌失措地问："什么的情况？"木村说："我们被中国军围困了。""张村张店的什么情况？"木村没有回答，佐藤又抓起电话摇了一阵，最终一个也摇不通，撂下电话瘫坐在椅子上。佐藤意识到事态的严重性，焦急地说："我们不能困死在凤凰城，集中所有火力从北门突围！"在多挺机枪的掩护下，佐藤从北城门突围出去，沿六里坡上去，同张村据点的日军一同向运城逃窜。

日军撤走的消息很快传遍凤凰城，凤凰城顿时欢腾起来。人们在大街小巷欢呼雀跃，奔走相告。铁蛋兴奋地说："川军是不是抱猴子的部队啊？"毛瑞兴被问得莫名其妙，没回答铁蛋的问题，匆匆离去……

赵紫云亲眼目睹小日寇被赶走的情形，激动万分。她把婆婆从拐窑里叫出来，婆婆高兴地说：“这些该杀的小鬼子，到底被撵跑了。”

赵紫云带着兰儿高高兴兴来到城里看爹娘，见爹娘并没有她想象的那样高兴，奇怪地问：“小鬼子都被打跑了，你们咋还不高兴唻？”二老还是没说话。赵紫云环顾了一下屋子，说：“我哥呢？”母亲忍不住掉下泪来，哽咽着说：“被日本人带走了。”“为啥唻？”爹和娘谁也回答不了她的问话。哥哥被日军挟持走了，赵紫云心里不是个滋味，她闷闷不乐地从娘家出来。

赵老爷看着紫云出了门，也起身准备出门。毛夫人说：“他爹，你干啥去唻？”“城里官渠没水了，准是这群小子扒了上面的渠，我寻人修修去……”

日军从凤凰城撤走后，岳少峰跟李军长商量庆祝胜利的事宜。他说：“我们这次要开一个隆重而热烈的庆祝大会，给老百姓提提精神，长长志气。希望川军也能参加。”李军长说：“好啊！我们川军一定派人参加。”

凤凰城县府大门前人山人海，古平县抗击日寇胜利的庆祝大会在这里召开。参加人员有自卫队员、各界群众、县府各职能部门负责人，还有驻军代表，大约一千余人。古平县牺盟会会长岳少峰作了讲话：“乡亲们，兄弟姐妹们，这次我们军民联合，把日寇赶出凤凰城，打击了日寇的嚣张气焰，大长了中国人的志气。这次之所以能把日寇赶出去，主要体现在我们军民团结共同抗日的决心。在此，我代表古平县牺盟会，向驻防古平县的川军官兵，表示衷心地感谢！”一阵热烈的掌声之后，李军长讲道：“各位同仁，各位父老乡亲，日寇入侵，践踏我国土，作为一名军人，守土卫国是我们的职责。要说感谢的话，我得感谢古平县人民对我军的厚爱与支持！感谢古平县抗日自卫队的竭力协同和配合！我认为，古平县的抗日队伍，不仅是一个顾全大局乐于协作的组织，而且是一支特别能吃苦、特别能战斗的队伍！在此，我向他们表示衷心地感谢！”话音一落，李军长给大家行了一个庄严的军礼，会场报以热烈的掌声。

庆祝大会结束后，岳少峰从会场出来遇到赵紫云，他看紫云脸色不好，心里诧异，说：“紫云，我想去看看你哥。”赵紫云说：“日军撤退时，佐藤把我哥强行带走了。”“被强行带走了？为啥唻？”“我也不知为啥，爹娘都很难过。”岳少峰说：“紫云，你也别难过，你哥的事我都听说了，为了解救遭受被杀的群众，他不得已给日军跪下。这一跪，你不要认为是无能是软弱是耻辱，而是感天动地啊！”赵紫云睁大了眼睛，直愣愣地望着岳少峰。岳少峰又说：“之前，我在心中对你哥跪下之事纠结很久，过不了这个坎，但权衡再三说服自己，体谅理解你哥当时的处境，是不得已而为之啊！”赵紫云还是没有说话。岳少峰又说：“我们不能只看到他跟日本人跪下，还要看到在啥情况跪下？为啥跪下？为了谁跪下？想想这些，你就理解了。”赵紫云没想到岳少峰能这样设身处地地想这件事，这让她出乎意料，非常感动。但还是不明白哥为啥一定要当日军翻译官？哥究竟有啥难处呢？赵紫云百思不得其解。此时，傅愣强跑来说：“少峰，县府后院还关着一个人。”“啥人咪？”“一个穿洋装的，衣服很乱很脏，人看着不成个样子。”“走！看看去。”赵紫云说：“我也去。”

他们几个人一起来到县府大门前。望着县府大门，这个曾经使岳少峰和傅愣强望而却步的重门叠院，今天对他俩来说却是畅通无阻，他们穿过前庭后院来到一偏僻角屋。角屋门还锁着，傅愣强从院里捡了块石头把锁砸开。屋里蜷曲的这个人，已被日本人折磨得失去正常思维，一见来人就疯癫傻笑。岳少峰说：“你们俩谁认识他？”赵紫云和傅愣强都摇摇头。从此，凤凰城街上多了一个疯疯癫癫的流浪汉。

佐藤侵占凤凰城不到三个月就被赶走了。这让刚干上维持会长没风光几天的老丘秃始料未及。他躲在家里怎么也想不明白，日本人的炮火那么厉害，咋就经不住打呢？这才几天工夫，就被打跑了？他心里恐慌日本人走后自己没有好果子吃，像做贼似地赶紧拉着老婆推着踢着儿子偷偷逃往河南。与此同时，一直想在日本人那里寻事做的拐巴子还没等来结果，日本人就撤走了。日本人跑了，老丘秃跑了，拐巴子带着辣椒嘴也赶紧偷偷跑了。

日军在凤凰城被赶走后，凤凰城又恢复到往日的热闹，供水的官渠又开始恢复潺潺流水，文昌阁大院一区二区的队员都聚在那里，兴致勃勃地讲述着袭击日军的经过。毛瑞兴说：“愣强，听说你们剪电话线时还出了一个小故障咪？”傅愣强笑笑说：“这还得问牛二柱咪。”毛瑞兴扯着嗓子喊：“牛二柱！咋回事咪？”铁蛋趁机撵着牛二柱说：“让我看看你的裤裆烂啥地方了？”此时正好石妹也在跟前，牛二柱捂住裤裆红着脸说：“去去去！

看啥看？这是你能看的？”铁蛋说：“都是大老爷们，咋就不能看了？”牛二柱说：“你闹啥闹？裤裆早都让我娘缝上了，还等着你看唻？”逗得男队员哈哈大笑。石妹几个女队员也羞得偷偷笑起来。

岳少峰望着队员们的高兴劲，他心里也非常高兴。此时，王县长笑着朝他走来，说：“现在已快五月中旬，沿河的麦子有的已经成熟了，下一阶段，我们既要防止小鬼子的破坏捣乱，又要帮助群众尽快收割麦子。”岳少峰说：“收麦子是一年的大事，我们一定要重视啊！”正说着，尤申达走来，笑得很勉强，没等王县长开口，就自我介绍说：“王县长好！我叫尤申达，之前在县府当秘书，是岳会长的同学，这次我还想继续做秘书的工作，您看能不能……”话虽然没说完，但意思已经很明确了。他望着王县长，等着王县长表态。王县长没有表态，他又望着岳少峰求救。岳少峰望着王县长沉思了一会儿说：“王县长，我不知你需不需要秘书，你看……”岳少峰也没把话说完。

此时，交通员铁脚板送来一封信，岳少峰打开一看，气愤地说：“日军对安邑、解州一带进行大“扫荡”，用几十辆大车把群众碾打好的粮食都抢走了，抢不走的就放火焚烧。眼看到手的粮食被日军洗劫一空。上级指示我们派自卫队前去支援，配合解县和安邑支队，保护运城一带老百姓夏收。”听到此，王县长说：“那尤申达就跟着自卫队去支援山北夏收吧！”尤申达万万没想到，王县长会让他跟着自卫队去支援夏收，但又不能不去，只能硬着头皮答应。

此时，岳少峰对王力合大队长说：“把四个区队全都派去，一四区队支援解县，二三区队支援安邑，马上行动！”王力合迅速带队出发，尤申达跟在后面也跑。

岳少峰望着他们走远，又对关山说：“你通知一下友农同志，我们和王县长要研究下一步对农民减租减息方面的政策，尽快把农民从重压下解放出来，这个问题应尽快解决。其他同志也要深入基层，及时了解和解决农民群众存在的实际问题，我再跟王县长具体研究，最后拿出一个切实可行的方案来。”

为了减轻广大佃农租地、借贷产生的高租额和高利息带来繁重负担和经济压力，岳少峰和王立人一同来到他之前救助过的一家农户。这家农户

很穷，破败不堪的一孔窑洞，孩子光着身子坐在院子里玩，母亲穿着破烂衣裳在院里摘野菜。看见岳少峰走来，赶紧起身迎接。岳少峰说："大嫂，孩子还好吧！""好着哩！要不是您当年把他背到医院救治，他那小命早就没了。"岳少峰说："现在家里情况是不是很艰难？"说到此，孩子母亲就叹气，说："这日子真是没法过了，收成好了，缴了租子还有点剩余；收成不好，连租子都缴不起，更不敢说借贷了。"说着就流起泪来。岳少峰和王立人各从衣袋里掏出几个碎钱留给孩子母亲，心情沉重地回来。

在研究减租减息会议上，岳少峰心情沉重地说："我们古平县的土地基本都是在沟沟坡坡上，土地十年九旱，水浇地也就是凤凰城周边靠涧水边的农田，小麦收成一亩地也就一二百斤，差的还不足百斤，农民大部分没有土地，生活非常艰难。绝大部分农民生活可以说是半年糠菜半年粮，每年还要负担一系列的派粮、派款、派劳工任务。农民生活不堪重负。我们都是农民出身，都会有深切感受。"王立人接着说："农民的土地少，大部分甚至没有土地，收入微薄，但每年分摊的粮款劳工任务跟大户地主一样，这种方法极不合理。大家想啊，地主占有大量的土地，在土地上获得了很多利益，在分摊粮款上却与土地少的甚至没土地的农民一样。我想这种长久地按人头平均分摊法是极为不合理，应该按拥有土地的多少比例来分摊粮款。也就是说土地多的多分摊，土地少的少分摊，没土地的可以不分摊，或只出劳工。这样，既减轻了农民负担，又改变了原来的不合理性。借贷问题也是个大问题：本来佃农是在万般无奈的情况下才借的贷，但高额的驴打滚利息越滚越大，让借贷佃农更加无力偿还。这种借贷方式不仅解决不了佃农的问题，反而更加重了佃农的负担，有的不堪重负卖儿卖女。"岳少峰听到此，想起父亲当年因借老丘秃的高利贷卖掉妹妹的往事，心中不免对此事愤怒。他咬了咬牙说："这两个问题，都是压在农民头上的大山，亟待我们解决。大家还有没有异议，如果没有就按这个办法实行。我与王县长研究一下，然后拿出具体方案来。"

与此同时，保卫夏收工作的自卫队也到了运城一带，他们在日军必经路段设伏，炸日军车辆，袭击日军炮楼，极大地震慑了日军，日军龟缩在据点不敢露头。为了加快收麦进度，游击队白天黑夜帮助村民加紧收割碾打，在较短时间内完成收割任务。在此期间，尤申达跟着自卫队白天黑夜地奔跑，常常是灰头土脸的，也没有一顿热乎的饭，在心中连连叫苦。

尤申达从运城回来，一再跟王县长要秘书的具体工作，王县长说：“目前抗日工作就是大事，一切工作都得服从抗日。哪里有紧迫任务，就得往哪里冲。”王县长的话让尤申达很是无奈。他本来想跟着王县长，能清闲一些，也能捞点好处，没想到王县长一直派他到抗日前线，他心里极为不满，但又不敢明说，还想再等等……

日军由于在解县、安邑夏收期间，遭到抗日自卫队多次伏击，损失不小，伺机组织兵力进行报复。

没过几天，一千多日军突然向毛家山川军阵地袭来，并伴有多架轰炸机，川军阵地顿时被战火笼罩。日机狂轰滥炸，日军步兵凭借空中优势来势汹汹。

此时，川军指挥部的电话铃急剧响起，李军长抓起电话就听到：“李军长，日军的飞机轰炸得厉害，炸得弟兄们不敢抬头。”李军长说：“炮兵！炮兵咪？”“大炮高度不够啊！”“高度不够就想法往高处搬！”于是听到电话的另一头喊：“炮兵！把炮位往高处移动！快！”毛家山村民帮着炮兵把大炮推往虎圪塔山头，炮兵在虎圪塔山头快速把大炮架起。

天上日机仍在狂轰滥炸，丢下一阵炮弹后，见毫无反应，更加肆无忌惮，轰炸机降低高度，低空飞行寻找目标。此时，两门大炮在山头对准目标猛烈开火，一架日机瞬间被击中，拖着一股长长的黑烟歪歪扭扭地掉在对面山坡上，接着又翻了几个跟头，最后“轰隆”一声爆炸了。其余日机见势不妙，迅速拉起高度仓皇逃离。川军借机对地面日军发起猛烈攻击，日军见空中飞机被击落，纷纷退缩，卷起膏药旗仓皇撤离。

看到日军仓皇逃窜，川军阵地顿时响起一片欢腾，附近老百姓也纷纷赶来看热闹。为此，岳少峰代表古平县牺盟会特别向李军长表示祝贺。

中条山局势迅速变化，引起了中共上级党组织的极大重视，尤其是古平县处在中条山的中心位置，各项工作都必须扎实到位，不能有丝毫马虎。为此，中共运城地委及时派李鸿远来指导工作。

凤凰城外狐三村傅岩书院，岳少峰召集县委主要成员，把李鸿远介绍给大家：“同志们，李部长来看望大家来了。”大家一阵热烈的掌声。李鸿远说：“同志们，古平县人民共同抗击日寇的事迹，上级给予充分的肯

定。古平县军民联合把小鬼子赶走，这个消息很振奋人心，引起了全国人民的广泛关注。此时的中条山已经成为全国人民关注的焦点。不仅是八路军从晋东南一带往这边移动，陕西的西北军也进入中条山，在永济一带打得很惨烈。看来，一场大战恶战在中条山是不可避免了。为此，运城地委指示我们，必须抓紧时间做好以下几个方面的工作：一是做好夏粮收割晾晒以及坚壁清野工作；二是尽快完成减租减息扫尾工作；三是继续组织培训好基层抗日骨干；四是争取在县府各职能部门、村级组织中安插我们的同志，便于以后开展工作。最后，我还要强调一点，要强化我们的联络组织。一旦局势恶化，各股抗日力量能做到信息畅通无阻，做到相互协调，相互支援。”岳少峰接着说：“目前，我们任务艰巨，责任重大，就上述几个任务，先要做以下具体分工：夏粮收割与坚壁清野工作由李友农同志负责；组织培训抗日骨干由王力合同志负责；关于加强联络点这一块由傅愣强同志负责。会议结束后大家抓紧时间行动，俞倩同志留下。”

此时，王立人县长从县府出来匆匆穿过街道，走过涧河小桥向狐三村傅岩书院走来。李鸿远看见他就说：“立人同志，这段时间在古平县工作还顺利吧？”“顺利顺利，有少峰同志大力支持，啥都不是问题。”“顺利就好！看到你们工作配合得好，组织就放心了。”王立人说：“我完全是在岳少峰同志的领导下开展工作唻！”逗得大家都笑了起来。李鸿远说：“这次来要了解一下县府职能部门党团组织建设情况。古平县现在落实到哪一步了？”“这件事，之前我跟少峰同志交换过意见。这个还是由少峰同志来说吧？”岳少峰说：“之前我跟立人同志商量过，在县府建立党团组织，党团书记由立人同志担任，俞倩、石云山为党团委员，在县委统一领导下开展工作。石云山之前没有参加过游行活动，借着在区政府工作的机会为党秘密工作。”李鸿远说：“你说的石云山是不是考上太原的那个？”“是啊！石云山从太原回来，就在涧阳镇教书，现在又在二区工作了。”“这样安排很好，很利于今后工作，我赞同。最后还有一件事情跟你们交代一下，之前编入山西新军的部队也调回中条山了。这些都是咱当地出去的兵，对咱这里的地理环境熟悉，回来更有利于打击敌人，你们要做好配合工作。”岳少峰说：“这没问题。”李鸿远说：“该说的我都说了，我还得赶往芮城去。”岳少峰说：“你都到家门口了，也该回去看看了？”李鸿远迟疑了一下说："我真是想回去看看啊！可是时间紧任务重，芮城那边的同志还在等着，我这一回去，一时半会又走不了，还是下一次吧！"岳少峰犹豫了一下，说："有件事我不得不告诉你，李老伯……""我爹他咋了？""他被日本人杀害了。"听到这个噩耗，李鸿远半晌没有说话，他的心在激烈震颤。过了一会儿，他强忍着悲痛说："你们等着，我去去就来。"李鸿远刚迈开腿朝家走了几步，警卫员急匆匆跑来说："李部长，快！芮城同志接你来了。"李鸿远停住脚步说："看来我是回不去了。"岳少峰说："你就先回去看看，让芮城的同志先等一会儿！"李鸿远说："战事任务很紧，我不能让芮城的同志等我。"岳少峰说："那你不想回去看看大娘和紫云？""想啊！怎能不想呢？""那李老伯不在了，你更应该回去看一下！"李鸿远哽咽着说："还是不回去了，我就站在这里望望她们吧！"李鸿远眼含热泪，凝望着涧河对岸竹林旁的家，门前熟悉的打麦场，场边母亲经常爱坐的那个大石头，他似乎能听到家里的鸡叫声和小兰儿稚嫩的说话声，甚至能感受到爱妻紫云在院子里忙碌的气息声和母亲思儿的叹息声……一股强烈的思念之情在心中涌动，他强忍着对家人的思念，从怀里款款掏出一个小丝巾慢慢打开，露出两块带有体温的银圆。岳少峰一看，这不是之前紫云送给他的吗？俞倩也睁大了眼睛，看着鸿远手上的银圆。李鸿远难过地说："我一直带在身上，从来都没舍得过花，这次把它留下来，让紫云和娘渡渡难关吧！"然后轻轻地放在岳少峰手上，又深情地按了按，转身踏上去往芮城的路途……

岳少峰望着李鸿远远去的身影，心里有一种说不出的滋味，难过地说："我去看看伯母。"俞倩也跟着一起去。

狐三村斜对面就是李鸿远家，赵紫云正在家收拾着屋子，她无意间看到鸿远的衣物，她把衣物轻轻贴在胸口，心中翻涌着强烈的思念……

赵紫云深爱李鸿远，她不顾门户悬殊不畏权势，力排众议，嫁给她心爱的人，甜蜜的爱情使她深深沉浸在爱河中。过门后她很快融入到这个不富裕的家庭，心甘情愿像个村妇一样操持着家务，在与李鸿远耳濡目染的过程中，不断接受新思想熏陶，不知不觉跟着鸿远走上了为理想信念奋斗的革命道路。她多么希望能跟鸿远相濡以沫相守在家，但鸿远为了革命工作常年奔波在外，根本顾不上回家，尤其是鸿远爹被日寇杀害后，鸿远也没能回来。她极度悲痛，靠着坚强意志拖着兰儿和婆婆一起苦熬日子。尽管她心里知道当前形势迫切，鸿远为了工作不可能回来，但还是希望鸿远能回来看看，看看这个家，看看她和兰儿。她多么希望有一天，鸿远能突然出现在她面前，她会抱着他再也不让他离开，但转眼一想，她又希望鸿远为理想事业去奋斗去奔波。此时，紫云对鸿远的思念、怨气和希望以及酸甜苦辣的滋味全部交织在一起，不停在心海里翻涌……

正当赵紫云沉浸在思念之中时，忽然，岳少峰和俞倩走进门来。俞倩进门就说："紫云，鸿远回来了。"赵紫云马上喜出望外地说："他在哪呢？""又走了。"赵紫云脸上刚泛出的喜悦瞬间消失，噘着嘴说："为啥嘛？"岳少峰看了俞倩一眼，对赵紫云说："鸿远非常忙，你要理解他唻。"然后把手里的银圆递给她。赵紫云接过银圆贴在胸口，满眼泪水夺眶而出，哽咽着说："这本该是给他的，怕他在外面吃苦受罪，他却舍不得花……"赵紫云泣不成声。岳少峰和俞倩望着泪流满面的赵紫云，不知如何安慰她。

回来的路上，俞倩和岳少峰都不说话，一前一后就这么沿着涧河边默默地走着。岳少峰望着俞倩出神，瞬间闪出莫名其妙的感觉。俞倩回头见岳少峰盯着自己出神，好奇地问："你在想啥唻？"岳少峰慌忙掩饰着说："没想啥。""没想啥你干吗老看我唻？""我是想鸿远紫云他俩。""想他俩不容易？"岳少峰点点头。

岳少峰和俞倩刚从赵紫云家回到傅岩书院，王力合带着两名军人匆匆走来，说："岳会长，你看谁来了？"岳少峰一看惊喜地说："傅跃华！卫青山！你们好快啊！鸿远临走时还说你们要回来，交代我们要好好配合。"傅跃华说："中条山战事吃紧，我们又被调回来了。""调回来好啊！这些兵都是咱本地人，熟悉环境，跟小鬼子周旋起来，够小鬼子晕乎的啦！"几个人都笑了。岳少峰又说："你们出去打仗时间可是不短了，战士们都想家了吧？"卫青山说："想啊！咋能不想？好几次都梦见我娘了。"傅跃华说："卫指导，你抓紧时间回家去看看老娘。""好唻！"卫青山大步流星向凤凰城走去，看到街上店铺油锅里漂浮的松松软软香香脆脆的炸油条，就想到是母亲最爱吃的，于是买了几根拎在手上。没走几步，通信员跑来说有任务，要他赶快归队。卫青山赶紧把手里的油条塞给一个熟人给他娘带回去，疾步往狐三村学校赶。到学校才知道是部队要去增援川军。傅跃华说：“现在川军在晴岚遭日军夹击，情况十分危急，请求支援。一、二区队已经出发了，我们也得赶去支援。”

卫青山二话没说，随部队快速出发。

第二十章　县大印完璧回归　尤申达却要掌控

川军之前驻扎夏县期间，偷袭日军火车站，炸毁日军军列，在安邑对日军又进行了一次重击，之后赶走了凤凰城日军，又在毛家山击落了日军轰炸机，令日军惶惶不安。川军驻扎在晴岚，令日军如芒在背，恨不得彻底拔除而后快。日军牛岛师团经过精心策划，准备一举击溃川军。

日军突然在这天拂晓兵分三路由夏县庙前向晴岚山进攻。北路日军飞机大炮，以强大声势进攻古平县侯家山阵地；南路日军悄无声息地从侧面绕过进攻古平县毛家山阵地，企图南北两路夹击，把川军阵地从中撕裂成两半，然后分而歼之。最初日军飞机大炮对川军阵地狂轰滥炸，爆炸声震耳欲聋，紧接着步兵汹涌而来，密集的子弹向阵地飞来。川军官兵不惧强敌，英勇抵抗……战斗从拂晓进行到中午，日军一拨被打下一拨又上来，川军官兵子弹打光了，手榴弹扔完了，日军趁势向阵地冲来，战士们枪上刺刀与日军死拼……

时值中午，炊事员用扁担挑上做好的饭菜送往阵地，听不见炮声和枪声，也听不见说笑声，炊事员感到诧异，不知出现了啥情况。他把饭菜藏到玉米地，拿起扁担想看个究竟，只听铿铿锵锵的金属撞击声，再往前一看，阵地上的弟兄们正在与日军拼刺刀，而且多数刺刀已被拼弯，伤亡惨重。见此情景，炊事员怒不可遏，抡起扁担照一个鬼子的脑袋上劈去，鬼子瞬间被劈倒在地。紧接着他又向另一个鬼子抡去……炊事员越打越勇，手中的扁担呼呼生风，扁担比日军的枪长，日军近不了他身，也奈何他不得。炊事员抡着扁担一连报销了几个小鬼子，小鬼子顿时傻了眼，不知从哪冒出个伙夫军。待日军发愣时，炊事员又抄起地上的三八式步枪对日军射击，鬼子又倒下几个，此时川军战士士气大振，趁势奋起拼杀，敌我双方死尸遍地，血肉横飞……

日军南北两路夹击，硬生生从川军阵地撕开了一道口子。中路日军趁两侧厮杀成胶着状态，从中间猛插过来，企图一口吃掉川军在南村塬槐下村的指挥部，情况十分危急。

晴岚防线受到日军两路夹击，军情紧急。李军长迅速派人联系古平县抗日自卫队。

岳少峰正在傅岩书院跟傅跃华介绍最近的情况，傅愣强匆匆跑来报告："岳会长，晴岚防线突然遭日军进攻，情况非常危急，川军请求支援。"岳少峰马上说："力合同志，我们俩带领一二区队火速支援川军。"傅跃华说："卫指导刚走，情况就来了。"随即喊通信员赶快去追卫青山。

日军从撕开的口子疯狂向南村塬方向扑来，情况非常严峻。

此时，川军指挥部电话急促地响起来，李军长抓起电话就听到："李军长！这次日军虽说没有飞机，但数量太多了，比前次增加一倍还要多，来势很猛啊！我军伤亡惨重，再拼下去恐怕就完了。"李军长沉思片刻说："留下一个排掩护，其余部队迅速撤离！"

来势汹汹的日军通过望远镜，观察到中国军队从阵地上纷纷撤离，高兴地大叫："吆西！吆西！"日军放松心情，列队快速前进。

古平县一二区队在岳少峰王力合的带领下，翻沟过涧急速跋涉，赶到侯家山时，川军大部分人马已经撤离了，这一情况让他们感到非常意外。吴中建沮丧地说："他们撤了，我们咋办咪？"铁蛋也说："咱们来增援他们来了，他们却撤了。我问过了，川军就是抱猴子的部队。"毛瑞兴说："你听谁说咪？""我听我一个亲戚说咪，他经常去运城。还说抱猴子的兵没几天就从前线退下来了，还负了伤咪，猴子也挂了彩了。之后，他们就上了中条山。"岳少峰说："川军从四川一路北上，从娘子关一路打到中条山，是一支特别能打的队伍。"铁蛋说："一定是川军，四川猴子多咪。"牛二柱说："你看见猴子了？""我没看见。"毛瑞兴呵斥道："你没看见瞎说啥？""我没看见，可我听别人说咪！""你光听说，就跟着瞎掰？抱猴子是不是他们我不知道，但他们之前在中条山打下一架日机，那可是千真万确的事。"铁蛋惊讶地说："你说的是真的？""那还有假？凤凰城也是他们帮咱们夺下的。"铁蛋说："照你这么说，这抱猴子的队伍还真能打两下子？那他们这会咋见小鬼子人多，不打就撤了？"毛瑞兴说："你这小屁娃，咋光想着抱猴子的事？”铁蛋不吱声了。王力合说：“战场情况瞬息万变，谁也没料到情况会是这样。”吴中建焦急地说：“日军这么多，咱们咋办？”王力合正不知该如何回答大家，只听岳少峰说：“大家都别沮丧，快看谁来了？”此时，傅跃华和卫青山带领新军战士火速赶到，大家一下子兴奋起来。王力合喊道：“占据两边山头，赶快进入阵地！”

川军担任掩护撤退的冯排长，见自卫队和新军官兵在山头上设伏，也决定留下来在山头设伏，对日军来个三面夹击。

日军从望远镜里明明确确看到中国兵已经撤离了侯家山防线，于是放心大胆，趾高气扬地准备轻而易举往南进军。当日军大部队在弯曲的山道上，浩浩荡荡蜿蜒曲折地经过侯家山时，早已等候在三个高地的战士们一起向日军开火，机枪声、步枪声和手榴弹爆炸声密集地响起来。日军还未弄清是怎么回事，队伍就被打得七零八落，晕头转向。日军在一阵慌乱后，又重新组织火力向山头进攻……

日军把士兵分成一组一组，整齐而有规律地往山上进攻，一次次均被打下去，在被多次击溃后，日军死伤甚多，尸体像麦捆似的横七竖八倒在山坡上。日军看之前的进攻队形吃亏不小，再也不敢列队进攻，而是分散前进，企图再来一次反扑，仍是受到猛烈打击。日军摸不清山头上究竟有多少中国兵，不敢恋战，只好丢下数百具死尸仓皇逃窜。

打扫战场时，二区队的小虎捡了一把轻机枪，高兴得不得了，吴队长却要他把机枪交给身强力壮的牛娃，气得小虎噘着嘴。

牛娃身高马大，走路健步如飞，他当年曾经在茅津集市上给家里买了一头牛娃，他嫌牛娃走得慢，于是扛起牛娃一口气走了几十里山路回到家，从此，村里人都叫他牛娃。

吴中建对小虎说：“你别不高兴，机枪归牛娃用更合适，他身强力壮，让他多杀鬼子。不过，这份功劳还是得给你记上的，回去给你挑杆三八大盖枪还是可以的。”此时小虎才露出笑脸，但还是不想马上把机枪给牛娃。

一区队铁蛋因为没捡到机枪有些懊丧，毛瑞兴说：“别懊丧，这次没捡到机枪，说不定下次就能捡到。”“真的咪？”“只要敢参加战斗，就有这个可能。”

战斗结束后，岳少峰握住傅跃华的手说：“傅团长，咱们虽说是一家人，可这感谢的话我还得说，要不是你们及时赶到，光靠咱两个区队也难以抵挡啊！”傅跃华说：“这叫机动灵活，抓住战机绝不放过，支援友军理所应当，你也别说谢的话，我还得赶紧赶回去。”岳少峰说：“你们这次来在哪驻防？我得安排群众管你们饭唻！”傅跃华说：“这个你就放心，我们走到哪老百姓饭就送到哪。”岳少峰说：“无论咋样，以后有啥困难及时跟我说，咱们古平县会竭尽全力配合。”送走傅跃华卫青山，岳少峰去看李军长。

李军长握住岳少峰的手说：“谢谢你们！”岳少峰说：“这都是我们应该做的。”李军长笑着说：“之前一直听说古平县牺盟会工作开展得好，这两次让我真真切切地感受到了。”岳少峰说：“军民团结，共同抗敌，民族的责任。”李军长说：“我以为日军来势凶猛，想避过锋芒，没想到你们给他个冷不防。”岳少峰说：“李军长请相信，无论到啥时候，只要我们军民一心，坚决抗敌，这小鬼子迟早会被我们打回老家去！”“这话没错，希望等到那一天！”岳少峰与李军长紧紧把手握在一起。此时，报务员又拿着一份电文前来报告，李军长看完说：“赵寿山的十七师也来了。”岳少峰一听，高兴地说：“我得赶快去看看他们……”

赵寿山是西北军十七师师长。抗战全面爆发后率领十七师奔赴保定抵抗日军，一路从保定打到娘子关，又从娘子关打到中条山，刚赶到古平县茅津城与岳少峰见面，就接到西北军的增援令。

西北军军长孙蔚如，曾追随杨虎城将军多年。西安事变后，军长杨虎城被迫出国，他接任军长一职。半年时间后卢沟桥事变爆发，日军把魔爪伸向华北。孙军长眼看日军兵临潼关威胁到西安，毅然率领三万三秦子弟兵奔赴中条山前线。临行前，将士们发出“我为中华生！我为中华死！”的誓言。

中条山牵手太行，紧邻秦岭，大致呈东西走向，绵延六百余里，是屏障洛阳、中原、潼关和拱卫西安的重要屏障。日军欲进入中原突破潼关侵犯西安，中条山是其最大障碍。换言之，中国军欲防敌进入中原守住潼关保卫西安，中条山是关键的关键。此时，中条山成为敌我双方争夺的焦点，西北军迅速入驻中条山西端，并在永济城外修筑坚强工事与敌一拼。

永济位于黄河大“几”字弯的最后一弯处，是大唐著名诗人王之涣登鹳雀楼留下千古诗篇的地方。此时，日军调集三千多兵力和十多架飞机对永济城展开强烈攻势。飞机在空中狂轰滥炸，炮火在地面猛烈攻击，城墙多处被炸开缺口，永济城陷入一片火海。西北军警一旅六百多名官兵拼死相搏，死伤大半，剩余官兵没有后退，坚持战斗。为了死保永济城，孙军长坐镇六官村指挥，警二旅组织敢死队插向敌后，在栲栳镇偷袭日军岗哨，炸毁日军增援军车，烧毁日军粮草，给日军造成极大困扰。日军对永济城久攻不下，身后又出现中国军，彻底打乱了日军的进攻计划。日军怒不可遏，调集一千多兵力专门对付栲栳镇的中国兵。飞机大炮坦克全都用上，炸弹把房屋全部炸塌，被炸塌的废墟上仍遭轰炸，飞起的碎瓦断木漫天扬起后又纷纷落下，落下后瞬间又被炸起，栲栳镇反反复复被炸，最终被夷为平地。一个小小的栲栳镇，日军用飞机大炮坦克，整整打了半月之久都没能拿下，令日军匪夷所思。永济城外西北军与日军展开血肉搏杀，城外护城河堆满尸体，不辨敌我。日军坦克从尸体上碾压过去向城内推进，把西北军从城外逼至城内，所有官兵枪上刺刀与日军展开激烈巷战，每个人都杀红了眼，就连炊事员也抡起菜刀冲入敌群，最后战斗到六百官兵全部殉国。永济城虽然失守了，但西北军的拼杀精神仍然令人敬佩。正当西北军准备东移时，突然接到上峰命令，要求警一旅撤出中条山。此时，正是中条山战事吃紧之时，不加强兵力反而要撤出，官兵们大惑不解。孙军长无奈，只得执行命令。

西北军警一旅刚撤出，日军就从王官峪翻过中条山，迂回包抄过来，企图围歼西北军。孙军长率领一七七师和警二、三旅火速向芮城陌南转进，但在陌南被日军团团围困，情况十分危急。

岳少峰一见到赵寿山就做了自我介绍，赵寿山来不及寒暄，说:“岳会长，西北军在陌南被日军围困，情况非常紧急，我得马上去增援。”岳少峰说:“我给你们带路。”

岳少峰带着赵寿山以及部队以急行军的速度从茅津沿黄河，经过三湾、凤凰城、窑头、沙口等地一路向西，到平芮交界处又向沟后深入，再沿沟西崖攀爬上去，然后再向西疾速前进。

此时，日军对西北军部队猛烈围攻，指挥官举着战刀疯狂叫嚣要全部剿灭这伙中国军，没想到赵寿山赶来在日军屁股后面猛烈狠打，日军即刻溃散，西北军部队转危为安。孙军长握住赵寿山的手久久说不出话来。几个师长、旅长愤愤不平地议论着："就不明白了，这仗打得这么关键，上头干吗把警一旅抽走了？这不是拆台吗？都操的是啥心哝？""还有蒋鼎文主任，说指挥部靠西一点，离西安越近，他就越有安全感，一点也不顾及我们的感受。""十七师从娘子关乏驴岭打下来正值冬季，整个部队破衣烂衫伤残严重，想回三原休整几天，可这个行营主任蒋鼎文就是不同意。""这些人不是真心抗日，光考虑个人的一己私利。""这样的人，我们还能相信吗？""孙军长，快做决断吧！"孙军长用凝重的目光望着大家。赵寿山督促道："不要犹豫了，还是把军部移驻古平县吧！军部在那里我们放心。"在场的人都说："就听赵师长的吧！"

岳少峰去见赵寿山，没想到跟着却参加了一次激烈的战斗，他感到中条山形势越来越严峻。

为了加强对中条山的防守，国军在中条山一线迅速展开布防。此时孙军长带领的西北军被整编为国民革命军第四集团军，孙军长任集团军司令。孔旅长的警二旅改编为独立四十六旅，和赵寿山的十七师被整编为三十八军，赵寿山为军长；王旅长的警三旅改编为独立四十七旅，和李兴中的一七七师整编为九十六军，李兴中为军长，同时把川军也编入第四集团军，布防在中条山中西部。

岳少峰回来大家才知道他带着赵寿山去了芮城陌南。关山说："以后带路这事就吩咐其他人去，你一走，我们都不知你怎么了。"岳少峰说："事发突然，来不及回来。现在咱们开个会。"于是大家纷纷围拢过来。他说："同志们，西北军的三十八军和九十六军都已经在我县境内开始布防了，其他国军也在夏县垣曲布防，日军之前大举进攻永济，企图占领风陵渡，然后一步步向东逼近。形势越来越严峻，大敌当前，上级指示我们一定要做好以下几方面的工作：一是各抗日自卫队要时刻做好准备，严阵以待，随时做好与各区域防军的配合。这个任务具体由王力合同志负责；二是组织青年农民，发挥妇救会作用，做好抢救伤员工作。这个任务具体由俞倩同志负责；三是组织好群众，做好坚壁清野工作，保护好百姓生命财产安全。这个任务具体由李友农同志负责。其他同志注意做好配合。大家明白了就抓紧时间准备。”

此时，傅愣强匆匆赶到，气喘吁吁地说：“岳会长，有一伙土匪从运城盐池上来，在张店塬卸牛坪一带抢劫，还打死人了。”“你知道是哪股土匪？”“听说是原来跟石谷安县长一起逃走的警察局局长徐久，还有原来运城警备司令关福运。”岳少峰忍不住冷笑了一声，说：“原来堂堂一个警备司令、一个警察局长，现在竟然沦为土匪头子了，真是天大的笑话。这个时候不知道抗日，还出来捣乱，真是可气。”然后语气一变说：“力合同志，立刻通知吴中建带上二区队，治服这伙土匪！”

二区队队员在吴中建和任万川的带领下，翻山越岭疾步行军，当他们赶到卸牛坪时，土匪又在距卸牛坪不远的吴家咀吃喝，强暴妇女，全然不知抗日自卫队的到来。吴中建做了个手势，示意队员迅速散开把吴家咀围了起来。此时，土匪头子徐久正在院里撕扯一个村妇，忽然听到周围有嘈杂的脚步声，马上警觉起来。他松开撕扯的女人，探头往外察看，周围全是抗日自卫队队员，吓得倒吸一口凉气。他看见院里晾晒有百姓衣服，扯了两件穿在身上，再从屋檐下取一顶破草帽扣在头上，用锨把挑了个粪筐驼着背吭吭咔咔出了门。此时，抗日自卫队队员不许任何人出村，他却故作生气地说：“老夫要上地干活，干吗不让唻？”队员们只好放行。

抗日自卫队把这伙土匪拿下后，土匪放下枪全部站在村外的打麦场上。吴中建扫了一眼不见徐久，立刻询问徐久在哪？有土匪说徐久跑了，就是化装成老农混出去的那个。吴中建恍然大悟，知道徐久已逃脱，无法再撵。于是对麦场上的土匪开始训话：“我知道你们当土匪并不是心甘情愿，而是迫于无奈。今儿个不惩罚你们，只问你们一个问题。”土匪都耷拉着脑袋听这位长官问话：“日本鬼子侵占咱们的家园，你们乐不乐意？”土匪们说：“当然不乐意。”“那好，你们愿不愿意抗日唻？”土匪们纷纷回答：“只要有饭吃就愿意唻。”“好！愿意抗日的跟我走，愿意回家的放你们回家。”大部分都跟着吴中建走了。

岳少峰听了吴中建汇报后，惊讶地说：“徐久跑了？”此时毛瑞兴进来说：“吴队长，你咋让徐久跑了？我上次伏击驮粮队，对付的可是日本人，你这次对付的是土匪，你连土匪都没弄住？”吴中建气愤地骂道：“狗日的，下次别让我逮住他，逮住他看我不把他脑袋拧下当夜壶。”

几个人正在兴头上，消费合作社周掌柜带了一个商人匆匆走来说：“岳会长，这是河南陕州的牛掌柜，他有事要跟你说咪。”牛掌柜拿出一个方方正正的木匣子说：“岳会长，这是几个月前石谷安县长逃往西安时留在我店里的，本应早早给你送来，但店里人手少实在走不开，以致耽误到今个，有些对不住了。烦您交给新来的县长，也了却我一桩心愿。”岳少峰接过匣子慢慢打开，一个古铜色的大印呈现在眼前，他望着曾经流失了几个月的古平县县府大印，有一种愤然和感慨。他拉住牛掌柜的手赶紧让座：“牛掌柜，太谢谢您了。”然后又唤人把王县长叫来，接着与牛掌柜聊了起来：“牛掌柜，您这一趟专程把大印送来，也算是古平县的大印回了家了。”“是是是，搁我那我整天提心吊胆的，只怕把大印给弄丢了。如果真在我那里弄丢了，我可就成了千古罪人了。”此时王立人走来，岳少峰说：“王县长，你这些天到任以来，一直没有县府大印，今天牛掌柜给你送来了，可以说大印有主了。”王立人赶紧握住牛掌柜的手说：“太感谢了！”牛掌柜说：“大印交给你们，我就放心了，我也该回去了。”岳少峰说：“等吃了饭再走。”“不了，我还有其他事要办，办完还得赶回去咪。”

送走了牛掌柜，王县长带着大印走了。岳少峰回头跟几个人又议论了一番。俞倩说：“你们说，阎锡山都弄些啥县长啊！日本人打来，不是带领全县人民团结抗战，而是带着老婆儿女倒自个先逃了。”关山说：“逃跑时还不忘带保镖。”王力合说：“我听说保镖不跟他去，才带的警察局局长。”俞倩说：“逃跑还要拉个护驾的，为自己想得可够周到的。还有这个警察局局长，你说你跟着石谷安跑就跑了呗，干嘛又从西安转到运城，还当上了土匪了？真成了天大笑话。这阎长官都弄些啥人啊！”石谷安是阎锡山的亲信，派他到古平县的目的是让他监视共产党，看好山西南大门。没想到日本人还没打来，共产党还在，他却跑了。不过日本人还没打到太原，阎锡山不也跑了吗？上行下效。俞倩又说：“这样的人若让我逮住……”俞倩没把话说完，岳少峰却说：“别让他遇上你，遇上你一阵机枪扫射，准把他打成筛子不可。”逗得大家笑了起来，俞倩也忍不住跟着笑起来。岳少峰说：“好了，不说这些了，说一下以后我们的工作。吴队长，你和任指导把收编来的这些人办个学习班，耐心教育他们，改掉他们身上自由散漫的坏习气，尽快使他们脱胎换骨，走上正道，真正成为一名抗日战士。”

大家正说着，没想到尤申达走来了，对岳少峰说："岳会长，我听说县府大印回来了？"岳少峰说："是回来了。"尤申达说："既然回来了，我就把它拿回去。"岳少峰说："这个不用你操心。"尤申达说："石县长在的时候，就是我保管着，现在大印回来了，应该还归我保管。"岳少峰听了这话，感到好笑，说："石县长在的时候，大印是你保管，现在不是石县长了。"尤申达无话可说，反而强词夺理说："反正大印我得保管！"岳少峰说："大印谁来保管不是你说了算，也不是我说了算。你干好县长派给你的工作就行了，干吗操心这件事？"尤申达还想说什么，但终究没说出来，显得很窘迫的样子，不得已转身走了。

岳少峰没说把大印交给了王县长，但心里很清楚，王县长并没有把大印交给尤申达保管。俞倩过来说："这个尤申达，也太高看自个了儿吧！"几个人望着尤申达的窘态，都感觉十分解气。

尤申达走后，王力合又把话题转到处理土匪的事上，对岳少峰说："我一直想跟你说件事，不知道与你有没有关系？""啥事？你说！""上次在杜马塬处理土匪的事，让我有点意外。""啥事让你意外了？""我听到土匪在喊一个人的名字，与你的名字相连，不知与你有没有关系？"岳少峰赶紧问："啥名字唻？""少青。"听到少青的名字，岳少峰心潮难平，这是他这几年来千辛万苦要寻找的弟弟啊！王力合看到岳少峰情绪有些激动，猜想出八九分："是你弟弟？"岳少峰点点头。王力合说："到底咋回事唻？"岳少峰说："说来话就长了，还是先考虑当下的事吧！"王力合也不好再问。

抗日自卫队对新编队员的培训工作正在进行。训练场上，二区队队长吴中建在训练新学员操练，任万川在给新学员讲课："一个人要活着，吃饭很重要，不吃饭就不能活着。但是，一个人活着不光是为了吃饭，如果一个人活着只是为了吃饭，那么这人不就成了产大粪的机器了吗？"这话逗得学员哄堂大笑。任万川接着又讲："一个人活着要有理想，有志向，有追求，做一个对社会有用的人。这样，人活得才有意义。例如，做一名抗日战士。现在日本鬼子侵略我们的国土，践踏我们的家园，强暴我们的同胞姐妹，我们能袖手旁观吗？不能！坚决不能！我们要拿起武器，拿起枪杆子跟小鬼子拼，把他们赶出中国去！我们的父母、我们的姐妹才能过上安稳的日子，他们就会感激你，敬佩你，你就会受到尊重，这样才活得有自尊，活得有意义。”队员们一阵热烈掌声。任指导的讲课是他们之前从没听过的，学员们脸上露出从未有过的笑容。此时，他们才慢慢懂得：人活着，除了吃饭以外还有更崇高的意义，他们的训练也更刻苦努力了。

抗日工作能不能做好，要看工作扎实不扎实。岳少峰找到关山，要去看看制造石雷的进展情况。正好王力合也来，几个人一起去。他们顺着山道七弯八拐来到一个偏僻的山坳里。山坳里有一片树林，树林后面隐隐约约能看到一个农家院落。几个人顺着山道来到这里，一进院就看见石匠们凿石打眼，叮叮当当响个不停。还听有人在唱：

一颗石头蛋呀
当中钻个眼
先倒药四两呀
再装麻子捻
麻子留小眼呀
爆发管中间
又简单来又保险
大伙加油干
大伙加油干
……

唱歌的正是造雷师傅，他看到王力合一行来到，放下手里的活乐呵呵地说：“王大队长，你们来了？”王力合说：“岳会长来看看咱们的成果。”岳少峰说：“歌唱得不错啊！”师傅说：“鼓舞干劲咪！”师傅带着岳少峰几个人来到最靠边的一个窑洞，打开窑门，一排排石制地雷，一箱箱自制手榴弹整齐地摆放在那里。岳少峰说：“威力咋样？”师傅说：“一个地雷四两药，相当于四颗手榴弹的威力，虽没有铁制地雷杀伤力大，但只要多，也够他小鬼子受咪。”岳少峰说：“加紧生产，争取多做。”师傅说：“大家白天黑夜连轴转，干劲可大了，都想多生产些，好把小鬼子打出去。”师傅介绍完地雷又介绍手榴弹，说:“这手榴弹虽没有地雷威力大，但携带方便，用着也方便，扔出去就能炸鬼子。”岳少峰激动地说:“谢谢师傅们，你们辛苦了！不过还得注意休息，可不能把你们累垮了，你们可是我们的宝贝啊！”

回来的路上，关山说:“刚才的师傅是造雷组的党小组长。”岳少峰说:“一看就有一股子劲。地雷手榴弹是我们自制的，可以加大生产量，给小鬼子多多准备些。卫立煌总指挥已经来到中条山，就住在太寨村，这说明中条山局势越来越紧，我们必须加紧备战，绝不能有一丝一毫的松懈。”

此段时间，第四集团军在中条山防御阵地已经明确：西北军李军长的一七七师和四十七旅防守二十里岭、芮城陌南、西塬一带；赵军长的四十六旅防守官道岭、云盖寺、黄草坡、砖窑、柏树岭一带，十七师防守张村、马村、太臣一带；李军长的川军布防晴岚、毛山、南村、古计王一带。

各师团正在山顶加紧修筑工事，日军就兵分四路开始向中条山袭来。一路从解州向二十里岭、陌南方向；一路从盐池西向黄草坡方向；一路从盐池东向柏树岭方向；还有一路从王家峪出发向张茅路方向。

卫司令下达作战命令后，孙军长又连续向各军下达命令，各军又向各师旅团下达命令，作战部队气氛骤然紧张起来。

古平县担架队搬运队也准备出发，岳少峰说:“同志们！这次日军大‘扫荡’，兵分四路，来势汹汹。但是，只要我们军民团结一心，共同抗击，就一定能战胜敌人。现在主力部队已进入战斗准备，我们主要任务：一是配合主力部队作战，及时准确地提供信息；二是抢救伤员。一、四区队配合杜马一带防军，二、三区队配合軨桥南村和晴岚一带防军。都清楚了吗？”“清楚了！”“出发！”

轰隆隆的炮声在中条山顶端一连串响起，骤然腾起一道道火光浓烟……

赵紫云看到火光浓烟，知道山顶开战了，赶紧找到胖婶说:“胖婶，山上开打了，你到我家和我婆婆烙些饼子，我给咱兵送去。”“这个我知道，叫支援前线。”赵紫云笑着说:“胖婶懂得还真多唻。”“你整天说唻，胖婶能不知道吗？”

赵紫云又匆匆来到城西娘家，想督促娘和田妈烙些烙饼送往前线，没想到娘和田妈早早醒了一大盆面，已经开始烙上了，爹和管家正在准备驮骡……

第二十一章　西北军鏖战中条　学八路争抢教官

中条山顶炮声隆隆，硝烟弥漫。日军轰炸机在空中来回穿梭，下饺子似的往下投弹，把西北军阵线从中间硬生生撕开一道口子。战火从山顶向下逐渐蔓延，形成多个激烈场面。

岳少峰带领自卫队在战火硝烟中奔跑，指挥抢救伤员往东山转移。俞倩喊:“岳会长，你小心啊！”岳少峰说:“你也小心！”俞倩又喊:“石妹！你还怕血吗？”石妹边跑边说:“没事啦！”……

日军利用手中的新式武器步步紧逼，中条山守军英勇抵抗，激烈的战斗从张村、杜马塬打到张茅一线，日军加快速度继续往东推进。过于自信的日军突然被中国军重重包围，像一头被困的野兽往外突围，敌我双方展开生死对决。

凤凰城的老百姓紧张地往前线运送食物。赵紫云喊:“爹！叫大伙赶紧把水和吃的送给咱兵！”赵老爷说:“大伙听着！赶快趁热把吃的给咱兵送去咪！”……

老百姓把食物和水送给外围战士，战士们高兴地吃着烙饼。被困的小鬼子见周围没了枪声，窥探到中国兵在休息用餐，只能干舔着嘴唇咽唾沫。日军趁中国兵放松之际，伺机继续往东突进。吃烙饼的战士一边吃一边盯着前方鬼子，突然日军往东突进。中国兵喊:“操家伙！”日军冲了几步，就被一阵猛打又缩了回去。受阻的日军越来越急躁，如穷凶极恶的野兽，但受到中国军死死堵截不得东进，只好退了回来。

天慢慢黑下来，日军被中国军围困在张茅一线，被截为数段。赵军长要求战士们停止进攻原地休息。激烈的战斗已经进行了七天七夜，敌我双方都处于疲惫状态。

王力合带领游击队员紧密配合大部队作战，在经过部官一带时，发现一伙国民党散兵背着抢来的东西，心里纳闷，顾不上多想，急速往前奔跑，结果遇到一股日军。他一面与敌拼杀，一面掩护伤员撤退，几个日军端着刺刀一同朝他围过来，结果他子弹打光了，日军见他没了子弹，大着胆子朝他冲来。最前的日军端着刺刀向他猛刺，他一闪身抓住枪杆用脚一踹，把鬼子踹倒在地上，趁机调转刺刀刺死另一个冲来的鬼子。又一个鬼子端着刺刀也向他刺来，一下刺进他的腹部。他忍着剧痛抓住刺刀并按住刀上弹簧，待鬼子拔刺刀时，结果只拔下枪杆，刺刀却留在王力合手中，鬼子顿时傻了眼。倒在地上的鬼子起身向他扑来，他咬牙拔出刺刀用力一甩，刺刀从空中飞出，不偏不倚插进鬼子胸膛。此时，又扑来一个鬼子，说时迟那时快，他顺手捡起地上的刺刀向鬼子刺去，而后自己也倒在血泊里……

俞倩赶来大声喊："王队长！王队长！"王力合没有回应。"牛二柱！担架！"牛二柱和铁蛋赶紧把王力合抬上担架，冒着头顶的弹雨在战火中穿梭……

岳少峰带领一队青年搬运弹药在阵地穿越，边跑边喊："速度要快！注意安全！"队员们一个接一个往阵地上转运……

中国军民在与日寇经过二十余天的激烈拼杀后，日军终因严重受挫不得不撤回运城。

胜利的喜悦掩饰不住激动的心情。岳少峰带着牺盟会成员来到第四集团军总部。孙军长笑着说："岳会长，这次反'扫荡'的胜利，离不开古平县老百姓的大力支持啊！"赵军长笑着说："是啊！古平县群众送弹药，送吃喝，抢救伤员，功不可没啊！"孙军长说："有老百姓的支持，如同加强了我们的战斗力。"岳少峰说："军民团结，共同抗敌，这是我们应该做的。"孙军长要大家都去医院看望伤员。

西北军战地医院在茅津以东的东延村，简陋的帐篷里躺满了伤员，医生护士非常忙碌。王力合也被送进战地医院，腹部的一刀虽然没有伤及要害部位，但有一定的深度，医生给他缝合好伤口，岳少峰和几位首长就来看望。岳少峰一见王力合就赶紧上前询问："伤咋样了？"王力合笑了笑说："没事。"俞倩说："还说没事，肠子都出来了，吓死我了。"王力合说："要不是俞倩，我可能就光荣了。"赵军长说："听说你一连杀了三个鬼子？真是好身手啊！"孙军长说："岳会长，真看不出啊！你们古平县抗日自卫

队里竟有这样的好身手？”岳少峰说：“孙军长，他可是黄埔军校的高才生啊！”“噢！黄埔军校毕业不在部队，咋会到地方工作唻？”王力合是黄埔军校第六期学员，由于被国民党追杀，没毕业就逃走了。他不愿对孙军长说这些，只是敷衍着说：“只要是抗日，在哪干都一样。”孙军长说：“好好养吧！养好了多杀几个鬼子。”

孙军长等人出了战地医院，李军长说：“赵军长，听说你三十八军来了个大知识分子？”孙军长说：“赵军长快说说，啥样的大知识分子？让我也听听？”赵军长说：“有个好人才藏都藏不住。”孙军长说：“正是用人之际，你藏他干啥？快说说情况。”赵军长说：“柳乃夫是国立中央大学（南京）毕业的学生，抗战全面爆发后，把一群文化人组成战地服务团，从江苏浙江一路北上宣传抗日。闻知中条山战事吃紧，就奋勇前来。”孙军长说：“年轻的文人？你打算咋用唻？”“我想办培训班。”孙军长不解地问：“啥培训班？”赵军长说：“就是把军中的团营级干部组织起来进行培训，提高军人素质。之前，我在晋东南就办过，一开打就停了。”孙军长说：“好啊！之前你在晋东南时与八路军配合得就好，而且在八路军那里也学到不少好的做法，这个法宝不能丢。你计划具体咋办？”赵军长说：“我计划在茅津城办培训班，从军中抽调出年轻军官，专门培训学习，由八路军给我们派的几个教官，还有这个柳乃夫也来做教官，把八路军的好方法讲给我们的官兵听。”孙军长说：“好啊！这个想法不错。如果效果好的话，其他军也可学学。”

李军长回到军部，立刻向一七七师和四十七旅传达了孙军长的意图，一七七师陈师长听说三十八军又来个政治教官，羡慕得不得了，跟李军长说：“能不能跟赵军长说说，把柳乃夫要到咱一七七师？”李军长说：“你想得美，现在正是用人之际，谁舍得把人才送给你？”“您就跟赵军长说说嘛！他那里也不差这一个。”“要说你去说。”“您跟赵军长好说嘛！”李军长把眼一瞪说：“我好说？万一人家不给，我这张老脸往哪搁？”“这……”陈师长思索了片刻说：“我就不信赵军长不给？我就死缠硬磨，看他给不给？”李军长一听笑了，说：“这不就对了。”陈师长立刻策马扬鞭，向三十八军驻地奔去。

此时赵军长正在召集团营级干部安排培训事宜，他说：“特殊时期，特殊任务，办培训班是战事需要，是提高部队官兵素质的一个重要手段，对提升部队的凝聚力战斗力很有成效，而且非常切实可行，我们务必要抓紧时间，把班排以上的干部都抽出来学习。”李团长说：“赵军长，不是说团营级干部吗？咋还有班排干部唻？”赵军长说：“我说你这个李大汉，打仗挺灵活的，咋这会又不开窍了！”李团长挠挠头笑了。此时卫兵报告：“赵军长，一七七师陈师长求见。”赵军长还没回话，陈师长就站到他跟前立正敬礼：“赵军长好！”赵军长说：“陈师长大老远来，有啥特殊任务？”陈师长笑着说：“赵军长，我也不跟您拐弯抹角了。”“有话直说。”“我想把柳教官要到我们师？”赵军长眼睛一瞪说：“柳教官？不行不行！”“咋就不行了？你三十八军又不差柳教官一个。”“谁说的？”“这还用说！赵军长治军有方，战士们打起仗来生龙活虎，谁不知道是思想工作做得好？三十八军肯定不只有柳教官一个吧？”赵军长哈哈大笑起来，说：“在茅津城办培训班，你知不知道？”“知道啊！”“知道你还来要人？”“培训班又不是长期班，等结束了总可以吧！”“结束了也不行！”

柳教官名义上是上海文化界战地服务团团长，实际是中共长江局派到三十八军做统战工作的秘书。赵军长知道他的重要性，说啥也不会让柳教官到一七七师去。他说：“如果你一七七师想让柳教官给你们讲课可以，但要把人要走，门都没有！”陈师长说：“讲课就讲课，那就这么定，到时候你可不能推辞啊！”“讲课绝不推辞，一言为定。”陈师长立刻给赵军长行了个军礼，翻身上马急速而去。赵军长回头看见李团长等人愣愣地望着他，虎着脸说：“都还愣着干啥？小鬼子能给咱留多少空闲？”李团长等人赶紧回队准备。

岳少峰和关山从战地医院出来，俞倩追出来说：“岳会长，王队长有话要跟你说。”岳少峰和关山又折了回去。王力合把在部官塬遇到国民党散兵的事说了一遍。岳少峰说：“看来之前西祁村反映二十九军撤走时遗漏有散兵，这件事是确信无疑了？”王力合点点头。岳少峰说：“关山，咱们回去商量商量，尽快收编这伙散兵，不能任由他们在外面胡来。”

岳少峰回来就开始研究如何收编遗漏散兵的事。他说：“群众反映黑窑山聚集的这些散兵游勇，旧军队恶习不改，抽大烟，贩鸦片，有宋军长在还有个约束，现在宋军长走了，他们成了没王蜂了，无法无天，竟然还在通往运城盐池的盐道上，私设关卡，强行收费，有的甚至把老百姓冒死从盐池背回来的盐全部没收。有的在村中抢粮食，不给的就把村民吊起来打，到处搜刮民财。”吴中建说：“这跟日本鬼子有啥区别咪？”关山说：“这一带村民深受其害，对这些散兵也是恨之入骨。更可气的是他们还打着抗日游击队的旗号。”岳少峰说：“既然他们打着抗日的旗号，说明他们还有一点爱国的良知，应该把他们争取过来，加以教育改造，使他们变成真正的抗日武装，为我们所用。今天把大家召集来，就是讨论如何把这伙人争取过来。”关山说：“据说为首的是个姓魏的，先跟这个姓魏的谈。”岳少峰说：“这个想法很好，就先跟这个姓魏的谈。我看这个任务具体就交给关山同志去谈，毛瑞兴吴中建几位同志配合。此事就这么定了，宜早不宜迟，小鬼子不会给我们太多的时间。”关山等人立刻向黑窑山走去。

黑窑山一个土窑院里，一群穿着破烂军服的兵在院里抽烟喝酒打麻将，其中一个嘴上叼支香烟手里还推着麻将的黑脸汉说：“魏队长，你说咱们这些人好赖也是抗日队伍，为啥就没人送补给咪？整天靠抢靠夺，这总不是个长久之事啊！”魏队长叹口气说：“想不到我们从北平打到中条山，越打越不成样子。现在到这种地步你说咋办？还想随大部队受穷受约束？在这多自在，想吃就吃，想干就干，不想干就拉倒。”黑脸汉说：“可我总觉得还是名不正言不顺啊！”姓魏的说：“抗日游击队咋不正了？咋不顺了？正得很！顺得很！你懂个啥？老子在部队干了多少年？才混个排长，老子心不顺。这多好？你还不满意？”黑脸汉哭丧着脸说：“你看看咱这穿的叫啥？快成了叫花子了。”姓魏的说：“穿烂一些怕啥？还要把你穿成新郎官？”两人正说着，从外面跑进来一个报信：“魏队长！有人想见你。”“谁想见老子？谁还能记起老子？”几个穿戴整齐的军人走进来，其中一个说：“我想见魏队长。”姓魏的看了看说：“你是谁？来见老子干啥？”“我是第四集团军派来的，想跟你谈谈。”“谈啥咪？”来人环顾了一下说：“这里太闹，寻个僻静点的地方。”姓魏的跟手下摆摆手说：“你们都出去。”院里的几个兵都懒懒散散地出了门。“魏队长，我们孙军长意欲收编你们，你意下如何？”姓魏的翻翻眼珠子说：“要收编老子的人？那我得有个条件。”“啥条件你说？”“至少得给老子个团长当当，要不然老子是不会跟你们去的。”“这个我做不了主，得回去请示后才能答复你。”“那你就回去请示吧！不送。”

几个人走后，没多大一会儿，又有卫兵来报告：“队长，又有几个人来说要见你。”“不是刚走吗？咋又来了？”“队长，不是刚才的那几个，是又来几个，好像是古平县的人。”“啥？古平县的人，古平县人来寻老子干啥？”此时关山几个已经进来。姓魏的打量了一番关山，说：“你是古平县的？有啥事？”“想跟你谈谈。”姓魏的扑哧一笑说：“怪了，今个日头打西边出来了，都想寻老子谈，这么多天都没人管，现在倒成了香饽饽了。说！谈啥？”关山说：“你这么多人在这里游来荡去，也不是个长久之计啊！”姓魏的说：“这样自由，老子乐意。”关山说：“为了军需到处抢夺老百姓的东西，扰得百姓不得安宁，你于心何忍？能配得上抗日游击队这个称号吗？”“老子的弟兄不去村里弄点，还能叫他们喝西北风去？”关山说：“还是跟我们走，参加抗日自卫队，保证你们的供给不成问题。”姓魏的不屑一顾地说：“得了吧！第四集团军请我，我还得跟他要个团长当当，我跟你们这些土八路？别做梦吧！”关山说：“你还是好好想想吧！想通了告诉我们。”关山几个人转身离去。姓魏的望着他们的背影，悠然地说：“老子哪里也不去，就在这里。”然后把黑脸汉叫过来说：“想想弟兄们明个端午节咋个过吧！”

关山等人从黑窑山回来，把情况向岳少峰做了汇报。岳少峰说：“这说明孙军长也在争取这伙武装。虽说这伙人旧军队习气太重，但我们可以教育改造他们。现在的问题是这个姓魏的不愿意接受我们收编，也不接受西北军，这倒还不是最关键的，关键的是他们万一做了伪军，成了日军的打手，问题可就更严重了。”吴中建说：“那咱干脆把他一窝端了。”毛瑞兴说：“对！把他们一窝端了，不接受也得接受。”岳少峰说：“时间不等人。这样吧！吴中建你带二区队，毛瑞兴带一区队，强行包抄，尽量不要伤及人，把他们全部带回来。”

次日中午，正值农历端午节，黑窑山的土匪正围在院里狼吞虎咽地享受着从老百姓家抢来的白馍和酒肉。外面两个站岗的，一个在树上，一个在门口，一手拿着鸡腿，一手拿着酒瓶，边吃边喝边看着远方。院内喝酒声咀嚼声夹杂着划拳声不绝于耳，一个个吃得满脸涨红嘴角流油。

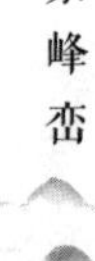

吴中建和毛瑞兴分别带领二区队和一区队队员兵分两路，一路从部官塬上去，一路从上下牛村过去，很快把这伙土匪包围了起来。

姓魏的正在院里吃喝，忽然站岗的跑进来喊："队长不好了！外面来了好多人。"说话间嘈杂的脚步声由远而近。姓魏的撂下筷碗大声喊："弟兄们！快！"土匪一阵慌乱。

吴中建在外面喊道："你们被包围了，赶快缴枪吧！缴了枪到村口集合！当正儿八经的抗日战士！"然后"嚯——嚯——嚯——"吹起了哨子。哨声一响，院里的土匪都愣住了。吴中建又喊："听到哨声都赶快出来集合！"土匪们看看姓魏的没反应，都拿着枪往外跑。姓魏的一看不妙，赶紧爬上院里的小房顶，扯着嗓子大喊："弟兄们！不要上土八路的当！赶快开枪！"没等姓魏的把话喊完，吴中建一枪过去，姓魏的就从房顶滚了下来。土匪们一看队长被击中，纷纷缴枪，接受自卫队收编。

吴中建和毛瑞兴回来，把情况向岳少峰作了汇报。岳少峰说："这次能成功收编这些散兵，你们俩功不可没，下一步要抓紧时间对他们进行教育改造工作。这些散兵，都是些兵油子，养成的恶习一时半会难以改掉，一定要耐心做思想教育工作，深入浅出地跟他们讲道理，使他们彻底根除身上的恶习，真正成为一名保护人民、英勇杀敌的抗日战士。人数不少，工作量也不小，分由一区队和二区队共同来完成。我要给他们讲课。"

培训班很快办起来。岳少峰讲道："作为一名抗日战士，一定要树立保家卫国的信念。保家卫国就是要保卫家乡，保卫父老乡亲的生命财产安全，把日本鬼子从我们国土上赶出去，让我们的父母姐妹过上幸福安稳的日子。而不是去肆意抢夺老百姓的财物，践踏老百姓的利益。如果这样做，与日本鬼子有啥区别？"讲到此，学员们感到之前的行为羞愧难当。岳少峰又讲道："我知道你们大多都是穷苦出身，一定遭受过强权劣绅的欺凌，你们能忍受吗？不能！面对日寇对我们同胞骨肉的残害，你们能不管吗？不能！所以说，我们拿起枪杆子是要对付日寇侵略者，保卫我们的父母姐妹，保卫我们的家园。这才是作为中国军人，作为抗日战士真正要做到的。"岳少峰的讲课，感动了这些兵，他们激动地高呼："坚决抗日！保家卫国！"

岳少峰讲课回来，看见俞倩陪同王力合步履缓慢走来，赶紧上前扶住说："力合，你咋回来了？伤咋样了？"王力合说："没事，这不缝了几针，还得活动活动，要不然这肠子还不得粘连一块了。"俞倩说："咋说都不听，非要回来，只好让医生开了点药就出院了。"王力合说："那些散兵收拾得咋样了？"岳少峰说："多亏你发现这个问题，你住院期间，我派吴中建和毛瑞兴两人带队去，把问题解决了。现在正在组织他们学习培训，提高觉悟，效果还不错。"王力合说："最近日军有没有动向？"岳少峰说："第一次反'扫荡'已经过去半个月了，上次日军吃了亏，肯定不会善罢甘休，想必日军已经按捺不住了。"正说着傅愣强疾步走来，急促地说："日军又出动了。"岳少峰说："多少人？哪个方向？""大约五千人，分张村墩台山和晴岚山两个方向。""通知一、二区队，组织好担架队，准备支援……"

日军出动了，气氛马上紧张起来。古平县东延村第四集团军指挥部，孙军长抓起电话分别给九十六军、三十八军和川军下达了作战命令。三军又分别给各师团下达作战命令。

此次日军往晴岚方向的大约有三千人之多，扛着长枪，抬着大炮，来势汹汹。川军李军长迅速把电话打给孙军长说："日军来势不小啊！恐怕这里的兵力不足，难以抵挡。"孙军长迅速从三十八军抽出两个团，以急行军的速度赶往晴岚山方向，分别在侯家山和毛家山设伏，静静等待日军的到来……

东西两处几乎同时开战，炮声震天，硝烟弥漫。古平县抗日自卫队一、四区队，配合打击进攻墩台山的日军；傅跃华团与二、三区队队员配合打击进攻晴岚方向的日军，他们不断运动袭扰日军，迫使日军分散兵力疲于应付。经过三天三夜的激烈战斗，东西两线均将日军击退，日军丢下千余具尸体，狼狈撤回运城。

接连两次反击日寇大"扫荡"的胜利，极大地鼓舞了古平县军民的士气。但是，日寇加紧了进一步封锁，尤其是对运城盐池的封锁，给周边村民生活带来极大困扰。

这天早上，岳少峰正在召集大家开会，讨论目前存在的问题。俞倩说："许多老百姓反映没盐吃了，咋办哝？"岳少峰说："日军封锁运城盐池以来，把绝大部分生产的盐都运往东北，作为制造弹药的原料，反而住在盐池周围的老百姓没盐吃了。"俞倩说："这日本鬼子，真是可恶至极。"

王力合说:“想法袭击一下，弄些盐回来。”关山说:“盐池四周都有日军把守，光靠咱抗日自卫队去恐怕不行。”岳少峰说:“我去赵军长那儿看看，让他想想办法。”

岳少峰见到赵军长说明情况，赵军长说:“不光是老百姓没盐吃了，我这军中也出现食盐危急。”岳少峰说:“老百姓想去盐池弄盐，但是太危险。我想请赵军长想想办法。”赵军长说:“派兵出去得孙军长同意，咱们找孙军长去。”

孙军长从外面跑步回来刚进司令部，赵军长和岳少峰就来了。孙军长说:“呵！你们两个这是？”赵军长说:“老百姓没盐吃了，我们来说盐的事。”孙军长说:“我刚才跑步路过伙房就遇到一个村民偷盐，这说明老百姓没盐吃了。来，咱们一起研究研究。”几个人围着地图，察看盐池的地理位置，都沉思起来……

中条山北麓，雪白美丽的盐池，在人们心中犹如上天赐予的一池取之不竭用之不尽的圣水，源源不断地造福着河东人民，惠及周边百姓。岳少峰说:“盐池是这一带百姓赖以生存的生命之湖，历代财政收入超过半数都来之于盐池。不仅老百姓离不开盐池，统治集团也把盐池作为取之不尽的金宝盆。当年八国联军进北京，慈禧太后逃亡西安，最后与列强签订赔款条约，就是用运城盐池来抵押。日军知道盐池的重要性，打到运城就立刻把持住盐池，不仅把食盐运走换钱，还把食盐拿去造军火，弄得老百姓住在盐池边没盐吃。”赵军长说:“我看今天是老乡来偷盐，明天就是咱们去抢盐，家里来信说，就连咱西安也开始抢盐了……”话说到半截停住了。岳少峰说:“咱也抢啊！”赵军长和孙军长互相对视了一下都兴奋起来。孙军长说:“岳会长，说说你的具体想法？”岳少峰走到地图前说:“运城盐池在安邑西南，张店西北，离咱这不过六七十里的路程。盐池东西长有三十五六里，南北宽有六七里，目前被小鬼子的岗哨围着，如果我们的部队能从盐池的东南角或是西南角打开一个缺口，老百姓就可以进去放手抢了。”赵军长说:“这办法我看可行。”孙军长说:“这部队谁去唻？”赵军长说:“部队没问题，我三十八军全包了。”岳少峰说:“我们牺盟会负责把老百姓组织起来，让老百姓背上布袋吆上驮骡，能驮多少驮多少，能背多少背多少。”孙军长说:“打盐池的部队要快，采取闪电袭击，护着老百姓抢完盐就撤。这得是一支奇兵啊！”赵军长笑着说：“这个孙军长放心，我把人员挑好后让您过目。”

赵军长回到军中，立刻把任务交给李大汉团长。李团长一米八的大个子，在师里属他最高，大家都叫他李大汉。李大汉团长立刻从师里挑出四百多精兵强将，列队让两个军长检阅。并一一给孙军长介绍：“这是钱六斤。”孙军长好奇地说：“为啥叫钱六斤？”钱六斤回答说：“军长，我姓钱，我娘生我六斤重，所以我爹给我起名钱六斤。”孙军长说：“有意思。”李团长又介绍二憨子。孙军长更加好奇：“噢！咋叫这么个名字？”赵军长只是笑。李团长解释说：“叫他二憨子，其实他一点也不憨，打起仗来敢玩命。在太行山乏驴岭阻击战中，抡起大刀跟小鬼子死拼。”孙军长说：“真是好样的。”李团长又接着说；“这个二憨子不光是敢打敢拼，还帮人娶过媳妇咪！”孙军长看看赵军长，赵军长只是笑。孙军长笑着说：“还有这样的事？说来听听？”李团长又津津有味地讲了起来……

第二十二章　二憨抢媳妇助人　盐池抢食盐为民

十七师刚从太行山转战进驻到中条山古平县之后，袁野排长就带领他的一个排进驻土地庙村。有一天大早，村里的一位老婆婆捣着小脚寻到袁野，哭哭啼啼跪下哀求："长官，你们救救我的儿媳妇吧！"袁野扶起老人说："老人家，您起来慢慢说。"老婆婆哽咽着讲了起来："我娃他爹在世时，就给娃订下一门亲事，女娃就在沟那边，可我家里穷拿不出一点钱来娶媳妇。前两天亲家捎话过来，说保长手下一个狗腿子三天两头到家里来，怕出事，说兵荒马乱的也不讲究啥礼数了，赶快要我把女娃接过门。可这山大沟深，我这边孤儿寡母的，那边又是保长一伙人，咱惹不起，谁敢过去呀！我要是再不过去，那女娃恐怕就被糟践了。村里人给我出主意，让我寻部队当官的，我这才来央求你们帮忙。长官你看，是不是给你们添麻烦了？""没没没，让我想想。"袁排长听了老婆婆的诉说，心里也着急起来：穷山沟里的人，娶个媳妇不容易，这个忙我一定得帮。于是把老婆婆先打发回去，立马叫来排里的三个班长开了个"抢媳妇会议"。一班长钱六斤听了会议内容，惊讶地说："我的爷呀！抢媳妇？这叫赵军长知道了，非毙了咱们不可！不行不行！"袁排长说："咱是帮老百姓抢媳妇唻！又不是胡抢唻！怕啥唻？我今个把丑话撂前头，路上谁要敢动人家女娃一指头，小心我抽他嘴巴！"一班长拍了拍胸口说："排长！抢媳妇的事就交给我，保证没问题。你带弟兄们帮老婆婆把窑洞收拾一下，好赖也得有个洞房不是？"袁排长想把事情办得热闹些，一边派人收拾窑洞，一边到村里去找响器。

当天中午，一班长就带着抢亲的队伍出发了，下午太阳偏西一点就往回走。袁排长带着一帮弟兄们站在沟边迎接，村里人扶老携幼在村口看热闹。不大一会儿，山沟里传来了鼓乐声，一队人马吹吹打打从沟那边沿着弯弯曲曲的山道往沟这边走来，鼓乐声从隐隐约约到逐渐变大，人们才清晰地看到鼓乐队的阵容：原来是几个大兵临时凑的吹鼓手，虽然水平不佳，但都很卖力，唢呐腰鼓镲钹虽不全乎，也能凑合着响。一群大兵嘻嘻哈哈反复合奏着一曲不成曲调的迎亲曲。更让人新奇的是新媳妇坐的花轿，竟然是一张四条腿朝上的八仙桌，三面围着红布，两根长木杆做轿杆，这可是村里人从没见过的，都纷纷往前挤，想看个清清楚楚明明白白。只见四个背枪的大兵抬着奇特的花轿，长长的轿杆软颤颤地在大兵肩上一颠一颠，新娘在轿里被颠得一起一伏左右摇晃。几个大兵也不管花轿里的新娘颠不颠，只管高兴地使劲颠晃，而且边走边唱："哥哥你走西口，小妹妹实在难留……"当迎亲队伍抬着新娘吹吹打打晃晃悠悠走来时，看热闹的村民们一下子被逗乐了。尤其是婆娘媳妇们捧腹大笑，笑得挤成了一疙瘩。之前她们从没见过有这样娶媳妇的，这样的闹腾，不由得让大老爷们也哈哈大笑起来。就这样，袁排长手下的兵，把媳妇给大娘热热闹闹地"抢"了回来。

没想到的是过了一天，老婆婆带着儿子儿媳又来找袁排长。袁排长诧异地说："大娘，是不是那个保长一伙寻您麻烦了？"老婆婆说："有你们在他们不敢。"袁排长说："那为啥唻？""娃要跟你们打鬼子去。我想这样也成，就把儿子给你送来了。"袁排长说："这刚娶了媳妇就来当兵？"老婆婆说："媳妇也跟着一搭去。你看？"袁排长一听犯了愁，说："大娘，你看看我这伙兵，都是大老爷们，整天打打杀杀的，带个女的不合适。"老婆婆说："让媳妇给你们做做饭，洗洗衣裳，她都能干。"袁排长挠挠头说："不行不行！"老婆婆见不行，赶紧拉着儿子儿媳给袁排长跪下。

此时，赵军长正巧走来，看见此种情况勃然大怒，言明叫清要对袁排长军法处置，村里来了一圈看热闹的人。老婆婆赶紧起身说情："长官啊！不是袁排长不好，我们是感谢袁排长的大恩大德唻！"赵军长说："老嫂子，究竟是咋回事？"老婆婆讲了事情的缘由。赵军长问袁排长："老婆婆讲的可是实情？"袁排长说："千真万确。"村里人都说是实情。赵军长哈哈大笑，说："我说袁野呀袁野，你就是个二憨子，敢给人家抢媳妇？"袁排长不好意思地挠挠头说："军长，我如果不叫弟兄们去抢，老婆婆的儿媳妇恐怕就……"赵军长说："那为啥让老婆婆跪下唻？"还没等袁排长开口，老婆婆赶紧说："这哪是袁排长让我跪下，是我自个跪下求袁排长收了我的儿媳妇，也跟着你们打鬼子。袁排长见是女的正犯难哝！”赵军长说：“这好办，你儿媳妇就到野战医院当护士照顾伤员，您老看好不好？”老婆婆听了连声说：“好好好！”

听了李团长的讲述，孙军长看着赵军长哈哈大笑，赵军长也笑了起来……

孙军长笑着说：“好啊！李团长，你挑的人员个个都是好样的。”然后说：“赵军长你下命令吧！”赵军长说：“还是孙军长下吧！”孙军长说：“将士们！这次的任务都清楚了吗？”“清楚了！”“是啥任务？”“抢盐！”“对！抢盐！这可跟抢媳妇不一样。我们面对的不是村保长一伙，而是凶残的日本鬼子。大家明白了吗？”“明白了！”“好！祝你们一举成功！”李团长向两个军长行了一个军礼。

岳少峰把此次抢盐行动向李鸿远做了汇报。李鸿远又向地委领导做了汇报。地委领导说：“抢盐的事不是小事，关乎老百姓的切身生活问题。目前盐池由日伪军把守，最好的办法是派人进入盐池与伪军里应外合，尽量做到零伤亡。”李鸿远说：“盐池我待过，郝老大是熟人，我去！”地委领导迟疑了一下说：“你去？”李鸿远说：“时不待人，我们不能错过最佳时机。”

李鸿远匆匆翻山越岭来到盐池。郝老大正在搬盐，有人喊：“郝老大！有人找。”郝老大满头是汗，他擦了一把头上的汗，见到李鸿远大吃一惊。李鸿远赶紧示意说：“郝大哥，郝大伯说家里有点事，让我给你捎句话。”李鸿远一边帮郝大哥搬盐，一边把抢盐的事说了，郝大哥惊得半天说不出话来。李鸿远说：“这几天日军去侯马忙着打仗，守盐池的全是盐警，这是个千载难逢的好机会啊！”郝老大说：“我就说哝！这几天不见鬼子兵，原来是忙于打仗去了。如果是这样好办，我弟弟郝老二就是盐警，我跟他说，叫他联系几个兄弟，配合咱部队……”

此时，岳少峰把一、二区的青壮年都组织起来，又加上抗日自卫队队员，大约两千多人。他说：“乡亲们，我们的任务只有一个，就是去运城盐池抢盐。有马的牵上马，有驴的赶上驴，有骡的吆上骡，没马没驴没骡的拿上布袋，挑上担，推上车。总之，只要是能跑得利索的人都去，尽最大限度地往回抢，能抢多少抢多少。这次，有赵军长专门为咱派大兵保护，大家放心抢。到时候要听指挥，守纪律，动作要麻利，家什装满就走。听清楚了吗？”“清楚了！”“好！大家赶快回去准备，等待命令。”

知己知彼方能百战不殆，为老百姓从虎口抢盐也是如此。李团长先派袁二憨子带人去盐池周边侦察，袁二憨子只用一天时间就把情报带回来：“团长，天赐良机啊！”“说具体一点。”“我到盐池边的池牛村一打听，守盐池的日本鬼子全都调到侯马一带打仗去了，盐池只有伪军一个中队，不到二百人，招不住咱们收拾。而且，看守盐池的伪军队长这两天正忙着娶媳妇咪！咱正好趁他防务松懈时，打他个措手不及。”听了二憨子的汇报，李团长把大腿一拍说：“好！天赐良机，不可错过，你赶紧回去做好准备，待我报告赵军长后马上出发。”

赵军长听了李团长的汇报后，果断地说：“古平县牺盟会发动群众抢盐的工作已经做好，要抓住机会速战速决！”李团长说：“还有一个问题要解决。”“啥问题你说？”“要智擒伪军队长黄金斗，必须要有当地士兵，否则，我们陕西腔调一开口就露馅了？”赵军长思考片刻说：“这没问题，我跟岳会长说，让他想办法。”

岳少峰听赵军长说明情况后，迅速联系傅跃华，傅跃华很快抽调毛铁虎、王战兵几个精干战士，化装成老百姓，一起交给李团长。

经过一番紧张准备，很快军民联合的抢盐队伍从古平县向运城盐池浩浩荡荡进发。一路由凤凰城经张村塬翻过官道岭到达盐池，一路由南村塬经晴岚翻过张店塬到达盐池。弯曲的山路上扛枪将士在前面开路，老百姓牵着驮骡吆着毛驴扛着扁担拿着布袋跟在后面，两条蜿蜒曲折的抢盐队伍在中条山间同时向运城盐池挺进……

与此同时，傅跃华、卫青山也带领战士迅速赶来，保护着张村塬一路的抢盐队伍向盐池进发。

自从日军把防守盐池的差事交给黄金斗后，黄金斗死心塌地为日本人卖命，把盐池看得严严的，他发现有偷盐的就毫不留情，甚至开枪打死，周边的老百姓都恨死他了。

黄金斗看中了池牛村一个女娃，拿着枪顶住女娃父母脑袋，逼着要与女娃成亲。女娃父母得罪不起黄金斗，只好应了这门亲事。

黄金斗正在自家院里大摆宴席为自己完婚。守盐池的伪军士兵多数都来凑热闹，地方乡绅也来捧场。黄金斗身上披红挂花，肉乎乎的脸上堆满笑容，打躬作揖地招呼着来宾。唢呐鼓乐不停地伺候，鞭炮噼噼啪啪响个不停，夹杂着人们的说笑声，场面热闹而又乱哄……

黄金斗一大早起来就迎接客人，把酒水一碗一碗地往肚子里灌，不到中午已是醉眼蒙胧了。此时，一个伪军跑来报告："队长，张店山来人送礼了，要见你。"黄金斗歪着脑袋摆动着胳膊口齿不清地说："把，把礼收下。让，让客人入席，喝喝喝！见我干啥唻？"此时，七八个庄稼汉模样的年轻人，大摇大摆走了进来，说："送礼咋能不见新郎官唻？黄队长新婚，恭喜恭喜啊！"黄金斗醉醺醺地说："你们是谁呀？我咋就不认识唻？"毛铁虎说："跟你们的人说，把枪收起来都交给我！"黄金斗眼睛一瞪说："你是谁呀？凭啥听你唻？"毛铁虎说："少废话，赶紧的！"黄金斗一看这阵势，知道情况不妙，于是大喊："土八路！快！抓起来！"毛铁虎起手"砰"的一枪，黄金斗瞬间倒地身亡，其余伪军都傻了眼。此时，七八条枪同时对着院内，宴会顿时大乱，伪军四散奔逃。与此同时，盐池西门东门也响起激烈的枪声。

李团长一马当先手握双枪，二百多名战士旋风般地拉开扇形把盐池围个水泄不通，并朝禁墙上的伪军喊话，禁墙上的伪军惊慌失措。此时郝老二大声喊："弟兄们！都不要开枪！老百姓没盐吃了！咱们行行好！"并在事先暗中联络的几个伪军的配合下稳住面前的其他伪军。战士们迅速打起云梯翻进禁墙，首先爬上岗楼治服里面的机枪手，不到一袋烟工夫，盐池就被李团长的人马控制，并迅速打开禁门。早已等候在盐池周围的抢盐群众，看见盐池禁门打开，一窝蜂似的往盐池涌去，驴欢马叫，人声鼎沸。盐工郝老大看见抢盐的人们如潮水般涌来，赶紧引领着人群往好盐堆跟前跑。一同来的岳少峰、俞倩等人大声招呼着抢盐的群众："乡亲们！不要挤，装好就走，不要停留，动作要快！……"李团长怎么也没想到盐池里的伪军会这么配合。但还是不敢大意，骑着战马，双手持枪，两眼紧紧地巡视着周围；几个机枪手在岗楼上也架起机枪盯着远处。消息一时又传不到日军的耳朵里，群众抢盐一直持续到天黑。就这样，盐池在三十八军将士的把守下，抢盐的大人小孩、男女百姓整整持续了三天三夜。

抢盐任务完成后，赵军长跟孙军长汇报了此事。孙军长说："赵军长，你手下那几个虎将，还有那个二憨子，我真是喜欢啊！你看，这次抢盐的活干得多漂亮。"赵军长说："他们杀日本鬼子，个个都是拼死里干，从不含糊。不这样咋会叫他二憨子唻？"孙军长被逗得直乐："你真会给人家起外号。不过这个外号挺逗的，我也喜欢。"然后又说："据说这次抢盐的事，山西新军也参加了？"赵军长说："没有他们不行啊！就守盐池的那个黄金斗，不弄几个当地兵糊弄住他，咱这陕西兵一张口'哦是张店的'，那不就露馅了吗？关键时刻露馅，那麻烦就大了。"孙军长笑着说："是啊！新军五十九团大部分是从古平县招的兵，熟门熟路。"赵军长说："这次抢盐够老百姓吃上几年的，盐的问题就暂时不用发愁了。"

岳少峰、俞倩回来跟王立人县长说了抢盐的事，王县长笑着说："岳会长，盐的事也是老百姓生活中的一件大事，这件事干得漂亮，既解决了老百姓的食盐问题，又打破了敌人的封锁，可谓是一举两得啊！这个经验得好好总结。"还没等岳少峰说话，铁蛋从外面跑来，气喘吁吁地说："铡人啦！抗日游击队铡人啦！"一下把在场的所有人都惊呆了。岳少峰说："铁蛋，慢慢说，谁铡人啦？"铁蛋说："听说四区队抗日游击队队长用铡刀铡人啦。"岳少峰看看王力合说："你知道是咋回事？"王力合诧异地说："这不是刚听说，我也不知咋回事啊！这得问四区队的裴永安唻！"此时，裴永安也赶来。岳少峰说："铡人的事是咋回事？"裴永安说："我也是刚听说，但事情的缘由我是知道的。""你跟大家说说，到底有啥缘由就能用铡刀铡人唻？"裴永安说："这还得从几年前说起。"

古平县西葛赵镇非常热闹，正有一个戏班子在台上演出蒲剧《柜中缘》。女旦角演完回到台后，被当地一地痞调戏，雷周泰把地痞暴打了一顿，这个地痞就把姓雷的给告了。结果，姓雷的被判刑三年。由于他拳脚功夫甚好，刑满后正好被县长石谷安留下当保镖。日本人打来石谷安要带他一起走，姓雷的说啥也不跟他走，无奈之下，石谷安只好叫上警察局局长一起跑了。之后，姓雷的又回到县西家中。自打姓雷的回来，还干了一件让村民称赞的漂亮事。靖家山有一股土匪，经常在西塬一带抢劫百姓，这事让他知道后非常气愤。他把儿子孙子，还有邻村的青壮年都组织起来，大约有三四百人，手持棍棒锄头叉把等工具一起涌上山，一举捣毁了土匪的巢穴，为当地百姓除了匪患。之后，县牺盟会要求成立抗日游击队，他就拉起这支队伍。从河南来了十几个人，说是抗日的，要投奔姓雷的，雷周泰就收留了这几个人。谁知，这几个人就是一伙土匪，他们恶习不改，到处抢掠，雷队长多次劝告就是不听。有一次，在留史石穴一带抢劫百姓，遭到村长强烈阻挡，这几个土匪怀恨在心，偷偷背着雷周泰把村长等人用铡刀给铡了，这件事引起村民极大愤慨。雷周泰知道后，恨得咬牙切齿，发誓一定要除掉这几个恶棍。农历八月十五这一天，雷队长以抗日游击队的名义宴请游击队大小官员，借此机会用酒碗把他们砸昏，然后五花大绑把他们捆起来，并按照之前土匪铡人的办法把这三个人给铡了。

吴中建说："铡得好！这叫以其人之道还治其人之身。"毛瑞兴也说："铡得好！像这样的恶棍就得这么惩治咪。"岳少峰沉思了一会儿说："再作恶的人，也得交由县府按法律程序处理。"吴中建说："不是特殊时期嘛！"岳少峰说："裴队长，这支抗日力量一定要重视，这个姓雷的虽然做事有点莽撞，但敢做敢干，要好好培养。"然后又嘱咐说："回去之后，要做好充分的准备工作，防止日军再来'扫荡'。"裴队长走后，岳少峰去了东延村，为百姓抢盐的事，他想去谢谢赵军长孙军长他们。

三十八军保护群众完成抢盐任务后，孙军长与赵军长几个军长研究盐池周边的防御情况。孙军长说："这次抢盐取得胜利，说明日军疲于应战无暇顾及盐池，我们能否借机在盐池附近驻守一支部队，对日军形成威胁。"赵军长说："这样，顶在日军的咽喉部位，使其不得舒服。"孙军长说："川军之前就在夏县一带驻防，对这一带比较熟悉，这个任务还得交给李军长。"赵军长说："在这里驻防存在一个问题，盐池以南山体陡峭，纵深不够，难以迂回。"孙军长说："南北迂回是个问题，但夏县泗交方向可东西移动，灵活进退。"赵军长说："孙军长计划派谁去驻防。"孙军长说："当然是川军最合适。"赵军长点点头。此时，孙军长见岳少峰走来，热情地说："岳会长，来来来！说说古平县自卫队最近的情况。"岳少峰说："古平县四个自卫队，中间区域是一、二区队，最西边是四区队，最东边的是三区队。"孙军长说："二区队主要在什么范围活动？""这段时间就在运城安邑盐池周边活动。"孙军长说："正好川军到山北驻防，你们自卫队要多多配合。”“这没问题。”岳少峰回来，立刻把情况通知吴中建。

吴中建得知情况后，带领二区队在安邑一带寻机袭击进犯盐池的日军，忽然有人从城中送来情报，说有二百多鬼子欲偷袭川军阵地。任万川说：“咋办哩？干掉他还是不干？”吴中建说：“干！到嘴的肥肉还能不干？”吴中建带队员悄悄来到安邑城隘口，埋伏在城外的一片树林里，日军刚出城就遭到猛烈打击。日军怎么也没想到在窝门口遭到伏击，顿时阵脚大乱，丢下数具尸体窜回城中。自卫队员拾起丢在城外的枪支、弹药、军刀、望远镜，然后迅速撤离。当日军重新在城中组织好兵力再次出城时，自卫队早已跑得无影无踪。

吴中建后背上插着缴获的日本军刀，脖子上挂着缴获的日军望远镜，带着队伍兴冲冲地往回走，刚走到景家洼时，感觉不对，他拿起望远镜看见一群日军在村里抢牛抓鸡，于是立刻命令：“快速前进！消灭这伙小鬼子！”待他们赶到村附近时，看见日军正聚在一起吃喝，他把手一挥：“机枪手，狠狠地打！”牛娃端起机枪突突突突一阵扫射。日军被突如其来的情况吓傻了，丢下手里东西就往土房后跑，立刻组织火力反攻。吴中建大声喊：“注意隐蔽！”自卫队迅速隐蔽在一处土墙后射击。对打了一会儿，突然日军停止还击。吴中建命令队员趁此机会赶快撤离，但日军又迅速追赶，于是他们在村里与日军周旋起来，日军越来越多，情况十分危急。小虎说：“我们被鬼子包围了！”吴中建说：“沉住气。”

此时，驻守在附近的川军听到激烈的枪声，迅速赶来增援。吴中建看见援军，率领队员又开始猛烈反击，牛娃手中的机枪又哒哒哒地响起来。日军受到两面夹击，顿时前后不可兼顾，一阵慌乱，二区队趁机撤出战斗。

回来的路上，吴中建一直感谢冯排长的增援，冯排长说：“要说感谢的话，我们还得感谢你们，要不是你们自卫队几次伏击日军，我们川军可就吃大亏了。”吴中建笑着说：“都是为了打小鬼子，客套话咱们都不说了，我们还得赶回去哩。”

吴中建回到尧店村向岳少峰汇报了偷袭日军的情况，岳少峰说：“这段时间收获不小啊！之前解决了徐久这伙土匪，这次既防止日军对川军偷袭，还缴获了日本军刀和望远镜。”吴中建把这两样东西从身上卸下说：

“这是战利品，一并交公。”岳少峰笑着说：“还是你带着吧！”吴中建又看看王力合。王力合说：“岳会长让你带上你就带上。”吴中建高兴地把军刀和望远镜又挎在身上。岳少峰说：“日军可能会有大动作，我们务必提高警惕。”

岳少峰话音刚落，傅愣强匆匆跑来说：“岳会长，徐久又带一伙土匪在斜树凹一带抢劫。”岳少峰说：“吴队长！拿下徐久你还行不行？”“没问题！”“那好，马上带二区队上去，一定要把他抓回来！”“是！”

徐久一伙土匪在斜树凹抢劫了之后，又跑到附近另一个村子抢劫，二区队迅速把村子包围起来。徐久又重用上次化装出逃的伎俩，没想到刚从村里出来，就遭到吴中建在村外的埋伏。吴中建见了徐久就想把他撕碎，扭住他把牙都咬了：“好你个徐久，你今个没想到吧？”徐久真没想到会这么快就落入自卫队手中，争辩道：“你们凭啥抓我，本人可是古平县国民政府的警察局局局长。”吴中建甩了他一巴掌：“你狗屁警察局长，土匪头子一个。”徐久被两个队员推搡着走在山路上，他耷拉着脑袋，队员们喜气洋洋，说说笑笑。此时，徐久趁队员不注意，撒腿就跑，被吴中建一枪毙命，顺山坡一直滚到沟底。吴中建遗憾地说：“太可惜了，还说拧下脑袋拿回去当夜壶哸！”任万川说：“你就过过嘴瘾吧！”队员们逗得哈哈大笑。

没过几天，驻运城日军牛岛二十师团集结三千余人，兵分三路，在战斗机强大炮火的配合下，对古平县进行第三次大“扫荡”。一路从盐池南大李村、小李村经榆树岭、扁头凹、黄龙凹向三十八军阵地进攻；一路从解州经官道岭向古平县县城逼近；还有一路从永济县韩阳镇向平芮两县结合部的九十六军逼近……

古平县东延村孙军长的指挥部气氛也骤然紧张起来。孙军长说：“日军这次进攻的态势变了，从永济方向来了一队直逼九十六军侧翼。三十八军中条山一线防军要正面阻击日军，九十六军也要调整方向防止日军侧击。”面对新的情况，孙军长沉思起来：如果古平县抗日自卫队、游击队，多个武装组织能穿插其中，不停地袭扰日军，使日军不能首尾相顾，岂不更有利于我军歼灭日军。但是，如何向岳会长开这个口呢？此时，岳少峰匆匆赶来说：“跟孙军长说说游击队抗日自卫队的事。”孙军长说：“我正想说这件事，不知如何对你说呢！”岳少峰说：“我们自卫队一如既往，配合好大军作战。这次不光是我们古平县的自卫队，还有夏县、芮城的自卫队也都参加。运城牺盟中心特别强调各县自卫队要积极配合大部队作战。”孙军长一下子高兴起来。

为了配合大部队作战，各抗日自卫队迅速进入战时状态。吴中建在行军途中对任万川说：“你听说了没有？永济芮城还有夏县的游击队都来支援。”任万川说：“这下可够小鬼子招架了。”正在行走间，忽然日机从空中掠过，炸弹像下饺子似的往下投放，山头沟壑顿时响起“轰隆！轰隆！”的爆炸声，火光冲天，烟雾弥漫，队员们的神经马上又绷了起来……

凤凰城大街上，赵紫云刚支起布摊，就有一个妇女行色匆匆地从布摊前走过，她一看是自己的同学，便喊：“凤云！”凤云停住脚步，惊讶地说：“紫云！你咋摆上布摊了？”赵紫云却说：“你毕业后去哪了？再没见过你？”凤云说：“毕业后，一个亲戚穿排（介绍）嫁到了潞村。”赵紫云说：“日子过得咋样咊？”“嗨！别提了，男人被抓去当了伪军，整天在村里遭骂不说，在据点还遭日本人打骂。日本人三天两头要到家里来，我男人叫我出来躲躲。”赵紫云说：“那你男人就甘心当汉奸？”凤云说：“我听‘汉奸’这两个字就戳心，我男人也烦，也不知咋弄咊。”然后对着赵紫云耳朵悄声说：“他们想背着枪跑咊，但不知往啥地方跑。”凤云急匆匆地走了，赵紫云望着凤云发了一会儿呆，立刻收拾起布摊。

赵紫云把东西弄回家，对婆婆说：“娘！我有点急事出去一趟，把兰儿留在家。”兰儿一听说娘要把她留给奶奶，哭闹着说：“兰儿不在家，兰儿要跟娘一搭去。”赵紫云为难地说：“兰儿听话。”“就不！就要跟娘一搭去咊。”“路可远了，兰儿走不动。”“兰儿不怕，兰儿可以跟娘作伴咊。”赵紫云无奈，只好带着兰儿。

岳少峰这段时间一会儿在凤凰城，一会儿在南村尧店，但这几天紫云没看到他，断定他在尧店。于是，她背起兰儿向东走去。

赵紫云带上兰儿刚上路还好，兰儿蹦蹦跳跳地在路上行走，偶尔在万木萧瑟的枯草中发现一株小花，开心得不得了。赵紫云望着兰儿天真烂漫的样子，想着鸿远，心中荡漾着幸福的涟漪……

突然，天空飞来几架飞机由远而近，炸弹在地面上频频爆炸，赵紫云

冲上前把兰儿揽在怀里，等飞机飞远了她背起兰儿往前跑。没跑几步飞机又飞过来投弹，她又赶紧把兰儿从背上放下，像老母鸡护小鸡似的弓着腰把兰儿紧紧护在怀里，刚跑到一棵柿子树下，炸弹在身边“轰”地爆炸，吓得兰儿哇哇大哭。赵紫云顾不得哄兰儿，等飞机飞走赶紧爬起来，背起兰儿又继续往前跑。没跑多远飞机又俯冲而来，她又护着兰儿找隐蔽的地方。“轰！轰！轰！”的爆炸声，一声接一声，吓得兰儿又哇哇大哭。赵紫云顾不得这一切，背着兰儿跑跑躲躲，躲躲跑跑，待跑到尧店村口时，腿都拉不动了，她两眼直冒金星，一下栽倒在路上，兰儿哇哇大哭起来……

第二十三章　少峰俞倩战场忙　紫云送信赶路急

中条山顶硝烟弥漫，山北半坡上日军指挥官挥舞着战刀在日兵屁股后督战，日兵端着枪蜂拥而上。

“狠狠地打！”中国军队奋起反击……

岳少峰和王力合带领游击队员奔跑在山间。岳少峰说：“力合同志，你和吴队长带二区队支援三十八军！我和毛队长带一区队支援九十六军！”

此时，战火从山顶蔓延到山下。岳少峰见到满脸硝烟的四区队裴队长跑来，说：“这边情况咋样？”“日军已经打到陌南了，九十六军打得很苦。”岳少峰说：“通知游击队。”裴队长说：“雷周泰的游击队已经参战了。”岳少峰说：“不要硬拼，得想办法。”此时，雷周泰满脸硝尘跑来喊：“裴队长！快！咱军的一个团被日军两面夹击。”裴队长说：“说具体点！”“日军的机枪真厉害了，哒哒哒不停地响，压得咱们人抬不起头。”岳少峰说：“走！看看去。”

雷周泰带着岳少峰和裴队长趴在一处能观察到阵地的高地，看到中国军在堵截东进日军时，被一小股日军在背后袭击，更危急的是一挺重机枪隐蔽在后面。岳少峰说：“快！干掉机枪手。”雷周泰手掂一根长木棍，迅速从敌人后面摸上去，一棍下去打晕了那个机枪手。没等旁边的副手反应过来，他又抡了一下，也砸倒了那个副手。其他日军马上调转枪口。岳少峰喊：“打！”自卫队的手榴弹向日军猛扔一阵，掉头就跑。

雷周泰带领游击队与这股日军不停地周旋，速打速撤，他这种快打快撤的速度，令敌人头昏脑涨。雷周泰越打越有经验，往往趁日军不备时猛打一阵，待日军回头时他已不见了踪影，待会儿趁日军不备时又猛打一阵，日军再回头时，他又跑得无影无踪，气得日军指挥官挥着大刀叫骂：“八嘎！”

日军在东面对李团长阵地发起一次次猛烈进攻，然而一次次都被打下

去，战士们打得满身硝尘。

战斗间隙，俞倩带着乡亲们把热馍送到战士们手中。李团长边吃边说：“二憨子，恁说这古平县的蒸馍咋就这好吃啸？”二憨子说：“不光是古平县的蒸馍好吃，就古平县的女娃娃长得一个比一个好看。弟兄们！你们说是不是啸？”李团长说：“等把小鬼子赶跑了，在古平县给你寻个媳妇咋样？”二憨子咧着嘴说：“李团长，你说的可是真的啸？”“这能有多难？”一班长钱六斤听了开始起哄。俞倩走来说：“谁想在这儿找媳妇啸？”一班长喊：“二憨子！”“真的吗？”二憨子说：“俞大姐，别听他们瞎说。”一班长说：“想寻媳妇还不敢承认？”二憨子涨红了脸。李团长说：“二憨子！好好打！等把小鬼子赶跑了，俞大姐给你找媳妇！”俞倩说：“没问题。”乐得二憨子直挠头……几个人正说笑着，一声炮响，李团长抓起枪喊道：“狗日的又上来了，给我狠狠打！”二憨子架起机枪哒哒哒哒又猛扫起来……

日军在古平县境内十多天时间频遭重创，疲惫不堪，无法再战，纷纷溃逃。

“追！”李团长率团向山北追去，待追到盐池东上晁村时，日军已跑得无影无踪。李团长正准备回撤，侦察兵跑来报告：“团长，有四辆日军弹药车正往安邑方向驶来。”李团长说：“好肥的肉啊！”二憨子说：“团长，打还是不打？”李团长说：“不打就是大傻子。”二憨子说：“打了就成了二憨子。”逗得李团长直乐，用拳头捶了二憨子一下说：“走！”一团人马又跑向大吕村附近设伏。

不大一会儿，几辆载有物资的墨绿色军车摇摇晃晃从远处驶来。李团长安排先打两头，后打中间。待日本军车行驶到射程范围内时，李团长一声喊：“打！”战士们一阵猛烈袭击，不到二十分钟，就结束了战斗。此时，夏县抗日自卫队和古平县一、二区队也都赶到。游击队员迅速组织搬运，车拉肩扛，骡驮马拉，很快把几车东西卸完运走。撤退时，把几捆手榴弹往驾驶室里一丢，身后顿时响起“轰！轰！轰！”的爆炸声。

回来的路上，李团长突然发现二憨子脸上有血，急喊：“二憨子！你受伤了？”二憨子用手在脸上抹了一把，满手是血。石妹此时锻炼得已经完全不怕血了，看见二憨子受伤，赶紧跑过来给他包扎。二憨子说：“不用。”石妹说：“满脸是血，还说不用？”石妹不由分说把他按住坐下，二憨子只好乖乖坐在石头上。石妹边包扎边数落：“负伤了自个都不知道，招风了咋办？”二憨子说：“打起仗来啥都顾不上了，我哪知道自个受伤了。”李团长责怪道：“你就知道不要命地冲，以后可得注意点。”石妹还没包扎好，二憨子就急着要走，石妹又把他按下说：“你急啥咪？不知道还没包好咪？”二憨子只好又乖乖坐下，逗得几个队员在边上咯咯咯咯直笑。石妹说：“伤得还算轻，回去再给你换几天药。”

回来的路上，二憨子一直跟在石妹的身后，看着她想着自己的心思……

李团长伏击日军回来，自卫队也陆陆续续把一驮驮大大小小的物资送到军部驻地。赵军长望着堆满院子的物资，高兴地说：“好你个李大汉，没想到你还给我弄回这么一大堆好东西咪！”

第三次反“扫荡”的胜利，让赵军长很是高兴。他马上想与孙军长一起去看望伤员。孙军长一见他就说：“没想到你那个关中李大汉，还搂草打兔子，顺便捎带了日军的军火？”“我那个李大汉啊！总能弄些让人意想不到的收获。”两人谈笑着向战地医院走去。

战地医院住满了伤员，最忙碌的就是医生护士，尤其是护士要给伤员换药吃药，眼睛看不见的坐不起来的还得喂药，以及端屎倒尿，仅有的军队护士根本不够用，古平县自卫队女队员就充当了临时护士，一区队石妹就是其中之一。

石妹正在为二憨子头上换纱布，二憨子看到两位军长来，马上来了个立正姿势，一下把石妹手中的纱布卷打落在地。石妹生气地把二憨子按住说：“你干啥咪？”“军长好！”此时石妹才知身后有军长，不好意思地站到一边。孙军长说：“这是石妹吧！听说一直在抢救伤员，我们得好好感谢你啊！”石妹也不知该说啥好。赵军长从地上捡起纱布卷递给石妹，石妹接过纱布卷又是用嘴吹又是用手拍，只怕上面的土弄不干净。两军长离开后，石妹埋怨二憨子说：“都怨你，看这还能用吗？”“没事！能用。”“能用？万一不干净伤口化脓了咋办咪？”“化不了脓，我结实着咪！再说化脓了也不碍事，顶多再住几天，我还巴不得咪！”“只要你不嫌，我就给你缠上，等伤口化脓了，可别怨我。”“化脓就让它化呗，我就想让你给我多换几次。”石妹瞥了他一眼，话题一转说：“听说你帮人娶媳妇了？真有这事？”“嗨！那都是以前的事了。”“你都给人家娶媳妇了，也不给自个娶一个，好好管管你？”说完用手指在二憨子的脑袋上使劲戳了一下，然后走开了，二憨子兴奋地在头上抚摸了好半天。

赵紫云为了给岳少峰送信，没想到在半路遇到日机大轰炸，她背着兰儿冒着危险跑跑躲躲，结果晕倒在半路，被南村村民救起后送到尧店村公所。村公所人说岳会长到西边支前去了，赵紫云很是焦虑，她想马上回去，村公所人说炮火连天，路上危险太大不让她走，她只好在尧店等着，看到忙忙碌碌的人们，也向村公所要事做。“那你就帮着烧水做饭吧！”赵紫云跟着尧店村民蒸馍烧水，跑前跑后，忙了起来……

岳少峰从前方回来，见到赵紫云说：“你知不知道这有多危险？”赵紫云淡淡一笑说：“你不都一样吗？”“说说啥情报？让你这么不要命地跑来？”赵紫云把遇到同学凤云的情况说了一遍。岳少峰沉思了一会儿说：“这是个非常重要的情况。关乎运城几千名伪军何去何从的大事。紫云，你越来越老练了，能在同学的话语中分析出如此有分量的信息，这可不简单啊！”一直在地上玩小石头蛋蛋的兰儿，似乎根本不注意他们的说话。赵紫云敏感到不对，走到兰儿跟前说：“兰儿！兰儿！”她见兰儿没反应，意识到兰儿听力出了问题，因为到现在她耳朵还一直响着“轰！轰！轰！”的声音。岳少峰望着赵紫云忧虑的表情，也估计兰儿的听力出了问题，心情沉重起来。赵紫云见了岳少峰后急着要走，岳少峰怎么拦都拦不住。

赵紫云走后，岳少峰立刻叫来王力合几个人开会，说：“运城日军据点两千多伪军有起义意向。这是一支不小的武装力量。如果能把这些伪军都争取过来为我所用，既削弱了敌人又壮大了我们的抗日力量。”王力合说：“这可不是件小事，必须得谨慎，弄好了成为一支抗日力量；弄不好惊动日军，事情可就……”王力合没把话说完，但都知道问题的严重性。关山说：“要不然把这事跟赵军长说了，咱们共同来完成？”岳少峰说：“这件事不得草率，容我请示上级再做决定。”岳少峰写好信交给关山说：“你想法尽快送交上级。”关山拿着信件向消费合作社走去。

此时，四区队队长裴永安匆匆来报：“岳会长，雷周泰牺牲了。”“咋回事？”裴永安讲述了事情的经过……

雷周泰自从铡了河南的几个恶棍后，逃窜的残余总想伺机报复。这次，雷周泰同日本鬼子打完仗带队员往回走，走到半路，不料被埋伏在山丘上的一群土匪盯上。与日军战斗了一天的队员非常疲惫，回到村里倒头就睡，没想到在半夜被那伙土匪堵住了院门。雷周泰刚听到院外有动静，就迅速叫醒身边队员拿枪应对，当得知是原来的一伙土匪来闹事时，心中怒火油然而生。他愤怒地在院里喊话：“姓汪的，你们想干啥？”“我们想要你给我大哥偿命唻！”“你大哥杀人偿命，天经地义。”说话间土匪已经堵住了院门，所有队员都紧急起来准备战斗。院里院外正在较劲，更没想到的是日军竟然派了特种兵偷偷潜入到村里来，企图偷袭雷周泰的游击队。几个妖魔怪样的鬼影突然在土匪身后闪现，雷周泰立刻意识到不好，急切对土匪喊话：“快！后面有鬼子。”土匪不以为然地说：“你吓唬谁唻？老子不吃你这一套！”没等土匪清醒，雷队长朝鬼影就是一枪，一个鬼影应声倒下。瞬间响起了密集的枪声。为了不致全军覆没，雷周泰大声喊：“赶快撤离！”队员都说要留下。雷周泰呵斥道：“服从命令！快撤！”队员一个个从后墙翻出。此时外面的土匪也慌了手脚。雷队长吼道：“快滚！”雷周泰奋不顾身向院外冲去，他的儿子和孙子也紧跟其后向日军冲去，以此来吸引日军。此时，几个土匪还没跑几步就被日军团团围住。雷周泰气愤地骂道：“叫你们滚，咋还在这搭？快滚！”土匪说：“滚不了啦！老子今个就跟你一搭对付这伙小鬼子。”他们快速选择有利地形与日军对打，枪声砰砰砰不停地响着……对打中，雷周泰等人的子弹打光了，土匪的子弹也打光了。雷周泰喊：“手榴弹！”几个人又扔出几颗手榴弹，在黑影中爆炸……

裴队长说：“我得知情况赶来营救时，几个人因寡不敌众，最后全部壮烈牺牲。”

岳少峰听了裴队长的汇报，心情无比沉重，决定到西塬看看。他和王力合来到雷周泰家，家里老老少少的境况让人好不心酸，但雷家人还是把两个还未成年的孙子执意要交给抗日游击队。

岳少峰回来跟俞倩和王县长交换了意见，决定组织一次群众大会，把雷周泰的英雄事迹进行大力宣传，使英雄精神发扬光大。

很快古平县关于学习雷周泰英雄事迹的大会在凤凰城县府门前召开。大会场人山人海，裴队长介绍了雷周泰一家的英雄事迹，感动得许多群众都掉下眼泪，铁蛋娘也不停地用衣襟擦泪水。

岳少峰和俞倩开完会出来。岳少峰说："这次学英雄大会群众很受感动。"俞倩说："是啊！有许多群众都落泪了。"岳少峰说："用身边的英雄，教育身边的人。这比任何空头说教都来的实际。"俞倩点点头，然后告别岳少峰要去战地医院看望伤员。伤员们的伤势正在慢慢恢复，二憨子的伤势大致也好得差不多了。

石妹正在为二憨子换最后一次药，刚包扎完，二憨子就吞吞吐吐地说："石妹，我……"石妹诧异地看着他："咋咪？有话快说！""我想送你一样东西。""你整天打打杀杀的，有啥好东西送我咪？！"二憨子从口袋里摸索了半天，摸出一个小圆镜来，拉住石妹手轻轻放在她手上。石妹见是一面小镜子，心里一喜，但马上又拉下脸说："你这是啥意思？""我就想要你成为能管住我的那个人。"石妹的脸唰地一下子红了，然后故作不高兴的样子说："谁稀罕你的东西咪？给你！"石妹把小镜子往二憨子手里一塞，转身跑了，脸上那种羞涩怎么也掩饰不住，正好与走来的俞倩撞了个满怀。"石妹，咋啦？谁惹你了？"石妹支支吾吾地说："就……就是那个二憨子。""二憨子咋了？欺负你了？"石妹没应声。"我寻他算账去！"石妹赶紧拉住俞倩的手说："俞倩姐，你别去，他就是想那个……""他到底想咋个咪？你不说我去问他。"没等石妹拉住，俞倩早进了战地医院。她进去并没有直接寻二憨子，而是逐个查看伤员，等她来到二憨子跟前盯着他说："二憨子，医院通知说，你的伤已经好了，该出院了。"二憨子立马站起来说："咋这么快就好了？伤口还没化脓咪！"俞倩瞪了他一眼说："你还想叫伤口化脓啊？""石妹不是说纱布弄脏了伤口就会化脓，我的咋就不见化脓咪？"俞倩说："你呀！还打算在医院住一辈子咪？怪不得人家叫你二憨子，还真是憨得不轻咪。说！你刚才咋个石妹了？""没……没咋的呀！""没咋的人家在外面哭咪？"二憨子一听就急了："她哭了？让我看看去！"说着就要往外走，逗得俞倩扑哧一声笑了出来。二憨子才知俞倩是逗他玩，哭丧着脸说："我的俞大姐，你吓死我了。"俞倩小声逼问："说！到底咋回事咪？"二憨子这才从口袋里摸出那个小圆镜说："俞大姐，不瞒你说，我就是想把这个送给她，可没想到事情让我给弄砸了。”“原来是想送人家东西咪！我还以为有多大的事咪！看上石妹了？”二憨子点点头。“人家不答应就灰心了？”二憨子赶紧摇摇头说：“没没没，就是……嗨！干脆还是俞大姐你替我把这个转交给她吧？”“让我给你俩当红娘？”“你不是说过的？我求你了俞大姐。”“我说过啥了？”二憨子支支吾吾地说：“之前，你不是说找媳妇的事包在你身上吗？”“我还没给你寻下咪，你自个就寻下了，还要我干啥咪？”二憨子说：“我还不知人家愿不愿意，这不还得俞大姐去说咪！”“那我给你问问？”二憨子点点头。俞倩说：“那你咋谢我咪？”二憨子思索了一会儿说：“我就多杀几个鬼子呗！”“好！这事包在我身上。”二憨子不停地给俞倩打躬作揖，逗得俞倩咯咯直笑。

俞倩从战地医院出来，石妹还在外面等着。俞倩说：“石妹，咱们去区队看看，看看队里有啥新的安排。”石妹跟着俞倩走了半天，俞倩没提二憨子的事。石妹反倒憋不住了，她试探性地问：“俞倩姐，他就没跟你说啥？”“他是谁呀？”石妹难为情地说：“就是那个袁……”“噢！是袁二憨子！憨哩巴叽的提他干啥？”石妹反驳道：“他一点也不憨，还是杀敌英雄咪！”“我看他就是憨！人家女娃没看上他，他还硬要送人家小镜子！”俞倩这么一说，石妹的脸唰一下又红了：“俞倩姐！”“咋了嘛！不喜欢人家我就去跟人家说，让人家死了这个心。”“俞倩姐。”石妹拉住俞倩的手。俞倩故弄玄虚地说：“不愿意就给人家个痛快话，否则让人家一直单相思着，也影响人家的杀敌士气。”说完俞倩就要往回折，石妹赶紧又拉住俞倩说：“别呀……”“行了！我不去说了，你俩就这么绷着吧！走！咱们还是回区队。”走了一会儿石妹又问：“俞倩姐，他就没跟你再说啥咪？”“你想让人家说啥咪？人家送你小镜子你又不要。”“谁说不要了？”“你既然要，为啥又还给人家了？”“俞倩姐，人家不好意思咪！”“那没办法，你已经还给人家了，总不能再跟人家要回来吧？”俞倩这么一说不打紧，却把石妹难过得掉下泪来。俞倩见石妹这样难过，赶紧从口袋里掏出小镜子在她眼前一晃。石妹一看俞倩手中的小镜子，马上破涕为笑：“俞倩姐，你真坏！”“好啊！我为你俩当红娘，不感谢我还骂我，看我不撕你的嘴！”两人又嬉闹起来。

二憨子从战地医院回来，整天乐呵呵地哼着小曲："哥哥你走西口，小妹妹实在难留……"李团长看到二憨子的乐呵劲，诧异地说："呵！这小子受伤住了几天医院，就像交上桃花运似的。"

自从石妹跟二憨子好上，急坏了一区队的牛二柱。牛二柱整天心烦意乱，愁眉不展。一天，牛二柱拉着个脸在区队院擦枪，铁蛋见他不高兴的样子，走过来说："二柱哥，这几天我看你老拉着个脸闷闷不乐的，要不然我给你说个搞笑的事，让你乐乐？"牛二柱不屑一顾地说："你能有啥搞笑的事。"铁蛋根本不懂牛二柱的心思，神神秘秘地说："二柱哥，你听说没，咱区队的石妹跟部队的憨排长好上了，可热乎咪！那个憨排长还送石妹一个小镜子，石妹整天拿着镜子照啊照咪。"石妹从后面走来，听铁蛋这样嚼舌，又可气又可笑，气狠狠地一脚踢在他的屁股上。铁蛋正说得带劲，没想到背后来了一脚，转头一看是石妹，吓了一大跳。石妹又踢了一脚说："我叫你嚼舌根！"铁蛋赶紧求饶道："我的姑奶奶，不敢再踢了，我屁股刚好，再踢，就被你踢开花了。"把石妹逗得忍不住想笑。牛二柱见是石妹赶紧站起来，不好意思地说："石……"没等说出口，石妹一甩脸子气呼呼走了。牛二柱望着石妹气呼呼离去的背影，一种怅然若失的样子。

尽管一段时间日军没有大的动作，但中条山的军民一刻也没有放松对敌人的监视。到了冬天的一个夜晚，岳少峰与王力合、俞倩、关山等人正在研究工作，傅愣强来报："岳会长，据情报透露，安邑、运城、解州三地日军，下午时段均有异动。"岳少峰沉思了一会儿说："小鬼子这次倒是动得早，这说明日军打破了前几次的常规进攻法，难道是想凌晨突袭？"想到此，他叫傅愣强赶快把情报送给西北军，然后安排各区队支援事宜。

中条山的冬天异常寒冷，一般老百姓在家还冻得受不了，何况是在冰天雪地的山顶，前沿阵地的将士该如何面对？凌晨三时，西北军的将士在接到命令后顶着严寒全部进入阵地。到凌晨五时，天还乌黑，安邑、运城、解州之日军以步兵四千余人，在飞机大炮掩护下，兵分四路向中条山西北军阵地逼来。

岳少峰王力合俞倩等人带领抗日自卫队担架队，顶严寒冒风雪赶往阵地支援。路上积雪盈尺，一走一滑，发出咯吱咯吱的响声，寒风夹着雪花不停地抽打在脸上。敌人的炮弹在夜空中划过一道道弧线，飞落在远远近近的山坡上，发出轰隆轰隆的爆炸声，数架飞机从头顶掠过，随后就是一连串的轰炸声。瞬间，民房变成火海，村民们惊慌失措，尖叫声和哭喊声汇成一片。日机借着火光一阵阵狂轰滥炸，一时间，爆炸腾起的阵阵火光染红了天空……

被日机轰炸的村庄，房倒屋塌，硝烟弥漫，村民们惊恐慌乱。岳少峰、俞倩不停地招呼着东跑西颠的人们往附近山洞转移。

此时，天色已经大亮，日军飞机大炮对西段阵地轮番轰炸，挖好的战壕被炸成一片松土，根本看不到原有的模样。炸弹像下饺子似的往下砸来，炸起的土石飞向天空，落下的土石又厚厚地覆盖在战士们身上。待日军冲到阵地前时，他们从土石下猛然站起，奋力拼杀，然后又被强烈的火炮压下去，过一会儿又站起来，日军不得前进一步。

此时，傅跃华和卫青山带领新军与古平县抗日自卫队在日军东面打击，芮城县永济县的抗日游击队在日军西面打击，日军三面遭受打击，惊慌失措，丢下七百多具死尸仓皇北撤。

次日一早，永济方向的两千日军，又一次在飞机大炮的掩护下，向中条山西端四十七旅阵地发起猛烈进攻。王旅长带领全旅官兵奋力拼杀，雪花山游击队利用有利地形不断袭击日军，迫使这股日军不得不撤退。

到了第三天，一股日军东进到土地庙村，却被孔旅长的四十六旅打得溃不成军，剩余四五十个日军逃窜到张村，结果被团团围住。

日军被围困在一家牛圈周围。此时，张村地下党李万仓和陈和贵正好躲在牛圈里合计如何袭击小鬼子的事，却被日军围在了牛圈里。日军只顾外围的中国军，没料到牛圈里还有人。李万仓从牛槽下摸出手榴弹从出粪口扔了出去，"轰隆"一声，手榴弹在鬼子屁股后爆炸。顿时日军大乱，战士们趁机冲杀过来，把日军全部消灭。

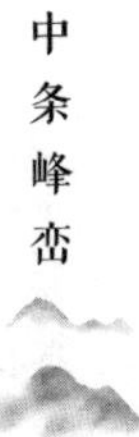

第二十四章　轰炸机被枪击落　凤凰城有喜有悲

孔旅长带部队消灭了张村日军后，刚回到凤凰城外的狐三村驻地，三架日军轰炸机从北向南飞来。日机向凤凰城上空一次次俯冲而来，机翼把竹林冲击得沙沙作响，十分猖獗。

日机不停地寻找目标，疯狂投下许多炸弹，在空中划出刺耳的响声。炸弹落在县府大院，落在更楼，落在赵家大院，落在街道，落在城中民房，不停地发出“轰隆！轰隆！轰隆”的爆炸声，顿时，凤凰城变成一片火海……

孔旅长看到如此猖獗的日机，大声喊道：“把狗日的打下来！”五挺机枪同时向空中开火，瞬间一架飞机被击中机翼，失去平衡，歪歪扭扭地往下坠落，最后“轰！”一声在城外爆炸，变成了一堆冒烟的残骸。其余日机见势不妙，拉起高度仓皇逃离。

日机被击落的瞬间，从凤凰城的大街小巷，以及田间山野突然爆发出一阵激动地狂喊：“快看咪！小鬼子飞机被打下啦！”人们从四面八方纷纷涌向凤凰城外……

在古平县凤凰城上空打下了日军轰炸机的事儿是农历腊八节。凤凰城的人们又是恨又是乐，恨的是日本鬼子炸死了多少人，乐的是打下一架日军轰炸机。城里城外，有哭着为死者办丧事的，有燃放鞭炮庆贺胜利的，可谓是哭笑错杂，悲喜交加。

被日机轰炸过的凤凰城，空气中弥漫着浓烈的火药味和被烧焦的烟火味，其中夹杂着房屋椽檩被燃烧的爆裂声和坍塌声，还有断断续续的哭号声……

岳少峰最关心的是城中的居民，他带着王立人、关山、毛瑞兴等人疾步去城中察看。被炸塌的民房中，时而传来呜呜咽咽的抽泣声，时而传来撕心裂肺的哭喊声，此起彼伏的哭声深深刺疼着他们的心。他们皱着眉头，边走边安抚着人们。忽然前面围着一堆人挡住了去路，走近一看，是一个妇女瘫坐在被炸死的丈夫身边号啕大哭。岳少峰俯身询问："大婶，你这是……""这都是小鬼子祸害的啊！小鬼子该天杀哝！"岳少峰又问边上的人："她家里还有啥人？"边上人说还有一个儿子在抗日自卫队，名叫铁蛋。岳少峰吩咐毛瑞兴赶快通知铁蛋。毛瑞兴刚跑了几步，岳少峰又喊他再安排队里来几个人帮忙料理后事。

铁蛋听说爹被炸死，一路哭喊着往回跑。哭成泪人的铁蛋娘见儿子跑回来，紧紧抱住儿子哭号，只怕再失去儿子。

岳少峰带着其他人又继续往前走。一处院落围人更多，近前一看，院里摆满了死尸，边上围的都是街坊四邻，其中就有赵老爷。赵老爷见岳少峰来，禁不住泪流满面，哽咽着说："岳会长，这日本人炮弹把凤凰城炸死了多少人啊！他五叔一家就死了七口啊！"赵老爷老泪纵横泣不成声……

岳少峰望着乡亲们，抑制不住内心的愤恨："乡亲们，这笔血债一定要日寇偿还！眼下要紧的是如何安葬死者。"他交代了一番，思考着如何安抚群众，鼓舞大家的斗志。

在凤凰城上空打下一架日军飞机，是一件非常轰动的事，也是一件鼓舞人心的事，庆祝活动是必不可少的大事。为此，岳少峰立刻与运城牺盟中心联系，同时又召集关山、俞倩、王力合等人开会。他说："打下日机，振奋人心，借此机会开个庆祝大会，好好庆贺庆贺。我已经联系运城牺盟中心在涧阳镇的合唱团，请他们出节目。他们正在加紧排练，明天就能演出。"俞倩说："好啊！都憋了这么久了，也该让人们透透气了。"岳少峰说："大家要积极组织群众，注意大会秩序。"俞倩说："这没问题，我得先把这好消息告诉紫云去。"

岳少峰所说的运城牺盟中心合唱团，实质是中共运城地委领导下的抗日剧团，抗日剧团有二十多人，都是十多岁的青年学生。自中条山开战以来，一直在战地巡回演出，为驻守部队演出《黄河大合唱》、《松花江上》、《大刀进行曲》、《放下你的鞭子》等优秀节目，极大地鼓舞了广大官兵的抗日士气，激发了民众的抗日激情，深受军民欢迎。这次因击落日机在凤凰城出演，更是连夜挑灯加紧排练……

军民庆功大会在凤凰城城隍庙大院召开。主席台设在南面的大戏台

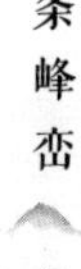

上，台下站满了观众，有西北军的代表，有山西新军代表，有抗日自卫队队员和游击队员，还有工、农、商、学各界代表。更有在前排的射机英雄和战斗英雄以及支前模范，他们个个胸戴大红花，笑容满面，精神抖擞。庙院内人山人海，老百姓都争相来看抗日英雄的模样。

“英雄们！将士们！乡亲们！各界朋友们！今天，我们古平县召开抗日英雄模范庆功大会，目的就是表彰一批在反击日寇大‘扫荡’中涌现出的英雄模范，他们不怕牺牲，浴血奋战，英勇杀敌。在这里，我要特别提到西北军四十六旅的射机英雄们，他们不畏强敌，用手中的机枪打落了一架日军轰炸机，大长了中国人民的志气，这是非常值得我们庆贺的一件事。”岳少峰讲到此，台下响起了热烈掌声。他接着又说：“这次表彰的目的，就是要鼓励大家向英雄学习，不畏强敌，不怕牺牲，英勇抗战，多杀鬼子。争取早日把日本鬼子从中国赶出去！”台下响起经久不息的掌声。“为此，运城牺盟中心合唱团，连夜赶排了精彩节目……”后面岳少峰说的啥也听不清了……

此时，已经准备好的合唱团在指挥者的指挥下，雄壮有力的歌声骤然响起：

……
风在吼 马在叫
黄河在咆哮 黄河在咆哮
河西山冈万丈高
河东河北高粱熟了
万山丛中抗日英雄真不少
青纱帐里游击健儿逞英豪
端起了土枪洋枪
挥动着大刀长矛
保卫家乡
保卫黄河
保卫华北
保卫全中国

……

合唱团雄壮有力振奋人心的歌声，激励着每一个抗日将士，激励着每一个抗日自卫队队员，激励着在场的所有民众。这首催人奋进的歌曲在人们中迅速传唱……

俞倩和赵紫云情绪激动，耳际不停地回响着雄壮有力激情昂扬的歌声。赵紫云说："这歌真好听，把我唱得热血沸腾，真想扛枪上战场啊！"俞倩说："是啊！这首歌激励了多少人啊！"

此时，赵管家匆匆跑来说："大小姐，老爷叫你赶快去你五叔家。"赵紫云说："五叔咋了？""你去了就知道了。"

赵紫云与俞倩道别来到五叔家，看到摆满一院棺材，才知道五叔一家被炸死老小七口，令她痛心疾首。她望着父母紧锁的眉头，知道父母心里难受，默默地陪着父母安葬五叔一家。出殡时，望着依次从院中抬出的大小七口棺材，赵紫云和父母禁不住失声恸哭，街坊四邻也跟着流泪。

凤凰城城隍庙大院军民庆功大会结束后，岳少峰的情绪异常激动。他和关山边走边聊："上级指示我们要进一步加强基层武装组织建设，我们是不是再挖掘挖掘，看看还有哪些民间武装组织还没有真正发挥他们的作用？"岳少峰正说着，看见一区队毛瑞兴走来，说："毛队长，你来得正好，你想想，咱民间还有哪些武装组织？"毛瑞兴说："都是些要大刀的，不知算不算武装组织？""哪里有咪？""听说茅津城有一个大刀队，不知是真是假，也不知规模大不大，人数有多少。""你咋不早说咪？""嗨！我想要大刀的，起不了多大作用，日本鬼子的子弹有多快呀！没等大刀抽出来，子弹就'嗖'地飞过来了。""你可别小瞧大刀，当小鬼子的子弹打光了，那大刀可就派上用场了。"岳少峰说要去茅津看看，俞倩走来说也想去看看。岳少峰说："大刀队你一个女娃看啥劲咪？""岳会长！你咋这会又把我当成女娃了？给我分任务的时候你可从来没把我当女娃啊！"俞倩把脸往岳少峰跟前一凑说："看看，我都是大人了，还叫我女娃，我可是堂堂正正的牺盟会特派员咪！"俞倩这一堆说辞，把岳少峰噎得瞠目结舌，"啊"了半天，然后笑了起来。"好！你能去，但总得有个正当理由吧？""我的正当理由就是以特派员身份检查基层抗日武装。这该行了吧？”岳少峰笑着说：“行行行！”俞倩说：“我还有个理由。”“你还有啥理由？”“就是跟你一起去看徐老师，还有师母唻！”岳少峰忍不住又笑起来，说：“你的理由蛮充分的，谁也没法拒绝你。”又回头对关山说：“你回去先考虑一下下一步的工作，我从茅津回来咱俩一起研究。”岳少峰和俞倩一同向茅津走去。毛瑞兴望着两人的背影一直挠头，关山却笑而不语。

腊月的天气，异常寒冷，经过几场风雪来袭，凤凰城外已变成白雪皑皑的世界。涧桥下往日潺潺流动的涧水早已冻结成一条弯曲的银白色冰河，只有走到近处才可听到冰凌下汩汩流淌的水声；小河旁的竹林在银白色的世界尤显翠绿，被冰雪压弯了的枝干抖落冰雪之后依然又挺立起来；路边的田野，虽没有中条山顶那么厚实的积雪，但亦是被皑皑白雪层层覆盖，从冰雪下露出一星半点的枝叶，才能分辨出哪里是麦田，哪里是枯草地；田埂上挺立的一株株柿子树，那宁折不弯的枝干，如同前线抗日战士的坚强骨骼。那片荒草滩上，被击落的日机残骸仍旧还散落在那里，不时还会有三三两两的村民跑去观看，就像看西洋景似的。之南的黄河被冻结成厚厚的冰层，河面上原来汹涌浑浊的浪涛已变成一层白花花的冰凌，似乎一夜间把滚滚黄河全都凝固起来。其实冰层并没有完全被封合，从河面中心曲线处依然能看见黄河仍旧以她奔腾不息的性格把厚冰撞碎，滚滚向前……

岳少峰望着眼前冬日的景色，不由感叹：“这里的风景好美啊！我们都没有心情去欣赏。”俞倩说：“是啊！等到我们赶走了日本鬼子，再来好好欣赏，好好品味家乡的大好河山。到那时，我一定跑遍家乡的山山水水，跑遍我们曾经战斗过的每一个地方。”“你这个想法好啊！到时候别忘了叫上我啊！”“好啊！到时候叫上咱们这些一起战斗过的战友，还有咱们的兄弟姐妹父母老人。”岳少峰伤感地说：“我的父母已没这个福分了，我的弟弟妹妹还不知在啥地方。”俞倩意识到触及了少峰的伤心处，赶紧安慰：“少峰你别难过，弟弟妹妹会寻到的。”岳少峰忍住心中的伤痛说：“我没事，说说你吧！这么长时间也没回家看看？”俞倩沉默了一会儿说：“少峰，不是我不想回家，我也很想回去看看父母，可是……”“可是，就是心里过不了这道坎，是吧？”俞倩点点头。“父母的思想陈旧，但绝对没有害自己女儿的意思。你想想，哪个父母会害自己女儿唻？”“这个道理我懂，就是一时半会儿……”俞倩没把话说完就停住了。岳少峰接着说：“就是一时半会不想见他们？”俞倩点点头。“那咱不谈这些了，说说徐清源老师吧。”一提到徐清源老师，俞倩就高兴起来，说：“徐老师真是一位好老师啊，每当我们遇到啥困难，他总是第一时间出现在我们面前。若不是他，我很难考到运城女子师范，也到不了今天。”岳少峰深有感触地说：“是啊！这个感受我比你深得多。从我上学开始到父母去世，那时我还小，好多事都是徐老师忙前忙后操心，不知用啥方法来报答老师唻。”“那咱们这次去看看老师？”“一定得看。”两人商定好，继续往前走。

岳少峰和俞倩走了一路聊了一路，不知不觉一个时辰就过去了。他俩来到茅津高小，高小大门敞开着，他俩进了大门向里走去。老师门虚掩着，岳少峰刚想抬手敲一下门框，里面就传出熟悉的声音：“谁呀？”这声音让他俩感到非常亲切，他俩同时挤进门说：“老师好！”徐清源摘下老花镜高兴地说：“少峰！俞倩！是你们俩啊！啥风把你俩吹来了？”俞倩说：“想见老师的风呗！徐老师，你不知我们有多想您唻？”徐清源哈哈大笑，说：“别哄我了。我可都听说了，你们带领抗日自卫队打鬼子，救伤员，转移群众，保护老百姓去盐池抢盐，这么忙，哪有时间想我唻！”俞倩用一种调皮的眼神望着岳少峰说：“老师还知道得真不少唻！就像跟在咱屁股后面唻。”徐清源说：“你以为你们不说老师就不知道了？老百姓的嘴传得快着唻！今天你们来有啥事？”岳少峰笑了笑说：“老师，我也不瞒您说，今天来想打听一下茅津城是否有个大刀队？”“你说的是那群耍大刀的！”“老师您熟？”“熟得很，那是我本家的两个兄弟，一个叫徐老五，一个叫徐老六，徐老五打得一手好刀，徐老六爱耍刀，有拳脚功夫，整天带着一群年轻人在黄河边练啊！杀啊！砍唻的，也没见他们去杀小鬼子。”岳少峰说：“老师，您能不能带我去见见他们？”“见他们干啥唻？一群舞刀弄棒的，哪能跟你们说到一块唻？”岳少峰说：“我们只要把这些舞刀弄棒的人组织起来，让他们拿起手中的刀去杀小鬼子，难道不是好事吗？”“他们这些刀刀棒棒的能行吗？”“行！肯定行，到时候都能杀鬼子。”“那好！我带你们去见见。”

茅津城南黄河边有块大大的场地，徐老六拉开弓马步正在指导一群人练砍杀，徐清源带岳少峰和俞倩走来，说：“老六！”徐老六看是自家大哥来，收起弓马步放下手中的刀说："大哥！你咋来了？"徐清源说："岳会长是我学生，专门来看你来了。"徐老六说："既然是大哥的学生，我也就不用客气了。来来来！寻个地方坐下说。"几个人随便寻个砖块木墩坐下。徐老六说："岳会长寻我有啥事咪？尽管说。"岳少峰说："看到徐大哥是个痛快人，我也就干脆跟你直说了，我们看中你这大刀队了，能否参加到咱古平县抗日自卫队中来，共同打小鬼子咋样？"徐老六一拍大腿说："我徐老六早都想参加了，就是怕你们瞧不上咱。"岳少峰说："哪能咪？我们还求之不得咪！"

徐老六的痛快劲让岳少峰和俞倩非常高兴。岳少峰告别徐老六，然后对徐清源说："老师，没想到老六大哥办事这么爽快。"徐清源说："本来就是爽快人，练武之人也不会婆婆妈妈弯弯绕。再说是杀鬼子，早都是他们的心愿，只是今个一拍即合。"俞倩一直跟着没有说话，此时却说："少峰，该说的事都已经说成了，咱得去看看师母咪！"徐清源说："师母一直在家作念，说俞倩这姑娘咋样了？她都在干点啥咪？啥时从运城回来咪？整天就唠唠叨叨没个完。"俞倩说："那我更应该去看看咪。"俞倩与岳少峰想在街上买包点心，但兜里没钱，只好买了几个菱角（糖块）给师母拿上。

徐清源带着俞倩和岳少峰在茅津街七弯八拐来到一个小院里，师母正颠着小脚端着瓷盆咕咕咕咕地喂鸡，徐清源进门就说："看谁来了？"师母看了一会儿忽然高兴起来，说："是俞倩啊！"俞倩也高兴地迎了上去。师母赶紧放下手中的盆，把手在围裙上抹了几下拉住俞倩的手说："让师母看看变了没。"师母从头到脚把俞倩看了一遍，说："嗯！长高了，像个大人了。"徐清源说："你还把她当小丫头咪？她现在可是省里派的特派员了。""啥个员？"师母没听懂。徐清源一字一字又重复了一遍："特——派——员——"师母不停地重复着："特派员，特派员。"生怕忘了，逗得俞倩直乐。俞倩说："师母张开嘴。""你这个鬼丫头，张嘴干啥咪？"俞倩撒起娇来，说："叫您张您就张咪！"师母笑着把嘴张开，俞倩趁势把一个菱角搁进师母嘴里，师母合上嘴吧唧了一下说："嗯，甜！"俞倩说："专门给您买的。"然后撩起师母的大袄襟，把手里的几个菱角装进师母口袋，说："您慢慢吃。"师母吧唧着嘴里的菱角又看看岳少峰，说："这个是……"徐清源说："他叫岳少峰，也是我的学生，现在是牺盟会会长。"

师母高兴地说："你们可都是干大事的。俞倩啊！这次回来就再不走了吧？""暂时不走了，以后就不知道了。"师母话题一转说："俞倩，你也老大不小了，这么些年，在外面也没遇上个可心的？"俞倩难为情地说："师母！您说啥咪。""别不好意思，男大当婚女大当嫁咪！岳会长你说说，是不是这个理？""是是是！是这个理。""你看人家岳会长都说是这个理，我说得没错吧？"俞倩笑了一会儿，然后说："师母！您问问岳会长，看他有了吗？还说我咪。"师母愣了一会儿说："敢情岳会长也没有啊？你们这些娃娃都咋啦？"俞倩说："我们整天说的是打鬼子的事，谁顾得上这些啊！""打鬼子就啥都不说了？"俞倩说："师母！您就别操心了，把您和徐老师照顾好，我们就放心了。""好好好！不操心，不操心。"俞倩说："好了师母，我们得走了，过些时日我再来看您。"岳少峰也跟师母老师告别。徐清源两口把岳少峰和俞倩送出了门。师母突然喊了声："俞倩啊！你等等。"俞倩又来到师母跟前，师母小声说："这个小伙子不错咪。"俞倩抿嘴一笑走了。

师母的一句话，就像一块石头投进平静的湖面，在俞倩心中激起一阵美丽的涟漪。但她不想像赵紫云一样早早结婚被家庭拖住，她要自由自在无牵无挂地去工作。拿定主意的她，瞬间内心又恢复平静，显出一副轻松的样子。

回来的路上，岳少峰一直追问："师母跟你说啥咪？"俞倩却笑而不答。

自从岳少峰看望了徐老六大刀队之后，徐老六大刀队立刻得到牺盟会的重视。此后，岳少峰经常去讲课，王力合也经常去，讲枪械的使用，讲各种战术，使大刀队队员素质得到快速提升，从原来的五十余人迅速发展到一百多人。徐老六每天带着队员严格训练，总希望有一天能真正参加一次杀鬼子的战斗。

赵军长办的军队干部培训班在茅津城高小上课，其中有十七师的李团长还有二憨子袁野以及一班长钱六斤，一起接受培训。二憨子感到奇怪，说："李团长，不是说是团营级干部吗？咋让我们也来了？"李团长说："让你学你就学，不学你回去！"二憨子说："我就问问咪！谁说我不学了？”“学你就闭嘴，让别的军知道了，也要把班排干部送来咋办咪？”二愍子吐吐舌头没敢再吭声。

赵军长办的培训班开课后，别的军也眼红，也要把团营级干部送来培训，赵军长没法推辞只好接受。

从南方来的柳团长在培训班任政治教员，他经常给学员讲国际形势，讲群众力量，讲军民团结，讲团结抗日的重要性，讲八路军的三大纪律八项注意，常常为学员的事忙到深夜。培训班的政治教员们看到学员的学习劲头高涨，又托人找来最新的进步报刊，教大家唱革命歌曲。学员们最爱唱的歌曲是：《大刀进行曲》、《黄河大合唱》，等等。学员们不仅喜欢哼唱，还经常开展联欢活动。培训班既上政治军事课，又教唱抗日歌曲，学员们生活丰富多彩，学习热情高涨，把培训班办得像个大学，大家都称其为茅津大学。

培训班的歌声不仅激励着部队官兵，还感染着茅津城周边的群众，每遇到联欢会，茅津城的老百姓就都去看热闹。为此自卫队的队员们也羡慕不已，岳少峰也想让队员们去学习学习。他提前联系赵军长，赵军长听了一口答应。

岳少峰回去对队员们说：“告诉大家一个好消息。今天下午茅津大学有联欢会，赵军长邀请我们全体队员参加！”“哇！”队员们一下兴奋起来。

联欢会就在茅津高小操场举办。培训班学员和古平县自卫队，还有茅津的大刀队队员早早到场，整整齐齐地在场地坐好，周围围了一圈老百姓。岳少峰和俞倩把徐清源老师与师母请到中间座位上，联欢会就开始了。

联欢会开始之前，赵军长作了简短讲话：“同学们，我们每个军人都来自老百姓，我们的军队就离不开老百姓，我们要打胜仗，既需要勇敢拼杀的精神，也要有老百姓的坚定支持。与老百姓搞好军民鱼水关系，这是八路军的一贯作风。我们要向八路军学习，重申我军的三大口号四大纪律！”学员齐声回答：“不赌！不嫖！不吸大烟！遵守纪律！官兵平等！财务公开！爱护百姓！”“好！只要我们部队官兵能严格按照三大口号四大纪律约束自己，我们的军队就能得到老百姓的支持，我们才能打胜仗。尤其是爱护百姓，要具体看行动。我们虽然是穿着灰色军服的西北军，但我们要向八路军学习，不能把口号停留在口头上，要落实到行动中。在联欢会开始之前，我要向大家宣布四件事：一件是我们在村里的团营连队，要自觉把村里的道路整修好，便于老百姓日常出行和耕种劳作；二是农忙季节要自觉帮助老百姓收割打场；三是要自觉帮老百姓担水扫院搞好卫生；四是部队决定在山里办个流动学校，山里的娃娃都可以免费去识字，学文化，不管男娃女娃。”赵军长讲到此，台下响起一片热烈的掌声。

联欢会的气氛欢快而热烈，节目各种各样，朗诵、独唱、大合唱。每演完一个节目，都赢得台下观众的热烈掌声。高潮节目当属大合唱，学员们穿着灰色军装，站着整齐方队，昂首挺胸。石妹见二憨子排长和他的一班长也在里边，更是激动不已。大合唱由柳教官指挥，在他强有力的指挥下，学员们唱出雄壮的歌声：

黄河之滨
集合着一群中华民族优秀的子孙
人类解放救国的责任
全靠我们自己来担承
同学们努力学习
团结紧张严肃活泼我们的作风
同学们积极工作
艰苦奋斗英勇牺牲我们的传统
像黄河之水汹涌澎湃
把日寇驱逐于国土之东
向着新社会前进前进
我们是劳动者的先锋
……

歌词豪迈，充满力量，激励学习，激发斗志，从学员内心深处迸发出一种蓬勃向上的力量，激动得在场观众心潮澎湃，热血沸腾……

联欢会后岳少峰对赵军长说：“修村里道路我们自卫队也同部队一起干。”“好啊！”岳少峰又说：“我们的队员都特别喜欢听你们部队的歌，能不能让柳教官也教我们队员唱唱唻?”赵军长听了哈哈大笑，说:“这哪是我们队伍的歌，这都是八路军的歌。”岳少峰更加兴奋地说:“八路军唱的歌?”赵军长说:“你们只要愿意学，过两天就让柳教官教你们唱。”

岳少峰带着自卫队拿着镢头铁锨，跟部队一起在路上刨圪塔垫坑坑，扩展路面。岳少峰说:“同志们! 大家想不想让柳教官教咱们唱歌啊?”“想啊!”“那好，我跟赵军长说好了，明天上午，柳教官就到区队大院教大家唱。”队员们兴奋的情绪难以抑制。

次日上午，柳教官准时到区队大院教唱歌。柳教官说:“大家喜欢唱哪首歌啊?”“就是昨天那个大合唱!”“昨天大合唱的名字是《抗日军政大学校歌》，如果大家喜欢，我就开始教:

黄河之滨
集合着一群中华民族优秀的子孙
人类解放救国的责任
全靠我们自己来担承

唱了两句队员们都不唱了。柳教官不解地说:“咋不唱了?”队员你看看我，我看看你，都不说话。最后还是铁蛋说:“柳教官，这歌好听是好听，就是太难唱了，我们学不会。”牛二柱说:“你那木头瓜子脑袋还能学会?!”毛瑞兴呵斥道:“牛二柱! 你说啥唻?!”牛二柱不好意思地说:“我就说他笨唻!”铁蛋瞪着牛二柱说:“你那脑瓜灵光，你唱唱让大伙听听唻?”牛二柱吭叽了半天也没能唱出一句，大伙都笑了。柳教官笑着说:“那我教大家一个简单的，保证一学就会。”牛二柱说:“柳教官，你教啥简单的快说唻?”柳教官说:“《中条山抗日战歌》，这是我刚写出来的，挺顺口的，很有力，简单又好记。我给大家先唱一遍。”

中条山 黄河边
英雄儿女奋当先
抗倭寇 保家园

打得鬼子晕头转

中条山 黄河边
英雄儿女勇当先
送弹药 救伤员
军民团结战凶顽

中条山 黄河边
英雄儿女意志坚
不怕死 不怕难
抗日志气高于天
……

铁蛋高兴地说：“这个好唱，我们就唱这个咪。”

第二十五章　培训班无故叫停　尤申达暗中告状

尤申达上次要保管县府大印没能达到目的，心里很是憋气。他觉得跟着王立人县长当秘书，根本就不是什么秘书，就是个跑闲腿的苦力。于是他又萌生一个念头，想去当警察局长。因为警察局长徐久走后，这个位子就一直空着。他的这个想法一直藏在心里，没敢跟王县长说，也不知说了王县长是啥态度，他怕王县长一旦让别人干了，这个机会就会错过，要想再有机会，还不等到猴年马月了？为这事他在心里甚是焦急。思前向后，不知该咋办，最后想出了一个主意，还是送大洋。

他跑回家把这事跟老爹尤抠爷说了，尤抠爷认为当局长是光宗耀祖的事，于是痛痛快快拿出一袋大洋摆在儿子面前，笑着说："我就不信那个王县长不爱钱唻？"尤申达也认为大洋管用，能帮他打通关节谋到局长职位，很自信地拿着大洋回来。

王立人县长很忙，抗战的事是他的重中之重。凤凰城庆祝大会结束后，他又忙着慰问被炸的百姓，刚回到县府喝了口水，尤申达就支支吾吾地想跟他说事。王县长问他想说啥？他说："警察局长位子一直空着，我想……"尤申达没把话说完，王县长就明白了意思，但还没表态。尤申达见王县长没说话，转身拿出一袋大洋放在面前。王县长望了眼前的东西，说："申达，你这是干啥唻？"尤申达说："王县长，这是我的心意。如果少的话，我再回去跟爹要。"听了此话，王县长很生气，说："你不把心思用在工作上，咋老想这歪门邪道唻？"王县长没有再说下去，而是出门走了。尤申达望着王县长的背影，懊悔不迭，本想着拿钱来事情会好办些，没想到却把事情办得如此糟糕，他不知以后该咋办？他焦虑不安。此时王县长又回来了，他看见王县长回来，认为有希望了，但王县长回来说："你还是去抗日自卫队吧！到那里好好锻炼锻炼。"尤申达万万没想到，结果是让他到抗日自卫队去。他对抗日自卫队根本就没想过，因为在那里既没权又没钱，只有出力流汗流血，甚至还有生命危险，而且还在岳少峰的领导下，这是他绝对不能接受的。尤申达思谋再三，秘书再没法干下去了，警察局长又干不上，抗日自卫队又不愿干。去哪儿呢？尤申达思前想后，他决定投奔七专署。

日寇还未打到运城时，七专署的人员就从运城逃到中条山东部古平县一带，就入驻在尤申达村里，这对他来说，就是天大的好机会。他想：你王立人不爱大洋，难道天下人都不爱大洋？我就不信我这一袋大洋就换不来一个官当？于是他不辞而别，翻山越岭跑回涧阳镇，背着大洋直接找到七专署，并说他是古平县县府的。专员听说是古平县县府的当然接待，尤申达说想在专员署谋一份职务，然后把一袋大洋拿出来。专员看见大洋不动声色，又让他心里七上八下，难道专员也不爱大洋？正在胡思乱想，专员说话了："保安团还缺个副团长，你可以去干。"这个职位虽然没有预期的满意，但也让尤申达有点兴奋。专员慢条斯理地说："这段时间，你们古平县有点不正常，你得多多注意这方面的情况。"尤申达不知道专员所指的是啥？但也不能明问，只能回答："是是是……"

尤申达去了七专署保安团，岳少峰很快得知消息。他去见了王立人县长，说："尤申达去七专署保安团了，你知道吗？"王县长说："我也是刚知道。"岳少峰说："你对此有何看法？"王县长说："尤申达的心思根本就不在干工作上，而是一味地谋职谋官。"岳少峰说："贪图享乐，投机钻营，这个人我太了解，一定要防唻。"他俩谈了尤申达，又谈到过年。王县长说："马上就要过年了，老百姓这年咋过唻？"岳少峰说："山里人没有太多讲究，尤其是抗战时期，只要山里还安安稳稳，老百姓就能平安过年。咱们的部队就不一样了，时刻不能放松警惕。"王县长说："茅津大学还是办得红红火火？"岳少峰说："这是赵军长的战地杰作，咱自卫队员也闹着参加，前两天就参加了一次联欢会，回来把他们高兴得，要跟着学唱歌。我就跟赵军长说，把柳教官叫来教他们唱，看把他们乐得。"王县长说："唱歌鼓舞士气，你这方法好啊！大家伙肯定高兴。"岳少峰说："这还得感谢赵军长，要不是他办这个培训班，我们的队员也没这个机会啊！"王县长笑着说："听说赵军长在村里办学校？"岳少峰说："赵军长办临时学校，把村里小娃乐得跟过年似的。"王立人说："走！咱们看看去。"

大年三十，茅津城培训班还在紧张地上课。柳教官刚上完课就有人喊：“柳教官！有你的信。”他一看信是从老家寄来的，心情颇为激动，迫不及待地打开信看了起来。一封是父亲的来信，说许多国民党高官政客有钱人都逃到四川躲避了，也想叫儿子回来在四川老家平安度日；一封是妻子来信，盼他回来，说儿子需要父亲。面对亲人的期盼，柳教官热泪盈眶，心情久久不能平静。他拿着信来到黄河边，默默地望着奔涌的黄河，心潮起伏，难以平静……

他在河边站了许久许久，然后默默回到学校，为家人写下这样的诗句：

倭寇入侵铁蹄狠，山河半壁已破碎。
男儿怎堪亡国恨，投笔从戎古有之。
巍巍中条峰峦峻，猎猎战旗鏖战激。
若无将士拼杀勇，岂有蜀川平安地？
自古忠孝难两全，于今报国尤为先。
要问此身何时还？杀尽倭寇再凯旋！

柳教官感觉把自己要说的心里话都尽情地表达出来了，然后小心翼翼地折叠好装入信封，又装进自己的一张戎装照片，准备寄往四川老家。

柳教官刚把信装入信封，就有通信员跑来，说赵军长叫他到尧店村给孩子们上课。他于是匆匆赶到尧店村，就听见铁蛋站在村里吆喝：“都上学唻！柳教官教大伙识字唻！”村里的孩子们听到吆喝声都纷纷跑了出来。孩子们没了往日的淘气，乖乖地坐在小板凳上听讲。柳教官在黑板上写了“抗击日寇，救我中华”八个字，然后教孩子们念，并讲其中的道理……

岳少峰、王立人和赵军长他们在边上看着，心里着实高兴。赵军长办学不仅吸引着孩子们，也吸引着许多自卫队队员，不仅铁蛋来听课，牛二柱、石头、石妹也常来听课。村民看到赵军长把学校办到老百姓的家门口，一个个乐得合不拢嘴。

时间进入三月，天气渐渐变暖，地上的积雪开始融化。运城牛岛师团再次组织重兵六千余人，在飞机大炮的掩护下，在张店集结后兵分两路，一路从黑窑山突破，被四十六旅在西祁村堵住；另一路从柏树岭突破，在太臣村被十七师堵住。

此时，在茅津培训的李团长接到命令，大声喊：“集合！”学员们火速赶往阵地……

日军利用千余兵力牵制西祁四十六旅，其余兵力全部投入到太臣阵地，情况十分危急……

赵军长在接到太臣告急的电话后，撂下电话骑上战马火速向太臣奔去。待他赶到太臣阵地时，十七师与日军激战已到了白热化程度。耿师长看到赵军长前来，大吃一惊说：“赵军长，你咋来了？这里太危险了。”“少说废话！”赵军长从耿师长手中拿过望远镜仔细观察了一下前方，说：“小鬼子的炮火这么厉害。这样不行，得想法派人干掉它。”“赵军长，日军进攻得如此猛烈，我们丝毫不敢懈怠，分不出人手啊！”赵军长喊道：“通讯兵！马上联系古平县岳会长！”“是！”

太臣之战异常激烈，日军的炮弹接连不断地从炮膛飞出，一阵阵的爆炸声始终揪着岳少峰和王力合的心。岳少峰焦虑地说：“力合同志，看来太臣阵地打得很艰难，日军的炮火非常猛烈，得想法干掉鬼子的大炮。我们赶快带人去！”王力合即刻大喊：“毛瑞兴！马上带人跟我们走！”

下牛村是日军炮兵阵地，四门大炮正朝着西南太臣方向发炮，炮兵正不停地把炮弹往炮膛里推，一个个炮弹从炮膛呼啸而出。队员们一看到鬼子大炮，就按捺不住心中的怒火。

“准备战斗！”岳少峰一声令下，队员们纷纷拿好武器做好准备，有的拿枪瞄准鬼子，有的握着手榴弹准备拉线。王力合小声说：“先用枪打掉炮手，不要用手榴弹。”铁蛋一愣说：“为啥不用手榴弹？”王力合说：“手榴弹就把大炮炸坏了。”铁蛋说：“就是要炸坏这狗日的大炮！”毛瑞兴说：“服从命令！不能乱来！”铁蛋心里极不高兴，但大队长的命令不得不服从。王力合说：“听我口令！拿枪的队员瞄准目标打！”瞬间砰砰叭叭一阵枪响，顿时几个炮手相继倒地，大炮全部哑了。“冲啊！”队员们冲上去，三下五除二把日军炮兵全部消灭。牛二柱看着大炮既高兴又发愁，说：“岳会长，这大炮咋弄唻？”岳少峰说：“我看把炮推回去。”铁蛋说：“把它炸了算唻。”毛瑞兴说：“铁蛋！你啥时候能动动脑子？”铁蛋挠挠脑袋不解其意。王力合说：“快！按岳会长说的办，把大炮推走！离开这里。”铁蛋还愣在那里，牛二柱在屁股上踢了一脚说：“还愣着干啥唻？”铁蛋极不情愿地只好跟大伙推起大炮歪歪扭扭地往南跑。铁蛋在路上才知道岳会长是想把大炮留咱自己人用。铁蛋推着大炮边跑边说：“我咋就想不到咱们人用唻？”牛二柱说：“就你那木头瓜子脑袋还能想到啥唻？”“你那脑袋瓜灵？灵人家石妹咋看不上你唻？”铁蛋这一句呛得，可把牛二柱气坏了，牛二柱丢下大炮撵着铁蛋就打，铁蛋赶紧在队员里穿梭躲闪，牛二柱穷追不舍，最后铁蛋躲到岳会长身后，牛二柱只好罢手。毛瑞兴说：“铁蛋，就你这张嘴挨了多少打了？你几次挨了石妹打？今个又挨二柱打。”铁蛋嬉皮笑脸地说：“我就是逗他俩玩唻！”毛瑞兴说：“啥时候了，你还想着玩唻？快走！”

日军大炮被端后，日军进攻也突然停顿。赵军长判断小鬼子会出阴招。果然不出所料，突然一股浓浓的烟雾直向十七师阵地弥漫过来。“毒气！”赵军长马上意识到问题严重，赶快叫战士用毛巾捂嘴。战士们纷纷找出毛巾把嘴捂上，但还是有不少士兵因毒气倒下。日军接二连三地施放毒气，迫使十七师撤出阵地。

此时，赵军长用望远镜观察了一下西祁村方向，看到炮火连天，知道四十六旅与日军打得正激烈，难以脱身。于是迅速对兵力做出调整，派一部分兵力袭击张店据点，钳制日军，一部分奔袭运城捣其日军总部，其余两个团连夜赶往圣人涧一带设伏，防止日军南犯茅津城。此时，十七师所有将士全部撤出太臣阵地。

西祁村阵地与日军仍在激战，从第一天开始，一直打到次日下午三时，日军对四十六旅阵地久攻不下，突然停火。孔旅长意识到日军可能有变，马上命令张团长率全营官兵从西崖下绕到日军背后。日军从西侧向阵地突然冲杀过来，不承想背后突然遭袭，顿时猝不及防，溃不成军。日军重新组织兵力从东向西逼近，又遭到一阵猛打，日军长长的队伍被拦腰斩断，顿时阵地大乱。直至黄昏，遭受重创的日军被打得完全乱了阵脚，进退无路，不得不丢下百余具尸体，狼狈逃窜。

十七师撤出太臣到圣人涧设伏时，已是第三天，日军一早在张店重整队伍三千余人，企图向驻军空虚的茅津城逼近。日军队伍犹如长蛇一般，从张店经軨桥向茅津方向蠕动前行，当队伍行至圣人涧一带时，岳少峰王力合带领自卫队大刀队早已在这里布好地雷，队员手拉雷弦静静等候日军到来。待日军进入雷区时，岳少峰一声令下："打！"顿时爆炸声频频响起，日军队伍顷刻大乱。埋伏在附近的李团长和张团长带领的两个团，还有骑兵队、大刀队，以闪电般的速度向日军冲杀过去。骑兵和大刀队队员，挥舞着大刀奋力砍杀。一时间，枪声砍杀声拼刺刀声，各种响声交织在一起，战斗进入到胶着状态。徐老六被挤到一个炸塌的断墙处，他藏在墙后等鬼子过来，过来一个，他砍一个，最后又抡起大刀冲了出去，不停地砍杀，脸上身上溅满血迹；骑兵在战场上来回穿梭，挥舞着大刀不停地往鬼子头上劈，直杀得天昏地暗，战斗一直持续了两天两夜……

端掉张店炮楼的兵力也往南杀来，县西的九十六军也调转方向向张茅线日军展开攻势。日军在古平县多方受挫，运城巢穴又遭到袭击，在此情况下，不得不丢下千余具尸体赶快回撤运城。

日军撤走后，自卫队跟西北军打扫战场后也都各回驻地。在这个空当，岳少峰想去茅津城看看大刀队。

自从茅津大刀队的队员们参加了伏击战后，最喜欢谈论的就是伏击战的经过。徐老五也来问徐老六道："哥给你们打的刀咋样唻？杀鬼子利不利唻？"徐老六兴奋地说："哥！你打的刀真厉害，砍鬼子就像劈西瓜。"说着又拿起大刀抡了起来。徐老五赶紧抬手挡住说："哥知道。那以后哥再给你们多打几把，让你们多杀鬼子！"哥俩儿的对话引起了队员们热议："老五哥，伏击那场面，你真是没见，可激烈了。杀啊！砍啊！直杀得小鬼子叽哩哇啦哭爹喊娘。""老五哥！你没见那骑兵队，不知从哪突然冒出来，挥着大刀，骑着战马，不停地在阵地上冲啊杀啊！威风着唻。"老五说："还有骑兵唻？我从来没见过。""我们也是第一次见。""老五哥！这伏击战打得真叫痛快，小鬼子就没招架住，鬼子的大炮和手中的机关枪几乎就没用得上。""用啥唻用？你看当时都乱成啥了，小鬼子和我们的人全都搅和一搭了。他小日本人要是用大炮还不把他们人也给轰了？""轰啥唻轰？小鬼子的大炮都叫咱们自卫队给端了。"徐老五激动地说："好啊！没想到啊！咱大刀队在交手战时还这么厉害。”“老五哥！下一次你也去参加一下？”“好！下一次也叫上我，也杀他几个狗日的咪！”

徐老六正说得起劲，看见岳会长站在那里，不好意思起来。岳少峰说：“感觉还不错吧！”徐老六没直接回答岳少峰的话，而是说：“岳会长，把大炮放在茅津城，该不会是给我们吧？”“想得美！赶快把大炮推给三十八军！”“干吗要推给三十八军咪？”“放你这你会用？”徐老六挠挠头笑了。

岳少峰从大刀队出来，又去找柳教官，他想让柳教官给自卫队上课。

第五次反“扫荡”胜利后，柳教官又赶写了“中条山抗战纪实之五”的稿子，把五天五夜的战况都如实写了出来，然后在《大公报》和《新华日报》上刊出。由于柳教官对中条山战况不断报道，引起了全社会的广泛关注，各大报纸纷纷转载。一时间，中条山成为全国人民关注的焦点。

中条山军民团结抗战，一次次打退日军进攻的胜利消息，也通过秦河山所在的三秦报社传遍三秦大地，八百里秦川的热血青年，喊着：“我为中华生！我为中华死！”的口号要求参军参战。秦河山也放弃报社编辑工作，跟两千余名青年学生一同奔赴潼关。他们在经过部队简短培训后，被送到中条山西部的九十六军，李军长除把少数留在军部外，其余部队全部编入一七七师组成新兵团，驻防在古平县以西的张村塬一带。

岳少峰看见柳教官拿着报纸正在兴致勃勃地看新闻，笑着说：“柳教官的战事报道影响可真大，全国人民都知道了。”柳教官说：“岳会长，你是来说给自卫队上课的事吧？”岳少峰说：“是啊！”柳教官说：“我这两天忙完了一定去。”

岳少峰从茅津出来，又想到争取运城伪军的事，于是匆匆赶往尧店，看看周掌柜问问情况，上次给上级的信，铁脚板送到了没有？

刘脚夫送信赶路非常快，从没有失误过，被大家称为铁脚板。铁脚板在接到周掌柜给他的信件后，赶着驮骡翻山越岭来到龙潭沟，见到李鸿远就说：“我就是寻你咪。”然后从草料口袋里拿出信件递给他。李鸿远安排好刘大哥，赶紧向地委领导汇报情况。

地委领导说：“争取两千多伪军不是小事，一是如何争取，争取过来如何拉出来。现在我们没有部队，接应是个大问题，弄不好就是几千人性命。鸿远同志，你到尧店去一趟，具体与少峰同志交换一下意见，以最稳妥的办法来做好这件事，切不可急于求成。”

李鸿远搭着布褡裢与铁脚板一起回来。一路上，李鸿远又说起当年上学的事。遇上土匪多亏刘大哥拉着他跑，却又丢了入学通知书不能入学的事。铁脚板说：“后来咋样了？学校要你了吗？”李鸿远说：“学校说没通知书不得入学，我正在发急，入学通知书又找到了。”“是咋找到的？”李鸿远把一个小妹妹捡到他的行李，又帮他送到学校的事情说了一遍。铁脚板惊喜地说：“你真是遇上好人了。”“可不是嘛！要不然，现在还不知是啥样咪。”铁脚板说：“那时，我看你就是个干大事的。”“咋能看出是干大事的？”铁脚板说：“你说，去运城上师范的能有几个咪？”两个人对视了一下，都哈哈笑起来。两人在没人处又说又笑，经过村镇的地方都默不作声……

李鸿远赶到尧店村，见到岳少峰马上交换了意见：“你报告的情况很重要，这段时间上级组织也一直在关注这件事。鉴于诸多因素的考虑，还是想把这件事交给牺盟会，配合西北军，共同来完成这件事比较稳妥。你抽时间与赵军长沟通一下，看看赵军长的意见。运城牺盟中心这边，组织上会沟通配合，尽量做好这方面的工作。”岳少峰说：“你为这件事专门来一趟，可见组织的重视程度，我会尽快去见赵军长。”李鸿远交代完就要走。岳少峰说：“就这么急，不回家看看？”“上次到家门口都没能回去，这次就更不可能回去了。没办法，战事吃紧，许多工作要抢时间去做，一刻也不能懈怠啊！”岳少峰送走了李鸿远，匆匆去找赵军长。

赵军长在作战间隙一般在茅津培训班待的时间多，因为在这个时间空当，要加强对军队干部素质的培训和提高，岳少峰是知道的。于是，他便向茅津城走去。

柳教官戴着一副棕色宽边眼镜，正在跟学员们总结五次反“扫荡”胜利的经验。他讲道：“同学们，你们坐在这里是一名学员，上了战场就是一名战士，一名指挥员。在经历了诸多次的战斗中，为什么我们能一次次打退日军进攻？靠的是什么？”讲到此柳教官停顿了一下。二憨子说：“靠的是不怕牺牲、英勇顽强、敢打敢拼的战斗精神。”“回答得很好，如果没有这种敢打敢拼英勇顽强的战斗精神，是不可能战胜敌人的。但是光靠这些是不够的，还缺少一个重要因素，是什么？”学员们面面相觑都回答不上来，期待柳教官的答案。柳教官说：“这个重要因素就是，靠人民群众的力量，靠中条山老百姓的支持。”此时学员们睁大了疑惑的眼睛，感到不理解。柳教官又接着讲：“我们每次作战，哪一次没有当地老百姓为我们送水送饭，帮助我们抢修工事抢救伤员呢？哪一次没有当地老百姓给我们传递情报呢？尤其是古平县抗日自卫队，配合我军打击袭扰敌人，削弱敌军力量。这一次自卫队直接端掉了日军的炮兵阵地。还有茅津城的大刀队直接参与了圣人涧的伏击战等等……这些都是我们能取得胜利不可缺少的重要因素。”学员们一下子全明白了。柳教官又讲：“这就是人民群众的力量。如果没有人民群众的大力支持，是不可能取得胜利的。”下课后学员们纷纷议论：“想不到柳教官讲得这么好，他把我们之前不明白的道理，几句话就讲明白了。”“这就叫灯不拨不亮。”“这个课我爱听。”“茅津大学可是赵军长为军队办的一件大好事啊……”

赵军长看着培训班学员从身边走过，心里高兴，正准备回到指挥部，突然看到岳少峰走来，就笑着打招呼。岳少峰直截了当说了把运城两千多伪军争取过来的事。赵军长说：“两千多伪军可不是小数目啊！如果能争取过来，既削弱了敌人的势力，又壮大了我军的力量，这是一举两得的好事啊！只是这伪军多数为当地人，这个工作最好由当地人来做。”岳少峰说：“这个工作我们会通过运城牺盟中心的人暗中联系。如果事情能联系妥当，希望有咱们的部队接应。”赵军长说：“这得让孙军长同意。走！咱们去见孙军长。”

岳少峰和赵军长一同来到东延村，见到孙军长说明情况。孙军长说：“你们说得很对，关乎两千多人的性命，一定不能操之过急，联系好后赵军长派部队接应。”“是！”

孙军长刚送走岳少峰和赵军长后，桌上的电话嘀铃铃响起来，他拿起电话说：“我是孙蔚如。”然后就听到：“听说你那里有个培训班？”“是有这么回事，怎么了？”“有人在上头告了状，说这个培训班搞赤色宣传，完全是延安的那一套，于党国的利益颇为不利。”孙军长说：“培训班是提升我军团营级干部素质的一个很好方式，咋就于党国不利了？”“老兄，你也别犟了，有人说三十八军百分之七十都是共产党，你敢说没有？停就停了吧！别惹出啥麻烦来。”“咔嚓”那头电话已经挂了。孙军长重重放下电话说：“岂有此理！办个培训班惹着谁啦？”陈参谋说：“孙军长，咱这小胳膊也拧不过大腿，停就停了吧！”孙军长无奈地摆摆手说：“散了散了！”

赵军长回去正在思索接应运城伪军的事，桌上的电话就响了，他拿起电话说：“我是赵寿山。”电话的另一头传来孙军长的声音：“赵军长，茅津的培训班停了吧！”“办得好好的干吗要停？”“有人告到蒋委员长那里，说搞的全是八路军那一套。”“八路军那一套有啥不好？”“你说好，有人说不好。你还是停了吧！”“办培训班提高官兵士气，增强官兵作战能力。有啥不好？我不停！”“你不要拧，蒋委员长要是怪罪下来，谁能担得起？”“你担不起我担！”“你！……”赵军长听电话那头咔嚓一声挂断了。

赵军长坐在军部还在生气，孙军长又把电话打过来说：“别再犯你那牛脾气了，还是停了吧！”然后又挂断了电话。赵军长放下电话踱起步来，他思考着一个问题，培训班如果停了，就会大大削弱官兵士气，培训班说啥也不能停，但在茅津城招风太大，如何才能使培训班继续办下去又不致招风惹祸，这让他很是动了一番脑筋……

柳教官正在培训班给学员上课，集团军张副官到来，柳教官停下课不知发生了什么事，学员们也都望着。张副官说：“上峰有令，从即日起，培训班即刻解散！”学员们马上嚷嚷：“为啥解散？这班不是办得好好的吗？咋说散就散？”“也不知抽的是哪股风？”“可能是嫌学了八路军的吧？”

张副官听了议论厉声呵斥：“休得胡言！执行命令！”本来信心满满的学员，一下子就像泄了气的皮球。

柳教官非常沮丧地打起背包回到三十八军军部。赵军长知道柳教官心情不好，宽慰说：“不让咱在茅津办班，咱就另寻个地方办。”柳教官说：“另寻哪里？”赵军长说：“我跟岳会长说了，让他想想办法。”柳教官马上又高兴起来。

此时，一七七师陈师长骑马奔来，下马就说：“赵军长，我今天是来兑现承诺来了。”“啥承诺？”“咱们之前不是说好的，柳教官去我那给官兵讲课啊！您咋忘了？”赵军长说：“你真会掐时间，柳教官刚回来，你这就来了？”“我不掐时间能行吗？若是让别人抢跑了，我不还得等咪？”赵军长只好应允。

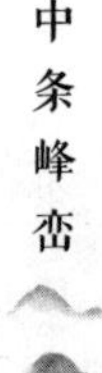

陈师长把柳教官请到凤凰城说："柳教官，你看城外的麦子也都快成熟了，在收麦之前，你最好抓紧时间给我们的官兵多讲几课。""好！没问题。"

为了把培训班继续办下去，岳少峰按照赵军长的要求，找个既安全又隐蔽的地方，此时他想到了三区的梁虎生。他来到涧阳镇把情况跟梁虎生说了后，梁虎生说："寺头庙就是个好地方，处在东山，孤独独地在一处山圪塔上，里面房间也不少。"岳少峰说："带我去看看。"于是岳少峰随着梁虎生来到寺头庙。

寺头庙地处一个高疙瘩上，寺院四周全是厢房，能供学员居住，中间有大堂，是讲课的好场所。寺庙前面是一个大场子，能供学院出操。这里地处偏僻，没有外人。便于隐蔽，是办班的好地方。

岳少峰把寺头庙的情况跟赵军长说了一遍，赵军长心中暗喜。握住岳少峰的手说："你为部队解决了一个大难题。"岳少峰说："这是应该的。"

岳少峰刚安排完培训班的事，回来就看见孙军长的秘书急匆匆来找他，说："岳会长，孙军长希望古平县牺盟会能组织群众协助转运码头上堆放的物资。"岳少峰说："回去跟孙军长说，让他放心，我很快想办法。"

岳少峰立刻找到王立人县长。他见到王立人就说："军需物资转运是个大事，得花费一定的人力，咱俩尽快想个办法，解决部队的后顾之忧。"王县长说："我也想到这个问题，咱们如果能帮部队解决运送物资的事，就等同于增强了部队的防御力量。"岳少峰说："是啊！这一年多来，在中条山驻防的部队十多万人，再加上山西新军，运城专署十多个县府人员，以及我们古平县抗日游击队等人员，大约三十多万人唻。这得需要多大的物资供给量啊！本地抗日队员我们尽量想办法自己解决，可十多万抗日将士的军需运输是个不小的数量唻！"王县长说："目前古平县境内大大小小十多个渡口，都在不停地摆渡，把从陕豫两省运输过来的军需物资都堆积在码头，这必须得想法送往前线。"岳少峰说："就茅津渡、太阳渡、葛赵渡这几个渡口还好说，下了船可以用车拉马驮送往前线，东面南沟渡下游的几个渡口就不同了，牛车马车根本到不了跟前，只能肩扛人挑。目前渡口还堆积着很多物资送不到前线。立人同志，我看这样吧！你和关山负责西边的码头，我和俞倩负责东边的码头，把四救会的力量都调动起来，你看如何？""好！"

在运城牺盟中心区的统一组织安排下，各个码头都有古平县人民支前的身影。

太阳渡码头王立人县长带着毛瑞兴、石妹、牛二柱、铁蛋等人，在忙碌地搬运着一箱箱弹药和一袋袋粮食以及军服棉被……

茅津码头徐老五、徐老六等人在搬运物资，徐清源和老伴也在招呼着，古平县城以西的渡口也都在忙碌着……

最困难的要数三门峡下游的渡口，尤其是南沟渡。位于中条山和扣门山之间的一个峡谷，道路行走非常艰难。站在黄河高岸，遥望蜿蜒于悬崖峭壁间的山路，迂回曲折，一层绕过一层，通向山的高远处。河槽中的黄河就像一条腾跃的长龙，摇摆着激荡的身躯从遥远而又重叠的峡谷间一路奔腾而来，从身边穿梭而过，激起浑浊的波涛。狭窄的码头上有十多个挑夫和一些士兵蹲在地上吃着仅有的玉米面馍馍和小米糊糊。码头边上的山道陡峭狭窄，仍有挑夫挑着物资，在山道上艰难地移动着沉重的脚步……

为了加快南沟渡物资的搬运速度，岳少峰与俞倩一起召集四救会人员全部投入到搬运工作中来。

南沟渡码头顿时热闹起来。俞倩说："岳会长，你看这多快呀！堆的物资很快就下去了一半。"岳少峰说："只要思想工作做到家，再大的问题都不是问题。"此时，有队员回来，边走边哼着《保卫黄河》的歌："保卫家乡！保卫黄河！保卫华北！保卫全中国！"岳少峰说："听！多好听哝。"俞倩说："那咱们也歇会儿唱唱歌吧？"岳少峰说："梁队长，叫大伙歇歇，让俞特派员领着唱会歌。"梁队长吆喝着："大伙都歇会儿！叫俞特派员领大家唱歌！"队员们一听说唱歌，马上都聚拢过来问唱啥歌？俞倩说："《保卫黄河》。"岳少峰说："你先给大家唱唱。"俞倩清了清嗓子唱了起来："风在吼，马在叫，黄河在咆哮……保卫家乡！保卫黄河！保卫华北！保卫全中国！"大家一阵热烈的掌声。梁虎生鼓动说："俞特派员唱得好不好？""好！""再来一个要不要？""要！"大家一个劲地起哄："特派员来一个！特派员来一个！"俞倩笑着说："光让我一人唱可不行啊！得大家一起唱哝！""我们不会唱！"俞倩说："《中条山抗日战歌》总会唱吧？"梁虎生说："这个应该没问题，之前我们都教过。""好！就唱这首歌。中条山，一二！”

中条山　黄河边
中华儿女奋当先
战倭寇　保家园
杀敌声声震山川

中条山　黄河边
英雄儿女勇当先
送弹药　救伤员
军民团结战凶顽

中条山　黄河边
优秀儿女意志坚
不怕死　不畏难
抗日志气高于天
高于天

刚唱完，就有人在后面接续上：

保卫家乡！
保卫黄河！
保卫华北！
保卫全中国！

又有人续上：

黄河之滨
集合着一群中华民族优秀的子孙

人类解放救国的责任
全靠我们自己来担承
……

俞倩惊喜地说：“杨指导，你也会唱这首歌？”岳少峰说：“杨指导可是延安抗大的学生唻！”大家一阵欢快的掌声……

就这样，队员们啃着干馍，喝着山泉水，唱着抗战歌曲，每天起早贪黑肩扛担挑，躲着日机轰炸，不怕艰难，毫无怨言，保证了前方将士的物资供应。

为保证前线物资供给，不仅仅是搬运的问题，还有诸多船工，为了把物资从黄河南岸运往黄河北岸，他们冒着被日机轰炸的危险，驾驶着帆船，踏着惊涛骇浪，往来于战火纷纷的黄河两岸。

岳少峰望着坐在岸边等待卸船的一位老船工，常年风吹日晒的一身古铜色皮肤和一双粗糙的大手，还有那一双从不穿鞋袜的赤脚尽是累累伤痕。他看到一位记者上前询问：“老伯，你在黄河里行船，下面是滚滚河水，上面是鬼子飞机，你怕不怕唻？”“不怕是假唻！当船行到河当中时，一个接一个的漩涡真是吓人啊！有时把人吓得直叫。再加上这狗日的飞机在空中乱炸，能不怕吗？只怕连人带船都给炸没了。”老船工说完叹了口气。记者望着锅里的糊糊汤加面条说：“老伯，你们干这么重的活，吃这能行吗？”“这就是中午饭，一人两碗。”“你每天能领多少工钱？”“这个时候还说啥工钱不工钱。”“那家人咋办唻？”“哪有啥法子唻，不打走小鬼子，咱们啥办法也没有啊！”岳少峰深知老船工的艰难，还有一群更为艰难的纤夫，光着脊梁光着脚丫，弓着腰喊着黄河号子在石崖栈道上一步步往上游拉着逆行的船只，以便船只顺着水流能顺利渡到对岸渡口，再进行下一次的转运。

岳少峰望着不畏艰险的纤夫和乘风破浪的船工，又遥望对岸悬崖小路上，肩扛担挑的豫西人民，他不知这些人是谁，但知道他们都是支援前线的老百姓，是他们冒着敌人的炮火，源源不断地把豫陕两省人民送来的军用物资，一船又一船地从黄河南岸转运到黄河北岸，用生命和鲜血保证了中条山前线部队的物资供给，保证了中条山防线牢不可破。

第二十六章　黄河滩英烈血染　突重围绝处逢生

日军在中条山接二连三的失利，触怒了华北最高指挥官。他对牛岛大声训斥，电话里说："中条山！盲肠的一定要拿下！"日军把中条山比喻为盲肠，是阻挠他们南逼西进的最大障碍。为了拿下中条山，日军又开始新一轮部署。电话打给解县川岸师团，打给夏县安达师团，呜哩哇啦一通命令后，回答的都是"嗨！嗨！嗨！"……

古平县抗日军民没有放松对日军的警惕。岳少峰等人也在研究下一步工作，傅愣强匆匆来报："岳会长，发现解县、运城、夏县三个师团日军均有异动。""知道是朝哪个方向？""目前还不太清楚。""继续侦察！"

孙军长正在地图前思考，赵军长打来电话说，据侦察来报，解县、运城、夏县的日军均有异动。可能日军有大的阴谋，我们要严加防范。孙军长放下电话在房间踱步，边走边跟参谋长说："以往日军只有运城牛岛师团，如果这次再有川岸师团和安达师团，光靠咱西北军恐怕力量远远不够。我们可否向蒋委员长请求驻守黄河南岸的精锐部队过河支援？"参谋长说："这可能不大好说，黄河南岸灵宝一带是蒋委员长的嫡系部队，岂能调往中条山拼杀？"孙军长说："胡宗南的四个军武器精良，兵员充足，应该能派一部分吧！"参谋长说："蒋委员长的目的是死保黄河一线，因为咱他能动黄河南岸的兵力？"孙军长望了一会儿参谋长，说："看来没指望了。"参谋长说："孙军长，国军各防区历来是不会支援的，这是一贯的，到今天能为咱破例？这是明显指望不上的事。"孙军长说："那只有靠咱自己了。"

日军为了实现南进西逼的目的，不仅纠集安邑、运城、解县的所有兵力，而且调集大量空中力量，对中条山一带实施疯狂大"扫荡"。

一九三九年六月六日，正值黄河岸边麦子成熟季节，日军调集三万余人，在几十架轰炸机的掩护下，兵分九路向古平县境内的红咀山、韭菜园、柏树岭、黑窑山、墩台山、云盖寺、官道岭、黄草坡、跑马道以及芮城的二十里岭等阵地发起全线进攻，企图将防守在中条山中西部的西北军分段歼灭。

是日一早，日军将近四十架飞机对中条山阵地进行轮番轰炸，顿时中条山阵地火光冲天，硝烟弥漫，修筑的工事几乎被毁殆尽。

此时，一场大风从北向南扑面刮来，扬起的沙尘弥漫阵地，打得战士睁不开眼。日军背风趁势，一股从解县突过二十里岭及一五八一、七高地，由西向东逼进；一股从张店红咀山突过防线，由东向西逼进；一股从跑马道、黄草坡、官道岭、云盖寺、墩台山突过防线，由北向南逼进。九十六军和四十六旅来不及阻击就被居高临下的日军快速追赶挤压，四十七旅和一七七师以及四十六旅数万人被挤压于古平县三湾、狐三村、太阳渡、沙口滩、张峪等黄河岸畔的狭谷地带。天上飞机轮番轰炸，地上日军利用重枪重炮紧逼压缩，包围圈越来越小，官兵伤亡惨重，情况十分危急。

李军长率领军部人员和一七七师以及四十六旅与日军在狭窄地带来回冲杀，最后被日军逼至花园村外的麦地里。孔旅长大声喊："李军长！我们得想法突围！"李军长大声喊："报务员！报告总指挥，我军被困，请求突围！"报务员接到的电文是："坚守阵地，不得撤离。"孔旅长拿过电文看了一下，愤然地说："啥时候了？还这样死板？！"他俩又继续组织火力，与日寇展开殊死搏斗。此时，两军犬牙交错，兵刃搏杀，敌我双方处于胶着状态，许多战士被日军戳死。李军长看着战士一个个倒下，挥起大刀与日军拼杀起来……

此时，黄河沿岸大片金黄色麦地，已经变成激烈搏杀的战场，血雨腥风的战斗从中午一直持续到黄昏。敌我双方反复冲杀，九十六军伤亡惨重，营连排干部相当一部分已经牺牲了。日军的疯狂和残酷，几乎使九十六军全军覆没。

为了突出重围，一七七师派张营长带人掩护主力向东突围。所有官兵抱定必死信念与龙门关外盘南村之敌决一死战，最终攻克盘南防线。上岭村日军闻讯，迅速赶来增援，利用重武器猛轰，突围未能成功，残部无奈又撤回龙门关内。

处在张茅线以东的十七师，数次组织兵力对圣人涧日军实施打击，企图将包围圈撕开一道口子，但晴岚方向又突然冒出一股日军，把十七师死死拖住，多次进攻未能成功。

驻龙潭沟中共运城地委得知情况后万分焦急，速派李鸿远联系岳少峰。当时，岳少峰正在南村紧急召集王力合、毛瑞兴、吴中建等人开会，安排自卫队队员分头侦察日军情况，见到李鸿远十分惊讶："鸿远，你咋来了？""这次日军火力强劲，是前几次的数倍，形成一个密不透风的包围圈，我军处境非常危险。要尽快想办法，充分发动群众，为我军提供必要的帮助。"岳少峰说："现在四个区队都在待命。"李鸿远说："采取一切办法，运用各种手段，在包围圈周围摸清日军的情况和动态，把情况及时传递给我们的军队。"岳少峰说："同志们，以最快的速度到周围各村探明情况，把情况第一时间告诉我们军队。其他地方赶快行动，凤凰城周边我带人进去。"大家一听说岳会长要去凤凰城，王力合说："凤凰城周围全是日军，太危险了，你不能去，另派人去。"岳少峰说："正是因为危险我更应该去。"王力合说："要去我们俩一起去。"岳少峰说："你在此注意收集情况，凤凰城周围地形我比你熟悉，李军长他们在里面一定困难重重，我一定要进去找到他们。这个你不用争了！"岳少峰执意要去凤凰城，谁也拦不住。

岳少峰带着傅愣强、关山等人，摸黑翻过龙门关，向凤凰城方向摸去。他们不敢走路，只能在麦垄间小心穿行。日军外围部队，不远处一堆篝火，篝火旁架着机枪重炮，对着包围圈内。包围圈里面的中国军要出来极为困难，但岳少峰他们要想进入包围圈谈何容易？日军连续作战总有犯困的时候，岳少峰他们趁日军犯困时，迅速穿越进去。他们进去后拼尽全力往凤凰城方向行进，去寻找被困在里面的中国军队。

……

此时，夜幕已深，炮火停息，一七七师和四十六旅利用夜色仍就继续与日军不停地在黄河滩周旋。一会儿大小涧北花园村，一会儿狐三村，一会儿又在黄河岸边。李军长率领军部人员与孔旅长的四十六旅在与日军周旋过程中被日军逼至凤凰城外的一片麦地。同时，一七七师亦被日军逼至太阳渡黄河岸边，两军突然失去了联系……

张营长突围失败后退回龙门关，带着剩余人员继续往西移动，在冲杀过程中与军部失去联系，顿时感到不知所措。此时他突然看到一个黑影向他们移动，机警地问：“谁？”“牺盟会的。”岳少峰迅速来到张营长跟前自我介绍：“我是古平县牺盟会的岳少峰。”张营长说：“我们现在被困这里了，军部也联系不上。再不出去，天亮了准死无疑。”岳少峰说：“东坪头日军防守薄弱，可以从那里突围。”“路怎么走？”“在三湾与关家窝之间有一条沟叫后沟，从后沟上去就能避过东坪头的日军，关山，你给他们带路。”周围的战士都跟着关山出了三湾，向后沟方向摸去。后沟的路是崖壁小路，狭窄而陡峭。战士们摸着黑拽着悬崖上的树根枝条，一步一步往坡顶攀爬。东坪头日军发现后向崖下扫射，他们不得上去。关山叫张营长把士兵分成三组，由村民带着从三个地方同时往上突，结果两处突上，一处被堵。突上的官兵又回头增援，最后全部上去。上去后又与日军进行了激烈冲杀后向西而去。

为了躲避杜马塬日军堵截，关山又带着他们绕到西边五龙庙沟顺白虎沟上到杜马塬以西的小南村。张营长带领战士一路拼杀，待赶到小南村时已是兵乏弹尽。东车村和张村日军闻讯，同时对小南村发炮轰击，杜马塬的日军派步兵骑兵堵截。张营长等人大有被围困的可能。情急之下，关山又带着他们向北转移，在大郎山与敌周旋。关山看到张营长一路拼杀，战士们极度困乏，他紧急联系地下党，从各家各户收来馍馍，战士们在得到食物补充后，体力才得到恢复。村里人告诉他们，大郎山之东南方向贤良村有日军辎重部队，这让张营长非常兴奋。

关山带着张营长等战士突围后，岳少峰与傅愣强继续往西寻找李军长。

此时，独立四十七旅被挤压在沙口滩之西，完全与军部失去了联系，王旅长已身负重伤，万般无奈之下决定向西突围，在往西突围的过程中，又遭遇黄河岸边重压过来的日军，双方展开殊死搏杀，伤亡枕藉，死尸遍野，此时四区队的裴永安跑来带路，王旅长才从圪塔村冲出包围圈。此时，他身边剩下不到一百人。

其余部队仍被压缩在三湾、大小涧北、花园村、狐三村、太阳渡以及沙口滩、张峪一带……

李军长带领的军部所属人员，以及独立四十六旅大部分官兵仍就被围困在凤凰城外距黄河不远的一片麦地。孔旅长望望周围，眉头紧蹙地说："李军长，再这样打下去，我们全得撂这儿了。"李军长颇为无奈地说："军部命令一直强调坚守阵地，力保阵地，没想到死无退路。我们该咋办啊？"孔旅长说："这是死打法。战场情况瞬息万变，现在战局发生了这么大的变化，还能再这么打？八路军灵活机动的战术，我们现在也该用用啦！"李军长犹豫地说："那总部的命令呢？还执行不执行？"孔旅长说："再执行下去就会被困死。只要我们突围出去，才有生的希望！"李军长说："只要不使全军覆没，咋个打都行！"孔旅长与李军长反复掂量后，决定立即召开团营长紧急会议，分析日军情况，研究突围方案。

面对三面受敌一面临河的情况，李军长说："目前日军东西两端都有重兵把守，如何能突出重围？咋个突法？朝哪个方向突？是突围的关键。"说到此李军长看到岳少峰快步走来。岳少峰看见李军长很激动，李军长看见岳少峰也很激动。岳少峰握住李军长的手激动地说："我终于找到你们了。"李军长也激动地说："想不到这么危险，你们来了。"岳少峰说："正是因为部队危险，我才有义务帮助解危。"李军长激动地说："我太需要你们了。"岳少峰说："李军长，东车村日军兵力薄弱，路线我熟悉，赶快研究突围方案，我给你们带路。""太好了。"为了保证突围成功，李军长他们开始了一番认真研究。岳少峰说："根据情报推断，北部日军只有少量步兵和两个炮兵中队，还有一些伪军，力量相对东西两端较弱。只有向北突围才能摆脱被日军困死的危险。"李军长说："为了保存有生力量，确保万无一失，由孔旅长带领部队打头阵，全部关掉电台，连夜组织部队向北突围。"

当夜，月色昏暗，远处不时传来枪炮声。作为开路先锋的孔旅长，挑好精兵强将组成两队突围先锋，配备了十几挺机枪，每人携带大量手榴弹，为全旅突围打开通道。孔旅长带着队伍在岳少峰的带领下穿过日军的缝隙，顺着五龙庙沟溯流而上，到沟岔口，又顺着鸡鼻梁山道继续向北，然后攀上陡峭山道来到西边临崖的东车村。

东车村村长早早在村头等待，见到岳少峰不用介绍也知道意图。村头不见一个日军，只有伪军抱着枪懒洋洋地在村头放哨。村长之前与伪军就有联系，悄声与站岗的嘀咕后去见其连长，伪军连长痛痛快快把所有枪支都缴了，然后带着孔旅长等人摸去日军睡觉的地方。此时，日军炮兵中队约二百多人，正在村中沟壕靠崖院窑洞里睡大觉，丝毫不知危险到来。几个战士随即把几捆手榴弹丢进窑洞，窑洞里发出几声闷响。没炸死的日军也被炸伤，企图顽抗，均被绳索勒死。二百多鬼子炮兵全部报销，没用一颗子弹。

日军炮阵设在一片即将成熟的麦地里，麦子被日军踩踏成了碾麦场，十二门山炮一字摆开，朝南架着的炮口，还飘散着发射过炮弹留下的硝烟味。战士们望着大炮又恨又喜，恨的是炸死了我们多少军民，喜的是成了我们的战利品。有的喊砸烂！有的喊带走！孔旅长说："情况紧急，就地销毁！"战士们拆的拆，砸的砸，大部分被砸成破铜烂铁，砸不烂的直接推下黑咕隆咚的深沟。此战斗没放一枪，不仅捣毁了日军炮阵，缴获了三十多支步枪，还意外获取了日军封锁围堵中国军的作战方案，令指战员士气大振，很快翻越中条山，迅速向运城插去，顺路还捣毁一个日军医院。

四十六旅出其不意向北突围，彻底打乱了日军的部署，使九十六军绝处逢生。岳少峰带突击队突围后，部队向北插去，他则向东而去。

杜马日军发现东车村炮阵被袭，立刻组织兵力向东车村扑去，但为时已晚。

傅愣强带着九十六军，趁杜马之敌进攻东车村之际直接北上，到达柳沟时从村民口中得知东部贤良村有日军辎重部队，遂改变方向绕到敌后，正好与张营长相遇，对日军辎重部队袭击后快速向东突进……

一七七师在凤凰城外的麦地与日军周旋，被日军逼至太阳渡黄河岸边。陈师长见周围尽是日军，大声喊："通讯兵！快联系军部！"通讯兵迅速摆好报话机，不停地找寻信号，过一会儿说："师长！军部联系不上。""再联系四十六旅！"通讯兵又开始调整信号，过一会儿说："师长！四十六旅也联系不上。"一七七师突然与大部队失去联系，这让陈师长感到问题严重。面临死地，为了确保势力，他召集身边的三个团长说："现在我们一七七师已经被日军逼到了绝境，如果再不反击，就是死路一条。弟兄们！等日军火力稍弱时，我们来他个出其不意。"陈师长做了个向前扑的动作，几个团长心领神会。"打！"十几挺机枪在前面开路，组成了一道密不透风的火力墙，向日军阵地猛扑过去。日军万万没有想到，中国军队会朝他们阵地正面直冲过来，顿时慌乱，不知所措。火力墙没等日军缓过劲迅速逼近，猛烈扫射的火力，瞬间把日军包围圈撕开一道口子，他们踏着遍地尸体往外冲。日军缓过神来，重新组织火力堵截，敌我双方短兵相接，拼命厮杀，刀枪碰撞，血肉横飞，硬生生杀开一条血路向西突进。一路边冲边打，当行至沙口滩时，遇上大股日军，又是一阵激烈搏杀，队伍伤亡过半。

被日军逼至沙口滩的新兵团长秦河山，所带的兵娃在拼杀中被日军冲散，所剩无几。此时秦团长腿负重伤，不能行走。危急时刻，战士们要背他走，他坚决不答应。此时，一七七师陈师长赶到，命令道："架着秦团长走！"秦河山说："陈师长，我实在不能走了，我这样走只能拖累大家。你把能跑的都带走，把缺胳膊少腿的都给我留下，我们只要还有一口气，就与日寇拼到底！""不行！要走一搭走！"秦河山几乎吼道："你是一师之长！我的人员都交给你了！快走啊！"陈师长眉头紧皱但却没动。秦河山见陈师长不肯走，把手枪顶住自己的太阳穴说："你不走，我就……"陈师长望着秦河山和诸多伤残官兵，牙一咬大声喊："走！"一路向陌南方向突围。

被困在窑头村的一营营长组织全营三百多名官兵与日军奋力拼杀，终因弹尽无援而全部壮烈牺牲。剩余士兵与机关非战斗人员和其他散兵以及逃难群众万余人，被日军围困在沙口滩黄河边一低洼处。

千余名非战斗人员不甘心当亡国奴，手拉手一同跳入黄河。他们抱住马脖拽住马尾在黄河上漂浮，希望能渡到河对岸。然而，均被河对岸国民党督战队的机枪无情扫射而死，死尸在河面漂浮，河水顿时被鲜血染红……这是中条山开战以来，对河防守部队开的第一枪，不是打向日寇，而是打向了自己的同胞。

日军的凶狠，国民党督战队的无情，致使沙口滩一万多军民被困无援，无处躲藏……

此日一早，赵紫云在赵管家的帮助下去太阳渡店头街进布匹，刚买好一驮骡布匹出来，就遇上飞机轰炸，驮骡挣脱赵管家向西狂奔，管家和赵紫云在后面紧追，一直追到窑头村也没能追上驮骡，却被逃难的人群卷进沙口滩之东的一个大窑洞附近。窑洞内藏满逃难百姓，赵紫云眼睁睁地瞅着窑洞里的百姓被日军用机枪扫射。她一阵揪心，管家悄声叫她往南逃，她披头散发跌跌撞撞跟着管家越过土埝，穿过麦地逃到沙口官道壕边，又看见被俘的中国官兵一个个浑身是血被日军押着。赵紫云和管家吓得钻在麦地里大气都不敢出，日军将中国兵一个个刺死在沟壕。此时，大雨倾盆，整个沙口滩死尸遍地，血水横流……

惊慌失措的赵紫云在管家的保护下，泥水和着血水，从沙口官道壕又跑向黄河边，她浑身上下全是泥水血污，两腿颤抖，浑身发软，喘着粗气一屁股坐在河岸边的草丛中……

此时，沙口村周围被打散的上千余官兵，夹杂着逃难村民纷纷向黄河边涌来。日机低空轰炸，机枪不停扫射，慌乱的村民不断有人倒下，哭喊声尖叫声混成一片。跑到河边的数百军人跳进黄河，互相拉扯着向南岸泅渡，又被对岸督战队的机枪一阵扫射，顿时河面死尸一片，河水瞬间又被染红。赵紫云望着对河督战队的残酷无情，她愤怒而又无奈。

秦河山拖着伤腿带着残兵与敌拼杀。这些来自八百里秦川的新兵娃，战场上的格斗拼杀都是第一次，但他们的抗日之志不可摧。秦河山为了掩护战友，拖着伤腿端起刺刀与敌殊死搏杀，最后英勇牺牲。面对凶残的日军，新兵团的兵娃们不畏强敌，殊死拼杀：有的枪支失落，不顾敌人刺刀刺进小腹，双手仍紧紧地抓住敌人的枪杆；有的被砍断手臂，仍旧用嘴咬住敌人不放……经过几天几夜的血战，终因寡不敌众，被逼至黄河绝崖边。此时，日军像恶狼似的冲来，面对穷凶极恶的日军，新兵娃早把生死置之度外，他们赤手空拳与敌搏杀。有与敌抱成一团跳下悬崖卷入滚滚黄河的，有与敌人扭打在一起滚入黄河的，还有咬着日军的耳朵倒入黄河的，还有拖着日军跳入黄河的。这一个个不怕死的新兵娃，把日军吓得直往后退缩，再也不敢前进一步……

此时，日军围成了半圆形，端着刺刀一步步向兵娃们逼来，企图抓到活的。此时，只听一个兵娃高喊："弟兄们！宁愿跳黄河死！决不当亡国奴！"然后纵身一跃，跳入滚滚黄河，瞬间被滔滔巨浪吞没。其余数百名十六七岁的伤残兵娃们，也跟着一瘸一拐纷纷跳入黄河，惊得日军目瞪口呆。

赵紫云也被惊得目瞪口呆……

赵紫云被管家拉起又向沙口村跑去，被逃难的人群卷进村中一个大窑洞，窑洞里躲藏有百十号村民，身边一大婶看她一头短发扎眼，赶紧把自己头上的粗布巾裹在她头上。此时，有三十多个新兵娃跑来想寻求躲避，见窑中村民甚多不想连累，在窑口徘徊。危急时刻，大婶喊道："娃们！快进来！"新兵们还在犹豫，赵紫云赶快把他们拉了进来。望着浑身上下都是血迹的兵娃们，赵紫云喊："乡亲们！有衣服的都拿出来！给娃们换上！"乡亲们纷纷拿出衣服来，没有衣服的脱下身上的衣服给兵娃们换上，然后把换下的血衣赶紧藏起来。刚藏好，窑洞就被日军发现，日军端着刺刀在窑洞口恶狠狠地叫喊："统统出来！"窑洞里所有人一动不动。日军又吼道："不出来就死啦死啦！"说完把一颗催泪弹扔进窑里，硬是把窑洞里的百十名村民逼了出来，赶到沙口滩，架起机枪端着刺刀对准他们。鬼子指挥官用生硬的中国话说："交出中国兵来！不然，统统死啦死啦！"满场沉默无人回应。鬼子用刺刀拨开人群，凡见到年轻小伙子就拉出来检查，查看头上有没有军帽留下的痕迹，查看手上有无拉枪栓留下的老茧。当场有二十多名兵娃被鬼子查出来，用刺刀抵住后背带到沟崖边，一刺刀一个，全部捅死到沟崖下。乡亲们背过脸不忍心看，偷偷地抹着眼泪……

赵紫云看着鬼子挨个搜查中国兵心急如焚，她突然发现对面有一个十五六岁的兵娃，站在那里不知所措，日本兵就在跟前，她却束手无策。旁边的大婶当时护着自己的两个娃，一个十岁，一个五六岁，当她看到那个兵娃无助的样子，毫不犹豫地把兵娃拉到怀里，一个怀抱抱了三个孩子。日军走到跟前把刺刀对着大婶，恶狠狠地说："什么的干活？"大婶镇定地说："这都是我儿子。"日军把那个兵娃拉开检查，大婶重把兵娃拉到自己怀里，坚定地说："再看也是我儿子！"日军在新兵娃头上手上没看出啥，也只好罢休。那大婶松了一口气，赵紫云也松了一口气，她佩服老百姓同心协力，更佩服这位大婶在关键时刻的镇定与胆识。鬼子离开后，她看见大婶牵着小兵娃的手走了……

在凤凰城为一七七师部队干部讲课的柳教官，没想到课讲到一半日军就打来。他来不及回三十八军，与非战斗人员跟着陈师长与日军开始周旋，并在周旋过程中被打散，之后，他也拿起枪与日军拼杀起来。他不知陈师长他们打到了哪里去了，失去大部队的柳教官在麦地里与日军几经迂回冲杀，两天两夜与日军周旋，最后又打到凤凰城东门外，在七孔桥旁的竹林边与日军继续血战。此时，满身满脸都是硝烟血迹的柳教官，子弹打光了，他便枪上刺刀与日军拼杀，几个日军围住他，刺刀刺进他的腹部……

赵紫云跟赵管家从沙口滩死人堆里跑回来后，跌跌撞撞跑到城东门附近，正巧看到柳教官与日军拼刺刀的一幕。柳教官倒下后，日军搜出他皮包里的战地纪实文稿和没有寄出的家书。日本人了解中国，日军士兵也了解当时中国军队中没几个识字的人，何况是个文化人，而且是具有民族气节的年轻作家。日本人崇尚文化教育，不禁对这个文化人肃然起敬，以九十度的鞠躬礼表示钦佩。这一切被躲在竹林里的赵紫云看见。

赵紫云在凤凰城见过柳教官，是一个清瘦干练特别有气质的文化军人，此时看到他与日军拼刺刀，她把心都提到了嗓子眼，眼看着他被日军刺死，心在剧烈颤栗。待附近日军离开后，她忍着浑身酸痛来到柳教官的遗体旁，把头上的粗布巾遮盖在他的脸上，抱来竹叶覆盖在他的身上，又把遗物藏了起来，这是眼下她唯一能做的事。

赵紫云满是惊恐和疲惫回到家，见到躲在拐窑里的兰儿还有几个躲在家里的小兵娃，非常惊讶。婆婆满面愁容地问："媳妇，咋办哝？外面全是小鬼子？"赵紫云说："大家不要慌，小鬼子不知我家藏有人，大家将就着在拐窑里，外面的事情由我来应对。"婆婆说："媳妇，你在外面娘不放心，还是娘在外面应对。"于是，赵紫云和那些小兵娃又重新钻入拐窑。

没过多大一会儿，就有一群日军持枪闯进来，用刺刀在院里柴堆和屋里的箱柜上乱戳，吓得紫云婆婆不敢说话。拐窑中几个小战士不敢出声，赵紫云紧紧捂住兰儿的嘴巴，紧张得大气都不敢出。待日军离开后，赵紫云从家里寻了几身衣服给小兵换上，然后叫管家把他们送往东边。此时，赵紫云特别想知道城里的爹娘是什么情况……

六月六日开战后，日军飞机大炮一连串在凤凰城上空响起，城里人猝不及防，惊慌失措地从城里躲了出去。有的躲到北面的山沟里，有的躲在城边的竹园里，赵老爷与夫人躲在城西的小堡上。从城西小堡能看见一望无际的麦地，里面是中国兵，外沿是日本兵。日本兵把中国兵往中间挤压，中国兵不断突围，一会儿涌向东，一会儿又涌向西，像一个巨大的风动旋涡，在河滩上扭曲冲转。天渐渐黑下来，扭动的旋涡也渐渐被夜雾笼罩……

这样的情况一直持续了两天。

之前，赵老爷打发管家去帮紫云进布匹，没料到走后不到半天工夫日军就打到凤凰城外。凤凰城的李军长迅速带领人马出城迎敌。赵老爷与夫人提心吊胆躲在西堡三天三夜不见紫云回来，既害怕又担忧。

四十六旅与九十六军军部人员在黑夜突出重围，天明后日军才发现被围困的中国军队一夜之间不知去向，顿时不知所措。日军把阵亡军官尸体抬上，把阵亡的士兵割下脑袋，有的甚至还在喘气也被割了脑袋提拎着纷纷向茅津城奔去。

日军撤退后，赵老爷和夫人没来得及回家，急匆匆赶到紫云家，看见紫云满身是血，抱住女儿失声痛哭。赵紫云一见父母立刻浑身一软，父母赶紧把她扶到炕上躺下，她闭上眼睛一句话也不说，脑子里浮现的尽是日军在沙口滩杀人的场面，浮现出国民党督战队的无情，浮现出几百名兵娃勇跳黄河的惊人壮举，以及柳教官与日军拼刺刀的场面。她在不停地颤栗，泪水止不住地往外流，那一幕幕惨烈悲壮的场面，就像烙印一样牢牢地烙在她的脑海里，成了永不磨灭的记忆。

母亲怕女儿惊吓着，一直跟女儿说宽心话："驮骡布匹没了就没了，只要你平平安安回来，娘就谢天谢地了。"赵紫云突然坐起来说："娘，你知道沙口滩死了多少人吗？"母亲直愣愣地望着女儿说："难道比咱这还多唻？"赵紫云望着母亲半天没说话，突然咧着嘴呜呜地哭了起来，边哭边说："沙口滩到处都是被杀的人啊，血流成河啊！还有一大群兵娃们被日军逼得全都跳了黄河，眼睁睁看着他们被黄河吞没。娘啊！我心都在流血啊！"赵紫云说得泪流满面，父母亲惊得半天说不出话来。

赵管家回去后，把在沙口滩遇到的惨烈场面前前后后详详细细跟赵老爷叙说了一遍，赵老爷听得眉头紧蹙，瞠目结舌，说："云儿不会被吓傻了吧？"

日军占领茅津城后，首先破门砸窗弄柴火焚烧同类的尸体，城中浓烟滚滚，人肉的焦煳味到处弥漫……

东部的三十八军与西部的九十六军被日军从中切断后，西部战场完全被打乱，九十六军根本联系不上，只有三十八军十七师还在坚守。为了挽救危局，卫司令立刻决定把集团军的指挥权交给赵军长。

张茅线以西的军队全被打乱，李军长根本联系不上，川军在夏县泗交一带牵制敌人，后面的恶仗一定在张茅线以东，赵军长督促孙军长指挥部速速移往张茅线以东六十里远的郭原村，三十八军指挥部则在距张茅线三十里的洗耳河畔岳家庄。

洗耳河畔是上古尧帝时期高士许由隐居的地方。许由在此教化乡民，尊天顺道，开垦农田，引水灌溉，穷山沟出现了繁荣昌盛景象。尧帝闻讯，躬身亲往，翻山越岭，过张店经尧店到山中拜访，请许由出山，以天下让，许由不受。尧帝回朝后又召许由为九州长，许由不愿听其言，遂临溪洗耳，故名洗耳河，洗耳河谷也由此而生。洗耳谷流淌着洗耳河，与尧店村均属尧帝来山中访贤留下的古老信息。

要说当年许由不愿与奸佞小人在朝中共事就职，尧帝感到遗憾，那当今赵军长也没因为国民党对河部队不支援中条山而撂挑子不干，而是不负重托与敌军死战。

赵军长派兵要把孙军长强行送往远离茅津城的郭原村，临行前两人交换了想法。孙军长说："现在九十六军已被打散，对河胡宗南部队眼瞅着不过河增援，咱们能调用的兵力也只有三十八军了，卫司令把指挥权交给你，你就大胆指挥吧！这次能不能扭转战局，就看杜亭兄您了！"这一对金兰之交，在公众场合很少称兄道弟，这次意义不同，孙军长特用此称呼，给予赵军长莫大的希望。说完与赵军长紧紧握了一下手。

赵军长深知此意，送走孙军长后，他与参谋长立刻研究对策："以目前情况看，西线九十六军全被打散，茅津城又被日军占领。我们必须立即调整作战部署，缩短战线，阻敌东进，扰敌后方。具体做法是：尽快联系九十六军和四十六旅，迅速向东迂回到东山一带集结。同时命令深入稷王山敌后的两个团加紧与新军二一二旅联系，一同攻敌后方，打乱日军阵脚；川军也要迅速推至绛县横岭关以西，在敌后侧实施打击；突围出来的

部队迅速向茅津城方向靠拢，集中兵力攻打茅津城日军。”赵军长决定靠前指挥。

十七师在对日军包围圈实施打击时，受到另一股日军袭扰，十七师不得不调转方向对付这股日军。此时，吴中建与李大汉团长在一起，昼夜与日军周旋，借机伏击敌人。饿了啃口干馍，渴了喝口凉水，困了抱着枪靠着土坡眯乎一会儿。山里的蚊虫不停地骚扰，但困乏的战士丝毫没有感觉。只要听到集合号令，战士们会迅速拿起武器纷纷站成一队。此时，李大汉团长说：“同志们，现在日军已经占领了茅津城，军部命令我们把它夺回来！有没有信心？”“有！”“袁排长！”“到！”“你率领一个排打前锋，向茅津城出发！”“是！”于是，十七师的二憨子排为开路先锋，在他的带领下向茅津方向插去。

孔旅长带领四十六旅迂回到夏县太宽河，从东部绕至庙凹山到茅津城东集结，李军长带领的一部分人员也撤到茅津城以东。一时间，茅津城成为敌我双方对垒的主战场。

第二十七章　敌我对阵茅津城　军民团结战日寇

茅津渡是河东通往中原、通往西安的重要码头，自古以来是兵家必争之地，运城日军几次冲着茅津城来均未能得逞。这次以之前十倍的兵力进攻古平县，目的就是势在必得。

之前，西北军中条山防线从芮城二十里岭到古平县望原，东西三百多里长战线，被日军截为数段，致使日军兵力也分散在张茅公路以西二百多里的战场上。独立四十六旅和九十六军部分人员，几经冲杀突出重围后，同三十八军十七师在茅津城之东的涧东村和西延村一带集结，组织对茅津城日军发起进攻。

茅津城经过日军飞机多次轮番轰炸后，城里大部分民房已被炸塌，再加上日军焚烧尸体弄柴火，城里的民房几乎被毁殆尽。城墙被炸出缺口的地方，日军都架起了机枪。此时，敌我双方之前的战斗态势发生了根本性变化，日军为守，中国军队为攻。中国军队的进攻点主要在东城门，日军不惜重兵把守东门，机枪不停地扫射；北门日军火力也很强劲，机枪不停地喷火，中国军队一次次进攻，一次次被日军火力压制住。

十七师战士一边利用部分兵力吸引日军火力；一边组织兵力架设云梯攻城。战士们扛着云梯往城墙根冲去，云梯一靠上城墙就有战士嗖嗖往上爬，刚接近顶端便被日军刺中摔落身亡；后面的战士继续往上爬，日军继续用刺刀刺，刺不下去，就用老百姓的长杆桑杈架住云梯往外推，结果梯倒人落，战士们心急如焚。

自卫队队员牛娃看见如此情况，心急如焚要冲上去，在得到队长许可的情况下，带着铁抓子嗖嗖地爬上云梯。日军又开始用长杆桑杈往外推云梯，云梯晃晃悠悠离开城墙，在云梯上的牛娃奋力扔去铁抓，牢牢钩住那个日军，用力一拽，日军被钩下城墙，摔得惨叫一声，瞬间云梯又靠住了城墙。后面战士继续往云梯上爬，突然咔嚓一声，云梯断裂，梯上的战士纷纷跌落。没有云梯咋办？李团长跑来请示。赵军长大声喊道："同志们！没有云梯我们还能不能攻城？"战士齐声回答："攻！"战士们又人踩人肩，叠成罗汉往上上，日军发现后一阵扫射，战士死伤惨重。

茅津城久攻不下，赵军长焦急地走来走去。岳少峰跑来说："赵军长，这样硬攻我们会吃大亏的。""岳会长，你对这里熟悉，你说说还有啥好办法？""派队员深入城内，里应外合。"然后喊："傅愣强！通知一区队毛瑞兴，带队员摸进去，与大刀队徐老六在鬼子屁股后捅！"

毛瑞兴接到任务后，立刻带领牛二柱、铁蛋、石头等队员，绕到西城的一个下水道爬进去，翻墙进入一家宅院。此时，藏在破屋子里的大刀队队员毛豆从窗户上看见，开门把毛队长叫进来。毛瑞兴一看是大刀队的人，高兴地说："可寻到你们了，咱得想法干掉城墙上的鬼子唻！"

茅津城外十七师的将士们，一次次发起进攻，但日军火力太猛始终拿不下。李团长焦急万分，大声喊："二憨子！带人从城南绕进去，想法干掉城墙上的机枪手！""是！"二憨子带着一班长和几个战士猫着腰沿黄河岸边，向茅津城南门摸去。

此时夜色已黑，黄河发出一阵阵奔涌的涛声，战士们顺着岸边踏着泥泞往前摸。波涛一阵阵地向岸边涌来，战士的鞋和裤全湿透了，脚下的树根枝杈也扎伤了脚丫，挂破了衣裳，他们全然不顾，穿过狭窄的河岸来到南城门附近。但南城门紧闭，他们无法进入，非常焦急。此时，有几个船工跑来帮他们出主意，并从船上找来绳子和抓钩，然后攀上城墙。

此时，夜色更浓，日军也非常疲惫。城外中国军停止进攻，日军在城墙上的机枪手也停歇下来。虽然他们极度困乏，但丝毫不敢懈怠，只要城外有响动，城墙上机枪就"哒哒哒哒"响一阵。日军的一阵阵机枪声，不时提醒着城外将士，也提醒城里的徐老六和几个自卫队员。

夜色更浓了，二憨子带着战士上了南城墙，城墙上几个日军正在迷糊，二憨子手持短刀悄无声息地把日军解决掉，然后继续向东北方向移动。

一区队毛瑞兴也带着牛二柱、铁蛋、石头向东摸去，忽然发现城墙上有几个黑影晃动。毛瑞兴说："有情况。"铁蛋傻愣愣地问："队长！我咋没看见，有啥情况唻？"牛二柱说："就你那傻样还能发现情况？"铁蛋反驳道："就你精？连个媳妇都看不住！""你再说我抽你。"毛瑞兴小声呵斥道："不许说话，啥时候了还斗嘴？"两人都不吱声了。忽然东城墙上响起"轰隆！轰隆！"的爆炸声，紧接着城北也传来爆炸声。爆炸声惊醒了聚集在学校休息的鬼子，还未等鬼子弄明白是咋回事，瞬间，城外部队展开全面进攻，城里城外杀声四起，日军遭受两面夹击，慌忙组织兵力从北门突围，仓皇撤离茅津城，连夜往北逃窜。逃窜至軨桥时，又遭到中国军的重创，最后丢盔弃甲不顾一切逃往运城。

中条山军民经过二十余天的浴血奋战，在一场鱼死网破的拼杀中，歼敌一万，自伤八千，艰难地取得了第六次反"扫荡"的惨烈胜利。

日军撤走后，赵军长松了一口气，感到这仗打得非常不容易。此次战役，西北军在东起晴岚西至芮城三百余里长的战场上，面山背水与日军激战，摧毁日军多处工事，消灭上万个日军，从被动到战场逆转，付出惨重代价。为此，卫司令专门打来电话祝贺："你三十八军功不可没啊！毫不夸张地说，三十八军就是咱中条山的铁柱子！"赵军长感慨地说："这不是三十八军一个军的功劳，这是中条山所有军民团结奋战的结果啊！"卫司令也感慨地说："中条山人民也功不可没啊！"

日军从凤凰城周边撤走后，城外麦地横七竖八躺着兵娃的尸体，让乡亲们好不心痛。

赵老爷把乡邻街坊聚集在街头，大声说："凤凰城的街坊乡邻们！大伙都听好了，这些死去的兵娃都是为了谁啊？为了保卫凤凰城，保卫咱老百姓啊！今天我赵明轩向大家表个态，把我的老寿木抬出来，给咱们兵娃用！"听了赵老爷的表态，许多老人也纷纷拿出自己的老寿材。此时，岳少峰激动地说："乡亲们！我代表古平县牺盟会由衷地感谢大家。但是，这些成品棺材远远不够我们的兵娃用，还得再想办法唻！"赵老爷说："岳会长，没有那么多现成棺材，就组织木匠赶做。"岳少峰说："只是材料问题怎么解决？"赵老爷说："这个大伙想办法，把家里的木料都拿出来。不够咱就多砍几棵树。"一句话提醒了岳少峰，他说："乡亲们！我赞成赵伯的建议。我也表个态，把我家的两棵大桐树砍了，为咱兵娃做棺材。"狗娃娘赶紧说："峰娃，你家桐树不能砍啊！你爹死的时候都没砍。""婶子，啥都别说了，现在最重要的是咱的兵娃呀！"……

岳少峰和李鸿远都参加了西北军在凤凰城组织的追悼大会。李军长声泪俱下地说："七千多将士啊！七千多啊！……"他泣不成声，最后号啕大哭起来，引得在场官兵和老百姓都跟着抹眼泪……

此时，赵明轩带着徐清源来到大家面前，心情沉重地说："为了这片土地，为了我们这些老百姓，为了杀强盗倭寇，你们有多少将士英勇捐躯啊？我们大伙心里都清楚。我们商量了一下，想给这些牺牲了的英雄们立个碑，让后代记住英雄的名字。我们大伙又专门推举有名望的文化人写了碑文，也不知写得妥不妥，想听听你们的意见？"赵明轩没等几个军长说话，对徐清源说："徐先生，您把碑文给大伙念念。"徐清源拿出一张写好的碑文，小心翼翼地打开，郑重地念道：

诸国军英雄，坚守中条，抗击倭寇，顽强拼杀，英勇捐躯。吾人留后死之躯，一息尚存当步先烈血迹，团结凝力，拼命迈进，誓死决戳彼恶魔，以树立中华民族之真正独立，而抚慰诸先烈在天忠魂，未来家国吾等尽力富强，请诸先烈拭仙目以静观。

碑文情感挚诚，豪气冲天，表达了对英雄的无限敬仰之情，感动了在场的所有人。在场的所有官兵不约而同地向乡亲们深深地行了一个庄严的军礼……

李鸿远得知同学秦河山牺牲后，心里非常难过，赵紫云也把柳教官留下的遗物交给他。他打开柳教官的遗物，有战地纪实文稿和没有寄出的家信。

李鸿远带着柳教官的遗物又找到岳少峰，说："运城地委计划为柳教官和秦河山同志专门组织一次隆重的追悼大会，到时候你一定参加。"岳少峰点点头，他望着李鸿远匆匆往东山去了，回头又思索着村民收麦子的事。

赵老爷从追悼大会回来，想到凤凰城沙口滩死了那么多人，紫云侥幸从死人堆里跑回来，不知紫燕被田妈带到东山现在咋样了？不禁又担心起小女儿来。

赵紫燕被田妈带到东山萝卜圪塔村后，田妈虽对老爹老娘说赵老爷人好，家里做下啥二小姐就跟着吃啥，但田老大一家，还是想方设法给赵二小姐单独另做。赵紫燕在萝卜圪塔村，虽然有田金锁带她经常出去玩，但山里的景色看多了，也就不稀罕了。一年时间过去了，紫燕闹着要回家，田妈说啥也不允。突然有一天，日机炸弹扔到萝卜圪塔村，田妈的大哥大嫂，还有二弟一家全被炸死。

日本人把炸弹都扔到东山了，凤凰城能好过吗？小紫燕闹着要回家，田妈在心里一遍遍自问：到底回不回？田妈犹豫不定。紫燕坚决要回，并说田妈若是不同意，她就自个回。无奈之下，田妈只好带些馍馍领着紫燕，在田家一家人和金锁的沉痛目光中含泪出了村口，沿着山道向西而行。

小紫燕和田妈，行走在绿水青山间，山风裹挟着草丛树木的清香味道阵阵扑面而来，小紫燕却高兴不起来："田妈，凤凰城真的打仗吗？"田妈说："日本人把炸弹都扔到东山了，凤凰城能躲过吗？""万一咱那没有唻？""我的小姑奶奶，哪有你想的那么简单？"小紫燕还是把回家的路想得过于简单了。

山路遥远，把小紫燕走得一瘸一拐气喘吁吁，待翻过三条大沟，过了四道山梁，走到第四条大沟时，紫燕说："田妈，我实在走不动了。""走不动就坐下歇一会，吃点东西咱再走。"两人坐下来，田妈从包袱里拿出馍馍，掰了一半给紫燕。紫燕接过馍馍刚吃了一口，一群逃难村民惊慌失措跑来，边跑边喊："快跑！快跑！"没等田妈弄明白是咋回事，这群人就匆匆往后山沟跑去了。

田妈和紫燕还在东张西望，突然飞机从头顶掠过，丢下几颗炸弹，发出轰隆轰隆的爆炸声，紫燕吓得大哭起来。田妈慌忙抱住紫燕说："二小姐，咱们再不敢往前走了。"紫燕哭着说："田妈，你说这真的是打仗吗？""你看这逃难人大大小小的，能不是真的吗？"田妈看看周围慌乱的人群说："要不咱也跟着这些人暂时躲躲，等情况好了咱再回去？"紫燕点点头。两人也跟着逃难人群往后山沟跑去。

紫燕和田妈跟着逃难人群跑进了后山沟，一群人挤进一个破烂不堪的土窑洞，其他的人她俩都不认识。饿了，各自吃点自带的馍馍；渴了，跑

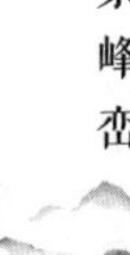

去沟底喝口溪水。跑出去喝溪水时，还得看看头顶有没有飞机飞过。紫燕和田妈开始时被大家裹挟着挤在窑洞里，待她俩从沟底喝水回来，里面的空隙已经没了，她俩只好在窑洞门口坐着，头顶不时有落下的碎土。

夜幕渐渐降临，远处似乎没有了枪炮声，大伙情绪平稳了许多。破窑洞没有门窗，山风随时都能吹进来，暮色越来越重，山间雾气渐渐笼罩过来，窑洞外草丛里散发出潮湿的草腥味，随着山风吹到身上冷飕飕的。小紫燕不由得向田妈靠了靠，田妈把她揽在怀里。到了半夜，突然传来几声“呜——呜——”的嗥叫声。紫燕问：“田妈，是啥叫唻？”田妈第一感觉就知道是狼，但她没敢说，怕吓着小姐。她使劲把小姐往怀里揽了揽说：“是山猪叫唻。”“山猪害怕吗？”“山猪不怕，就跟咱家养的猪差不多。”紫燕不吭声了，倒在田妈怀里颤抖了一会儿就睡了过去。田妈奔波折腾了一天实在太困乏了，但一想到狼可能会袭来就不敢入睡，她始终警惕着外边，警惕着周围，一会儿昏昏欲睡，一会儿被恶狼的叫声惊醒，她在时睡时醒战战兢兢中度过了一夜。

第一天就这样过去了。第二天没有再敢往远处跑，怕有炮弹下来，仍旧待在破窑洞附近，饿了吃口馍馍，渴了喝口溪水。一连五天就这样过去，所带的馍馍吃完了，大家开始焦虑起来。有的要回家，有的不愿回家，七嘴八舌意见不统一。究竟回与不回，主要还是要看还打不打仗？日军飞机还扔不扔炸弹？这个问题谁也不得而知。大家正举棋不定，西边又响起了枪炮声，顿时，要回去的人没了声音，大家只好都做暂且不回去的打算。

枪炮声响响停停，时断时续，躲在山沟里的人们一直不敢回家。枪炮声还在不停地响着，带的干粮却已经吃光了，大家的肚子咕咕乱叫起来。紫燕的肚子也咕咕叫起来，皱着眉头望着田妈。田妈从包袱里又摸出一小疙瘩馍来，这是她从自己口中省下的，递给紫燕说：“吃吧！”紫燕把那一疙瘩馍馍用双手捧在手中，一口一口地吃了，最后把手心里的馍渣渣都舔了舔，没有一点点遗漏。田妈从来没见过小姐这么恓惶过，眼泪都要流出来。

窑洞里的人们再也坐不住了，纷纷出去寻找吃的。有的摘来野果，有的弄来母鸡公（蒲公英），有的甚至从远处弄来未成熟的麦穗。各自把采到的食物大致扒拉几下上面的尘土，就送到嘴里嚼起来。吧唧吧唧的声响，听上去就难受。人们慢慢咀嚼后，艰难地吞咽到肠胃里，很快肚子不叫了，取而代之的却是一种苦涩滋味，还有被剐蹭燃烧的感觉……

时过中午，紫燕的肚子又咕咕叫起来，田妈再也拿不出吃的来。田妈的肚子也咕咕直响，她愁眉不展地望着小姐，不知该如何是好。紫燕自小在家衣食无忧，从来没有受过饥饿的滋味，也不知该怎么办。逃难村民看着她俩的穿着，知道她们是富贵人家，都离她俩远远地坐着。天上飞机时而飞近，时而远去。有大胆的村民估摸着飞机远去，赶紧到远处麦田拽些麦子，或是采摘些野果回来充饥。紫燕望着他们，眼巴巴地直咽口水。有个好心的老婆婆看见，把手中剩下的两个野果给了她："孩子，吃吧！"紫燕接过野果，不管干净不干净，也不管涩不涩，张口就吃了起来，连核也没剩下。她觉得这是她长这么大吃过的最最好吃的东西。吃完后，她才想起田妈还饿着，愧疚地说："田妈，我……""我不饿。"田妈本该也想去找点吃的，但她不敢离开小姐一步。紫燕望望周围再没人了，知道都出去寻找吃的去了，于是说："田妈，你等着。"起身向荒草林跑去。"二小姐，你干啥去？""我给你弄吃的咪。""你赶紧回来！"正喊着，一架飞机从头顶掠过，几颗炸弹在附近爆炸。顿时，土石腾空，火光冲天，烟雾弥漫。几个找吃的人被炸死了，紫燕也被埋在落下的碎土石里。田妈哭喊着跌跌撞撞跑过去，双手不停地在土里刨，边刨边哭喊："二小姐！你可不能有事啊！"田妈从碎土石中刨出了紫燕，发现小姐还活着，抱着小姐大哭起来……

田妈把灰头土脸的二小姐从上到下摸了一遍，看没啥大碍，焦急地说："小姐，这里不能再待了。走！咱到别处去。"没等回话，她慌忙拉起紫燕就往远处跑，慌不择路地跑了一阵子，结果，又被卷入另一群逃难人群中。这群逃难人与前一群人一样，不仅为躲避日军炮弹发愁，也为吃的发愁。大家饿着肚子东躲西藏，在枪炮声停歇的空隙，慌忙跑到山野寻找吃的。田妈和紫燕几次想往凤凰城方向行走，几次都被前面逃难人群卷了回来。就这样，田妈带着紫燕来来去去，跑跑躲躲，跟着逃难人群又在极度惶恐中度过了十多天。此时的田妈，已是衣衫破烂，疲惫不堪，没有了往日干净利落的状态；紫燕也是蓬头垢面，衣服被灌木荆棘刮损得破烂不整，完全失去了往日活泼可爱的样子。

田妈不愿意就这么跟着这群人漫无目的地躲藏，她想一个人到前面去看看，如果有可能的话，她就可以带二小姐回凤凰城。紫燕不让田妈一个人去，也要跟着一起去看看。田妈无奈，只好带着二小姐一起走。她俩走过荒野，穿过几多逃难人群，远远望见许多大兵在移动奔跑，一阵往南，一阵往西，还有从身边跑过去的，看似慌乱无序，却能听到“快！快！快！”的督促声。田妈知道这是自己的军队，心里踏实了许多。

大兵过后，又有不少庄稼人样子的男男女女扛着担架也在往前奔跑。其中，有一个长得精干利索的年轻人在指挥：“快跟上！担架队！快！”紫燕望着这个年轻人，惊奇地喊：“岳哥哥！”田妈也看到岳少峰，激动地说：“这不是岳老汉的儿子吗？”紫燕说：“就是他，和我姐姐在一个学校教过书，我认识。”两人欣喜若狂。岳少峰听到喊声，赶紧跑过来，半天认不出眼前的两个人。“岳哥哥，我是紫燕啊！紫云是我姐姐呀！”岳少峰又打量了一会，终于认出紫燕来，惊讶地说：“小紫燕，你咋会在这儿唻？”紫燕看看田妈，田妈说：“你是岳老汉的儿子吧？”岳少峰迟疑地看了看田妈没有认出。紫燕说：“这是田妈，带我来东山唻。”岳少峰说：“田妈，紫燕，这里太危险了，你们得赶快离开。”田妈不知如何是好。岳少峰朝担架队喊：“石妹！快过来！马上把紫燕和田妈送到徐老师那里去！”“是！”

石妹带着紫燕和田妈刚走了几步，岳少峰又喊：“石妹等等！把这些村民都带上，一起走！”但逃难村民纷纷要求留下来参加担架队，一起救护抗日大兵。岳少峰说：“乡亲们！大家的心情我理解，但参加担架队随时都有生命危险。”“我知道你是怕我们被炸死了。可我们躲着就不被炸了吗？还是被炸呀！”岳少峰皱着眉头说不出话来。大家看他犹豫，都纷纷要求留下。岳少峰思索了一下说：“年轻点的留下来，老人和小孩跟着石妹赶快转移！”紫燕却说：“岳哥哥，我也要留下来！”田妈赶紧制止说：“小姐，你可不能……”岳少峰没等田妈把话说完就说：“紫燕！别瞎闹！赶紧跟着石姐姐走！”紫燕还想说啥，被石妹拉了一把：“快走！”石妹一边喊着，一边带着村民急急忙忙朝徐清源的住地奔去。

徐清源和乡亲们的住地在北边尧店村方向，离此处还有相当一段路程。石妹带着田妈和紫燕一群人走走跑跑，跑跑走走，气喘吁吁地来到一个农家院子。院子在一个沟壕里，院里挤满了人，徐清源正在安排大家，他看见田妈竟然没有认出来。田妈苦笑着说：“徐先生，您别笑话，这些天我带二小姐准备回家，没想到半路遇上打仗，这都让您认不出来了。”徐清源又看看灰头土脸的紫燕，说：“看样子这些天受了不少苦啊？”田妈说：“别提了，说了都想哭唻。”徐清源说：“在这里先躲几天，待情况好转了再回。”田妈点点头。

经过一场大战，凤凰城亦是狼藉一片。赵明轩家的院子也是一片狼藉。院子被炸弹炸了个大坑，屋檐也被炸掉一角。院里的花盆全被震碎，各种家什散乱一院，大厅堂的椅子也横七竖八地倒在地上，赵明轩望着一片狼藉的院子一言不发。毛夫人边收拾边咒骂：“这该死的小日本，真是造孽啊！”赵老爷突然疾步向外走去。“他爹，这枪声刚停，你出去干啥唻？”“这仗打了二十多天，到处都是兵娃尸体，得想法把娃们安葬了。”此时赵管家从外面回来说：“老爷，地里的麦子被日本人炸弹炸得不成样子了，今年的麦子咋收唻？”赵老爷沉思了片刻说：“收一点回来够一家人吃就行了，其余的让干活的乡里乡亲们收去吧！”管家还想说啥，赵老爷摆摆手说：“去吧！去吧！”然后叹了口气，急匆匆向外走去……

赵老爷这两天一直在外面忙兵娃的事，毛夫人在家边拾掇边叹气，自言自语道：“愁死人了，到处都是炸弹，也不知燕儿在东山跟着田妈咋样了？但愿老天保佑，她们都安然无事。”

此时，大门“吱呀”一声打开了，紫燕从门口跑了进来，进门就喊：“娘！”毛夫人看见两个叫花子模样的人进来，顿时愣住了。紫燕又喊了一声：“娘！”毛夫人仔细辨认了一番，惊讶地说：“燕，你咋成了这副模样？”紫燕扑到娘怀里，呜呜地哭起来。田妈哭丧着脸说：“夫人，都怪我，没把小姐带好，才弄成这个样。”“到底咋回事唻？”田妈说了事情的经过。毛夫人叹了一口气说：“田妈，这不怪你，这都是小鬼子造的孽啊！不过，回来了就好！”田妈擦了一把泪水说：“这不，我和二小姐跟着逃难的，整整二十来天都钻在山沟里，没吃的没喝的，累啊！饿啊！被炸弹炸啊！担惊受怕啊！啥滋味都受了。”“田妈，让你受苦了。”“我倒没啥，就是担心二小姐，万一有个啥闪失，我可咋跟老爷夫人交代唻！”说着田妈又流出泪水，说：“要不是遇上抗日自卫队的人，还不知是咋样唻！”田妈又说：“想起小鬼子飞机扔炸弹，到现在心还在怦怦跳唻！你说山沟里能有啥哝？这日本鬼子天天往山沟里扔炸弹。”紫燕说：“娘，田妈的家人都被炸死了好几个。”“是真的？”田妈点点头，不由得又撩起衣襟擦起了眼泪。毛夫人把紫燕揽在怀中，叹了口气说：“本来把你送到乡下能安稳些，没想到乡下也不安生。你看看这日本人的飞机三天两头炸，这哪里能有个安稳的地哝！”正说着，赵明轩从外面回来，看见紫燕愣了一下，说：“燕，你咋成了这副模样哝？”毛夫人说：“还不是躲日本人闹的。”赵老爷惊奇地说：“东山也不安稳？”紫燕说：“炸弹都扔到山沟里了。”毛夫人说：“他爹，还是得想法寻个地方让燕出去躲躲。”赵老爷拍拍身上的土说：“去哪躲哝？日本人炸弹到处都扔，你没听燕说炸弹都扔到山沟里了？”毛夫人说：“我是真怕呀！”赵老爷说：“怕有啥法哝？”毛夫人不做声了。紫燕说：“爹娘都不怕，我也不怕。”毛夫人说：“爹娘都一大把年纪了，你还小，不能有闪失。”赵老爷说：“回来就回来吧！你看这日本人打的，现在也不知到底哪里能安生哝。”

此时，赵老爷才发现大门侧还站着一个人，说：“你是？”田妈这才慌忙解释说这是徐先生托的人把我们送回来。来人说他是徐先生的学生，看着你们团聚，不忍心打搅。赵老爷顺手从院里扶起一把椅子，吹了吹上面的尘土说：“来来来！快请里边坐！”田妈用袖子又在椅子上拂了拂尘土说：“多亏遇上徐先生，才把我和小姐送回来。”赵老爷说：“怪不得徐先生见我时还问紫燕回家了吗？我当时还没明白过来。”赵老爷又对来人说：“多谢您了！”来人说：“您可别谢我，要谢啊就谢徐先生，谢岳少峰。”赵老爷疑惑地说：“岳少峰？就是岳会长？”来人说：“对对对，就是他安排徐先生，徐先生临时又安排给我。”赵老爷说：“岳少峰得谢，徐先生得谢，您也得谢。不管咋样，是你们在危难中救了我家燕儿，我赵家记住了。”来人没有坐，说有事急着要走，赵家一家把人恭送出门。回头田妈开始收拾起院子，紫燕却津津有味地跟父母讲她的逃难经历，讲她是如何跟着田妈被卷入逃难人群；如何黑夜听到狼叫田妈却骗她说是山猪叫，饿得去摘野果子拔母鸡公吃，肚子如何地剐蹭火烧难受；如何被炸得埋在土石里；又遇到岳哥哥，被徐先生叫人送回家。说完她咯咯咯地笑了，笑得满眼泪花。赵老爷和毛夫人听得惊心动魄，泪流满面。院里的田妈也不由自主地跟着流起泪来。

第二十八章　老爹战后寻闺女　俞倩没娘哭断肠

二十多天交战厮杀，沿河一带滩地小麦十有九毁。原来金波荡漾的麦浪已寻找不到几片像样成行的麦垅，好好的麦子被炸弹炸烂，士兵踩踏，卧倒折损，乱七八糟地与泥土血浆搅和一地。

日军撤退后，惊恐未定的村民来不及为死去的亲人悲伤，匆匆掩埋尸体后，拿起镰刀、竹篓、簸箕和麻袋赶紧到地里抢收。六月底，沿河的麦子已经熟透，只要一碰，麦粒就会从麦穗上嗖嗖地往下掉落，更不用说是经过一场恶战，有的麦穗已是光秃秃的，有的麦穗上也只剩下一两粒，幸存的老百姓趴在地里，从泥土里一粒一粒地往手心里抠……

三湾至沙口滩的所有麦地，村民大大小小男女老幼，只要能走动的都下地捡麦子去了。凤凰城大街小巷的人们都拿着镰刀竹筐麻袋纷纷从家里出来，边走边喊："去赵家地割麦子咪！赵家今年的麦子全送给大伙了！"一时间，没有土地的村民都涌向赵家麦地。人们小心翼翼地收割着麦子，款款地捡拾着麦穗，生怕麦穗上的麦粒再被碰落。往年收麦子，一捆一捆瓷瓷实实地车拉马驮往回运，今年则是一筐一筐、一麻袋一麻袋蓬蓬松松地往回挑、往回背。

沙口滩一带村民，在经历了日军残酷屠杀后，脑海里满满都是被日军杀害的中国官兵和当地村民惨死的情景。每到夜幕降临，村外官道壕、沟崖下、黄河岸边，星火点点，到处是焚香烧纸祭奠亡灵的人们，哭声四起，哀声不断，好是持续了一段时间……

此时，赵军长要求部队官兵帮助老百姓抢收粮食："士兵们，我们到中条山以来，进行了六次反'扫荡'战役，就数第六次最最惨烈，我们死伤了不少官兵，古平县老百姓也死伤不少。老百姓到口的麦子，几天时间被炸被踩踏，折损严重。为了减少老百姓的损失，我命令从即日起，除坚守阵地的官兵外，其余人员一律帮助老百姓收割碾打。"讲完话，赵军长亲自带兵下地干活。李军长同样要求官兵为老百姓抢收麦子……

岳少峰把几个区队长召集来，安排了抢收小麦事宜之后，队员们同村民一样，从早到晚忙活在麦地，一直持续了半个月时间，才勉勉强强把散乱的麦子收割回来。

捡拾回来的麦粒上沾满泥土，泥土上带有血渍，血渍有中国人的，也有日本人的。村民们把这些粮食在淌过血的涧水里一遍遍淘洗，在死过人的麦场上一天天晾晒，在沾过血的碾盘上一遍遍碾压，最后变成既浸有血腥味，又熏有硝烟味的一点点少之又少的金贵面粉。

为了隆重悼念柳教官和秦河山同志，李鸿远通过运城牺盟中心区，组织了中条山文化界的所有名人和抗日团体，在涧阳镇举行了盛大的追悼大会。追悼大会的盛况很快在各大报纸上登载，引起全国人民的广泛关注……

岳少峰参加完追悼会回到凤凰城，仍然忧虑着今年小麦歉收的事，他立刻在傅岩书院召集主要成员开会。他说："同志们，麦子折损严重，收回来的不到往年的一半，今年沿河粮食是个大问题。如何让老百姓渡过难关，我考虑要做到以下几点：一是要号召大家节约粮食，不能浪费一颗一粒，非战时状态多加点野菜；二是夏粮收购对这一带老百姓要改变往年的标准，考虑少征或免征。这两个问题都必须做到。还有一件事与大家沟通一下，接上级指示，七月初中条山区'第一次妇女代表大会'在涧阳镇燕家山召开，要求我县也推荐一名代表参加，妇救会推荐俞倩同志为代表。俞倩同志，你准备一下，到时候准时参加。"此时，牛二柱带个娃娃来，哭着说要寻舅舅。岳少峰望着娃娃询问了一番，才知小娃名叫小栓子，今年十一岁，舅舅是徐老六。爹娘被日机全炸死了，要参加大刀队杀鬼子。听了此话岳少峰心情沉重起来，他说："同志们，日军几次大'扫荡'，不知炸死了多少人，有多少娃娃变成了孤儿。这又是一个亟待解决的问题。"他思索片刻对俞倩说："据说有一位姓朱的先生，在中条山东部到处奔走筹集钱粮，在太寨村办了一个难民儿童教养所，专门收容教养无家可归的儿童。你在开好妇女代表大会的同时，尽快了解一下这方面的情况，看还有哪些孤儿，都争取安排到那里。"俞倩说："没问题。"岳少峰说："是不是你的工作相对多了一些，恐怕忙不过来吧？"俞倩还说没问题。岳少峰又把小栓子也交给她，俞倩一连说了几个没问题，让岳少峰很是过意不去。

此时，铁蛋来报："有一个老头来说要寻香娥。"岳少峰不解地回头望着大家，说："香娥是谁？"俞倩抬腿就往外走，大家望着她满腹疑惑。

俞倩在凤凰城上女子学堂时，嫌俞香娥这名字俗气，就自作主张给自己起了俞倩这个名字，一直到现在大家都这么叫她，从来不知她还有个香娥的名字。俞倩走出屋，看见一位面容沧桑的老人肩搭布褡裢，脖上挂个长杆烟袋，一脸苦楚地望着她。俞倩望着眼前这位既怨恨又思念的老人愣在那里，一时不知该说啥好。老人颤抖着声音喊："娥……"俞倩站那没动。此时，屋里开会的人也都出来了。老人说："娥，都是爹娘的错，爹知错了，不该拦你。"此时俞倩才上前扶住老人说："爹！这么远，你咋来了？""爹知道你在这里干大事，早就想来看看你，就是没脸来。这次死了这么多人，爹放心不下你就来看看。"说着老人用衣袖擦拭着泪水。俞倩也忍不住流下泪来。岳少峰说："俞倩，让老人家回屋说。"俞倩把老爹扶进屋里坐下，说："爹，你一个人来，我娘呢？"听了女儿的问话，老人再也控制不住自己的情绪，哽咽着说："你娘她……""我娘咋了？""你娘她被日本鬼子的炸弹炸死了。"俞倩瞬间蒙了。老爹又说："日本人的飞机天天往村里扔炸弹，乡亲们到处躲藏，我和你娘还有村里的几个人往山洞里跑，没等跑到就被炸死在半路上了……"俞倩没听爹把话说完，已经哭成了泪人。老爹从怀里掏出一个小布包，颤巍巍地打开，露出了一双银镯子。老爹把镯子捧到俞倩面前说："这是你娘给你准备的嫁妆，一直念叨着要寻机会给你送来，还没等着机会就……"此时俞倩已经哭得泣不成声。

岳少峰陪着极度悲伤的俞倩默默地在涧水边走着。过了一会儿他说："俞倩，伯母被炸大家心里都很难过，你一定要节哀啊！"俞倩说："我会的，还是说工作吧！"岳少峰说："你先别急，我把工作先让其他同志来做，咱先把老人家安顿到尧店再说。"俞倩点点头。

俞倩和岳少峰从外面回来，看见老爹背起他的布褡裢拿起他的旱烟袋正准备离开，赶紧上前说："爹，您这是干啥咪？""我得回去。""爹，我把您安顿到尧店，那里安全，您就踏踏实实在那里住吧！""不了，见了你，爹也了却了一桩心事，也好跟你娘交代了。""爹，您回去我不放心啊！""爹这把老骨头也没啥怕的，回去也陪陪你娘，要不然，她一个人在那荒山野岭也怪孤单咪。”俞倩嗔怪道:“爹!您说啥咪!娘已经不在了,就是您一个人也要好好地活咪!女儿可就您这么一个亲人了。”“爹知道。爹看到你有这么多好同志一搭干事,爹也就放心了,没啥牵挂了。”俞倩爹又抹了一把脸上的老泪。俞倩忍不住又哭了起来,说:“爹!您咋就这么不听劝咪?”“你就别劝爹了,这么多年,你还不知道你爹是个犟老头?”听爹这么说,俞倩哭笑不得,说:“爹!您就是个认死理的人,啥事都得自个明白,谁劝也没用。”“你知道就行,爹看你很忙,不搅扰了,爹走了,你自个注意安全。”说完,俞倩爹愣是离开女儿向西走去。俞倩望着老父亲远去的背影,心中有万般不舍与说不出的酸楚……

俞倩送走老爹后,带着小栓子匆匆向涧阳镇赶去。到涧阳镇马上联系三区队梁虎生和杨永生,很快了解到儿童教养所的情况。同时安排了几名中共党员进入学校做教师,负责这些孩子的学习、生活和管理,使无家可归的孩子们暂时有了安身之处。

中条山第一届妇女代表大会在燕家山召开,会场设在寺庙内,李鸿远和地委领导都参加了会议。代表大会紧紧围绕中条山抗战形势,为鼓励广大妇女积极投身到抗战工作中,确定了目的和任务。大会开得很成功,极大地鼓舞了广大妇女的抗战积极性。李鸿远参加完妇女代表大会,又考虑如何争取伪军的事,这是我党的统战工作的一部分,绝不能有丝毫的马虎。

李鸿远顺着山谷往前行走,边走边回想着中国军民在中条山团结抗战,所取得的六次反“扫荡”的胜利,是多么的不容易,但我们都坚持住了,都挺过来了。他站在黄河岸边,凝望波涛汹涌的黄河中,象征中华民族的中流砥柱,让他思绪万千。

据传,砥柱山是大禹治水时留下的镇妖石,千百年来屹立于波涛汹涌的河流中,不惧冲击,不惧咆哮,不惧妖魔,巍然不动。由此他想到,多灾多难的中华民族,在经历了五千多年的艰难历程后,仍然能走到今天,不就像这座岿然不动的中流砥柱一样吗?岂能是小日本能撼动了的?想到此,他信心百倍……

俞倩从涧阳镇开会回来,向大家介绍了“中条山第一次妇女代表大会”的情况，并把儿童教养所的地点、人数以及老师的配备情况做了详细汇报。岳少峰说：“把孩子们安顿好了，孩子们也算暂时有个家，又有几个责任心强的老师管理着，我们也就放心了。”此时，岳少峰又想起争取运城伪军的事。

李鸿远一直也在考虑用什么方法才能把伪军安全争取过来。他对地委领导又说了这件事，地委领导说：“古平县送来的情报很重要，争取伪军这件事，领导也考虑了很长时间，必须派一个稳妥的人，才能完成此项任务。”李鸿远说：“这任务很重要，弄不好就是几千人的性命。”“你看谁去比较合适咪？”李鸿远思索了一会儿说：“还是我去合适。”“你说说去的理由。”“我在盐池待过，与那里的工人熟，通过盐池工人，联系据点伪军。”“你有把握吗？”“这个暂时不好说，我去了才能知道。”“那你先摸摸情况，回来咱们再定。”李鸿远接受任务后立刻出发。

运城盐池在上次遭到抢盐后，戒备更加森严，盐池有一圈禁墙，禁门口有日军重兵把守。李鸿远蓬头垢面来到禁门口，说要找活干，日军站岗的用枪托捣了他两下，见他竟然没有倒地，于是“吆西！吆西！”地叫了起来。就这样，李鸿远成了一名盐池的搬运工。

郝老大见到李鸿远悄声说：“老弟，在盐池干活九死一生，你咋又来这鬼地方啊？”“我想来看看你们。”日军见他们说活，严厉呵斥道：“快快地干活，磨洋工的不要。”李鸿远赶紧扛起一包盐袋，跟着郝老大，两人一前一后走着。郝老大放慢脚步，李鸿远赶上后说：“大哥，在这里还好吧？”“好啥咪？没死就是万幸。”“大哥，据点伪军里你有认识人吗？”“我那三弟就被抓去了，村里人骂，据点日军欺负，里外不是人。日军三天两头还要到他家去，媳妇吓得不敢在家待。”李鸿远说：“你能带我去见见你三弟吗？”“人家躲他还来不及咪，你寻他干啥咪？”“我一个亲戚也在据点当伪军，我就是不知道他在哪个据点，想让你三弟打听打听咪。”郝大哥说：“我先帮你问问。”收工后郝老大要回家，日军岗哨拒不让出。郝老大好说歹说死活要出去，日军就是不许，还把郝老大打了一顿。李鸿远眼睁睁看着郝大哥受日军欺负，心里气愤难平，说：“大哥，日本人都不让回家了？”郝老大说：“一阵一阵的。”李鸿远不明白。郝老大又说：“前一阵小鬼子都跑了，好像是去打仗了，我们就都跑回去歇歇。估计小鬼子回来了，我们也就回来了。”李鸿远说：“跑出去了，干嘛还回来？”“我们家就在潞村，不回来，小鬼子就上家去了。”停顿了一下，郝老大又说：“这帮狗日的，是要把人往死里逼咪。”李鸿远说：“郝大哥，让你受苦了。”“也没啥，咱们都是受苦的兄弟，有事只管说一声。”李鸿远说：“大哥你出不去，你把三弟的情况说一下，我出去。”郝大哥说：“我出不去，你就能出去了？”“两个人的办法总比一个人多啊！你还是跟我说说。”郝老大把三弟家的地址，以及三弟的名字一五一十告诉了李鸿远。

李鸿远没想到一进了盐池便出不去了，心急如焚。四周都有日军把守，又不能硬来，只能继续在盐池扛盐，并观察着周围的情况。

这天，一个盐工因为患疟疾被两个日军抬着扔出了盐池，让李鸿远有了一个想法。但这个想法很危险，如果被扔出去自己能活着，还能继续完成任务。万一死了，这件事就搁浅了。想到此他犹豫不决。又过几天，又有两个盐工患病被扔了出去，李鸿远更加着急。此时，一个盐工要出去，说是老母病了要为老母看病，同样遭到一顿毒打，李鸿远心急如焚。心想：不能再等了，一定要设法出去。他专捡坏了的馍馍吃，专从沟壕里舀浑浊的水喝，没过几天把自己整得上吐下泻，最后高烧不退。日军怕传染，捂住鼻子把他抬出盐池，扔在禁墙外面的一片荒草地上。

闷热的夏天，是运城最难熬的时候，蚊虫苍蝇一群群向他袭来，他丝毫没有一点动静。天慢慢黑下来，周围一片寂静，山风吹来徐徐凉意，李鸿远稍稍动了动身子，慢慢地爬起来，跌跌撞撞地离开盐池……

李鸿远被扔出去后，郝老大非常揪心，生怕李鸿远死在外面。但他出不去毫无办法。突然第二天一早，周围的日军全部撤离，盐工们趁机都跑了出来。郝老大和几个盐工跑回家找李鸿远，家人都摇摇头说没见到。郝老大又顺着盐池边找，最后在一片荒草堆里找到，此时李鸿远已经昏迷不醒。郝老大和几个盐工迅速把他抬回，但到城门口站岗的说啥也不让进。郝老大只好把李鸿远抬到城外的一座小庙里，并找来郎中为他看病。郎中看了摇摇头抬脚就走，郝老大死活拉住郎中不让走，说哪怕死马当作活马医也要郎中尽尽心。郎中无奈，只好开了几服草药留下，说如果他造化大就能活，这就看他自己了。郝老大赶快抓药，找来药罐子把药熬好为李鸿远服下，然后静静地等待。一服药服下不见反应，另几个盐工说要回家看看，然后都走了，留下郝老大一个。郝老大无奈叫来了老婆，老婆熬了第二服药帮李鸿远服下。郝大嫂说："他爹，这是啥人唻？"郝老大说："是好人。"郝大嫂也不说啥了，又服下一顿后，郝老大郝大嫂都愁眉苦脸等待动静。突然李鸿远的手指微微动了一下。郝大嫂惊喜地说："动了动了！"郝老大长长舒了一口气。李鸿远在小庙又待了几天，郝大嫂每天送些面汤稀饭，在郝老大夫妇的悉心照料下，他的病情渐渐有了好转，郝老大这才搀扶着他回到家。李鸿远到郝老大家待了两天再也待不住了，说啥也要离开。郝老大说："你不是说要见我三弟吗？为啥不再等等唻？"李鸿远说："我都出来一个多月了，不能再等了，你三弟以后再说。"李鸿远执意要离开，郝老大只好把他送出去。李鸿远拖着虚弱的身体，艰难地行走在山道上，他走走歇歇，歇歇走走，用了三天的时间才走到龙潭沟。

自从李鸿远说去盐池后，一个多月都没音讯，运城地委领导非常着急，担心他出事，争取伪军的事又迫在眉睫。为了稳妥起见，地委领导经过再三考虑，决定另派人与安邑县、解县党组织联系，通过地下党去做伪军的工作。刚刚把工作安排下去，就看见李鸿远拖着疲惫的身体回来。地委领导赶紧上前把他搀住，关切地问："鸿远，你怎么了？"李鸿远累得一句话也说不出来。领导把他扶进屋，又为他倒了碗热水让他喝了，然后让他躺在床上，安抚他好好休息。

李鸿远睡了一觉，房东大娘端来热汤，吃了点东西才有了点精神。地委领导见李鸿远好了些，也轻松了许多，说："这一趟不太顺利吧？"李鸿远说："比预料的难得多。本想通过盐池工人能了解些情况，结果进到盐池反倒出不来了。"李鸿远把经过讲了一遍。地委领导说："出不来，就拿自己的性命赌唻？"李鸿远苦笑了一下说："多亏了郝大哥，要不是他们，我恐怕就喂狼了。""你呀！以后别再这样傻干了。好好休息，把身体恢复，争取伪军的事我另有安排。""组织不让我去了？""你这次说是去盐池了解一下，几天就回来，一去就是一个多月。你能不能少让我操点心？"李鸿远说："革命工作哪能没有风险唻？""你还有理了？"李鸿远赶紧承认错误，以后绝不再犯。地委领导说："这一段时间，日方在报纸上一再抛出'八路军不愿与国民党军配合作战，乘机扩大地盘'的谣言怪论。日军一方面在报纸上挑拨离间，另一方面暗中拉拢蒋介石、阎锡山，目的就是破坏我们的统一战线。蒋介石和阎锡山如果经不住日方的拉拢，势必会对我们下手。”李鸿远听了感到惊讶。地委领导说：“这一点，省委已经觉察到了，为了保护我们在中条山的有生力量，省委指示我们尽快成立中条地委，以应对局势的恶化。会议紧急，不能有丝毫的大意。我们先预测一下，如果各县代表来参加会议，会出现什么状况？”李鸿远说：“如果各县代表来参加会议，势必会引起国民党的注意。国民党虽然不敢在办事处对我们动手，但代表在途中就难说了。”接着李鸿远又说：“如果在三十八军的防区就好办了。”地委领导说：“三十八军防区还在西边，离我们比较远，我们如果过去，也会引起国民党特务的注意。”李鸿远说：“不在三十八军防区，我们干什么事都得小心谨慎。”地委领导说：“在三十八军防区也要小心谨慎，国民党特务到处都是，无论在哪里，我们都不能掉以轻心。”李鸿远说：“看来这次会议不能在办事处召开了，这样一定会引起国民党特务的注意，我们的同志就会面临不可预测的危险。”地委领导说：“会议地址要好好斟酌斟酌。”李鸿远说：“会议地址不能在龙潭沟，那就选一个隐蔽的村庄，不会引起国民党特务的注意。”李鸿远建议会议地址选在黄龙寨赵万山家。

赵万山之前跟嘉康杰在夏县堆云洞搞过地下印刷厂，散发过传单，是运城地委的联络员。这个情况李鸿远到地委后才知道，也知道赵万山家就在涧阳镇以东的黄龙寨。黄龙寨处于深山，远离涧阳镇，只要保密工作做得好，就不会被发觉。地委领导也同意他的意见。会议地址确定后，李鸿远迅速通知各县代表。

岳少峰接到通知和注意事项后，知道形势严峻和会议的重要性。他与傅愣强研究如何能安全去参加会议。傅愣强说：“出了三十八军防区，一路都有国民党设立的检查站，你一个人去非常危险。”岳少峰说：“你有啥好办法？”“这些国民党兵见了老百姓从不放过，但见了国军军官毕恭毕敬。”岳少峰说：“这么说我也要扮成国军军官唻？”傅愣强说：“你是军官，我是随从。”他说完又发起愁来，挠着头说：“就是这军服怎么解决唻？”岳少峰说：“找赵军长去！”傅愣强说：“赵军长的军服是灰色的，与东边国军的不一样。”岳少峰说：“赵军长总比咱办法多吧！”

岳少峰和傅愣强找到赵军长说明情况。赵军长说：“你还别说，我这还真有两套黄军服，还有一双旧皮鞋，有用你们就都拿去。”两人高兴得不得了。但还有一个问题让岳少峰担心，就是怕遇到尤申达。岳少峰说：“万一遇上尤申达怎么办？”傅愣强挠挠头说：“这还真是难办。”岳少峰想了想说：“尤申达的保安团在涧阳镇，咱不去涧阳镇，就可以避开他。”傅愣强说：“那咱就绕道过去。”

于是，岳少峰一身军官装扮，傅愣强扮随从，两人一到关卡，关卡士兵就立正敬礼。他俩一连过了三个关卡都未出现任何差错。但出了第三个关卡问题就来了，岳少峰的皮鞋底掉了，脚下一走一扑棱。国民党军官哪有穿破烂皮鞋的？岳少峰停了下来。傅愣强说：“这前不着村后不着店的，咋弄唻？”岳少峰说：“你给我找几片树皮来。”

岳少峰把傅愣强找来的树皮垫在鞋底，用藤条绑在脚上，伸了伸脚说：“这样行不？”“你这哪像国军军官唻！”岳少峰说：“顾不了那么多了，只能这样了。”傅愣强说：“到关卡一看就会露馅。”岳少峰说：“你没看，到了关卡谁看咱脚下？”傅愣强还是不放心，一直盯着岳少峰的脚。途中岳少峰回头看了一下他说：“你别老盯着我脚，抬起头往前看啊！”果然到了关卡，关卡的士兵只顾敬礼，没人注意他的脚下。

这一路走来，岳少峰都没有轻松，刚走到龙潭沟附近，就看见一队保安团的人过来，其中就有尤申达。岳少峰怕被尤申达认出，转身装作点烟的样子，把脸遮挡住。那伙保安团的人见两个军人，也没太注意，只有尤申达边走边朝他俩看。傅愣强说：“看啥看？我脸上有花？！”尤申达有一种说不出的感觉，但也没发现什么，也就走了过去。岳少峰见保安团的人走远了，与傅愣强快速向黄龙寨走去。

赵万山家远离村镇，前临深沟后靠大山，周围尽是树林山野，院里窑洞全是石砌砖箍，窑洞套窑洞，下一层上一层。下一层是主窑洞，平时接待客人用。上一层是暗室，从后面拐窑可上去，虽没有下面宽大，但有暗道直通后山。院南面还有一个五间分上下两层的大房子，下面养牛和驮骡，上面堆放干草，从此房也可通过窑洞的暗道到达后山。这是赵万山爷爷为防止土匪抢劫逃命时修的暗道，外人不知道。这次赵万山听说党的重要会议选在他家，就把这个秘密跟李鸿远和岳少峰说了。会址就在五间大房的二层，人员吃住都在房里。赵万山说是雇人干活，打发走家里所有婆娘小孩去舅家住，只留下他和老爹还有一个大妹在家负责做饭和望风，一切都在秘密中进行。

参会人员来自中条山的八个不同县，互不认识，人员之间不得交谈，不得打探他人信息。会议气氛非常严肃，一开始，运城地委书记表情十分严肃，说："同志们，目前形势非常严峻，我们这次会议主要有两个任务：一是注意警示用语。一旦出现不能明说的危机情况，就使用暗语：'天要下雨，准备雨伞'来提示；二是为应对当前即将变化的局势，上级决定成立中条地委，工作重点放在中条山，保证中条山的抗日工作正常进行。"书记停顿了一下又说："这两点从表面上看似简单，但里面包含的内容很多，需要我们认真讨论，具体研究。我们为什么要这么做咪？形势逼人啊！阎锡山秘密与日本人勾结，在太原建立伪政府，企图挤压我抗日队伍。这是一个非常危险的信号。"与会人员互相看看，感到很不理解。书记接着又说："阎锡山在暗中盘算，如果日后这场战争日本人赢了，他仗着日本人的势力，企图继续做山西的土皇帝。不仅如此，他还准备协助日军'剿灭'我们共产党八路军。"参会人员听了都非常气愤。书记说："不仅有阎锡山特务，还有国民党的大量特务，他们不仅渗透在抗日队伍中，也渗入到中条山来频繁进行活动。同志们，形势非常严峻，我党面临着巨大危机。目前，中条山战役处在关键时刻，我们既要咬牙配合国民党守军部队，又要防止国民党特务的小动作。为了应对国民党之后的大举反共，省委决定成立中条地委，加强对各级党组织的领导。无论形势发生什么变化，都一定要保护我们的党组织，保护我们的党员，保护我们的党员干部。只要能做到这一点，我们的抗日工作就不会停下来。大家必须明白。"听了地委书记的讲话，与会人员非常谨慎，白天帮赵万山在地里割麦、除草、整埝、填窟窿，忙着干农活做掩护，晚上回到家开会。他们不与任何闲人交谈，路边有人跟他们打招呼，他们只是笑笑从不回话，只怕说话口音不同引起怀疑。会议一直持续五天。为了安全起见，会议期间，李鸿远和岳少峰始终没有出门，只怕特务跟踪，尤其是怕尤申达跟踪，直至离开。

会后两个月的一天，李鸿远找到岳少峰说："嘉康杰部长被国民党特务杀害了。"岳少峰感到很震惊。李鸿远说："我们不仅要对付日本人，还要防止国民党反动派。这次嘉部长被杀害就充分说明斗争的残酷性。"岳少峰说：“我们绝不会因为这件事被吓倒，还要进一步加强工作。”李鸿远说：“这段时间，安邑、解县党组织秘密对伪军做思想工作，将运城各据点两千多名伪军成功转移至中条山，并编入西北军，驻防黄草坡一带。”岳少峰说：“这么说争取伪军的事完成了？”李鸿远点点头。岳少峰说：“这两千多伪军一下子连人带枪全跑了，小鬼子可要心疼死了。”李鸿远说：“很快日军就会开始大‘扫荡’，我们一定要做好准备。”

果不其然，之后的一个多月里，日军对中条山又发起了三次大“扫荡”，但均遭失败。中条山战事非常紧张，川军在中条山战事正酣时，突然接到上峰调令，要求撤出中条山，奔赴河南防御，顿时大家都傻了眼。无论怎样，此命令必须执行。此时的第四集团军，就只有西北军的三十八军和九十六军了，中条山形势越来越严峻。赵军长在把指挥部从洗耳河畔移到望原的同时，又把部队后方建在洗耳河上游的黄庄深山，计划做持久战的准备。为了打乱运城日军“扫荡”中条山的计划，三十八军采取游击战的打法，各团兵力轮番出击运城一带日军后方，机动灵活地在同蒲线南端破铁路、炸火车，频繁袭击日军，给日军造成极大困扰。奔赴敌后在稷王山一带作战的两个团，由于远离部队，后勤运输一时供应不上，粮食发生了严重危机。

第二十九章　少峰前线送粮忙　申达后方抓人急

赵军长深入敌后的两个团在同蒲南线军粮告急，心里非常着急。

岳少峰得知情况后，立刻召集俞倩、吴中建等人开紧急会议。他说："前线部队没粮了。目前的任务是以最快速度筹集到粮食，大家都想想办法，如何能做到最快？"俞倩说："我们分头行动，一个人或两个人去一个村，以最快速度联系妇救会人员，动员妇女们参加筹粮工作。我和石妹去尧店村。"吴中建说："我去黄庄。"任万川说："我去庙凹山。"牛二柱说："我跟铁蛋去毛家山。"毛瑞兴说："我去南村。"岳少峰说："好！大家马上行动，王大队长留下注意汇总情况，我去见赵军长。"

赵军长一听说自卫队正在为部队筹粮，激动地连声说："太好了！太好了！"岳少峰说："把粮食筹集完后，我们立刻加工成面粉送往前线。"赵军长没想到这样棘手的问题，见到岳少峰就迎刃而解了，连声说："太谢谢了！太谢谢了！"

自从西北军进驻中条山以来，处处学习八路军，与老百姓相处融洽，尤其是三十八军更是与老百姓有着鱼水之情。部队帮村民修路、整埝、修水渠，方便老百姓耕田种地；帮村里办学校，教孩子们识字；农忙时帮老百姓收割打场。老百姓把收获的玉米、豆子、核桃、枣之类的东西，毫不吝惜地拿给这些兵，对他们就像自家的亲人。军队作战时，不仅有当地自卫队支援，老百姓也是争先恐后，每当伤员从阵地上抬下来，老爷爷、老奶奶就会围上来，又是喂稀饭，又是喂糖水，甚至有产妇把奶水送给伤员喝，感动得战士们直掉眼泪。

这次，村民听说前线部队没了粮食，都纷纷自愿拿出家里仅存的一些过年粮。很快，尧店、毛家山、庙凹山、黄庄一带的老百姓，不到三天时间，就为部队筹集到三万多斤粮食。俞倩见到岳少峰激动地说："没想到这么快就筹到三万斤哦。我们接下来的任务就是抓紧时间把粮食磨成面粉了。”岳少峰也很激动，说：“把附近几个村子大大小小的磨盘都动起来，争取最短时间磨成面粉。”

于是，尧店、南村一带，大大小小的磨盘都转了起来。毛驴、骡子蒙上眼睛拉着大磨盘转，大人、小孩推着小磨盘转，一长溜大大小小的粮袋排着队等候在那里。头裹粗布巾的妇女们，端着簸箕在碾盘边忙碌，磨盘不停人不歇，大人管磨盘，小孩老人箩面装面，白天黑夜连轴转。俞倩、石妹头裹土布巾不停地招呼着：“大家小心点，别洒了，累了就换换。”“不累不累！”石妹边干边哼唱：

中条山 黄河边
中华儿女勇当先
战倭寇 保家园
杀敌声声震山川
……

岳少峰带着二区区长石云山查看进度，说：“按这速度，很快能把三万斤粮食都磨成面粉了。下一步赶紧筹备驮运工具，动员村民把毛驴驮骡都贡献出来，应该不是问题。但还有一个问题就是安全问题。咱这么多驮骡往敌人后方送面粉，一路要过敌占区，必须考虑周全。石区长，你去准备驮骡解决驮运问题，我去找王力合说说安全问题。”两人都各自忙去了。

岳少峰见到王力合就说送面粉的事。王力合说：“送面粉要穿过敌占区，一不小心就会遇上小鬼子，必须得有一支队伍保护。我看这样，我和吴中建带队员去，你看行不行？”岳少峰说：“这个容不得半点马虎，我得去跟赵军长商量。”

赵军长见岳少峰来，高兴地说：“没想到老百姓这么支持我们，没几天粮食就筹了几万斤。我都不知咋感谢你们。”岳少峰说：“赵军长别说感谢的话，先说说途中安全问题。我们计划派自卫队跟着保护。”赵寿山说：“我再抽调一个排的精兵强将，一路护卫，再派几个侦察兵，绝对保证把面粉送到。”赵军长直接把任务派给了二憨子排长。

岳少峰等人关于运送面粉的事宜与石云山、王力合、二憨子排长等人进行了细致研究。岳少峰说:“先说说驮骡队，这是我们的运输工具，每个细节都不得马虎。”石云山说:“这个问题我都想了，经过敌占区这么多人大白天肯定不行，必须得晚上才能悄无声息地通过。”吴中建说:“驮骡铃铛一走一响，如何能做到悄无声息?”石云山说:“把铃铛摘了就不响了。”岳少峰说:“声响的问题解决了，再说说遇上鬼子咋办唻?”吴中建说:“夜间行走，日军一般不会出来，应该不会遇上。”岳少峰说:“还是不能大意。”二憨子说:“这样，我们先派人在前方侦察，确认没鬼子了再往前走。”吴中建说:“侦察任务交给我们，我们熟悉地形。”二憨子说:“地形熟悉是自卫队的优势，但侦察经验我们更丰富。我再派几个侦察兵跟自卫队员一起侦察。”王力合说:“在古平县这一段我估计没问题，但到稷王山要经过夏县就不好说了，万一被发现就有可能被鬼子缠上了，到时候麻烦就大了。”岳少峰说:“吴队长，你带上二区队，配合袁排长完成这次任务。争取在天黑之前准备好，天一黑就出发。王大队长说的情况我考虑了一下，希望夏县游击队配合，保证万无一失。大家赶快准备!”大家纷纷散去。岳少峰很快写了一封信，匆匆交给周掌柜，叫他马上把信交给铁脚板，送给李鸿远。

铁脚板吆着驮骡马不停蹄地往东山赶，赶到龙潭沟把信件交给李鸿远。李鸿远赶紧招呼他歇息。铁脚板说:“先别招呼我，赶紧看看信上写的啥唻。”李鸿远打开信件看了后立刻向地委汇报，地委书记立刻与他研究。“这次送面粉任务重大，只有古平县游击队护卫，在古平县范围内还可以，但到了夏县境内，情况不熟需要协助。鸿远同志，你马上联系夏县的同志，让他们做好准备，完成好夏县段护送任务。”李鸿远肩搭布褡裢立刻踏上去夏县的道路……

尧店村的准备工作已到了最后。石云山把有毛驴驮骡的农家都动员起来，他们把自家的毛驴驮骡用好饲料足足喂了一顿，又足足饮了一次水，然后牵着毛驴驮骡背上馍褡前来集合待命。岳少峰让王力合留在家，他同吴中建一起去。

为了安全起见，村民都卸下毛驴驮骡颈上的铃铛，给牲口戴上竹笼子或铁笼子，罩住牲口的嘴巴，防止不让牲口夜里嘶叫。趁天黑赶着驮骡吆着毛驴，驮着大袋小袋的面粉，沿着山路向中条山北行进。护送部队兵分两路，一路前面侦察探路，一路殿后。

送面粉的队伍在部队和自卫队的保护下，一路沿着疙疙瘩瘩的山路向中条山顶行进，当前面的侦察员发现山顶有人时，赶紧让驮骡队停下，紧张地等待着。“干啥的？”“夏县护盐的。”一听是夏县游击队，大家都松了一口气。岳少峰上前一看，带队的竟然是郑曦，高兴地握住他的手说：“真没想到是你来接我们。”郑曦说：“上级一再叮咛唻，要确保万无一失。我们队员对到稷王山的路线都熟，一直能把你们送到地方。”“太好了！”

郑曦带着驮骡队一点一点向铁道靠近。岳少峰在一处林地发现一大片被烧焦的空地，询问原因，郑曦说：“是川军拉坏了铁轨，日军军列出轨，日军死伤惨重，死亡的受伤的日军统统被焚烧掉。日本人真够狠毒唻，连自己人也下得了手。”队员们听得毛骨悚然。大家默不作声，从日军空隙处绕来穿去终于到达了稷王山，把面粉交给前线部队。张团长激动地握住岳少峰的手说：“谢谢了！非常感谢！古平县人民能在这个时候给部队送来这么多白面来。太谢谢了！”岳少峰说：“别客气了，这是我们应该做的。”吴中建督催赶快走唻！岳少峰带着驮骡队又原路返回，与郑曦在半山腰握别后，又翻过中条山顶。此时岳少峰见大家已经疲惫不堪了，于是找了一个荒废的院落停下来，让大家歇一歇。大家三三两两坐下来吃馍，有的没吃馍倒头就睡。这是完成任务后最轻松的时候，大家都特别放松。

突然，二憨子排的侦察兵跑来，慌忙说：“赶快走！鬼子来了！”大家一惊。吴中建大喊：“二区队！跟我来！”袁排长他们也很快占据有利地形，做好战斗准备。

其实来的这一队鬼子兵是巡山的，也知道附近没中国防军，只是发现山道上有许多马蹄印和驴粪蛋，心中生疑，才沿着山路寻来。当鬼子兵走到跟前时，袁排长一声喊：“打！”一阵砰砰砰的枪声，鬼子兵瞬间措手不及，赶快逃散。小鬼子万万没想到在此遭到伏击，也不知是国民党兵还是土八路，慌乱了一阵后迅速组织反击。岳少峰说：“我们不要慌，拖他一会儿，等我们的驮骡队走远了再打。”小鬼子反击只是远远开枪，也不敢靠近。袁排长说：“只要他不靠近咱就不打。”小鬼子打了一阵见没动静，于是又往前进。迎头又是一阵枪声，小鬼子倒下几个，再也不敢靠近了。双方一直僵持着。过了半晌时间，岳少峰突然看到鬼子兵大增，说：“糟了！

鬼子从张店据点搬来救兵了。”吴中建说：“岳会长，你去负责驮骡队的安全，这里有我和袁排长。”岳少峰说：“驮骡队已经走远了，现在重要的是你们的安全。”袁排长说：“岳会长，我们都是军人，军人的使命就是保家卫国。”岳少峰说：“军人也是人，我也要为你们负责唻。”岳少峰执意要留下来，同大家一起战斗。

鬼子又上来了，袁排长又喊了声：“打！”一阵密集的枪声响过之后又是一片宁静。宁静过后日军突然握着手雷从前面围上来。袁排长看了看身后，没有掩体只有几孔破窑洞，于是大喊一声：“往窑洞撤！”

日军看见中国兵全部进入窑洞，高兴地“吆西！吆西！”乱叫。窑洞与日军隔一条小沟壕，日军扔去的手雷只在院中爆炸，伤及不到窑内。日军又派一部分兵越过小沟壕企图到窑洞口射杀，但刚到院里就被窑洞内射出的子弹打死。日军又绕到崖顶，居高临下往窑洞扔手雷，结果手雷进不了窑洞，只能在院里爆炸。日军无奈，从村里寻来汉奸在崖顶叫喊：“窑里的中国兵出来！缴枪的不杀！”袁排长大声在窑内回话：“你说的是屁话！缴了枪中国兵还咋打小鬼子唻？！”就这样，一方要缴枪，一方不缴枪，敌人打不着袁排长他们，袁排长他们也打不着敌人，敌人不敢进窑，袁排长他们也不敢出窑，双方一直僵持到太阳西沉……

王力合一直担心着运送面粉的驮骡队，他和毛瑞兴在沟边焦急地等待。当回来的驮骡队告诉他岳少峰他们遭遇鬼子的情况后，王力合说：“毛队长，一区队中谁跑得最快？”“牛二柱最快。”“通知牛二柱赶快跑到望原找赵军长，火速派部队增援。”毛瑞兴火速往区队跑去，见了牛二柱就说：“快！到望原跟赵军长说袁排长遭遇日军，赶快增援！”牛二柱愣了一下。毛瑞兴眼睛一瞪说：“你发啥愣？快去啊！”“是！”牛二柱接到任务火速向三十八军军部跑去，见了赵军长气喘吁吁地说：“快快快！袁排长遭遇日军。”“在啥地方？”“张店东，锣鼓沟附近。”赵军长抓起电话马上通知李团长，火速赶往锣鼓沟救援。

岳少峰和二憨子排长他们与鬼子在窑洞对峙了大半天时间，日头慢慢落山，队员和战士们又饿又渴，趁空往嘴里塞一口干馍。又僵持了一会儿，天色也慢慢暗下来。吴中建说：“只要天黑下来，看我不收拾这群狗日的！”正说着，远处传来一阵马蹄声，二憨子排长伸长脖子一看，惊喜地说:“是团长!”马上士气大振。鬼子见前后受到夹击,慌忙撤退。二憨子排长从窑洞迅速撤离……

村里老百姓对这次筹粮工作积极性很高。筹完粮了,还在议论:“老姐姐!你这回为咱部队捐了多少麦子咪!”“不瞒你说,留下过年的细粮,我全捐了!”“我也是全捐了!让咱们的兵娃吃饱吃好,好好打鬼子!”“对着咪!就是叫娃好好打这帮祸害人的畜生咪!”……

赵军长听到村里老乡议论筹粮的事,心中不是个滋味。看见岳少峰回来,紧紧握住他的手说:“岳会长,今天我才知道,老百姓把留下过年的细粮全都拿给了部队。咱老百姓生活多苦啊!这让我说啥好咪?”岳少峰说:“前线部队仗打得艰苦。我们说啥也不能让咱们的战士饿肚子啊!”赵军长深有感触地说:“中条山人民是我们的坚强后盾啊!”

岳少峰回来与俞倩商量,再把剩余的粮食抓紧时间磨成面粉,然后安排石云山再准备牲口驮骡。突然梁虎生来报:“石云山被七专署的尤申达抓走了。”岳少峰说:“为啥咪?”“怀疑他是共产党。”“岂有此理!”岳少峰气得把牙都咬了。俞倩问他怎么办?他说:“为部队送面粉不能耽搁,任务交给你和吴中建,我去跟尤申达交涉。”

岳少峰到七专署保安团找到尤申达论理,尤申达却一口咬定他没抓人。岳少峰说:“人都关押在七专署监狱,还说没抓人?”尤申达说:“人在七专署监狱,那你去七专署监狱要人,找我干啥咪?”岳少峰气愤地说:“正是抗日紧要关头,你们咋能干这种事咪?”尤申达不以为然地说:“少拿抗日说事!我不吃你这一套!”岳少峰见与这种人讲不出啥理,只好愤然回来,再想办法。

岳少峰回来,正好遇见王立人县长,说:“尤申达把石云山抓了,还死不承认。”王县长说:“尤申达不辞而别,显然跟我们离心离德,指望他恐怕指望不上。”岳少峰说:“那我们就得组织民众的力量,跟七专署斗。”王县长表示赞同。岳少峰望着王县长走远,他回头去了尧店。

石妹听说哥哥被七专署抓,哭得跟泪人似的。俞倩一直在边上安慰。岳少峰说:“同志们,咱们抓紧时间开个短会,研究一下如何救出石云山同志。”于是,大家对具体如何去救,如何保证石云山的安全,做了一番认真细致地讨论研究。此时,突然三区队队长梁虎生来报:“岳会长,王县长被杀了。”这一消息震惊了窑洞里所有人员。岳少峰“腾”地站起来问：“为啥咪？”“七专署怀疑他是共产党。”岳少峰气得牙都咬碎了。说：“在哪里杀的？在黄河边。”“走！看看去。”

岳少峰跟俞倩、关山、梁虎生等人来到黄河边。王县长的遗体已经被村民抬到一个窑洞里。岳少峰望着冰冷的遗体，心如刀绞。半天前还好好的跟他说话，后半天就被七专署杀害了。七专署杀人难道就这么简单？而且还是一县之长。对于这样的专署，岳少峰怒不可遏，说：“给王县长买口棺材，抬着王县长到七专署门口抗议！”

涧阳镇的民众听说王县长被杀害了，纷纷拿起镢把锄头也赶到七专署门前抗议。他们喊着口号：“王县长有何罪？！”“石云山有何罪？！”“七专署从涧阳镇滚出去！”……

七专署怕事情闹大，在涧阳镇没法待下去，只好放了石云山，事情才平息下来。

岳少峰满含热泪把王县长安葬了，回到尧店，他思前想后，不知是谁把王县长杀害了。他召集俞倩、关山等人开会，研究王县长的死因。俞倩说：“是不是与尤申达有关？”岳少峰说：“这只是推断。之前他要掌管大印，王县长没给他。他又想当警察局长，王县长也没答应。后来他不辞而别去了七专署保安团。”俞倩说：“七专署保安团干的就是抓人杀人的勾当，不是他还能有谁咪？”岳少峰气愤地说：“这笔账迟早要算的。”

此时有人送来七专署文件，俞倩接过文件看了看，没有说话。岳少峰说：“说啥了？”俞倩说：“不允许牺盟会任何成员与四救会开展抗日工作。否则，以共党论处。”岳少峰愤怒地说：“岂有此理！”尽管他如此愤怒，也感到之前上级的预测是正确的，国民党阎锡山是要对我们下毒手了。大家都望着他，希望他能拿出应对的办法。他望着大家坚定地说：“同志们，我们不能听之任之，一定要与国民党七专署作坚决斗争！”

阎锡山七专署对牺盟会以及共产党人的残酷屠杀，似乎为日军进攻中条山带来了千载难逢的机会。日军驻夏县安达三十七师团司令部的电话铃突然响起，安达拿起电话哇哩哇啦地说了一句，然后发出哈哈哈哈的笑声。之后，又哇哩哇啦喊中条山。意思是抓住这个契机进攻中条山。安达放下电话兴奋地叫起来：“吆西！吆西！”

阎锡山自从下令禁止牺盟会成员与工、农、青、妇四救会的联系后，古平县牺盟会仍然坚持与四救会保持密切联系，共同进行抗日工作，引起了七专署的极大不满。

七专署把保安团人员召集在一起，研究如何对付共产党，对付牺盟会。尤申达自告奋勇参加，并召开群众大会，他在会上大肆指责共产党抗日是游而不击，牺盟会背叛了阎长官，扬言要取消牺盟会组织，并要处分主要成员等等。

尤申达言行猖獗，借机把矛头直指岳少峰领导的牺盟会组织，其背后一定有不为人知的后台。

面对如此情况，涧阳镇的三区队也不甘示弱，梁虎生和杨永生与三区牺盟会会员迅速在其对面也组织起会场，并在五十九团的支持保护下，针锋相对进行反驳，揭露阎长官为保存地方势力对日军避而不战，致使娘子关、雁门关失守，致使太原失守的真相。杨永生大声说：“阎长官要奸溜滑，说自个是在日本人、国民党和共产党三颗鸡蛋上跳舞，踩破了哪个都不行唻。这是真心抗日吗？”阎长官的这些话不知从哪传出来，但确确实实在民间传得很厉害。杨永生又接着说：“大伙说说，这样的政府长官能领导队伍真心抗日吗？现在阎政府不是与共产党团结合作积极抗日，而是到处抓捕共产党，抓捕抗日分子，与日本人沆瀣一气，恨不得把抗日分子都杀光。这难道是一个抗日政府要做的事吗？”台下立刻响起口号声：“团结抗日！反对搞阴谋诡计！”这时，梁虎生又上到台上说：“七专署不是全力以赴组织抗日，而是召集大量民工为其建造专员署。这样的事，大伙赞同不赞同？”台下喊出：“坚决反对！”两个会场相距不到百米远，讲演人员各执一词，但听众的耳朵却有分辨。不论七专署会场尤申达如何演讲，老百姓都认为是扯淡，是屁话，纷纷离去。而三区队会场的人却越来越多，呼声越来越高。

尤申达的老爹尤抠爷，听说儿子在涧阳镇演讲，感觉给他很长面子，于是赶快丢下手里的活，赶去看演讲。他站在台下听儿子讲共产党游而不击，讲牺盟会背叛了阎长官，他对这些根本不感兴趣；扭头看见对面听演讲的人很多，也凑了过去，他觉得这里吸引人，讲阎长官在三个鸡蛋上跳

舞，讲七专署拖欠民工工钱。尤抠爷听得一会儿咧着嘴笑，一会儿眉头紧皱。不管咋样，他听得津津有味。

尤申达见老爹在自己跟前站场，很是高兴，没想到站了一会儿又跑到对面去了。他急得大声喊叫："爹！你回来！"尤抠爷不理他，继续听自己的。尤申达气得从演讲台上跳下来，跑过来强拉住老爹要走，尤抠爷死活不走，说："我还没听够哝！"逗得周围人哈哈大笑。

尤申达本来想通过演讲展露自己的才华，好让专员赏识，把他提为专员秘书，要比保安团整天追人抓人的活体面得多。然而，效果却让专员极为不满，他懊丧不已。

牺盟会岳少峰并没有到场，仅凭三区队人员就战胜了七专署，岳少峰听了情况汇报后说："这些人绝不会善罢甘休，一定还会出新花样。"

果不其然，七专署的阴谋破灭后，又意欲制造机会抓捕岳少峰。专员把古平县新任县长叶靠山和保安团尤申达叫在一起密谋，欲利用茅津城"淞沪抗战八周年纪念大会"之际实施抓捕行动。通知此事时，办事人员却把电话误打给了赵军长，赵军长得知情况后，立刻派人告知岳少峰。

岳少峰立刻召开主要成员会议，就此事进行了专题研究，到底"淞沪抗战八周年纪念大会"要不要参加？会议产生两种意见：一种意见为了安全起见，岳少峰不出席会议；一种意见认为不出席会议等于自卷旗帜，自泄士气。岳少峰说："不能因为他们说抓人咱们就不去参加会议了，这样他们以为我们就怕了。会议一定要参加，但我们必须做好充分的思想准备，采取严密地防范措施，确保我们参会人员的安全。力合同志，你负责组织好自卫队；俞倩同志负责组织茅津城及附近村的牺盟会会员；徐老六通知大刀队，到时候我们的人员都参加会议，在人数上形成强大阵势。"俞倩说："对！看他们在众目睽睽之下如何敢抓人。"王力合说："我赞同岳会长的意见。"岳少峰说："如果大家没有异议就这么定。吴中建同志，你赶快联系孔旅长，希望四十六旅能给予支持和保护。"

吴中建在接到任务后，急速找到孔旅长。孔旅长得知情况后犹豫起来，说："茅津现在属四十七旅防区，四十六旅不好为之。"

"六六战役"之后，西北军两军又恢复到原来的防御态势。又经过三次反"扫荡"后，两军的防守阵地均从西向东移动。三十八军之前的风口山、柏树岭、榆树岭、黄草坡、云盖寺等阵地全部由九十六军接防，三十八军则东移于晴岚、毛家山、望原一带防守，茅津城则属四十七旅防区范围。

吴中建没想到茅津城已不是四十六旅防区了，这让他好不焦急。孔旅长说："我与王旅长关系不错，可以给他写封信，希望他们给予保护。"孔旅长让秘书很快把信件写好交给吴中建，吴中建带上信迅速向王旅长驻地跑去。

一月二十八日，"淞沪抗战八周年纪念大会"在茅津城如期召开。主席台上一边坐的是古平县牺盟会会长岳少峰、山西省特派员俞倩以及驻茅津城守军张团长；另一边坐着古平县新任县长叶靠山，七专署保安团团副尤申达，还有尤申达的姐夫拐巴子。尤申达和拐巴子在主席台上同时出现，让大家非常震惊。

尤申达与王县长不辞而别投靠了七专署，这后来岳少峰是知道的。但拐巴子自从冬防团撤销后，就不知去向。这次突然出现不知何故。

西安事变后，国民党总部派视察组到一七七师，被李军长断然拒绝后，并不死心。"六六战役"后趁九十六军补充兵员之际，又派了整整一个团，美其名曰为训政团，该团长就是毛德良拐巴子，专门监视其部队与共产党人的往来情况，必要时进行暗杀行动。此事虽被李军长觉察，为了不伤和气，也未对其明令禁止，但明眼人都知其缘由。主席台上左右两边人员势均力敌，形成明显的对垒之势，气氛一下子紧张起来。

台下王力合、关山、吴中建、毛瑞兴、徐老六等人与自卫队、大刀队以及参加大会的牺盟会会员等人民群众，紧紧地站在一起。四十七旅驻守团持枪官兵也站在群众之前，台下军民形成一种强大的阵势。叶靠山并不把这些人放在眼里，会议一开始就大放厥词，无端指责共产党在江西为匪，抗日期间游而不击。岳少峰针锋相对地反驳，义正词严地说："你这是对共产党抗日队伍的极大污蔑！平型关战役、雁门关大捷、阳明堡机场之战、神头岭伏击战，这难道不是八路军打的吗？"此时，叶靠山的脸色有些尴尬。岳少峰又接着说："三年来，八路军对日进行了大大小小五千多次战役，消灭日军六万多人，在太行山与日军周旋，并死死拖住日军，在抗战中发挥了重要作用。为此，八路军也付出惨痛的代价，能说是游而不击吗？”叶靠山哑口无言。此时，台下群情激奋，人群中突然爆发出“要团结！不要分裂！坚决维护统一战线！”等口号。叶靠山等人本想借机搞垮共产党的威信，抓几个牺盟会骨干，没想到自己反被岳少峰反驳得理屈词穷，不好下台。再看看台下自卫队、大刀队、人民群众全都站在牺盟会一边，就连国民党驻守官兵也跟牺盟会站在一起。拐巴子和尤申达也不敢轻举妄动，只好灰溜溜收兵。

七专署的阴谋又一次被挫败后并不罢休，又不断派保安团尤申达到各处暗中抓捕抗日骨干，致使抗日工作一度陷入困境。七专署尤申达带人步步紧逼，九十六军又出现了拐巴子的身影，让岳少峰猝不及防。

岳少峰参加完纪念大会回来，正在思谋对策，三区队梁虎生和申川梅匆匆来报：“岳会长，尤申达带保安团又寻机在涧阳镇抓人，咋办咪？”岳少峰寻思了片刻说：“寻赵军长！”“寻赵军长有啥用咪？”“去了你就知道了。”

此时，赵军长的指挥部已移往郭原，赵军长正在与常副官谈论古平县牺盟会的事。赵军长说：“在中条山近两年来，我军先后打退了日军十次大‘扫荡’，古平县人民的大力支持功不可没啊！古平县人民一次次勒紧裤腰带支持我们。就拿这次筹粮来说，群众生活在那么困难的情况下，一次为我军筹集三万多斤小麦，着实让人感动啊！”常副官说：“是啊！没有古平县人民的支持，我们不可能一次又一次地战胜敌人。可是军长，我听说最近七专署保安团对古平县的抗日分子抓捕得厉害？”赵军长气愤地说：“这帮混蛋！只知道抓抗日分子，根本不顾及我们这仗咋打咪！”此时卫兵来报：“赵军长，古平县岳会长求见。”“快请！”话音刚落，岳少峰、梁虎生、申川梅几个就进来。岳少峰进来就握住赵军长的手说：“赵军长，我有事求您来了？”“有啥事尽管说。”“七专署保安团到处抓抗日分子，搞得我们无法工作。甚至有人还有牢狱之灾，实在是没办法才寻您来了。”“这事我知道，你说该如何帮你咪？”赵军长示意常副官到门口望风，然后与岳少峰几个商讨了一番……最后说：“就这么办！”

赵军长送走了岳少峰几人后，对常副官说：“通知孔旅长，马上到这里来！”“是！”

不大一会儿，孔旅长骑着快马赶到三十八军军部门口翻身下马，进门就是一个军礼。赵军长把他拉进屋里，直截了当地说："听说过我们在娘子关乏驴岭那场战斗吗？""那能不听说？那可是十七师在太行山最惨烈的一仗啊！"赵军长说："打到弹尽粮绝，最后我们搬起石头与敌血战，五千人拼到最后只剩下两千多人。十一月的天气从乏驴岭撤下来，天寒地冻无人问津，我望着破衣烂衫的弟兄们，心如刀割。在此种情况下，是八路军给我们送来了粮食……"孔旅长说："八路军不仅送来了粮食，还听说把自己身上的棉衣脱下来给我们的战士穿？""没错，整整给了五百套啊！"孔旅长说："他们宁愿自己受冻，也把棉衣给我们的官兵。"赵军长说："我们的士兵把一身棉衣分两人穿，一人穿棉裤，一人穿棉袄。想起这件事我就想哭。"孔旅长说："部队在最困难的时候，才能看出谁是真正的朋友。"赵军长说："我向军部请示，要求回三原休整。可西安行营蒋鼎文却不愿意，我们困在碛口无处安身。延安方面得知此事后，很快为部队送来两卡车御寒棉衣和物资，全军战士才穿上八路军的衣服，一直到现在还穿在身上。"赵军长看看自己的灰色衣服，接着说："到晋南后，又得到八路军以及当地群众的热情帮助，部队才得以短暂休整。朱总司令还跟战士们讲了话，说每一寸土地都是我们自己的，绝不能落入敌手。要坚持抗战，坚持持久战，克服一切困难，一定能把小日本鬼子赶出中国。朱总司令的讲话极大地鼓舞了官兵的士气，使我们又取得苏韩店一仗的胜利。我军到中条山之后，山里人的日子多苦啊！可古平县牺盟会还是发动群众为我军做军鞋、筹军粮，我们才又打了几个大胜仗，保住了中条山这条防线。之前，蒋委员长一味命令我们'剿共'，现在阎老西政府又疯狂抓捕共产党，这怎么能团结抗日哝？我们再不能犯糊涂了！"孔旅长用拳头狠狠地砸在桌上，愤怒地说："赵军长，您说咋办？""叫你来就是让你想法子，来帮助解决这个事。"孔旅长一拍胸脯说："没问题，包在我身上，一个旅几千人，藏三十个五十个都不是问题。""好！有你这句话，我就放心了，这事就交给你。""军长放心，保证完成任务！"孔旅长又行了一个军礼，匆匆翻身上马，疾速驶去。

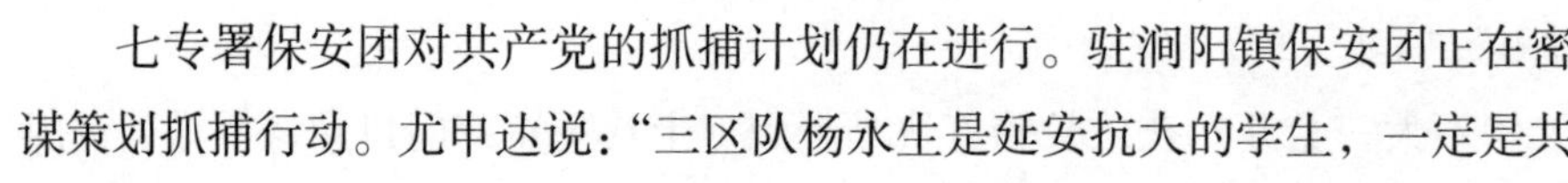

七专署保安团对共产党的抓捕计划仍在进行。驻涧阳镇保安团正在密谋策划抓捕行动。尤申达说："三区队杨永生是延安抗大的学生，一定是共党，明天一早准备抓捕！”

杨永生和梁虎生都是三区涧阳镇四高小的学生，之后杨永生考入西安师范学校，“七七事变”后，辗转到延安抗大。抗大期间忽然接到母亲病危的消息又从延安赶回来，但回来母亲已经去世了。此时，日军已经从临汾打到运城，他不得已留下来参加县里的抗日培训班，与梁虎生一起负责三区队工作。他俩正在讨论下一步工作，申川梅慌慌张张跑来说：“杨指导，尤申达来抓你了。”杨指导一愣，被梁虎生强拉硬拽着离开涧阳镇，快速向郭原的赵军长军部奔去，赵军长叫他们直接去找孔旅长。

在望原的孔旅长正在旅部和周副官商量着赵军长交代的事。孔旅长说：“古平县牺盟会对我军全力支持，赵军长一再叮咛要安排好他们的事。一旦有人上门求救，我们马上施救，不得延误。”此时卫兵报告：“孔旅长！有人求见。”梁虎生和杨永生已疾步进来。梁虎生说：“我是三区的梁虎生，杨指导遭保安团尤申达抓捕，请孔旅长伸出援手。”孔旅长迅速叫周副官安排两人到下面团部，再带上两套军服。杨永生到团部换上军服，转眼就变成了一位军人了。梁虎生告别杨永生，又匆匆返回涧阳镇三区队。

次日一早，保安团尤申达带人到三区队抓人，进院就说：“梁队长，你那个抗大毕业的杨指导唻？”“你寻杨指导干啥？”“有人说他是共党。你把他藏啥地方了？”“你们整天抓人。我的杨指导不见了，还要问你们要人唻？”“吆嘿！你还猪八戒倒打一耙。”“我咋就倒打一耙了？”“没有不透风的墙，听说你把人藏到三十八军了？”梁虎生笑了笑说：“我哪有那么大能耐？如果你认为人藏在三十八军，你去三十八军寻好了，何必来问我？”尤申达说：“你以为我不敢去？走！去三十八军！”

尤申达带着人不服气地追到三十八军驻地，站在门口气势汹汹地嚷着要抓捕共党分子，一副不可一世的傲慢样子，嚷叫着：“赵军长唻？”常副官出来说：“你是哪路货色，敢在军部撒野？”尤申达说：“我奉阎长官之命，来抓捕共党。”常副官说：“噢！阎长官还叫你们借着抓共党的名义来骚扰一线抗日部队？恐怕没有吧！你是不是不想要你项上脑袋了？”此时，全副武装的军人把尤申达等人团团围住，用枪顶住他的脑袋。尤申达见势不妙，赶紧赔笑脸说：“误会！误会！这都是误会。”赔完不是转身对随行人员吼道：“是谁胡言乱语说这里有共党？再胡说八道，小心我崩了他！”

然后带着一帮人员慌忙撤离。常副官望着狼狈而逃的保安团员，哈哈大笑起来，屋里的赵军长也笑起来。之后，保安团又对二区队队长吴中建进行抓捕，同样也被三十八军保护起来。之后，岳少峰干脆把受到威胁身份公开的党员干部和抗日分子几十人，全部送到三十八军藏起来。

县东的党员可以通过三十八军保护起来，县西的党员怎么办？这又是岳少峰心中一个亟待解决的重要问题，他寝食难安，愁眉不展。此时，李鸿远肩搭布褡裢与警卫员一起走来。岳少峰一看见李鸿远就像看到救星，惊喜万分，情不自禁地说："老同学，你总算是来了。""是不是党员干部问题？""是啊是啊！这段时间七专署保安团一直抓人，弄得我们没法工作。""目前情况咋样？""目前县东的党员都躲到三十八军了，可这县西的党员咋办唻？"李鸿远说："县西党员跟我去芮城西部雪花山。""雪花山有咱的人吗？""雪花山是杨振山带领的抗日游击队。""那里安全吗？"李鸿远说："你还记得我从陕西监狱回来跟你说的情况吗？""这么说杨振山是你在狱中的难友？""是的，他从狱中回来就在雪花山拉起了队伍。你还有啥不放心的？""那行，我马上派人通知县西党员。"李鸿远说："关山跟我去，顺路把他们都带上。敌人逼得很紧，你也得注意安全。""我没事，我就是由教书匠变成了牺盟会会长，不会有事的。"李鸿远说："尤申达猖狂得厉害，切不可大意。"

岳少峰安排好明面上的党员后，感到松了一口气。此时，有两人慌慌张张跑来说："你是岳会长吧？"岳少峰看这两人有些面生，疑惑地问："你们是？""俞特派员受伤了。快！""人在哪？""就在前面沟崖下。"岳少峰没多想，跟着两人匆匆走了。他来到沟崖下并没看到俞倩，心中狐疑。突然上来几个壮汉，不由分说捆上他就走……

第三十章　岳少峰意外失踪　拐巴子从中作祟

俞倩几次来找岳少峰都不见，王力合也找不见他。岳少峰一天不见人影，几个人感觉事情非同小可，一定要设法弄清情况。王力合叫来吴中建、毛瑞兴商量。毛瑞兴说："我叫傅愣强侦查一下。"吴中建说："光靠傅愣强恐怕不行，我去找赵军长，叫他派侦察兵出去。"

俞倩找不见岳少峰感到非常焦急，与王力合紧急商量，说："会不会是尤申达在暗中作祟？"王力合说："我去找尤申达问问。"俞倩说："你找他问，他能承认吗？上次他带人抓了石云山，岳少峰找他要人，他一口咬定不是他抓的。这次岳少峰他能承认是他抓吗？"王力合说："要是七专署保安团抓人，那人一定关在七专署监狱。我让三区梁队长打听打听，看在不在七专署监狱。"几个人都同意这个办法。

梁虎生听说岳会长被抓，心急如焚，托人到七专署打听，打听的人说，岳少峰不在七专署监狱。这个结果让几个人很是纳闷，这不在七专署监狱，能在哪呢？几个人都同时想到一个人，这个人就是尤申达的姐夫拐巴子。拐巴子现在是九十六军训政团的，在部队里不好打听，只能通过赵军长打听。于是俞倩和王力合找到赵军长说明情况。

赵军长听说岳少峰失踪，感到问题严重。马上打电话给李团长，让他派二憨子带人出去侦察。

侦察兵侦察的结果是在九十六军训政团不远处的一间磨坊里。赵军长说："怎么会在九十六军？"二憨子说："把岳会长要回来！"赵军长说："待我给李军长打电话问问。"赵军长把电话打给李军长，李军长一头雾水，说："会有这事？""千真万确，就在训政团不远的磨坊里。"李军长说："我马上派人去查。"

李军长因为在"六六战役"中成功突围，与岳少峰结下深厚友谊，听说岳少峰失踪，非常重视，立刻派人去查。

李军长派人查了后回来说："训政团说根本没有这回事。"李军长又把电话打给赵军长说明情况，赵军长感到非常蹊跷，又派人继续侦察……

拐巴子知道九十六军和自卫队都在寻找岳少峰的下落，又把岳少峰秘密转移到一处窑洞逼问，准备待确认他是共产党后就有明确的证据来打压他。岳少峰被捆绑毒打，不给饭吃也不给水喝，但他始终不承认自己是共产党。寻找的人找遍了所有村庄和军营，始终无法找到。拐巴子怕李军长逮住他问罪，决定把岳少峰丢弃在凤凰城外水磨村的破水磨坊里，让他人不知鬼不觉地死去，与自己摆脱干系。

水磨坊被日军飞机炸毁后就停止了运转，周围杂草疯长得有一人多高，由于离人家较远，平时很少有人来。岳少峰被反捆着推了进去，外面加了一把大锁，并撂下一句狠话："把这个共党撂这饿死！"

岳少峰躺在冷冰冰的地面上，昏昏沉沉中感觉进了地狱，饥饿和伤痛折磨得他又一次昏厥过去……

李军长对训政团的话不相信，结合前几天在茅津城纪念大会上发生的情况分析，拐巴子有可能是在说谎。之前没有动他的原因，只要他不干出格的事，相安无事也是一种处事办法。但现在不同了，古平县牺盟会会长毫无迹象地失踪了，这能是谁干的？还有谁？李军长越想越觉得不对劲，又秘密派人去查。

这次去的人没有直截了当说找人，而是说受了李军长的处分，挨了军棍，投奔训政团来了，不愿在九十六军干了，想到胡宗南部队去，拐巴子一口答应。来人在训政团与下面的小兵混在一起，称兄道弟套近乎，并用香烟好酒贿赂，很快从对方嘴里套出情况。小兵说："前几天抓了一个人，死硬死硬，就关在小磨坊里。""现在呢？""现在不知道，好像弄出去了。""弄哪去了？""不知道。"李军长得知情况后，气愤地骂道："一群混蛋！"

李军长带人马到训政团当面质问，拐巴子还是一口咬定没有这回事。李军长吼道："若让我查出是你，信不信我扒了你的皮？"李军长怒气冲冲地走了。

李军长和赵军长都在派人寻找，古平县的自卫队也在全力寻找，找遍了所有驻军营地，找遍了所有野外荒庙院落，都未能找到……

李鸿远因县西党员的安全，和关山从尧店村向南吴村成自奋家赶去。

成自奋是在凤凰城参加的牺盟会，此后秘密加入了共产党，日军入侵凤凰城后，他随牺盟会转移到尧店。为了加强西部党的建设，岳少峰又秘密派他回村发展党员，辛店的仝越、张村的李万仓和陈和贵就是他发展入的党。此时，关山叫他去联系这几个人。这几个人接到通知后，迅速背上馍褡前来，跟着李鸿远翻山越岭赶往陌南，与芮城的党员一同向雪花山转移。一路行走非常艰难，塬上的天气异常寒冷，馍褡里的馍馍全都冻成了冰疙瘩，啃都啃不动，要想吃一口，都得在怀里暖半天。这天，夜色沉沉，北风呼啸，天寒地冻，躲藏在荒山野岭的同志们跟李鸿远胡乱挤在一起，蜷曲在冰冻的杂草地上，背靠背，坐在一根倒地的树干上过了一夜。刺骨的寒风裹挟着雪花一阵阵朝身上打来，头发衣服上结起厚冰，寒气透入肌体。一团团蜷曲挤靠在一起的身体，在漫长而寒冷的长夜中煎熬……

好不容易熬到天亮，成自奋突然感到身下有微微蠕动，他活动了一下僵硬的躯体，起来一看，惊得“啊！”了一声。李鸿远他们也被他这一声惊醒，都赶紧起来察看身下，竟然是一条又粗又大的蟒蛇。原来蟒蛇已被冻僵，没想到也被当作树干，经过人的体温温暖，渐渐又苏醒过来，吓得大家倒吸了一口凉气。幸运的是天气太冷，蟒蛇并没有完全苏醒，避免了一场被蟒蛇袭击的危险。

李鸿远带着二百多名共产党员来到雪花山，受到杨振山的热情欢迎。杨振山说:“来到雪花山大家就放心住下，我保证管吃管住。”李鸿远说:“不仅管吃管住，还要安排学习和训练。”杨振山说:“没问题，训练有训练场，学习有毛泽东的《论持久战》。”二百多名共产党员在雪花山又是办学习班学习培训，又是拿枪练兵增强斗志。

李鸿远他们在雪花山不知不觉待了两个月，突然有一天有人跑上山说:“杨队长，有人说雪花山窝藏共党，七专署保安团人很快就会上山搜查。”情况紧急，杨振山只好把吃的给李鸿远一行带好，然后鸣枪送行。等尤申达带着保安团的人上山后，杨队长却说我把他们都打发走了。

李鸿远带着成自奋、仝越、李万仓、陈和贵以及芮城县地下党员，离开雪花山后分散行动。在返回途中，李鸿远他们又被芮城保安团抓去当兵，期间他们伺机逃跑，结果又被抓了回来，绑在木桩上抽打。他们不服与其争辩，保安团的人更气，最后把他们扔进红薯窖里，再弄些席片卷些杂草撒上辣椒面点燃丢进去，然后扬长而去。保安团人刚走，芮城的乡亲们赶紧把他们从红薯窖中救出来。

保安团人以为把这几个人扔到红薯窖里，已经摔得差不多了，再加上烟熏火烧也就交代了。没想到成自奋被摔下去那一刻，两腿使劲撑住窖壁出溜下去，虽然有点擦伤，但没有重跌脑损。李鸿远和李万仓几个摔下更没事。之后的烟熏火烤，幸亏保安团人走得早，他们及时得救，才幸免一难。正当他们为幸免一死而庆幸时，不料保安团的人又折了回来，发现他们几个没死，重又把他们带走，并关了起来。为了使敌人放松对他们的看管，他们不再争辩，表面上表现得服服帖帖，老老实实地干活，渐渐地，看管人员对他们也放松了警惕。

一天夜里，星斗满天，李鸿远和成自奋、仝越几个人悄悄跑出窑洞，绕过岗哨，从保安团逃了出来。他们一直看着天上的北斗七星，一路跋山涉水往东跑。经过一场生死劫难后，又终于回到家中。成自奋几个蓬头垢面回到家，家里人又惊又喜，成自奋说："本想出去找点营生做，没想到被芮城保安团人抓去了。"他们轻描淡写的样子，似乎啥事也没发生一样，照常干自己该干的活，做自己该做的事。芮城保安团当然不知他们这几个是何许人也，也无从查起。

李鸿远赶天黑回到家，赵紫云见他蓬头垢面破衣烂絮的样子又惊又喜。李鸿远赶紧说："别让娘看见了。"赵紫云深知鸿远的意思，赶紧打来一盆热水，又拿来干净的衣服。李鸿远痛痛快快地擦洗了一遍。赵紫云端起黑乎乎的半盆脏水，虎着脸说："都能浇二亩地唻。"李鸿远笑了，说："我把两个月的肥料都给咱家攒下了，下到地里一定会有好收成唻。"赵紫云瞥了他一眼笑了，倒了水回来说："你这一次次被抓，多让人担心啊！""我没事，我就是担心你唻。""我有啥好担心唻？""这段时间，国民党抓人抓得很厉害。"赵紫云不解地说："我就感觉奇了怪了，正是共同抗日的时候，国民党咋老想着抓人唻？""国民党是想把共产党赶尽杀绝唻！"赵紫云说："国民党咋就不讲理了？"李鸿远忽然停顿了一下，说：

"紫云，你还不知道吧！尤申达现在是七专署保安团团副。"赵紫云惊得半天没说话。李鸿远说："你发啥呆咪？"赵紫云说："那你在涧阳镇可得注意咪，别让他盯上了。"李鸿远说："你说的确实是个问题，以后要特别注意。"两人望着漆黑的夜晚，心里都不轻松……

天快亮了，李鸿远骨碌一下起来说："我得走了。""干吗刚回来，就又要走咪？""我都出来两个月了，组织还不知是啥情况，得赶快回去。"赵紫云紧紧抱住李鸿远久久不愿松开，李鸿远抚摸着她的头说："听话，等革命胜利了，我好好陪你。"李鸿远恋恋不舍地告别紫云，消失在茫茫的晨雾中。赵紫云望着他消失的身影，眼中忍不住涌出泪花……

正当共产党员和抗日干部频频遭到抓捕和暗杀的极度昏暗时期，日军于一九四〇年四月十七日，又对古平县一带发动了第十一次大规模疯狂"扫荡"，企图以速战速决之势一举占领中条山，从而打开茅津渡和太阳渡两大黄河通道。

就在日军又发起第十一次进攻时，岳少峰却离奇地失踪了。此时，两个军长顾不上岳少峰，王力合和古平县自卫队也顾不上他，都在全力以赴抗击日寇。

日军最初进攻时，派四百人的小股部队从运城西姚、曲村出发，向黄草坡新编三十五师阵地进行试探性挑衅，企图把东部柏树岭、榆树岭等阵地的九十六军其他兵力吸引过去。但九十六军官兵仍然各自坚守原定阵地，没有丝毫西移的迹象。在挑衅无果的情况下，次日一早，两千多日军又向柏树岭、榆树岭阵地发起进攻。九十六军官兵与日军展开激烈交战，战斗持续了一天一夜，日军未能突破防线。

在日军发起第十一次大规模"扫荡"之后，古平县牺盟会在没有会长的情况下，负责全面工作的重担就落在关山身上。关山并没有因为国民党阎政府七专署打压而停止抗日工作，而是更加感到肩上的责任重大。他立刻召集王力合、俞倩、毛瑞兴、吴中建、傅愣强等人开会，抓紧时间布置任务："同志们，岳会长现在下落不明，我们大家心里都很着急，但眼下日军又开始大规模'扫荡'，当下最紧迫的任务是协助部队打击日寇。"吴中建说："不管是七专署抓人，还是特务搞鬼，我们都不怕，岳会长一定要找到。你就说咱们现在咋协助配合部队咪？"关山说："力合同志，最好还是毛瑞兴负责协助九十六军，吴中建负责协助三十八军。”王力合点点头。关山又接着说：“俞倩同志，你还是和石妹一同负责担架队抢救伤员。傅愣强同志，你迅速通知四区队裴队长，也积极配合九十六军，回来注意收集信息，有啥特殊情况及时汇报。”王力合最后说：“遇到情况一定要机动灵活，三区队要随时待命！”

日军对柏树岭、榆树岭阵地经过一天一夜的激烈进攻后，并没有突破防线。次日拂晓，日军又加大攻势，在飞机大炮的掩护下，集中火力向柏树岭阵地发起疯狂进攻。

坚守在柏树岭阵地的张团长，率领战士浴血奋战。日军组织强大火力一次次向阵地进攻，而且火力越来越猛，战士们不断有人倒下，危急时刻，张团长也操起机枪猛扫起来……

此时，一排长跑过来大声说：“团长！敌人火力太猛了，不行就先撤吧？”张团长边打边喊：“联系风口山和榆树岭！”“团长！这两个阵地都联系不上。”眼看日军又从东西两边压过来，一排长焦急地喊：“团长！再不撤就来不及了！”张团长又猛扫了一阵，大声喊：“撤！”部队迅速撤离阵地，转移至黑窑山一带。此时牛二柱带人赶来。张团长说：“先让弟兄们吃点东西，缓缓劲，到天黑了咱们再收拾他狗日的。”

夜幕降临，四月的中条山乍暖还寒，张团长、牛二柱聚集在一起如此这般地研究了一番。

柏树岭阵地被日军占领后，日军三五成群地聚在一起围着篝火吃着牛肉罐头，几个哨兵背着枪在周围值岗。张团长派一排长向日军岗哨摸去，他在牛二柱带领下悄悄向日军包抄过去。一排长干掉两个鬼子哨兵后直冲阵地，一阵手榴弹投向日军，日军阵地顿时大乱。此刻，张团长和牛二柱一队迅速冲上。日军猝不及防，撂下百余具尸体仓皇逃离，柏树岭阵地失而复得。

日军对柏树岭阵地数攻不下，在僵持了两天之后，又纠集牛岛师团四千余人，在山炮、野炮和数架飞机的掩护下，由解县、安邑、夏县多路出发，向陌南、黄草坡、云盖寺、风口山、望原等阵地发起全面进攻，其主力在飞机大炮掩护下，重点向张茅大道两侧的九十六军和三十八军阵地进攻。九十六军对日军展开全面反击。由于战线太长，日军攻势太猛，左

翼一七七师边打边退，赶暮色降临前退至张茅大道东侧沙涧一线。日军趁机进入圣人涧、茅津、太臣一带。当晚，九十六军趁日军立足未稳时，对日军展开猛烈反击，枪炮声一直持续到午夜时分，又重新收复失地。期间，毛瑞兴一直在李军长身边。

十七师李大汉带领全团战士在晴岚山前沿阵地与日军激战两昼夜后，奉命撤往庙凹山，加紧构筑工事阻击日军东进。日军不得越过庙凹山，于是一路向南占领古计王后，组织兵力猛攻望原。赵军长指挥教导团、四十六旅利用深沟山梁与日军周旋，在运动中寻机痛击敌人。吴中建一直在赵军长身边为其带路。

李大汉团长派人在小虎的带领下由庙凹山经上下堡村运动至望原一带，协助赵军长打击敌人，并趁机割断日军电话线，切断淹底日军与望原日军之间的联系。日军在频频受挫的情况下，丧心病狂地施放毒气，赵军长不得不撤出阵地，迂回到洗耳河谷与日军周旋。洗耳河谷曲折幽长，灌木丛生，赵军长率领官兵，对敌实施迂回偷袭，围追堵截，幽静的河谷瞬间成为敌我双方厮杀的战场。

傅跃华和卫青山带领新军五十九团，任万川带领的二区队以及梁虎生带领的三区队，从东、西、北三面向洗耳河谷包抄过来。日军被追得精疲力竭时，又发现三面中国兵冲杀过来，拼死向西突围，顿时尸横遍地，血染碧河。

李大汉团长率一团官兵坚守在庙凹山一线，面对疯狂的日军，他们操起机枪手榴弹，打退日军一次次进攻，日军始终攻不下庙凹山阵地。

日军一次次进攻庙凹山，其目的是想摧毁黄庄后方，彻底占领望原阵地。日军变本加厉地用飞机大炮对庙凹山阵地轮番轰炸，将士们死伤惨重，但没有一个退缩。距日军最近的二憨子排阵地，头顶遭飞机轰炸，前面是大批蜂拥而来的日军。面对凶残的日军，他们咬紧牙关奋力反击，机枪手不幸身亡。二憨子架起机枪一阵猛射，打得日军不敢抬头，只能匍匐前进。为了压住日军火力，二憨子不敢有丝毫懈怠，边喊边打。但到关键时刻，机枪突然哑了。二憨子焦急地喊："子弹！快！""子弹没了！其余的对不上号！"此时，日军重机枪骤然响起，打得二憨子抬不起头。二憨子大声喊："一班长！想法干掉那狗日的！把机枪夺过来！"一班长猫着腰从侧面瞄准日军机枪手，一枪过去机枪就哑了。一伙兵从战壕猛地跃出，向日军机枪猛扑过去，抓住机枪与日军激烈争夺，不幸被另一处日军机枪扫射过来，扑上去的战士全部壮烈牺牲，二憨子气得直捶自己。

在炮火连天的战场，将士们顽强拼杀。古平县的自卫队、担架队，同样冒着敌人的炮火运弹药抢救伤员，他们把一箱箱弹药送往前线阵地，又把一个个伤员从阵地上抬下来，经历的生死考验不言而喻。

吴中建带着赵军长一起诱敌于望原附近。当日军发现有少量中国军队和自卫队时，四百余日军从古计王向望原逼来。刚到望原附近，就遭到赵军长出其不意地打击，日军丢下百余具死尸仓皇逃窜，赵军长又收复望原一线。

当晚，不甘失败的日军对望原阵地又施放毒气，致使赵军长不得不再次撤出望原。望原被日军重新占领后，赵军长率三十八军撤往狮子沟一带，日军尾追其后。赵军长趁机迂回到侧面山头，组织兵力突然反击，迫使日军后撤。日军撤退之后，数架飞机对狮子沟阵地轮番轰炸。

当日军把注意力放在狮子沟一带时，赵军长又带领主力突然向南插去，突袭望原日军。李军长率领两个团也从西向禹庙日军发起进攻。

狮子沟日军发现赵军长突然南下，再返回望原。赵军长与敌又展开血战。

日军被赵军长忽北忽南、忽东忽西、飘忽不定的打法搞得晕头转向，在忙于追赶的情况下部队被中国军分割成数块，彼此之间无法顾及，受挫严重，死伤数百人。

二十五日一早，日军又派轰炸机对望原阵地进行轰炸，之后又组织炮火进行轰击。赵军长和官兵们被炸得灰头土脸，满身是血。日军地面部队发起进攻时，赵军长大喊：“狠狠打！”日军死伤惨重，慌忙撤往狮子沟，企图占据有利地形。赵军长乘胜追击，与日军在狮子沟一线又展开血战。

李军长在禹王庙击退日军后迅速向北转进，策应赵军长包抄狮子沟之敌，狮子沟阵地失而复得。

日军不甘失败，用大炮轰炸狮子沟，之后，地面部队开始猛攻，不到一天，狮子沟阵地又被日军突破。

与此同时，庙凹山阵地也被日军包围，炮火连天，战斗异常激烈，伤

亡惨重。李大汉团长率领剩余官兵死守阵地与敌血战，战士死伤大半。袁二憨子率领全排战士坚守阵地，死不退缩。一会操起机枪猛扫一阵，一会猛扔一阵手榴弹，奋力搏杀，满脸是血，打到最后一排人死伤大半，袁二憨子也中弹倒下。一班长抱着他大喊："排长！排长！"石妹带担架队迅速冲上，把袁排长抢救下来。炮火纷纷的战场，石妹擦拭着袁排长满是血迹和硝尘的脸，泪水止不住地往下流……

战斗到了第十一天，赵军长撤出狮子沟和庙凹山等阵地后，进行重新部署。赵军长说："弟兄们，现在的主要阵地都被日军占领了，我们要拿出十二分的劲头对日军进行全面反击。能不能做到？""能！""好！目前淹底日军炮兵阵地对我军威胁最大，我们要想法炸掉它。"于是，一部分部队骚扰日军，一部分偷袭日军炮兵阵地。

日军同样死伤惨重。他们把全部尸体堆到一起，趁夜黑在淹底村破门砸窗弄柴火，一层柴火一层尸体，把不能行走的伤兵全扔进去，伤兵还在柴堆上号叫着，就被浇上汽油大火焚烧。焚烧后，把柴灰和骨灰搅和在一起，用袋子一袋一袋装好，整整装了一大堆，也不管里面装的是啥，只管写上阵亡人员的名字，全部堆在炮兵阵地。

日军占领各主要阵地，淹底村炮兵也歇息下来，三五成群地吃喝起来。此时，吴中建带着夜袭队员，腰间别一圈手榴弹向日军炮阵摸来，看到日军在说笑吃喝，把手一挥，队员们把身上的手榴弹不到五分钟全都扔了出去，日军炮阵瞬间被摧毁，一堆骨灰袋也被炸得到处乱飞。

日军失去火力支援，我军趁势发起全面进攻。

李军长快速向张茅公路南段推进，日军刚刚布好的防线一触即溃，不得不撤向张茅公路西端。

第十一次反"扫荡"，历时二十多天，粉碎了日军企图全面控制中条山的野心，与日军形成了东西对峙的局面。至此，赵军长的部队坚守晴岚、枣园、尧店、南村一带，与张茅公路西的日军对峙；李军长的部队则移驻曹川涧阳镇一带。此情况的出现，亦是赵军长之前制订"弹性防御"计划中所能预料的结果。

第十一次反"扫荡"结束后，岳少峰还躺在水磨坊冷冰冰的地面上，双手被捆，嘴被塞上毛巾，几次醒来，几次又昏厥过去。不知过了多长时间，他在哗哗的流水声中清醒过来，微微睁开沉重的眼帘，不知这是什么地方。最初他被一伙歹徒打晕弄在一个小磨坊里，歹徒逼问他是不是共党？歹徒审问一阵，跑出去捣鼓一阵，似乎磨坊外还有一个不愿露面的人在操纵，他断定弄走他的人绝不是一般的歹徒，而是早有预谋的特务，而这个不愿露面的人，一定是他之前熟悉的人。歹徒问不出啥结果，也不知之后发生了什么事，天黑时又被歹徒弄到另一个地方，之后，又弄到此处。岳少峰艰难地转了转僵硬的脖子朝四周望望，发现身边有一个巨大的磨盘，磨盘与一般的手推磨不一样，磨盘上的磨杆通过一个墙孔一直通向墙外。不远处的流水声告诉他，这是一座水磨坊，但不知是哪座水磨。因为从五龙庙沟到凤凰城，一路下来有丁家磨、石家磨、赵家磨、毛家磨，还有凤凰城外水磨村最大的水磨坊。他强撑着身体颤颤悠悠地起来，刚想张嘴喊叫，才意识到自己的嘴还塞着毛巾。他被人几经转移，心里清楚这是特务对他下的黑手。他感觉头皮疼痛，想抬手摸摸，但手被捆绑不能动弹。他望望墙壁，墙壁上挂有箩筛，但高度他难以够着。他又看看磨盘，磨盘杆上缠有一根铁丝，于是心里有了主意，他想通过那根铁丝助力，把嘴上的毛巾弄下来。他向磨杆跌跌撞撞地走过去，刚走了几步就跌坐在地上。这时他才感到浑身无力，软若棉絮。他刚准备再起身，突然听见外面激烈的枪声。他侧耳听了一会儿，感觉一会近一会远，一会儿西一会儿又东，断断续续，一直持续了大半天，突然又宁静了。他判断鬼子又开始大“扫荡”了，一定要赶快回去。他咬着牙又起身向磨杆铁丝爬去，艰难地把嘴外露出的毛巾挂在铁丝上，然后把头往后拽，才把毛巾从嘴里一点一点地拽出来，他长舒了一口气。几天没吃没喝了，他感到头昏眼花，生命到了极限。磨杆下水坑里有水，但无法喝到，情急之下他把几块石头用脚蹬进水池，溅出水花落在池边的石头上，他爬过去用舌头舔食着石头上的水珠，干渴的喉咙得到滋润，顿时感觉神清气爽。饥饿致使他没有一点力气，他看看磨盘，还有残留在磨缝里的残渣，他想用手抠出，手在背后无法办到。他想用嘴舔，于是收回双腿，艰难地跪在石板上，伸出舌头一点一点地在磨盘上舔食，粮食残渣连带尘土一起吞进嘴里，艰难地咽下，他才有了点力气，然后开始想法如何弄掉手腕上的绳索。他看看周围实在没什么可用的东西，只好在磨盘上磨擦起来，把手腕都磨破了，才磨断绳索。

水磨坊门被锁着，他摇了摇门无法打开，他想把门扇卸下来，但力气不够只好另想办法。夜幕降临，水磨坊光线很暗，他想大声喊叫，但又怕把鬼子招来。刚才吃了一点点粮食残渣，唤醒了肚子的食欲，肚子咕咕地一阵阵叫起来。没有食物，他只能把希望还是放在磨盘里。他寻找了一根捅磨眼的磨梆，磨梆太粗，弄不出磨眼里的粮食残渣。他又寻来了一根小树枝，小树枝也勾不出粮食。眼瞅着磨眼里有吃的，就是够不着，这让他一筹莫展，急得浑身直冒虚汗。他一屁股坐在地上，抓起地上的毛巾在脸上擦了一把，结果擦得满脸都是土渣，他无奈地在脸上抹了一把，土渣又全都粘在手上，这让他产生了灵感。他把毛巾缠裹在树枝上，然后伸进磨眼，才把底部的粮食残渣粘上来，然后一点一点吃进嘴里。他苦笑了一下，从中联想到乌鸦喝水的故事。他终于有了点力气，然后从墙洞侧着身爬了出去。

岳少峰终于从水磨坊里逃出来，他扶住墙壁看了看周围，夜幕中有竹园、城墙，他断定是水磨村，于是跌跌撞撞向赵紫云家摸去。当看见赵紫云家大门时，他急走几步赶到门前，“咕咚”一声跌倒在地上……

前几次日寇“扫荡”，中国军总能把鬼子兵很快赶走，鬼子兵几乎到不了水磨村。自从经过“六六战役”后，在赵紫云心里埋下对日寇的刻骨仇恨，对国民党胡宗南部队的无情和残忍也是恨之入骨。每每想到那些光着脚丫舍命拼杀、勇跳黄河的勇士们，她就热血沸腾。此后，她把家里不穿的衣服都洗干净，用稀汤水糊成一张张硬邦邦的毛底，做了许许多多双鞋子藏在拐窑里，准备送给这些保家卫国的子弟兵。

赵紫云正在屋里纳鞋底，忽然听到激烈的枪声，她慌忙与兰儿和婆婆躲进拐窑，战战兢兢度过了几天，等枪声远去，她才敢从拐窑出来。赵紫云躲躲藏藏几天，好不容易宁静下来，她又在油灯下做起鞋来，刚坐在炕上就听见大门外“咕咚”一声撞击声，心里一惊，侧耳听听再没了声音。她蹑手蹑脚向大门走去，从门缝看到一团黑乎乎的东西不知是啥，于是小心谨慎地打开门，俯下身子一看，原来是岳少峰，赶紧把他搀扶进屋里来。

赵紫云把岳少峰搀扶到屋里坐下，说："大家找你都找疯了，傅愣强到我这儿都问了好几次了。"岳少峰说："先给我弄点吃的唻。"赵紫云赶快弄了一碗热蛋汤让他喝下，他才真正有了点力气。岳少峰说："我得想法回去，大家不知急成啥样了。"赵紫云说："你现在这么虚弱，连走路都是问题，你咋回唻？先在我家养几天，等有了力气再走不迟。"岳少峰只好应允。鸿远娘知道后赶紧说："媳妇，让少峰到我窑里来，窑里暖和。"赵紫云把他扶到婆婆窑内，又拿出鸿远的衣服给他换上。

岳少峰在赵紫云家住了几天，身体有所恢复就急着要走。赵紫云见他身体还没有完全恢复，很不放心，说："要走我去把赵叔叫来送你回去。"然后又犹豫起来，说："万一在路上再出啥意外咋办唻？"岳少峰说："想法通知自卫队人来。"

赵紫云叫来赵管家去尧店村寻找自卫队。

赵管家没想到在圣人涧一带都驻扎了日本军，这让他始料未及。他只好绕道去了尧店村，见到俞倩说明来意。俞倩惊讶地说："岳会长在赵紫云家？"赵管家说："紫云让我来跟你们说，接岳会长。"俞倩又问了路上的情况。赵管家把日军驻扎圣人涧的情况说了，然后把绕道的情况也说了。俞倩说："赵叔，你说的情况很重要，您先歇着，让我们研究一下。"俞倩与王力合、关山几个研究起来，如何能安全地把岳会长接过来。关山说："一定要避开日军，还不能被日军觉察。"傅愣强气愤地说："咱们在跟日寇拼杀，这帮混蛋在后面捣鬼。"俞倩说："现在的问题是如何稳妥地把岳会长接回来，这是关键的关键。"毛瑞兴说："要不我把一区队的人马都带上。"王力合说："不能人太多，太多会引起鬼子的注意。"毛瑞兴说："那你说咋办？"王力合说："我看就我和傅愣强，还有你，咱三人去。"毛瑞兴说："就咱三人？"王力合说："对！就咱三人。而且不能扎堆，分散着行走。既不能引起日军的注意，也起到保护的作用。"俞倩说："你们几个男子汉扎堆去，恐怕引起敌人注意。"王力合说："那你有啥想法？"俞倩说："毛瑞兴就不去了，我跟上去。"王力合说："你去？""对！我去。有一个女的在里面，能随机应变。"赵管家说："这样好。日本人就是问起来，也好说。"王力合也觉得有道理。于是说："就这么定，俞特派员、傅愣强跟我去。"俞倩说："稍等我一会儿。"等一会儿俞倩从屋里出来，头上裹着粗布巾，胳膊上挎个篮子，一副村妇的样子。王力合看了看说：“这一打扮，还真就不一样。”俞倩说：“走吧！”

王力合带着俞倩和傅愣强跟赵管家一路穿过日军的封锁线，来到赵紫云家。岳少峰惊讶地说：“王队长，俞特派员，你们咋都来了？”俞倩说：“这么大的事我们能不来吗？”岳少峰说：“愣强来就行了。”俞倩说：“你还以为是之前的情况？现在日军已经驻扎在圣人涧了。”岳少峰惊讶地说：“日军驻扎圣人涧了？”王力合说：“是啊！这次反‘扫荡’后，我军与日军形成了东西对峙，圣人涧就是分界线。”岳少峰万万没有想到，战争的态势发生了这么大的变化。王力合说：“你身体这样虚弱，还是听我们的吧！”岳少峰只好点点头。

赵紫云叫管家吆了驮骡，她把做好的鞋子放在草料袋里搭在驮背上，让岳少峰骑在上面，俞倩和王力合跟在后面，傅愣强远远跟随着一路向东。快走到圣人涧时，遇到几个日伪军挡住了去路，大家都有些紧张。但岳少峰望着日军不动声色，王力合也没吭声，后面的傅愣强看见情况不对，有些紧张。几个人就这样对望了一会儿。其中一个日军说：“你们的从哪里来？要到哪里去？”俞倩指着岳少峰镇定地说：“这是我男人，掉下悬崖了，在凤凰城看了几天的病。”又指着王力合说：“这是我哥，接我男人回家。”俞倩的一番说辞，让岳少峰顿感惊讶，他傻愣愣望着俞倩。俞倩说：“我说得不对吗？”岳少峰说：“媳妇说得对。”日军看着驮骡上的男人说话有气无力的样子，也不像是说假话，也就放行了。因为这段时间，日军的主要精力还放在对付西北军这方面，对于村里的老百姓，根本没放在眼里。

俞倩和王力合、傅愣强把岳少峰接到尧店村，毛瑞兴跑来喊叫：“岳会长回来了！”大家都喜出望外，纷纷跑出来，从驮骡背上把他扶下来，同志们望着他满身是伤，难过得一句话也说不出来。

岳少峰坐在杌凳上望着大家，大家焦急地询问是谁干的？他说：“你们能想到这会是谁干的？”大家看着他，都回答不上来。“国民党特务暗中捣乱，企图搞垮牺盟会。这个特务不是别人，我估计就是拐巴子。”吴中建说：“跟他们拼了。”岳少峰说：“不用跟他拼，跟李军长说一声就行了。”大家都心领神会。岳少峰又说：“之前，我们总是防着尤申达那边，没想到拐巴子在暗中下黑手，也是我一时疏忽造成的。发生这件事我首先要做自我检讨。因为在纪念大会出现了拐巴子后，并没有引起我足够的重视。”同志们没想到岳会长经受了一次死里逃生的劫难，还自己做了检讨，心里都不是个滋味。岳少峰说：“不要以为我被特务劫持了就没有错误，这是很严重的麻痹轻敌思想。今后，在没有弄明白情况的时候，谁也不要单独行动。这次是教训也是经验，要务必保护好我们的每一位同志，绝不能再有丝毫的马虎。同时要加强与赵军长的密切联系，一旦七专署有抓捕行动，立刻去军队躲避。”

赵军长和李军长得知岳少峰的情况后，都气愤难平。尤其是李军长，事情发生在他的防区，而且岳少峰被劫持在离他的指挥部不远的水磨村，让他大为震怒，他能断定这事是谁干的，但没有直接证据，只能暂且忍着。这种既要对付日寇、又要提防居心叵测的人在背后捣乱的事，让他非常窝火。

此事虽然发生在李军长防区，但也给赵军长敲了警钟，引起他高度警惕。李军长请教赵军长如何对付特务。赵军长说：“这些人明摆着是监视咱们，咱们又不能明着撵这些人走。但得想法寻找理由，把他们撵走，叫他们有嘴说不出。”李军长决心治治拐巴子。

拐巴子被胡宗南部队招募到军中后，因他之前干过警察大队队长，而被安排当了团长。此团招募的官兵都不会打仗，只好命名为训政团，实际是暗杀团，强塞进李军长的部队。训政团发了军饷，拐巴子十分高兴，辣椒嘴看见这么多钱也心里高兴，就撺掇拐巴子给她买金簪子，拐巴子说这是军饷。辣椒嘴说拿出一点买个金簪别人也看不出来。于是，拐巴子经不住辣椒嘴撺掇，给她买了个金簪。谁知辣椒嘴是个爱张扬的人，头上插上金簪就在军营里显摆，结果被士兵看见了大为不满，开始出现骚乱，控告拐巴子。李军长大怒，派军部人员将其抓捕，并押送西安军法处。下面的几个党徒不服，在军中纠集闹事，李军长借以暴乱分子罪名将其全部驱逐出军队……

到了一九四〇年十月，正当赵军长筹划如何应对日军再次进攻中条山时，突然接到命令要他撤出中条山。尽管他知道蒋介石迟早会对他动手，但没想到会是在中条山保卫战的关键时刻。他辗转反侧，彻夜难眠，不知

是执行军令撤往河南，还是带着部队去太行山投奔八路军？

李鸿远得知情况后，及时来到部队做思想工作，要赵军长顾全大局，并阐明利害关系。

为此，赵军长专门召开团级以上干部会议，统一思想。当大家听到宣布撤出中条山的命令时，都感到非常惊讶，纷纷表示不满。李团长说："我们离开中条山，不正合小日本的意了吗？小日本巴不得我们快快撤走咪。"赵军长说："从内心讲，我也不想离开中条山。让我们撤出中条山是最高长官的命令。试想：如果我们不按这个命令执行，后果会是什么？后果是违抗军令！违抗军令的后果是什么？大家应该清楚。弟兄们，大家的心情我可以理解，但最高长官的命令，想得通执行，想不通也得执行。"

散会后，李团长和其余几个团长秘密在毛家山开会，计划以追赶逃兵为名脱离部队，去投奔八路军。赵军长知道后，派王参谋立刻赶去，苦口婆心劝说："弟兄们，我知道大家不愿过河的心情。但你们这样做是置赵军长于不顾，置大局于不顾。三十八军里国民党安插了多少特务？有多少人在告赵军长的黑状？如果你们一走了之，赵军长就会背一个窝藏共党的罪名。一定要以大局为重，以大局为重！懂吗？"李团长说："那赵军长为啥不投奔八路？""如果赵军长带上三十八军投奔八路，八路军就会背上一个破坏统一战线的罪名。这个罪名八路军能担得起吗？蒋委员长正想找八路军的把柄找不到咪？你们就给送上了？！"几个团长都不作声了。李团长说："啥都不说了，执行命令！"最后几个团长回去，命令士兵把心爱的各种进步书籍以及宣传材料全都烧毁……

第三十一章　西北军被迫撤离　牺盟会被逼解散

西北军被下令撤出中条山，并且由孔军长的八十军直接接替赵军长三十八军的防区。

孔军长一来到中条山就对赵军长说：“据说共党在中条山一带活动得很厉害，牺盟会是否也被共党利用了？”赵军长说：“孔军长说的是哪里话？说来都是为了抗日，别疑神疑鬼的。”“我听说古平县抗日自卫队的吴中建是个共匪，在地方为非作歹，滥杀无辜。重庆军统指令，抓捕吴中建是迟早的事。”赵军长说：“孔军长初来乍到，古平县是啥情况还不了解，就说抓人，恐有不妥吧？据我掌握的情况，吴中建可是一名抗日骨干，与孔军长说的相差甚远，望孔军长三思啊！”孔军长说：“现在不急，换防就绪后再说，谅他也跑不到哪里去。”

孔军长走后，赵军长派王参谋匆匆找到岳少峰，说：“赵军长要求吴中建随他撤出古平县，不然，恐怕孔军长对他下黑手。”“为啥咪？”王参谋说：“重庆方面已经发话了，说他滥杀无辜。”岳少峰听了愤怒之极。抗战中，吴中建杀敌无数，怎么也想不明白他滥杀无辜，于是，他把吴中建叫来询问：“国民党说你滥杀无辜，我咋也想不明白，这大帽是咋扣上的？”吴中建说：“可能是因为徐久的死吧！”岳少峰说：“阎锡山勾结日寇秘密签订条约，发动晋西事变，企图夹击‘剿灭’山西新军，是何等的卑鄙。蒋介石充耳不闻，却对我们下狠手。你去叫愣强，马上通知各区队开会！”

中条山形势持续恶化，中条地委决定把暴露的党员和抗日组织转移出中条山，中条地委也迁出龙潭沟。

李鸿远和警卫员疾步从龙潭沟往尧店急行，隐隐约约觉得背后有尾巴，于是他加快步伐，没想到后面的尾巴也加快脚步，他俩一时难以把尾巴甩掉，只好一前一后拉开距离。尾巴时隐时现躲躲藏藏，把全部精力都集中在李鸿远身上，并不知后面还跟着两个人。这两个人是三区队的梁

虎生和杨永生，他俩接到岳少峰去尧店开紧急会议的通知后，紧急出发，中途遇到鬼鬼祟祟的持枪人，立刻警惕起来，他俩尾随其后想看个究竟。又走了一段路程，此人几乎赶上前面的人，正当他举枪瞄准时，梁队长“砰！”的一枪，撂倒一个家伙，另一个家伙回头打了一枪撒腿就跑。李鸿远听见枪声，猛然回头，吃了一惊，逃跑的那个家伙已经钻入山林逃掉了。李鸿远问梁虎生：“你们看清那家伙是谁吗？”梁虎生说：“我好像看见是尤申达。”李鸿远一听尤申达，起了一身鸡皮疙瘩，心想：看来尤申达是盯上自己了。李鸿远更加紧张了，与梁虎生他们疾步往尧店赶。

待李鸿远赶到尧店时，岳少峰已经开始开会了。李鸿远握住岳少峰的手说：“暴露了的党员必须迅速撤离，你再通知傅跃华团，让部队也赶快撤离。”李鸿远简短安排完工作，并说了在路上遇到尤申达暗杀的事。岳少峰听了心头一惊，说：“被尤申达盯上太危险了。”李鸿远说：“所以说务必要小心，工作上不能露出任何破绽。”岳少峰说：“我不怕，我就是个牺盟会会长。”李鸿远说：“牺盟会已经被严重怀疑了，你还是得小心啊！”岳少峰惊讶地说：“被严重怀疑了？”李鸿远说：“你上次在茅津城开会他们想抓你，你难道没有感觉到？这次，我在涧阳镇听到的情况更严重，所以说你要务必小心啊！”岳少峰说：“我是要小心，但我更不放心你啊！”于是他派毛瑞兴、傅愣强牵上驮骡，一路护送李鸿远去芮城。

李鸿远骑着驮骡走到凤凰城东门口时停了下来，毛瑞兴说：“要不要回家看看？”李鸿远望了一眼水磨村，说：“没时间了，都别进城了。”然后很快绕道城南涉水而过，一路向西而去。

毛瑞兴、傅愣强把李鸿远送到芮城即刻返回。岳少峰叮嘱大家，一定要时刻注意局势的变化。

岳少峰听梁虎生说七专署在涧阳镇召开十三县县长会议，宣布解散各级牺盟会组织以及各种抗日武装组织的消息，证实了李鸿远的说法，他的心情很沉重，思考着下一步该咋办？此时，傅跃华和卫青山一行前来辞行，他紧紧握住他俩的手半天说不出一句话，最后只说了两个字：“保重！”傅跃华和卫青山都点点头。

傅跃华率部队撤出中条山继续往北，欲连夜越过铁路与稷王山一带的二一二旅会合。当部队绕过日军据点经过夏县行至闻喜地界时，与一股日军遭遇，双方展开激烈交战。部队怕日军识破意图，趁枪声稀疏间隙又撤回夏县地界，伺机再度前进。到了天黑，傅跃华又带着部队绕道迂回过去接近铁路线。但之前的行动已经惊动了日军，日军汉奸逼迫附近老百姓点着火把，在铁路沿线监视新军行动，他们被阻挡在铁路之南，不得前进。此时傅跃华并不知稷王山的二一二旅也正在艰难地向太行山转移。在此情况下，傅跃华说："看来我们很难越过铁路。咋办哩？"卫青山说："过不了铁路，我们就不能在这等死，咱重回中条山。"于是，他们又调转方向，绕过夏县日军据点，穿过国军防区，进入古平县东部山区的涧阳镇。几天来，五十九团跑跑打打，躲躲藏藏，当跑到涧阳镇时，战士们已精疲力尽，倒在山坡上就睡过去了。傅跃华团在中条山连续与日军作战，兵力已经大量消耗，再经过这么一来二去反复折腾，再加上失散走丢的，几千人的队伍到目前只剩下二三百人了。卫青山说："只有找八路军十八兵站，才有望到达晋东南。可八路军十八兵站还远在垣曲。咋办哩？"傅跃华说："我去找梁虎生想想办法。"卫青山说："部队离不开你，还是我去！"

卫青山拖着疲惫的身体找到梁虎生，打听垣曲十八兵站的情况。梁虎生说："听说兵站已经撤了。"这个消息让卫青山颇为意外，进退两难。他忧虑地说："能不能找一下三十八军哩？"梁虎生说："三十八军都在涧阳镇以西，离这里还有一段距离。不过，寺头庙还驻有三十八军一个补充团，平时跟我们关系不错。要不然我带你找他们去？"卫青山感到狐疑。梁虎生说："就是在茅津城的培训班被叫停后，赵军长联系岳会长另找地方，岳会长让我寻的地方就在寺头庙，名字也改了，不叫培训班，叫补充团。"这个消息让卫青山高兴极了，他刚转身，一下就晕了过去。梁虎生赶紧上前扶住他焦急地呼喊："卫指导！卫指导！"卫青山微微睁开眼说："我两天没吃东西了。"梁虎生赶紧弄来水和馍，卫青山吃了才缓过劲来。

梁虎生带着卫青山找到寺头庙的补充团。团长说："如果从涧阳镇通过一定要快，不能让特务发觉。马上八十军要换防进来。"卫青山说："我们的战士两天两夜都没吃东西了。"补充团长说："我给你们送几袋大米。"卫青山感激得不知说啥好。

补充团团长立刻叫来几个兵，用骡子驮了四袋大米跟着卫青山来到涧阳镇的三区大院，这时卫青山才意识到部队里没有会做饭的。梁虎生叫来申川梅做饭，申川梅说没见过大米，不知咋做唻，不如去问问补充团的炊事员。梁虎生说："这部队同志两天两夜都没吃东西了，再来来回回折腾，得多长时间啊？"申川梅说："梁队长，你不是之前吃过大米吗？是熬粥还是蒸米唻？"梁虎生说："是蒸米。你就给大家做蒸米吧！"申川梅连夜在三区队大院支锅蒸大米，等大米蒸熟叫醒战士们吃了饭，然后把剩余的大米装进炒面布袋挎在身上准备路上吃。

傅跃华一方面联系岳少峰，一方面派毛铁虎去垣曲打探十八兵站的确切情况。

岳少峰得知傅跃华团受阻返回，直接与赵军长联系。赵军长说："目前我军虽然还没完全撤完，剩余部分已被特务严密监控，八十军一部分兵力已经进驻涧阳镇。过河的人员少了还好说，二三百人一次带过河恐有难度。"岳少峰说："要不然你先带一部分过去，日后再想办法。"赵军长说："以后八十军进驻进来，控制了各大渡口，就更不好办了。让我再想想办法。"

此时，毛铁虎从垣曲打探消息回来，说："垣曲十八兵站还有两个同志，可以帮我们去晋东南根据地。"傅跃华一听，决定立刻去垣曲十八兵站。

次日一早，傅跃华带领战士们一路向垣曲方向行进。垣曲兵站的两位同志，早早准备好八路军服装给他们换上，臂膀佩戴上"八路"二字的标识，俨然一副正规的八路军模样。然后在当地老百姓的协助下，挑上兵站的剩余物资，一路向东行进。

垣曲地处中条山腹地，四面高山环绕，要想从东面走出去，必须翻越崇山峻岭，才能到达济源。没走多远，天空就淅淅沥沥下起雨来，山路泥泞难行，战士们身上带的大米也吃光了，他们一路连泥带水疲惫不堪，待赶黑来到一个不知名的小山村时，战士们浑身上下又湿又冷又乏又饿。这支部队之前在中条山与日寇周旋斗争，都是老百姓送饭，从不会自己做，这次离开中条山，就像一群离开家的孩子。为了让战士吃上东西，傅跃华临时指定毛铁虎、王战兵当炊事员。他俩摸着黑到沟底弄来水，又摸着黑用水把大米淘了一遍放在锅里蒸，待大米蒸熟了，摸着黑给大伙分了吃，结果硌牙吃不下，只好饿着肚子挨到天明。天明一看，才发现雪白的大米全变成了泥红色。此时才知道是昨晚用沟底泥水淘大米造成的结果，他俩感到万分可惜。但为了赶路，来不及再做，只好都饿着肚子赶路。

济源是去晋东南的必经之路，而封门口又是过济源的必要关卡，傅跃华和卫青山带着队伍挑着叮铃咣当的行李，拖着疲惫的身体翻山越岭行至封门口时，遇到一队曾被八路军打败过的国民党军，挡住去路不让过去。傅跃华上前与其交涉："不让我们过去，难道也让我们住这儿不成？"无奈之下，国民党兵只得放行。封门口两边山势高耸，中间一条狭窄深沟，是一条幽长通道，有一夫当关万夫莫开之势。望着封门口狭窄的道路，战士们在心里直打鼓。国民党兵在心里暗喜，似乎今天八路军部队犯在了他们手里。冤家路窄，双方开始打起了心理战，看谁能挺过这一关。

尽管这支国民党军对八路军有仇恨，但目前还处于国共合作之时，国民党和共产党还没公开撕破脸，他们也不好轻举妄动。国民党军兵分两路虎视眈眈持枪监视着，只怕遭到突然袭击。为防止国民党军突然下狠手，傅跃华与卫青山商量，把队伍距离拉长，不让其知道队伍的具体人数，以迷惑对方。为安全通过，傅跃华在队伍前，卫青山在队伍后，中间几段由几个连长护着，所有官兵都用手按住身上的枪，沉住气一声不吭。他们在高度紧张的情况下，从国民党军的刀光剑影下通过，然后快速向晋东南行进。

李鸿远与警卫员从芮城到永济天已麻黑，他俩趁黑从永济换了快马绕道虞乡沿中条山根小路小心谨慎地往东行进。当过了盐池南边往夏县地界时，月亮渐渐升起，虽是夜晚，但朦胧的月光隐约能看见人影，突然"砰"的一声枪响，警卫员滚下马来。李鸿远知道遇上日军的巡逻兵，他迅速勒住马缰绳刚准备跳下马，忽然又"砰"的一声打在他的臂膀上，李鸿远顿感臂部剧烈疼痛，随之也滚下马来。他忍着剧痛爬到警卫员身边，试试鼻息已经停止了呼吸。此时，突然远处响起叽哩哇啦的叫喊声，他知是日军围上来了。事不迟疑，他忍着剧痛把警卫员抱上马，随后抓住马鬃翻身上马，两腿一夹，像离弦之箭迅猛冲出，往东山奔去。

受伤的李鸿远连夜联系到岳少峰，说："中条山到处都是蒋、阎特务和日寇，姓孔的来又口口声声叫喊抓共产党，现在我们的干部都集合在龙潭沟，很难出山过河啊！我俩得赶快去见赵军长，让赵军长来想想办法。”

两人找到赵军长说明情况。赵军长看见李鸿远负伤，赶快叫来部队卫生员为他包扎，一边包扎一边对常副官说：“把王参谋叫来。”王参谋很快进来。赵军长说：“这是运城牺盟中心的干部，需要我军帮助。”王参谋待卫生员把李鸿远的伤口包扎好后，便带着他和岳少峰出来，说：“要想把所有人员一次带过河，最好的办法是换上我们的军装，跟我们一起过河。只要过了河，他孔军长就鞭长莫及了。”李鸿远说：“但是有一点，我们的干部出不了涧阳镇啊。”王参谋思索了一下说：“走！去毛家山，找李团长商量。”

此时，李团长与两个团长正在因为不愿过河的事生气，见王参谋和岳少峰几个人来，说：“王参谋，你还有啥事尽管说，我们都执行。”王参谋说：“过河也是任务。”“过河是啥任务？不就是听人摆布吗？”王参谋说：“别说牢骚话，今天有一个很重要的任务。”李团长说：“都过河了，还有啥重要任务？”王参谋把李鸿远介绍给李团长，说：“这是运城牺盟中心的同志，他们牺盟会机关人员，你们团想法带过河。而且要毫发无损地带过河。能不能做到？”李团长听完立正敬礼说：“保证完成任务。”李鸿远说：“目前的问题是，机关人员不宜大批从涧阳阵撤出。”李团长说：“机关人员有多少？”“有二十多人。”“这样，我今晚带人再出去巡一次山，顺便把他们带出来。不过，你们的人都要穿上我军的衣服，跟我们一样。”李团长见李鸿远有点为难，说：“这个问题你不用担心，我有办法。”

李团长回到团里对士兵说：“弟兄们，今晚最后一次巡山，都穿上两套衣服。”士兵面面相觑。“看啥看？叫你们穿你们就穿上！”士兵们赶快又穿了一套，随李团长向东而去。

李鸿远连夜回到龙潭沟准备，李团长连夜带兵巡山，走到涧阳镇附近，没有遇到八十军的人，却遇到七专署的保安团。保安团的人见是西北军的人，连问都没敢多问。但李团长还是不敢大意，谨慎地往前走。

李团长带着队伍转到龙潭沟一处院子，他小声命令士兵脱下外面的衣服，然后送给早早等候在那里的牺盟会干部。牺盟会干部快速穿上送来的军服，跟巡逻队从院里出来，走了没多远，尤申达带着两个保安团的人也来到此地，望着巡逻队伍从身边走过，自言自语道：“我咋看见里面好像有李鸿远唻！”尤申达虽然心中疑惑，但没敢跟随，因为上次尾随李鸿远，身后的一枪惊得他几天没睡好觉。

赵军长在离开之前，要求所有战士把房东的水缸挑满，院子村巷打扫干净，然后整装待发。

此时，岳少峰正在安排下一步工作。突然有人来报：“赵军长要走了。”岳少峰赶紧出去，紧紧握住赵军长的手。赵军长深情地说：“感谢古平县人民的大力支持！中条山之战让我终生难忘啊！”岳少峰说：“我无法形容此刻的心情，您被誉为‘中条山的铁柱子’，你们一旦离开，中条山还能守得住吗？”赵军长说：“没办法。岳会长多保重，吴中建我先带走了。”

当地百姓听说赵军长要走，都纷纷出来送行。赵军长一次次挥手再见，乡亲们送了一程又一程，直到消失在黄河岸边……

送走赵军长，岳少峰回头说：“俞特派员、王大队长，你们俩也得想办法撤离。”俞倩说：“我不撤。”“说说理由？”“理由我是当地人，熟悉当地情况，万一以后有什么情况也便于隐蔽。”岳少峰说：“你说的这是优势，但也是劣势。认识你的人多，更容易被敌人发现。”俞倩说：“反正我现在不走！”岳少峰又让王力合撤，王力合说：“到必要时再说吧！”

中条山部队换防之际，二战区南线总指挥卫司令也因不执行蒋介石的反共政策而被免职到四川峨眉山休假，取而代之的是坚决反共的国民党军总参谋长何司令。在此情况下，中条山的抗战形势可想而知。

自从古平县县长王立人被暗杀后，古平县县长一职则由七专署专员的亲信叶靠山接替。叶靠山一到任不是全力以赴抓抗日工作，而是专门对付牺盟会。他上次带人在茅津纪念大会上借机抓人，企图没能得逞，这次又带一行人来到牺盟会办公窑洞来寻事。叶靠山说：“岳会长，我们是第二次见面了吧？”岳少峰说：“是的。上次是在茅津城抗日纪念会上，叶县长记得，我当然也记得。”叶靠山说：“你是具体负责古平县牺盟会的工作吧？”岳少峰说：“对！古平县牺盟会是由我负责。不过，牺盟会的工作，还仰仗叶县长支持！”叶靠山冷笑一声说：“支持？恐怕没机会支持了。”岳少峰说：“你这是啥意思？”叶靠山说：“我以古平县县长的名义，宣布古平县牺盟会以及所有抗日组织，从即刻起全部解散，不得进行任何形式的抗日活动。”“为啥咪？”“不要问为啥，这是上面的意思。执行吧！”说完一行人扬长而去，岳少峰和在场的所有同志都惊呆了。岳少峰说：“同志们，这些人完全不顾抗日大局，公然打压我抗日组织，手段何等卑劣，我们绝不能坐以待毙。走！看看咱的自卫队去。”于是几个人向自卫队驻地走去。

一区二区队队员正在议论赵军长撤走的事。小虎慌慌张张从外面跑进来说：“快！快！保安团来收咱枪了。”大家问为啥咪？小虎说：“自卫队都被解散了。”队员们听了都愣住了。小虎说：“还愣着干啥咪？拿枪跑啊！”队员这才愣过神来，纷纷拿起枪往出跑。快的跑出去了，慢的被堵在屋里。保安团尤申达说：“都听好了，古平县抗日自卫队已经宣布解散了，枪要全部收缴，拒不收缴的按共党论处！”然后强行收走队员手中的所有枪支。

牛娃正在树林里精心擦着他的轻机枪，刚把枪擦好，忽然小虎跑来说：“牛娃！快跑！”“咋咪？”“保安团收枪来了。”本来吴队长被迫跟赵军长离开，牛娃就觉着不对劲，这会尤申达带人又来收枪，看来是要来真的。说时迟那时快，牛娃掂起机枪撒腿就跑，一直跑得无影无踪……

岳少峰等人来到区队大院时，队员们气愤地站在院里。王力合说：“枪呢？”胖墩说：“被收走了。”“谁收走的？”“保安团尤申达带人收走的。”王力合气得用拳头在树上捣了一下，顿时鲜血直流。岳少峰气得站在院里黑着脸说不出话来。关山说：“岳会长，咋办咪？”岳少峰缓了一会儿说：“他们收枪的目的，就是要把我们这支队伍掐死。就目前情况，如果我们硬来，是要吃大亏的。”此时，任万川和毛瑞兴也来，都围着岳少峰。岳少峰说：“同志们，目前情况大家都看见了，我们这么多人在这里也不是个办法。不如大家先各自回家隐蔽起来，听候通知。”队员们听了闷闷不乐，都不愿离开。岳少峰给毛瑞兴交代了几句：“给队员们好好做做工作。”然后又把任万川叫到一边做了交代：“吴队长走了，二区队的工作就交给你了。再想办法把之前造的地雷手榴弹检查一下，看还剩多少，想法找个安全的地方藏起来。”任万川点点头。岳少峰又把王力合叫到一边交代：“力合同志，其他同志分散回家都还好说，你不是古平县人，这么长时间一直在这露面，这样再待下去，我怕这伙人会下黑手。我想了一下，最好的办法是你去晋东南。”“你的意思是让我去找八路军？”“你马上动身，想法过河绕道去晋东南。”王力合点点头。王力合走后，岳少峰望着俞倩说：“你先跟我留下来，看看情况再说。”俞倩点点头。

此时，傅愣强送来一封信，岳少峰打开一看，上面的文字是：“长期埋伏，隐蔽精干，积蓄力量，等待时机。”

……

运城牺盟会成员转移至太岳山区后，中条地委随之撤销，主要负责人留了下来，归属运城地委，秘密转移至中条山东北部夏县境内的韩家岭。

……

一九四〇年十月，西北军被迫从中条山中部撤出后，同时进驻的是国民党的八十军，驻扎在中条山张茅线以东的各隘口要道，与东段的其他六个军以及山西、河北的几个地方武装，总共二十余万军队，防守在中条山。此时的中条山，在蒋介石的眼里，似乎形成一道坚不可摧的防线。

八十军在入驻晴岚、望原之前，过河的先头部队进村号房，把涧阳镇质量好的房子直接用笤帚疙瘩蘸白灰浆在门上打勾，丝毫没有商量余地。大伙气愤不过纷纷找老村长论理，老村长叹口气也拿这群兵没辙。尤抠爷家的所有房子都被打上勾，尤抠爷气得说：“这伙兵，净是胡球弄！”

这些兵把涧阳镇弄得鸡飞狗跳不得安宁。入驻晴岚、南村一带后，抽大烟赌博仍屡见不鲜，随便拿走百姓的东西，与老百姓吵吵闹闹，关系搞得一塌糊涂。一次做饭时竟然把房东老伯的家具给劈烧了，老伯与其论理，他们还强词夺理说：“老子是抗日打鬼子的，烧你几件破家具算啥咪？”老伯说：“你抗日打鬼子就应该胡来咪？”当兵的不爱听，上去一拳就把老伯捣翻在地。老伯满嘴是血，爬起来说：“你们跟三十八军差远啦！”兵哼了一声说：“三十八军早让老蒋给开了，你还想三十八军咪？！”

自从晋西事变后，国民党加大对共产党的遏制，不仅解散共产党的一切抗日组织，还到处捕杀共产党员，致使抗日志士无法工作，老百姓的抗日积极性也发挥不起来。作战部队的军需物资堆在码头，只有部队自己派兵去搬运；给部队供应的粮食也同样都堆在渡口，需要部队自己去人搬。没有任何老百姓替他们送往前线，部队物资供应不及时，士兵就到处乱抢，经常为争夺一样东西，两队人马大打出手，甚至升级到持枪械斗。老百姓提起这伙兵也是恨之入骨。

国民党军中不仅乱抢老百姓的事情屡屡发生，官兵中赌博抽大烟的比比皆是，有些官员甚至与日军汉奸勾结做起了烟土生意，一驮一驮的大烟由运城驮往中条山守军驻地，致使军中大烟泛滥，士气萎靡不振，给日军造成可乘之机。日军便衣队在国军防区任意出入，把军中情况了解得清清楚楚。一次黑夜，竟然把一个营的官兵堵在窑洞里，用机枪全扫了。对于类似事件，军中捂住不报，国民党高官充耳不闻，视而不见，依旧麻将烟土在军中泛滥。

中条山守军纪律涣散，致使各种工作敷衍了事，防御工事不能做好。苏联军事顾问在中条山视察时，看到阵地上修的工事说："中国军队不注意修筑工事，还把中条山称为马奇诺防线，实在是可笑。马奇诺防线是要把山体掏空，能开进汽车和坦克。这样简陋的工事怎么能叫马奇诺防线呢？实在太儿戏了。"苏联顾问的话仍没有引起国民党高层的重视，而且还认为苏联顾问言过其实，太过于夸张了。麻将大烟仍旧在军中泛滥，导致官兵士气不振，做事敷衍，以致中条山防线彻底溃败。

到了一九四一年四月下旬，晋北日军通过同蒲铁路大批南下到晋西南地区，把橡皮船等一类的渡河器材，由闻喜往风陵渡方向集结，一天一趟。与此同时，日军又在运城周边强行征集民夫一万多人，身着草黄色军服，被多辆卡车载上，一会儿运往西，一会儿运往南，昼南夜北，忽东忽西频繁调运，大有从风陵渡渡河之意。国民党最高指挥官也得此消息，但他们只知道日军白天把作战部队以及渡河器材运送到风陵渡，却不知晚上日军重又把送去的假日军和渡河器材又从风陵渡悄悄运回来。这样如此往返有半月之久，以此造成从风陵渡渡河的假象，来迷惑中国军队。国民党最高指挥官从没到过中条山，未对中条山一线的基本情况做一番充分细致的研究，却主观臆断日军要从风陵渡渡河，紧急从中条山东部抽调部队防守风陵渡对岸，造成中条山防守部队没有应急措施。

中条山驻军番号杂乱，有清楚的，有糊涂的。清楚的明白日军是在摆迷魂阵，糊涂的认为日军是要西渡。似乎只要日军从风陵渡西渡，就可切断其后路困敌于豫西，但不知日军其实另有企图，从而造成中条山守军松懈麻痹。日军早早占领风陵渡而未渡河，很清楚孤军深入的后果，而一直按兵不动。这次明里意欲从风陵渡渡河，暗地里又秘密从山东等地调集大量兵力，往中条山北一线集结。

此时，远在洛阳指挥中条山防守部队作战的总指挥何司令，由于缺乏与中条山人民群众的密切联系，没有足够的情报来源，面对强敌一时慌了手脚。此时，一心欲置共产党于死地的蒋介石，感到情况非常不妙，但为时已晚。面对日军的疯狂侵略，蒋阎集团不是全力以赴抗击日寇，而是想方设法对付共产党，全军自上而下三心二意，致使中条山防线如朽木栅栏，不堪一击。

三十八军是中条山的铁柱子，是日军的心腹大患；共产党八路军和牺盟会也是日军的心腹大患。这次蒋阎联合不仅解散牺盟会赶走共产党领导的抗日队伍，还令西北军撤出中条山。蒋介石的这一连串举措，令日军高官窃喜，纷纷酝酿大的行动。

日军借此良机调集十多万兵力，把数百里的中条山从东到西封锁得水泄不通。

古平县牺盟会被七专署宣布强行解散后，抗日自卫队的枪支也被强行收走，岳少峰等人虽说全部转入地下，但还是放心不下抗日之事，只好在涧阳镇梁虎生家隐蔽起来。

这天一早，铜锁跟着爹在后山找牛，突然发现日军特种部队几十人背着沉重的东西钻进了树林。铜锁好奇，要去看个究竟，爹拦住不让。铜锁拗着要去，爹不放心也只好跟着去。两人悄悄跑进树林窥探，看见日军在树林里支起了十几门小钢炮。铜锁爹一惊说："小鬼子把大炮架到中国军屁股后面了，这还了得？快去报告！"铜锁撒腿跑回涧阳镇找到梁虎生，说："不好了，后山发现鬼子兵了，还有十几门钢炮咪。"梁虎生赶紧报告给岳少峰。岳少峰问："铜锁，你把情况说详细一点。"铜锁把他见到的情况一五一十地说了一遍。岳少峰说："这是日军趁黑夜穿隙到国军后方的，情况非常严重。"梁虎生说："这咋办咪？"岳少峰还未回答，曹贯贯就跑来说："这两天涧阳镇突然出现许多陌生人，补锅钉秤、修脚理发、织羊毛口袋，干啥的都有。"梁虎生说："该不会也是日军派来的特务吧？"岳少峰说："极有这种可能。日军不仅派特种兵穿隙到国军后方，而且还利用特务潜入。情况十分严重，赶快报告驻军。"梁虎生惊讶地说："报告驻军？岳会长，你还以为是赵军长在的时候？”岳少峰说：“那你说说，不报咋办咻？万一让日军抄了国军后路，后果就不堪设想了。”杨永生说：“我去跟八十军说。”梁虎生说：“杨指导，国民党上次抓你，你忘了？”杨永生说：“那是七专署。”岳少峰说：“不能大意。孔军长之前也扬言要抓吴中建。”杨永生说：“都啥时候了他还想着抓人咻？”岳少峰说：“那也不能大意。”梁虎生说：“还是我去吧！”岳少峰说：“你快去快回！我等你消息。”然后吩咐曹贯贯一起去。

五月八日一早，太寨村八十军指挥部，孔军长正在接听前方电话，电话里传来急促的声音：“孔军长，日军开始进攻了，炮火非常猛烈，我军阵地失守，大量日军从张茅线逼来，我军正向毛家山、望原一带撤退，请求……”话还没说完，电话就断了。孔军长说：“参谋长！赶快在地图上找一找毛家山在哪？望原在哪？”参谋长赶紧趴在地图上找了起来。孔军长抱怨说：“中条山这地形咱还没弄明白，这小鬼子就开打了，也不给咱留一点时间。”“孔军长您也别太自责，何总指挥不是也不知道第三军的防地在哪吗？”孔军长叹了一口气，然后拿起电话喊接线员：“接四九三团、四九四团、四九五团！”“军长，您到底接哪个呀？”“哪个都行！”结果四九五团接通了，电话里传来沙哑的声音：“军长，敌人的炮火异常凶猛，弟兄们顶不住了。”“顶不住也得……”孔军长命令还没下完，电话又断了。孔军长大声喊：“再叫！再叫！”其余两个团还是接不通。他叫接二十七师，二十七师也接不通。前方情况不明，孔军长焦躁不安，来来回回在地上走。

此时，梁虎生匆匆赶到，把后山发现日军特种兵携带小钢炮以及涧阳镇发现许多货郎的情况跟孔军长说了。孔军长怒目以对：“你是干啥的？你从哪得来这种消息？”“我是古平县三区抗日自卫队队长梁虎生。”孔军长冷笑一声说：“跟吴中建一样，都是共党，妖言惑众，扰乱军心。来人！抓起来！”来人不由分说，扭住梁虎生关进了一间黑屋子。梁虎生哭笑不得，气得直跺脚。曹贯贯一看梁队长被抓，火速往回跑，岳少峰不顾一切前去交涉。

孔军长之前欲抓吴中建没有得逞，几次派特务抓岳少峰也没能达到目的。这次岳少峰主动送上门来，对他来说自然是机会难得，喝令警卫不由分说，七手八脚把岳少峰也关进了黑屋。梁虎生坐在黑屋地上，看见岳少峰踉踉跄跄被推了进来，气愤地骂道：“这伙不知好歹的东西！”

到了下午，中条山区狂风大作，黄沙弥漫，日色无光。随后，天空突然出现几十架日军飞机，对中条山守军开始轮番轰炸，中条山阵地顿时浓烟滚滚，硝烟弥漫……

第三十二章　溃逃官军急争渡　俞倩护童难过河

岳少峰和梁虎生被关在屋里不得出去，听着越来越密集的炮声和轰炸声，他俩焦急万分。突然，八十军指挥部一阵慌乱……

俞倩跑到太寨村难民儿童教养所了解情况，听说岳少峰被关在八十军指挥部院里，心里非常焦急。她想去辩解但又怕被关，焦急之时在附近徘徊。此时，远处的炮火声越来越近，她心急如焚，突然看见指挥部人员开始匆忙搬运东西，然后往南沟渡方向急速撤出。等他们走远，她赶紧用石头砸开门。

岳少峰一见俞倩急问："你咋还没转移？"俞倩没有直接回答岳少峰的话，而是说："儿童教养所的朱先生病逝了，孩子们没人管了。"岳少峰惊讶地说："儿童教养所的孩子们还没转移？"俞倩说："只是通知了一声，具体却没人管。""我跟你一起去看看。"岳少峰刚走了两步脚疼得钻心，他几乎要摔倒，俞倩和梁虎生赶紧上前扶住。他咬着牙说："可能是脚踝骨被打伤了。"俞倩说："脚踝骨伤了绝对不能乱动，还是我一个人去。"岳少峰忍着疼说："事不迟疑，你赶快协助老师们转移这批孩子，过了河就不要回来，想法去晋东南与八路军联系。"俞倩点点头转身而去。岳少峰又对梁虎生说："你赶快通知渡口附近的村干部，让他们协助这些娃娃过河，争取不落下一个。"梁虎生说："你咋办唻？""不用管我！快！"

俞倩跑到难民儿童教养所，校长已经开始对孩子们进行转移安排："同学们，目前情况非常紧急，我们必须连夜撤离，每人只准带一个小背包，其他东西都不要带了。"其实这些孩子们也没啥更多的东西可带，都捆好自己简单的行李等待出发。此时，俞倩也赶到，看见自己上次送去的小栓子，由于年龄较小不会打背包，把行李胡乱捆在一起，还没开始走就要散架的样子，她赶紧跑过去帮小栓子把行李重新再捆一遍。此时校长说："大家以最快的速度往尖坪渡跑，赶天亮之前一定要到达渡口。"此时已下起大雨，孩子们谁也不敢说话，四百多名师生拖着一条长长的队伍，摸着黑一走一滑地往尖坪渡赶。

枪炮声越来越近，天上瓢泼大雨往下下。山里村民不知所措到处乱跑，寻找躲避的地方。岳少峰在路边捡了一根树枝当拐杖，一步一滑往涧阳镇挪，没走几步就疼得满头大汗。天渐渐黑下来，枪炮声变得稀少，他不敢走大路，拄着拐棍沿泥泞小路前行，但小路曲折陡滑更不好行走，只能用手扳着树枝往上艰难爬行……

毛瑞兴和傅愣强听说岳少峰被抓，心急火燎从涧阳镇赶到太寨，一打听才知道八十军已经撤走了，但不见岳少峰，心里十分焦急。他俩冒雨站在太寨村村口，不知岳少峰去了哪里。毛瑞兴说："愣强，咱俩赶快找，大路咱俩一路跑来不见人，顺小路找。"

天渐渐黑下来，毛瑞兴和傅愣强沿着小路往前走，没走多远，听到一声："谁？"把他俩吓了一跳。傅愣强走近一看是岳少峰，惊讶地说："岳会长，你咋会在这唻？"岳少峰没有回答傅愣强的话，而是说："你们从哪来？""从涧阳镇来。""涧阳镇现在啥情况？""那里已经有小鬼子了。"岳少峰说："看来涧阳镇是去不成了。"毛瑞兴说："那咱们现在去哪呀？""去凤凰城。"傅愣强说："凤凰城都被日本人占了。"岳少峰说："他日本人把凤凰城周边的村子都能占了？"几个人互相看了看，抹了一把脸上的雨水，谁也没有说话。毛瑞兴说："要去凤凰城，也得明天再说。先找个人家住下。"

次日天明，忽然太寨村上空数架日军飞机来回俯冲，爆炸声不绝于耳，枪声密集，火光冲天。岳少峰忧心忡忡地说："日军飞机已经炸到太寨了，不知太寨是哪支部队？也不知教养所的孩子们离开了没有？"毛瑞兴说："我去看看。"

毛瑞兴来到太寨村，村子被炸得面目全非，民房几乎全部被炸塌，路边村巷死尸遍地，血水横流。毛瑞兴绕过尸体，跑到儿童教养所所在的蒋家祠堂。祠堂被炸了一角，周边的房屋也炸塌不少。祠堂几个村民围着一具尸体，一问才知是二十七师师长，已被炸得面目全非……

毛瑞兴气喘吁吁回来对岳少峰说："孩子们已经离开了。太寨村的防军是王竣的二十七师，王师长已经牺牲了。"岳少峰说："你听谁说的？""我

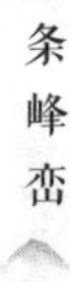

亲眼看见的，仗打得很惨烈。村里人听说是杨虎城的西北军，悄悄把王师长遗体藏在祠堂，正在赶制羊皮筏，准备连夜送过河。”岳少峰沉默良久说：“他们与三十八军一样，都是杨虎城的部队，只是后来被调出了中条山，这次又回来了。”毛瑞兴说：“岳会长，你又想三十八军了？”“怎能让人不想哝？我想中条山人民都会在想。如果三十八军不被调走，中条山就不会是现在这个样子。”傅愣强说：“说这还有啥用哝？”岳少峰叹了一口气说：“不说这个了，说啥也没用了。毛队长，你确定孩子们已经走了？”毛瑞兴说：“村里人说昨晚天一黑就走了。”岳少峰说：“孩子们如果是昨晚离开，按这个时间推断，应该都渡过黄河了。”毛瑞兴说：“岳会长，许多老百姓都往河南逃了，我们究竟咋办哝？”岳少峰说：“毛队长，我们都是共产党员，不能等同于老百姓。地委指示我们，共产党员一律不得过黄河，尤其是党员干部更不应该过黄河。一定要留在敌占区，坚持与敌人斗争。”毛瑞兴说：“目前洞阳镇也沦为敌占区，中条山防线已经全部崩塌，已经不是之前的情况了，没了西部还有东部。可现在……”岳少峰说：“现在唯一的选择就是重回凤凰城。凤凰城虽然在日军的眼皮子底下，但日本人总不能在所有村庄都驻军吧？比如说关家窝村。”毛瑞兴说：“你是说去关家窝？”岳少峰说：“日军会钻隙而入中条山防区，我们也能乘虚而入敌占区！”几个人点点头。

从洞阳镇往凤凰城方向徒步行走，要经过诸多山梁沟壑，再加上刚下过一场大雨，山水横流，道路泥泞，其艰难程度可想而知。

岳少峰受伤的脚过了一夜，肿得黑紫黑紫，一步也不能行走，但他坚持要自己行走。傅愣强不由分说，强行背起他就走，不管他如何拒绝，就是不放下。

山间道路泥泞，日机不停轰炸，炸弹在远远近近处爆炸，不停地发出震耳欲聋的声音。傅愣强背着岳少峰一步一滑，既要躲避日机，又要小心脚下的泥路，不一会儿就气喘吁吁。毛瑞兴说：“我来换换。”岳少峰说：“还是我自己走。”毛瑞兴说：“还自己走？你不看看脚还能走吗？”毛瑞兴强行背起他就走，不管他如何说，就是不放。他们艰难地行走了一段，迎面遇上纷纷溃逃的国民党兵……

自从西北军被撤离，日军趁此机会调动大批兵力，对中条山发起前所未有的猛攻。蒋介石自以为是马奇诺防线的中条山阵地，不到两天时间就全部崩塌。他获悉中条山失守，痛心疾首。临阵换将是兵家大忌，他深谙此理，却为了排斥亲近共产党的军队，固执己见，一意孤行。事已至此，他只能仰天长叹。此时，在黄河以北，再也没有国民党军的立足之地。

溃退官兵来不及搬运一线阵地的弹药，仓促退至二线抵抗，失去了一线阵地优势的国民党军，更无法抵抗日军的猛烈进攻。日军在正面进攻的同时，采取钳制进攻、中央突破、钻隙迂回、左右席卷等多样战法，以风卷残云之势，很快摧毁了国民党守军。

国民党军战前对敌情了解不透，没有做好充分的思想准备，一旦开战，手忙脚乱，无法应对。其中虽有英勇顽强者与敌拼死相搏，但抵挡不了防线的大面积崩溃。大雨滂沱中，溃退官兵打打跑跑，中有迂回死拼与日寇同归于尽的，也有撂下武器空手而逃的……

炊事兵在慌乱中挑着锅桶瓢盆蒸笼之类的灶具，卷入一群逃难的百姓中。此时，一个老伯看见那个曾在他家做饭的炊事兵也在逃难，还不忘奚落他："歪！当兵的！我家的家具还没烧完唻！咋这么快就跑啦？"那个兵瞪了老伯一眼没有说话。老伯继续说："这仗打得可不咋的，刚开打就逃跑了？还抗日大军唻！我看比三十八军差远啦！大伙说是不是唻？""说得没错！"那个兵羞愧地低下头。

此时，傅愣强背上岳少峰一步一滑在前面走，毛瑞兴在后面护着，他们从东向西艰难行进，遇到这群从西向东逃难的百姓，里面还夹杂着国军炊事兵挑着锅桶。

此时，枪炮声又响了起来，一走一滑的炊事兵干脆把灶具丢在路边，手中只拿了根扁担拄着。老伯和几个村民看着好锅好桶怪是心疼，随手捡起背在身上，随着人群往山沟里钻。此时，有两个陌生人也跟着进来，一直盯着他们。毛瑞兴见这两个穿戴整齐的人，神色诡异，故意从其面前走过，走过时狠狠踩了一个人的脚。那人"八嘎！"一声。毛瑞兴一看是鬼子特务，上去就是一拳，傅愣强放下岳少峰，对准另一个特务也上去一拳。特务掏出手枪准备开枪，说时迟那时快，两个村民把手中的锅桶一人一个，不偏不倚扣在两个特务头上，傅愣强毛瑞兴乘势把特务按倒在地。

岳少峰大声喊:“打死特务!”一群村民早已把石头拿在手中，纷纷向特务砸去。特务被捂在灶具里不得出来，急得叽哩哇啦乱叫唤。炊事兵操起手中的扁担想使劲抡几下，却无从下手。

打死特务后，岳少峰几个继续逆行向西，前面遇到大批溃逃乱兵，满脸硝烟，浑身是血，边打边退……

溃逃的官兵纷纷向东而逃，拥挤在东山各个渡口，尤其是南沟渡最为混乱。间有特务穿着国军服装乘势在后面放冷枪，国军长官很难区分谁是国军谁是敌人。日机在天空俯冲扫射，慌乱的官兵丢下各种器材向船上拥去，被踩踏的，被拥挤到河水里的，不计其数。孔军长看此情况惊慌失措，束手无策。此时，有报告说二十七师王师长在太寨战死;一个师阻击部队受到日军特务队夹击。他此时才想起梁虎生的敌情报告，但为时已晚。他一句话也不说，带着身边的一个师长准备率先渡河。但官兵拥挤混乱不堪，军长根本就挤不上船。警卫部队鸣枪怒斥，奋力抢夺，终于为军长抢得一只木船，然后仓皇上船，逃之夭夭。

剩余官兵及家属在渡口群龙无首抢船争渡，结果船上负荷超重，行至河心遇浪倾覆，船上所有人员全部翻入河中。在岸的官兵看到这一幕，瞬间惊呆了，少许宁静后又开始向另一只船上拥挤。其中还有七专署保安团人员也在拥挤，被骂得狗血喷头。日机又在头顶开始盘旋，爆炸声、叫喊声、呵斥声、鸣枪声，响彻河谷……

此时的七专署人员已经早早逃到河南，根本不管留在太寨村难民儿童教养所的几百名孩子。

俞倩和几个教师带着几百名孩子往渡口赶，先到达渡口的近百名师生，趁天黑之际匆匆乘船渡过黄河到达南岸，落在后面的师生待赶到渡口时天已大亮，日机开始对渡口进行新一轮轰炸扫射，船只无法摆渡，俞倩心里非常着急:“这可咋办咪?”校长说:“走!往东边的南沟渡。”俞倩和老师们又带着孩子们绕道向南沟渡方向奔去。

南沟渡是一个大渡，在尖坪渡之东，要经过几个沟沟梁梁才能到达。当孩子们拖着疲惫的身体到达南沟渡时，南沟渡更加拥挤，狭窄的渡口挤满了官兵，还有许多辎重驮骡，都在等待过河。在如此情况下，俞倩带着孩子们只好躲在附近等待，在炮火连天中煎熬。一天的时间，对于他们来说，非常难熬。太阳就像疲惫受伤的老人，在硝烟弥漫的东山出来，步履蹒跚地从西边落入黄河。黄河落日，应该是非常美丽的画卷，但战火给人们脸上涂上的尽是惊恐和不安，谁也顾不上欣赏落日。俞倩和孩子们终于等得残阳入水，渡口的船只开始摆渡。此时，溃逃的官兵潮水般地向岸边涌去，孩子们也跟随其后往船上拥挤。当挤满的船只开始摆渡时，日机突然出现在天空，顿时狂轰滥炸，天空瞬间又加重了烟雾。炸弹在船上岸边频频爆炸，许多官兵和孩子被炸死，船在河面上一颠一颠地沉浮，河面上泛起阵阵血色，岸边到处是死尸。

岸上的机枪手端起机枪朝天空扫射，爆炸声和机枪声一阵紧似一阵，身负辎重的骡马受到惊吓，甩掉背上的器械和物品，在黄河岸边狂奔乱嘶，与孩子们的哭喊声以及被炸伤士兵的呻吟声混成一片。小栓子趴在河边沙滩，两只小手深深地插进泥沙里，巨大的爆炸声几次把他掀起，又几次把他重重摔下。俞倩看此情景，赶紧上去紧紧护住。之前，小栓子出发时，身上的小背包和脚上的烂布鞋，在慌乱中全都找不到了。

日机狂轰滥炸后，南沟渡一片狼藉，被炸死的尸体以及丢弃的物资满地都是。没能过河的国民党官兵到处都是，他们还在焦急等待，希望再有摆渡的船只。

日机不停地轰炸，船只无法摆渡，溃逃官兵非常焦急。有的干脆强行浮水渡河，反被河水瞬间吞没；有的骑马渡河，也被翻进滔天浊浪中；有的干脆把裤腿脚口扎紧，在水里蘸湿，张着裤腰口往里扑气，扑满气扎紧口后，放在水里做浮力，结果没游多远就沉入水中；有的看渡河无望，直接一头扎进河水。不少师生在慌乱中被日机炸死，幸存的师生担惊受怕，他们又急又饿又怕，脚下踩踏着人畜尸体以及散落的物资，一会儿跑向东，一会儿又涌向西，来来回回在黄河岸边寻找出路，直到夜幕降临……

茫茫黑夜，俞倩和老师们站在黄河岸边不知何往。此时，南沟村村长跑来说，不远处有个山洞，可以带孩子们去那躲躲。于是俞倩和老师们又带着孩子去了山洞。

一天一夜没吃东西，再加上一整天奔跑，孩子们早已累得精疲力竭，在山洞里倒头就睡。

次日一早醒来，又听到日军轰炸机在头顶乱飞，炸弹在洞外不停地爆

炸，孩子们躲在山洞不敢出去，一个个小肚子饿得咕咕直叫，眼巴巴盼着日头快点落山。等到晚上，趁夜深人静时，俞倩和老师们带着大一点的孩子，到山沟挂坡地，拔些没成熟的麦子回来，在手上把麦粒搓出来放在嘴里嚼嚼充饥，渴了，跑到黄河边用手掬着浑浊的河水喝一口。就这样，他们昼伏夜出，在山沟沟里躲躲藏藏过了三天。第四天黄昏，俞倩到黄河边喝水，突然看见之前的溃军在渡河，顿时心里一喜。回来便说："同学们，我们有机会渡河了。"同学们一听说能渡河，都万分高兴，急切询问："老师，我们啥时候能渡河唻？""现在就带你们去。"孩子们在俞倩的带领下向渡口奔去。这是一个不知名的小渡口，溃败的国民党官兵一个劲往渡口拥挤，其中有士兵在焦急喊叫："哪个有钱，借我五块？"没人应声。士兵又举起手中的枪喊："哪个要枪！五块大洋！三块也行！"还是没人应声。那士兵焦急冲出人群，向渡口以北的山村跑去，似乎寻找买家。俞倩看到那个要卖枪的士兵跑远，又看看拥挤在眼前的士兵，心里感到非常奇怪。按说在战场上，枪对于一个士兵来说，是何等的重要，岂能随便买卖？俞倩也不敢多问，继续往前挤，好不容易挤到渡口。

渡河的工具根本不是孩子们想象的大帆船，只是一个不大的牛皮筏，而且每次只能载六七个人。无论咋样，对孩子们来说，总是有渡河的希望。俞倩怀着渡河希望上前询问，才知过河的人每人要缴五块大洋，才允许乘牛皮筏渡河，否则不行。难怪刚才看到国民党兵心急火燎地叫喊着要卖枪。国民党兵没大洋可以用枪去换，换得大洋就能渡河。但孩子们呢？孩子们身上没有一件值钱的东西，不用说是五块大洋，就一块大洋也拿不出来。老师和孩子们心中刚燃起的希望，瞬间又被浇灭。他们望着一筏一筏的溃军乘着牛皮筏渡到河对岸，个个心急如焚。拿不出钱的孩子们，可怜巴巴望着老师，俞倩焦急地望着无助的孩子们，心中的滋味可想而知。傅老师看着孩子们可怜巴巴的眼神，硬着头皮向收钱的长官走去。她苦苦哀求："老总，行行好吧！让这些娃娃们也过河吧！"孩子们也跟着求情："军叔叔，行行好吧！把我们也带过去吧！"在老师和孩子们的一再哀求下，负责过河的排长才答应每次免费带两个孩子。

俞倩看到将近三百个孩子，一次只能过两个，这能过到啥时候啊？再说万一日军飞机再来轰炸，后果不堪设想。俞倩不敢停留，决定留下傅老师和一小部分孩子等着过河，她带着大部分孩子和其他老师赶紧另寻出路。

此时，天空的雨更大，俞倩和孩子们站在雨中不知所措。正在茫然之时，有一位当地牺盟会干部冒雨跑来，说："俞同志，可以向东边的芦子坪去，到那想办法带娃们过河。"

俞倩和几个老师赶紧带着孩子们冒雨向芦子坪方向转移，他们一步一滑艰难行进，时不时还要躲避出现的日军。孩子们鞋跑掉了，就光着脚丫在山路上奔跑，雨在不停地下着，似乎在考验老师和孩子们的毅力。俞倩和老师怕年龄小的同学掉队，牵着小同学的手往前赶，脚下打滑，不停地有人摔倒，摔倒再爬起来继续前行，每个人都走得一瘸一拐，精疲力尽。等赶到芦子坪小山村时，浑身上下全是泥水，犹如一个个染过色的红泥罗汉。在村民的帮助下，二百多名师生拖着疲惫的身体，拥挤在两个窑洞里熬到天亮。

芦子坪村子很小，突然来了这么多人，吃的难以解决。他们就吃村民的生土豆、生玉米；喝糊糊汤时没有碗筷，就用瓦片树枝代替。半个月过去了，孩子们个个面黄肌瘦，骨瘦如柴。

俞倩和孩子们躲在芦子坪，想着小鬼子不会来这个小之又小的山村。然而，事情的发展并不像他们想象的那样，不幸还是来临了。

一天，日军在芦子坪发现了躲藏的师生，端着刺刀，全部把他们押送到夏县祁家河日军总部。之后，把俞倩还有其他几个老师拉去为日军做苦力。途中一身小力薄的老师由于背不动弹药箱，被日军推下悬崖，好几个老师被日军用刺刀戳死。面对日军的刺刀，有的老师高呼："打倒日本帝国主义！中华民族万岁！"高呼的老师被日军割下脑袋，丢下悬崖。

俞倩望着日寇的暴行义愤填膺。日军围着俞倩转了几圈，说："你的，跟这些娃娃，运城的干活！"然后交给一个日军翻译官负责押运。日军翻译官看着孩子们被绳索拴串着，一个个押上了大卡车。回头对俞倩左右查看，俞倩感到极为厌恶。翻译官说："你叫啥名字？"俞倩愤怒的表情根本就不想搭理他。翻译官又说："我好像在哪见过你。"俞倩说："你咋会见过我咪？"翻译官说："那不一定，因为你跟我妹妹年龄差不多，我妹妹也是你这个样子。"正说到此，日军军官过来吼道："快走！"于是，双手被绑

的俞倩被安排在日军司机和翻译官之间的座位上，一路在祁家河幽深的山谷间颠簸行进。

日军的几辆大卡车载着孩子们，行进颠簸在坎坷不平的山谷间，一幕幕惨不忍睹的场面刺入眼中。被日军俘虏的国民党兵完全变成了一群苦力，给日本鬼子修炮楼、修公路，眼瞅着他们被日军踢打，伤残不能干活的直接被活埋，埋不严实的脚手都还暴露在土壤外面，使人毛骨悚然；更有被奸之后又被杀害的女同胞，赤身裸体曝尸荒野。望着这一幕幕惨景，俞倩忍不住闭上眼睛。她在心里愤怒着，但不知如何能摆脱眼前困境？如果真的被日军押到运城，自己的后果将不堪设想。俞倩不敢往下想，无法逃脱的她只好听天由命。

装载着孩子们的日军大卡车，在山道上颠簸，坑坑洼洼的路面，极大地损耗着日本军车的耐力，突然"哧"的一声，汽车停了下来。司机跳下车后，俞倩身边的翻译官迅速把她手上的绳索悄悄解开，然后顺手给她塞了个小纸团。俞倩打开一看，上面写道："我是好人，帮你逃离。"俞倩用疑惑的目光看着他。翻译官说："我家在古平县凤凰城。"俞倩说："我走了，娃娃们咋办？""娃娃们是送运城学日语，估计不会有多大危险，只是你……"正说着，日军司机在下面撒完尿上来，开车继续往前走。虽然日军翻译没能说出自己是谁，但俞倩能猜出，他是一个有良知的中国人。再一想，是送孩子们学日语，暂时不会有生命危险，以后再另做打算。于是，她把双手复原，在心里盘算着如何逃走。

日军大卡车继续顺祁家河的山路往前开。路上的坑坑洼洼致使汽车不停地颠簸，后面车厢里的娃娃们被颠得东倒西歪，不停地哇哇呕吐，个个脸色煞白。

山里的路面坑洼不平，致使汽车颠簸倒是其次，更让俞倩和孩子们触目惊心的是道路两边随处可见的死人和耕牛，人被杀了，手脚还被绳索捆绑着，奇形怪状的样子惨不忍睹。俞倩使劲地闭上眼睛，却无法阻挡尸体腐烂和血腥气味，刺鼻的恶臭一阵阵扑鼻而来，她的胃里有一股东西不停地往上翻涌。此时，山里的风，完全失去了往日的清爽。

日军汽车并没有因为孩子们的呕吐和路边的惨景而减速，视而不见地在山道上行进。坑坑洼洼把汽车颠簸得熄了火，司机几次扭动钥匙，发动机只是“哼——哼——”地叫，但就是发动不起来。此时，俞倩说要去方便。翻译官给她象征性地把手上绳索打开，并示意她赶快逃走。俞倩要去方便，自然要找个树林茂密的地方。她跳过一个坑又过一个坑，偶尔还绕过尸体，顺着林间小道，一直往大山深处跑去……

日军司机把被颠簸断的线路接好，却不见女教师回来。司机的眼神告诉翻译官人还不全，于是翻译官大声喊：“好了吗？”翻译官知道女教师已经跑远了，于是胡乱放了几枪才算了事。卡车继续顺沟谷向运城方向行进……

日军对中条山狂轰滥炸，到处奸淫杀戮，致使村里百姓纷纷逃往山沟里躲避。田妈的大侄子黑娃一家就是其中之一。黑娃父母，还有他二叔一家全被日机炸死。这次黑娃出逃，说带上三婶一家一起走，三婶说啥也不走，说是死也要死在家里。黑娃只好带着爷爷奶奶媳妇和两个娃一家六口出逃。奶奶年纪大又是小脚，走起路来急死人了也走不动，黑娃只好以毛驴为奶奶代步。常常是走着走着日军轰炸机就飞来了，黑娃赶紧从毛驴背上扶下奶奶，躲在路旁的大树下，吓得连大气都不敢出，等日军轰炸机飞走后，又扶奶奶骑上毛驴赶路。没走多远日军飞机又飞过来轰炸，黑娃又赶紧从毛驴背上把奶奶扶下来躲在路边树下。就这样，黑娃一家走走躲躲，跑跑藏藏，好不容易在山沟里找了个窑洞藏起来，日军轰炸机仍然在头顶飞来飞去。没过两天，黑娃感觉此处也不安全，又带着一家老小往瓦罐庙方向逃去。

瓦罐庙村处在涧阳镇后山一条深沟里。相传早年一家逃难人无处安身来到此处，为了生存，一家人起早贪黑在石头草窝中开出几亩薄地，又从涧阳镇讨来一些种子，期盼老天保佑能有好收成，承诺给老天盖庙烧香再唱三台大戏。结果收成不错，但许下海口无法兑现，怕老天怪罪，熬煎地想了几天几夜，最后想出个用瓦罐当庙的办法。于是到涧阳镇买了一个大瓦罐倒扣在地边，又在里面烧了三炷香，一家人敲着锅碗瓢盆绕着瓦罐转了三圈吼了三声，算是给老天爷还了愿。从此，这里被叫做瓦罐庙村。

瓦罐庙村是一个非常偏僻的小山村，零零星星只有几户人家。若在平时，很少有人想起这个地方，可以说是个鸟都不愿拉屎的地方。日本人打来，这个小村子反倒火了起来。一拨一拨的国民党溃兵向这里涌来，树林中，乱坟岗，不大的村子到处都是人，还有许多军马辎重。黑娃看到瓦罐庙村这地方也不安全，心里又在盘算着下一步该往哪里逃？奶奶惦记老三一家，说着又抹起了眼泪。爷爷叹息说：兵荒马乱的，谁也顾不了谁了，听天由命吧！

要躲开日本人必须到黄河之南。但一家人从萝卜圪塔村跑到瓦罐庙村，又从瓦罐庙村跑到黄河边，但黄河边的渡口都被国民党溃兵挤满，根本轮不上他们。

如何渡过黄河，成了黑娃心头一件至关重要的大事。黑娃带着一家老小躲在渡口的小山洞里，整整待了五天。他心急如焚，多次到附近村寻人帮忙渡河，最后用高价雇了一个水手，用小羊皮筏送他一家人过河。尽管是小羊皮筏，一家人还是按捺不住激动的心情。到了黑夜，黑娃的爷爷奶奶和他两个娃以及娃他娘一家六口，扔掉从家里带出来的所有笨重行李和毛驴，摸黑到河边准备渡河。小羊皮筏是用八个整羊皮充足气绑扎在木架子上做浮力进行渡河的。浮力不是很大，每次只能坐三四个人，黑娃一家六口人必须往返两次才能全部渡过去。黄河白天渡河都得万分小心，晚上渡河更是凶险难测，更何况是经不住摔打的羊皮筏子，更是危险之极。但黑娃一家为了逃生也顾不得这么多。小羊皮筏的渡法是上面坐一个水手领航，用扬麦的木锨当划桨。黑娃的爷爷奶奶还有娃他娘三人先过。黑娃背着奶奶在河水中缓缓蹚着，把奶奶和爷爷以及娃他娘在筏上安顿坐好，水手把脱掉的衣服顶在头顶，光着身子在水中推着羊皮筏一点点往深水处移动，待水手也上了羊皮筏子，才开始划动手中的木锨。黑娃望着羊皮筏在浊浪汹涌的河面一起一伏颠簸着，一颗揪着的心提到了嗓子眼，直到消失在漆黑的浪涛中，等再看到羊皮筏回来时，心里才稍稍放松。等黑娃和两个娃过河时，黑娃坐在羊皮筏上，一只胳膊夹一个娃，黑娃后面是一个水手掌舵，在水里边游边推，黑娃夹着两个娃，下沉的身体致使屁股已完全浸泡在河水里。羊皮筏在河水中一起一伏飘移向河心。河心激流翻滚，旋涡一个接一个，羊皮筏在激流中漂浮不定，在漩涡边一直打转转，靠扬麦的木锨一点点划力，根本就左右不了方向。羊皮筏在激流中不听指挥，被激浪冲打得直往下游漂去。黑娃看此情况心里十分紧张，两只胳膊死死夹住两个娃，把娃夹得哇哇大哭。黑娃呵斥道："再哭！再哭日本人又打枪了！"一听说日本人要打枪，吓得娃再也不敢出声了。就这样，黑娃一家在惊心动魄中渡过黄河，逃往河南。

古平县沦陷后，日军到处烧杀抢掠，建立据点魔窟，没逃走的村民等待的将是难以想象的后果。

日军由于之前在凤凰城遭到断水围城后，不敢再在凤凰城驻扎，而是把中心据点选在凤凰城之北的张村塬。日军将张村划为禁区，将老百姓全部赶出村外，不仅逼着老百姓在村两头挖出深壕沟，还在据点周围建有大大小小八个炮楼，以此来监视周围村民的活动。日军在据点设有四个杀人场，专杀被俘的抗日军人、抗日游击队员以及可疑分子。其一是"三角吊架"杀人场，则是用三根檩条绑成三角木架，把抓到的人活活吊在木架上，先唆使大洋狗撕咬，然后再让新兵当活靶用刺刀戳；其二是"坐飞机"杀人场，则是把人的双眼用黑布蒙住，手和脚用绳索捆住，把手榴弹放在屁股下，然后拉响导火索，把人活活炸成肉渣，四处飞溅；其三是"活靶"杀人场，则是挖一大坑，把人用土活埋至胸部，留出上半身由鬼子兵当活靶练习射击，练习刺杀，增加新兵杀人胆量；其四是"暗杀"场，则是黑夜把人拉去杀死后投入井内。鬼子不仅如此，还用竹钉钉人、挖眼睛、剁手、割耳朵、上好汉床、坐老虎凳等酷刑，花样繁多，手段残忍，许多中国兵和抗日志士就这样一个个被日军折磨残害致死。

日军的各个据点不仅有名目繁多的杀人场，还有关押重犯的监狱，以及其他防御工事，同时设有日伪区公所、伪警察、日伪工作队、日伪合作社等相关机构，直接为维护日军在华的不法利益服务，成为他们侵华的帮凶和走狗。日伪汉奸沆瀣一气狼狈为奸，日军依靠汉奸镇压当地抗日分子和爱国人士，汉奸依仗日军为非作歹横行霸道，利用日军势力欺男霸女，敲诈百姓，古平县民众陷入极度的水深火热之中。

岳少峰与傅愣强、毛瑞兴等人来到关山家，养好脚伤后，在关山家办起一个豆腐作坊，以做豆腐卖豆腐为掩护坚持地下斗争。

岳少峰刚在关山家办起豆腐坊，关山就给他说他一个本家叔找他有事。岳少峰跟关山来到关山他叔家一看，原来是送少青上山放羊的关老

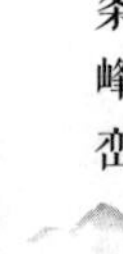

汉。关老汉病入膏肓，气息奄奄，一见岳少峰来，就要把闺女秀送给他当媳妇。岳少峰心中早有了俞倩，望着关老汉左右为难。关山劝他，眼下若不答应，他叔死都闭不上眼。岳少峰只好应允，关老汉才闭上了眼。岳少峰把关老汉埋葬后，很快把秀送到尧店村姑姑家。

第三十三章　打死小野丢枯井　拐巴井下藏隐情

古平县沦陷后，之前逃往河南的老丘秃也伺机返回，重新当起了维持会会长，而且不遗余力为日军卖命。拐巴子之前托老丘秃在日本人那里寻事，还没等来结果，日本人就被打跑了。后来被胡宗南部队招募，“六六战役”后被塞到西北军，因为拿军饷给辣椒嘴买了个金簪，被李军长知道后送到军事法庭。军事法庭收回了他的金簪，又判了他一年徒刑。刑满释放后，获悉古平县被日本人占了，又寻思着回来。他拿钱央求老丘秃为其说情，并当上了日伪警察队队长。

拐巴子尽管好不容易当上日伪警察队队长，但心里还是感到不踏实。因之前的起起伏伏让他心里感觉极为不安。此时穿上这身黄皮更是浑身不自在，感觉做事还是得留点后路。有了这种想法的拐巴子，再也不像之前了。

拐巴子从据点回来，躺在竹沙发上，听见老丘秃在街上敲锣叫喊的声音。老丘秃重新当上古平县维持会会长后，整天敲着铜锣在街上吆喝，不是让人们出劳工，就是派粮派款。这回又吆喝：“各家各户注意了！有抗日分子的消息要立即上报皇军，上报的有赏，不报的杀头！”接着“哐——哐——”又敲了起来。这时，最喜欢投机取巧的小商贩梦大发挑着货担走来，与只顾敲锣吆喝的老丘秃撞了个满怀，差点把老丘秃撞倒。“你干啥唻？眼睛长屁股上了？！”梦大发看见老丘秃发火，赶紧放下货担，扶住老丘秃满脸堆笑赔不是：“您老别生气，就只当小的眼睛长在屁股上。”梦大发的说辞把老丘秃逗乐了，老丘秃还真的不生气了。“我说梦大发，你挑个小货担一天能赚几个钱唻？”“赚不了几个钱，可是没办法赚大的唻！”老丘秃笑了笑说：“那你想不想赚大的？”“当然想唻！就是不知咋样才能赚到大的唻？”老丘秃对着梦大发的耳朵嘀咕了好一会儿，梦大发脸上露出了喜色，他不停地点头，给老丘秃又是打躬又是作揖，然后挑着货担匆忙离去。

梦大发得到老丘秃密授点拨后，挑着货担不停地在村里转悠，从这个村转到那个村，一看到抗日分子就往据点里通风报信领赏钱，致使解文生等好几个抗日骨干被日军抓去杀害。梦大发对日军的殷勤忠实，取得了日军队长猪原的信任，并委以日伪保安团团长一职，这使梦大发大喜过望。从此，他死心塌地跟日本人干。

梦大发自从当上日伪保安团团长之后，以日本人做靠山，处处行凶作恶，抓捕抗日志士，残害欺压百姓。

梦大发带保安团走到凤凰城外一片生长茂盛的竹园旁，他看着竹林摸着下巴颏，一副垂涎欲滴的样子，就像看到了钱庄子。他让部下打听到竹园的主人，说要买他的竹园。竹园主人说啥也不卖。梦大发眼睛一瞪说："你说不卖就不卖？老子今个就要买唻！你卖也得卖，不卖也得卖！"然后往桌子上拍了几块大洋，硬是把竹园据为己有。主人死活不卖，梦大发一枪托把他捣翻在地，又打了两巴掌，然后扬长而去。

自从梦大发通过强买强卖把竹园据为己有后，这竹园就真成了他家的钱庄子，心里甭提多高兴了。每过两天就要来竹园看看。一天，他忽然发现有三根竹子被人砍了，脸色骤然大变。命令保安团人端着枪一家一户把附近村民都赶到竹林边，询问谁砍了他家的竹子？在场的人都说不知道。梦大发见问不出结果，就把外地做生意的弟兄俩吊起来拷问，弟兄俩都不承认。他先杀了老大，再逼问老二。老二还是不承认，他把老二也杀了，还说是杀鸡给猴看。

不久，又有别处不知情的村民路过梦大发的竹园，同样遭到无辜杀害。从此，再没人敢从梦大发的竹园边路过，必要时都得绕道而行。

梦大发依仗日本人的势力做事越来越霸道。他伙同日军去黑窑山扫荡，强行抓走村里的一个年轻人为其带路，途中他唆使日军刺死了这个年轻人。梦大发知其媳妇翠儿年轻貌美，想据为己有。于是，他来到黑窑山去抢翠儿，翠儿大声呼救。翠儿大哥从院外进来，看到保安团抢人，不由怒火万丈，操起铣把就抡了起来，婆婆和大嫂也跟他们厮打起来。气急败坏的梦大发掂起手枪，一枪一个，全打死在院里，然后架着翠儿往外走。路上，翠儿用头猛顶梦大发，差点把他顶进深沟。梦大发恼羞成怒，拔出枪对着翠儿就是一阵乱射，翠儿浑身是伤，踉踉跄跄倒在地上，梦大发一伙悻悻而去……

汉奸疯狂，日军残暴，给村民带来极大的恐慌。

张村据点一伙日军，把一个十一二岁小女孩拖到村后麦场上，他们不顾小女孩撕心裂肺地惨叫，在光天化日之下轮奸小女孩。其母亲死活阻拦，被日军用刺刀戳死；愤怒的父亲举着大铡刀要与日军拼了，没跑到跟前就被日军乱枪打死。日军把少女糟蹋得一地是血，最后还把小女孩活活捅死。眼看着小女孩血肉模糊地惨死在打麦场，村民们愤怒之极，却手无寸铁。地下党李万仓等人闻知此事，肺都要气炸，决心寻机向日军讨还血债。

没过几天，李万仓和陈和贵就瞅见一日军又在村后强暴一年轻少妇，少妇大声呼救。他俩操起院里的镢头锨把朝日军猛砸。少妇的丈夫陈福来也赶来抡起镢头猛打，直到把日军的头颅打得血肉模糊，面目全非。日军被打死了，解气了，带来的问题是日军尸体往哪弄？几个人合计半天，说埋到李万仓家的牛圈里。李万仓嫌小鬼子死尸晦气，但情况紧急不容迟疑，只好把死尸塞进粪坑，然后堆上牛粪摊平。他们处理完日军死尸后，又把日军的枪藏在牛槽下的窟窿里，用烂草塞住窟窿口。几天过去了，张村据点的日军都不知这个兵去了哪里。

汉奸梦大发强娶翠儿不成，回到据点后又遇到日军士兵失踪的事。几天过去了，猪原一直找不到这个失踪的士兵，他命令拐巴子带人去找，拐巴子也没能找到，猪原最后派梦大发去找，并说找到后，重重有赏。

一听说有重赏，梦大发就心里痒痒。他回头对手下说：“这可是个只赚不赔的大买卖啊！只要谁能寻到杀害皇军的凶手，皇军会大大的有赏。”结果手下人几天下来，还是没寻到踪迹。梦大发说：“鸟飞过去都有个影唻，我就不信寻不到凶手？”一副势在必得的样子。于是，他穿上便衣，挑着货担，天天在张村附近转悠，用小糖蛋诱惑，还悄声说：“杀日本的人可得藏好唻！要不然，日本人逮着可就不得了啦！”没想到，有糊涂虫村民悄悄跟他说：“日本人咋也不会想到，那日本人就藏在万仓家的牛圈里唻。”村民的无意之言，梦大发听了却心中大喜，他回到据点迅速调集保安团前来抓人。

李万仓正在牛圈干活，有一村民上气不接下气地跑来喊："万仓！快跑！保安团来人抓你啦！""为啥咪？""你还不知为啥咪？还有和贵、福来。"结果，在保安团到来之前三人全跑了。梦大发扑了个空，却挖出了牛圈里的日军死尸。他气急败坏地说："跑了和尚跑不了庙！"结果，把牛棚房子全烧了。

日军把所有村民全部抓去关进张村据点，用铁丝把年轻的串在一起，扬言要架火焚烧。福来怀有身孕的媳妇被拉出人群，在光天化日之下被鬼子轮奸。福来媳妇生性刚烈，破口大骂，日军把她绑在木桩上，用刺刀割下她的耳朵，并挑开肚皮掏出腹中胎儿扔入油锅……之后又用刺刀割下子宫套在她的脖子上，直到把福来媳妇整得没一点气息……

福来娘见儿媳遭此大难，扑上去要与猪原拼命，猪原命人往她身上泼洒汽油点燃，福来娘浑身上下熊熊燃烧。她不顾一切地一次次扑向猪原，均被日军架起的刺刀挡住，一群鬼子在边上哈哈大笑……

李万仓和陈和贵、陈福来三人，获悉全村人命悬一线，他们不顾生死闯入张村据点。李万仓对猪原说："好汉做事好汉当，我们就是杀死你们小鬼子的人。有啥事跟我们说！与其他人无关！""吆西！敢做敢当，是条好汉。不过我倒要看看你们几个是真好汉还是假好汉！来人！把这里的刑具都用上！"猪原命日军对其灌辣椒水，用开水浇，铁火柱烫，竹钉往十指里钉，一个酷刑接一个酷刑。几天过去，把几个人整得体无完肤，脓血不止。猪原奸笑着说："滋味还不错吧？"李万仓蔑视地说："这就是你们小鬼子的能耐？"猪原说："对你们这些不听话的人，我别无办法，只能用大刑。不服再来！"日军又开始新一轮施刑，最后三人全被活活折磨而死，并掷于村南深沟。至此，猪原还不解气，把三家十多口人全部刺死，无一幸免。

李万仓等人被整死后，梦大发领了猪原发的一厚摞赏钱，哼着小调回到家，躺在自家炕上乐滋滋地数着。拐巴子来到梦大发家说："大发，没想到这次皇军杀了这么多人。你是不是有些太过了？"梦大发瞪了他一眼说："你管他咪！这么多赏钱老子还嫌扎手？"然后又继续数了起来，边数边笑着说："这可比我做小买卖划算多了。"拐巴子无语，他不知在梦大发看来，这划算的买卖到底能有多划算？

梦大发的行为不仅害死了李万仓等人，还连带十几个家人。岳少峰得知后非常气愤，决心一定要除掉梦大发。

梦大发住在凤凰城西梁后的一个村子，本来每天挑个货担到处转悠，在凤凰城也没能攀附上哪个权贵。直到日本人来，经老丘秃点拨，跟随了日本人，当上了保安团团长。可谓小人得志，忘乎所以，横行乡里。更不可饶恕的是帮助日本人杀死诸多抗日志士和无辜百姓。

岳少峰秘密召集关山、毛瑞兴、傅愣强等人在关山家豆腐坊开会，他说："今天会议的中心议题就是锄奸。尤其是梦大发，依仗日军势力非常猖獗，不仅霸占他人竹园、抢占民女，最可恨的是杀害无辜，残害我地下党，罪大恶极，我们一定要严惩。"毛瑞兴说："梦大发手里人多，家里有兵丁，不好接近。"傅愣强说："我听说保安团的团副跟梦大发不对付，原因是梦大发强占的那片竹园是团副叔丈人家的。团副一直对梦大发怀恨在心，迫于梦大发是团长，他敢怒不敢言。"岳少峰说："既然这样，咱们就想法做做团副的工作，利用他们之间的矛盾来个里应外合。"

一天傍晚，岳少峰和傅愣强看见保安团团副从据点出来走在路上，他俩突然用枪抵住他后背说："别出声，出声就打死你。""我可没干啥坏事啊！求你们饶了我吧！"傅愣强说："谁干坏事我们都记着哰！"团副连连说："不敢不敢。""不敢就听我们说！"团副吓得战战兢兢地说："你们叫我干啥都行，就是别杀我。"岳少峰如此这般地跟团副说了一遍。团副一听说要他去杀梦大发，把头摇得跟拨浪鼓似的："不不不不！这个我可不敢干。"傅愣强见他想反悔，马上用枪抵住他脑袋说："你想犯蛋？信不信我现在就叫你脑袋开花？""八路爷，不是我不愿干，我也是恨死他了。可这杀人的事我是从来没干过呀！"岳少峰说："不是叫你现在就杀他，是让你收集他的情况，有啥新情况赶紧向我们报告。"听了此话，团副才点点头。

梦大发协助日本人杀害抗日分子之后，他自然也心有余悸，也怕共产党找他算账，整天进进出出身前身后总是带着许多兵丁为他护驾。过了一段时间，他觉得风平浪静没事了，也就放松了警惕。

一心做着发财梦的梦大发，听说运城解州日军大种罂粟，又思谋着与日军勾结做起了烟土生意。他迫不及待地把想法告诉猪原。没想到他的想法正合乎日军毒化削弱中国人意志的目的，于是通过猪原从运城日军手中要来种子，又在猪原的庇护下，在张村村边种了几十亩罂粟，为了确保所种罂粟的收获，用铁丝网在周边围了起来，之后又与猪原合伙在凤凰城开办了烟土批发商铺，还私自开了个烟馆，企图赚得更多，致使许多人迷上了抽大烟。这些烟鬼天天泡在烟馆里吞云吐雾，一段时间过去了，好端端的一个人被抽成了一堆糊不上墙的烂泥巴。这种让人断子绝孙丧尽天良的生意，财迷心窍的梦大发做上了瘾，他通过一张张订单，赚得盆满钵满。有了大把钞票后，梦大发在城边建了一座豪宅，此时，他又想起娶二房。

岳少峰之前想要除掉梦大发的事，迟迟没有机会动手，使他非常着急。此时，保安团团副的叔丈，寻着傅愣强说，梦大发过两天要娶小老婆。听到这个消息，岳少峰马上兴奋起来，说："梦大发要娶小老婆了，到时肯定是人来人往，出出进进。这是个千载难逢的好机会，办事的日子在后天，时间充裕，我们好好谋划谋划。"岳少峰和傅愣强、毛瑞兴关山几个人研究的结果，还是把这个任务交给保安团团副。

保安团团副一听说让他去炸梦大发，吓得连声说："不行不行！我不行！你们还是另寻人吧！"傅愣强一听他又要反悔，把枪顶住他肩头说："这是你报仇的最好机会，你干好了我们就给你记一功，否则……"傅愣强又用枪使劲顶了顶。团副赶紧说："我干我干。"岳少峰把傅愣强的枪拨开说："别怕，只要你稳住准能成，还有我们在外面接应你，一定没问题。"团副只好说："我试试。"傅愣强说："不是让你试试，是一定要成咪。成了团长的位子就是你的啦！""哎！是是，哎！不是。"团副语无伦次地回答着。岳少峰说："你不用怕，好好静下心来想想，该如何把这件事做得稳妥些。"团副回到家，一个人冥思苦想了大半夜。

梦大发到了娶亲的那天，院里挤满了人。帮忙的贺喜的看热闹的等等，唢呐鼓乐吹吹打打用花轿把新娘迎回来送进洞房。梦大发高兴地在院子里频频为客人敬酒，自己也一杯接着一杯地喝，直到把自己喝得晕晕乎乎，等客人散尽，走路都东倒西歪的，最后被团副扶进洞房。进洞房后他颤颤悠悠地转过身推了团副一把，口齿不清地说："不，不用你管。"然后摇摇晃晃两脚颤颤悠悠地画着弧线把门关上……

团副来到院里，心神不定地跟几个部下收拾桌椅板凳。收拾时他特意把院里的一个木梯靠在墙头。他边收拾边喊："快点咪，收拾完了都回去休息。”然后每人发了一点赏钱，乐得几个部下一个劲地说：“谢谢团副。”“谢啥哝？大家都辛苦几天了，今个都回去好好休息休息！”团副的和蔼体贴与经常打骂他们的团长相比更得人心，几个下属高兴地拿着赏钱跟着团副一起离开。

岳少峰和傅愣强几个一直在梦大发院子周围盯着。到了半夜，突然有个黑影窜到梦大发院外的墙根下，嗖嗖嗖几下爬上墙根旁的大树，从墙头翻进了院子。此时，夜已很深，静得只能听到虫儿的唧唧声和远处偶尔传来的狗吠声。梦大发的新房里已不见亮光，院子漆黑一片，黑影在院子里摸索了一会儿，然后迅速离去。突然院里传来“轰隆”一声巨响。岳少峰几个看事情成了，也迅速离去。

巨大的爆炸声惊醒了周围邻居，平时知道梦大发为人的邻居们，抱着多一事不如少一事的心态，悄悄躲在自家屋里，谁也没有出来察看究竟发生了什么事。

次日，梦大发被炸的消息不胫而走，周围村民奔走相告。猪原听保安团团副报告梦大发被炸死的消息，恼羞成怒，对情报队长高桥说：“梦大发的死，一定是土八路所为。命令各部要严加防范。”团副听后长舒了一口气。

梦大发被炸死后，在凤凰城掀起不小的波澜，人们纷纷说是报应。有相当一段时间，汉奸都躲在家里不敢出来。

惩处了梦大发，岳少峰又开始研究下一步的工作，他说：“我们成功除掉了梦大发，这是值得肯定的成绩。但他开的烟馆还在毒害百姓，我们还得想办法把烟馆除掉。”傅愣强说：“这好办，黑夜我们去几个人到烟馆。”岳少峰说：“你计划咋办哝？他们可不是汉奸啊！”“你别误会，我不会害他们。我拿枪把他们吓跑就行了。”岳少峰说：“这倒是个办法，既不伤害他们，也能起到震慑作用。”

躺在烟馆的烟鬼们，也得知梦大发被炸，但烟瘾上来他们还是忍不住要去抽几口。这天夜里，傅愣强毛瑞兴几个，手持短枪脸蒙黑布闯进烟馆，拿枪对着烟鬼们恐吓：“你们要是再来，老子非毙了你们。”吓得烟鬼们连滚带爬都跑了。

凤凰城的老丘秃听说梦大发被炸，躲在家里好多天不敢出来。他老婆

说："我说你这个老头子，咋这些天不出去敲你的铜锣了？"老丘秃说："你这个婆娘，你不知梦大发被炸死了？烟馆也被砸了？""这与你有啥关系咪？""你是真不懂还是假不懂咪？"老丘秃老婆也不示弱："我说你这个老东西，你让我懂啥咪？"老丘秃说："你就不会琢磨琢磨？他为啥被炸了？烟馆为啥被砸了？""我琢磨那干啥咪？这跟我有啥关系咪？"老丘秃说："你这个臭婆娘，我没法跟你说。""没法说，你就自个琢磨。"

梦大发被炸，烟馆被砸，傅愣强高兴地说："这下咱们出了口恶气。"岳少峰说："烟馆被砸，但他种的罂粟还在地里，到时候罂粟收割，猪原还会找第二个梦大发办烟馆，放大烟。"毛瑞兴说："那咋办咪？该不会让老百姓去地里把罂粟苗都拔了？"傅愣强说："罂粟地边有铁丝网，根本进不去。"牛二柱说："进不去咋办咪？"岳少峰沉思了一下说："铁丝网我们可以弄掉它，但这样恐怕会惊动炮楼里的鬼子。我想了一个办法，不知行不行？"几个人都催促他快说，岳少峰只说了一个"火"字。几个人你看看我，我看看你，不解其意。岳少峰说："趁着风天，在地头堆上一大堆麦秸玉米秆点燃，风扬火焰席卷过去，铁丝网根本挡不住，几十亩罂粟经不住一袋烟工夫就化为灰烬。"几个人都说这办法好。岳少峰又说："但目前是人手问题，就咱们几个恐怕不行。还得联系南吴村成自奋，让他多叫几个人。趁今天有风，今晚就行动。"于是，几人准备绕道上张村塬。

张村塬据传曾叫吴山，因周文王的伯父吴太伯后人吴张在此居住而改名，至今留有南吴、西吴村，历史深层暂不探究，说说张村塬的日军据点。张村日军据点位于运城至太阳渡的交通要道上，距离南吴村还有一段路程。

成自奋家位于南吴村西沟沿，此处既能监测到张村日军的动向，又便于人员往来。再说离日军的罂粟地也就四五里的路程，一会儿工夫就到了。傅愣强来到成自奋家说明此事，成自奋先出去约人，回来见岳少峰、关山、毛瑞兴也来了，叫家里人赶紧弄饭，几个人吃完馍馍喝完汤，天也就渐渐黑下来。

等到天完全黑下来，成自奋约的几个人也都来了，他们猫着腰从附近路壕往罂粟地边快速堆放玉米秆和麦秸，又往地里扔了很多。玉米秆易燃，麦秸更易燃，他们同时在多处点燃后，很快火势骤起，火势借风势迅速扩大，形成一片火海，迅猛穿过铁丝网，向罂粟地席卷过去……

次日一早，铁丝网内的罂粟地变成一片黑乎乎的焦土，猪原气得直跺脚，老百姓却暗暗叫好。

梦大发被炸死后，猪原本来就有些窝火，罂粟又被烧毁，心中就更窝火。他派情报队长高桥调查，高桥调查的结果是土八路所为。猪原提起土八路就恨得咬牙切齿，却又不知踪影。为了排解心中的火气，他把中队长小野叫来一起喝酒，直把小野喝成了分不清东南西北的醉汉。小野舞着一把军刀到处乱跑，跑到凤凰城大街上乱舞，口齿不清呜哩呜啦地叫喊着，谁见了都躲得远远的。他歪歪扭扭走出城门进入竹园，跌跌撞撞掉进了泥潭。此时正好遇上毛瑞兴和牛二柱两人，他俩一跃而上，骑在背上用石头把小野砸死了，然后扒掉身上衣服，光溜溜地扔进附近一口枯井，拿上衣服和军刀消失在竹林中。

日军中队长小野失踪可不是件小事，猪原带上拐巴子、老丘秃等人四处寻找，老百姓的猪羊圈牛圈，还有野地墓窟窿烂窑洞都寻个遍，还是没找到。最后日军寻到这口枯井，老丘秃叫牛礼邦下去看，牛礼邦盯着老丘秃愣是没动。

自从日军占领凤凰城后，牛礼邦儿子牛二柱让他到东山躲躲，可牛礼邦就想留在凤凰城看老丘秃要干啥？看他小日本鬼子长啥样？时不时会与老丘秃碰面，也与拐巴子碰面。这次他来看热闹，老丘秃叫他下到井里看有没有日军尸体，牛礼邦一副极不情愿的表情。猪原看牛礼邦的神态，马上怒目以对。拐巴子在边上说："老牛，你识点相。"牛礼邦无奈，只好下到井底，结果看到一具光溜溜的尸体，吓得哆嗦了一下。过了一会儿，他镇静了下来，想到日军到处奸淫妇女，心中的恨骤然而生，于是掏出衣袋里的小刀，狠狠地割下了小鬼子腿中间的那个东西。

拐巴子见牛礼邦在井底半晌不出声，喊道："老牛！到底有没有啊？"牛礼邦想：要是说有，不知猪原又要杀多少人？他说："没有啊！什么也看不见啊！"拐巴子说："没有你磨叽啥咪？快上来！"牛礼邦被吊了上来，一屁股坐在地上。拐巴子问："到底下面有没有？"牛礼邦说："我没看见，不放心你下去看。"猪原望着拐巴子说："毛队长，你下去看看。"拐巴子当然不愿下去，推辞说："太君，我这眼神不好。""眼神不好人都看不见？”拐巴子见猪原催得紧，只好下到井底，见到光溜溜的尸体，倒吸了一口凉气。拐巴子想：既然日本人是光溜溜的，何不看看日本人的东西跟他的一不一样？于是他仔细一看，那个东西没了。这如果让猪原知道了，还不把凤凰城人屠完了？拐巴子知道其中的厉害，悄悄把尸体移拖到黑暗处，又翻了一下，让尸体趴下。猪原在上面喊：“毛队长，到底下面有没有啊？”“我啥也看不见啊！”猪原仍不甘心，把凤凰城的大人小孩全集中在东城门口的场地上，又准备杀人。

赵紫云得知日军抓人，火速赶往关家窝。岳少峰得知情况，火速与关山跑到花园村找到王神仙，请求王神仙出面救乡亲们。王神仙抓起卦幡起身就走，赶到东城门口就喊：“猪原大佐，不可盲动。”猪原怒气未消，蹙着眉说：“王神仙，你来干啥？”王神仙说：“猪原大佐，这么多老百姓如果被杀，皇军还怎么在这里立足咪？怎么宣传你的王道乐土咪？”猪原说：“那失踪的皇军就不要说了？”王神仙说：“太君失踪了，也许是喝酒喝多了，不知回营房了，也不能怪平民百姓啊！你如果一味地把罪过强加给老百姓，如何让老百姓心服口服咪？”猪原被王神仙说得哑口无言。

猪原之前突然浑身颤栗，很长时间都无法治愈，最后是拐巴子把王神仙请来。王神仙舀了一碗清水，在水中竖了三根筷子，嘴中不停地念叨着咒语，一会儿工夫，猪原就不颤了。猪原问是何故？王神仙闭口不说，猪原一再追问。王神仙说：“你一定要我说，就是杀人太多，身上阴气太重，导致颤栗。”猪原想起之前王神仙说的话，只好悻悻而去。

为了防止日军再度查看枯井，岳少峰和毛瑞兴、傅愣强几个，连夜又悄悄把日军尸体从井中吊出转移，埋到野外一个水钻窟窿中。

果然不出所料，猪原找不到失踪的小野，怀疑拐巴子的说辞。于是又带拐巴子来到枯井边，说：“毛队长，你说井底到底有没有皇军。”拐巴子哆哆嗦嗦地说：“没……没看见啊！”“真没看见还是假没看见？”拐巴子结结巴巴地说：“是……是真真没看见。”“好！我今天就验证验证你说的话是真是假。”顿时，拐巴子额头渗出了汗珠。猪原说：“毛队长你紧张什么？”拐巴子尴尬地笑了一下说：“没……没紧张啊！”“那好，我叫皇军下去再行查看。”猪原命令把一个日军士兵腰系绳子往井下放，每放一截，拐巴子的心就颤栗一下。拐巴子极度紧张，不停地用手抹着额上的汗，猪原望着他，在心里暗暗得意。等井底传来没发现尸体的声音时，拐巴子一屁股瘫坐在地上。

猪原满心狐疑地说："没有？"从井里上来的日军士兵说："确实没有。"拐巴子这才缓过劲来，说："太君，我说没有，确实没有，你还不信。"猪原说："那你慌什么？""我慌了吗？我是怕太君怪罪小的。"猪原说："中国有句话叫'活要见人，死要见尸'，到现在啥也不见，就奇了怪了。"拐巴子说："王神仙说了，可能是去西天了。""去西天也该说一声啊！不吭一声就走了？""人家去西天享福去了，还跟你说啥哩？"这件事猪原终究不得其解，拐巴子也是糊里糊涂。

第三十四章　童工凄苦夜逃生　少峰重建游击队

日军要在黄河沿岸制造百里无人区，东起古平县茅津城，西至芮城县永乐镇，限期三天，所有住户商户全部搬走，土地全部征用，渡口全部军管。猪原要求老丘秃、拐巴子都出去到村里张贴告示。告示一贴出，人们议论纷纷，不知所措。

傅愣强从外面回来，把情况报告给岳少峰。岳少峰感到问题严重，说:"十多个村，一万多村民被赶出家，这些人如何安身?"傅愣强说:"这些问题咱现在无法解决。"岳少峰说:"我得去茅津城一趟，把徐老师送走。"

岳少峰走在路上，看见不少人携家带口往外逃，他匆匆来到徐清源家，劝老师和师母赶快离开，老师和师母不肯走，岳少峰死活拉着他们离开茅津，安顿到尧店村姑姑家。

日寇汉奸对百里无人区中的村民加紧驱逐，行动迟缓的村民被打，或者被杀，第一天就杀死四五十口人。无奈之下，男女老少只得提篮挑担，扶老携幼逃出来，躲在山沟里靠挖野菜度日。还有丢不下家里坛坛罐罐的人，白天逃出来，晚上又偷偷回去，凭侥幸与日军周旋。有的被日军发现，死于刀下。日寇硬生生把繁荣的茅津城、店头街、葛赵镇和永乐镇等多个村镇，变成了荒无人烟的地带。

面对这种情况，岳少峰又同关山、傅愣强、毛瑞兴等人研究对策。他说:"日军在制造无人区的同时又计划进一步增加维持会数量，以增强他们的控制范围。如何与日寇斗智，我们得好好琢磨琢磨这件事。"关山说:"为日军催粮催款催劳工的事都是维持会的事，如果维持会会长是我们的人，面上是为日伪工作，其实质是为我们人着想。这样，群众就减少些不必要的损失。"岳少峰说:"我们就跟他来个'面上向敌，真心向我'的做法。这样既应付了敌人，也能较好地保护人民群众的利益。"关山说:"这样做确实比较好。”岳少峰又说：“还有一个很重要事情，上级指示我们，要加强情报站的工作，以保证我党的情报能及时传递。为了便于隐蔽，必须有一个适当合法的场所，便于我们的人员往来。”关山说：“不妨就在我家前院办个杂货铺，这样既便于掩护，又方便工作。”岳少峰说：“我又想到另一个问题，如果下面的维持会能与我们的情报站合二为一，就再好不过了。”关山说：“东西各一个就更好了。”岳少峰说：“我看西边就在西南吴村成自奋家，他爹成老伯就是维持会长的人选。东边就在萝卜圪塔村郭老三家。郭老三原来跟我爹一起在水磨村看过一段水磨，人也靠实，做维持会会长没问题。周掌柜在前面杂货铺，咱们在后面豆腐坊。把这作为中心情报点，西可经南吴过西塬接芮城陌南，东可经茅津、望原、萝卜圪塔接祁家河，还可经茅津、张店接夏县韩家岭。杂货铺得尽快办起来，愣强以送货购货的名义到下面各联络点，以最快的速度把县委的意图传达到各基层支部。”傅愣强点点头。

经过几天筹备，关山家的杂货铺很快就开张了。周掌柜、关山忙前忙后张罗，人们你来我往买东西，傅愣强和两个伙计也不停地忙着取货物拿商品，好像那么一回事。

县西的工作有了点眉目，县东的情况咋样咪？岳少峰特别想知道。

国民党在中条山溃败后，黑娃带着爷爷奶奶全家出逃，留下小金锁一家在萝卜圪塔村。金锁父亲田老三被抓去据点顶差，亲眼目睹日军把几十个中国兵捆绑在木桩上，让新兵练刺杀。刺刀戳进腹中，再拔出来再戳进去，反反复复地一戳再戳，之后再用刀不停地砍，直到把人砍得血肉横飞不成样子，然后抛入井中。残忍一幕使田老三精神受到极度刺激，回到家一直恐惧不安，噩梦连连，一病不起。金锁娘倾其所有为其治病，但大夫无力回天，不久便离开人世。金锁娘哭天喊地无济于事，最后只能认命，带着两个孩子苦熬日子。

为了糊口，小金锁只好给别人家去放牛。之前，他不知父亲究竟看到了什么，而被吓得失魂落魄送了性命。没想到，这样的场景也被他无意撞见。

一天，小金锁在河滩放牛，忽然来了几个鬼子兵叽哩哇啦地呵斥，要河滩干活人统统离开。村民丢下手里农具纷纷躲开，小金锁强拉硬拽着牛也准备离开，牛正吃着鲜嫩青草不愿离开。任凭小金锁怎么吆喝拍打硬拽，牛就是不肯跟他走。小金锁犟不过牛，只好丢下牛自己一个人钻进不远处的磨坊里躲了起来。不大一会儿，听到鬼子兵一阵呵斥声和叫骂声，还夹杂着杂乱无章的脚步声。小金锁躲在磨坊，屏住气不敢出声，等过了一会儿，外面没了动静，他才怯生生探出头来。外面的一幕把他惊呆了：他看到木桩上捆绑着一个人，浑身是血头歪在一边，地上横七竖八死了好几个。个个脚手被捆绑，鲜血淋淋的样子，吓得小金锁跌跌撞撞往回跑，几次在路上腿软跌倒，爬起来再跑。

自从日寇占领古平县后，空气中到处都弥漫着日军滥杀无辜的血腥气味。之前，张店山那个不愿参加抗日自卫队的黄大甫伺机投靠了日本人，当上了张店一带的保安团团长。他整天腰挎盒子枪，跟在日军屁股后面干杀人放火的勾当，死心塌地充当日寇的走狗帮凶。他把村里的老百姓都集合到打麦场上，大声吆喝："谁要敢去黄河边为共党收尸，就以共党八路论处！"并把告示张贴在村口。村民们看看白纸黑字的告示，都默默离开。

岳少峰得知后派傅愣强出去打探，傅愣强回来说："被日军杀死的几个人，附近村民都不认识，很可能是外县的地下党和抗日志士。"岳少峰说："绝不能让我们的同志曝尸荒野，一定要想办法把尸体掩埋了。"傅愣强说："日军汉奸贴出告示不准收尸，我们咋办咪？"岳少峰说："日军告示吓不住我们。你通知毛瑞兴、牛二柱他们，我们一起去，连夜把尸体弄走埋了。"

岳少峰带着几个游击队队员，赶黑拿上工具悄悄向河滩摸去，把尸体抬到山坡上，安放在一处荒草坡根的破窑洞里，然后把窑洞口封死，用树枝杂草掩盖好。

小金锁被日军杀人的场面吓得跑回家。每到晚上闭上眼，就浮现被杀死的那几个人，常常在噩梦中惊醒。小金锁虽然惊魂未定，但好奇之心一直驱使他，想去看看那几个被杀的人，再加上汉奸黄大甫一直在村里叫喊，不准任何人去河滩收尸，更是让他好奇。到底那几个死尸还在不在？有没有人敢为他们去收尸？这倒成了小金锁心中的疑问，他特别想知道最终的结果。在告示贴出后的两天，小金锁实在忍不住了，就大着胆又一个人偷偷跑到黄河滩的磨坊边悄悄察看，结果尸体不见了。尽管日军汉奸一再对村民恐吓不准收尸，但最终尸体还是被人抬走了。这会是谁干的唻？这件事在小金锁心中画了一个大大的问号。

田金锁父亲田老三因受到惊吓去世后，家里生活异常艰难，母亲变卖了本来就不多的家当顶替之前为父亲治病的债务还是不够，只好把尚且还小的姐姐卖给人当童养媳。家徒四壁的小金锁跟着母亲住在极其简陋的破瓦房里度日，晚上母子俩躺在炕上都能看见天上的星星。

秋雨连绵的季节，家里房子到处漏雨，小金锁跟着母亲在屋里摆满了盆盆碗碗接雨水。最后炕上唯一一副烂铺盖也被雨水打湿。深秋的山里，寒气总比平原来得早一些，再加上阴雨连绵，屋里潮湿阴冷，晚上睡觉得盖上厚厚棉被才能御寒。此时，小金锁家一贫如洗，母亲望着儿子一筹莫展。小金锁看着母亲的样子心里甚是难过，但为了安慰母亲，他说："娘，我想办法。"小金锁在家里转了一圈，寻了条羊毛织的粮食口袋，然后乐呵呵地钻进去说："娘，这也能当被子唻！"娘望着儿子苦笑了一下。

小金锁村前的萝卜圪塔是一块两亩大的平地，圪塔四周是陡峭的土坡陡崖，只有一条小路可通到圪塔顶。萝卜圪塔离黄河不到五里的路程，站在圪塔顶远眺，可与黄河对岸的渑池县、陕县相望，有萝卜圪塔鸡鸣闻两省三县之说，这是萝卜圪塔村人的骄傲。凤凰城赵家二小姐在这里住的那段时间，小金锁就经常带她来这里玩。

日本人要在萝卜圪塔上盖炮楼，一时惊坏了村里人，想挡不敢挡，想躲无处躲，不知如何是好。此时，日军汉奸挨家挨户逼村民拆房子，把拆下的木料砖瓦全送到萝卜圪塔。如不老实听话，统统死啦死啦！有不肯拆房的，日军对着屁股就是一刺刀，吓得人们只好忍着心痛拆着全家人避风挡雨的房子。村里只要是好一点的房子，全被拆去盖了炮楼。小金锁院子偏僻，房子也破旧，才免遭一劫。

日军为了盖炮楼修公路，整天拉夫抓差，小金锁家里没有强壮劳力，就被村里派去当劳工，有时派去跟日军送物资。一次，他从郭原据点赶着牲口往祁家河送草料，走在山道上，天气骤变，山间响雷，牲口受惊狂奔乱踢，结果踢伤了他头部，瞬间鲜血顺着脸颊往下流，他还没顾上包扎，天又下起瓢泼大雨，路上泥泞，脚下一走一滑，带伤的小金锁忍着疼痛，踏着一路泥水，待赶到祁家河时，衣服鞋子全都湿透了。

到了晚上，小金锁只能拢一堆火来烘烤湿透的鞋子。整整一天山路跋涉，早把小金锁累得精疲力尽，歪倒在火堆旁就睡了过去。结果一觉醒来，鞋又被烤烂了，鞋帮和鞋底几乎分家。次日返回时，他不得不用草绳把鞋绑在脚上，一走一提拉回到郭原据点。到郭原据点后，又听说第二天还要往祁家河送草料，而且要把他送到东北或是日本去挖煤。听到这个消息，小金锁心里再也无法平静……

为日军送物资的几十个成年人，被关在一个破窑洞里，其他人小金锁谁也不认识。夜里他翻来覆去睡不着，一直想着两个问题：一是想第二天没鞋穿咋办哩？二是想万一送到东北或是日本，再也见不到娘咋办哩？尤其是第二个问题，使小金锁产生了必须逃走的念头。窑洞门被日军从外面用铁锁锁着，虽说门缝很宽，大人是不能出入的，但对于一个骨瘦如柴的小金锁来说就容易些。一定要想法逃回家。这个想法促使小金锁壮着胆子，趁夜深人静时悄悄爬起来，慢慢从门缝侧着身挤了出去，猫着腰绕过日军岗哨，迅速往草丛里一钻，然后一股劲往家的方向拼命奔跑。他途中看到许多被日军杀害的老百姓尸体和中国军人的尸体，使他心里一阵阵发毛。小金锁咬紧牙关跑过死人堆，又惊魂未定地翻山过涧，一连跑了二三十里山路，才又惊又怕地回到家。

小金锁逃回家后，躲在家里几天不敢出门，只怕被别人发现。娘望着金锁，整天为吃的发愁。其实，小金锁偷跑回来，村维持会郭会长已经知道了，只要没有顶差的任务，他也不去打扰他。但偏偏日本人派的差事一个接一个，他不得不去找小金锁。郭会长又到金锁家催顶差，小金锁只好又硬着头皮去。不承想顶完自家的差，郭会长说村里一个有钱人家，想让他代替他们家去顶差，并给他拿了两个白面馍馍，小金锁只好又去顶差。其他富裕人家听说小金锁能代替顶差，于是赶紧也拿两个馍找到他，说一堆好话求他顶差。小金锁对人家送来的馍馍从不挑剔，不管是白面馍、黄面馍，还是黑面馍、掺野菜馍，只要有两个馍就行。就这样，小金锁今天回来明早又被派去，上午回来下午又去，这一来二去整天替人顶差，虽说苦了点，但却比在家喝清汤寡水强。就这样，顶差次数多了，小金锁反倒成了萝卜圪塔村的顶差专业户了。

小娃娃去顶差不光是东山萝卜圪塔村的小金锁，还有凤凰城杜家崖的小狗娃。小狗娃母亲突然卧病在炕上，父亲在家照顾，顶差的事不免就落在小狗娃身上。一天，拐巴子带着警察队的人来家里派差事，进门就喊："狗娃爹，该你家出人了。"狗娃爹说："他叔，你看他娘病成这样，我实在是走不开啊！"然后指了指炕上病恹恹的狗娃娘。拐巴子看了看躺在炕上有气无力的狗娃娘，又看看边上的小狗娃说："那这样吧！就叫你娃去顶，大小算个数，我也好跟日本人交差。"狗娃爹赶紧说："多谢兄弟体谅。"然后又往拐巴子手里塞了几个铜钱，说："娃小，劳你多关照。"当天，小狗娃与其他几十个人被带到张村据点，猪原清点后交由日军和伪警察押送张店。一路翻塬过涧，越岭涉溪谁也不说话。大家都知道为日军做劳工的事也是九死一生，没有几个能活着回来。当时有人趁机逃跑，结果被日军开枪打死，被押的劳工一片混乱。小狗娃趁机躲到一个大石头后面，等所有人都被警察带走后，才悄悄逃回家。

小狗娃逃回家的第二天，拐巴子又来催劳工。狗娃爹说："他叔，你看……"拐巴子说："说啥都不行了，日本人催得很急，要在夏县介滩修小铁路，谁去慢了杀谁唻。"无奈之下，小狗娃又被抓走。这次日军为修铁路征集苦力更多，在凤凰城附近的村子就有上百号人，还是在张村据点集中，由警察队配合日军押送，途径凤凰城、三湾、茅津、圣人涧、张店，然后下到夏县介滩。在经过茅津到张店这段路时，中间要经过八政据点、軨桥炮楼，相邻的两个点之间也就七八华里的距离，每个据点附近都有被卸去四条腿的耕牛残体扔在路边，有的是刚被割去四条腿血肉模糊地扔在路边，有的时间久了已经腐烂不堪。劳工们不知道这些耕牛都是谁家的，但清楚地知道这些耕牛都是谁杀死的，残体内脏成了群狼的美食。大白天群狼肆意出没，撕扯着剩下的尸体内脏，野狼见了行人时不时地抬起头，扬起满是血污的大嘴，望着行人毫无忌惮地咀嚼，咀嚼完又低头继续撕扯。

小狗娃随着劳工们看着这群豺狼从这个点吃完赶往下个点，就像赶集一样兴致勃勃，成群结队，对行人没有丝毫畏惧，似乎这个世界就是它们和日寇的天下。狗娃看到这种场面，心里一阵阵发怵。他看着劳工们一个个皱着眉头忍气吞声的样子，心里又觉得窝囊；又看看日伪军，一个个见怪不怪视若无睹的样子，心里气愤。狗娃心里气愤，但又不敢表露，不敢看但又忍不住看。他不停地用眼睛扫视着路边，其他劳工也是一样。“看啥看？快走！”日军从肩上取下枪对着他们呵斥。

夏县介滩修铁路的活主要是推铁轨上的大车箱运送木材石料。小狗娃和几个大人推着装满石料的车箱在铁道上奋力前行，上坡时使尽全身力气死活推不上去，下坡时车速飞快刹又刹不住。劳工们用木杠当刹车，死活顶住车箱一点点往下放，车箱不好控制常常出轨，劳工们不是被撞死就是胳膊腿被轧断，被日军扔到荒山野地，然后再抓苦力来补充。

天寒地冻之时，小狗娃和其他劳工们每天只吃两顿清汤寡水的稀饭，活重又吃不饱，个个面黄肌瘦，衣服又脏又烂，如同叫花子一般。身上的虱子成群结队得不到清理，许多人因此患上各种疾病也得不到医治。他们病轻的顶着干，病重的撑着干，稍有怠慢就遭毒打，病死的直接抛尸荒野被豺狼野狗拖走。

小狗娃在夏县介滩为日寇修铁路，苦苦熬了两个多月，父亲又花钱托拐巴子说情把他弄出来。他趁晚上收工之时跑出来，跑到磨河村天就全黑，他摸着黑往山上爬，爬到半山腰听到“呜——呜——”的狼嗥声，吓得他在心中直喊：“爹！快来接我啊！”小狗娃知道爹不会来，但还是不停地在心中喊叫着，他只能用这种方法为自己壮胆。赶跑到山顶卸牛坪时，看见一个拾粪的大爷，说：“大爷，往下走能不能到凤凰城？”大爷说：“好娃哧，你再往下走就是张店日军炮楼。”小狗娃再问这离土地庙村有多远哧？小狗娃想到舅奶家歇一天再回家。大爷说往西走几十里，再往南拐就能到土地庙村。小狗娃继续往西走，走到了一个村子实在走不动了，估计是土地庙村，一问村里的老奶奶，老奶奶说是黑窑村，要到土地庙村还得走一天。小狗娃听了“哇”一声哭了。老奶奶问明缘由，可怜小狗娃，把他带回家让他吃了饭，睡了一觉，到第二天又给他带上馍馍指了路，小狗娃才跌跌撞撞担惊受怕跑了整整一天，赶黄昏时才到了土地庙村。

土地庙村的舅奶看到破衣烂裤满身污垢的小狗娃，竟然没认出来，小狗娃喊了声：“婞！”她这才反应过来，抱住小狗娃哭喊：“天啦！你是从哪回来？咋会成了这样哧？”

中条山又名牛首山，山势两头高峻，中间起伏较缓，张店塬尤为平缓，是河东通往中原的最佳通道。四州圪塔古称清凉山，是张店塬凸起的最高处，站在圪塔顶能俯瞰绛州、解州、蒲州、陕州四个州。日军不仅要在此盖炮楼，还要把四州圪塔至夏县祁家河的一百八十里驮运路扩修为汽车运输公路，同时要打通夏县庙前至茅津的运输通道。

日军不仅把俘获的一万多国民党战俘押来强迫其修路，还在村里到处抓劳工。村民自带干粮，战俘每天给两顿稀饭，吃不饱活又重，常常被饿得眼冒金花，稍有怠慢便遭受皮鞭抽打，或是挨枪托捣，被饥饿劳累致死的不计其数。日军对病死饿死累死的以及不能干活的要么扔进沟里，要么直接填埋在路基中，然后再到村里抓人……

二区队政治指导员任万川准备到凤凰城，寻找岳少峰研究再组织抗日队伍破坏阻挠日军的修路计划，但在途中遇到小股日军，中弹负伤又返回庙凹山家中养伤。

张村据点的猪原是驻古平县所有日军的大队长。张村据点梦大发被炸以及小野失踪之事，他以为是东山土八路所为，命令张店日军队长川野和八政牛尾跟他一起对东山抗日游击队进行“清剿”。

任万川在家中养伤，见到逃难的百姓无处安身，把他们叫到自家窑洞里躲避过夜。没想到次日一早，猪原在汉奸黄大甫带领下搜山，发现任万川家藏有很多人，认定这里有八路，于是大喊：“八路的！站出来！”此时，最让任万川担心的是这么多人的生命安全。于是他气定神闲站了出来，说：“我就是八路。”为了不让日军纠缠，并把胳膊上的枪伤主动让猪原看。任万川身边的几个队员见日军要带走指导员，纷纷站出来阻挡。黄大甫却皮笑肉不笑地说：“任万川，当初吴中建跟三十八军跑了，你咋没跟着去？”任万川说：“当初你不愿参加抗日自卫队，原来是想跟日本人当汉奸走狗唻？！”黄大甫说：“跟日本人吃香的喝辣的有啥不好？现在不是你们自卫队的天下，而是日本人天下了。”任万川说：“你别得意太早，日本人终归是要滚蛋的！到以后恐怕都没人给你收尸！”黄大甫说：“还说啥以后唻？皇军现在就能叫你上西天！”此时猪原呵斥：“统统带走！”任万川和几个队员被日军强行推搡到院里，用绳索捆在一起，身上绑上手榴弹，拉响导火索，“轰隆”一声，地动山摇。瞬间，几个人被炸得血肉横飞，鬼子汉奸扬长而去。待乡亲们从窑洞里出来，看到院里的场景，全都惊呆了。人们哭成了一片，胆小的躲在一边捂住眼睛浑身颤栗，胆大的则小心翼翼地把血肉模糊的残块，一块一块收拾到木盆或木桶里，含泪掩埋了。人们肃立在英雄墓前，久久不愿离去……

岳少峰在豆腐坊也得到日军扩修驮运路的消息。他边往锅里过滤豆浆边思考：一旦庙前经四州圪塔到茅津，四州圪塔到祁家河这两条公路被日军扩修完毕，汽车就会畅通无阻，日军就会加大对中条山各大渡口的控制力度，河南豫西地区也就面临着被吃掉的更大风险，西安也就岌岌可危。但目前情况日军势头强劲，国民党军溃退至河南，共产党领导的抗日队伍被强行解散，而且被日军残害毒杀的不计其数。如何能破坏阻挠日军的扩路计划呢？仅凭几个人的力量是远远不够……他不知不觉停下手里的过浆包架。正在拉风箱烧火的关山见他停下手里的活发呆，说："是不是在想着日军修路的事咪？"岳少峰说："我是在想，即使目前在修路这件事上我们无法与日军硬干，但我们能想法拖延日军修路的进度。"关山说："那就想法联系咱们的村民出工不出力，慢慢跟他磨？"岳少峰说："我看这个想法不错，暗暗联系大伙跟日本人磨洋工。"此时，他又担心起之前难民儿童教养所四百多名孩子过黄河的事，不知这些孩子们有没有安全渡过黄河？他把傅愣强叫来交代了一番，然后打发他匆匆离去。此时，他并不知难民儿童教养所的孩子们，大部分并没能南渡黄河，而是被日军押送至运城池神庙。

池神庙位于盐池之北的卧龙岗上。卧龙岗不仅是池神庙所在之地，相传也是舜帝留下《南风歌》的地方。当年舜帝为了天下子民，整日整夜在此席地而坐，抚琴吟唱：

> 南风之薰兮，可以解吾民之愠兮；
> 南风之时兮，可以阜吾民之财兮。

其吟唱之意，句句情真，字字意切，希望他的子民们能过上幸福安康的生活。然而，数千年之后的今天，舜帝哪能料想到，盐池已被外来强盗霸占，他的子孙后代正遭受着日寇强盗的欺凌折磨和残害，这座历经沧桑的池神庙同时也遭受着不堪忍受的屈辱。

日军从祁家河把二百多名孩子押送到运城，起初被关在运城西阜巷的一个二进院，由于房小孩子多，天气炎热，窗户钉死，房门锁死，屋内密不透风，孩子们面黄肌瘦，身上溃烂，咳嗽发烧，患病者与日俱增。日军怕传染，又把孩子们弄到城外池神庙。池神庙里的池神无论如何也想不到，一心惠及子民的赐福之地，竟然变成了日寇摧残虐待子民后代的场所。

日寇为实行其奴化教育，把孩子们限制在庙院内不准外出，读日本书，认日本字，说日本话，唱日本歌，天天如此，非常苛刻。孩子们稍有不慎，日军便严厉惩罚。

此时，跟孩子们一同从祁家河回到运城的那个日军翻译官赵紫骏，同时也被佐藤安排到池神庙当教员。

池神庙不仅有从祁家河押送来的孩子，还有从其他地方押送来的孩子，大约三四百名学生，在日军的监管下，一天三出操。早上六点起床出操跑步；中午在烈日炎炎下还要求跑步。毒辣辣的日头把孩子们的小脸晒得一层层掉皮，嘴唇干裂得一道道出血，加上饥饿营养不良，高强度训练致使许多孩子坚持不住，昏倒在操场上；下午出操在傍晚，盐池水边的草丛就是蚊子窝，天一黑下来，无数蚊虫就像日军携带毒弹的轰炸机，一拨拨地从草丛中袭来，毫无顾忌地对孩子们肆虐叮咬，在孩子们脸上身上留下大大小小的带毒包块，疼痒难忍。孩子们站在操场谁也不敢动一下，如果有一个稍动或是操练不达标，就被日军教官整排整排罚站，而且蹲在厕所后面的大茅坑旁，强迫孩子们高高举起两只胳膊，张着大大的嘴巴。

旱茅坑里大粪堆积，蛆虫蠕动，一群群绿头苍蝇嘤嘤嗡嗡。突然间过来个人时，惊得它们在池中乱舞，携带着各种细菌四处冲撞，犹如鬼子的毒气弹，爆发出阵阵毒性极强的恶臭，直往鼻子里钻。即使屏住呼吸也难以抵挡臭气侵入，孩子们却被日军逼迫着一个个张大嘴巴，呼吸着那令人窒息的恶臭！日军教官可不管孩子们如何难忍，站在一边哈哈大笑。

日军的过度体罚和虐待，致使患病的孩子与日俱增。小栓子也没能逃过劫难，鼻子一直流血，躺在地上爬不起来，日军教官不停地在边上踢

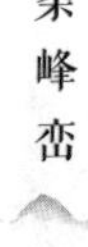

打训斥。赵紫骏看不下去，走过去想把小栓子从地上扶起来。日军教官极度不满，疯狂吼道："叫他自己起来！"赵紫骏坚持要扶，日军教官坚持不让，两人争执起来，直至小栓子昏了过去，日军教官才罢休。几个人把小栓子抬回宿舍，赵紫骏给小栓子喂了水吃了药，让他睡了一会儿，之后才慢慢苏醒。

池神庙的孩子们对日军教官的非人般待遇极为不满，为了发泄心中的愤恨，他们悄悄编了顺口溜：

小鬼子　四肢小
火柴盒里能睡觉
嘴巴长　胃口大
想把世界全吞下
张大嘴　咽不下
噎得眼窝瞪多大
……

岳少峰、关山等人被日军强行逼迫去修路，他们只好丢下做豆腐的营生去山上干活。岳少峰怕暴露，总是戴个大草帽，把自己遮盖得严严实实。干活的还有牛礼邦、小狗娃和门墩。他们暗中一起跟日军磨洋工，镢头抡得高高的，下去却不见深度，刨土如同挠痒痒，把土崖上一块土圪塔刨啊刨啊！就是不见下来，单等日军来时才往下放，然后尘土飞扬。他们经常一个人望风几个人歇，等日军来了拿起工具赶紧干几下，日军走了又开始歇。日军最喜欢尘土飞扬的场面，似乎尘土飞扬就说明干劲冲天。于是一个人望风，一个人扬沙尘，其余人都歇，日军来了睁不开眼还一个劲说："吆西！吆西！"看似热火朝天的场面，但进度始终不快，计划半年的工期，干了一年还不到一半。

岳少峰正在修路工地上，傅愣强悄悄来说："儿童教养所的孩子们被关在运城池神庙。"岳少峰说："把孩子关池神庙干啥？"傅愣强说："情况还不清楚。"岳少峰嘱咐愣强继续注意这方面的情况。

岳少峰从修路工地回来，重又在关山家做豆腐。此时，关山拿着一封信给他，他打开信件看了一遍说：“运城地委指示我们，要重新组织起我们的抗日武装，与日军展开持久战。我们要抓紧时间组织队伍，利用优势寻机打击日寇，延缓日寇的修路进程。愣强，你赶快通知毛瑞兴，还有三区队的梁虎生以及四区的裴永安，尽一切可能秘密联系到我们的队员，利用各地的优势开展游击战，与日寇进行坚决斗争。”傅愣强说：“二区队任指导牺牲了，吴中建随三十八军走了还不知去向，二区队咋办哩？”岳少峰叫他先联系这三个区队，二区队他再想办法。

……

正当几个区队重新组织队员准备开始活动时，随三十八军撤走的吴中建也悄悄身背葫芦黑夜从黄河游了回来。他一路躲躲藏藏，风餐露宿，向庙凹山奔去。他心里第一个想法就是到庙凹山寻到任万川，然后把队伍组织起来。但任万川的家在后山，于是他决定先去何小虎家。二区队何小虎家在庙凹山的一个山圪梁上。小虎家有两孔破窑洞，院子外面啥围墙也没有。吴中建直接来到窑洞窗下，在窗棂上轻轻敲了两下，里面发出警觉的声音：“谁？”“小虎是我。”小虎一听是队长的声音，赶紧起来把门打开，一把把吴中建拉了进来，说：“队长，真的是你吗？让我把灯点着，好好瞅瞅你。”吴中建赶紧制止说：“别点了，咱俩就这么着。”于是，两人摸黑钻进一个被窝，躺在炕上聊起来：“队长，你是咋过的河？”“我从黄河游回来的。”小虎惊得“啊！”了一声。吴中建说：“别一惊一乍的，我背一身葫芦哩！”“队长，您真是神胆，敢从黄河游？”“别说这个，快说说我走后，这里的情况咋样了？”一听队长问情况，小虎就伤心起来，说：“队长，自从你走后，七专署伙同国民党部队到处抓捕共产党，害得大家无法工作，到最后他们又强行把牺盟会、妇救会、青救会、农工会全都解散了，咱的抗日自卫队也被解散了。”“那后来呢？”“后来，主要骨干分子，有的被日军抓去杀害了，有的隐蔽起来了，剩下我们这些队员只好各自回家。汉奸带小鬼子三天两头来山里‘扫荡’，我们和乡亲们到处躲藏，一旦被小鬼子发现，不是用酷刑就是被杀掉。任指导和几个队员为了救乡亲们，就是被鬼子绑上手榴弹活活炸死了。”吴中建听了气得咬牙切齿。小虎说：“还有被抓去当劳工累死的、病死的，残害死的也不少。小鬼子进村到处杀人放火，村里好端端的房子都被拆去盖了炮楼，没拆的也被烧得差不多了，多少年轻妇女都被小鬼子糟蹋得寻了短见。”吴中建气愤地说：“这伙强盗畜生，这笔血债早晚得叫他们偿还。”小虎说：“队长，你回来就好了，你带着我们打这帮狗日的吧！”吴中建说：“从明个起，你负责秘密召集咱们的队员。”小虎说：“只要大家听说你回来，不知该有多高兴哝……”

次日一早，何小虎早早起来，悄悄走村串户秘密通知了一大圈，回来后吴中建焦急地问：“情况咋样哝？”小虎说：“通知到的有十来个人，有的被抓去修路当劳工，有的人逃难躲避日军暂时寻不到。不过，还有一个新情况。”“啥新情况快说！”小虎说：“听说岳会长带着一区的毛瑞兴、牛二柱、铁蛋还有石妹等人也来到这一带了。”吴中建说：“太好了，想法联系上岳会长他们，研究以后如何干。”

到了次日傍晚，庙凹山笼罩在一片灰蒙蒙的夜色中，在通往何小虎家的山道上，不时有人影向他家快速走来。何小虎家窑洞里，土炕边的埝桥上点着一盏小油灯，微弱的火苗在闪动。岳少峰握住吴中建的手激动地说：“你回来了好，我还一直担心二区队的事。”吴中建说：“岳会长，你说咋干哝？”岳少峰说：“咱们几个先商量一下。”于是，他俩与毛瑞兴在一起研究了起来。

研究完之后，岳少峰对大家说：“同志们，在抗日形势极度困难的情况下，把大家召集到一起实属不易，大家这段时间也都经历了，目睹了日本鬼子在我土地上犯下的滔天罪行。我们作为一名抗日战士该咋办？就是要向小鬼子讨还血债！从今天起，就要大家重新拿起武器，重新建立起我们的武装，与敌人进行坚决斗争，绝不能容忍小鬼子在我们家园猖狂肆虐。”队员们群情激奋。岳少峰又接着说：“同志们，今个我宣布，古平县二区抗日游击队成立，队长由毛瑞兴同志担任。”大家高兴地鼓起掌来，二区队的队员拍了几下就停住了。何小虎不解地说：“队长为啥不是吴队长啊？”岳少峰说：“在这里我向大家解释一下，毛瑞兴同志之前虽不是二区队队长，但他是一区队队长，他有丰富的带队经验；再一个是毛瑞兴队长在二区地域，汉奸黄大甫不会认出。吴队长就不一样，一旦被他发现，会影响到整个游击队的生存。不过请同志们放心，吴队长始终会和大家在一起战斗的。”此时全体队员才报以热烈的掌声。岳少峰说：“中建同志，你还有啥要补充的？”吴中建说：“我和韩明同志协助毛队长工作。”岳少峰说：“同志们，特殊时期，特殊安排，大家有种种疑虑是可以理解的。我们当前的首要任务是如何打击日寇，消灭汉奸。只要以这个任务为目的，我相信大家会齐心协力团结战斗的。”大家又是一阵热烈的掌声。至此，这支抗日游击队又开始活跃起来。

游击队成立后，如何解决生存与发展问题，岳少峰与毛瑞兴、吴中建又开始了认真研究。岳少峰说：“中建同志，你走之后，各区队的自卫队被强行解散，大部分枪支被收走，虽有一部分被我们藏了起来，但数量有限。”吴中建说：“这是一个很重要的问题，我们队员目前人数少，力量显得单薄，还要进一步发展壮大。”毛瑞兴说：“这个想法和我想一块了。”岳少峰说：“上级组织一再强调要建立我们自己的抗日根据地，我们游击队也应该有一个根据地。就目前日军频繁‘扫荡’，我们如何能有一个更隐蔽的地方，既能使队员在作战后得以休整，又不致遭受日军的突然袭击。”吴中建说：“岳会长说的这地方，莲花山再合适不过了。之前，我们二区队一直以那为根据地，还有些基础。”岳少峰说：“那好！我们就以莲花山为根据地，在庙凹山、黄庄、毛家山、望原、郭原、涧阳镇一带与日军周旋，东部山区沟沟坎坎、峁峁梁梁，山高沟深，地形复杂，回旋余地大。”吴中建说：“不过还有一个问题，我们的游击队去莲花山虽说安全，但地处偏远，捕捉信息方面相对不便。最好我们安排几个游击队员，分散到张店、八政、望原等地，侦察敌情，传递情报。”岳少峰说：“你心中有合适人选了吗？”吴中建说：“这得秘密安排，以防泄密。”岳少峰点点头。

第三十五章　夫妻杀敌半夜逃　巧借时机除汉奸

日军为了实现在中条山地区长久控制的目的，要求各村成立维持会，以此为他们的统治服务。在岳少峰的秘密安排下，之前各村的抗日武装村公所摇身一变，成为日本人的维持会。他们表面上是日军的维持会，暗地却是抗日武装的村公所，他们既应付日军据点各种差事，又为抗日斗争奔忙，利用聪明才智与日军斗智斗勇。

田金锁家虽住在萝卜圪塔村外的偏僻处，但他人小机灵，加之本分听话，村维持会郭会长想把他叫到维持会打杂，问他愿不愿干？金锁说："只要有馍吃就干！"于是，郭会长把一张写有"平安无事"的小木牌交给他，让他把牌送到据点，让日军长官看一下再把它拿回来。因为金锁有之前给日军送物资的经历，多少有点经验。于是，他怀揣小木牌，翻沟过涧向郭原据点走去。到了据点，日军端枪呵斥："小孩的！什么的干活？"田金锁赶紧掏出怀里的小木牌，站岗的看了看木牌把金锁放了进去。没想他进了据点迎面窜出一条大洋狗朝他扑来，吓得他抱头就跑，日军长官看见却哈哈哈大笑。日军长官叫住大洋狗，然后对他说："小孩的，什么的干活？"小金锁把小木牌递过去。翻译接过木牌看了看递给日军长官。日军长官听翻译说平安无事，高兴地说："吆西！吆西！"

小金锁回来把小木牌交给维持会郭会长时，郭会长说："没遇到啥事吧？"小金锁沉思片刻摇摇头。小金锁没把遇到日军大洋狗的事说出来，是怕丢了这份差事没了馍吃。郭会长高兴地发给他一个高粱面烙饼，算是一天的报酬。一连几天都是这样，小金锁从没出过差错，这让郭会长又有了一个新想法。

一次，小金锁又从日军据点送平安无事牌回来，郭会长把他拉到一边小声说："你跟我来。"小金锁不知为啥，跟着郭会长来到村外一孔破窑洞前。他心里纳闷：破窑洞这么偏僻，郭会长带我来这干啥？郭会长停住脚步说："金锁，我看你干活踏实，是个靠得住的娃，今个带你来见个人。"小金锁不知见啥人，郭会长说："你恨不恨日本人？""当然恨啊！这还用问？"郭会长又问："你想不想当抗日战士咪？""想啊！之前我经常看大哥哥们训练，只是人家嫌我小，不要我。""那好，今个这个大哥哥就是抗日战士，我带你见见他。"小金锁高兴得不得了。郭会长在窑洞门口拍了三下手，然后走进堆有玉米秆的破窑洞里，悄声说："同志，出来吧！"此时，玉米秆有响动，从里面钻出一个精干结实的小伙子，胳膊上缠裹着布条，看样子是受了伤。郭会长对小金锁说："你把这位同志带你家养伤，绝不能跟外人说，吃的东西我想法给你送去。"小金锁点点头。郭会长又说："等天黑下来再走，别让人看见了。"郭会长交代完走了，小金锁陪伤员在破窑洞里，他把怀里的高粱烙饼掰一半给伤员吃，自己留一半，两人笑着吃了起来，边吃边聊。聊的过程中，小金锁才知道这个伤员是抗日游击队的侦察员，半路上遭遇日军才负的伤，这令他更加敬佩。待到天黑，小金锁才带伤员悄悄回家。小金锁白天把伤员藏在院后的地窨里，每次娘做好饭，他都装做割草或是拾柴的样子，把饭送给伤员。侦察员白天藏在院后，晚上出去活动，回来和小金锁住一起，住了一段时间两人就熟了。一天晚上，侦察员亮出他的手枪往桌上一放。小金锁见了羡慕地说："强哥，啥时我也能有支枪该多好咪！""那就看你自个的本事了，有本事就到小鬼子手里夺呗。"小金锁挠挠头说："夺？小鬼子手里？"强哥点点头，但又说："你还小，别瞎琢磨，睡吧！"强哥吹灭灯睡了。小金锁辗转反侧怎么也睡不着。他想到之前在河滩放牛时被杀死的那几个人，之后被人抬走的事。心想：像强哥这样的人，也许就是那些不怕死的抗日英雄吧？！

侦察兵强哥养好伤后准备离开，小金锁却舍不得。强哥说："我得赶快回去，家里人该着急了。"

傅愣强出去侦察情况好多天才在莲花山找到岳少峰。岳少峰问他情况，他才说负伤了，在萝卜圪塔养了一段时间的伤。岳少峰很惊讶，要他路上多加小心。岳少峰让他多休息几天，然后再去了解张村日军据点的情况。

张村据点的日军叫维持会在村里派粮，限期收上粮食送往据点。这天，老丘秃来到南吴村，见了成自奋爹说：“成会长，这次皇军催粮任务很紧，这一片都得你催，你可要重视唻！万万不可麻痹大意。”成会长说：“没问题。”老丘秃又说：“征完粮后赶快送往据点，皇军等着唻！”老丘秃走后，成会长就琢磨起此事来。如何应付日军征粮之事？又如何不把粮食交给日本人？成自奋见爹为征粮的事发愁，就给爹出主意，老爹听了笑了。正好铁脚板送货刚到，成自奋把征粮情况告诉铁脚板。铁脚板立刻把情报送到关家窝杂货铺，傅愣强又火速把情报转交给岳少峰。

岳少峰接到情报后，赶紧召集吴中建、毛瑞兴研究对策，又连夜带游击队，绕开日军岗楼把几车粮食驮运至莲花山。

待到天亮时，成会长才慌忙往日军据点跑，要把粮食被抢的事报告给猪原。成会长着急忙慌往张村据点赶，他跑跑走走，走走跑跑，待快到据点时，干脆把衣扣解开，重新扣乱，脸上抹了一把泥土，再脱掉鞋子提在手上，光着两只脚在坑坑洼洼的土路上奔跑，待赶到日军据点时气喘吁吁，狼狈不堪。成会长一过据点吊桥就喊：“太君！太君！不好了！征好的粮食夜黑间突然被抢了。”然后又详细叙说被抢的经过。猪原听了气得大声叫骂：“八格牙路！”但对皇军如此忠心的成会长也不好责怪，只好作罢。成会长心中暗喜。

粮食被抢之事虽说成会长糊弄过猪原，但猪原终归是报复之心不死，命令各据点到各村搜查抗日分子。张村日军在拐巴子的带领下进村搜查，张店日军在黄大甫的带领下进村搜查。拐巴子虽说给日军当警察队长，也只是想有个事干混碗饭吃，不想把事做得过火得罪人。他知道日本人不好惹，共产党也惹不得。之前梦大发被炸死之事就是个教训，至今还心有余悸，也就跟日本人能敷衍就敷衍，能糊弄就糊弄。黄大甫就不同，死心塌地为日军寻找抗日分子，似乎这样才能彰显出他的能耐，便带着日军到处张牙舞爪地搜寻。

东山秘密拉起抗日游击队的消息不胫而走，在百姓当中一传十，十传百，迅速传开，大家纷纷送来从战场上捡的枪支、手榴弹和掷弹筒，而且还有一支轻机枪，这让岳少峰非常兴奋。他说：“中建同志，你二区队的机枪手牛娃唻？”这次吴中建没见到牛娃，心里也非常牵挂。

自卫队被强行解散时，牛娃背起那挺轻机枪撒腿就跑，偷偷回家藏在院外的槐树洞里。他亲眼目睹国民党军在中条山败退时的情况，心中非常惋惜。他在自家地里无意中又发现败兵溃逃时丢下的两支步枪，赶紧把它藏进树洞。

东山又拉起游击队的消息传到牛娃的耳朵里，牛娃很是激动。但听说缺乏武器，心里着急。他计划找几个队员扛着枪去寻游击队，还未找到合适人，就遇到日军进山搜查。

汉奸黄大甫带着日军来到这个小山村寻找抗日分子。在村里瞎转悠了半天，啥也没有搜到。最后，来到这棵古槐树下集合人员准备离开。他看了看古槐树又用手拍了拍，树中发出"咚！咚！咚！"的响声。黄大甫贼眼珠一转说："太君，这树好像是空的咪，会不会有啥情况？"日军队长川野绕着古树转了一圈，说："上去的看看。"几个鬼子端着枪逼着伪军像叠罗汉似地爬到树上，往树洞里一看，结果大喊："太君！树洞里有枪，好几支咪！"这下日军如获至宝。日军川野说："黄，这树谁家的干活？"黄大甫又在周围转了一圈，然后指着附近一个院子。日军队长"吆西！吆西！"地叫着，一群日军蜂拥进院，用刺刀在院子里胡戳乱挑，结果把藏在玉米秆堆垛里的牛娃揪了出来，吊在树上严刑拷打。

牛娃因为几支枪藏在树洞里而不敢远离，反倒被日军抓了起来。日军一再逼问他是不是游击队八路军，牛娃死活不承认。黄大甫说："兄弟，光棍不吃眼前亏，你就承认了吧！何苦受这洋罪咪。""呸！"牛娃狠狠朝黄大甫啐了一口，骂道："你这个狗汉奸？"黄大甫用手在脸上抹了一把说："你还好赖不识了？""你才好赖不识！""好好好！你硬！你硬！我看你硬！"黄大甫唆使日军放狗咬，狗咬牛娃也不吐口。最后黄大甫在树下放一堆玉米秆点燃火烤，牛娃又破口大骂，至死没有屈服。

牛娃为保护枪而被日军汉奸害死的英勇事迹传到莲花山，游击队员义愤填膺，纷纷要求惩治汉奸黄大甫为牛娃报仇。岳少峰为牛娃的死更是悲痛不已，为此，他与吴中建反复思量，召集与黄大甫熟悉的韩亮秘密商议。决定派韩亮带几个队员佯装投奔黄大甫先潜伏下来，再伺机动手。临行前，岳少峰又做了一番秘密交代……

韩亮几人来到斜树凹韩石瓯家，韩石瓯说："韩亮，这段时间你跑哪

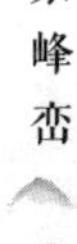

去了？咋一直没见你？”韩亮说：“别提了！本想带几个弟兄拉起个队伍，没想到这么难？吃没吃的，住没住的，简直叫人活受罪咻。”韩石瓯说：“要不跟大甫说说，跟他干？”韩亮说：“大甫整天待在日军据点，我也见不着他。”韩石瓯说：“你想见他不难，哪天他来我跟他说，你就在我家先等着。”

没过两天，黄大甫果然来韩石瓯家，进门就说：“石瓯，快把烟枪准备好，让我赶紧抽几口。”韩石瓯准备好烟枪点好灯盏，黄大甫往炕上一躺，安上烟泡就抽了起来。韩石瓯说：“大甫，你这些天都忙啥咻？”“还不是抓抗日分子。”韩石瓯说：“日本人到处搜查，哪还有抗日分子？”“你不知道，前几天刚抓了一个，死硬死硬的。”韩石瓯说：“那你问出个啥了吗？”“啥毬都没问出，就死了。”韩石瓯说：“不说这个了。我跟你另说个事，韩亮寻你来了。”“寻我啥事？”“韩亮也想拉队伍，就是缺吃的没住的，又犯蛋不想干了。”黄大甫说：“他一个人拉毬啥队伍咻？跟我干，保准他吃香的喝辣的。”韩石瓯说：“那我把他叫来，你跟他说。”“叫去吧！别一股劲啰嗦，赶快让我抽两口。”黄大甫一连抽了好几口，浑身感到酥软酥软。

没过多大一会儿，韩石瓯带韩亮进来。黄大甫见韩亮来，又使劲抽了一口说：“韩亮，你小子一个人瞎折腾啥咻？”韩亮说：“本来带几个弟兄想拉个队伍，谁知道忒难了。吃没吃的，住没住的。”黄大甫说：“我早说过，别瞎折腾，你就是不听，这下知道难了吧？知道难就跟我干，把你的弟兄都拉过来，保你吃香的喝辣的。”韩亮故作惊讶地说：“跟日本人干咻？”“你管跟谁干咻，有你吃有你喝就行了。就这么定，明个把你那一帮兄弟都叫来，一搭干！”就这样，韩亮和几个游击队员顺利打入黄大甫的保安团。

牛娃因为保护枪而英勇牺牲，岳少峰心情很沉重。但提醒了他一个重要问题：就是群众在战场上捡到的武器怎么处理？他立刻对傅愣强说：“得抓紧时间，把群众在战场上捡到的枪支弹药，尽快运送到抗日游击队手中。一是解决了我们游击队枪支弹药短缺问题；二是不至于留在民间被日军发现。”傅愣强说：“你说咋办？我听你安排。”岳少峰说：“据情报说，西部靖家山有一批枪支弹药需要运到莲花山。这么远的路，日伪岗哨又多，如何能安全送达，得好好想想办法。”傅愣强说：“铁脚板不是经常送物资吗？让他想想办法。”岳少峰叫傅愣强赶紧联系铁脚板。

傅愣强连夜找到铁脚板商量办法。铁脚板说：“正好这几天有几个驮骡给望原据点送草料，可以借此机会把武器藏在草料中，与日军岗哨玩个瞒天过海。”傅愣强说：“这样安全吗？你确定岗哨不会查吗？”铁脚板说：“不会的，每次运送都是军用物资，岗哨从未查过，应该安全。有一句话叫熟而不疑嘛！”傅愣强说：“尽管这样，岳会长还是交代不能大意，得好好思谋思谋……”

次日一早，铁脚板赶着藏有枪支的驮骡夹杂在驮骡队中，一摇一晃向东山走去。每过一个岗哨他都要掏给岗哨一支香烟，当走到最后一个岗哨时，铁脚板同样给岗哨一支香烟，刚准备抬脚走，突然出来一个日军军官，喊了声：“站住！”铁脚板心里“咯噔”了一下，然后停下来。日军军官走过来，绕着铁脚板的驮骡转了一圈。此时，铁脚板的心马上紧张起来，又见日军军官用手在草料上拍了几下，他更是把心都提到嗓子眼。铁脚板眼睛一眨不眨地看着日军军官，日军军官也一眨不眨地望着他，对视了一会儿，日军军官说：“你的，铁脚板？”铁脚板赶紧点头。日军军官竖起大拇指说：“吆西！吆西！对皇军大大的忠心。”一听这话，铁脚板悬着的心才慢慢放下。马上赔着笑脸，赶紧递上剩下的半盒香烟说：“太君，香烟的给你。”日军军官拿着香烟高兴地说：“吆西！”就这样，铁脚板有惊无险地闯过了最后一关。过了岗楼后，还要翻过洗耳谷才能到达望原。驮骡队走到谷底，正好有个同样驮草料的驮骡在洗耳河边歇脚。铁脚板对大家说：“都在这歇歇脚，喝点水吃点馍。”大家各自寻地方坐下，有的去喝水，有的吃馍。铁脚板在之前的那个驮骡边停住，并对那人说：“老哥搭把手，让驮骡歇歇。”两人把驮骡背上的草料驮卸下后，坐在一起聊起来。“老哥你也是送草料的？”“我是为东家送点货，东家儿子媳妇要见面，你们这是去哪？”“我是去望原据点，这年月混口饭吃。”两人聊了一会儿，对上暗号后，然后偷梁换柱把货物掉了包，铁脚板轻轻松松地赶着驮骡向望原据点走去，那人则吆着带枪支弹药的驮骡顺沟谷向莲花山走去。

莲花山位于中条山东部深处，在洗耳河上游之东，由于山势高峻，站在顶端极目远望，能看到周围几个山头像盛开的莲花瓣一样。莲花山易守难攻，抗日游击队在这里垒起了石头，搭起了草棚，作为他们的宿营地。

岳少峰和吴中建、毛瑞兴把游击队在莲花山安顿下后，又开始研究枪支问题，提起牛娃的死不禁怒火中烧，商量如何来个里应外合除掉黄大甫。

斜树凹的苏高年夫妇被岳少峰秘密安排在张店街以卖烧饼为名侦察敌情。夫妻俩耳闻目睹了日寇汉奸残害中国人的种种罪行，心中的仇恨可想而知。但碍于为了完成任务，只得在烧饼店迎来送往，有时还得点头哈腰伺候日本兵。由于苏高年媳妇长得俊俏，引起一个日军曹长的注意。

一天，日军曹长来到苏高年的烧饼店企图调戏他媳妇，苏高年赶紧上前劝说："太君，大白天的不好，让大太君知道了死啦死啦唻！"苏高年用手在脖子上做了个杀的动作，并说："要想没事，等天黑再来。"送走日军曹长，夫妇俩秘密思谋了一番。如果日军曹长真再来，就一定干掉他。

到了黑夜，一心想着美事的日军曹长果然来了。高年夫妇假意殷勤，摆好酒菜。日军一见有酒菜，高兴地"吆西！吆西！"直叫好。日军连吃带喝，高年夫妇连劝带灌，不一会儿工夫，就把日军曹长灌得酩酊大醉。夫妇俩一看时机成熟，趁势把日军按倒在地，使劲用板凳在头上猛砸，砸得日军一动不动，最后扒掉日军军服，趁夜黑人静，扛上三八式步枪和子弹，以及没卖完的烧饼与媳妇连夜向莲花山奔去。

岳少峰和吴中建、毛瑞兴就如何除掉大汉奸黄大甫，正在研究对策，苏高年夫妇拿着枪背着行李满头大汗来到面前。岳少峰见了非常惊诧，说："你俩咋回来了？"高年把手中的枪一举说："你们看！"岳少峰拿过枪看了看说："还是三八大盖，你行啊！"高年说："还有近百发子弹唻。"然后把子弹袋和日本军服都递过来。岳少峰说："究竟咋回事？"高年说："我杀了一个日军曹长。"然后把经过说了一遍。大家都非常兴奋，但岳少峰却犯起愁来，说："高年你走了，张店的情报是个问题，尤其是黄大甫这个汉奸，跟着日本人无恶不作，要尽快想办法除掉他。没有情报来源咋办唻？"高年说："我夜儿个听村里人说，黄大甫这几天在斜树凹韩石瓯家。"岳少峰说："这个情报准不准？""准得很，他一待就是两三天，一个亲戚说的。"岳少峰高兴地喊石妹带他俩去休息，顺便再弄点吃的。高年却说：

“不饿，还带着这么多火烧哝！”然后把袋里的烧饼都掏出来让大家尝。岳少峰笑着拿起一个就吃了起来，几个人也都一人一个吃了起来。岳少峰边吃边说：“高年，带你媳妇先去歇，我们商量个事。”高年夫妇随石妹离开。岳少峰吃完烧饼在手上舔了几下渣子，说：“苏高年带来的情况很重要，我们抓住这个机会，除掉黄大甫。”毛瑞兴边吃边说：“韩亮知道吗？”吴中建说：“我们得赶快通知韩亮，并且准备好接应。”吴中建和毛瑞兴吃完烧饼也都在手上舔了几下渣子。岳少峰对吴中建说：“你派人快速通知韩亮，我马上集合队伍随后就到。”

韩亮自从打入黄大甫的保安团后，由于脑子灵活，与黄大甫又是同学，深得黄大甫信任，韩亮做了他的副官，鞍前马后地伺候。但黄大甫不是跟鬼子出去“扫荡”，就是在据点里和鬼子混在一起，从不单独出门，很难对其下手，韩亮心急如焚。这天，黄大甫给他交代要去斜树凹韩石瓯家抽几口，韩亮就动了心思，想借机除掉他。但人手少又没人接应，心中犹豫。韩亮正在思谋，忽然有人来报：“韩副官，你家亲戚找你哝。”来人是何小虎，他一见韩亮就说：“表哥，听说山顶有现货，舅舅来了，也给你带下山货了，你还要不要哝？”韩亮知道这是暗语，说：“现货要哝，舅舅带的山货也要哝。你先去，我这里安排好了就到山顶取现货，取了现货再去见舅舅。”何小虎走了。韩亮召集几个队员，如此这般地安排了一番，几个队员都心领神会。

韩亮和几个队员马不停蹄地往斜树凹赶，待赶到斜树凹韩石瓯家时，天已麻黑。黄大甫正逍遥自在躺在炕上抽大烟，站岗的卫兵看到韩亮一行人来，连忙喊了一声：“韩副官到！”为了使黄大甫不被觉察其意图，韩亮故意敞着胸，拽起衣襟下摆呼簌簌地扇着风，大大咧咧地一边走一边对石瓯娘嚷嚷道：“三婶，快快快！弟兄们跑这么远路来，赶紧弄些吃的哝。”说话的当儿，已经把主窑洞到大门外的岗哨摸了个八九不离十。黄大甫听说韩亮到了，也吩咐说：“石瓯，韩亮兄弟到了，叫你娘弄些好酒好菜哝。”

石瓯娘把饭菜摆好后，韩亮回头招呼几个站岗的说：“你们都过来，跟我一搭吃。”韩亮的热情豁达，黄大甫根本没有戒备之心，说：“留一个人守住门就行，都是自家兄弟还怕啥哝？”韩亮又说：“大甫哥，你也一搭吃吧！”“我正抽得美着咪！不啦，你跟弟兄们吃吧！”韩亮和其余几个站岗的喝酒吃菜划拳碰杯，不大一会儿，几个人就喝得东倒西歪，留在门外的队员，悄无声息地控制了岗哨。此时，黄大甫还躺在炕上云山雾罩地抽大烟。韩亮吃饱后撂下筷子，拍拍肚子，大大咧咧向黄大甫抽大烟的窑洞走去。

韩亮进窑一眼就看见两把黑油油的短枪放在黄大甫身边的炕桌上。黄大甫见韩亮进来，说:“韩亮你也来一口。”韩亮看了他一眼说:“你这都抽得没劲了。来！我给你另安一个。”韩亮殷勤为黄大甫另安上烟泡，自己顺便抽了一口递给他。黄大甫接过烟枪刚送到嘴里，韩亮借机抓起桌上的两把短枪，对准了黄大甫。黄大甫一愣说:“韩亮！你开啥玩笑？这可不是闹着玩咪？！”“谁跟你闹着玩了？我今个就是收拾你咪。”黄大甫眼睛一瞪说:“你抽啥风咪？瞎胡闹啥咪？！”“我没工夫跟你瞎闹！”黄大甫一看韩亮来真的，赶紧说:“兄弟兄弟！有话好好说，这是干啥咪？”“我就是替死去的弟兄们寻你算账来了！”门外的几个游击队员听到响动，一起冲进窑洞，把黄大甫捆了个结结实实，并押出村外。

韩亮、吴中建等人押着黄大甫见了岳少峰，黄大甫此时才知道自己完蛋了。但还是不甘心，一再求饶:“岳会长，有话好好说，有话好好说。”岳少峰说:“走！你到任指导墓前好好说去！”队员把黄大甫押到任万川墓前按倒跪下，在左胳膊上打了一枪。黄大甫疼得爷姥喊叫。吴中建说:“你还知道疼？这是为任万川的一枪。”黄大甫号叫着:“我不敢了！我再也不敢了！”吴中建说:“死到临头才知道不敢了？已经晚了！”然后又把他拖至牛娃墓前，又在其右胳膊上打了一枪。黄大甫像狼一样地哭号。吴中建说:“嚎也没用，这是为牛娃的一枪。”此时，黄大甫就像一条死狗，被游击队员用绳子拉到七壮士墓前。此时的黄大甫已经浑身瘫软提不起来，最终脑袋开花一命呜呼。处决完黄大甫，岳少峰带游击队迅速撤往莲花山，待赶到莲花山时，天已经大亮。岳少峰累得躺倒就睡，一直睡到大中午。

此时，正好铁脚板为游击队转运的枪支弹药也到了。岳少峰听说铁脚板到，骨碌一下翻身起来。铁脚板说:“这次送来的有几十杆枪，还有一麻袋子弹咪。”岳少峰高兴地说:“有了这批枪支弹药，我们下一步就得想法治治小鬼子了。”此时，傅愣强送来一封信，岳少峰打开看了一遍，说:

“上级有任务，我得赶快回去。”吴中建和毛瑞兴依依不舍地送他出山。

为了加强古平县西部工作，上级党组织派一名同志来，以做长工的身份具体指导开展县西工作。岳少峰回到关家窝，等着上级派来的同志。

冬月的天气，已经十分寒冷，一阵阵透骨的寒气袭来，穿着棉衣的人还不觉暖和，更何况衣着单薄的人。岳少峰在山里与日寇汉奸斗了几个月，破衣烂衫根本抵挡不了风寒。关山看他还穿着破单裤，赶紧从家里找了一件棉裤给他穿上。岳少峰边穿边说：“你去店铺前盯着，注意咱们的人来。”关山来到杂货铺，一阵刺骨的寒风刮过，他不由得拢了拢衣袖。关山注意着往来行人，上级派的同志究竟具体什么时候能来，他不得而知，生怕错过，不敢离开杂货铺一步。

过了一会儿，关山看见一位肤色微黑的年轻人站在面前。他打量了一番来人，上身破旧棉袄，下身单薄夹裤，脚上是一双张开口的破布鞋，背上背了个烂铺盖卷。来人说：“想寻份活干，长工短工都行。”关山知道是上级派来的人到了，就把来人带到后院豆腐坊。岳少峰端详了半天没认出来人。来人又拿出介绍信递给他，他看了介绍信后又看了看来人，愣了一会儿说：“你是高杨？”来人说：“我是高杨，是李鸿远的同学，咱们在读书会见过面。”岳少峰迅速回忆一下说：“噢！我想起来了，前几年在凤凰城。”“对对对！那时荆凯老师被国民党杀害，我来传达党的指示。这一晃都几年过去了。”岳少峰握住高杨的手，高杨激动地说：“少峰同志，我今天来报到，你就具体安排吧！”岳少峰说：“你刚来，对这里的情况还不熟，我提前都联系好了，住在自己同志家，便于开展工作。”岳少峰看着高杨的裤子眉头一皱，说：“咋到现在还穿这样单薄的裤唻？”高杨低头看看自己破裤烂袄的窘迫样哈哈大笑，说：“不瞒你们说，好些时日没顾上回家了，让你们见笑了。不过，这身行头正好配得上扛长工这个身份。”岳少峰说：“这样会冻坏的。塬上比沿河更冷，这不行，咱俩先把裤子换一下。”说着就要把刚穿上身的棉裤脱下来给高杨穿。高杨赶紧制止说：“我穿了，你穿啥唻？”岳少峰说：“我在这里不太冷，忍忍就过去了。”高杨说：“这不行。”关山说：“我看还是把我的换上吧！”高杨说：“我穿走了你穿啥唻？”关山说：“我好办，再让我娘赶做一件。”关山硬是脱下自己的

棉裤给高杨换上，高杨调侃道："想不到在这里还混了一条棉裤穿。"岳少峰说："你是不是整天为了工作不着家，衣服破了也没人补啊？"高杨一个劲地点头说："是是是。"

高杨很快被安排在张村塬辛店村仝越家，以做长工为掩护开展地下工作。仝越父亲不知其来历，认为自家养的长工就得整天为自家做事。每天从早到晚割草、铡草、喂牛、垫圈、担粪、犁地、除草，把活安排得满满当当。仝越一看就急了，说："爹！你咋这样使唤人咪？"仝老汉眼睛一瞪说："我咋啦？不这样使唤还让我当神供着不成？我花钱就是雇干活的，不干活干啥咪？"仝越说："你这样一天安排得满满当当，也不让人家喘口气，搁谁能受得了？"仝老汉是个老倔头，就是认死理："你说咱家雇长工干啥咪？不就是干活咪！不干活，我要他干啥？当菩萨供咪？"仝越说不通老爹，只好寻到成自奋，说："老成，高同志在我家真是不行。""咋咪？""你不知我那老爹，整天把活给人家安排得满满当当，还真把人家当长工使唤了，我劝又不管用，又不能明说。"成自奋说："你想咋办咪？"仝越说："还是给高同志另换个人家吧！""你说换哪家好？""我看你家就合适。家里人多，人又都厚道。"成自奋想了想说："也好！那就来我家吧！"高杨又转移到成自奋家当起了长工。

成自奋是个大户人家，家里父母叔伯兄弟姐妹妻儿老小十几口人。父亲又是维持会长，杂货铺是古平县党组织安排的情报站，以做生意为掩护进行传递情报接送人员，从未出过差错。高杨来到成家做长工，每天干适量的活，晚上出去秘密活动，家里人都知道，但没一个人说出去。此段时间，在高杨的努力下，在张村周围的几个村子，秘密建起了平西游击队，由傅愣强担任联络员。

高杨正在成家后院干活，突然几个伪军撵着傅愣强在路上跑。当时，成自奋父亲成会长正请来几个木工在院里为其妹妹打造箱柜做陪嫁，满院摆的都是木料和半成品箱柜之类的家具。有的正在凿铆锯榫，有的已经在刷油漆。此时傅愣强跑进院子，后面传来叫喊声："抓住他！"成会长情急之下拿起一把木匠家伙塞给傅愣强，并抓了把刨花撒在他头上，然后喊院里的木匠都干活别愣着，傅愣强也开始干了起来。当几个日伪军撵到院时，看到院里的木工各自都在专心干活，在院里转了一圈没寻到啥，最后又寻到红薯窖边，要打开看看。成老伯不高兴了，说：“你不相信你自个看。”伪军怕油漆粘衣裳也没看，转身又在院里的几个干活人跟前转溜，疑惑地说：“怪了，刚才跑的那个人唻？”成会长说：“我说老总，刚才的人早往西边去了，你还在这磨蹭啥唻？”几个日伪军信以为真，又朝西边撵去。这一幕被高杨看在眼里，心里更感到成老伯一家是可信赖的。一群日伪军从成会长家出来往西跑，正好碰上铁脚板给成会长家送货，铁脚板刘玉堂看见几个伪军中有自家兄弟，大声喊：“刘满堂！你干啥唻？”刘满堂边跑边回答：“撵八路！”“你给我跑慢些！”铁脚板的话音还没落，刘满堂就跑得没了踪影。铁脚板把货物还有信笺与成自奋做了交代后，赶着驮骡匆匆走了。此时，傅愣强才长舒了一口气。

傅愣强回来，岳少峰得知情况后说：“究竟咋回事唻？”傅愣强说：“走路脚步快了点，被几个伪军看见。”岳少峰说：“一定要小心。”傅愣强说：“革命工作嘛！哪能没有危险唻？”岳少峰说：“这段时间不要去西塬了，多注意东山的情况，我要去莲花山看看游击队……”

第三十六章　日寇窝里遭袭击　意外冒出游击队

岳少峰背着布褡裢翻山越岭来到莲花山，把吴中建和毛瑞兴高兴得不得了。毛瑞兴说："我和吴中建正研究如何打击据点里的鬼子哧。"岳少峰说："有没有研究出具体计划？"吴中建说："据侦察情况分析，据点的鬼子一般情况下就是一二十个，大的据点几十个；小据点除十来个鬼子，其余全都是伪军。伪军大多是为了混饭吃，不经打，枪一响都就躲起来了。"岳少峰说："如果能准确掌握日军'扫荡'的时间，到时打他个伏击。只是如何能取得日军'扫荡'的准确时间呢？"吴中建想了想说："何小虎的表舅在望原日军据点做饭，到他那儿或许能探出点消息。"岳少峰说："那就赶快派何小虎下山打探消息。"

何小虎接受任务后从莲花山下来，悄悄摸进表舅家。表舅胥老汉刚从据点回来，见到小虎惊讶地问："娃，你咋来了？""舅舅，我想探探日军的情况。""你问日军情况干啥哧？""日军不停到村里'扫荡'，把老百姓都祸害成啥样了？寻机会收拾收拾这伙王八羔子。""日军那么多，你咋收拾哧？"小虎把想法跟表舅说了。胥老汉听后疑惑地说："你能行吗？""您别担心这个，只管说情况就是。"胥老汉说："小鬼子一般出去'扫荡'，都要让伙房提前一天备好干粮。你在家先等着，哪儿也别去，等我消息。"胥老汉向据点走去。

何小虎下山后，岳少峰和吴中建、毛瑞兴又在研究如何伏击日军的事。岳少峰说："如果小虎能探得消息，我们就狠狠打他一下。不过这得早做准备，也不知之前咱们在尧店时，造的地雷手榴弹现在还有没有？这个情况，之前我跟任万川交代过，但万川同志已经牺牲了。"吴中建说："我带你去一个地方看看，或许那儿还有东西。"

吴中建说的这个地方在半山腰的一个山洞，洞口被茂密的树枝和杂草遮掩着，他拨开树枝猫腰进去，岳少峰和毛瑞兴也猫腰跟进去。山洞里堆放着一堆树枝，吴中建扒开树枝一看，结果让他大为意外："岳会长你看，这里有不少地雷咪。"岳少峰马上兴奋起来："这是你的弹药库？""之前我们在莲花山时，会把暂时不用的弹药存放在这里，只有我和任指导员还有少数几个队员知道，我走时这里的弹药所剩无几了。怎么突然又多了起来？这是谁弄来的？难道是任指导？"岳少峰说："一定是他。任万川同志给我们留下这宝贵的弹药，我们一定要用好它。"吴中建感慨地说："真是天无绝人之路啊！任指导给小鬼子的礼物都为咱们准备好了，就看小虎的情报了。"几个人相互看了一下，都点点头。

望原据点，胥老汉正在伙房忙着切牛肉做饭，大麻子脸伪军队长进来，从盆里拿了一片牛肉放在嘴里，边嚼边说："老胥，明天多准备点干粮，后天太君有行动。"胥老汉放下手里的刀，顺手又从盆里拿了一片牛肉递给大麻子，说："不知太君走得远近，咋准备咪？""到刘家沟那边，看看还能不能弄点粮食牛啥的回来。""放心，我会给太君准备足足的。""别耽误事就行。""耽误不了。"大麻子临走时又从盆里拿了片牛肉放进嘴里嚼着出了门。

胥老汉匆匆伺候日军吃过午饭，拿着香油瓶、醋瓶出了门，他扬了扬手中的瓶子对站岗的鬼子说："香油醋的完了，出去买点。"出了据点来到香油店，进门就喊："老香油！来一瓶。"香油店老板说："老胥，你来得正好，刚磨好的香油。"然后把一瓶香油递给胥老汉，说："又忙啥咪？""醋完了，回家灌点。"胥老汉又绕道向自家院走去，准备回家灌点自家酿的柿子醋，更重要的是小虎在家等他的消息。

小虎在望原表舅家待了两天，到第三天胥老汉才匆匆回来说："小虎，看来日军有行动了。""啥时候？""大麻子让明个准备干粮，估计是后天。""具体啥行动咪？去啥地方咪？""去刘家沟一带抢粮食和牛咪。"小虎得到情况后匆匆向莲花山赶去。

夜幕降临，月色朦胧，远离村庄的莲花山显得格外寂静。队员们除几个岗哨值岗外，其余队员都已经在茅草棚中进入梦乡，只有岳少峰和吴中建、毛瑞兴还坐在茅草棚外大树根上静静等候着。此时，山口关卡的哨兵突然听到脚步声，机警地取下肩上的枪端在手中："谁？""小喜子，我是小虎。"小喜子听出是小虎的声音，立马收起枪说："小虎哥，你去哪了？

这么晚才回来？”小虎没回答小喜子的问话，只是说：“队长睡了没？”“应该没睡。”小虎赶紧朝草棚走去。吴中建说：“小虎，你可回来了！快坐下说说情况。”小虎把从表舅那儿了解到的日军情况，一五一十说了一遍。吴中建打发小虎去休息，他与岳少峰、毛瑞兴几个又研究至深夜……

次日，夜幕降临，莲花山游击队带上武器，翻梁过涧一路向刘家沟方向奔去，他们连夜挖坑埋雷设伏，然后，静静趴在半山等待日军的到来。一直到拂晓，天蒙蒙亮，队员已经在山坡上趴了几个小时，草上的露水打湿了衣服，蚊虫不时叮咬，队员们静静等待着，谁也不敢乱动。

自从中条山被日军占领后，日军到处烧杀抢掠，无论什么时候出来，走什么路线，均视入无人之地，从未受到过任何阻挠。今天，日军同样以此种心态出来‘扫荡’，当然不会有任何戒备。山下日军以骄横之心肆无忌惮地往前走着，山上游击队员以仇视的目光等待着。当日军进入伏击圈后，队员已经把地雷拉线一点点往手上缠绕，等到岳会长一声喊“打”，手上的拉线使劲猛拉，轰隆！轰隆！一连串响起，顿时日军队伍大乱。紧接着又是一阵砰砰叭叭的枪响声，军马被惊得嘶鸣狂奔，把日军军官从背上重重摔下来。日军军官从地上爬起来，挥舞着指挥刀叫骂：“八嘎牙路！”日军毫无目标地举枪朝山坡上乱放。岳会长又喊：“手榴弹！”队员们一阵手榴弹投向敌群，日军被炸得七死八伤，只好扔下十多具死尸仓皇逃跑。

游击队员看到日军狼狈逃窜兴奋异常。高兴地喊：“小鬼子跑了！”岳会长说：“赶快打扫战场！”队员们一股脑冲下山坡捡拾战利品。日军死尸横七竖八躺了一地，铁蛋高兴地捡到一支枪，牛二柱高兴地捡到两支，小虎也捡到两支……岳少峰扫了一眼说：“赶快撤！小心鬼子再来。”队员们背起战利品迅速撤离。果不出所料，当队员撤到半山腰时，远远看见日军带着重机枪又反扑回来。队员们望着日军嘲讽道：“这次太晚了，下次再会吧！”

队员们带着胜利的喜悦回到莲花山，非常高兴。吴中建说：“这是一次非常漂亮的伏击，很长时间没有这样痛快打过了。”岳少峰信心十足地说：“痛快咱就这么打，而且要多打，不停地打，打出我们的士气。”

……

伏击日军的胜利使莲花山游击队员士气大振，如何继续打击日寇，仍是岳少峰和吴中建、毛瑞兴研究的主要问题。岳少峰说："这么多天，小鬼子躲在据点一直不敢出来，我们就这么干等着？"吴中建说："不能干等。小鬼子不出来，咱就到他窝里去打！"岳少峰说："你有啥想法？具体说说。"吴中建把具体想法说了一遍。岳少峰说："你有把握吗？"吴中建说："如果不出意外，应该是有把握的。"岳少峰说："那好，我同你一块去。"吴中建阻止说："岳会长你不能去。"岳少峰问："为啥？""我们只是偷袭，不是伏击，用不了那么多人。再说，留在外面的队员还得你和毛队长管理。"见吴中建这样回答，岳少峰道："那我和毛队长在外面接应你们。"

吴中建要去日军据点窝里打，岳少峰还是不放心。他说："这件事你说得容易，其实可不好做，得好好琢磨琢磨唻。"吴中建心里也清楚，弄不好死了连尸骨都找不到，但他铁了心地要去鬼子窝里打。岳少峰又说："首先要做的第一件事还是情报问题。要细致了解望原据点日军的活动规律。"吴中建说："要详细了解日军的活动规律，还得何小虎去侦察。"岳少峰说："务必跟何小虎叮咛扎实，每个细节都不能放过。"吴中建点点头，特意把何小虎叫到身边交代了一番，然后，望着他向山下走去。

这天，胥老汉刚从日军据点回来，小虎就溜进了院子。胥老汉吃了一惊："好娃唻，你咋又来了？不要命啦？小鬼子这次吃了大亏。是不是你们干的？"小虎点点头。胥老汉惊慌地说："我的娃唻，你也忒胆大了，这让小鬼子知道了，可是要掉脑袋唻。""舅舅，如果我们越怕小鬼子，他就越猖獗。我们打了他，他不是也怕了吗？"胥老汉说："这倒也是。你这次来又想干啥唻？"小虎对表舅耳语了一会儿。胥老汉惊恐地说："万万不敢，这不是老虎嘴里拔牙吗？万一弄不好会送命唻。"小虎说："舅舅，我们就是想在老虎嘴里拔牙，叫老虎不能再吃人。"胥老汉说："你话说到这个份上，那我就跟你说了。是这样，望原据点日军五十人，还有百十来号伪军。里面有慰安妇两人，住在离日军营房二百来步远的大场边，那里有一个小房子就是，小房子西边是一条沟壕。日军军官和日军士兵分单双号去慰安所，单号是军官，双号是士兵。军官是半个时辰进去一个，士兵是一袋烟工夫进去一个。但还有一个问题，就是日军的一条狼狗不好对付。"

小虎回来把情况给岳少峰和吴中建、毛瑞兴汇报后，岳少峰说："这条狼狗是最大的麻烦，弄不好狼狗一叫啥事都坏了。”吴中建问小虎有啥办法，小虎说再去找他舅舅。小虎又去了舅舅家，胥老汉思索半天说：“你们把时间定好，狼狗的事交给我弄。”于是小虎又往返了两次把如何配合制服狼狗的办法说了一遍。最后小虎到舅舅家特别叮嘱了时间是在明天天黑之后。胥老汉拿了两个馍馍塞给小虎，说：“娃，你来来往往可要当心啊！这里有个铁杆汉奸叫金大麻，心毒着哝！在他手里都死了好几个人了，千万小心别让他遇上。”小虎把馍揣进怀里说：“放心吧！”然后消失在夜色中。

次日，望原据点像往日一样，日军出操后打饭吃饭，吃完饭后各自回到营房，抽烟的，打牌的，喝酒的，各玩各的。慰安妇身着和服脚穿木屐呱嗒呱嗒地从营房门前走过，去伙房打饭，然后端着饭碗小心翼翼地又呱嗒呱嗒地回来，一天往返两次后，夕阳西下。胥老汉在牛肉里放了蒙汗药丢进狼狗的食盆里，自己也回了家。

此时，吴中建带着何小虎、牛二柱穿着鬼子服装早已埋伏在望原村外等待，几个人心里都没底，不知进去后会遇到啥情况。何小虎心里有点胆怯：“队长，如果遇到鬼子问话咋办哝？”吴中建说：“你就只说一个字‘嗨！’就行了，别的千万别说，一说多就露馅了。记住了吗？”“记住了，嗨！”小虎又跟着学了一声，之后说：“不知小日本的狼狗还叫不叫哝？”吴中建从怀里掏出用白酒浸泡过的两个馍馍说：“进去用这个，不行就宰了它。”

夜色漆黑，望原据点之西的沟壕里突然冒出几个鬼子模样的人，悄悄向拴狼狗的木桩摸去。此时吃了蒙汗药的狼狗睡在地上一动不动，吴中建上去捅了几刀后，赶紧向鬼子慰安所摸去。慰安所今日逢单，是日军军官光顾的日子。大场边那个低矮小屋的窗户透着亮光，里面的人影在不停地晃动。半个时辰后，门“吱呀”一声打开，出来一个鬼子走了，然后又进去一个。这时跟在后面的小虎说：“队长，你可要小心哝。”“放心吧，一对一还是有把握的。”三人朝小屋摸去……

慰安所小屋日军军官刚进去脱掉衣服，就听见外面敲门声。他一副不高兴的样子，叽哩哇啦说了一通，大意是说我刚进来就敲门？门外“嗨！”了一声。日军军官又准备去抱慰安妇，门外又想起敲门声。日军军官有些恼怒，又叽哩哇啦要了一通牢骚，大意是时间还早着哩！门外的回答还是；“嗨！”日军军官又准备行事，外面又响起了敲门声。这样接二连三地敲门，使日军军官非常恼火，他光着屁股，打开门就往外冲，准备发泄心中的强烈不满，结果被冰凉的枪筒顶了回来。见此情景，慰安妇吓得乱叫，抱起炕上的被子躲在炕角打哆嗦。牛二柱上去把她捆起来，然后堵上嘴丢在墙角。此时，日军军官趁机反抗，吴中建趁势用刀刺了过去，日军军官没叫出声就呜呼了。吴中建拿起桌上的手枪，牛二柱拿起凳上的衣服正准备离开，忽然听到外面又有脚步声，两人赶紧止步，警觉地躲在门后。来人在门上敲了两下，又叽哩哇啦地说了声，听不到里面回答，于是推开门，发现屋内的一幕，马上叫喊，却被外面的小虎冲上来，在头上就是一枪托，把日军打昏在地。吴中建上去又补了一刀，拔出刀说：“撤！”牛二柱快速卸下鬼子的手枪，迅速消失，等下一个日军军官来时，才发现出了事。日军赶紧集合队伍四下搜索，终因一片漆黑，也不敢走远，只好草草收兵。

岳少峰看见吴中建几个人兴高采烈地跑回来，就知道事情准成了。吴中建拿出一支缴获的手枪给岳少峰，又拿一支给了毛瑞兴，把毛瑞兴高兴得不得了。小虎神气地说：“岳会长，你真是没见吴队长，一刀捅死了日本狗，还站在日本小娘们门口一直‘嗨！嗨！嗨！’地答应着里面的鬼子。里面的鬼子本来兴冲冲地乐着咪！结果吴大哥一直在门上敲，鬼子在里面叽哩哇啦一个劲叫嚷。吴大哥也听不懂鬼子说的是啥鸟话，就一直‘嗨！嗨！嗨！’地应答。这下把鬼子惹恼了，鬼子气冲冲地从里面出来，被吴大哥一刀毙命，没想到又进来一个倒霉蛋，也被干掉了……”毛瑞兴问：“那大洋狗没叫？”吴中建说：“躺在地上，跟死了的一样。我拿的两个浸酒馍馍都没用上。”他在怀里乱摸了一阵，结果没找到。沮丧地说：“估计是掉小鬼子据点里了。太可惜了。”岳少峰说：“别可惜了，你就高兴吧！”队员们一直兴奋了好几天。

傅愣强回来说望原后山沟有一个游击队。岳少峰听了心中一喜，说：“想法了解清楚，最好取得联系。”

望原据点日军一连吃过两次亏后，从汉奸那里得知是莲花山土八路干的，于是悬赏捉拿，但最终无果。于是在西壕沟又杀了好多人。

望原据点日军没找到莲花山土八路，在不远处后山沟里又出现一支游击队。这支游击队有二十来人，队长叫令狐国强。令狐国强此前在洛阳上师范，日寇入侵后无法继续读书而被迫回乡，回乡后他单独拉起了一支抗日队伍。

令狐国强秘密把村里青年都组织起来，但没有武器是这支队伍面临的首要问题。他拿出家里仅有的五十元法币，秘密渡河到河南渑池买了三支老旧步枪回来，根本满足不了战斗的需要，尽快再搞些枪支来，是他心中的头等大事。

他坐在山坡上闷闷不乐，队员王小战知道队长是为枪的事发愁，凑过去说："国强哥，我知道哪里有枪。"令狐国强马上来了精神："哪里有？""咱们邻村赵滚刀家有。""你咋知道唻？""我一个亲戚悄悄说的，说是赵滚刀用三块大洋从国民党溃兵手里买的。""你说的可是真的唻？""千真万确，说是国民党兵急着过河没钱，把枪卖了。"令狐国强精神一振说："走！今夜黑起枪去！"王小战、大块头和山宝几个人都是令狐国强组织的抗日队员，一听说起枪，都兴致勃勃地向赵滚刀家走去。

赵滚刀是原来七专署在涧阳镇的保安团成员，中条山沦陷后七专署逃往河南，保安团除团长、团副和几个亲信跟随逃往河南外，其余人员全部缴枪遣散回家各自寻找出路。赵滚刀在团里没混下一官半职心里憋气，只能缴枪回家，临走时他偷偷把枪上的一把刺刀卷在行李捆中带回来。在村里这一段日子里，与乡亲们言语一有不和，他就挽胳膊抹袖，拿出刀来在乡亲们面前舞躁。一次在跟一村民为争夺一双旧翻毛皮鞋而争吵，都说是自己先看到的，互不相让，最后在地上扭打成一团滚来滚去，打得难解难分。那村民死活不肯松手，把翻毛皮鞋死死抱在怀里。赵滚刀死活要夺，引来一群围观的人。赵滚刀见夺不下皮鞋，回家拿出那把刺刀气冲冲跑来威胁："你今个跟爷爷说清楚，到底是哪个先看到的？有种说！"那村民见他拿出刺刀就胆怯，但还是不肯服软。赵滚刀继续威胁道："你不说也行，要不然你从爷的刀上滚过去，也算你有种唻！"那村民被赵滚刀给吓住了，无奈地说："你也别舞躁了，烂皮鞋我不要毬了。"然后气狠狠地把那双翻毛皮鞋摔在地上。赵滚刀捡起地上的皮鞋愤恨地说："你早点识相，何必叫爷爷费这怂劲。”从此，村里人惹不起他都躲他远远的，给他送了个绰号叫赵滚刀。赵滚刀这名字奇特响亮，一经出现就很快传开，只要一说赵滚刀，附近人都知是谁。

赵滚刀在家没有枪就感觉缺了啥，心里总感觉不得劲。他寻思着总想再弄来一杆。于是有一天，一个国民党兵跑到村里央求他，说把枪以五块大洋的价钱卖给他。赵滚刀一见枪是美式的，就心里喜欢。他几经讨价还价，最后用口袋里仅有的三块大洋把枪买下来。有了枪的赵滚刀心里窃喜，有空就拿出来用枪油擦擦，然后把枪藏起来，从舍不得给人看。

令狐国强所说的到赵滚刀家起枪，就是要强行拿走他的枪。这也是抗日游击队缺少枪支，没法打鬼子不得已而为之的办法。为了尽快拿到枪，他带人直截了当地来到赵滚刀家，扫了一眼屋里，然后开门见山地说：“赵滚刀！听人说你买了一支枪，把枪拿出来！”赵滚刀看看来人，骂道：“我买枪干啥咪？听哪个王八蛋造的谣？”令狐国强说：“有枪就拿出来，别舍不得，等抗战胜利了，再买个新的还你。”“我一没钱二没粮，我买枪干啥咪？我吃饱撑的？”令狐国强说：“有就拿出来，给我们打鬼子。”“真没有，有我还能舍不得？”令狐国强说：“那咋有人说你买了枪咪？还是美式的？”赵滚刀说：“听谁说的？叫来爷爷问他？”令狐国强说：“你是等小鬼子把刀架到你脖子上才肯承认是吗？”“不管你说一千道一万，爷爷就是没有。”无论令狐国强再怎么说，赵滚刀就是不给。无奈之下，令狐国强只好带人从赵滚刀家出来。山宝说：“国强哥，这枪咱不要了？”“要！”“那为啥出来了？”“对这种特殊人就要采取特殊措施。”大块头说：“这说了半天，赵滚刀家到底有没有枪啊？”令狐国强说：“有，肯定有。”山宝说：“国强哥，你咋确定他肯定有枪咪？”“我看他家墙角有半瓶油，还有一块抹布，一股机油味，肯定是擦枪用的。”山宝说：“有枪那他却一口咬定没有咪？”令狐国强说：“我判断枪不在家里，可能藏在外面咪。”山宝说：“那他能藏在外面啥地方咪，我们也不知道啊！”令狐国强说：“不要急，等一会儿再说。咱们到他家一说要枪，这一闹腾，这家伙肯定不放心他的枪，说不定要出来查看咪。”几个人心领神会。

几个人随令狐国强离开赵滚刀家，走了一段路刚拐过弯就躲了起来，目不转睛地盯着赵滚刀家的大门。果不其然，黑暗中听到大门“吱呀”一声打开了，一个黑影从门里闪出，左转右拐向村头的土地庙方向跑去。山宝伸出大拇指对队长的神机妙算甚为佩服。几个队员尾随其后，见黑影进了庙门，跟着也进了庙门。黑影在庙里的神龛桌下摸摸索索拿东西，突然“砰”的一声，山宝“啊”了一声栽倒在地。黑影没料到拿枪走火暴露了目标，吓得丢下枪就跑，几个人一拥而上。几个人没抓到黑影，山宝却被打伤了。令狐国强说：“快！把山宝背上跑！”大块头背起山宝，王小战拿起黑影丢下的枪迅速撤离。

山宝从小没了父母，是吃百家饭长大的。小时候令狐国强父母经常给山宝饭吃，山宝对令狐国强有一种特殊的感情，一听说他组织游击队，第一个要求参加。这次跟令狐国强执行起枪任务被枪打在右肋处，血流不止。大块头背着山宝快速跑回山里，背上被鲜血染红了一大片。令狐国强查看了山宝的伤口，焦虑地说：“子弹如果不及时取出，可能会有生命危险。”眼下没有医生，大家急得没办法。令狐国强决定自己来取。大块头担心说：“队长你行吗？”“不行也得行！”王小战也担心说：“队长，你……”“啥也别说了，你们几个把他按住，别让他动。”几个队员把山宝死死按在床板上，令狐国强把一把小刀在油灯上烧了烧，咬住牙在山宝的受伤处划开一道口子，然后用刀尖往出拨子弹，山宝疼得嗷嗷直叫，汗水浸满额头。几个队员死死按住，不让他胡乱动弹。令狐国强紧张得满头大汗，既想尽快把子弹取出，又怕山宝受不了疼，拿刀的手不由得哆嗦起来。大块头见队长有点犹豫，不敢下狠手，催促道：“队长！快呀！”令狐国强这才咬牙用力把刀尖插进肉里，剜出了子弹。赶把子弹取出来后，山宝已疼得昏了过去。

子弹取出后，山宝算是保住了性命，但出血太多，又不能消炎，山里又没有很好的营养，没过几天，伤口就开始发炎，高烧不止。如果不及时用药治疗，山宝就会有生命危险，令狐国强心急如焚。为了救山宝，他决定到凤凰城去买药。

从东山到凤凰城可不是一步近路，要经过望原、南村、圣人涧、龙门关、三湾，还有狐三村才能到达。要想通过个个炮楼关卡，可谓是难上加难。令狐国强为了尽快治好山宝的伤口，已经顾不了这么多了，毅然决然要去，他坚定地行走在山路上。当他翻山越岭行至望原时，被据点大麻子队长瞅见。金大麻见他健步如飞的样子，心生疑虑。前几天望原据点鬼子遭土八路袭击，队长山本把罪责全归咎于金大麻身上，把他狠狠训了一顿。看见令狐国强就引起他高度警惕，他赶紧叫出据点的一群日伪军追赶，并把令狐国强团团围住，将其抓进据点，逼问是不是八路？令狐国强因出去买药没带枪，一口咬定自己不是八路。山本对令狐国强用烟头烫，把湿毛巾贴在脸上用辣椒水灌，在肚子上踩，使尽各种办法拷问，都无济于事，最后又叫金大麻对质。金大麻拿不出任何证据能证明令狐国强是八路，但几天前听村里眼线说令狐国强去赵滚刀家起枪的事，于是跟山本嘀咕了几句，山本立刻派人去叫赵滚刀。

山本派人来到赵滚刀家门口。此时，赵滚刀正在茅厕，听见门口有人喊："赵滚刀在家吗？""爷爷正尿尿唻！叫爷爷干啥唻？""皇军叫你去据点。""皇……"赵滚刀一听日本人叫他去据点准没好事，马上尿不成股，哆哆嗦嗦地说："皇，皇军叫爷爷干啥唻？""叫你问话唻。快点！""问啥话唻？""别啰唆！你去了就知道了。"赵滚刀把半泡尿没尿到尿桶里全撒到裤裆上。他提起裤子从茅厕出来，愁眉苦脸地说："我跟日本人又没啥关系，日本人叫爷爷问啥话唻？我不去！"两伪军说："不去不行，队长说了，必须得把你叫去。"赵滚刀怀着忐忑不安的心情跟两个伪军来到据点。此时，被捆绑在树桩上的令狐国强看见赵滚刀来，心里"咯噔"了一下。心想：坏了，这赵滚刀准把自己给供出去。如果供出自己是抗日游击队的，那就必死无疑了。怎么办？眼下啥办法也没有，只能听天由命吧！

金大麻见赵滚刀来赶紧走上前询问："你是赵滚刀？""爷爷是。"金大麻瞪了他一眼。山本见赵滚刀来，马上皮笑肉不笑地说："赵滚刀！听说你家的有枪？"赵滚刀慌忙摆着两手说："没没没，没有的事。"金大麻说："还不承认，我都听说你家藏有枪唻？"赵滚刀一听就急了，不由得骂道："哪个王八蛋说爷爷有枪唻？"金大麻说："你耍啥二杆子唻？皇军是想问你那枪是不是被这小子起走了？"然后指了指被捆绑的令狐国强。此时，令狐国强死死盯着赵滚刀，看这小子到底能说些啥。赵滚刀看着令狐国强，马上想起那黑夜他带几个人到他家起枪的事，心中的仇恨骤然升起。但回头一想，这与小鬼子有啥关系？他望着令狐国强，眼中射出一股不友好的目光。令狐国强却平静地望着他，不敢有任何激怒。两人互相对视着。赵滚刀心想：这是不是小鬼子给爷爷下套啊！如果我说买有枪，那肯定是不得了的事。小鬼子能饶了爷爷我？如果我说没买枪，那他对咱也没办法，岂不是动不了爷爷一根汗毛？赵滚刀在心里自问自答地盘算着。山本见证人半天不说话，不耐烦地说："金大麻，你叫的证人咋不说话？"金大麻催促道："赵滚刀！快说呀！你家之前到底有没有买过枪啊？买过就说买过，别磨磨蹭蹭的。皇军都等得不耐烦了。"赵滚刀此时又破口大骂："哪个王八蛋说爷爷买过枪唻？爷爷要枪干啥唻？爷爷连饭都吃不饱还有钱买枪？爷爷吃饱撑的？"金大麻说："你说你没买过，咋会有人说你买过唻？""哪个说爷爷买枪了？站出来！我日他先人！"山本见赵滚刀情绪激动，不知他说的啥话，叫翻译官翻译，翻译官把赵滚刀骂人的话直接翻译了一遍。山本气得骂道："八嘎！"赵滚刀一口咬定没有买过枪，何谈令狐国强从他家起枪的事？令狐国强在心中长长舒了一口气。金大麻气得骂道："滚！"赵滚刀一听说叫他滚，赶紧连滚带爬地跑出了据点。山本心中的怒火一时难消，望着赵滚刀背影突然喊道："站住！"赵滚刀心里一惊，停住了脚步。山本说："赵滚刀肯定不是老百姓。"金大麻说："太君咋知道唻？""这还用问？看看他穿的裤子。"此时，金大麻才发现赵滚刀还穿着之前在保安团穿的屎黄色裤子，虽然破烂不堪，但依旧能分辨出不是农民装束。赵滚刀低头看看自己的裤子，懊悔不已。

日军把令狐国强和赵滚刀都关进铁笼子，一人一个放在墙根，并唆使一群日军往头上撒尿。一群日军边尿边哈哈大笑。日军尿完了，命令伪军尿，伪军尿完了，日军再尿。令狐国强哪里受过这般侮辱，但防止暴露，还是紧闭眼睛和嘴巴任其小鬼子在头上作恶。赵滚刀平时在村里横行霸道惯了，此时，也被尿水浇得像个落汤鸡，心中自然是憋了一肚子的气。

折腾了一天的日伪军，到了晚上也都累了，把令狐国强和赵滚刀两人搁在铁笼子里也不管了，都回营房睡觉去了。

夜色沉沉，营房里传出阵阵鼾声，令狐国强看看周围挣挣手腕，手被铁丝死死地捆绑着，看看铁笼密密的铁栅栏，想要逃出去是难上加难，令狐国强叹了一口气。赵滚刀也在铁笼子里翻腾，然后小声喊："喂！咱这就完了？""你喊啥唻？快闭嘴！""我是说得想法逃唻！不逃就得死啊。""想活，就别乱说！""我没乱说啊！你都听见了，我没有。""别出声，再把小鬼子招出来，有你好受的。”赵滚刀再不说话了。令狐国强松了一口气，他往笼子上重重一靠，心想：难道就这么死了？此时，他想起小时偷偷跑到寺院跟着师父学过的功夫，于是马上有了主意。

他在铁笼中静静运足了气，使出不为人知的功夫，用尽全身力气把手腕上铁丝挣断，然后扭开铁锁打开铁笼门爬了出来。赵滚刀见令狐国强从铁笼里出来，赶紧小声喊："快！帮帮我。"令狐国强迅速把赵滚刀的铁笼也打开。赵滚刀说："还有手上的铁丝，也帮我解解。""自个想办法。""我想啥办法唻？你快呀！我求你了？"令狐国强为赵滚刀又解开了铁丝。赵滚刀催促："快逃！""要逃你先逃。""我的爷爷，你还要干啥唻？""你别管。"赵滚刀见令狐国强执意不走，心里一急，自己先翻墙逃走了。按说这时令狐国强也应赶快翻墙逃走，可他就是咽不下这口气，一门心思要寻伪军队长金大麻报仇，但晚上睡觉又不知金大麻在哪个房间，又怕惊动了鬼子再走不了，但此仇不报感到心中窝气。此时，他看见门口站岗的鬼子划了一根火柴点火吸烟，就有了主意。他从地上摸了一块石头，悄悄踅到岗哨背后，猛地朝鬼子头上使劲猛砸，鬼子没来得及反应就倒地身亡。他抓起鬼子的三八大盖枪又卸下身上的子弹袋，迅速翻墙而去。没跑多远，就有人在后面追赶。他越跑越快，那人越跟越紧。令狐国强见甩不掉尾巴，回头举起枪托就打。"别打别打！是我。"令狐国强一看是赵滚刀，说："你不是走了吗？""我是从据点出来，可我没走远，一直躲在墙外等你唻。""还算你有点良心。快走！"两人又迅速跑起来，过了好一会儿，后面才响起枪声。

令狐国强一直往深山里跑，赵滚刀也一直跟着跑。令狐国强看没了危险之后停住，说："赵滚刀！咱俩算是扯平了，我不欠你的，你也不欠我的。"赵滚刀被令狐国强的话弄糊涂了，说："啥欠不欠的？"令狐国强说："你在山本面前没有说出我，算我欠你的；后来我替你解了铁丝，算是还上了，扯平了。你回吧！""我回去干啥唻？我不回！""为啥不回唻？""我回去再让小鬼子抓去了，还不把我活劈了？""那你要去哪？""我要跟你。""跟我干啥？""跟你打小鬼子！""你咋知道我是打小鬼子的？""你就别装了，那天晚上到我家起枪，不是说打鬼子唻？"令狐国强见事情明了，也不遮掩，索性说："跟我打鬼子可是要吃苦唻。""吃苦就吃苦吧！总比被鬼子劈了强。”令狐国强无奈，只好带着赵滚刀一同回游击队。

赵滚刀一到游击队，大块头看见他就怒气冲天，抓住他衣领上去就是一拳：“你这个坏怂，把我兄弟打伤了，到现在还流脓血，不打死你我出不了这口恶气！”说着又是一拳，把赵滚刀打得踉踉跄跄满嘴流血。令狐国强上去就挡，呵斥道：“干啥？干啥？”大块头说：“要不是这坏怂娃，山宝还不会受伤。”赵滚刀在村里横行惯了，哪受过这样的窝囊气。手在嘴上抹了一把说：“你不欢迎爷爷，爷爷还不稀罕唻！”一转身走了。令狐国强怎么拦都拦不住，大块头赌气说：“让他走！咱们游击队也不要这种烂人！”

赵滚刀被大块头打走后，令狐国强把大块头批评了一顿：“大块头，你今个打人不对。”“他该揍！”“他在打伤山宝这件事上，我知道你有气。但在日军据点他没把我供出来，也算是将功补过。”“队长，到底咋回事？你不是买药去了，咋药没买回来却带赵滚刀回来？”“是这样……”令狐国强把被据点日军抓去，叫来赵滚刀作证，赵滚刀没供出他的事说了一遍。大块头说：“我就说唻！这家伙咋会跟你一搭回来。”令狐国强说：“不说这个了，得赶快派人去凤凰城买药。”大块头说：“队长，你不能再去了，小鬼子已经认识你了。”令狐国强说：“王小战，你跑得快，赶快去凤凰城买药。”“是！”

赵滚刀本想跟令狐国强能躲过日本人的追捕，结果大块头因山宝受伤的事容不下他，他只好从游击队出来计划回村。刚走到村口，看见一群日军在村里杀人放火，自家的三间破瓦房也被焚毁，一片狼藉。赵滚刀不敢进村，在树林里徘徊，不知该往何处。他思前想后，知道自己伤了山宝，罪过不可饶恕。但想到他与令狐国强的生死之交，也算是交情。权衡再三，还是觉得厚着脸皮留在游击队，也不能被小鬼子劈了，他决定，还是再回去找令狐国强。

令狐国强刚把王小战打发去凤凰城买药，赵滚刀就又回来了。大块头看见他就说：“你不是走了吗，回来干啥？”“我又不是寻你唻？”“那你寻谁唻？”“我寻令狐队长唻。”令狐国强说：“赵滚刀，你咋又回来了？”“家里的房被日本人烧光了。”大块头说：“噢！你家房被日本人烧光了，你想起队长了？当初队长到你家要枪时，你是咋对待的？还一口咬定说没枪，没枪咋把山宝给打伤了？”赵滚刀赶紧赔不是说：“都是我不好，有眼无珠，不识好歹。我如果早明白，就会把枪拿出来，何苦藏到土地庙，弄得走火伤了弟兄。”令狐国强说：“赵滚刀你知错了？”“错了错了！确实错了。”“知错就好。鉴于你在据点的表现，之前的事我也不追究了。”大块头还是有一股怨气：“把人打伤了，就这样便宜他了？”令狐国强说：“虽说他把山宝打伤了，也不是故意的，属于误伤。我们要原谅人家，不要得理不饶人。咱们以后不是跟他较劲，而是要团结起来，想法治治金大麻。这次是金大麻带人抓的我，并且使尽手法往死里整。看来这个金大麻是彻头彻尾的大汉奸。以后一定要吸取教训，再也不能大白天随便从鬼子据点前经过。”从此，他们对金大麻有了刻骨仇恨。

王小战很快从县城买回了药，经过一段调养才治好山宝的伤。赵滚刀加入令狐国强游击队后，虽然起初不适应艰苦生活，但他会使用枪，会保养枪，慢慢跟队员之间也消除了隔阂。

日军为了报复，在赵滚刀村烧杀了一阵，也没能找到赵滚刀。之后，又把注意力放到捉拿令狐国强的身上。

令狐国强和山宝、赵滚刀正在家吃饭，刚端起饭碗扒拉了两口，王小战就跑来喊：“快跑！鬼子包围了村子。”此时他们想要出村为时已晚。住在村外的大块头得知情况，赶紧叫来其他队员施救。但鬼子人多难以解围，大块头急中生智，跑到家提来两只大洋铁筒，把几挂鞭炮在桶中点燃，顿时枪声大作，杀声四起。小鬼子摸不清虚实，慌忙撤离。

日军撤离后，才知村外密集的枪声是几个土八路所为，后悔至极，之前没能抓到莲花山土八路，现在又出现一个叫令狐的人。但又认为令狐这几个人是小毛贼，不足以对他们造成威胁，主要精力还是放在莲花山土八路身上。

第三十七章　村民合力打日寇　虎庙炮楼冒黑烟

望原据点日军遭受莲花山游击队两次袭击后，缩在据点里好长时间不敢出来。为了稳妥起见，岳少峰要求游击队对日军只能监视，不能再有任何行动。

他组织游击队员在根据地学识字，讲战术，休整了一段时间后，计划寻机打击敌人。

岳少峰和吴中建带着游击队来到刘家沟，正好望见二十来个全副武装的日军向他们这边搜来。吴中建正要开打，被岳少峰挡住。吴中建不知其意，岳少峰给他指了指侧方说："地里有几个村民干活，一旦开打，必然殃及老百姓。"吴中建说："那我就开一枪吓跑鬼子。"吴中建当即"砰！"的一声开了一枪，没料到日军听到枪声，大喊："抓活的！"一群日军朝游击队蜂拥扑来。此时吴中建才感觉糟了，赶紧对岳少峰说："你带队员赶快撤！我掩护。"岳少峰说："还是我掩护，你带队员撤！"吴中建说："这里地形我比你熟，还是你先撤。"岳少峰坚定地说："服从命令！"随机从一个队员手中拿过一把长枪在手。

岳少峰看吴中建带队员走远，刚准备起身撤离，突然一个鬼子端着枪向他冲来。此时，他与鬼子只隔一个坟丘，他迅速举枪与鬼子对打起来，双方开了几枪都未击中对方。但忽然间鬼子的一颗子弹擦过他头皮，瞬间鲜血直流。岳少峰一看走不掉了，又看看四周再无其他日军，他一个纵身向鬼子猛扑过去，鬼子一闪身结果他扑了空。鬼子举起枪托用力向他砸来，他转身一躲，鬼子又砸了空，手里的枪也甩出老远，鬼子也闪得踉踉跄跄。岳少峰趁势和鬼子抱在一起，一个绊腿将鬼子摔倒在地，骑在身上用拳头朝鬼子头部猛打。鬼子在下面拼命挣扎，抓起刺刀在他背后乱刺。他双手使劲卡住鬼子脖子，等鬼子晕厥过去后，又用刺刀戳进鬼子脖子。打死鬼子后，他长出了一口气，抓起鬼子丢下的长枪准备去追赶队伍。突然一群鬼子一窝蜂朝他涌来，心想：这下完了。正在危急关头，东面山坡突然响起密集的枪声，小鬼子怕遭伏击，赶紧逃窜，他也趁机撤离。

吴中建带队员撤出刘家沟后，左等右等不见岳少峰跟上来，队员们焦急地要回去寻找，他安抚大家说："不要急，相信岳会长能回来。"不管他如何安抚队员，队员们还是不放心，眼巴巴地望着来路，希望岳会长能快些回来。队员们看啊！望啊！焦灼的心情可想而知。忽然，远处又响起激烈的枪声，这让大家的心又揪了起来。吴中建让大家做好战斗准备，返回施救。但突然看到岳少峰在草丛中一跳一跃朝他们奔来，禁不住露出笑脸。

吴中建看见岳少峰满脸是血，背后也有血，焦急地说："咋回事咾？被鬼子围了？"岳少峰说："突然有一伙鬼子扑来，我也不知咋回事，远处又响起了枪声，鬼子又都慌忙撤了。"吴中建要给岳少峰包扎。岳少峰却说："这里不是久留之地，赶快走！"正在大家往回撤时，吴中建看看四周说："小喜子咾？咋不见小喜子了？"小虎说："小喜子说他要去拉屎，没想到这时队长的枪响了。"吴中建气得说："要紧关头拉啥屎？"小虎说："我也是这么说，可他说实在憋不住了。"岳少峰说："这泡屎拉得可真不是时候，说不定会落到鬼子手里。"吴中建拿起望远镜一看，小喜子正被鬼子押着。

小喜子是个流浪儿，讨吃要饭到这一带，正好被吴中建游击队收留，就像亲弟弟一样对待。吴中建情不自禁地喊了一声："喜——子——"声音悲愤焦灼。

日军把小喜子押回望原据点，山本对小喜子严刑拷打，逼问土八路游击队的下落。小喜子说："我不是土八路，也不知游击队。"山本说："你乖乖说了，说了就放你回去。""我一个外地逃难的，我哪里知道八路军游击队咾？""那你跟在土八路屁股后面怎么解释？""这不是凑巧了？我正好从那路过，又在地里拉了一泡屎，就被你们看见了。"山本见问不出结果，也只好放人。小喜子松了一口气，他刚走出据点又被金大麻拖了回来。金大麻因令狐国强逃跑被山本痛骂，对与游击队走得近的人从不放过。小喜子重又被抓回据点，被绑在木桩上严刑拷打，但小喜子始终咬紧牙关，死不吐口。

山本从小喜子口中得不到土八路游击队的任何下落，恼羞成怒，一刀从小喜子的脑门上划破，顿时鲜血顺着脸颊往下流。山本又恐吓："说不说？"小喜子把流入嘴里的血带唾沫一口吐在山本的脸上。山本大吼："扒了他的皮！"刽子手上去把一瓢凉水从头顶浇下，然后一人拽住伤口一边把人皮活生生剥了下来……站在后面偷偷观望的胥老汉，只听一声惨叫，吓得掩面而去。

游击队撤到莲花山后，岳少峰打发何小虎去望原打听小喜子的消息，他悄悄来到舅舅家，胥老汉见了大吃一惊："好娃唻！你咋又来了？你不要命了？""我来想打听小喜子的情况。""你说的是一个十五六岁的娃娃？""对，就是他。现在不知日本人把他咋样了？""说起来我就感到瘆人。日本人可真毒啊！把这小娃娃活活剥皮了。""啊！"小虎听了马上感到天旋地转。胥老汉赶紧说："小虎，你可不能再来了！万一被鬼子抓了，舅舅就……"胥老汉没把话说下去，撩起衣襟擦了擦眼泪。

小喜子牺牲后，游击队员们特别痛心，岳少峰更是痛心不已。他说："小喜子才十五岁啊！就遭如此毒手。"队员们纷纷要求报仇。吴中建痛恨地说："金大麻这个铁杆汉奸，我们饶不了他！小虎，这段时间你注意侦察金大麻的情况，有机会我们收拾他。"岳少峰说："刘家沟突然出现的枪声，很可能是令狐国强游击队，想法与他们取得联系。""是！"

小虎走后，岳少峰对傅愣强说："三区队的梁虎生这段时间在哪里活动？"傅愣强说："应该在峨罗山。"岳少峰说："想法联系上他们，通知他们来莲花山。"傅愣强接受任务后，疾步向峨罗山走去。

莲花山游击队一连几次袭击日军的消息不胫而走，传遍了中条山，尤其是传到峨罗山梁虎生带领的游击队。梁虎生说："据说岳会长和吴中建他们带队员在莲花山一带，还听说前些天他们伏击了小鬼子。我们也应该干出点事来，要不然窝在这山里，都快闷出病来了。"曹贯贯说："队长，要不然咱们也打他一家伙。"梁虎生说："打敌人要找准时机，还要有足够的力量。你看，杨指导也不知去向，目前就咱几个人，恐怕不行。"此时铜锁跑来说："队长，我听说前几天黑夜，吴中建又带人摸进望原日军据点，咔嚓了两个鬼子军官。""真的？""这还有假？ 我的一个拐弯亲戚何小虎也参加了。"曹贯贯说："队长，要不然咱们到莲花山去，跟他们合起来一搭干？”“好！”

几个人正说着，看见傅愣强气喘吁吁地爬上山来。梁虎生惊喜地说：“是不是岳会长叫你来的？”傅愣强说：“岳会长断定你们在这里，要我叫你们去莲花山。”于是三区队队员高兴地从峨罗山向莲花山奔去。

岳少峰和吴中建、毛瑞兴正在研究下一步如何打击日军的计划，傅愣强带梁虎生等人跑来，兴致勃勃地说：“我们来了。”岳少峰笑着拥抱住梁虎生，说：“这段时间吃了不少苦吧？”梁虎生说：“苦都不怕，就是找不到你们，心里没着没落的。”吴中建说：“这下见了岳会长，就有着有落了？”说得几个人都笑了。

岳少峰说：“你们来，我们的合力就大了，这样打击敌人就更有底气了。”吴中建说：“是啊！前几次我们针对的都是望原据点日军，望原据点现在很难再下手。梁队长来，咱换个地方打。”岳少峰说：“梁队长，东山这里你熟，你说说看，哪个据点适合我们打？”梁虎生说：“如果要打，那就是虎庙圪塔日军据点，咱们下了山就是。不过，里面情况还得摸清楚再说。”岳少峰说：“那好，你派一个熟悉当地情况的队员，先去摸摸情况。”梁虎生马上把曹贯贯叫来，如此这般交代了一番，曹贯贯匆匆下山……

从莲花山下到马泉沟，再到马泉沟上到西崖坡顶就是虎庙圪塔据点。但虎庙圪塔炮楼还未建成，日军嫌劳工少进度慢，又把在萝卜圪塔修炮楼的劳工也叫来。

萝卜圪塔村的田金锁，自从为日军送物资趁夜间挤出窑洞逃回家后，一直被村维持会郭会长安排活干。不是为日军据点报平安，就是照顾游击队伤员，但还是免不了为日军当苦力的差事。

萝卜圪塔的日军炮楼居高临下俯视对河，但同时也暴露在对河部队的炮程之内。一次，对河中国军一炮把炮楼打塌了，死了七八个日军。但日军又很快补充上，并逼着郭会长带人赶修。日军要求炮楼后退二十米，另打地基另砌墙。郭会长、小金锁和其他村民忍气吞声为日军清理残砖破瓦、担土和泥，累得直不起腰。半月时间过去，萝卜圪塔炮楼好不容易盖好，日军又逼他们到虎庙圪塔盖炮楼，不去就死啦死啦！他们不得休息，从家里拿了馍就走，到了虎庙圪塔就是扛木料搬砖、担土运沙，一天到晚吃住在工地不准回家，只有取馍时才能回家一趟。每天八个鬼子端着枪监视着他们，二十个伪军也在据点。虽然日军监视着他们的一举一动，但同时日军的一举一动也被他们看得清清楚楚。日军任意打骂欺辱伪军，更有甚者为了霸占一个伪军的媳妇，竟然开枪将那伪军活活打死了，伪军媳妇不从把她也戳死。这一暴行激起了伪军们的强烈不满，时刻想寻机报复。但苦于日军强势，一直忍气吞声。

曹贯贯奉梁虎生之命从莲花山东部下来，找到在虎庙圪塔据点当伪军的表哥郭双喜家了解情况。双喜媳妇说："你双喜哥几天不回来一趟，回来一趟在家也待不了多大一会儿。干日本人的差事一下下都不敢马虎啊！""那表哥为啥还要干这差事咪？""这也是没办法的事，地都被日本人占了，一家老小要吃要喝咪。"双喜媳妇叹了一口气又说："贯贯，你寻你表哥有啥事咪？""也没啥事，就是想见表哥了，寻他说说话，问问他在日军据点干得咋样咪？""他能咋样咪，穿一身屎黄皮衣裳，整天被人戳脊梁骨。日本人不把他们当人看，说打就打，说骂就骂。前几天你表哥说日军为了霸占他队里一个人的媳妇，还开枪把人打死了。唉！这叫啥世道咪！杀人跟踩死一只蚂蚁似的，眼窝连眨都不眨一下。"正说着郭双喜从据点回来。媳妇说："你可回来了，贯贯都等你一晌了。"双喜说："本来是不让回来，但今个劳工回家取馍，都放了，没事我也就回来了。贯贯你寻我有啥事咪？"贯贯把双喜拉到另一个屋里。

两人进了另一间屋，双喜说："这段保安队人员情绪非常不好，总是憋着一股气咪。"贯贯说："你们就这么心甘情愿受日本人欺负咪？""有啥法子咪。"贯贯如此这般地对表哥说了一番，双喜感到疑惑："这能行吗？""咋不行？你没听说望原据点咔嚓了两个鬼子军官？""我听说了一些，不知是真是假？""那还有假？！""是你们干的？""不是我们，但我们也想干咪。""能成吗？""你只要按我说的做就一定能成，到那时咱们一搭上山打游击。""可你嫂子咋办咪？""你跟着鬼子嫂子就安全了？不定那一天小鬼子闯进家门，也就大祸临头了。只有咱们团结一心，拧成一股劲，就一定能把小鬼子赶跑，咱们的家人才会安全。"郭双喜犹豫了一会儿才下决心，说："既然你把话说到这份上，我也想明白了，跟小鬼子干最终也没啥好结果。就这么定，我配合你们。"

郭双喜送走曹贯贯后转身回来，媳妇说："贯贯呢？""走了。""咋不留他吃了饭再走唻?”“他说有事不吃了。别管他了，由他去吧!”“听说贯贯这娃在山上打游击唻，不知是真是假?”双喜赶紧用手捂住媳妇的嘴:“你小声点，说这话是要命唻。”媳妇瞥了他一眼，说:“看把你吓得，听说游击队进据点杀小鬼子，多解气啊!”“我的姑奶奶，你就小点声好不好唻?”“你在日本人面前连个屁都不敢放，还不让我在家里说?还要把人憋死唻?”郭双喜叹了口气说:“这小鬼子闹得，真是没法让人活了。”

曹贯贯从表哥家出来，一路赶往莲花山，把了解到的情况向岳少峰和梁虎生、吴中建等人做了详细汇报。岳少峰说:“虎庙圪塔据点只有八个日军，伪军恨死他们了，再加上郭双喜组织伪军配合，天赐良机，就在今夜，我们连夜下山。”吴中建和梁虎生等人都一致同意。于是，莲花山游击队以夜行军的速度向虎庙圪塔奔去。

虎庙圪塔日军据点，劳工们干完一天的活，监工的叫他们回家取馍，明个一早再接着干。听说今夜能回家，小金锁甭提多高兴了，赶紧收拾好工具带上空馍布袋跟郭会长一起往回赶，待赶到家天已经很晚了。母亲看到灰头土脸的儿子，心疼地说:“锁，你咋成了这副模样唻?”小金锁沉默不语。母亲又拿起小金锁的手看了看，满手是伤，心疼地直掉泪，说:“还去吗?”“还得去唻。”

袭击日军炮楼不是一件容易的事。为了避免与日军硬拼，岳少峰他们再三掂量，还是决定对虎庙圪塔据点以智取为好。于是游击队来到据点附近，选择一个有利地形先隐蔽起来。

梁虎生挑了一担山货在据点门口吆喝:“山货!山货唻!新鲜的山货!”郭双喜听见吆喝声，知道游击队来了，跑去报告日军小队长，说:“太君，外面有给皇军送山货的，咪西咪西的。”小队长说:“黑灯瞎火的，送啥山货?明天的再说。”“太君，您看山货白天在山里采下，赶担下山来不就天黑了呀!来一趟不容易，太君如果不要，人家可要送到别的据点，太君您可就咪西不上了。这蘑菇炖小鸡可是大大的美味啊!”小队长一听说蘑菇炖小鸡就流口水，赶紧喊:“快让卖山货的进来!”梁虎生挑起担子向据点走来。他一进院子郭双喜就说:“卖山货的，山货好不好唻?”“当然好唻!上等的山货。”“光你说好不行，得让我们弟兄们看看

才行唻。”“那把弟兄们都叫出来看看。”郭双喜扯着嗓子喊：“弟兄们！都出来！看看这蘑菇能不能炖小鸡唻？”伪军们一听队长吆喝，都呼呼啦啦跑了出来，围在一圈议论。日军小队长见伪军围上来，一脸的不高兴，嚷道：“你们的看啥？这是送给皇军的。去去去！”一阵叽哩哇啦地呵斥，把伪军统统轰走。他却低下头在灰暗的灯光下察看：“这样的蘑菇好？”梁虎生说：“这样的蘑菇鲜嫩肉厚，炖小鸡最好吃了。”“吆西！吆西！”听说有好吃的，其他几个日军也纷纷围拢过来。梁虎生看时机已到，给郭双喜使了个眼色，然后翻出蘑菇底部的枪“砰砰”两声就撂倒两个鬼子。郭双喜见状也拿枪照日军猛打，后面的伪军也都拿起枪朝日军猛射。日军根本来不及还手就纷纷倒地。隐蔽在据点外围的岳少峰、吴中建等人听到枪声，迅速带游击队向据点冲去……

小金锁无论再苦再累，日本人的差事还得硬着头皮去顶。次日一早，他带着母亲准备好的糠菜馍馍跟郭会长还有其他劳工又一同向虎庙圪塔据点走去，来到工地一看，全都傻了眼。七个鬼子全躺在地上，满身是血，六个已死，只有一个还在地上叽哩哇啦乱叫，据点二十个伪军一个也不见踪影。一看这情形，郭会长一声大喊：“打！”小金锁和劳工们抡起手中的工具，朝半死不活的鬼子猛打起来，直打到鬼子不动为止。然后带上捡到的掷弹筒和几颗手榴弹去寻另一个鬼子。

他们在虎庙圪塔东坡麦地里寻到最后一个鬼子。那鬼子腿部受伤，两手各握着一颗手榴弹，坐在一块大石头上准备抵抗。郭会长见鬼子手里有武器，便停住了脚步。心想：这不能硬上。于是小声说：“都别轻举妄动，听我的。”他用生硬的日语说：“太君，没事了，小队长的平安无事，让我们接你回去。”“真的？”“千真万确。”小鬼子信以为真，将手中的两颗手榴弹装入口袋，再向郭会长招招手。郭会长和几个劳工赶紧过去，搀扶着小鬼子向据点走去。途中，郭会长趁机用脚把鬼子绊倒在地，后面的劳工抡起手中的工具使劲朝鬼子身上头上猛砸，直到把鬼子砸倒在地，一动不动。至此，八个鬼子全部被消灭，劳工们把鬼子全部拖进炮楼，架起柴禾点燃焚烧。郭会长怕郭原据点鬼子看见炮楼冒黑烟前来报复，拿着掷弹筒和手榴弹带着劳工们埋伏在郭原与虎庙圪塔之间的姚家坡村，观察郭原日军的动静，只要鬼子敢再来报复，就跟他拼个你死我活。

郭原据点的鬼子看见虎庙圪塔炮楼冒黑烟，知道虎庙据点出事了，立刻派人去虎庙据点察看。二十个鬼子经过姚家坡时，连村都没敢进，直接到虎庙圪塔据点。当看到被烧焦的日军尸体时，气急败坏地叫骂了一阵，发泄了一通后，才把被烧焦的尸体一个个从炮楼里拖出来，割下头颅装入麻袋，运回郭原。

田金锁跟着郭会长经过这场意外的战斗，渐渐明白了一个道理：无论日寇如何猖狂残忍，总有不怕死的中国人跟他们斗。之前在黄河滩看到的几个被日军杀害的抗日汉子，在心中留下的不解问号，此时已有了明确的答案。

游击队袭击日军虎庙圪塔据点成功后，队员们欢欣鼓舞，岳少峰和吴中建、梁虎生等人也是异常兴奋。岳少峰幽默地说："梁队长，没想到你这个卖山货的，发挥了关键作用啊！"梁虎生说："这次能顺利把据点拿下，二十个伪军的全力配合也是功不可没啊！"毛瑞兴说："这次不光是把据点拿下，还消灭了七个日军，缴获了武器弹药。"梁虎生说："只可惜跑了一个小鬼子。"他们只知跑了一个，却不知跑了的那一个鬼子也被劳工们给收拾了。

莲花山游击队袭击了虎庙圪塔据点，猪原恨得咬牙切齿，电令东山日军一定要荡平莲花山。

岳少峰对日军报复早有准备。他们在通往莲花山的道路上，选择虎逃崖路段作为伏击点。虎跳崖两边壁立千仞，中间狭窄，虎能一跃而过。游击队在山崖上堆积许多大大小小的石头。鬼子胆敢进犯莲花山，就叫他们有来无回。果不其然，没过几天，郭原日军纠集萝卜圪塔日军，全副武装向莲花山进犯。刚走到虎跳崖路段，一阵滚雷石下来，日军猝不及防，全被砸死在乱石下。此后再也没有日军敢进莲花山。

莲花山游击队刚打了大胜仗，何小虎就跑来报告望原据点金大麻的消息，说："每月逢五，金大麻在堂兄金大圣家吃喝嫖赌。"岳少峰又问了令狐国强的情况。何小虎说："令狐国强来去不定，村里人很难见到。"岳少峰说："令狐国强以后再想法联系，先干掉金大麻再说。"

夜幕降临，岳少峰、吴中建等人埋伏在望原村外。金大麻带了一帮弟兄从据点出来照例去了金大圣家，他们在一起划拳行令，吃肉喝酒，到后

来又是掷骰子又是推牌九，大呼小叫，兴致勃勃，既没岗哨，也没警卫，闭上大门一直玩到深夜。岳少峰带人把院子周围侦察了一遍，确定了金大麻等人所处的房屋后，示意开始行动。何小虎腰别三颗手榴弹，几个队员搭上人梯把他送到房顶，他把手榴弹一一拉开导火索丢进房顶的烟囱里，然后迅速撤离。顿时手榴弹在屋内接二连三爆炸，屋内浓烟滚滚，鬼哭狼嚎。借此机会，吴中建快速冲进屋内，结果发现金大麻不见了。他们迅速堵住通往据点的路口，金大麻还是窜回了据点，这让岳少峰非常沮丧。何小虎说："岳会长咋办唻？"岳少峰说："这不是久留之地，万一鬼子出来，我们走不了麻烦就大了。"几个队员只好悻悻而去。

回来的路上，何小虎跟几个队员一直叨叨着小喜子死得惨，不能便宜了金大麻这个家伙。岳少峰说："小虎，金大麻这边的事你不能再来了。""为啥唻？""我怕你来得多了，引起敌人怀疑。""我不怕。""你不怕我怕。""岳会长，你咋还怕上了？""小喜子的死，让我知道小鬼子是如何残忍，我不能再让你冒这个险了。""你不让我来，那还有谁比我更合适唻？""这个问题你不用担心，我会想办法的。"何小虎不服气地说："我就不信弄不死这家伙？"岳少峰说："有了这次教训，金大麻肯定小心谨慎严加防范，一时半会不好下手。"吴中建说："那要等到啥时候唻？"岳少峰说："别急，迟早要收拾他。"

金大麻自从这次受到惊吓后，躲在据点里好长时间不敢出来。

抗日游击队连续对日军袭击，极大地鼓舞了古平县人民的抗日士气。侯家山、毛家山、庙凹山又有村民送来三挺重机枪和几支三八大盖以及大量子弹，还有许多青年男女纷纷报名参加抗战，抗日队伍由之前的四五十人迅速发展到两千多人。

……

王力合撤出中条山后，一直在太岳山区八路军驻地学习，他听了政治教员讲国际国内形势：国际形势是小日本的膨胀野心逐渐增大，不仅想吞并中国、觊觎苏联远东石油资源，还想进一步争夺太平洋海上资源，势必会引起另一场战争；国内形势是小日本想尽快拿下中国，但目前陷入战争泥潭。为了摆脱这种局面，对国民党政府实行拉拢诱降，对八路军、新四军实行围攻。为了挑起中国军队的内斗，日本人在报纸上大肆炒作八路军、新四军势力强大，从而引起蒋介石的恐慌，而进行大力反共，策动皖南事变，要把共产党领导的军队全部驱逐到黄河以北。面对如此情况，面对日寇的狼子野心，李鸿远紧紧握住王力合的手说："我们共产党人要以大局为重，以民族利益为重。这次你回中条山有两个任务：一是加强对敌后抗日游击队的领导，寻求机会，打击日寇；二是设法与对河部队加强联系，防止日军突破黄河。"王力合坚定地点点头。

莲花山游击队逐渐壮大后，被整编为一个大队四个中队，四个中队分别由吴中建、毛瑞兴、梁虎生和牛二柱担任队长，大队长岳少峰暂时委托由吴中建兼任。吴中建说："岳会长，大队长还是由你兼任吧！"岳少峰说："我还要去县西开展工作，不能经常跟游击队待在一起，还是由你暂时兼任。"吴中建说："岳会长，我感觉我能力不够啊！"岳少峰说："如果王力合大队长在就好了。"吴中建说："是啊！有王大队长在，我们抗日队伍就是原班人马了。到时候，我就能甩开膀子狠狠揍这帮小鬼子了。"岳少峰说："我就希望能有这一天咪！"……

此时，傅愣强送来了一封信件，岳少峰打开看了一遍说："我得回县西一趟。"他说走就走。几个人望着他远去的身影，心中的不舍不言而喻。

岳少峰走了，好几天队员都没精打采。突然一天有队员来报："队长，抓到一个奸细。"吴中建正在寻思啥奸细？两队员押着奸细已经走来。吴中建定睛一看让他惊喜不已："王大队长！咋会是你呀？"王力合幽默地说："你们让我这个奸细寻得好苦啊！"大家一见王大队长回来了，都呼啦一下围了上来，顿时两个小队员傻了眼。他们本以为抓了奸细能受到队长表扬，没想到抓错了人，还是大队长，这肯定挨训啊，站在边上一直发怵。吴中建望着这两个小队员的傻样，笑着说："啥奸细啊？这是咱的王大队长，不过，你们俩能把大队长抓回来，也是功不可没啊！"然后哈哈大笑起来。吴中建幽默调侃，让两个小队员放下了心，试探地问："队长，你不怪我俩啦？""怪啥咪？大队长回来高兴还来不及咪！"两个队员咧着嘴也乐了。

吴中建回头给王力合搬了个木墩坐下，说："大队长，岳会长刚走，你就回来了！我是太高兴了！"王力合说："岳会长跟你们在一起？"吴中建说："为了加强对游击队的领导，他一直跟我们在一起。我不想让他走，可这全县工作都得他抓，我能挡住吗？这不是自私㖭。”王力合笑着说：“吴队长长进不小啊！能顾全大局了。”吴中建说：“你快说说，这段时间都去哪了？”王力合说：“你随赵军长走后，咱们古平县抗日组织被迫解散，我被岳会长秘密派往太行山八路军根据地学习，学习党的对敌政策，学习毛主席的《论持久战》。”“那你跟大家讲讲你的学习收获？”“目前形势是敌我双方处于相持阶段，日军后方遥远，战略物资补给困难，以后日军处境会越来越难，我们一定要做好打持久战的思想准备。”“除了这些，还有啥消息㖭？”“日军占据中条山，其目的是进攻豫西，进一步突破潼关占取西安。上级要求中条山游击队要加强与豫西部队的联系，尤其是我们古平县与豫西一河之隔，更应该做到这一点。”吴中建说：“对河部队都是国民党军，怎么着都不好联系。如果是三十八军就没问题。”王力合说：“三十八军从中条山撤走后，被安排到郑州一带，离咱们那么远。”吴中建说：“不是三十八军我就不去！”王力合生气地说：“吴中建，你咋又犯起犟脾气了？”吴中建不吭声了。毛瑞兴说：“渡口都被日军把守，我们不好过啊？”吴中建说：“活人还能让尿憋死了？”王力合说：“这么说你是同意了？”吴中建说：“同意了。”几个人做了一番研究。吴中建认为几个壮汉没理由贸然过河，于是计划要为每人准备一袋山货。此时，王力合又想起了岳少峰……

第三十八章　申达投敌当团长　少峰意外落虎口

尤申达在涧阳镇的时候，本想通过七专署保安团，能上到专员秘书的位子，但专员根本就不重用他。尽管之前的秘书叶靠山当了古平县的县长，但来了一个新的秘书还是专员的亲信。这让他看不到希望，只能继续待在保安团干下去。中条山沦陷时，尤申达与溃兵一起挤上渡船逃到河南，日子比在涧阳镇苦多了，人多饭少，每天不是修铁路，就是跟难民挤在一起，时常吃了上顿没下顿。

他突然听说姐夫拐巴子回到了凤凰城，并当上了日伪警察队队长，心里有些犹豫，不知自己该不该回去。正在犹豫之时，又听说日军的保安团长梦大发被炸死了。既然姐夫能在日本人手下当警察队长，我何不能也当个保安团长？反正自己在七专署干的也是保安团的活。有了这种想法后，他乘逃亡难民往返的船只又返回涧阳镇。尤抠爷见儿子回来大吃一惊，说："你不是走了吗？咋又回来了？"尤申达说："你给我些大洋。""你要大洋干啥咪？""你别管，给我拿就是。"他不愿说，尤抠爷也不好多问，拿了一袋大洋出来，他掂起大洋就出了门。尤抠爷撵到门口叮嘱道："你要小心日本人啊！"尤申达没有回答父亲的话，而是只顾自己往前走。

梦大发被炸死后，拐巴子也心有余悸，在家也是惴惴不安了好长时间。此时看到尤申达回来，让他惊喜不已："你咋回来了？"尤申达说："我想干保安团长。"拐巴子惊得张大嘴巴，半天才说出话来："你不知道梦大发被炸死了？""我知道。""知道你还要干？"尤申达说："梦大发是梦大发，我是我。他怎么能与我相比咪？"拐巴子怎么也没想到尤申达回来要当这个保安团长，让他高兴也不是，不高兴也不是。尤申达看姐夫的表情，说："咋咪？我不能干？"拐巴子说："能干能干，咋不能干咪。"尤申达说："既然我能干，你跟我去找猪原说说？"拐巴子说："你之前可是国民党七专署的保安团团副咪，猪原会同意吗？"尤申达把一袋大洋往拐巴子跟前一放，说："这总该行了吧？！"尤申达用大洋办事是他的一贯的做法，只要贪财的人，没有不爱钱的，日本人也不例外。于是他通过拐巴子跟猪原说，谋得了保安团团长的职务。

尤申达穿上日伪保安团服装，挎上盒子枪，想的第一件事，就是应该在谁跟前显显威风，于是他想到之前赌馆的老板。他带着人马来到赌馆，把手枪往骰盆子里一放，说："老板，看看这能不能抵当年的赌债唻？"老板一看慌了，赶紧跪在地上，如同捣蒜似的磕头，嘴里不停地说："大人不计小人过，是我有眼无珠，不识贵人。"然后拿出一袋大洋，说："这是孝敬您的，以前的事多担待啊！"尤申达慢条斯理说："我可不缺你那些钱。"老板说："我知道尤团长不缺，这是我的一点心意，让弟兄们拿去到酒馆打牙祭。"尤申达不屑一顾，拿起手枪装入盒里转身大摇大摆出了赌馆。手下人抓起那袋大洋跟着他就跑。

尤申达从来没有感觉过这么痛快，这是他第一次。他站在街头想了想该去哪里？手下把大洋在他面前晃悠了一下，他说："酒馆！"

尤申达带着保安团人来到酒馆，这是他这么多年来第一次进酒馆，而且带了这么多人。酒馆人见他进来，先是一愣，然后赶紧说："尤团长光临，有失远迎，快请上座。"尤申达说："把你最好的饭菜都上来！我和弟兄们要痛痛快快喝一顿。"于是老板为他们上了满满一桌肉菜，又是鸡又是鱼。弟兄们迫不及待地抓起来就吃，尤申达也高兴地吃起来。

虽然他跟老爹要了一袋大洋给了猪原，但又很快从赌馆老板手里不费吹灰之力获得一袋，让他感觉前所未有的获得感。他狼吞虎咽地吃了一顿，感觉把肚中这么多天的饥饿感，一下驱散得无影无踪。

尤申达回到家，拐巴子问他说："是不是去赌馆了？"他说："是去赌馆了，但我不是去赌博。"拐巴子说："我知道你不是去赌博。但……"拐巴子没把后面的话说出来，停顿了一下又接着劝说："以后干啥事沉着点，别像梦大发。"尤申达说："我知道你想说啥唻，我知道该咋做唻！这个不用你教。"拐巴子说："你别嫌我唠叨，前些日子梦大发给日本人报信，整死了多少人唻？他被炸死了，你接着干保安团团长，可不能像他，共产党不是好惹的。"辣椒嘴皱着眉头说："这为日本人做事，还被炸死了？"拐巴子说："为日本人做事就不敢炸你？你做事过头了，就有人收拾你唻！"

辣椒嘴思索了一会儿说："这会是谁干的咪？"拐巴子说："你管是谁干的咪？看好申达就行啦！"辣椒嘴说："申达！听见了吗？咱可不能在外面惹事啊！多吓人咪！"尤申达不耐烦地说："哎哟！你们还真把我当前几年的小娃娃？"尤申达扳着指头说："我跟着石县长当秘书，又跟着王县长当秘书，后来我又到七专署保安团当副团长，我大小也当了几年官了，还这样不放心我？我在家爹也没有这样教育过我，就你们俩，整天叨叨叨！"尤申达的一堆说辞，把拐巴子和辣椒嘴说得哑口无言。

古平县沦陷后，运城地委由龙潭沟迁至夏县韩家岭，中共古平县委要与地委取得联系，必须有一个可靠的联络员。铁脚板以脚夫的身份被岳少峰秘密安排负责地委与县委之间的文件传递。

铁脚板赶着毛驴到夏县韩家岭取文件，在返回时运城地委领导特意交代他一个任务，就是将刘老汉送到芮城，并交代刘老汉带有重要任务，一定要安全送达。最后把一份信件交给铁脚板，说："这封信很重要，务必交到古平县岳少峰手里，不得有任何闪失。"铁脚板将文件和信件装进牲口草料袋里，然后把草料袋搭在毛驴背上。刘老汉裤腿扎紧，头裹毛巾，骑上毛驴，与铁脚板一同上路。刘老汉是芮城人，与古平县人说话口音大不相同，为了安全起见，铁脚板说："刘老伯，这年头路上妖魔鬼怪多，如有人问起您我是啥关系，就说是父子，口音不同您少说话，我就说带您老去潞村看病回来。""好好好！我听你的。"

铁脚板赶着毛驴夜宿晓行，第二天中午才赶到张店。在张店街上遇到一个日军醉汉拽住毛驴尾巴，死活不让毛驴走。醉汉个头与铁脚板齐耳，铁脚板瞟了醉汉一眼，一肩挎一个牛皮包，一肩挎一个盒子枪，交叉在胸前，一身的酒气满脸涨红，走路摇摇晃晃，拽着毛驴尾巴嘴里喊着要毛驴背上的花姑娘。铁脚板望着醉汉又好气又好笑，但看到醉汉的盒子枪心里就痒痒，说："那不是花姑娘，那是我爹，要花姑娘前面的有。"铁脚板好说歹说把日军醉汉哄骗到没人处，举起手中的鞭干猛地朝醉汉头上打，不几下就打死了。快速卸下他身上的枪，又从牛皮包里翻出了一张日军地图。刘老汉赶紧从毛驴背上跳下来，与他把死尸和皮包一同扔到荒野壕沟，然后把枪和地图装进毛驴草料袋里继续赶路。提心吊胆赶到茅津城干沟附近往西拐时，一个日本兵从茅津城赶着一辆马车从后面追上来。铁脚板心里一惊，手中的鞭子使劲抽打毛驴的屁股。日军从车上跳下紧跑几步挡在铁脚板面前。铁脚板更加紧张，只怕草料布袋里的枪和信件还有地图被日军发现。可他哪里知道这个日本兵是看上他今天赶的毛驴，拦住他死活不让走。日本兵用生硬的中国话说："车子毛驴的换一换？"铁脚板一听日本兵的话，说啥也不换。日本兵再三要换，铁脚板再三用手比画说老父有病，刚看完病要回家，并不去凤凰城。那日本兵死活不依，坚持说只换一段路，分手时再换回来。铁脚板没办法，只好依从。

日本兵骑在毛驴背上，乐滋滋地哼着谁也听不懂的小曲。铁脚板看了看日本兵赶的马车上还躺着个日军病号，看样子是去凤凰城看病。他只好扶着刘老伯坐在日军病号身旁，然后赶着马车往前走。刚走了一段，就碰上凤凰城的老丘秃和几个伪军。老丘秃平时见了老百姓是横眉冷眼，而见了日本人则是点头哈腰，比见了他爹还亲。此时，日本兵骑着铁脚板的毛驴，刘老伯则坐着日本兵的马车。老丘秃一见日本兵过来，马上点头哈腰赔笑脸，啥也不敢问。铁脚板看到此种情况，暗暗庆幸，心想：日本兵骑上毛驴，反倒成了自己的保护伞了。他见日本兵无意保护了袋里的秘密，他赶着日军马车也放心了不少。日本兵骑着毛驴继续往前走，走到离凤凰城不远的狐三村时，他跟日本兵示意到分手的时候了。日本兵从毛驴背上跳下来，兴致未尽地说："毛驴的，真好玩，下次再换。"他顺着点点头。刚换了不久，又遇上尤申达带一伙保安团拦住去路："干啥咪？"铁脚板看到这伙吃软怕硬的汉奸就来气，没好气地说："你看我是干啥咪？"尤申达又问："这老头是你啥人？"铁脚板说："我爹！咋啦？"尤申达说："你这家伙咋说话咪？"铁脚板说："你要我咋说话咪？"

尤申达没想到第一天上班就碰到个硬刺，心里极不舒服，硬是把铁脚板拦下让老头走，铁脚板心里一喜。毛驴背上的刘老伯却欲开口辩解，铁脚板怕露馅，催促道："您就快走吧！这里不用你管。"顺手用鞭子在毛驴屁股上抽了一鞭，毛驴驮着刘老伯噔噔噔地向北而去。

岳少峰在关家窝接到赵紫云的情报，说尤申达回来当日伪保安团团长了，心里非常着急。如果党组织被尤申达发觉了，会出现不可估量的损失。他在关山家一边做豆腐，一边思索着对策。此时，刘老伯慌忙把一封信交给他，又把日军地图叮嘱了一番后匆匆走了。上级指示的内容是加强与对河部队的联系，他看了地图，思考了一会儿后，立刻与关山、傅愣强研究对策。他说："日文咱们看不懂，但从河流两边地理位置的标注看，这是一张进攻豫西地区的方案图。豫西北望中条，西接潼关，是防御日军进攻西安的最后一关，如果豫西丢了，那西安也就不远了。这个作战图，箭头全都指向豫西，这是一个非常危险的信号。"关山说："你说咋办哩？这图往哪送哩，是报告给咱运城地委，还是送给对河部队呢？"岳少峰说："送给运城地委，运城地委再转给对河部队，这样恐怕时间会很长。如果日军在近期进攻，那可就误了大事了。"关山说："那你是计划直接送往对河？"岳少峰说："上级指示我们要加强与对河部队的联系。我得去东山一趟找吴中建他们，想法让他们把日军作战图送过河，及时告知豫西部队。"傅愣强说："豫西全都是国民党军，他们整天喊着抓共产党，我们咋去哩？去了给谁哩？给国民党军？给了他们再把咱抓起来？"岳少峰说："给谁咱现在定不下来，咱先去东山，到了那里也许有办法。"关山说："不光是过河地图给谁的问题，还有尤申达问题，遇到尤申达咋办哩？"岳少峰说："没想到尤申达在这个时候能投靠日本人。"关山说："咋办哩？"岳少峰说："事情哪能那么巧，他尤申达就是孙悟空，能变出七十二个哩？就他一个，我不信他有多大的能量？"关山说："不管咋样，你都得防着哩。"岳少峰说："防一定是要防哩，但不能因为他当了保安团团长，我们吓得工作都不敢干了？"关山不吱声了。岳少峰又说："关山你负责设法搭救铁脚板，我和愣强一搭去东山。不用太担心，我会小心的。"

为了避免被汉奸认出，岳少峰特意打扮成商人进山购货的模样，肩搭布褡裢和傅愣强一起出发了。岳少峰一路担心遇到尤申达，没想到却被老丘秃盯上。

凤凰城老丘秃早就怀疑岳少峰是共产党，想举报只是苦于没证据。这次，他突然远远望见一个人像岳少峰，引起了他的注意。如果能抓住岳少峰，准能到皇军那里领到赏钱。老丘秃此时完全忘记了之前梦大发是怎么死的，于是盯着商人打扮的岳少峰，尾随其后。

岳少峰和傅愣强一路绕岗楼过关卡来到南村塬。其实他俩对老丘秃早有觉察，没有动手的原因是在敌人的眼皮子底下，怕引起不必要的麻烦。

但过了南村塬岳少峰就放慢了脚步，傅愣强疾步赶上来，两人使了个眼神，突然在拐弯处藏了起来。

老丘秃前面跟踪的目标突然消失，让他心生疑惑。他伸长脖子四处张望，突然脖子后面冷冰冰地发凉，傅愣强用枪顶住他说："想干啥？"老丘秃一看不妙，转身赶快赔笑说："兄弟，别别别，小心走火。"傅愣强又用枪使劲顶了顶说："到底想干啥？"老丘秃极力赔着笑脸说："就是看看，看看你跟岳会长都忙啥咪？"岳少峰说："好啊！今个就跟我们一搭走，看看我们都在忙啥咪。""不啦不啦！你们忙吧！"傅愣强说："这可由不得你，走！"岳少峰和傅愣强押着老丘秃向东山走去。刚走了几步，突然迎面开来一辆日军大卡车。他俩一看慌忙躲藏，但已被日军发现，日军开枪就打，岳少峰腿部中弹，一时难以行走。傅愣强心急如焚："少峰，我背你。""不要管我，你快走！"傅愣强坚持不走，岳少峰把地图塞给他说："执行命令！"然后推了他一把，傅愣强只好忍痛离开。此时，老丘秃就像看到救星，窜到路中央两手臂舞动着大声叫喊："太君！太君！停车！停车！"大卡车在路上"嗤"的一声停了下来。"什么的干活？"老丘秃赶紧跑上前说："我的良民的。"然后指指岳少峰说："他，抗日的干活。"日军下车看了看坐在地上的岳少峰，说："你的，抗日的干活？"岳少峰神色淡定地说："太君，我是到山里进货的良民。"老丘秃赶紧纠正说："太太太君，他不是进货的，他他他是抗日的，是专门打小鬼子咪。"日军长官一听"哼"了一声。老丘秃知道自己说错了，马上又改口说："是专门打皇军咪。""打皇军？"老丘秃又改口道："不不不，不是打皇军，是打鬼子，不是……"老丘秃越解释越解释不清。日军最后呵斥道："统统带走！"就这样，岳少峰和老丘秃一同落入日军手里，被推上大卡车，与车上被押的人一起送往八政据点。

傅愣强眼睁睁望着岳少峰被抓走，强忍着心中的痛向东山奔去。他跑到莲花山，一看到王力合就着急地说："大队长！快救岳会长！""岳会长咋了？"傅愣强把岳少峰接到上级指示后，在赶往东山的路上遇到日军被抓一事说了一遍，并把日军地图交给了王力合。

王力合拿着日军地图思考着，大家吵着要救岳会长。

古平县牺盟会虽然之前被强行解散，但岳会长在大家心中的位置从来没被抹掉过，大家还一直这样称呼他。王力合说：“大家救岳会长的心情我能理解，但要冷静。目前，还不知岳会长被日军送往什么地方？关在何处？都先静下心来好好分析分析，岳会长有可能被日军关在哪里，摸清情况再制定营救方案。否则，这样草率去救，不仅救不了岳会长，把游击队也会搭进去，这是岳会长绝对不愿看到的。”说到此，他停顿下来，平复了一下自己的情绪，又接着说：“大家先想一想，茅津、八政、张店，这几个据点，最有可能关在哪里？”毛瑞兴说：“茅津据点位于码头，主要任务是管控码头船只往来，不属于中心据点，不会有监狱之类的设置。”王力合说：“那茅津据点先排除在外。”吴中建说：“张店虽属中心据点，但规模不大，没有监狱。”王力合说：“咱就再分析分析八政据点。”毛瑞兴说：“八政据点是日军的一个中心据点，里面设有日军情报班、警察所、日伪情报工作队、修械厂、驮骡队，还有酒馆、澡堂、慰安所、日军有一百多人，日伪工作队也有二百多人，其中有三口杀人井，一个活靶场，之前就有三千多名中国军民在这里被屠杀，老虎口监狱经常关押着重要抗日骨干和被俘军官。”听到此，王力合坚定地说：“老虎口监狱！一定在这里。”牛二柱说：“大队长，你就快说吧！咋个救法？”王力合说：“挑几个精干队员，立刻过去侦察情况，一定要把八政据点老虎口监狱的地理位置、周围情况摸清楚。”傅愣强说要去，毛瑞兴和牛二柱也要去。王力合见大家纷纷要求去，镇定了一下说：“同志们，我知道大家救人心切，但不可能大家都去，还需要有人留下来，坚守我们的根据地。这次侦察任务交给傅愣强和牛二柱，你们俩带几个精干队员去，务必把情况摸清楚，安全回来。”吴中建把望远镜也交给他们。

傅愣强和牛二柱带几个队员从莲花山跑到南村塬，趴在八政据点东边的高坡上往下观察。日军司令部、日军营房岗楼，一处接一处，老虎口监狱到底在啥地方？牛二柱说：“愣强哥，你看那个小土丘只有一个窑洞，门口好像是用木桩封死的。”傅愣强用望远镜仔细观察，边看边说：“说不定这就是老虎口监狱，前面的房子日军出出进进，好像是司令部哝，不远处还有岗楼，鬼子戒备森严，硬打肯定是不行。”牛二柱说：“那咱就再想别的办法。”傅愣强放下望远镜说：“这个由大队长来决定，我们只能把侦察到的情况带回去。”

王力合听了傅愣强和牛二柱的情况汇报后，沉思了一会儿说：“同志们，岳会长这次赴东山是为了这张日军地图。现在岳会长身处虎牢无法脱身，我们要想攻打八政据点救出岳会长的概率是微乎其微。目前，日军地图的箭头全部指向豫西，说明豫西面临极大的危险。究竟是咋回事，我们不懂日文，从地图上只能是判断。弄清地图的事情迫在眉睫，必须送过河，让国民党防军弄清敌人的意图，才能不被日军突破黄河。”吴中建说：“那是国民党的事，咱管那么多干啥咪？”王力合说：“糊涂！岳会长冒着生命危险来东山干啥咪？不就是感到问题严重吗？”吴中建不吭声了。王力合又说：“站在岳会长的角度看，如果我们不能很快把信送过河去，他是不会安心的。这件事要马上行动，而且要确保万无一失。”吴中建说：“如何分配人员，大队长你安排。”王力合说：“吴中建和傅愣强，你们俩跟我过河；毛瑞兴和牛二柱你们负责监视八政日军动向，梁虎生带领队员坚守根据地。”“是！”

夜幕降临，王力合把地图缝进傅愣强的衣服里，过河人员准备好一切，王力合、吴中建、傅愣强几个人，一人背了一袋干木耳和药材，在一个不知名的小渡口，乘羊皮筏连夜过了河。毛瑞兴等人则去监视八政据点的老虎口监狱。

八政据点位于张茅公路中南段，据点东边是陡峭高崖，西边是蜿蜒曲折的涧水，涧水之西又是悬崖峭壁，日军司令部坐北面南位于公路西侧，后面有一个不大的孤丘，坐西向东只有一个窑洞，这就是老虎口监狱。

老虎口监狱窑洞并不大。高宽不到三米，深不到四米，其内不到三页席大的样子。窑洞口用土坯泥巴垒起的门墙留一米多宽的口子作为进出口，并用一排坚硬的木桩围堵着，木桩与木桩之间用狼牙齿铁丝死死缠扭在一起，对面约二十多米远就是日军岗楼。岗楼白天有人轮班坐守，黑夜有六七个鬼子兵看守。岳少峰还有汉奸老丘秃等人被一个个从车上拉下来，强行推进这个狭小的土窑。由于窑洞低矮，顶部呈圆拱形，两边靠墙处更矮，站在里面根本直不起腰，八九个人只好坐在地上，中间的人还能站起来伸伸腰，两边的人想伸腰得躺在地上才能伸。他们就这样，像多个蜗牛挤在一个壳里被关着。老丘秃本想抓到抗日分子好在日本人那里邀功领赏，没想到自个反倒被当成抗日分子关进来。人多地窄且不说，一天从不给水喝，更不用说洗脸漱口了。一天只送一顿饭，不是鬼子吃剩下的，就是锅底的煳巴巴，而且吃无定时，有时甚至一天也吃不上一顿饭。

岳少峰到老虎口监狱后，才知道另外几个被抓的是从夏县祁家河运送过来的。之前，不知这几人在祁家河关了多久，来时衣服破烂，胡子拉碴，蓬头垢面。这么多人挤在这狭小空间，空气不畅，加之大小便不准出去，几天过去，里面的气味可想而知。岳少峰这些人再难也能忍受，但过惯了富裕生活的老丘秃就熬不住了，他想方设法争取出去。最初他偷偷向鬼子递条子，说自己是维持会长，要求日军释放他。岳少峰等人一看这情况，都紧张起来。如果真实情况被老丘秃报告给日军，窑洞里的所有人都会遭到不测。几个人示意要掐死老丘秃以绝后患，但老丘秃递出去的条子日本兵根本不予理睬。老丘秃一看递条子不管用，于是又大声叫喊，结果招来岗楼上的日军怒气冲冲地走来，用枪托在门上狠狠捣几下，并大声呵斥："再吵！统统死啦死啦！"以后无论老丘秃再怎么折腾，日本兵都不予理睬，窑洞内的人才松一口气。老丘秃见递条子日军不买账，大声喊更不管用，他唉声叹气哭丧着脸，就像泄了气的皮球，一副垂头丧气的样子。其实之前老丘秃一直在张村据点忙碌，八政据点日军压根就不认识他，就是他有一个颇为特殊的脑袋也无济于事。岗楼的日本兵根本不知道他在喊啥，还以为他精神不正常，所以恐吓了一番，然后再不搭理他。岳少峰从开始看到老丘秃这种情形，心中就忐忑不安，加之又想起当年父亲向他借高利贷迫使父亲卖掉妹妹的往事，一股怒火骤然升起，也想早点把他除掉。但回头一想：死了老丘秃事小，连累了大家事就大了。他强压心中怒火，皱着眉头劝说："老丘，你觉得为日本人做事有啥好结果唻？"老丘秃不吱声，脸上露出极为尴尬的表情。岳少峰又说："你难道就没想过，万一有一天日本人滚蛋了，你咋面对乡里乡亲唻？""这……"老丘秃欲说无言。岳少峰又说："如果从现在起，你能跟大家一条心，共同对付小鬼子也还不算晚。小鬼子迟早会被赶走的，待我们中国人胜利的那一天，大家都会原谅你的。如果你再执迷不悟地走下去，背一个汉奸的罪名，留给子孙后代遭骂，你死了能安心吗？"老丘秃此时想到：老婆生了几个儿子都没能成活，只有门墩活了下来，自己要是再作孽，门墩能有好吗？沉思了片刻说："岳会长，我懂了，我如果能出去，一定想办法营救大家。如果出卖兄弟，雷打龙抓。”最后他还举手赌咒发誓。岳少峰看老丘秃有所悔悟，进一步鼓励说：“只要你愿意重新做人，我相信你！”窑洞里的同志们都说：“我们相信你！”从而给老丘秃吃了一颗定心丸。

老虎口监狱之前还关有几个人，其中有一个十二三岁的小女孩。小女孩每天一个人缩在窑洞一角，一句话也不说。岳少峰觉得奇怪，心想：老虎口监狱关的都是政治要犯，咋会有一个小女孩呢？于是他关切地问：“小妹妹，你咋也被关在这里唻？”“我在山上放牛，日本人要抢我的牛，我死活不让，结果连牛带人一搭被抓来。”说着小女孩委屈地哭了起来。岳少峰安慰道：“小妹妹，有机会想法逃出去。”小女孩说：“我怕。”岳少峰说：“别怕，有我们在……”

岳少峰在老虎口监狱不停地经受日军拷问，腿上伤口也开始溃烂。他从衣服上撕下一块布条把伤口扎住，咬着牙过一天在墙上刻一道记号。每刻一道，他的心里就多一份焦虑。他不知傅愣强到底把情报送到东山没有？那张日军进攻豫西的作战图到底送过河没有？这一直是他担心的一个问题。他怀着焦虑不安的心情在监狱中煎熬。一直在墙上刻了二十个道。小妹妹说：“大哥哥，你刻这道道干啥唻？”“我在记天数唻！”“你进来有多少天了？”“二十天了。”“我都进来二十多天了。”说着小妹妹又哭了起来。岳少峰安慰道：“别哭小妹妹，我一定帮你逃出去。”小妹妹睁大眼睛看着他，他朝她点点头。

夜幕降临，一片漆黑，老虎口监狱周围伸手不见五指。日军探照灯一会儿扫过来，一会儿又扫过去，中间总有一段时间没有光亮。此时，监狱外突然开来一辆大卡车，日军从车上拉下几个人，一个日军走到窑洞门口把木桩栅栏门打开，然后折回去推搡那几个被捆绑的人。此时探照灯正好转了过去，监狱周围一片漆黑，一直躲在门后的小女孩被岳少峰拉过来又轻轻地推了一把，小女孩顺势溜出去钻入草丛。等日军把那几个人推搡进窑洞里关上门后，窑洞里的人已经挤得无法坐下。本来之前就像几个蜗牛挤一个壳，这下又关进几个人来，简直把人能挤成牛肉墩。日军才不管这些，强行把门锁上。岳少峰没注意到窑内拥挤不堪的状况，而是一直关注外面草丛里的小女孩。待日军大卡车开走后，监狱门外又恢复了宁静。岳少峰隐隐约约看见草丛中的微波在徐徐向东移动，直到草丛恢复平静。他料定小女孩逃出去了，长舒了一口气。

日军由于在张店丢失了对豫西作战的地图，对各处关押人员严加搜查，岳少峰和所有被关押人员被日军搜了个遍，也没能找到可疑的东西。最后日军又用棍棒枪托打，一个个逼问："谁是会长？谁是县长？说出了就没事了。"日军想以此来诱骗大家。岳少峰为了能救下身边的所有同志。于是说："我既是会长，也是县长，他们都是老百姓。"日军长官高兴地说："吆西！吆西！"然后指着他说："你的继续关押，其他人统统带走！"

岳少峰望着被日军强行押走的难友，希望他们能脱离虎口，不再遭受这般惨无人道的折磨，从此能获得自由。他想把这种心愿送给在狱中一起饱受折磨的所有人，其中也包括似有悔悟的老丘秃。

老丘秃被当作抗日分子一同被日军押走，他不知日军要把他押送何处，只好被推搡着往前走。他之前听说岳少峰是牺盟会会长，却从来没听说过他是县长，今天听岳少峰说自己是县长，让他好不诧异。

老丘秃之前虽然像条狗似的跟着日本人鞍前马后地忙活，但他从来没想到日本人会杀他。他随着其他抗日分子被日军押着走过据点的司令部，走过日军营房，走过澡堂，走过商店，走过日伪工作队，走过一片荒草地，来到一处空地上。空地上站着一队持枪的日军，日军前面是一口张着黑洞洞大口的水井，井边的石板上粘着厚厚一层血渍，有深有浅，已看不出石板的本来颜色。井边竖着两根木桩子，木桩颜色同样被血渍遮盖，辨不出颜色。两边各站一队日军，手端刺刀，一副冷冰冰的表情。抗日分子被带到此地，大家都心知肚明知道日军要杀人了。为了抗击日寇侵略者，他们从一开始就抱定必死决心，面对死亡，他们个个大义凛然，视死如归。其中一个开始高呼："打倒日本帝国主义！打倒侵略者！中国共产党万岁！中华民族万岁！"大家都跟着喊了起来。此时就有两人被推上前去靠在木桩上，被日军反复刺了数刀，然后推入井里。接着日军又上去两个兵，以同样的方式继续杀人，一拨一拨地进行。看到此种场面，老丘秃早已吓得浑身哆嗦，一股尿流顺裤腿往下流。求生的本能迫使他一声声嚎叫："我不想死啊！我不想死啊！！我……"没等老丘秃再嚎出第三声，就被日军强行砍了。老丘秃虽然跟这些高呼"共产党万岁"的人阴差阳错地在一起被日军关了二十多天，但临到死都没真正弄明白这些人为啥就这么不怕死咪？

老虎口监狱中难友被带走后，三页席大的窑洞一下子变得空旷起来。岳少峰望着这个狭小而又空旷的人间地狱，想到留给自己的时间不多了，此时他并没有害怕。从他第一天决心跟定共产党闹革命，就抱定了为党牺牲一切的坚定意志和信念，只是眼下党的任务还没有完成，让他心神不宁。傅愣强是否联系到吴中建毛瑞兴他们？是否把地图送过河？想到此，他又焦躁不安起来。他在地上来回走动，但没有丝毫办法。脚下被难友踩踏过的麦秸铺草，被他踩踏得沙沙作响，他不停在窑洞踱步，突然感到脚下有一个硬邦邦的东西，捡起一看，原来是一把小刀。他马上意识到这是自己同志留下的。有了小刀就有了生的希望。如果用小刀能掏挖个洞穴逃出去，是再好不过的事了。想到此，他激动不已，马上决定挖洞越狱。

挖洞越狱可不是件容易事，弄不好被鬼子发现，不仅逃不出去反倒死得更快，一定要谨慎才行。为了稳妥起见，这个想法只能在黑夜进行。这么大点地方，挖洞地点选在哪里合适呢？这让岳少峰颇费心思：窑底不行，日军在门口一眼就能看到底，他望着狼牙齿铁丝栅栏门出神，门后一米多宽的地方是个死角。日军送饭或是抓人都是把门打开，从不往里仔细察看。当然，里面复杂难闻的气味日军绝对不愿靠近，尤其是门后，日军也绝不会把头探进来察看这个令人窒息的死角。对，就在此处挖。计划设计好后，他心中感到异常兴奋，望着天空，希望日头快些隐去，夜幕快些降临，他不停地期盼着。日头终于在他的期盼中渐渐隐去，夜幕也缓缓降临，外面日军哨兵已进了岗楼。他拿起小刀在事先想好的地方，开始用力挖掘。一点一点把地上的硬土掏挖出来，并堆积在一起，快到天明时，再把挖出的新土重新推进洞穴，并用铺草尿桶遮挡住，然后躺在地上大睡，积攒力气，待到第二天天黑继续再挖……

毛瑞兴、牛二柱、铁蛋等队员，第二天仍在监视八政日军据点。突然铁蛋喊："队长有人！在前面的草丛里咪。"几个人猫着腰来到铁蛋手指的地方，走近一看，吓了一跳，草丛里确实躺着一个人。毛瑞兴用手试试鼻息还有气，赶快叫铁蛋背起就走，在附近找到一个壁垒户窑洞安放下来。毛瑞兴见是个小姑娘，嘴唇又干裂，弄了碗水给姑娘喝了几口，小姑娘缓了一会儿，才慢慢睁开眼睛。她看见边上全是陌生人，马上惊慌失措地想跑，但她根本无力动弹。毛瑞兴安慰说："小妹妹别怕，我们是抗日游击队的。"一听说是抗日游击队的人，小姑娘脸上露出难得的笑容。

之前抗日自卫队在这一带救伤员打鬼子，这一带老百姓都知道。房东大伯给小姑娘熬了一碗玉米面糊糊喝了，小姑娘吃了点东西，才感觉有点力气。毛瑞兴看着小姑娘能坐起来说话了，迫不及待地问："小姑娘，你是从啥地方来的？"小姑娘一五一十地把从老虎口监狱逃出来的经过说了一遍。这让毛瑞兴大为意外，想摸老虎口监狱的情况无从下手，没想到如此得来消息。他急不可待地问："你知道老虎口监狱关有啥人咪？"小姑娘说："我一个也不认识。"这让毛瑞兴很是失望。但小姑娘又接着说："好像一个大哥哥与一个秃老头认识咪。"毛瑞兴说："糟了！肯定是老丘秃。如果岳会长与老丘秃关在一起，准凶多吉少。"铁蛋说："糟了糟了！岳会长和老丘秃关一搭了，准被老丘秃出卖了。"铁蛋跺着脚在窑洞里急得来来回回走动。牛二柱说："毛队长，你说咋办咪，急死人了。"毛瑞兴说："大队长不在，如果大队长在，或许有办法。"此时小姑娘又说："开始时秃老头一直给小鬼子递纸条，我看大家都紧张得不得了。鬼子不知为啥咪，没理睬秃老头，大家才松了一口气。"小姑娘的话也让毛瑞兴几个松了口气。牛二柱说："那后来呢？""最后，还是认识秃老头的那个大哥哥一直劝说，秃老头才对小鬼子死了心。"然后小姑娘又说："多亏那位大哥哥，要不然我还逃不出来呢！"毛瑞兴和牛二柱两人对视了一下，意识到这个推小姑娘的人可能就是岳少峰。毛瑞兴说："小姑娘，这个大哥哥你还记得他长啥样？""长得瘦高，很和蔼，感觉他是个识字人，有文化，他还受伤了。"毛瑞兴急切地问："伤在哪？""在腿上，我看他在衣服上撕了布条在腿上缠咪。"毛瑞兴肯定地说："岳会长，就是他。"小姑娘睁着一双大眼睛疑惑不解。毛瑞兴说："小姑娘谢谢你。你先好好养，等你好了就可以回家了。"毛瑞兴安慰了小姑娘，又开始寻思着该如何救出岳少峰。

岳少峰在老虎口监狱，拿着同志留下的小刀一到天黑就在门后奋力挖掘，他不顾休息，只怕时间长了被日军发现。他不仅黑夜挖掘，为了加快进度白天也开始挖掘。白天怕被日军发现，他利用车马路过时发出的噪音做掩护。就这样，他的手都磨破了也顾不得休息，白天黑夜连轴转，大大加快了挖掘进度。由于土丘小，只有一个窑洞，窑皮薄的地方只有一米来厚，当他挖进一米时，前面出现了松土，这让他异常兴奋。他又继续往前挖掘，忽然挖到一根横木，这让他更加兴奋。他不敢从横木上挖，怕万一洞口塌陷暴露了意图，就一切都完了。他开始在横木下掏挖，待把横木下的松土掏挖出来后，横木下出现一个不大的洞穴，刚能过去一个人。他从横木下钻过去再继续往前挖，快到地面时，他不敢把洞口盲目暴露在外。他又从洞穴里爬回来，在窑洞门口借着月光往外察看，发现挖洞的方向有两块大石头。心想：如果能把洞口出在两个大石头之间，敌人是不容易发现的。确定了出口位置，又估摸了一下大致方向和洞穴进展的具体方位，他又重新回到洞穴内开始挖掘。经过两天多时间的奋力挖掘，终于在第三天后半夜把通道挖通，他看到了逃出的希望。他抑制不住心中的兴奋，爬出洞口把头伸出洞外，月亮的清辉洒满大地，洞口完全暴露在月光之下。此时此刻，他的心情有点踌躇，不敢贸然出去。月亮哪里知道岳少峰的心情呢？她无意洒下的清辉在提供给他能仔细观察外部情况的同时也暴露了他逃跑的意图。他心想：如果此时从洞口爬出，越过岗楼，一定会被日军发现。如果被日军发现就前功尽弃了。不如耐心等待，等到月亮西沉，西边的阴影全部遮盖住老虎口监狱的时候，还要等日军巡逻一遍回到营房之后才能行动。岳少峰在被关期间，就注意观察掌握日军的巡逻规律，每隔一段时间出来巡逻一次，中间总有一会儿空当时间，尤其是到了深夜，日军巡逻次数相对减少，这就给他逃跑留出了难得的机会。他重新爬回窑洞内等待，等待月亮慢慢落下，等待老虎口监狱门前完全黑暗下来，日军也都回到营房。此时，他艰难地从洞口爬出，拖着受伤的腿，一瘸一拐地绕到山圪塔背后，越过公路钻进草丛，顺坡势滚到沟底，然后又一步一步往山坡上爬行，每爬一步伤口都钻心地疼，待爬到坡垴小村庄时，连累带饿带伤的他，一头钻进一个破草窑里昏睡了过去。

毛瑞兴计划叫房东老伯用毛驴车送小姑娘回去。老伯去草窑弄草料喂毛驴，忽然发现草堆里躺着一个人，惊得老伯慌慌张张从外面又回来，进屋就说：“快快快！外面有人咪！”毛瑞兴随老伯向破草窑走去。

破草窑里岳少峰还在昏睡，毛瑞兴进来大吃一惊。老伯问：“你认识？”“何止是认识，他就是我们要寻的人。”老伯惊得半晌合不上嘴。牛二柱和铁蛋也赶了过来，几个人一看都兴奋起来，张口想喊，毛瑞兴示意大家赶快把人抬回屋。几个人七手八脚把岳少峰抬回老伯的窑里。毛瑞兴摸了一下岳少峰的额头，感觉很烫，然后又把腿上缠的布条一层层解下来，伤口化脓得厉害。他回头问老伯："村里有没有大夫？"老伯说："我这小庄子没有，得去南村寻大夫，南村大夫还不知能不能看了这枪伤？"毛瑞兴说："不管咋样，还是快把大夫请来看看，弄点药再说。"

老伯找来大夫看了伤势，配了一些外敷的药撒在伤口上包好，又开了药方说："抓几服草药吃吃，能不能退烧，就看他自个儿的造化了。"毛瑞兴赶紧道谢，大夫又悄悄说："这段时间，日本人查得紧，要当心哝！"

送走大夫，老伯去抓药。毛瑞兴说："南村这地方离鬼子据点太近，万一哪天鬼子上来就危险了。咱们还是去尧店，那是我们待过的地方，有群众基础。待老伯回来，咱们就走。"几个人都同意。

老伯从外面抓药回来，他们套上老伯的毛驴车就走。临走时毛瑞兴看见老伯窗台上的软柿子，拿了两个在手里捏个稀巴烂，然后涂抹在岳少峰和小姑娘的脸上。牛二柱赶着毛驴车，岳少峰躺在车上盖着被子，小姑娘坐在车上用围巾围得严严实实。

在通往尧店村的路上，遇上一队伪军拦住，看见毛驴车上躺着人，而且盖得严严实实，坐在车上穿红衣服的也用围巾把头包得只留两只眼睛。伪军心中起疑，马上端枪围了上来："站住！干啥的？"牛二柱"吁"的一声把车停住，说："老总，我们是看病哝。""看病哝？我看你们像土八路！""老总，这话可不敢乱说，我们真是看病哝。"此时，跟在后面的毛瑞兴把手按在腰间枪上，准备应对不测。伪军说："啥病还捂得这么严实？"牛二柱说："传染病。""啥传染病？老子就不信了！"说话间伪军扯下小姑娘头上的围巾，小姑娘满脸全是大大小小的红豆点，有的地方还流着黄脓。小姑娘不停地在脸上抓挠，吓得伪军头儿直摆手："快走！快走！""老总，躺着的那个还没检查哝！""还检查个毬哝！把老子再传染了？"牛二柱"驾"的一声，赶着毛驴车飞跑起来。

之前岳少峰在尧店的时候，经常去姑姑家，毛瑞兴他们都知道。这次把岳少峰送来，让他姑姑大吃一惊。媳妇秀见少峰昏迷不醒，非常着急，赶快把草药熬上精心伺候。此时，大家才知道这是岳会长的媳妇。秀长得眉清目秀，脑后绾个圆发髻，一身土布衣穿在身上，地地道道一个村妇，

但干起活来干净利索。不仅把岳会长伺候得周周到到，还把他们几个的饭也都做了，虽然每顿红薯黑馍馍、汤加咸菜，但偶尔还弄些萝卜馅饺子给他们变变花样，几个人很喜欢这位嫂子。

岳少峰在秀和姑姑的照顾下病情有了好转。他慢慢坐了起来，说："毛队长，我们咋会在尧店？"毛瑞兴把经过叙说了一遍，然后说："岳会长，你死里逃生，好险啊！"岳少峰说："要不是那把小刀，恐怕我就交代在那了。地图的事咋样了？送没送过河？"毛瑞兴说："你就放心吧！有王大队长带着吴队长傅愣强一搭去，保证没问题。"岳少峰惊讶地说："这么说王力合回来了？"毛瑞兴说："不仅回来了，带的任务跟你差不多，都是黄河两岸联合抗日的事。"岳少峰说："看来这件事，上级组织是上了双保险了！"毛瑞兴说："是啊！这黄河多重要啊！之前就说中条山屏障重要，可中条山屏障被弄没了。这黄河防线再让日军突破，西安也就不远了。"岳少峰说："所以说这日军的情况一定得让对河的国军知道唻，让他们提前防范。"毛瑞兴说："咱的几员大将都派出去了，应该没问题。"岳少峰说："如果顺利的话，过不了几天就该回来了。"毛瑞兴说："按说他们应该早回来了，又不知遇到啥情况了。你安心养伤，等你伤好了，他们就该回来了，到时候咱们一同去莲花山，那里相对安全些。"岳少峰说："莲花山我就不去了，这边还有许多工作，你们也别都在这里候着，等伤好利索，我自个能走。"毛瑞兴说："岳会长，你不能再回凤凰城了，你腿上的枪伤万一被鬼子发现可就麻烦了。"岳少峰说："我没说回去，就留在尧店着重加强咱抗日游击队。"毛瑞兴高兴地说："岳会长，你真是这么想唻？"岳少峰说："这还能假？这段工作重点就放在加强抗日游击队力量这方面，重新恢复咱们的抗日根据地。现在莲花山游击队人员过于集中，最好带一部分到这一带活动。"毛瑞兴说："这个想法好，可以把两支队伍转移过来活动。"岳少峰说："这样，就恢复了我们的根据地，也扩大了活动范围。再加上这一带群众基础好，便于隐蔽，我看可行。待王力合吴中建他们回来，我们再好好商量商量。还有一件事我放心不下，铁脚板被尤申达抓去了，不知现在情况如何？谁能去关家窝打听一下。"牛二柱说："我去！"岳少峰说："那你快去快回，我等你消息。"

第三十九章　王神仙突显真容　赵老爷被荐会长

铁脚板被尤申达保安团抓到凤凰城，却找不到任何证据，加之铁脚板知道刘老伯已把党的信件和地图送到关家窝，心里更加硬气。质问道："你们为啥抓我？"尤申达说："看你不像个好人。"铁脚板说："那你看我像啥人？""看你像土八路！"铁脚板说："土八路又咋啦？土八路是汉奸走狗吗？"这句话一下戳到尤申达的软肋处。他便以土八路嫌疑将铁脚板押入凤凰城监狱，并得意地说："叫你看看马王爷到底有几只眼。"铁脚板气得啐了他一口。

为了救出铁脚板，周掌柜提着点心匆匆赶到花园村去寻王神仙。王神仙能掐会算，人人都敬他三分，他跟啥人都能搭上话，与赵老爷的关系也不错。一次赵紫云幼时中风，生命危在旦夕，多亏王神仙给她扎了一针算是救回了小命，赵老爷就把紫云认到王神仙跟前做干女儿。两家做了干亲家后，来往更加密切，无论谁家遇到事，都是二话不说立马相帮，就连与对方有关系的人也从不推辞。

王神仙戴着一副圆框花镜正在半仙堂坐诊，看见周掌柜急匆匆走来，忙说："有啥急事了？""确实有点急事。"王神仙很快把几个病人诊完，回头把周掌柜让进里屋。周掌柜说："尤申达把杂货铺送货的铁脚板抓去关押，要以八路论处。可铁脚板他哪是啥八路啊！他就是个送货的，在这一带谁不知道啊！"王神仙沉思片刻说："你别急，我去寻拐巴子说。"王神仙拿起卦幡匆匆朝警察队走去。

王神仙能给人看病，降鬼驱邪之类的事也经常干，但他行事内敛，心中疾恶如仇的正义感从不外露，平素间总是一副半神半仙的样子，凭借自己一技之长，神不知鬼不觉地惩治了恶人。之前，为拐巴子的小舅子尤申达竖幡招魂，本想要弄他们一番，尤申达却碰巧回来了，不过他们一家在凤凰城也丢尽了人。但从那以后，王神仙在拐巴子心目中，如同真真切切的神仙下凡一般，被敬拜得五体投地。此时，王神仙来找拐巴子，当然清楚拐巴子对他的敬拜。

一区日伪警察队设在张村据点，一般人是不容易进去的，但王神仙前几天为猪原看过病，因此，他这个具有鲜明特征的人，见一面日军自然就记住了。王神仙手执卦幡来到据点吊桥前，日军立马放下吊桥让他进去。

尤申达正在据点与姐夫拐巴子说道着抓人的事。“姐夫，我逮住一个八路。”“你到哪逮住了八路？”“你不知道，夜儿个八路吆着毛驴路过狐三村，被我给逮住了，就关在凤凰城监狱。”拐巴子说：“你可别胡乱抓人啊！”尤申达眼睛一瞪说：“我咋是胡乱抓人唻？”拐巴子说：“你还是沉着点，都是本乡本土的人，别瞎干。”尤申达说：“你咋越来越胆小了？”拐巴子说：“梦大发被炸死你不知道？”尤申达嗤之以鼻，瞥了他一眼没有吭声。此时，王神仙打着卦幡，神态悠闲地走来，拐巴子一见王神仙来，“腾”地从椅子上起来，赶紧迎上前去说：“啥风把您老给吹来了？快快快！屋里坐。”王神仙进屋在椅子上坐下来就说：“我是来求你这个大队长的。”拐巴子赶紧说：“不敢不敢，您老有事就尽管说，我一定尽力办。”“听说你小舅子夜儿个抓个脚夫？”拐巴子马上愣住了，说：“您说的是那个赶驮骡的？”“对，就是赶驮骡的。”拐巴子看了尤申达一眼说：“有人说他是八路？”“他哪是啥八路，就是一个送货的。”“听说他态度不好，还很生硬？”“赶驮骡的就是个粗人，有股子蛮劲，直性子，惹火了天不怕地不怕，就是个二杆子脾气，你还真把他当八路关唻？”拐巴子赔着笑说：“这年头草木皆兵，难免有逮错人的，要不是您今儿个来，还真就把他当八路了。我这就去跟监狱说说，把他给放了。”“那就多谢了。”随即王神仙起身给拐巴子打躬作揖。拐巴子赶紧说：“使不得，使不得！”尤申达看着王神仙走了，赶紧说：“姐夫！你还真要放人？”“这还有假？”尤申达说：“这是我保安团抓的人，你凭啥要放？”拐巴子说：“凭啥？凭我是你姐夫！”尤申达不解地说：“姐夫！那人是干啥的？你咋对他那么客气？”拐巴子没好气地说：“没有他，你早死外头化成灰了！”尤申达不解地说：“我跟他有啥关系唻？”拐巴子不耐烦地说：“回家问你姐去！”

拐巴子媳妇辣椒嘴最爱穿着打扮，此时丈夫拐巴子是警察队队长，弟弟又是保安团团长，她早已忘了在西安军事法庭金簪子被收去的烦恼，穿得花枝招展拿着眉笔对着镜描眉画眼，她见尤申达拉着脸从门外进来，说：“谁惹你了？”“还有谁咪？姐夫呗。”“你姐夫咋惹你了？”辣椒嘴这么一问，尤申达就来劲，说：“姐，你说说，我好不容易逮住个八路，本来说交给日本人，可姐夫一见人说情，就给放了，真是气死我了。”辣椒嘴说：“谁这么大面子？你姐夫说放人就放人？”“就是那个王神仙，他一说情，姐夫就要放人。姐夫见了王神仙像敬爹似的，好像咱家欠他啥似的。我就不明白了，为啥咪？”辣椒嘴放下手里的眉笔，叹了口气说：“那还不是几年前的事。”“几年前到底有啥事啊？”辣椒嘴见尤申达把几年前自己闯祸的事忘得一干二净，气得瞪了他一眼，说：“还不是因为你惹的祸，被人绑去几天几夜没回家，求人家王神仙又是掐又是算，又在院外竖招魂幡，整整三天三夜啊！才把你招回来。”此时，尤申达似乎也想起了几年前那个恍恍惚惚的夜晚，但终究不知是被谁弄的，也就稀里糊涂过去了。今天又被姐提起这件事，回想之前自己撞死岳老汉的事，似乎自己被绑架的事与岳少峰有关，但又没直接证据，究竟这件事是谁干的，尤申达至今还是个未解之谜。

拐巴子通知凤凰城监狱长放了铁脚板。监狱长却说是保安团抓的人不敢放。拐巴子说：“我说放就得放，有啥事我担着！”监狱长只好放人。

铁脚板气鼓鼓坐在监狱地上，好像被抓的气还没消退下去。他一直在肚子里骂狗汉奸尤申达，总想出去一刀宰了他。监狱长打开门说：“铁脚板，你回家吧！没事了。”铁脚板骨碌一下从地上起来，嚷道：“嗨！你们说逮人就逮人，说放人就放人？我不走！逮人总得说个理由吧？”监狱长说：“放你走！你就赶紧走！赖着不走还要坐一辈子不成？说你是个二杆子，你还真是个二杆子咪？”铁脚板拧着脖子说：“你说我是二杆子我就是二杆子。就是不行！我得寻县长评评理，总得跟我说个子丑寅卯来！”“你还嫌惊动人少啊？要是让据点日本人知道了，还不叫你坐‘飞机’？！你就别要二杆子脾气了，这年月你去哪评理去？”监狱长硬生生把他推出了门。铁脚板只好大大咧咧悻悻而去，在心中却暗暗窃喜。

铁脚板被尤申达抓去坐了几天监狱，心里对伪军更加仇恨，回到村里又看见当伪军的自家兄长刘满堂穿一身屎黄色的伪军衣服，更是不顺眼。他盯着刘满堂也不说话，一直怒视着。刘满堂被他盯得浑身不自在，诧异地说："你老盯着哥干啥唻？""我看你穿这身黄狗皮就来气。"刘满堂显得很无奈的样子说："哥也是没办法，就是混口饭吃，哥可没干啥坏事啊！""没干坏事？上次在南吴村，你说撵八路，那是干啥唻？""哥跟着瞎跑唻，凑凑热闹。""你若真干了坏事，我饶不了你！"刘满堂举着一只手发誓："哥若干坏事，遭天打雷劈。""知道就好！"

牛二柱按照岳少峰的安排来到关山家的杂货铺，周掌柜正在店面张罗，见牛二柱来，赶紧把他带进后院，牛二柱把岳少峰受伤的情况以及在尧店养伤的情况跟关山叙说了一遍。关山说："岳会长好险啊！但好在现在没事了。送地图的事咋样了？""如果顺利的话，应该送到了，估计也该快回来了。岳会长担心铁脚板的情况咋样了？""铁脚板已经出来了。"此时，牛二柱又想起另一件事，说："岳会长说汉奸老丘秃也被关在老虎口监狱。"关山感到很奇怪，说："咋会这样唻？到底咋回事？"牛二柱说："岳会长去东山时，老丘秃一路尾随，遇到日军结果一搭被抓了。""这下岳会长就糟了。""可不是啊！岳会长当时也感到很危险，会被出卖。结果八政据点的日军根本就不认识老丘秃，老丘秃再怎么给鬼子递条子喊冤，鬼子根本不买他的账。"关山问："结果咋样了？"牛二柱说："结果小鬼子逼问谁是会长，谁是县长。岳会长想：反正自己横竖都是一死，为了保护其他同志，他一个人全部揽了下来。结果鬼子把他一个人关在老虎口监狱，其他人都被带走了。现在不知这些人被带到啥地方去了？"关山说："这个情况要通过八政伪军内线的人才能打听到，我会尽快想办法了解这个情况。"

凤凰城老丘秃家院里院外都挂满了白纱。老丘秃老婆在屋里哭天抢地喊："你这个死鬼啊！天天算计，结果把自个的老命算进去了。这都是报应啊！你这个死鬼，你丢下我们孤儿寡母可咋过唻！……"儿子门墩也在哭泣。街坊四邻望着老丘秃家纷纷议论："这个老丘秃是咋回事啊！说没就没了？""听说是被日本人杀了。""日本人咋会杀他呀！他不是天天跟着日本人干吗？""他是被八政据点日本人杀的。那里的日本人根本就不认识他。""这都是报应啊！"人们七嘴八舌议论着。

赵紫云听到这些议论，感觉情况有变，背着女儿朝关家窝走去。周掌柜看见赵紫云来，就知道有情况，赶紧把她叫进屋。赵紫云把老丘秃的死告诉了关山，关山惊讶地说：“老丘秃死了，你咋知道的？”“他家都开始办丧事了，城里人都传开了。”“你知道他是咋死的？”“听说是被八政据点的日本人戳死的，死得可惨了，一搭死的还有好多人咪，都是被活活戳死的。”说到此赵紫云疑惑地说：“我咋就想不明白了，这老丘秃咋会被日本人戳死咪？他不是天天为日本人做事吗？”听了赵紫云的话，根据牛二柱带来的情况，关山一切都明白了。他把前前后后的经过叙说了一遍，赵紫云这才恍然大悟。关山把情况告诉牛二柱，让牛二柱赶快报告给岳少峰。

岳少峰听了牛二柱的情况汇报后说：“看来从老虎口监狱被带走的人，是被日军全部杀害了。现在老丘秃死了，古平县的维持会长一职还空缺，待张村据点日军知道了这件事，一定会再设法另寻找他人来替补这个角色。我们得尽快想办法，让我们自己人来占住这个位子。这样，有利于保护百姓的利益少受损失。大家想想，谁来当这个会长合适？”大家你一言我一语地说了半天，也不知谁合适。岳少峰说：“我看还是凤凰城的赵老爷合适。”几个人听了纷纷表态。牛二柱说：“赵老爷好，赵老爷为抗日捐了一百块大洋、五十石粮食，还捐了枪，在凤凰城没有第二个。”毛瑞兴说：“我也认为赵老爷合适，为人和善，对乡邻们也体恤，虽是大户人家，心底仁慈。”铁蛋说：“可是，可是，可是……”牛二柱问：“铁蛋，你可是可是，可是了半天，到底要可是啥咪？”“可是他那个从日本回来的儿子跟着日本鬼子跑了。”岳少峰说：“这事我知道，不是他儿子跟日本鬼子跑了，而是被日本鬼子强行带走了。你们还记不记得他儿子为了救乡亲们，给日本人跪下的事？”铁蛋说：“咋能忘了？他给日本人跪下，多丢人啊！”毛瑞兴说：“不！我不这么认为。一个文弱书生，面对日本鬼子的屠刀，为了救乡亲们，他又能咋样咪？他只能跪下求情。可这一跪，真的是救了几十条人命咪！我在想，站起来面对敌人英勇无畏是英雄，跪下来为了乡亲们的生命安危也是好汉。”岳少峰说：“毛队长说得有道理。他是为了救乡亲们啊！”这么一说，很快统一了认识，都认为赵老爷是最合适的人选。毛瑞兴说：“我们想让赵老爷干，还不知赵老爷愿不愿意干呢？”岳少峰说：“那我们就去做做赵老爷的思想工作，想方设法让他干。”毛瑞兴说：“谁去做这个工作？”岳少峰说：“赵紫云去做最合适。”

岳少峰安排完工作，看见姑姑想起徐清源老师的事，说：“姑姑，这几天我咋没看见徐老师和师母唻？”“他们都已经回茅津了。”“为啥唻？”“徐先生说，这段时间日军对无人区看管得松了，不少人又都回去了，他也要回去，我怎么拦都拦不住。”姑姑回答完，虎着脸一直盯着他。岳少峰说：“姑姑，是不是又在埋怨爹去世时没跟你说，还在生我气？”“你爹去世都十多年了，姑姑早不气了。”“那您为啥不高兴唻？”“我问你，秀伺候你这么多天，为啥跟人家没一句话唻？”岳少峰一时回答不上来。

自从岳少峰把媳妇秀送到姑姑家，姑姑一直不见秀的肚子鼓起来。这次见少峰只忙于工作，根本不搭理秀，逼问少峰才知还没圆房。姑姑说：“为啥不圆房唻？”岳少峰说：“工作忙，不着急。”姑姑说：“你把人家一个大黄花姑娘送我家，你不急姑姑急唻！你俩必须得圆房！”姑姑的口气没有丝毫商量的余地。

这些日子，秀对岳少峰细心照料，让他心生歉意。秀虽然没有俞倩身上新女性的味道，但绝对是贤妻良母式的女性。再说俞倩走了，到底能不能回来还不好说。于是在姑姑的强烈督促下，他与媳妇秀圆了房，做了真正的夫妻……

傅愣强等人从豫西回来，见面就说：“岳会长！你看谁来了？”岳少峰一看，高兴地说：“王力合！”然后伸开双臂抱住他说：“真是想你啊！”“我也想你。”“任务都完成得顺利吧？”王力合叹了口气说：“本该很快就能回来，没想到真的被国民党军当日军奸细抓了，结果身上的地图被搜去，上面的日文就更说不清了。我们再三辩解都无济于事，硬把我们以奸细看待，关了一个多月。结果卫将军到那里视察，我们才得救。卫将军把我们带走，很快找到懂日文的人翻译，确实是日军进攻豫西的作战地图。卫将军非常感谢我们，并把我们留下好好招待了一番。”岳少峰高兴地说：“这下我就放心了。力合同志，你回来正好加强游击队的领导力量。刚才我还跟毛队长商量如何把游击队抽一部分来这一带与敌人周旋。”王力合说：“我也有这个想法，看来，我们是想到一块了。”岳少峰说：“据情报说，张村土地庙山上老百姓家藏有不少枪支。”王力合说：“赶快想法弄来。”岳少峰又对傅愣强说：“你通知铁脚板，想法把枪支转运过来，然后再把赵老爷做维持会长的事跟紫云说说，让她做做她爹的思想工作。”傅愣强不知道老丘秃被日军杀死，岳少峰又做了一番解释，他才匆匆向运茅公路方向走去……

运茅公路修通后，日军为加强对茅津渡的防御，把佐藤派往茅津城驻守，佐藤把赵紫骏也带来。此时，赵紫骏回家的次数就多了起来。

赵紫云在家跟父亲说维持会长的事。赵老爷气呼呼地说：“之前日本人请我干县长我都没干，现在让我干维持会长，我更不干。”赵紫云说：“爹！你不干县长，结果我二舅回来被日本人请去了，整天跟着日本人跑。现在维持会长叫您干，您又说不干。可是如果您不干让那些铁杆汉奸干上了，这样一来，不是活活坑咱老百姓吗？”赵老爷说：“让我跟老丘秃似的，整天提着个铜锣满大街吆喝？我丢不起那人！”“爹，您不用跟老丘秃一样，您用您的方法干。”“啥方法都遭人骂。你不怕！我还怕！”“爹！这个理，我知道得不比您少。为啥少峰想推荐您干维持会长，就是因为您仁善，对乡亲们宽厚，对乡里乡亲和气。维持会长是在日本人手底下干，但总得有人干啊！是好人干了，老百姓就少遭点罪，让坏人干了，老百姓可就遭罪大了，你掂量掂量。”赵老爷寻找理由推辞不愿干，但还有一个原因没说出口，那就是不想与他二舅毛广善碰面，看见他跟日本人黏在一起就来气。赵紫云并不知父亲的内心，一直督促不停。赵老爷无奈地叹了口气说：“你哥当初被日本人强迫当了翻译，被凤凰城人用屎尿浇了一门，大门臭得几天都不能闻。”赵紫云惊讶地说：“还有这事？我咋不知道崃？”“是啥光彩事？还跟你说说？”“不管凤凰城人理解还是不理解，少峰说的这个事总得干崃？”“你让少峰另寻人吧！”“少峰让您来干，肯定是经过深思熟虑的，您说不干，这恐怕不成。”“有啥不成崃，就说我干不了。”“爹，您就别犟了，少峰本来就不容易，咱帮不上啥忙，也别给人家添堵崃。”“我说我干不了，咋就给人家添堵了？你这娃说话爹越来越不爱听了。”“我说话您别不爱听，少峰让我跟您捎个话，是让您先有个思想准备，日本人那边还没信崃！指不定哪天就寻上门来。”毛夫人听了父女俩的对话，说：“云儿，别逼你爹，让你爹好好想想。”“娘！我没逼爹。”毛夫人叹了口气说：“你哥啥时候才能回来。”毛夫人的一句话又勾起赵老爷的不快，也叹了口气。

老丘秃的死惊动了张村据点日军，日军大队长猪原认为老丘秃的死对维持会来说是个大损失，必须尽快找到合适人选来替代。他找到拐巴子说："毛队长，老丘秃的死纯属意外，谁也没料到他竟然跟抗日分子搅和到一起。目前维持会长一职空缺，你看由谁来干合适？"拐巴子说："这事来得突然，我马上还说不上谁合适。这样吧！容我想想，想好了报告太君。""限你三天时间，如果三天之内找不到合适人，你的警察队长也别干了。"猪原说完转身离去。拐巴子傻愣愣地站了一会儿，赶紧往凤凰城走去。

古平县维持会长人选之事，关山也接到岳少峰的指示。关山对周掌柜说："听说猪原安排拐巴子开始物色维持会长人选，这件事我们务必抓紧。一定要想方设法让赵明轩占住这个位子，绝对不能落在汉奸手里。""那你的意思是……""你去一趟王神仙家，叫王神仙推荐赵明轩。"

周掌柜到了花园村，见了王神仙就说："维持会长这件事，我们一定要抓住机会。拐巴子这会也一定在思谋这件事咪。""这件事拖延不得，我得马上去。"王神仙拿起卦幡去寻拐巴子。

拐巴子因为没有寻到维持会长的合适人选正在家发愁，焦急地在屋里走来走去，坐立不安。辣椒嘴看他的样子，眉头一皱说："哎！我说拐子，你这一回来，也不好好坐那歇一会儿，走来走去的，身上连个虱子都趴不住。到底啥事把你急成这样咪？""说了你也不懂。""你没说，咋就知道我不懂咪？"拐巴子没好气地说："老丘秃死了，你寻个合适的人顶上？""这个嘛……"辣椒嘴支吾了半天说："这个我还真是不行。"拐巴子瞥了一眼，又嗤了一声。这下辣椒嘴不高兴了，嚷道："不就寻个维持会长吗？多大个事，至于吗？看把你高傲的，有啥了不起？"自从辣椒嘴撺掇拐巴子为她买金簪的事被军事法庭判了一年，刑满释放后，拐巴子对辣椒嘴就有些烦，把脸一板说："那你寻啊！寻个让我看看？"此时，王神仙从门外飘然而至，说："大队长啊！你在家咪！"拐巴子往院里一看，惊喜地说："啥风把您老给吹来了？""我有事路过，看你家房顶火气缭绕，想必你有急事，就顺便进来看看。""您老真是神了，大家叫您王神仙一点没错。您来得正是时候，我着急得都火上房了。""啥事能把你急成这样咦？”“嗨！老丘秃不是前几天死了吗？猪原叫我给物色维持会长人选，而且限期三天，三天内寻不到合适人，我这个警察队长也干不成了。”“干不成就不干了呗。”辣椒嘴赶紧说：“王神仙，您可得帮帮我家拐子，这警察队长好不容易才当上，这再被日本人撸了，我们真是没法在凤凰城待了。”“有这么严重？”“可不嘛！这次再让日本人把队长撸了去，这都撸了第四次了？”“这倒是个事，不能再让日本人给撸了。”拐巴子说：“王神仙，您就想个办法吧！帮我渡渡这个难关吧！”王神仙说：“其实也不是啥难事。”拐巴子一喜说：“你有合适人？”“倒是有一个现成的。”“您快说是谁呀？”“城西赵明轩不就合适吗？”“赵明轩，我咋把他给忘了，可是……”“可是啥？”拐巴子又犹豫起来，难为情地说：“之前，我们两家有点小小过节。”“啥过节？”“就是前几年想给申达说媳妇的事，结果把赵家给得罪了。”“这算多大个事啊？”“您说这事还不大？”“陈芝麻烂谷子的事，谁还再说。”“您是说赵家不会再计较了？”“计较啥咦？事情都过去这么多年了，再计较，还有意思吗？”“就是人家不说以前的事，可现在不知人家给不给我这张脸？愿不愿意干这个维持会长？”“干不干是他的事，说不说是你的事。要不然你再去想别的法吧！我也管不了这件事。”王神仙起身就要走，拐巴子赶紧按住说：“别别别！”王神仙说：“我说的你又不愿意，拦我干啥？”“不是我不愿意去赵家，是我没脸去赵家。不妨劳驾您老去赵家跟赵老爷说说情，就说推荐他来干这个维持会长。咋样？”“说了半天，你是想让我去跟你当说客？你把我当啥人了？”“您老别生气，我这不是急得没法子了？您如果不去，还真寻不下合适人能去说。小侄就劳烦您了。”“你既然都把话说到这个份上了，我就替你走一趟，人家干不干，我可没把握。”“您就多劝劝赵老爷，再替我向他赔个不是，之前的事都是我的错，我欠考虑。”拐巴子不停地作揖打拱，王神仙这才出了拐巴子的门向赵家走去。

赵明轩和夫人由于思念儿子，在厅堂又聊起了儿子。毛夫人说：“这骏儿一去就是几年，也不知回家看看。”赵老爷叹了口气说：“日本人的军营跟牢笼似的，能由着他？”毛夫人说：“日本人呀！是不让咱们好好过日子。”赵老爷说：“咋着也想不到日子会过成现在这样？老百姓到处逃难，有家不能回，土地有的撂荒，有的被日本人占去。”此时，赵管家从门外慌忙进来说："老爷，少爷回来了。"赵老爷和夫人立马高兴地从椅上起身迎接，赵紫骏一进门就高兴地喊道："爹！娘！"赵老爷一看儿子穿一身屎黄色日军军服，马上气得呼哧呼哧，操起院里的扫把就往身上抡："你还知道回来？！"赵管家和毛夫人赶紧上去挡。毛夫人一把夺过扫把说："骏儿没回来时你天天念叨，这好不容易回来了，一进家门你就举着个扫把，你这是要干啥咪？"赵老爷开始喉咙哽咽着，一会儿呜呜地哭了起来，边哭边数落："你知不知道凤凰城被日本飞机炸死了多少人？光你五叔一家就被炸死了七口，七口人啊！一天从院里抬出七口棺材呀！凤凰城没有不掉泪的。"赵紫骏被这个情况震惊了，他睁大眼睛半天说不出话来。在场的人谁也没有说话，也不知说啥好。赵老爷情绪慢慢平复后又开始数落："看看你这身黄皮，像个啥样咪？我一看就来气。"毛夫人赶紧劝说："骏儿刚回来，你不是打就是骂，这会又耷拉个脸开始数落。多时没见到娃，有话不会跟娃好好说？""赶紧叫他把那身狗皮换了，我瞅见就心烦。""好好好！我这就去给他寻衣服。"赵紫骏赶紧随母亲到里屋去了。

赵老爷一直坐在椅子上没有好脸色，过一会儿，赵紫骏穿一身便服出来，和颜悦色地说："爹，你最近的身体还好吧？""能好吗？日本人到处杀人放火，炮弹跟下饺子似的从天上往下扔，你回来看看，咱凤凰城都被炸成啥样了？简直就是一群畜生，没一点人性。"毛夫人赶紧制止说："你就小声点。""出去不敢说，在家里还不让说，还要把人憋死不成？"赵紫骏说："我知道您心里有气，但形势总会有转机的。""转机，啥转机？难不成天上掉下个大炸弹，把这群小鬼子都炸死完了？""啥事都很难说。"赵紫骏知道小日本的膨胀野心大，为了海上资源偷袭珍珠港，引发太平洋战争爆发，美英对日开战，日本鬼子的日子越来越不好过了，才这么说的。但赵老爷不知这些事，他又想起紫云说维持会长的事，气就不打一处来，说："还有云儿也给人添堵，突然夜儿个来说让我考虑当维持会长的事，这不是胡闹吗？"赵紫骏说："那之前的老丘秃咪？""被日本人当作抗日分子给杀了。"赵紫骏听了父亲的话，沉思了片刻说："让您干，不妨就干着。反正我也想明白了，这活总得有人干咪。"赵老爷一听这话，心里就不爽，说："你咋说的跟紫云一样咪？"赵紫骏说："反正细胳膊拧不过粗腿，就顺势而为呗！""你……"赵老爷气得欲言又止。此时，王神仙手执卦幡飘然而至，赵老爷忙从椅子上起来迎上去说：“王神仙，啥风把你给吹来了？”“有好事我就想着你喽！”“这年月能有啥好事？”“维持会长的事啊！”“你一个看病算卦的，咋也关心起这事来了？”“看病的咋了？算卦的又咋了，不都是除病驱邪保百姓平安吗？”“那你跟我说说，当维持会长就能保平安了？”王神仙解释说：“你想啊，你干维持会长虽然背了一个为日本人干事的坏名声，但你可以暗中保护老百姓啊！”赵老爷听了恍然大悟，说：“还是你高明啊！我咋就没转过这个弯来。”王神仙说：“现在转过也不晚啊！”赵紫骏说：“爹！王叔的话在理。”王神仙看看赵紫骏说：“听说紫骏也在日本人那里干？”赵老爷说：“那是没办法的事，被逼的。”王神仙说：“维持会长的事，拐巴子急等着给日本人回话咪，就这么定了。啊！”赵老爷叹了口气，算是应允了。

拐巴子在家听王神仙说赵明轩同意干维持会长的事，感激涕零地对王神仙说：“您老可是又救了我一回，大恩不言谢，我这里记下了。”拐巴子说着拍拍胸脯。王神仙说：“乡里乡亲的能帮就帮，别太过言重了。这事就这么着了，我还有事咪，告辞了。”王神仙又飘然而去，拐巴子高兴地去给猪原交差了。

第四十章　急中生智藏短枪　满眼泪水哭妻儿

岳少峰得知赵老爷答应做维持会会长后，心头的压力也感觉少了些。为了扩大游击队抗日根据地，他决定把全县党的基层组织进行一次摸底工作。为把这一工作落到实处，他开始奔走在各村之间。

岳少峰紧扎裤腿，头戴旧毡帽，肩搭布褡裢，化装成商人模样，从东部一带了解党组织情况回来，过了望原刚下坡就遇到一队伪军。为了不引起麻烦，他迅速躲进庄稼地，待伪军过去后，又继续赶路。当他走到古王村附近时，又遇到一伙日军，他迅速钻入小树林。日军发现后，迅速拉开包围圈，他情急之下躲进附近的寺院内。日军又把寺院团团围住。

岳少峰进了寺院就往大殿里跑。此时，一和尚正在殿内清扫，见岳少峰进来双手一合:“阿弥陀佛！”“师父，外面有日军，请您……”和尚一把拉他到大殿一佛像身后，掀开墙上一垂幡，推开暗洞门说:“施主请。”岳少峰迅速入内，和尚把物体迅速复原，然后把院里的一堆落叶与一堆残香一同在香案前点燃，殿堂内烟雾弥漫，一群日伪军端着枪蜂拥而入，个个被呛得睁不开眼。“和尚！土八路看见的没有？”“施主，如果上香，请！”日军骂道:“八嘎！八路的，见了没有？”“出家人，凡心已了，从不过问闲事。”日军又吼道:“八嘎！”和尚一声:“阿弥陀佛！”日军在大殿内还未翻腾完，已经呛得不能呼吸，但又不甘心。两个鬼子正要查看经幡后面，寺院外突然响起密集的枪声，日军纷纷冲出寺院向远处跑去。和尚见日军跑远，迅速把暗室打开放岳少峰出来。岳少峰说:“多谢师父搭救之恩。”“国难当头，理应如此，无须多谢，施主请便。”岳少峰走出寺院不久，寺院被日军点燃，浓烟滚滚，寺院顷刻间在一片大火中变成废墟。岳少峰望着被烧毁的寺院，气得咬牙切齿。

岳少峰从东山回来后，又同关山去了西塬。那天，他俩绕道张峪沟，顺沟崖边向南吴村的成自奋家走去……

天气渐渐热了起来，在成自奋家当长工的高杨还穿着那身破棉衣。成自奋说：“老高，把你的棉衣还有棉被让我屋里人给你拆洗拆洗。”因高杨没有换洗衣裳，难为情地说：“这，这咋好意思唻。”“没关系，你今夜跟我爹睡一屋。”“不不不，使不得，哪有长工跟主家睡一屋的。”“没事，就一夜，我爹是个明白人，不会有事。”高杨也只好依了。到了夜晚，成自奋帮老婆把高杨的棉被和脱下的棉衣，连夜拆洗用火烤干。高杨的棉衣棉被破烂不堪，成自奋老婆连夜把窟窿补好，又在里面添加些棉絮，然后一针一线地缝了起来。

成自奋的父亲当了维持会长，但他并不知晓儿子是共产党员，也不知晓高杨是共产党。晚上高杨与成老伯各自躺在被窝里聊起家常。成老伯说：“你们这些人没吃的没穿的，整天忙忙碌碌抛家别子都是干啥唻？”“成老伯，你看我们像干啥唻？”“我看你像干大事的。”“老伯咋会这么说唻？”“你虽然在我家扛长工，但言谈举止倒像个文化人。”“噢！老伯咋会这么认为唻？”“我家奋娃从小就有主见，办起事来丁是丁卯是卯，有板有眼，他交往的人没有错。”“老伯，你别多想了，我就是个扛长工的，没啥特别的。”成老伯见高杨不愿说，也不好多问，只是说：“长工好啊！”两人都心知肚明地睡了。

高杨第二天醒来，成自奋老婆已经把他的衣服拆洗缝好，他感激地穿上衣服又开始干活。此时，成自奋把岳少峰、关山带到他跟前，三人在牛圈里谈了很长时间……

岳少峰和关山经过一段时间的深入了解，基本掌握了大部分基层党组织情况。他召集大家开会，把全县情况和目前形势向同志们讲明：“日本鬼子侵占古平县后，到处烧杀抢掠，屠杀抗日分子，地下党组织不同程度地遭到破坏。一区的解文生同志，张村的李万仓、陈和贵同志被日寇杀害，二区的任万川、李友农同志为救乡亲们也都被日寇杀害，非常令人痛心。但是，我们还有相当一部分同志仍在坚持工作，这里我不便多说。一区、二区和三区的游击队同志，多次打击日寇袭击据点，是值得肯定的。西塬除张村的李万仓与陈和贵被日军杀害外，其他的基层组织还比较稳固，各村维持会也在积极配合，游击队也在暗中收集枪支。总的说来，在如此艰难的情况下，我们的同志仍在坚持工作，实属不易。说到此，我还要告诉大家一个好消息：美英两国也开始打日本人了，日本鬼子的日子越来越不好过了。今后形势对我们来说会越来越有利，我们一定要有坚定必胜的信心。”听到这个消息，大家都为之一振。岳少峰又接着说：“这只是大的方面，从我们目前的情况看，还不能大意，还有比较长的艰苦阶段，我们一定要作持久战的准备。之前有两件事还是个谜。一是东部山区沦陷后，我和杨永生同志在涧阳镇分手，一直没有他的消息，也不知究竟发生了什么事？二是我在古王村遭日军围困时，突然响起一阵枪声，你们分析分析这是哪些人？”吴中建说：“很有可能是令狐国强游击队。”岳少峰说：“你说得没错，很有可能是他们。上次我在刘家沟与日寇拼刺刀时，就是他们在侧面打击。”接着又说：“吴队长，这支游击队我让你了解，情况究竟咋样了？”吴中建说：“没照过面，只听说是从外地回来的一个青年学生拉起的队伍。”岳少峰说：“你想办法赶快跟这支游击队取得联系。”“是！”岳少峰回头又说：“只要我们有稳固的基层组织，扩大根据地这个想法就能变成现实。我们要迅速行动起来，抓紧培训活动。”此时岳少峰又想起转运枪支的事，说：“愣强，转运枪支的事，现在咋样了？”傅愣强说：“铁脚板已经行动了。”

铁脚板在接到转运枪支任务后，他来到土地庙村见到山妮，山妮帮他把枪支藏在芦苇秆里捆好。为了躲过鬼子搜查，山妮回到屋，扎紧宽裤腿，头戴遮额帽，手拄拐棍，把自己打扮成老太婆的模样，胳膊挎着荆条篮子，篮子里放两只捆着翅膀的老母鸡，佝偻着身子吭吭咔咔从屋里出来，见了铁脚板说：“求求小伙子，把我这老太婆也捎上。”“大娘，我有事，不能捎您。”“你驮骡上东西不算多，就行行好吧！你看我这老太婆腿脚不好使。”铁脚板望了半天不见山妮出来，心想再不能等了，带上老太婆也可打个掩护。于是把老太婆扶上驮骡，“驾！”地吆喝一声，驮骡一摇一晃上了路。

驮骡一路又是绕岗楼又是过哨卡，待铁脚板翻山越岭来到一处山地时，突然前面来了几个日军，其中一个领头的呵斥道：“站住！什么的干活？”“送货的。”铁脚板把怀里的证件掏给日军看。日军又看看驮背上的老太婆说：“什么的干活？”铁脚板说：“老太婆要走亲戚，顺路捎上。”日军看了看老太婆手中的篮子说：“提的东西，看看的必须！”老太婆护住篮子不让看。日军一把把篮子抢了下来，篮里的两只老母鸡咯咯咯地扑打着翅膀在地上乱扑棱，日军丢下手中的枪就去逮，驮背上的老太婆大声喊："我的鸡！我的鸡！"此时，铁脚板猛抽驮骡一鞭，驮骡很快跑了起来，等几个鬼子回过头来寻他们时，已经不见了踪影。

铁脚板有惊无险地把枪支送到尧店村交给岳少峰，说："岳会长，多亏这位大娘，要不是她，恐怕麻烦就大了。"老太婆摘下头上的遮额帽，用清水洗了把脸说："我这个老太婆咋样咪？"铁脚板看了半天，不敢相信自己的眼睛，惊诧地说："好贼羔！咋会是你啊？""咋的，不像？""像！像！太像了，把我都糊弄过去了。"岳少峰一看刚才的老太婆转脸就变成了一个大姑娘，也惊奇异常，说："这不是山妮吗？自打从尧店学习班走后，就再也没见过，你可长本事了！"山妮说："之前我在一家小戏班待了几个月，学了一招，没想到今儿个用上了。"铁脚板说："你可真行，我一路都在埋怨你，嫌你迟迟不出来，原来却早早骑在骡背上了。"山妮忍不住扑哧一声笑了，逗得在场人都笑了起来。石妹看见山妮高兴地问这问那……

岳少峰望着两个姑娘，不由得想起了自己的妹妹，心中泛起一种无限的思念。过了片刻，他迅速收回自己的思绪，想到上级组织要求他与芮城县委加强联系的事宜，于是对铁脚板说："我要去芮城一趟，你跟我一起去。"铁脚板又马不停蹄跟着岳少峰朝芮城方向赶去。岳少峰这次去芮城，是想与芮城的县委书记直接取得联系，以便以后两县之间联合抗日的事，所以他必须亲自走一趟。

岳少峰和铁脚板走到张峪镇正是逢集，赶集的人非常多。铁脚板把驮骡拴在路边一棵树上，他想到集市上买点东西顺路去看看上次的刘老伯。岳少峰知道刘老伯是重要人物，也想去看看。于是他俩一同走在街上想买些吃的带上，突然赶集的人群骚动起来。此时，一队鬼子兵迅速散开，把张峪街包围得严严实实，并大声吆喝："有八路！要检查了！"赶集的人们顿时慌乱起来。但为了能赶快出去，人们也只能按鬼子的要求，从街头出口接受检查。突发事件使岳少峰和铁脚板万分焦急。怎么办？他俩身上一人一支手枪，绝不能让鬼子搜到。他俩看到街上赶集的人一个个被日军上下搜身，他俩的两支手枪无论如何也混不过日军的搜查。岳少峰和铁脚板越想越焦急，他从街这头走到街那头，又从街那头走到街这头，街上的人越来越少，他俩心急如焚。此时，岳少峰突然看见一个老农从茅厕提着大裆裤出来，边走边系着裤带。他灵机一动，拉着铁脚板疾步向茅厕走去。走进茅厕，铁脚板才知道岳少峰要把短枪卷在裤腰里。铁脚板想：不能两个人都拿枪，这样太危险，他把岳少峰手中的枪拿过来，与他的枪一并握在左手，迅速解开大裆裤，用宽大的裤腰把短枪卷住，然后敞开衣襟自然地遮盖住。岳少峰不想让铁脚板承担风险，要拿回枪自己带，铁脚板不由分说提着大裆裤走出了茅厕。此时，正好看见一人骑着驮骡刚过了检查口，正朝外走，铁脚板急忙挥舞着右手大声呼叫："等等我！等等我！"检查口的日军以为他们是一起的，也就没再检查。铁脚板有惊无险地侥幸逃脱。岳少峰看见铁脚板顺利地出去了，他也大摇大摆地往外走。出了包围圈，他俩寻到路边驮骡，摸摸草料布袋，确定信件还在里面，然后迅速离去。

铁脚板刘玉堂的自家兄长刘满堂，自从受了铁脚板的训斥后，虽然感到当伪军耻辱，但为了混口饭吃，还是整天跟伪军混在一起，他背着枪在村里到处转悠。岳少峰和铁脚板从芮城执行完任务一身轻松回来。他俩这次没沿河走，而是绕道沿山，在经过一个山村时，正巧遇着一群伪军从村里抢东西出来。他俩一见这伙人就心中愤怒。铁脚板说："这群家伙，仗着有枪，不干正事，到处祸害百姓，今儿个非收拾他们不可。"岳少峰点点头。铁脚板把驮骡在树上拴好，岳少峰给了个手势。铁脚板心领神会，他俩藏在高处细心观察：伪军大约有十一二个，其中就有铁脚板的兄长刘满堂在内。掌握敌情后，他俩选择一个能攻能守又便于转移的位置，居高临下，找准时机，岳少峰"砰！砰！"两枪，并大声喊："一班、二班从两边包抄！三班跟我来！"伪军听到枪声喊声顿时乱作一团。铁脚板又大声喊："你们被包围了，缴枪不杀！谁敢动就打死谁！"伪军不知到底遇到多少八路军，纷纷举枪投降。岳少峰又喊出口令："枪放下——向后转——齐步走——立定——举起手来！"伪军乖乖走到一起，把枪放在地上都举起手来。铁脚板又喊："刘满堂！把枪栓都卸下拿过来！"刘满堂听出是刘玉堂的声音，于是按照指令，一个个把枪栓卸下，然后脱一件外衣包住交给刘玉堂。岳少峰开始对这些伪军训话："咱们都是中国人，不要再干对不起中国人的事了。你们帮着日本人打中国人，良心何忍？"伪军说："八路爷，饶了我们吧！”岳少峰说：“现在你们都扛上枪，排好队，听我指挥！”铁脚板此时把卸下的枪栓藏进驮骡的草料袋里，把衣服又交还给刘满堂，他俩赶着驮骡，押着伪军，一路向东。遇到岗楼时，就示意刘满堂打声招呼，说是去东山巡查。就这样，他俩押着十多个伪军，一路瞒天过海向南村尧店走去。

岳少峰和铁脚板押回十多个伪军，游击队员都跑来看热闹。岳少峰对王力合说：“给这些人办几天学习班，学习学习，改造改造思想。然后征求他们意见，愿意留下的留下，愿意回家的回家。”

此时，一群孩子兴致勃勃地要求参加游击队打鬼子。岳少峰望着孩子们的身影，瞬间又想起了在日军大炮轰炸中条山时，俞倩去转移儿童教养所孩子们的情景。现在这些孩子们到底咋样了？俞倩又在哪里？一种无限的牵挂在心中翻涌，久久难以平静。关山见岳少峰望着孩子们想心事，说：“是不是又在想孩子们的事了？”“不知儿童教养所的孩子们现在咋样了？”此时，傅愣强跑来报告：“岳会长，有个特别的消息要告诉你。”“啥消息？快说！”“赵紫骏回来了。”“你听谁说的？”“赵紫云说的，而且被日军安排在茅津据点。”“这可是个重要消息，值得关注。”傅愣强又说：“儿童教养所的孩子们也有消息了。”“在哪儿呢？”“还在运城池神庙。”“在池神庙做啥嘞？”“日军把孩子们关在池神庙，每天说日本话，写日本字，唱日本歌，对孩子们进行奴化教育，企图为他们所用。”岳少峰气愤地说：“我们的孩子，日军训练几个月就想变成他们的使用工具？简直是痴心妄想！现在情况咋样了？”“听说已经分送到各县据点了。”“愣强，你密切注意这件事，有情况及时汇报。”最后傅愣强又拿出一封赵紫云写的信交给他。

岳少峰打开信看了一遍，对关山说：“日军想在凤凰城办一所兴亚学园。”关山说：“啥意思？是日军想办学校嘞？也跟池神庙一样，对孩子实行奴化教育？”岳少峰说：“这是个很重要的问题，我们绝不能让日本鬼子的阴谋得逞。现在猪原正在让赵老爷物色校长和教师。我们得抓住这个机会。”关山说：“那你心里有人选了？”岳少峰说：“徐清源、赵紫云，还有我和你啊！”关山说：“其他人都行，就咱俩不行。”“为啥嘞？”“其他人都没有明显标记，你曾是古平县牺盟会会长，我是秘书，这事大伙都知道，尤其是拐巴子和尤申达，他们难道不知道？这要是让日本人知道了，这学教不成是小事，恐怕……”岳少峰沉思了一下说：“你说的这个倒是值得注意。”关山说：“不是值得注意，而是必须注意。”岳少峰说：“那这样，徐老师和赵紫云去，我就还去你家跟你一边做豆腐，一边做地下工作。”关山点点头。

赵明轩按照岳少峰的安排，把徐清源、赵紫云推荐给猪原：“徐先生是老校长，有丰富的教学经验；其余两个之前也都教过书，小女以前也教过书，应该没问题。”猪原说：“这些都是良民吗？”“都是本本分分的良民。”

日军的兴亚学校就办在凤凰城东门外狐三村傅岩书院，书院虽说之前被日军飞机炸坏过，但经过修复还能使用。校长徐清源负责学校的日常事务，赵紫云和另外几个教师负责教孩子们课程，教材内容是日军制定，猪原指定小翻译常金龙教教师日语，教师然后再教学生。学校开课后，一切都是按照日军要求来，猪原几乎天天来检查，他一到学校听到的就是日本的《樱花之歌》。一段时间过去了，猪原没发现什么问题也就放心了。岳少峰得知猪原放松对学校的监管，在关山家开始秘密为孩子们印发抗日爱国教材，印好后挑着豆腐担送到学校。

岳少峰戴着草帽挑着豆腐担向学校走去。一边走一遍叫卖：“豆腐！豆腐！”徐清源出来说：“卖豆腐的！把豆腐挑进来！”岳少峰把豆腐担挑进学校，把印好的学习资料交给徐清源，然后很快离开。徐清源把学习资料交给赵紫云和几个代课老师，然后与猪原开始周旋。

猪原虽说不天天来学校，但也不定时来学校检查。检查时只要老师听见看门大爷喊：“猪原大佐到！”孩子们就唱起《樱花之歌》。猪原一走，孩子们又拿出国文念起来。他们像捉迷藏似的与猪原巧妙斗智，坚持学习。

赵紫云一边教书，一边注意收集情报。她每天放学都要去城里娘家走一趟，其目的就是从父亲口中了解日军据点的情况。这天，她听父亲说：“紫云，伪县府要招雇员，让我物色几个人，我哪知道。还是你们年轻人知道得多，你给爹想想。”赵紫云说：“这可不是小事，容我想想。”

赵紫云趁岳少峰到学校门口卖豆腐时把情况告诉了他。岳少峰回来和关山认真研究了一番。关山说：“打入敌人内部，整天在敌人眼皮子底下工作，丝毫都不能马虎，必须选几个有工作经验的人进去，才可放心。”岳少峰说：“在日伪内部干事，要胆大心细，要办事沉稳。”关山说：“你看周掌柜行不行？”“周胜武办事老练，又能稳得住，这些都没问题，只是周掌柜之前在消费合作社干过，现在又在你这杂货铺抛头露面，再叫去日伪政府干，恐怕毛广善会有戒心。在敌人心脏工作，不能让敌人有丝毫的怀疑，有丁点怀疑都会带来危险。”关山说：“那这样吧！把余智贤和仝贯全两人派去？”岳少峰说：“余智贤是徐清源的学生，运城师范毕业，办事沉着稳当，又写得一手好字。仝贯全是张村塬辛店村人，是咱俩亲手发展的党员，由于年龄小，之前派往太岳山区学习过，回来后在运城牺盟中心工作，运城牺盟中心宣布解散后回到家，这里人都不了解这些情况。我看行，就先选他俩。再是石云山同志也到一区当了区长，这也是我们的一个得力人手，需要的话以后还可以再派人。”岳少峰说到此，停顿了一会儿说：“尤申达还要注意，虽然他当了保安团团长之后，并没有得到猪原的重视，但他可不是省油的灯啊！”关山说：“这个人真是麻烦，一点也不能忽视。”岳少峰说：“这几个人就这么定了，要绝对保密，马上与赵紫云联系。”

余智贤、仝贯全两人经过赵明轩推荐，又通过组织笔试顺利打入日伪内部，成为日伪政府机关的正式雇员。余智贤入职后跟日军学日语交朋友，由于他办事谦和，又写得一手好字，很快取得猪原的信任。猪原经常叫他去抄写文件、复制军用地图，他借此机会获取大量情报传递给我党组织。虽然余智贤和仝贯全两人同时打入敌人内部，但又互不知情。每当夜深人静，余智贤在灯下疾速抄写文件时，仝贯全同样也在灯下抄写，有时一写就是一个通宵。

余智贤在为日军抄写一份文件，文件的内容是，一天后派一中队袭击尧店抗日根据地，情况十分危急。余智贤急切地想把情报传递出去，让根据地早做准备。他刚准备离开，就看见仝贯全要出去，却不敢把情报给他。仝贯全走后，余智贤也想赶快出去。刚走几步，猪原就把他叫回来，给他厚厚一沓文件，要他晚上加班抄完。余智贤接过文件，表面显得平静，心里却十万火急。这情报若是送不出，万一根据地不知情遭袭，后果不堪设想。他不知如何是好。

此时，茅津铁匠徐老五背着钉掌的行当正好来到据点，余智贤一看自己人来了，马上有了主意。铁匠徐老五每隔一段时间，就要为日军的驮队钉一次马掌，他来这里也可以说是熟门熟路的常客了。因为常来常往，日伪军也都熟悉了，没有谁会介意他。徐老五来到马厩旁，放下木墩工具袋，然后从马厩里牵出一匹马来，很快拿蹄削掌，然后用小锤“叮当！叮当！”钉了起来。待四只蹄都钉好了，把马送回马厩，然后再牵出一匹来继续钉……

余智贤望着徐老五，显得有点心神不宁的样子。猪原见他拿着文件迟迟没有走开，诧异地说：“余，你有心事？”余智贤赶快掩饰说：“没没没。”“不对，我看你心不在焉。”余智贤心里“咯噔”了一下，急中生智地说：“老母亲明天生日，不能回去，心里有点着急。”猪原说：“这好办，你给老母亲买点礼物让徐老五送回去。”余智贤自然乐意。于是在据点商店买好礼物，把情报一同交给徐老五。猪原在一旁叮嘱道：“徐，一定把礼物带给余的母亲。”“一定一定。”余智贤望着徐老五远去，心里的一块石头才算落了地。

毛广善当上日伪县长后，为日军尽心效力，很是得猪原的赏识。但日本人的事并不好干，盖炮楼修公路，催粮催款抓劳工，样样都得日军满意，有半点疏忽，日军就是死啦死啦！弄得他高度紧张，坐卧不安。他很想有一个得力的帮手，来减轻他的压力。余智贤在据点工作仔细勤恳，从不出纰漏，毛广善甚为满意。为了把余智贤收为自己的心腹，对余智贤百般照顾，借余智贤让他签字盖章的机会把私章交给他保存。余智贤再三推辞说这样不妥，毛广善说：“没啥不妥的，你办事我一百个放心？今后就好好跟着我干，有你的好处。”余智贤只好勉强接受。

尤申达在据点一直得不到猪原重视，干什么事情也不叫他。他看到余智贤一个一般职员，既受日军长官猪原信任，又受县长毛广善重视，一度对余智贤产生妒意，恨从心中生，他寻机找麻烦，企图把余智贤整走。

一天他尾随余智贤，看他一进家门关山就来。关山找余智贤，为党的过往人员办通行证的事。尤申达虽然不知余智贤都干了些什么，但余智贤跟原来牺盟会的关山有来往。这件事他感到有些蹊跷，却一时半会找不到什么把柄，只能暗暗记在心里，等有一天能拿出证据来一并检举。但一段时间过去了，尤申达始终找不到任何证据而无法如愿。

余智贤让尤申达心烦，小翻译常金龙让尤申达更烦。小翻译年龄虽不大，但日语说得好，人也勤快机灵，深得猪原和情报队长高桥的喜欢。日军每次出去都带上小翻译，这让他这个保安团团长心里更加不是滋味。为了给日军表忠心，他整天带着保安团的人在外面瞎转悠，总想有一天能抓个抗日分子献给皇军。

夏季的一天，尤申达对猪原耳语说尧店聚集着大量抗日分子。猪原高桥还有八政牛尾，日伪军二百多人，由尤申达带路向尧店村袭去。

尤申达带日军突然来袭，令岳少峰等人猝不及防，情急之下，他和王力合、吴中建等人，一面保护群众，一面迅速转移机关人员。日军穷追不舍，机关人员只好与日伪军转山头兜圈子。为了分散日军注意力，王力合和吴中建带领一部分人员向北面山头跑去；岳少峰和毛瑞兴带另一部分人员向东面山头转移。岳少峰带人转了几个山头，见日军没跟上来，就到一处偏僻人家，没想到这家是萝卜圪塔村郭会长的老丈人家。院是靠崖院，崖上是打麦场，崖下是窑洞。毛瑞兴说："岳会长，天气炎热你进崖下窑洞里歇，我和牛二柱、铁蛋几个在崖场柿树下乘凉。"大家本以为地处偏僻不会有敌人来，但偏偏事情就发生在意料之外。

毛瑞兴几个人正在柿树下休息，突然不远处发出一闪一闪的刺眼光芒，这是日军刺刀在日光下反射出的光亮。牛二柱说："糟了！鬼子来了。"毛瑞兴也看到了鬼子，说话间距离鬼子也就二三十米远了。铁蛋说："赶紧喊岳会长。"毛瑞兴说："一喊就暴露了，赶紧跑啊！"几个人操起家伙撒腿就跑。鬼子迅速包围了小村子。

岳少峰在窑洞听到崖顶有叽哩哇啦的说话声。心想：糟了，被小鬼子包饺子了。咋办咪？跑吧，势必引起鬼子的怀疑；不跑吧，鬼子搜到窑洞里必死无疑。咋办咪？此时，正好郭会长在崖场，为了稳住日军，他从地里抱来大西瓜，一边用刀切西瓜，一边招呼着日军："太君！都来吃西瓜！大热的天，沙瓤西瓜解渴，可美可甜了！快快吃！多多吃！"郭会长喊着又去地里摘了几个。小鬼子一见有西瓜吃，都"吆西！吆西！"地围拢过来。尤申达跑得又累又渴，见到西瓜，也凑了过来，郭会长挑了个大的给他，他高兴得吃了起来，其他事也全然不管了。

岳少峰在窑洞里焦急不安，他一会儿听听崖顶的说话声，一会儿在窑洞里来回踱步，不知该如何脱险。此时，既没有毛瑞兴和牛二柱、铁蛋的声音，也没有救援的枪声。咋办唻？他看看院里的农具，心生一计，定了定心神，不紧不慢地从窑洞出来，顺手在院里拿了把镢头，又挑了个荆条筐在肩上，不慌不忙地向山沟走去。此时，一个日军看见，大声吆喝，并举枪要打。郭会长赶紧上前制止道："别别别，那是我内弟去沟里干活。自家人，没事！没事！太君赶快吃瓜！吃瓜！"岳少峰硬着头皮一直往沟里走去，等走过一个拐弯处，估摸鬼子看不见了，撂下手里的家伙撒腿就跑，不管前面是沟是崖还是草丛枣刺窝，不顾一切地向前奔跑。枣刺窝和草丛被他飞快的腿脚腾起的草腥末和尘土直扑入鼻。

等尤申达吃完了西瓜，岳少峰已经跑过了山梁，他深一脚浅一脚地快速奔跑，终于有惊无险地跑出了日军的视线。毛瑞兴几个见岳少峰跑来，浑身上下都是草末尘土，又惊又喜。

王力合得知这个情况后非常担心："岳会长，好险啊！再不能这样了，我要跟你在一起。""为啥唻？""把你交给这几个小子，我不放心啊！"岳少峰笑着说："有啥不放心唻？"王力合说："反正再不能发生此类事了。"于是大家又聚在一起与鬼子周旋，一点也不敢懈怠。

岳少峰跟大家在山上整整转了三天三夜都没能合眼，实在疲惫不堪。傅愣强说："王队长，咱们不如寻个地方歇歇脚，缓缓劲。"王力合说："哪里有合适的地方？""萝卜圪塔村。"王力合说："萝卜圪塔上有炮楼。"傅愣强说："萝卜圪塔虽有炮楼，但村子分散，自然庄也多，我在那里养过伤。"几个人也都同意了。

郭会长刚把吃瓜的日军打发走就回到萝卜圪塔村，随后傅愣强就来，郭会长看见傅愣强吓了一跳，傅愣强把想法跟他说了，他悄悄带岳少峰几个来到田金锁家休息，并对田金锁作了交代，一定要保证他们的安全，不能出任何差错。郭会长安顿好他们又去应酬鬼子去了。

吴中建见岳少峰他们都休息下来，对王力合说："你们先在这里歇着，我带人把小鬼子引开。"于是向西边的山梁跑去。岳少峰和王力合在田金锁家吃过简单饭后躺下休息，没想到过分困乏，一躺下就睡过去了。田金锁见他们睡着了，就扛上镢头出去了，一边干活，一边注意周边情况。过了一会儿，他突然发现一百多日伪军居高临下包围了村子。田金锁一看糟了，肯定是日军发现他家有人。但回头一想，日伪军大面积包围村子，应该不知他家有人，但得赶快回去报告情况，他拿起镢头抄小道跑回家。此时，岳少峰等人还在沉睡。田金锁进门就喊："快快快！"听到喊声，岳少峰几个骨碌一翻身起来。"敌人包围村子了，快！跟我走！"田金锁带着岳少峰、王力合、毛瑞兴几个顺山间小道向北边丛林深处跑去。日军发现情况尾随其后，他们在前，日军在后，又开始与日军周旋起来。周旋期间毛瑞兴说："王大队长，看来岳会长跟着你也是悬啊？"王力合气得说："这狗日的小鬼子，弄得我们不得安宁，逮住劲非收拾这伙狗日的不可！"

岳少峰正带领机关人员与日军在山里周旋。此时，毛瑞兴突然跑来说："岳会长，嫂子来了。"岳少峰大吃一惊，他看见媳妇秀拖着笨重的孕身，在山道上气喘吁吁地走来，猛然脑袋大了起来："秀！你咋来了？""我寻你来了。""你寻我干啥哝？你知不知道跟着我有多危险？""不跟你就不危险了？""姑姑呢？""被小鬼子杀了。"岳少峰一听极其愤怒，但想到眼前的任务，又看看快要生产的妻子，一下把他难住了。他环顾了一下四周说："秀，我还有任务不能带你，给你寻个地方先躲起来。"他在附近寻了个山洞，把秀安顿在里面，留下一颗手榴弹说："你就先藏这，哪搭也别去，也别在山上乱跑，万一被小鬼子发现就没命了。"秀抚摸着肚子说："我都快要生了，还能往哪跑哝？"秀刚说完，就感觉腹中阵阵疼痛。看此情景，岳少峰焦急万分，左右为难，说："我去村里给你寻个接生婆来。"然后迅速离去。不大一会儿他带接生婆来，焦急地说："婶，拜托您了，我得去把鬼子引开。"

岳少峰在山头上与日军继续周旋，秀在山洞临产，肚子一阵阵地疼痛，接生婆满脸忧愁手忙脚乱，熬煎地说："他嫂子，你看这山洞啥也没有，可咋接生啊？""婶，您就接吧！这娃如果命大就能活，不能活也不怨您。"秀经过一阵阵疼痛后，孩子哇的一声落地。接生婆说："这脐带也没法剪啊！""婶，您把娃抱过来。"接生婆把娃抱给秀，秀用嘴把脐带咬断，然后脱下一件外衣包好交给接生婆，催促道："婶，您把娃带走，寻个好心人收养，就拜托您了。"接生婆皱着眉头熬煎地说："那你呢？""您别管我，快走吧！"此时远处响起了枪声，接生婆望着秀不忍离开。秀催促道：

"婶，快走啊！"接生婆看着身体虚弱的秀，又看看怀里的婴儿，咬咬牙，一转身抱着孩子走了。

接生婆抱着婴儿离开后，秀摸了摸身边的手榴弹，握在手中向洞口爬去。远处的鬼子听到婴儿的啼哭声已向洞口寻来，猪原发现洞口杂草有踩踏痕迹，断定洞里有人，向洞里喊话："洞里的人出来！"秀在洞里屏住气不出声。猪原又喊："出来！不出来统统死啦死啦的！"秀手里紧握手榴弹，手指紧扣拉环，还是不吱声。猪原见洞里没动静，喝令两个日军进去察看，两个端刺刀的日军刚走到洞口，秀立刻拉响手榴弹朝洞口扔去，"轰隆"一声，手榴弹在洞口爆炸，两个鬼子瞬间倒地，山洞里再也没了响动。猪原又派日军进去，日军怕再有手榴弹扔出来而不敢靠近。猪原命令向洞里开火，一群鬼子兵对着洞口一阵猛烈射击，子弹发出砰砰砰的声音，在洞壁上冒出一股股烟尘，洞内却没有任何反应。猪原进了山洞，才发现洞内只有一个虚弱的产妇，还搭上两个士兵的性命，顿时恼羞成怒，拿起军刀把秀捅死。

尤申达见猪原杀人不眨眼，吓得不敢近看，赶快转身逃离。

此时，岳少峰带着机关人员在山里与鬼子周旋，不见鬼子有追赶的迹象，心里直犯嘀咕。他担心鬼子会发现山洞，妻子就会有生命危险。于是对王力合说："王队长，你先带大家走。"岳少峰急速赶往山洞，不远处就听到爆炸声，当他赶到山洞时日军已离去。他望着秀惨死的一幕，心如刀绞，泪如泉涌。他匆匆掩埋了妻子遗体，又继续与敌人周旋。

猪原在洞中只见产妇不见婴儿，企图到附近村庄寻找婴儿下落。接生婆情急之下寻到萝卜圪塔村刚生完孩子的产妇，请求帮忙把婴儿留下。当产妇得知婴儿是八路军的孩子时，就爽快答应了。日军猪原循声寻到产妇家时，家人一口咬定生的是双胞胎。正当猪原心存疑惑时，维持会郭会长赶来，也证明是双胞胎。郭会长说："皇军不信可以问接生婆。"接生婆一口咬定也说接生的是双胞胎。猪原看不出产妇怀中的两个婴儿有啥不一样。让尤申达看，尤申达也看不出啥结果。但山洞里的产妇无法解释，还是让猪原心生疑虑。此时，孩子爹上前解释说："太君，媳妇生的确实是双胞胎。"猪原冷冷一笑，然后扑哧一刀把孩子爹戳死。产妇惊呼一声扑了过去，被猪原用军刀挡住，冷笑一声说："你们狡猾的狡猾。若再欺骗皇军，都是这个下场！”于是把手一挥，过去两个日军强行夺走两个孩子。产妇惊呼：“我的娃！我的娃！”跌跌撞撞向孩子扑去。猪原一阵奸笑，恶狠狠地说：“到底哪个是你的娃娃？”产妇犹豫了一下，坚定地说：“两个都是我的娃！”“胡说！用这个把戏来欺骗皇军。两个娃娃中只有一个是你的，另一个是八路的！你只能抱走一个，另一个死啦死啦！”听到猪原残忍的叫喊，周围人都屏住气望着这位年轻的产妇。产妇望着两个孩子，一个是自己亲生的骨肉，一个是八路的孩子。过去抱走自己的孩子，八路的孩子就遭受屠杀；如果抱走八路的孩子，自己的孩子就遭毒手。无论抱走哪一个孩子对产妇来说都是艰难的抉择。此时，猪原吼道：“快！抱走你的娃娃！”听到猪原叫喊，周围人都神情紧张起来，忐忑不安地注视着产妇。接生婆和郭会长更是神情紧张地注视着产妇。所有人都一动不动地盯着产妇，时间像凝固了一样。不知过了多久，猪原开始吼叫：“快快的！不快全都死啦死啦！”产妇拖着虚弱的身子，迈着颤弱的步子向孩子走去。她首先走到自己的孩子跟前看了看，用颤抖的手把孩子的小脸抚摸了又抚摸，泪水止不住地往下流。犹豫再三后又转向另一个孩子，看着眼前孩子想到自己孩子，泪水不禁又夺眶而出。正在犹豫不决时，背后自己孩子咿咿呀呀地哭了起来，一下揪起她的心。产妇不顾一切地又折了回来，看着孩子的小脸，她的心都要碎了。此时又听到身后八路军孩子的哭声，她又折了回去。这样，产妇反反复复，来来回回，心里进行着痛苦挣扎。饱受折磨的产妇纠结了好几次，不知该抱走哪个孩子。此时，猪原脸上露出了奸笑，正在得意之时，只见产妇猛然抱起眼前的孩子转身就走。她刚走几步，猛然听到身后自己孩子的啼哭声，再回头时，鬼子把孩子已高高挑在刀尖。顿时，她“啊！”了一声，昏倒在地……

尤申达不知道岳少峰结婚生子，也想不到是岳少峰的孩子。他只想到能抓住岳少峰，他就算大功告成。于是他一心要抓的是岳少峰，心根本不在孩子身上。

日军猪原随尤申达在山里转了好几天，都没能抓到任何抗日分子，只好下令收兵，回头又到萝卜圪塔村把田金锁抓起来吊打，田金锁死不承认。在审问无果的情况下，猪原命令把田金锁带回据点处置。回来的路上，尤申达把田金锁交给一个下属押着，他跟在后面死死盯着，生怕他跑了。一同前往的小翻译常金龙也紧随其后。常金龙对尤申达说："你这次有功，快往前走，你在后面太君要奖赏你也看不见你啊！"尤申达也认为是这样，于是嘱咐下属把土八路看好了，然后追赶前面的猪原去了。

尤申达回到据点，以为自己有功，一个劲围着猪原转。过了一夜，猪原叫尤申达把土八路提上来他要审问。尤申达回来对下属要人，下属难为情地说："人跑了。"尤申达眼珠子一瞪说："跑了？咋跑的？""他说要尿尿，我就让他去尿，谁知一尿就尿不见了。"尤申达跺着脚说："哎呀！那你不早说唻？""我不是怕你训唻！""人跑了让我咋跟猪原队长交代唻？"尤申达感到不好交差了，急得团团转，来找拐巴子想办法。拐巴子小眼睛一瞪说："这不是你起的事吗？你还知道不好交差了？"尤申达央求说："姐夫，你就想想办法啊！"拐巴子说："人都跑了，我能有啥办法唻？我只能跟你擦屁股去。"拐巴子只好带着尤申达去跟猪原赔罪："猪原队长，土八路溜掉了，都是意外。申达对大日本帝国绝对是忠心耿耿。"猪原大为恼火，举起手中的军刀就要把尤申达劈了。拐巴子赶快求情说："太君息怒息怒。申达虽然把事情办砸了，但心是好的。"猪原余怒未消，训斥道："这次土八路没抓到，反倒折损了几个皇军。他的好心我看不到。"尤申达赶紧说："太君，意外情况难免发生。我对天发誓，我绝对是忠心。"猪原放下手中的军刀，叹了一口气说："看个人都看不住，还能说对大日本帝国忠心？你们忠心不忠心，不是嘴上说了算，我要看行动！"尤申达赶紧表态："一定干出个样子给太君看。"

岳少峰含泪掩埋了媳妇，王力合得知他的妻子已经牺牲了，心里非常难过，紧紧地拥抱住他，以此种方式来安慰。

田金锁借说尿尿逃跑后，他首先想到的是岳少峰等人的安全。他连夜跑到涧阳镇后山，见到岳少峰等人才放下心来，然后讲述了日本鬼子到村里把八路军孩子挑在刺刀尖上的情景，岳少峰听得泪流满面……

第四十一章　赵老爷施粥饥民　尤申达挑拨不忠

为了古平县抗日组织的安全，王力合劝说岳少峰，不能再在尧店村住了，如若这么多人在鬼子眼皮子底下，鬼子一旦闻到气味，马上就会上来。梁虎生也劝说到涧阳镇后山比较安全。岳少峰接受了他们的建议。

一九四二年春季，天遇大旱，过了清明节老天就没下过一滴雨，麦子刚抽穗就卡了脖子。缺粮断顿的农民眼巴巴地瞅着到嘴的粮食就这样没了，脸上刚露出的喜色又瞬间消失了。

天空上的毒日头烘烤着大地，成片的庄稼被烤成了干柴，似乎只需一根火柴就能全部点燃。野草干枯了，树木枝叶扭曲了，凤凰城周围茂密的竹林也变得干巴巴一片，涧河里白花花的石头裸露在河床，无言地诉说着旱情的严重。大户人家多少都有存粮，即使一年颗粒无收也不愁吃喝。穷苦百姓则不同，他们为吃一顿饭都发愁，更何况庄稼绝收，地里野菜挖尽，树皮剥光，就连涧河大大小小的石头都被饥饿的人们翻来覆去地滚动，乱七八糟地滚了一河床。螃蟹、青蛙、老鼠，甚至蛇，平素间从不吃的东西，也都挖出来吃了。人们面黄肌瘦，身上浮肿，把一切希望都寄予秋庄稼。

此时，黄河水也像被吸干了似的，时断时续，大户人家雇伙计用牛拉马驮，从河底弄来泥浆似的水，加紧补种秋作物；小户人家则是担着大桶小桶，从河底挖来泥水，在地里刨窝点种，希望秋庄稼能补回些收成来。黄河两岸都在抢水补种，河边聚满了人，日本人在北岸开枪打，国民党军在南岸开枪射，再加上上游水量突增，许多人不是被打死，就是被河水冲走，人们呼天抢地哭喊着。

好不容易秋庄稼起身，铺天盖地的蝗虫从天边飞涌而来，密密麻麻，遮天蔽日。一会儿在天空旋转如巨大旋涡，发出“嗡——”的声音，一会儿又像旋风似的向地面旋落，落在庄稼地灰乎乎一片，发出“嚓嚓嚓”的声音，以惊人的速度蚕食庄稼的叶茎，犹如日军大“扫荡”一样凶残，食光所有庄稼，留下光秃秃一片，然后再起飞旋上天空，向另一个庄稼地袭去。一连多日都是如此，犹如日军一样的蝗虫群体，在蚕食完所有庄稼后，飞上张村塬日军据点，在天空打起了旋涡，突然向日军弘部猪原袭来。

自从夏县庙前至茅津段公路完工后，日军通车一直不顺畅，尤其是处于张店与八政之间的軨桥夯土路段经常塌陷，民工过不了几天就要被日军抓去补修。这次天大旱，庄稼颗粒无收，农民没粮食吃，无力气干活，修路没有丝毫进展。猪原遭运城牛岛痛骂后，把电话打给八政据点牛尾，牛尾说軨桥段属张店范围不由他管。猪原又把电话打给张店川野，川野说軨桥下面在两个据点之间，不属于张店范围。张茅公路是运城至茅津的必经之路，軨桥段不通等于整个不通，这是关系到下一步日军进攻豫西的关键所在。之前，川野和牛尾都想在古平县占据统管权，但统管权偏偏被猪原窃取，他俩对猪原不满，互相推诿，不愿承担。猪原没想到如此关键时刻，川野和牛尾两人跟他玩起了踢皮球，把猪原气得血压升高，两眼发黑。此时，黑压压的蝗虫盘旋在头顶，大有灭顶之势。猪原之前听王神仙说老天要收人，他还不信，此时黑压压的蝗虫袭来，他感觉就是取他性命的天兵天将，心里一急，嘴眼歪斜，口吐白沫，倒地抽搐不止。日军高桥见状，赶紧打发拐巴子骑快马火速请来王神仙，王神仙虽对日本人刻骨仇恨，但不便当面发作，只好忍住仇恨，按住猪原扎针放血，猪原这才缓过气来。此时，天空的蝗虫也瞬间消失，但猪原左右脸上却落下个极不对称的怪模样。

运城牛岛打电话大骂川野和牛尾，若不修通軨桥段，别想运粮食吃。他们据点粮食不足，就削减伪军口粮，伪军吃不饱肚子也不愿干活，軨桥路段始终通不了车。

旱灾虫灾导致老百姓两料庄稼颗粒无收，日军进村也无粮可抢，日军的粮食补给出现了危机。猪原逼伪县长毛广善，毛广善又逼老百姓，老百姓有口难辩，苦不堪言。

毛广善丝毫不体恤老百姓的疾苦，名目繁多的苛捐杂税丝毫不减，一拨一拨地派到老百姓头上，老百姓不堪重负，叫苦连天。无奈之下，张村塬老百姓寻到在日伪政府做事的仝贯全，给毛县长写陈情书。毛广善发现老百姓手中拿的陈情书是仝贯全所写，就把仝贯全叫来质问。仝贯全无法抵赖只好承认，并解释说："毛县长，我看老百姓没吃的，实在是没办法才替他们写呀！"古平县旱灾虫灾情况严重，毛广善心里一清二楚，他不好说啥，但最后还是惩罚了仝贯全二十大板。

仝贯全被打后就用左手写字，无论是为党组织抄写文件还是书写传单，一直用左手。传单在日军据点的各个地方频繁出现，敌人怎么查也查不出是谁写的。敌人互相猜忌，互相怀疑，互相指控，你咬他，他咬你，有的说是尤申达写的，有的甚至说是毛广善写的，尤申达有口难辩，毛广善惊恐不安。

毛广善请王神仙来据点掐算，看究竟是谁投的传单。王神仙说要在据点走走看看，才能看出端倪来。毛广善和尤申达要陪他看，王神仙却说："天机之事，凡人岂可涉及？"王神仙不让他俩跟着，他俩只好由着王神仙在据点转悠。王神仙转悠回来说："这种事看是隐形，却有一种铺天盖地之势，难以测算出端倪。"毛广善问如何能根除？王神仙慢条斯理地说："天道不逆，顺其变幻，到时自然消失。"王神仙的一番说辞，让毛广善和尤申达疑惑不解。王神仙离开后，下属又跑来报告，说多处发现传单。让他俩好不费猜。

岳少峰知道仝贯全为了百姓受了毛广善惩罚，但百姓的饥饿问题得不到解决他心里也发急，便组织主要人员开会，商讨解决办法。他说："愣强，你说说凤凰城的具体情况。"傅愣强说："凤凰城周围的人都开始扒树皮吃了，再不想办法是要饿死人唻。"岳少峰说："我去找赵老爷想想办法，大户人家一般都有存粮。"关山说："赵老爷就是有存粮，舍得吗？"岳少峰说："我寻赵紫云，让她做她爹的工作。"关山对他的安全不放心，说："你去凤凰城，万一碰到尤申达就危险了。"岳少峰说："顾不了那么多了。"话说完就出发了。

凤凰城外的赵紫云尽管有娘家接济，她和婆婆兰儿不至于饿肚子，但她看到邻里乡亲们到村外剥树皮挖草根，也于心不忍。这天，她看见胖婶因为饥饿，原来胖乎乎的脸都瘦了一大圈，提着篮子有气无力地从村外回来，篮子里全是树皮和草根。胖婶愁眉苦脸地瞅着她，熬煎地叹了一口气，说：“再过几天，恐怕连树皮草根都没地方弄了。”赵紫云忍不住从家里给胖婶舀了两碗玉米面，胖婶千恩万谢地走了。面对如此情况，赵紫云也犯起愁来。此时，面容消瘦的岳少峰头戴烂草帽来到她面前。赵紫云惊讶地说：“少峰，你咋来了？”岳少峰说：“你也看到了，老百姓饥荒问题有多严重啊！”“你咋啥心都操唻？”“不操心不行啊！我一夜夜睡不着觉。”“那你想咋办唻？”“我想叫你跟我一起去找找你爹。”“找我爹想办法？”岳少峰点点头。

赵老爷在家正在跟毛夫人聊饥荒的事。毛夫人说：“他爹，听说好多人都开始剥树皮挖草根吃了，照这样下去会饿死人唻。县府也不管管？”赵老爷说：“县府不给老百姓派粮派款就烧高香了。”毛夫人惊诧地说：“还派呀！要把人往死里逼唻！”赵老爷说：“为这事，毛老二还把一个雇员给打了。”毛夫人说：“良心都让狗吃了，把毛家人脸都丢尽了。这县府都弄啥唻！”赵老爷气愤地说：“县府？是啥县府？那是日本人的县府。”毛夫人说：“这世道让人没法活了！”

正说着，岳少峰跟赵紫云进来。赵紫云进来就说：“爹，少峰想跟您商量事唻。”岳少峰还没开口，赵老爷就说：“粮食的事吧！这几天，我也一直想这事，把家里留存的玉米磨成糁，掺和着米豆杂粮，设个粥棚，一天两顿粥，总能救些人。可是……”赵紫云见父亲犹豫，说：“爹，你犹豫啥唻？”赵老爷说：“这是县府的事，我这样弄合适吗？”赵紫云说：“您指望日伪县府为民着想唻？”赵老爷半天不说话了。岳少峰说：“赵伯，你若能办个粥棚，那可要救好多人唻！”赵老爷说：“靠我一家恐怕也撑不了几天。”岳少峰说：“能撑几天是几天，你先开始弄着。”赵老爷沉思了一会说：“啥都不说了，我想法弄。”毛夫人说：“他爹，咱家的粮食也不多了呀。”赵老爷说：“我想好了，咱家的不够，还有其他大户，都得出粮，才能渡过这个难关。咱先把那几千斤玉米拿出来。”赵管家赶紧说：“老爷，那留的玉米可是几头牲口的精饲料啊！都拿出去了，牲口不喂了？”赵老爷说：“牲口卖了或杀了，到明年用时再买。先帮乡亲们渡过难关再说。”毛夫人说：“要是还不够唻？”赵老爷说：“还不够我就到其他大户去要，谁要不给，我就把他交给日本人！”

岳少峰见赵老爷坚定要设粥棚，于是说：“大户我设法也去做工作，不能只靠赵老爷您一个人。”

赵老爷望着岳少峰匆匆走远，回头对管家说：“从明儿个起，在药王庙门口设个粥棚，你具体管着。云儿，你也和田妈还有燕儿都去搭把手。”毛夫人突然却说：“不行不行！”赵老爷惊愕地说：“他娘，你这是咋咪？不是说得好好的吗，咋又说不行了？”毛夫人说：“街坊四邻会不会说咱家把牲口饲料给人吃了？这是要遭报应咪。”赵老爷还以为夫人反悔不同意干了，一听夫人的说辞，嗔怪道：“你不懂，这玉米叫牲口吃了是饲料，叫人吃了就是粮食。你这娘们，我还以为咋咪！别再一惊一乍的。就这么定，今黑夜加个班，明儿个一早开始。事不迟疑，救人要紧。”

岳少峰从赵家出来，朝石云山家走去，他想跟石云山说说这件事，也不知石云山在不在家，不管在不在家，他都想去一趟。石云山家在南街，赵老爷家在西街，西街到南街要经过十字街口，这是转换方向的必经之路，岳少峰救人心切，疾步而行，草帽下的一双目光不停地扫视着四周，突然看见几个穿屎黄色衣服的保安团人走在街上，其中就有尤申达，他们东张西望地走着。岳少峰看到此种情况，转身往东街疾走，在一个门洞躲了起来。此时尤申达也发现了他，带着保安团人往东街追。岳少峰见尤申达从后面追来，他顺着东街跑出了城，钻进了城外的竹林。他见尤申达紧追不舍，于是在竹林里与他周旋。

上次尤申达带日军去东山围剿游击队，就想立功受奖，没想到岳少峰一伙跑掉了，他被猪原狠狠训斥了一顿。这次遇到岳少峰，死活都不能让他再跑掉。

岳少峰知道被尤申达缠上了。麻烦的不是尤申达一个人，而是他的保安团一伙人。他在竹林里一边周旋，一边思考如何摆脱敌人。尤申达进了竹林就看不见岳少峰的人影了，然后吆喝手下人：“都散开了，仔细找，我就不信找不到他。岳少峰可是重量级的人物，找到了有赏。”而且吆喝团副：“你去那边找，我在这边找，看仔细了！”

团副自从上次炸死梦大发后，希望自己能坐上团长之位，等了一段时间没能如愿，后来却被尤申达坐上了，这让团副心里很是窝气。这次尤申达吆喝要抓岳少峰，他心有余悸。梦大发被炸死的原因就是害死人太多了，岳少峰为了惩治恶人才让他干的，他能去抓岳少峰吗？团副在心中

打着疑问。他很不情愿地往竹林深处走着，此时的他确实非常想看到岳少峰。岳少峰藏在密林处，他看到团副向他走来，心中思谋着对策。团副越走越近，就是看不到岳少峰，正准备退出竹林，却被岳少峰用枪抵住。团副知道背后是岳少峰，哆嗦着说："岳会长，你放心，我不会害你。"听他这么一说，岳少峰拉他蹲下，说："叫你们的人都走开。"团副说："我做不了主，是尤申达说了算。"岳少峰说："那你跟尤申达说，让他把人带走。"团副站起来还没开口，尤申达就看见他，说："你那有没有发现人？"团副说："没有发现！""没有你磨蹭啥哝？还不赶快找！""找找找！我就找着哝！"团副说着就走远了，岳少峰长舒了一口气。

岳少峰从竹林刚出来，就被站在竹林边的尤申达发现，尤申达又开始追，这次只有尤申达一个人。岳少峰飞速向水磨村方向跑去，情急之下翻墙进了赵紫云家。紫云婆婆见是少峰，知道他遇到危险，赶紧拉他进了窑洞，把窑底的柜子挪开，让少峰藏进拐窑里，她又用一大堆柴火遮挡住洞口。

刚收拾清扫完地面，尤申达就掂着枪进来。紫云婆婆知道尤申达不是好东西，儿子鸿远曾经被他抓去过，一见他就来气。说："你掂个枪来我家干啥哝？"尤申达说："是不是岳少峰藏你家了？"紫云婆婆瞥了他一眼说："我一个老婆子有那能耐？"尤申达说："你儿子鸿远是不是共党哝？"一听这话老人就更生气。从地上拿起扫把就往尤申达身上抡。"你这个坏东西，整天不干正事，就知道害人。"尤申达被打得无处躲藏。此时，赵紫云回来看见，说："娘，你干啥哝？"尤申达看见赵紫云回来，感觉自己被打得特没面子，说："你家老婆子咋这么难缠哝。"赵紫云说："你到底咋惹我婆婆了？""我没惹，就是看见岳少峰往你家跑来，我来找找，老婆子就火了！"尤申达一边说着，一边扒拉着被打乱的头发。赵紫云说："你是不是没事找事哝？"尤申达说："我咋是没事找事哝？这是我的职责。"赵紫云说："你就不能干点别的？现在凤凰城的人都饿成啥了？你也不管管，整天就想着抓人哝？"尤申达说："我管不了那么多，我的任务就是抓人。"赵紫云说："你抓人不去有人的地方抓，来我家干啥？"尤申达说："我就想着岳少峰藏在你家哝。"赵紫云说："你认为藏在我家，你找啊！找到你带走，我绝不会拦着。"赵紫云家里，一眼看到底，根本没有藏人的地方。尤申达正在纳闷，忽然听到外面大声喊叫："少峰！你往那搭跑唻！尤申达在我家等你唻！"尤申达听见喊声，夺门而出。

赵紫云听到喊声，也出了门，看见尤申达向远处跑去了，回头看见婆婆在一边笑，说："谁在喊唻？"婆婆说："我在喊。"赵紫云一下子明白了。赵紫云和婆婆刚转身准备回家，尤申达掂着枪又跑了回来，对着紫云婆婆说："刚才是谁在乱喊唻？"赵紫云见尤申达拿枪对着婆婆，怒不可遏："尤申达！你要干啥唻？"尤申达冷笑了一声说："老太婆还故意虚造声势唻。看我不要了她的老命！""你敢！"此事，岳少峰突然在背后用枪抵住了尤申达的脑袋。尤申达没想到岳少峰从身后出现，而且把冰冷的枪口顶住他的脑袋，他害怕极了。他想搬救兵，但看看四周没一个保安团的人，随即软了下来，说："少峰，你千万别动手。咱俩可是老同学啊！"岳少峰说："少废话！把手举起来！"尤申达只好把双手举起来。岳少峰顺手缴了他的枪，说："你要敢伤害无辜，我饶不了你。"此时，有几个日军从竹林边经过，尤申达突然挣脱狂奔，边跑边喊："抓共党啦！"岳少峰猛地朝他开了一枪，迅速钻入竹林深处。几个日军朝竹林乱开一阵枪，也不敢进去，最后不了了之。

保安团人听到枪声，都往这边跑来，看到尤申达躺在地上叫喊腿疼，抬上他回据点让医生处理。尤申达不知咋个给猪原汇报这件事，但又不得不说，拄着拐杖被猪原狠狠训斥了一顿。他一再跟猪原解释，这次让岳少峰跑掉了，只是个意外，以后保证干一件让皇军满意的事情。

赵老爷依旧专注准备着赈灾饥民的事，赵紫云连夜又赶回城里，一家人忙活了一夜。次日一早，凤凰城药王庙门口的粥棚就开始了。一群破衣褴褛、骨瘦嶙峋的饥民，一听说赵家设有粥棚，都纷纷涌来，一个个骨瘦如柴的躯体拥挤在一起，如同一片杂乱无章的枯树挂破衣。赵紫云望着他们一双双期待的眼睛，手掂大饭勺一人一碗往碗里舀。刚舀了几碗，突然咣当一声，有个饥民的粥碗被撞翻在石头路上，那饥民瞬间蒙了。咣当声惊醒了一个躺在地上的身影，身影勉强睁开眼皮露出一丝兴奋的目光，张着嘴艰难地向粥爬去……突然那个饥民不顾一切地趴下，直接用嘴巴吸溜着地上的米粥，生怕到嘴的米粥被别人抢吃了。赵紫云看到这一幕眉头一皱，吆喝着："大爷大婶，你们都排好队，一个一个来好吗？要不然倒地上就可惜了。"可从来都不知排队的饥民们刚排好队，一开始舀就又乱了。饥民们乱哄哄挤在大锅边，只怕锅里的米粥没了。田妈、管家、紫燕一再喊："都排好队排好队！都有都有！人人有份！"好不容易才把饥民顺置成一溜队，赵紫云才开始你一碗他一碗地舀起来。饥民们迫不及待地端起碗，不管烫与不烫，唏哩呼噜地喝了起来。转眼间，长长的一溜人就舀完了，一大锅米粥也见了底。待大部分饥民离去后，赵紫云发现刚才地上的那个身影还躺在地上。她放下手里的舀饭勺走过去，仔细查看了一番：此人蓬头垢面破衣烂裤，破马褂里翻出的异样衣领，颜色已经看不出来了。她断定，此人一定是个流浪汉。赵紫云很快把锅底剩的一些米粥刮到碗里端过来，一口一口地帮其喂下，流浪汉喝了一碗热粥才缓了过来。赵紫云问："你叫啥名字唻？"流浪汉嘿嘿傻笑。"你家在哪唻？"流浪汉还是嘿嘿傻笑。赵紫云望着流浪汉，忽然想起几年前在县府后院关着的那个人，瞬间感到万分难受，心生怜悯，说："记着啊！粥棚开饭时间一天两次，早起一次，后晌一次，到时候得按时来啊！"流浪汉依旧嘿嘿傻笑。从此，粥棚每到开饭时间，流浪汉就早早到来，赵紫云总要先舀一碗给他端去。就这样，一天两天，三天五天，天天如此……

凤凰城赵家设粥棚的事传遍了十里八村。尤申达拄着拐杖找到猪原，说："赵明轩对皇军不忠，在城里把粮食都给了饥民吃。"猪原找到赵明轩询问："听说赵会长在凤凰城为饥民设粥棚，想必家里还有不少存粮吧？如果是这样的话，粮食也应贡献给大日本帝国的军人才是？"赵老爷知道设粥棚的事会触动日本人，早想好了对策，不慌不忙地说："猪原大佐，你口口声声说要东亚共荣，老百姓如果都饿死完了，你跟谁一起共荣？再说了，设粥棚的事也是无奈之举，家里留存的牲口饲料磨成糁将就维持饥民的性命。如果猪原大佐不嫌弃，也可叫你们的人来，老夫绝不吝惜。如果猪原大佐认为老夫怠慢了皇军，维持会长可以另请高明。"赵老爷的一番说辞，噎得猪原半晌说不出话来。猪原本想以此来要挟赵明轩对皇军不忠，没想到赵明轩不卑不亢，振振有词。猪原尴尬了片刻，然后哈哈一笑，说："赵会长，我就开个玩笑嘛，何必当真。"赵老爷在心里暗暗骂道：狗日的，寻老夫的茬，老夫不吃你这一套！

粥棚持续了几个月，流浪汉天天都在附近，每天都能吃到赵紫云给他的米粥，等粥棚结束了流浪汉还在那里等。赵紫云发现后，就把他带回城西娘家。赵老爷吩咐田妈每顿饭都要给流浪汉留一碗吃，说啥也不能让流浪汉饿肚子。从此后，流浪汉就成了赵家的一个啥心也不操的食客。赵家人也都习惯了，每到开饭时，就想起这个只会傻笑的流浪汉。

灾荒年歉收，再加上日伪对东山实行经济封锁，东山抗日根据地军民生活也异常艰难。岳少峰从凤凰城回来跟王力合商议后，召集毛瑞兴、吴中建、梁虎生、牛二柱等人开会，一起研究如何渡过灾年的问题。他说："凤凰城的赵老爷开始设粥棚救灾民，我们如何解决当下的困难？我的想法是：组织军民把撂荒的山地利用起来，自己开荒，自己种地，生产的粮食蔬菜自己食用。上级指示我们要学习延安南泥湾，组织军民大生产，解决当前困难。"大家一致赞同。

会议之后，东山掀起了大生产运动，种粮食、种蔬菜、喂猪、牧羊、烧木炭、挖药材、打山猪、采山货等，大伙的劳动热情非常高涨，很快解决了吃饭问题。岳少峰深有感触地说："只要把群众发动起来了，就没有解决不了的困难。依靠了群众的力量，这个难关咱们就算闯过来了。这一年老百姓的日子过得实在是苦啊！天旱歉收，又加上虫灾，雪上加霜啊！日伪政府整天催粮催款，丝毫不体恤老百姓的疾苦。"关山说："听说前段时间，仝贯全为了给老百姓写陈情书，还遭到毛广善的毒打。"岳少峰说："这个毛广善，就是日本人的一条狗，不顾老百姓死活，真是可恨！不过，赵老爷在城里设粥棚，饥民每天多少能喝上两碗米粥，虽然吃不饱，但也能保住活命。为这事，石云山也做了他父亲的工作。"关山说："老百姓过了这几个月，新粮食下来就好办了。"

……

为了打破敌人的封锁，岳少峰又想到一个问题。他对关山说："军民大生产解决了我们的吃饭问题。但日军在进山口设了关卡，布匹、棉花、盐，以及必需的生活用品运不进来。同志们天冷了还是单衣，天热了还是破棉袄。这是个大问题啊！"关山说："这些关卡卡住了进山的通道，外面就是有东西也进不来。"岳少峰说："关卡都是些伪警察把守，如果伪警察里有我们的人，事情就好办了。"关山说："你还记不记得，我之前跟你说过余万这个人，其实他叫余万贤，他原来在拐巴子手下干过，日军侵占凤凰城后，他随警察大队跑到东部，与余智贤是堂兄弟，这人脑瓜聪明，办事很有头脑。”岳少峰说：“想法把这人争取过来，让他重新回到拐巴子身边。再通知高杨同志，让他秘密组织县中县西游击队往山里送货。”

日军为了严把进山关卡，猪原叫拐巴子派人看管关卡。拐巴子刚从据点回来，走在凤凰城大街上就遇到余万，兴奋地说：“你小子，这几年都跑哪去了？也见不着你？”余万说：“别提了！自从日本人进了咱凤凰城，警察队也没人管了！我到处寻事干，到现在也没啥合适的。”拐巴子说：“走！跟我干，咱俩还是老搭档。”余万说：“我跟你能干啥唻？”拐巴子说：“这几天日本人说进山关卡要加强人手，叫警察队再派人去。我正愁没人去唻！你来得正好。”余万假意推辞说：“这活我能干了吗？”拐巴子说：“这活有啥干的，看着不让人把东西拉进山就行了。”余万还想推辞，拐巴子说：“啥都别说了，有你去把关卡管住，我想也差不了啥大码。就这么定，你回去准备一下，明儿个就去。”余万说：“我一个人去，也没个熟人。”拐巴子说：“你要熟人就让小板凳跟你去。”至此，余万就成了进山关卡的守卡官。

余万去的关卡增设在杜马塬北部大郎山之南的进山口。这里原是土匪老鹰嘴进出大郎山的关卡，自从日军炮火在中条山开始大轰炸后，老鹰嘴一伙仓皇逃走，此处老百姓进出也不受阻。日军实行封锁政策以来，便在此设卡，以实现对抗日根据地的严格限制。余万到此守卡，虽然之前也有几个日军，但几个日军把活都派给伪军干，他们则在炮楼里打牌喝酒，很少在天寒地冻的露天地监管卡口，尤其是黑灯瞎火的黑夜，更是不愿去值班。自从余万来后，就殷勤跟日军学日语、套近乎，不时给日军曹长送点香烟啥的，取得日军好感；日军曹长把监管关口的事全权交给他负责。余万当然是尽心尽力尽职尽责，天天守在关卡监管，想通过此种办法，了解当地老百姓的进山情况。

天快麻黑，高杨、成自奋几个人赶着驴车吆着驮骡要进山，却被小板凳拦住。成自奋说：“老总，换点钱不容易，你就行行好吧！”小板凳说：“皇军有规定，不得私自往山里拉货。”成自奋说：“你看老总，你这个规定我们也不知道啊！”小板凳说：“不行就是不行！再不回去我连驮骡带车一搭扣下！”余万听到争吵声，赶紧过来询问咋回事？成自奋见到余万就说：“余队长行行好，让我们过去吧！我们都是老百姓，换点钱不容易呀！”余万说：“就今儿个一次，下不为例啊！”成自奋赶紧点头。车和驮骡放行后，余万给小板凳交代：“以后再遇到老百姓运东西，跟人家说别再运就行了，别再扣人家东西。啥事过去了就行了，跟老百姓较啥劲咪？！”

为了进一步了解情况，余万经常到附近村子去走动，主动跟村民聊天拉家常。熟悉之后村里人向他打听如何过关卡的事，余万也有意无意地说：“只要不是给八路军送货，你们换些东西未尝不可，就是别让日本人发现了就是。”并叮嘱小板凳麻黑巡山，巡完山早早熄灯睡觉，给游击队运送货物留出充裕的时间。

高杨、成自奋等人为了能安全把货物送进山里，也是费了一番心思。他们怕有响声引起鬼子注意，就卸了驮骡脖子上的铃铛，还把车轴膏上麻油。驮货没了响声，他们则把一批批粮食、棉花、布匹和食盐等紧俏物资，悄无声息地通过这个关卡，源源不断地运往抗日根据地。

之后的一些日子，游击队对日军展开了一系列打击。郭原据点炮楼被炸，望原据点运菜车遭袭，萝卜圪塔炮楼也被对河部队一炮轰塌。一时间，据点里的日军胆颤心惊不敢轻举妄动，抗日根据地越来越大，抗日形势也越来越好……

抗日战争进入到一九四四年初春的一天，东山涧阳镇后山根据地，王力合把手枪卸得七零八落，再一件件擦拭着。岳少峰望着他说：“日军目前据中条窥中原，对豫西蠢蠢欲动。我们虽然坚持对敌斗争，总感到势单力薄。自从西北军撤出中条山后，后来的国民党军排斥打压我们，七专署又强行解散我们的抗日队伍，使抗日形势一度陷入低谷，之后，我们只能在党的领导下，分散活动，隐蔽工作。那段时间，实在是艰难啊！国民党军溃败后，在地委的领导下，我们才重新组织起抗日游击队与鬼子周旋。几年过去了，虽然我们的队伍逐渐发展壮大，但我还是想……”王力合把卸下的手枪零件一件件咔咔嚓嚓装好后，拿在手中做了个射击的动作说：“但是啥咪？是不是又想到了八路军了？”岳少峰笑着说：“对！是想到八路军了，我希望现在就有一支八路军的队伍来，和我们一起并肩战斗。”王力合也兴致勃勃地说：“岳会长，你这话可是说到我心里了，这个我早都想了。可想归想，这哪是咱想就能想成的事？”岳少峰说：“但愿事遂人愿啊！”

正当岳少峰和王力合在屋里聊着八路军时，傅愣强兴冲冲带一个身穿灰色军服精神抖擞的人站在他俩面前，微笑着望着他们。岳少峰上下打量了一番，惊喜地喊道：“鸿远！”两人紧紧地拥抱在一起。王力合望着这两位久别重逢的老同学，心里有一种说不出的激动。

岳少峰拉李鸿远坐下，迫不及待地问：“快说说，这两年都在啥地方哝？这次回来有啥任务？”李鸿远说：“我在延安抗大学习结束后，又被组织安排在太岳山区工作了一段时间。”说到此他望了一下王力合说：“力合没跟你说过？”岳少峰说：“没有啊！”李鸿远笑了一下说：“这次上级派我回来，主要是建立地方民主政权。不过，还要告诉你一个好消息，八路军太岳区第五分区第十支队就要回来了。”岳少峰疑惑不解。李鸿远又解释说：“就是咱中条山之前的山西新军，改编的八路军队伍。”岳少峰“腾”地站了起来，兴奋地说：“太好了！这下小鬼子的日子可就更不好过了。”

八路军要回来的消息不胫而走。大街小巷，村庄院落，人们悄悄议论，脸上的喜悦之情不言而喻。

几天后，南吴村成自奋接到铁脚板送来的一封信，他一看信件上写着“老高收”几个字，就赶紧把信件揣在怀里去寻高杨。此时，高杨正在为牛添草料，见成自奋来，停下手里的活接过信件，看看周围没其他人，才打开信件看了起来。高杨看完收起信件说：“上级通知，我要走了。”成自奋一听又惊又喜又舍不得，说：“就现在吗？”“对！我收拾一下马上动身。”高杨捆好简单的铺盖卷背在背上，与成家人告别。成老伯依依不舍地目送着这位气度不凡的年轻人。

第四十二章　送情报遭遇恶狼　设巧计除掉马三

岳少峰安排余智贤打入张村日军据点当雇员后，他每天加班加点为日军抄写文件，为伪政府认真做事，既得到日军猪原赏识又得到伪县长毛广善重视。此时，他也接到上级通知。正巧，毛广善找他谈话：“你来县府也两年多了，干得不错，我很满意。以后有升职的机会一定是你。”余智贤说了感谢的话后，又要请两天假，说家中老母有病，得回去请大夫看看，毛广善叫他快去快回。

没过几天，古平县抗日民主政府在涧阳镇成立。会上宣布了高杨同志为县长，同时还宣布了对抗日民主政府财粮科长余智贤的任命。此消息被特务传到张村据点，毛广善和猪原勃然大怒。此时，尤申达却显得一副先知先觉的样子。他凑到毛广善跟前说：“我早就看出余智贤是共党，果然没错。”毛广善没好气地说：“你早知道干吗不早说？”猪原也气得指着尤申达训斥：“你地大大的不忠，致使共党跑了。”尤申达既委屈又不甘心，说：“太君不用急，跑了和尚跑不了庙，他跑了就不回来了？回来我们就去抓！”猪原说：“我知道他啥时回来？”尤申达说：“小的这段时间腿也好利索了，我就啥都不干，专门盯着余智贤家。”

一天下午，赵老爷刚准备回家，看见尤申达火急火燎找猪原，说余智贤从东山回来了，要猪原派人去抓。猪原眉头一蹙说：“你保安团是干啥的？”尤申达被问住了，然后又说：“我保安团的人没有皇军人厉害，怕失手抓不住啊！”猪原说：“要皇军抓人，也得明天一早才能去。”

赵老爷得知此事后，觉得非同小可，赶紧往家赶，待赶到家时天色已晚。他进门就问：“赵管家呢？”毛夫人说：“刚出去。”“啥时能回来？”“你这一回来就着急忙慌的，寻赵管家干啥咪？”赵老爷没回答夫人的话，而是说：“田妈！你赶快叫紫云回来一趟。”毛夫人说：“天这么晚了，有啥事不能明儿个再说？”“明儿个恐怕就来不及了。田妈！你快去呀！”

田妈这才慌忙向水磨村紫云家跑去……

赵紫云随田妈一路疾步走来，赶回来时天已完全黑下来。赵老爷对紫云耳语了一番，紫云一惊，然后匆匆出了门。

漆黑的夜晚，赵紫云不顾天黑路险，一路心急如焚，总想快一点把情报送出去，她走走跑跑，累得气喘吁吁。正在赶路的赵紫云突然看到侧面有两道绿光猛然扫来，接着就听到一声嗥叫，她马上意识到是狼，心里非常害怕，顺手从地上摸起一根粗树枝思索着对策。此时，她多么希望能有一个人站出来，帮她解除危急。可这兵荒马乱的，谁会深更半夜出来？眼下的难题只有她自己面对了。此时，她想起爹说过的一句话："狗怕摸，狼怕拖。"到底这法管不管用不得而知，她在极度无助的情况下也只能试一试了。她一只手把自己的外套脱下绑在树枝上，用手拖着往前走，狼在后面不紧不慢地跟着她。她见狼跟了上来，马上停下不走了，狼也停下不走了。对峙了一会儿，她又开始走，狼也开始走，她走走停停，狼也走走停停，狼始终近不了她身。此刻，赵紫云非常着急，狼也显得焦躁。狼开始绕着赵紫云转，赵紫云也跟狼兜转起来。赵紫云边与狼来回转绕，边用余光寻找有利地形。她看到路边一个小坟丘，于是绕到坟丘后，狼也跟她来到坟丘旁。赵紫云与狼隔坟丘对视，狼往东绕，她赶紧往西，狼往西绕，她赶紧往东。她边绕边退边往关家窝方向移动，狼跟着步步紧逼。就这样，六七华里的路程，赵紫云却用了四五个小时，待走到关家窝村口时，还是未能摆脱狼的纠缠。突然，村里传来一声高亢的鸡叫，所有的鸡都跟着叫起来，狼吓得落荒而逃。赵紫云万万没想到始终摆脱不了的恶狼，却被一声鸡叫给吓跑了，她长舒了一口气。此时，她才感到身上的衣服已被汗水湿透，冒出的虚汗经冷风一吹，浑身冷冰冰的。她精疲力竭，两腿发软，拖着极其疲惫的步子向关山家走去，待赶到杂货铺门前时，一下扑倒在地。周掌柜开门才发现她，急忙把她搀扶回屋。她迫不及待地说："快！……"周掌柜得知情况后，赶紧叫伙计火速向余智贤家跑去。

余智贤家在西祁村，是三国名将关羽贴身卫士周仓的故乡。周仓崇拜关羽，对关羽忠心耿耿，并跟随一生，关羽死后也自刎而亡。西祁村人因周仓而信奉仁义忠勇，在四十六旅与日寇在此拼杀时，就千方百计为战士们送馍送水，帮部队修工事带路，奋力打击日寇，全村老少没一个落下。

这样的村子，日寇汉奸很难从中获得什么。

一大早，村长就接到日伪军要抓捕余智贤的情报，他迅速将余智贤及家人隐蔽于地洞里。当尤申达带着日军以及保安团来到余智贤家时，余智贤家空无一人。尤申达没抓到余智贤，在村里挨家挨户搜寻，村里大人小孩都说不知道。为此，许多村民被捆绑吊打，但始终没有任何结果。

猪原得知尤申达没抓到余智贤，气急败坏地吼道："八嘎！尤申达有意怠慢，故意让共党跑了。""太太太、太君，真真真不是。肯定是有人走漏了风声。""你说！是谁走漏了风声？"猪原的问话尤申达无法回答，他憋着一肚子气从据点回来，怎么也想不出能讨好猪原的办法。正当无计可施时，忽然看见赵紫云的妹妹赵紫燕从眼前走过，便心生一计。

尤申达立刻回到据点找到猪原，神神秘秘地对猪原说："太太太君，我有个好事要跟您说。"猪原一副不耐烦的样子。尤申达坚持说给猪原听。猪原耐着性子听他说完，脸色慢慢由阴转晴，最后露出淫邪的兴奋，说："吆西！吆西！"

运茅公路修通后，茅津渡口显得尤为重要。佐藤被派在此驻守，赵紫骏被他带来做翻译。

赵紫骏到茅津据点后，回家的次数相对多起来。一天，他从家出来跟妹妹紫云在大街上边走边聊，忽然他盯着街上的那个流浪汉一直看。赵紫云感到奇怪，说："哥！你认识他？""不认识。""不认识干吗老盯着？""我之前见过。""一个流浪汉，你咋会见过？"赵紫骏把之前日军军医在县府后院强行为其注射针剂的经过说了一遍。赵紫云说："哥！当时你看见了？""是的，佐藤专门让我看了这一幕。"赵紫云又忽然想起日军撤出凤凰城时，她跟岳少峰、傅愣强在县府后院看到的一幕。她愣愣地望着哥哥，赵紫骏有点伤感地说："不说这些了，我该走了。"赵紫骏大步流星地向茅津走去。赵紫云望着哥哥的背影，她完全明白了一切。此刻的她，由之前对哥哥的满腹怨恨，突然间变成了一种无言的心疼，而且心疼得满脸是泪。

走在路上的赵紫骏脑子里浮现出在日本的境况：那时正是中日战争爆发之际，他得了伤寒一病不起。同学们纷纷退学回国参加抗战，自己却

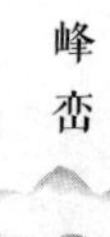

一筹莫展。待病情痊愈后，却找不到一个同学。回国后父亲责骂，妹妹埋怨，自己心里委屈却又怕父母担心未加解释。这次妹妹对自己提出质问，在心中激起难以抑制的巨大波澜。

“哥！你就甘心这样一直为日本人干下去？”

“我不甘心啊！可我不知该咋办咪？”

“哥！你如果真想抗日，就跟我们干！”

赵紫骏望着妹妹坚定的目光，默默点点头……

回到据点，赵紫骏一直在心里盘算：要想在日军据点做点事情，必须得有个好帮手，可这个帮手该寻谁呢？

在运城池神庙受训的小栓子，也被派到茅津据点。由于翻译有赵紫骏在，小栓子被派在日军伙房帮灶。在赵紫骏的心里，小栓子是他最合适的人选。

小栓子在茅津据点为日军帮灶，虽然家就在茅津，但家早被日机炸烂，加之据点规定不得每天回家，他只得睡在离伙房不远的一个破窑洞里。由于在运城池神庙赵紫骏救过他，他俩不用介绍就亲如兄弟。赵紫骏来灶房吃饭，小栓子带他去黄河边玩，一来二去，两人的关系就更加密切了。

赵紫骏在佐藤身边待了几年，也取得了佐藤的信任。佐藤把重要文件、信件都交由他来翻译并保存，甚至把军火库的钥匙都交给他。一天，赵紫骏把小栓子带到日军仓库大门前，用钥匙打开门说：“进去看看。”小栓子进去一看，好大一个仓库，堆得满满当当都是绿色箱子，他一脸茫然。赵紫骏说：“打开看看。”小栓子不知其中的秘密，随手打开其中一个，惊奇地说：“这么多枪啊！”赵紫骏又打开另一个箱子说：“再看看这个。”里面全是圆圆的拳头大的黑铁疙瘩，小栓子好奇地问：“这都是啥家伙？”“这是手雷。”“手雷是啥玩意？”“手雷跟手榴弹差不多，但用法不同。手榴弹是拉弦后扔出去爆炸，手雷则是在硬东西上磕一下扔出去才能爆炸。”“还有这么多道道咪？”“是啊！这是知识，都得学。”赵紫骏又打开一个箱子，小栓子一看全是手枪，羡慕得不得了。“这些你都见过吗？”小栓子摇摇头。“把你带来，就是让你见识见识，以后有用处咪。”小栓子对赵紫骏的话有些茫然，但打鬼子的决心在他心中早就埋下了种子，他趁势摸了一把手枪，揣在怀里跟赵紫骏出了门，想把手枪拿去让舅舅徐老五看。

自从局势稳定后，茅津人又都陆陆续续回到各自破烂不堪的家。铁匠徐老五又开起他的铁匠铺生意，他有时出去到集市上为驮骡钉掌，有时被日军叫去钉马掌，有时在店铺干零活，总也没闲着。这天，徐老五正在铁匠铺叮咣叮咣打一些马掌钉子，小栓子蹑手蹑脚进来，悄悄掏出怀里的手枪让他看。徐老五一看，赶紧停下手里的活说："从哪弄的？""日本人军火库。""你不要命了！""没事，军火库里可多啦！摸一把两把小鬼子根本就看不出来。""这可得小心啊！弄不好要掉脑袋。"小栓子走后，徐老五迅速关了铁匠铺，背起他的钉掌家当向尧店方向走去。

此时，古平县抗日政府各职能部门已从涧阳镇后山秘密移驻到尧店村，各种学习班也办起来了，恢复到之前的热闹气象。

岳少峰等人听了徐老五的汇报后说："这是一个很重要的情况，我们一定要利用小栓子和赵紫骏的特殊身份，想方设法多搞些军火来。"吴中建又叫来徐老六，并叮嘱了一番。岳少峰考虑到赵紫骏的情况，想通过赵紫云把她哥哥争取过来。于是写了封信交给傅愣强，让他交给赵紫云。

赵紫云每次见哥哥回来，都会打听据点里的事。赵紫骏也都毫不保留地跟她说。赵紫云把党组织对他的信任跟哥哥说了，赵紫骏感觉有一种前所未有的力量在激励着他。这是他实现人生转折的一个重要节点，他要鼓起决心和勇气，计划把小栓子也拉过来。

赵紫骏约小栓子出去玩，说："小栓子，你一天跟着我玩，就像我的小弟弟。这样吧！我也没有弟弟，你就做我弟弟吧？"小栓子一听高兴地说："好啊！咱俩在一搭还能有个照应哦。"就这样，两人结拜成了干弟兄。

过了几天，赵紫骏又一次把小栓子带进军火库，在看军火的过程中，小栓子又偷偷摸了一把手枪揣在怀里。这一幕被赵紫骏看在眼里，他却佯装没看见。两人在军火库经常出入，对面岗哨的日军也习以为常。

佐藤和赵紫骏喝茶聊天是经常的事。这天，两人又在一起喝茶聊天。佐藤说："紫骏君，回到你的家乡有啥感受？是不是比运城好一点？""是啊！离父母近点。但是，还是不能膝前尽孝啊！""哎！这已经是很好的安排了。""我还是想回到父母身边，想多陪陪他们。""你的心情我能理解。

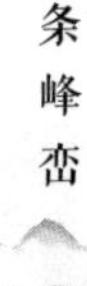

你也知道，眼下大日本帝国正缺人才，怎么可能让你回去？紫骏君，你就安心吧！茅津据点我说了算，你在这里无拘无束还不满意？”“佐藤君，咱俩想的不是一码事。”“那你想的事先放一放，等大日本帝国真正实现了大东亚共荣的那一天，我就放你回去，好好孝敬你的父母。”“这……”佐藤深知日军在中条山迟滞不前，陷入困境，但表面上还是装出信心满满的样子，说：“紫骏君怀疑这个？不用怀疑，很快的，很快的……”赵紫骏只是盘算自己心里的事，并没有应答佐藤的话。

赵紫骏如果能把小栓子拉入抗日队伍，就能成为他的左膀右臂，许多他不便做的事，可以由小栓子去做。打定主意后，他来到小栓子住的破窑洞，直截了当地说：“小栓子，你说共产党好不好？”小栓子对赵紫骏突然提出的问题感到惊讶：“赵哥，你咋问这个问题哝？”“哥就是想问问你，共产党在你心里好不好？”小栓子看赵紫骏是诚心诚意地问，说：“共产党当然好啊！之前在茅津组织大刀队、自卫队，把小鬼子打得稀里哗啦屁滚尿流。”小栓子越说越兴奋。赵紫骏赶紧用手在嘴上做了个“嘘”的动作，然后压低声音说：“你想不想跟着共产党哝？”小栓子感觉赵哥是在开玩笑，不以为然地说：“赵哥！共产党都在山里打游击，这哪里有共产党啊？”赵紫骏说：“不管共产党在哪里，我问你愿不愿意跟他们干哝？”“愿意啊！”“好！一言为定！”此时，赵紫骏把联络铁匠徐老五偷运日军军火的任务交给了小栓子。

小栓子联系徐老五后，徐老五又联系了被日军俘虏的国民党军官马三装运弹药。赵紫骏和小栓子把谁放哨、谁撬军火库铁门、谁制服军火库岗楼的日军哨兵、谁转运军火的事都一一安排妥当后，计划次日午夜动手。

次日，夜幕降临，赵紫骏和小栓子各自到位。与此同时，被俘的国民党军官马三心惊胆战，左思右想徘徊不定。他怕弄不好被佐藤知道杀头，经过激烈的思想斗争，最后还是到佐藤那里告了密。佐藤听说有人盗运军火，“腾”地从椅子上起来说：“谁如此大胆？”“铁铁铁匠铺徐老五。”“八嘎！”佐藤带着日军，向徐老五的铁匠铺扑去。

徐老五在铁匠铺正准备出发，突然跑来一伙日军抓住了他。佐藤严刑拷问，徐老五拒不承认。佐藤恼羞成怒，举刀把徐老五劈死，然后抛入黄河。

赵紫骏和小栓子到位后，一直不见徐老五来，猜想事情可能有变，赶紧撤离。

地下工作都是单线联系，尤其是在日军据点。马三不知其他人员，而徐老五拼死保护小栓子，佐藤无法得到其他情况，赵紫骏和小栓子才脱离危险。偷运日军军火的行动因马三告密而遭失败，赵紫骏和小栓子暂时不敢再有大的行动。

徐老五牺牲后，小栓子非常伤心，他仍坚持在日军伙房帮灶，伺机有一天为舅舅报仇。

次日，佐藤把赵紫骏叫去询问："昨晚发生的事，你知不知道？"赵紫骏心里"咯噔"了一下，然后镇定下来说："昨晚发生啥事了？""你不知道？"赵紫骏摇摇头。"徐老五竟然敢偷运军火。胆子也太大了！"赵紫骏故作惊讶地说："徐老五？""多亏马三报告，否则后果不堪设想。"佐藤把赏给马三的钱交给赵紫骏，赵紫骏拿着赏钱找到马三，说："恭贺啊！你可立了大功了。要不是你告发徐老五，皇军军火就遭劫了！"马三说："为皇军效力，应该的。"赵紫骏看着马三的一副奴才相，嘲笑道："你立了大功，这是赏钱。"马三不知赵紫骏话里有话，忙说："谢谢赵翻译官，以后还要仰仗赵翻译官多多关照。""我会关照的。"

小栓子得知舅舅徐老五是被马三告密让日军劈死，心里非常气愤。他把这件事告诉给打游击的舅舅徐老六，并跟徐老六一起密谋除掉马三。

一天午后，赵紫骏和小栓子去见马三。赵紫骏给马三交代："晚上八政据点要往仓库送大米，你负责卸车，到时候小栓子叫你，别误了皇军的事。"马三一连点了几下头。赵紫骏又回头交代小栓子也记着，别睡过头了。赵紫骏安排完之后，来到佐藤的办公室，与佐藤一起喝起茶来。

到了深夜，小栓子先安排徐老六和吴中建等人在城北门口仓库附近等候，然后来到马三住处。他把马三推醒说："送大米的汽车来了，快起来！"马三睡眼惺忪地起来，跟小栓子一起来到北门口，伸长脖子四处张望，漆黑一片，啥也看不见。正在疑惑，小栓子朝他后脑勺开了一枪。枪声惊动了附近的日军哨兵。哨兵听见枪声问道："什么的干活？""待这不得斯！待这不得斯！"小栓子用日语回答说没事没事！日军也就没过来，小栓子赶紧往仓库方向返回，正巧遇见一个日军流动哨向他走来，见面就

喊："栓！八路的干活？""八路的有。"岗楼上日军听说有八路，立刻报告佐藤。佐藤刚睡不久就被吵醒，不耐烦地说："什么的八路，毛毛贼的干活。"随便派两名日军随小栓子前往响枪的地方查看。小栓子将两名日军引到马三的尸体旁，两日军正在低头查看，小栓子冷不防掏出枪朝日军的后背就是两枪，一个当场被打死，另一个还在挣扎，小栓子又补了一枪。岗楼的日军听到枪声，叽哩哇啦大声叫喊，却没一个过来。小栓子赶紧朝自己腿上也开了一枪，藏在暗处的徐老六和吴中建迅速跑过来将小栓子捆住，又往嘴里塞了块毛巾，然后带着几杆枪迅速撤离。小栓子见徐老六和吴中建安全离去，才拖着受伤的腿一瘸一拐返回仓库。日军见状，急忙将他口中的毛巾取出，把绳索解开，然后帮他包扎伤口送回住处。

次日一早，佐藤和赵紫骏来看小栓子。佐藤说："我以为是小毛贼，果然是八路？"他点点头。佐藤说："紫骏君，把栓送到八政据点医院，那里有好的医生。"赵紫骏把小栓子扶上马车，一路向八政据点走去，两人谁也没有说话。

岳少峰听了吴中建和徐老六的汇报后，说："马三除掉了，赵紫骏和小栓子暂时不会有危险。小栓子也被送到八政据点医院，茅津据点的情况暂时还没人传递。我们下一步，既要关注茅津据点情况，又要关注八政据点情况。"吴中建说："最近八政据点的日伪队长郑钱又不安分了。他到处搜集抗日工作者的情报，此人一定要想法除掉。"岳少峰说："吴队长，我们好好琢磨琢磨这件事，尽快除掉这个汉奸。"

吴中建接到任务后，经过研究把这个任务交给了韩亮，韩亮带几个队员时刻准备抓捕郑钱。一天，韩亮得知郑钱在据点附近一姘头家时，他迅速带队员前往，趁夜深人静破门而入将其抓获，带到一处村边的窑洞关了起来，并交给两个队员看押。吴中建和韩亮一同到村里向岳少峰汇报，待岳少峰等人去看时，没想到郑钱磨断绳子打死两名队员跑了，气得韩亮直跺脚。吴中建估计郑钱近期不会再出来，于是让韩亮去东延村了解藏枪的事，韩亮爽快答应了。

韩亮化装成货郎，挑着货担走村串巷往东延村方向走去。不巧的是前面来了一群伪军，带队的正是郑钱。韩亮怎么也没想到这家伙这么快就敢出来，此刻想躲已经来不及了。韩亮无论再怎么化装，还是被郑钱一眼认出。仇人想见分外眼红，韩亮放下担子赶快掏枪，郑钱不由分说一步上前把韩亮按住。郑钱抓住韩亮后，立刻带到八政据点交给日军牛尾，牛尾把韩亮吊起来严刑拷打，放狼狗咬，用烙铁烙，竹钉钉，灌辣椒水，用尽各种残酷手段逼问抗日游击队下落，韩亮至死不吐一个字。

岳少峰得知此事后非常痛心，说："韩亮同志的仇一定要报。从今天起，启动八政据点地下党，想法除掉郑钱。"此时，傅愣强提着一个篮子匆匆走来，说："岳会长，有情况。"岳少峰看看竹篮里只有麦秸和刨花，却不见情报。不解地问："咋回事？"

自从上次金大麻与金大圣一伙在家被吴中建几个游击队从烟囱里塞手榴弹炸死后，金大麻趁乱逃回据点，惊魂未定常做噩梦，只怕有一天游击队再寻上门来找他算账。他多数时间躲在日军据点不敢出来，晚上很少回家。过了一段时间，好像风平浪静了，也没再出啥意外，才放心了不少。金大麻在邻村沟对面有个相好，搁平时他隔三岔五总要过去一趟与相好的亲热。但这段时间，他为了躲避风头，也不敢贸然前往，只怕一时疏忽丢了性命。

自从岳少峰上次在刘家沟遭日军追击，突然东边响起密集枪声把日军吓走后，他就断定是令狐国强游击队，于是秘密派人与其联系，设法监视金大麻的行踪。令狐国强在得知金大麻一伙对小喜子下的狠手时，气得咬牙切齿。

金大麻长时间在据点里不敢出来，也感到闷得慌，偶尔也出来去相好家换换心情。这一情况被地下党获悉。这天，潜伏在望原村以卖香油为名的地下联络站负责人，人们称他老香油。老香油得知金大麻的情况后，想把这一情况赶快报告组织。但距日军据点太近，万一被日军发现，后果不堪设想，思前想后没有好的办法。后来看到邻居院里木匠在做木工活，推出的一卷卷白白大大柔柔软软的刨花，他灵机一动。老香油到邻居家要了些刨花，回到店铺悄悄把情报写在刨花上卷好，然后在竹篮底部用竹篾别牢，再盖些刨花和麦秸，上面搁了两瓶香油，又搁了一些鸡蛋，对伙计叮咛一番就出了门。刚出门没走几步，就遇见金大麻一个手下从据点出来："老香油！今儿个你是要去哪里？"老香油心里"咯噔"一下，但马上镇定下来。正在此时，傅愣强走来，看到这一情况说："表哥！你这是要去哪呢？""嗨！我听说咱大姨病了，想去看看。刚走到这就遇见了老总。"傅愣强说："你店里忙忙的，还麻烦你再去看。""不看使不得呀！""有啥使得使不得？都是自家人。"两人的对话，让金大麻手下打消了疑虑。老香油顺手从篮子里拿了一瓶香油递给他说："老总，这个给你，帮金队长带回去，调菜可香着咪！""我知道，你的香油有名着咪！"说完拿着香油瓶转身走了。傅愣强说："表哥，我看你还是别去了，我把这东西带回去，就代替你看了，大姨也不会怪罪你。""那也好，我这里也走不开。"老香油把篮子交给傅愣强，并暗示篮子底有情报。

傅愣强提着篮子刚走过据点门口没多远，没想到又遇到金大麻。"你站住！"傅愣强吓了一跳，但立刻镇静下来，说："老总，你是叫我吗？""不是叫你还能叫谁咪？"傅愣强看看周围再没别人，一时愣住了。"篮里提的啥？提过来让我看看。"傅愣强一看这个一脸麻子的人，断定就是金大麻。他怕露馅，但又不能不让看，心想：情报万一被金大麻发现可就糟了。他故作镇定地说："您是金队长吧！咱们初次见面，您看这香油和鸡蛋就孝敬您吧！""这还差不多。走！给我送据点里。"傅愣强把香油鸡蛋送到据点。金大麻叫他把篮子放下走人。这下傅愣强急了，这情报还在篮子底部，怎么可以把篮子放在据点里呢？于是笑着说："金队长，东西给您留下，篮子让我拿回去。""一个破篮子，有金有银咪？还舍不得？""不是舍不得，下次若是再给金队长送东西，都没篮子搁了。""东西拿出来，篮子你拿走！"于是，傅愣强把剩下的一瓶香油拿出来，又把篮里的鸡蛋也一个个也拿出来，然后提着只有麦秸刨花的空篮子出了据点。

傅愣强望着篮子对岳少峰说："再好好找找。"岳少峰说："这么说情报还在篮里？""应该在。"岳少峰在麦秸和刨花里扒拉了半天，还是没发现任何情报，他一脸诧异。傅愣强说："再寻寻，肯定有。"岳少峰又仔仔细细把篮子细细翻了一遍，最后把篮里的麦秸和刨花都倒腾了出来，还是不见情报。岳少峰也觉得情报就在篮子里，可就是找不到。最后卡在篮子底部竹篾间的刨花引起他的注意，他把那个刨花轻轻取下来，款款摊开一看，脸上露出了笑容。"这个老香油办法可真多，连我都差点被蒙过去了。"吴中建说："情报说啥咪？"岳少峰说："金大麻终于耐不住性子了，又开始出来活动了。机不可失，愣强你快速通知我方人员，准备行动。”傅愣强走后，岳少峰又对吴中建说：“你先把八政据点的任务尽快安排一下，回头抓紧时间，我们想法除掉金大麻！”“是！”

金大麻虽然近期肯从据点出来了，但很少单独行动。自从那次被炸死几个弟兄后，他没了左膀右臂感到处处危机，外出更加小心谨慎。队里的文娃、川娃两人看出金大麻的心思，这段时间频繁跟他套近乎，他才感到些许安慰。他哪里知道这两人就是令狐国强安插在他身边的卧底。

令狐国强接到上级组织指示要他除掉金大麻，秘密通知文娃和川娃立即行动。文娃和川娃秘密商议以拜把子为诱饵设宴，把金大麻骗到他情妇家一起吃喝。他俩在金大麻情妇家准备好酒菜，又跑到据点去叫金大麻，说：“大哥，你的为人弟兄们都知道，虽然那几个弟兄不在了，不是还有我俩吗？你就把我俩当成自家兄弟看，从今儿个起，您就认下我俩，日后鞍前马后我俩跟着。你看这么多天，你也没带弟兄们喝一盅，借此机会，咱们痛痛快快喝一顿。”“喝啥咪喝？上次喝酒差点连小命都喝没了。”文娃说：“那不是个意外吗？这次咱换到嫂子家，那里没人知道。”川娃说：“走走走！就咱兄弟几个，又没外人。你不想见见嫂子？”金大麻回想上次被炸的事，还是有点犹豫。文娃说：“大哥不想去，是看不起兄弟？”金大麻说：“我不是这个意思。”川娃说：“你不去就是看不起兄弟，那今后兄弟还干得啥劲咪？”“看你俩说的。”文娃说：“既然不是，就走走走！把这香油和鸡蛋给嫂子带去。”金大麻经不住文娃、川娃劝说，也只好勉勉强强前往。

此时，令狐国强等人已拿着绳子埋伏在院子周围，等待金大麻上套。金大麻提着香油和鸡蛋进屋，看见桌上的酒菜已经摆好，怎么觉得都有些不对劲。他把东西往桌上一搁说：“我今儿个不想吃了，你们吃吧！”说完扭头就往出走。文娃和川娃一看情况有变，赶紧拉住说：“大哥，你咋说走就走咪？”金大麻甩了一下胳膊抬脚就走。文娃赶紧大声喊：“大哥！你咋说走就走啊？”金大麻也不回话，径直往外走。文娃赶紧喊：“送客！”屋外令狐国强听到信号，拉起绳子在门口等候，金大麻刚出门就被拉起的绳子套在脖子上，没等他反应过来，绳子已经把脖子紧紧套住。两个队员使劲一拽，拉着就跑。金大麻没来得及叫出声就被勒住喉咙拉倒在地，一直拖了三四里地，待拖到村外时已经奄奄一息。队员们上去一阵拳打脚踢，送他见了阎王。然后寻个水钻窟窿塞进去，盖上土块和杂草，使其活不见人，死不见尸。

送走金大麻后，文娃说："大哥今儿个是咋了，说不吃就不吃，这一大桌菜叫谁吃咪？"川娃说："他不吃，咱们吃，嫂子辛苦做一顿也不能白忙。嫂子来！咱们一搭吃。"金大麻的情妇虽然感到金大麻不在有些遗憾，但还是经不住两个兄弟劝，也只好就坐入席，三人一起吃了起来。其实，文娃和川娃留下来吃饭，不是真正想吃这桌酒菜，只是要配合金大麻的情妇把这出戏演得圆圆满满，不留任何破绽。

几天过去了，金大麻一直不到据点上班，日军队长山本不见金大麻的踪影感到奇怪，到伪军大队询问，都说不知道。其实金大麻的死，除了文娃川娃和令狐国强几个游击队员外，其他人没人知道，就连金大麻的情妇也不知道。因为那天她真真切切看见金大麻从她家全全乎乎走出去了，当然以后的事情她也就不得而知了。山本问文娃，文娃说不知道；问川娃，川娃也说不知道；问其他伪军，其他伪军更是一无所知。金大麻就像从人间蒸发了一样，消失得无影无踪。

八政据点的郑钱当然不知金大麻死，他借日本人之手害死韩亮后，觉得除了心头大患，心里甚是高兴。 他在据点哼着小曲玩着枪，一不小心"砰"的一声，枪走火打伤大腿，他龇牙咧嘴地在那里嚎叫。听到枪响，郭屯屯把他送往医院包扎，并殷勤伺候。在医院的一段日子，郑钱整天看到的都是穿白大褂的医生护士和伤员病号，心里早就烦闷透了。他自己虽说伤了大腿，但没伤着骨头，走路也不大碍事。郭屯屯见郑钱在医院待得心烦，知道他平时爱寻花问柳，就投其所好说："队长，有个解闷的地方，你去不去咪？"郭屯屯凑到郑钱跟前耳语了几句。郑钱听说烟花柳巷有一位丰姿绰约的美人儿，就心急火燎要出院。出了医院叫郭屯屯带他直奔那个美人住处。之前，郭屯屯给美人塞过钱并嘱咐她一定好好把郑队长伺候舒服，郑钱见了美人不顾大腿上的伤口还未痊愈，就急不可耐。一对男女从最初的暴风骤雨到后来的阴雨连绵，一直持续了半个月之久，致使郑钱伤口溃烂，脓血不止，最后不治身亡。郑钱万万没想到贪淫欲望，竟然送了性命，更没想到的是这种贪欲被地下党利用，死了也是个糊涂鬼。

岳少峰得知郑钱死了，但同时得知日伪工作队中的一个叫杨炳山的铁杆汉奸当了队长。副队长马水祥送信给岳少峰，想要背着杨炳山秘密投诚，希望游击队派人接应。岳少峰得知后，立刻组织人员去八政接应。为了安全起见，马水祥让岳少峰和王力合、吴中建等人在据点外面先隐蔽等候，等里面稳妥了再把队伍拉出来。没想到杨炳山待在队里一直不走，马水祥干着急没办法，岳少峰等人在外面等了一个多小时不见动静，结果被日军巡逻队发现。日军朝他们开枪就打，他们不敢恋战，扔出几颗手榴弹迅速撤离。

此次行动因惊动日军未拉出一人一枪。但让人没料到的是，因此日军开始怀疑伪军队伍里与八路有内应，究竟内应是谁，日军不得而知。

岳少峰回去后，与吴中建、王力合等人分析了接应失败的原因。王力合说："有杨炳山在，副队长马水祥难以指挥队伍，这是拉不出队伍的主要原因。"岳少峰说："尽管这次日伪工作队投诚没能成功，也引起日军怀疑，我们何不利用这一机会，来个离间计。"吴中建说："好！咱就趁风扬麦除杂物，把这个汉奸除掉。"

熟悉八政据点的郭屯屯在接到任务后，趁夜黑秘密出入据点，把游击队写给杨炳山起义投诚的信件不断投放在警备队、差务局、日伪工作队和日军营房，从而引起牛尾怀疑杨炳山有暗通八路的嫌疑。一而再、再而三的书信往来，终使牛尾对杨炳山由怀疑到确信。于是杨炳山在被牛尾派到圣人涧吕家湾催收公粮时，稀里糊涂地被日军乱枪打死。

除掉汉奸杨炳山后，让岳少峰有了另一种想法，那就是能不能将张村据点的拐巴子想法争取过来？

第四十三章　小翻译偷梁换柱　尤申达害人害己

为了争取张村据点伪军投诚，岳少峰叮嘱傅愣强："要多注意拐巴子的情况，虽说拐巴子不是啥正干人，但能把他争取过最好争取过来。"傅愣强不解地说："你忘了岳叔是咋死的吗？你忘了他抓你的事了吗？"岳少峰说："目前大敌当前，形势特殊，要以大局为重，能争取过来就要尽量争取。"傅愣强又说："若是尤申达阻扰咋办？"岳少峰说："先不管尤申达，看看拐巴子的态度再说。"傅愣强向凤凰城疾步走去。

夜幕降临，拐巴子从张村据点回来，走在凤凰城大街上，突然背后被人用枪顶住："你这个狗汉奸，再跟着日本人干，看我不敲掉你裆下的拐巴！"说着把枪口从背后移到他的裤裆下。拐巴子吓得浑身哆嗦："好汉好汉，别别别开玩笑。""谁跟你开玩笑咪？！""我也是混口饭吃，迫于无奈啊！""管好你那小舅子，要不然送你俩一搭上西天！"拐巴子答应着："是是是。"可他哪里能管得了尤申达呀？

拐巴子惊魂未定回到家。辣椒嘴看他脸色不好，说："拐子，今个中啥邪了？脸色咋这么难看？"拐巴子怕辣椒嘴再惹出啥祸事来，掩饰着说："刚才在街上碰到一只猫，吓了一跳。""一只猫就把你吓成这样？你是老鼠胆啊？"拐巴子心烦地说："你就别叨叨了。"之后，拐巴子一直寻思着这件事究竟是谁所为，思来想去最后判断，一定是共产党土八路所为。由此他又想到之前被炸死的梦大发，还有张店的黄大甫，先后被共产党土八路处决，就感觉有无数黑洞洞枪口对着他的后背，不由得倒抽了一口凉气，吓出了一身冷汗。

岳少峰交代傅愣强多注意张村据点警察队拐巴子的动向，有机会把这伙人争取过来为我所用，但傅愣强一见拐巴子就怒火中烧，用枪顶住就是一顿恐吓，吓得拐巴子好长时间不敢出来。

尤申达不知姐夫受到恐吓，还一直想着讨好猪原的事。他又心生一计，想把凤凰城赵明轩的二女儿赵紫燕献给猪原。

那天尤申达跑去跟猪原耳语了一会儿，猪原听后脸色由阴转晴，嘴里一个劲喊：“吆西！吆西！”他见猪原面露喜色，一副如释重负的样子，赶紧凑上前去说：“太君，让我带人把她抓来？”猪原质疑地看着他说：“你去？不不不，你去事情会搞砸的。”“这……”尤申达意欲辩解，猪原却说：“你不用说了，我自有安排。”尤申达听了一副闷闷不乐的样子。猪原看了他一眼，他立马“嗨！”一声走了。猪原派人把小翻译常金龙叫来，对常金龙如此这般地交代了一番。

自从老丘秃在八政据点被日军误杀后，赵老爷虽被大家强拉硬推到维持会长位上，但他无心干维持会长，平时待在家很少到张村日军据点去。

这天上午，赵老爷正在院里浇花，小翻译常金龙从外面进来，笑着说：“赵会长，你的花养得可真好啊！”赵老爷放下手里的洒水壶，说：“常翻译咋有闲工夫来寒舍？”常金龙没直接回答赵老爷的话，而是说：“赵会长是大户人家，庭院宽敞，房屋气派。晚辈是羡慕不已啊！”赵老爷说：“常翻译今个到寒舍来，不是来赏花的吧？”常金龙还未回答赵老爷的话，赵紫燕就从屋里跑出来说：“爹，谁呀？”常金龙看了紫燕一眼说：“赵会长，这……”“这是我家二姑娘紫燕。”常金龙望着眼前的紫燕，柳眉杏眼，樱桃小嘴，白里透粉的面容，再配一副修长的身段，活脱脱一位仙女下凡。赵老爷见常金龙望着紫燕目不转睛地出神，说：“燕儿，你回屋去，常翻译跟爹说事咪。”紫燕应了一声回屋去了。赵紫燕素装淡雅的容貌，顿时让常金龙心生喜欢。怪不得尤申达要把赵家二小姐推荐给猪原，若如其所愿，不仅毁了紫燕姑娘，将来恐怕尤申达会骑在自己头上拉屎拉尿呢！想到此，他心生一计。赵老爷望着常翻译出神发呆的样子，轻声说：“常翻译！常翻译！”常金龙猛然回过神来，歉意地说：“不好意思，刚才走神了。”“常翻译，你今儿个有啥事啊？”常金龙稳了稳自己的神情，很恭敬地说：“赵会长，不瞒您说，猪原大佐看上你家二小姐了。”赵老爷惊恐地说：“这这这，这猪原咋知道我家燕儿呢？”“还不是尤申达向猪原献的殷勤。”赵老爷气愤地说：“这个尤申达，一肚子坏水。这可咋办咪？”屋里毛夫人听见了，也着急忙慌地出来说：“他爹，这事万万不能依日本

人。快快想个法子呀！”赵老爷焦急地在院里走来走去，脑子急速在运转着，但脑袋都想懵了，也想不出啥好办法来。常金龙看到赵老爷焦急的样子，慢慢起身，试探性地说：“赵会长，我倒有个好法子，不知合不合您心意？”“常翻译你尽管说，是啥好办法？”常金龙对赵老爷耳语了一番。赵老爷脸上的表情由焦急转化成为难：“这……这容我想想。”“赵会长，只要这事成了，猪原那里我替您挡着。”赵老爷说：“让我跟家里人商量商量。”常金龙说：“三天以后我再来。”

送走常翻译，赵老爷喊了声：“田妈！快把紫云叫来。”田妈应了声出了门。毛夫人说：“他爹，常翻译又跟你说啥了？”赵老爷叹了口气说：“真是防不胜防啊！”“到底说啥了？”“等云儿来了再说。”毛夫人被云里雾里的气氛弄得心神不宁，只好闷闷不乐地坐在椅子上跟老爷一起叹气。紫燕从后屋出来，看到爹娘闷闷不乐的样子，诧异地问：“咋了？”两人望着紫燕都没吭声。

赵紫云正在学校给孩子们上课，田妈在校园里焦急等待，看见徐先生出来，赶紧跟徐先生说：“老爷叫紫云回去有要紧事哝。”徐清源把赵紫云叫出来，跟田妈匆匆向城里走去。

赵紫云不知爹究竟有啥急事，这么火急火燎叫她回去。她一路快步随田妈走着，刚跨进门槛，爹娘“腾”地都从椅子上起来。赵紫云见气氛异常，紧张地说：“爹！出啥事了？这么急把我叫回来？”“事不急，爹也不会叫你来。”“到底出啥事了？”赵老爷这才把常金龙来家前前后后的经过说了一遍。赵紫云气愤地骂道：“尤申达这个王八犊子，一肚子坏心眼。”赵老爷说：“你骂也没用，快说该咋办啊？”赵紫云沉思了一会儿说：“爹，我看还是应了常金龙。”“为啥？”“您看，虽说常金龙跟日本人当翻译，但他毕竟是中国人，再说年龄十六七岁，跟燕的年龄差不多，人长得也精干。”赵老爷说：“这倒是，可是……”赵紫云说：“可是您不把燕嫁给常金龙，那燕就会落入猪原的手里。孰轻孰重，爹难道掂量不出来？”赵老爷沉默不语。赵紫云又接着说：“如果燕和常金龙成，常金龙还能成为咱家的一堵挡风墙。这不是更好吗？若不答应，肯定凶多吉少。”赵老爷明白紫云这么盘算，明摆着是一种利用关系。但眼下不这么做又能咋样呢？只能顺势而为。百般无奈的赵老爷望着紫云，迟疑地说：“也只能这么着了。”

紫燕一听说要把她嫁给日军翻译，马上哭得稀里哗啦。爹和姐在边上不停地劝说。赵老爷说："燕，爹也是真没好办法了，但凡有一点点办法，爹都不会这样做。"赵紫云说："燕，如若不这样，万一常翻译把你送给日本人，到那时你后悔都来不及。"毛夫人熬煎地说："再没别的办法了？"赵紫云说："只有这样了。"紫燕哭泣不止。赵老爷忧虑地说："云儿，那万一这事让日本人知道了咋办哩？"赵紫云想了一会说："爹，咱不办喜事，偷偷给燕租个小院住进去就行。"毛夫人不解地说："就这么偷偷摸摸把燕儿给嫁了？总得给燕儿准备些像样的嫁妆啊！"赵老爷把脚一跺说："你准备啥嫁妆哩？还怕人不知道啊？！"毛夫人叹了口气说："想不到堂堂的赵家，嫁个闺女跟偷人似的。"

猪原把常金龙打发去赵家探听情况后，一直心神不宁，总想着尽快将美丽的赵家姑娘为他所有，脸上不时露出贪婪的喜色。猪原在办公室一直按捺不住焦急的心情，一会儿出去看看，一会儿出去望望，不到一天的时间，仿佛比一年还要漫长……

猪原在据点左等右等不见常金龙回来，着急上火的他不停地拿起桌上茶杯往肚子里灌。好不容易熬到下午，他突然看见常金龙回来，急切放下手中茶杯离开座位，站在办公室故作闲淡的样子。猪原微笑着说："常翻译，可否见到赵家二小姐？"常金龙摆摆手说："别提了，真不凑巧，到赵会长家，赵二小姐刚好走亲戚去了，我等了大半天也没等回来。""这么不凑巧？那你改日再去？"常金龙说："队长，您就别费这心思了。我听说赵家二小姐长得不咋样，丑得很哩。"猪原疑惑地说："那尤申达为何说漂亮？"常金龙说："尤申达的话您也信？"猪原说："看他那样子是真心的。"常金龙说："之前几件事都让他给办砸了，能说是真心？"猪原有些狐疑，常金龙又对他悄悄说了几句，猪原脸上又露出喜色，高兴地喊"吆西！吆西"。常金龙见猪原乐意，赶紧说热事热办，说着就要前往。猪原摆摆手说："这事不能再让你们办了。"常金龙只是把自己的想法给猪原说了，至于猪原想的啥？他没敢再问。

拐巴子自从被人用枪顶住威胁后，心里非常害怕。只怕有什么不测来到他头上，行事更加谨慎，但为了应付日本人的差事，还得做出点样子

来。这天，他正在据点整顿训练警员，一日本兵送来一份请柬，说："毛队长，猪原队长明天请您和夫人一同赴宴。"拐巴子接过请柬说："替我谢谢猪原队长，我一定参加。"日本士兵转身离去，拐巴子让警员们都散了。尤申达走来见姐夫拿着猪原的请柬而没有他的，沮丧地说："我也是保安团团长，请客咋没有我咻？"拐巴子看了他一眼没有吭声。此时，日军士兵又送来一张请柬给尤申达，他高兴地把请柬翻来覆去地看，兴奋地说："我就说咻，应该有我的。姐夫，明儿个我跟你还有姐一搭风风光光去赴宴。"拐巴子有些不解，说："猪原这不年不节的请啥客咻？"尤申达以为是赵家二小姐的事，说："猪原可能有高兴事了。"拐巴子又说："我们去就行了，还叫你姐干啥咻？"尤申达却说："管他咻，他请咱，咱就吃，不吃白不吃。"

赵老爷在家也接到猪原的请柬，他心里七上八下，这猪原的葫芦里到底卖的啥药？去吧，万一猪原出难题咋办？不去吧，这猪原不是更起疑心了？再一想，难道是常金龙把实情跟猪原说了？回头一想不会吧！常金龙提出的要求赵家并没有拒绝啊！只是说商量商量，不至于这么快就翻脸吧？！思前想后，赵老爷得不出一个准确的答案来。此时赵紫云回来，他把猪原送来的请柬拿给她看，说："云儿，猪原这是啥企图？"赵紫云拿着请柬琢磨了半天，说："这个还真不好说。"赵老爷说："你说爹去，还是不去咻？""不去就说明咱心里有鬼，还是去吧！去了才知道他葫芦里卖的究竟是啥药。""那燕儿的事咻？猪原要问起来咋回答咻？""您就说小女实在丑陋不堪，走不到人前，有望猪原队长另选佳人，不就搪塞过去了吗？"赵紫云一边回答着爹的话，一边恨着尤申达。

尤申达兴冲冲拿着猪原送的请柬一进家门就喊："姐！你看，猪原队长送的请柬。"辣椒嘴说："请柬是啥？""请柬就是请我去吃酒席啊！""是吗？看把你高兴的。""噢！对了，还有你和姐夫。"辣椒嘴不解地问："还有我咻？"此时拐巴子也进了门，说："是啊！还有你。"辣椒嘴接过拐巴子递来的请柬，颠过来倒过去地看了半天，说："我又不识字，让我看啥咻？你跟我说说就行了。"拐巴子一手拿着请柬，一手指着请柬上的字给辣椒嘴念："邀请毛先生携夫人一同光临。"辣椒嘴说："上面咋没写我的名啊！""是没写你的名字，那上面的夫人指的就是你。"辣椒嘴又说："也没说叫咱们去呀！”“光临就是叫咱们去唻！”辣椒嘴说：“去就去呗，写个请柬不直接写上我尤申娥的名字，还绕这么多弯弯。”拐巴子说：“这就是你不识字，没文化，啥也不懂。”辣椒嘴不服气地瞥了他一眼。

拐巴子望着辣椒嘴想着宴请的事，总有一种说不出的感觉。辣椒嘴却高兴地说：“猪原队长的宴请，我可是第一次参加，一定得寻一件漂漂亮亮的衣服穿上，也得给你和申达装装脸是吧！”拐巴子没吭声，显然是不支持，但也没有明确反对。辣椒嘴从来不管拐巴子咋想，只要是她想好的事，就一定去做，从不考虑后果。她兴致勃勃地在家中翻箱倒柜寻衣服，寻出一件在身上比比说：“拐子！你看这件咋样唻？”拐巴子没搭理。她又寻了一件在身上比了比说：“你看这件咋样？”拐巴子瞥了一眼还是没搭理。辣椒嘴最后寻出一件旗袍在身上比。尤申达却说：“这件好！”辣椒嘴兴奋地说：“我也觉得这件好。压在箱底都起皱了，我得熨熨。”辣椒嘴把熨铁在炉火上烧了烧，用一块湿布铺在衣服上，细心地熨了起来，衣服熨好后晾在衣架上，待明日赴宴时穿。

次日上午，辣椒嘴在家对着镜子又是描眉又是画眼，脸蛋上又是擦胭又是抹粉，还把出嫁时母亲陪嫁的那个漂亮的红玛瑙玉饰簪子插在高高的发髻上，直到把自己打扮得花枝招展，光彩照人。

凤凰城大街上，辣椒嘴遇见了街坊巧嫂。巧嫂见她这身打扮，惊奇地说：“辣子妹，你打扮这么漂亮是要去啥地方啊？”辣椒嘴笑着说：“去赴宴。”巧嫂诧异地说：“赴宴？这兵荒马乱的你去哪赴宴呀？”辣椒嘴把头一扬说：“猪原大队长邀请的宴会。”巧嫂听了更加诧异，说：“猪原不是日本人吗？”“对呀！据点日军大队长啊！”巧嫂“噢”了声走了过去，之后回头看看辣椒嘴走远，她想想不对，又撵了回来，说：“辣子妹，那日本人据点可是虎口狼窝唻！万万去不得！”辣椒嘴却不以为然地说：“没事，有我家拐子，还有我弟弟申达唻！”然后转身嗤之以鼻，甩了一句：“真是咸吃萝卜淡操心！”巧嫂不解而又担心地望着辣椒嘴走远了。

猪原是以办宴会为名把这些人召集到一起的。参加宴会的有伪县长毛广善、维持会会长赵明轩、警察队队长拐巴子、保安团团长尤申达，还有小翻译常金龙，以及日军情报队队长高桥等。猪原举起酒杯说：“各位先生、女士们，今天大家能赏光前来参加鄙人举办的宴会，实在是荣幸之至。难得与诸位相聚一次，希望大家尽情痛饮。”猪原祝酒辞说完又端着酒杯绕酒桌逐个敬，最后一个人走到辣椒嘴跟前。辣椒嘴的艳丽容貌早就引起猪原注意，之所以把她放到最后，是要她演压轴戏。辣椒嘴也一直注视着猪原，在她眼里，这个日军队长，长得圆圆光光的脑袋上，一半都是肉乎乎的、令人生厌而又不对称的那张脸。从一开始那张带着一撮怪胡子的嘴唇就没停止过上下动弹，端着酒杯敬敬这个，敬敬那个，但眼中那束余光始终没离开过她。猪原敬了一圈酒最后来到辣椒嘴面前，张合着他那一撮怪胡子的歪嘴巴说：“毛队长的夫人，是绝代佳人，你一来，这宴会大厅就蓬荜生辉啊！来来来！我敬你一杯。”辣椒嘴从来没来过这种场合，有点拘束，但听猪原这样夸赞她，心里自然是乐滋滋的，心情也放松了许多。她端起酒杯满脸笑容地迎上去，张合着灵巧的嘴巴说：“猪原大队长这样夸赞小女子，实在是受宠若惊啊！”辣椒嘴没想到自己今天竟然能在猪原面前说出如此得体的话来。猪原哈哈大笑后说：“夫人如果能受到鄙人的宠幸也是鄙人的荣幸啊！”“猪原大队长真会开玩笑。”辣椒嘴说话越发应对自如。猪原说：“哎！这本该就是郎才女貌天合之作，可世间往往事与愿违，难道不是吗？”“猪原大队长的玩笑话，让小女子受宠若惊啊！”“难得这酒席间相遇，当然是惊喜啊！你说不是吗？美人儿？”辣椒嘴的情绪越来越兴奋起来，头顶发髻簪子上的红玛瑙玉饰珠子在频频敬酒时荡来荡去，一刻也没停歇下来。拐巴子脸色越来越阴沉了，但觉得不妥，又强作欢颜。他脸上一沉一笑的阴晴变化谁也没有注意，辣椒嘴和猪原更是没闲心注意他。酒席间的赵老爷，一见猪原的注意力根本不在他身上，而是全在辣椒嘴身上，一颗悬着的心总算是慢慢放了下来。

酒席持续了两个多小时，席间猪原也没提赵家二小姐的事。这让尤申达心中有些诧异。为啥猪原不提赵二小姐呢？他不得而知。但猪原对自己姐姐如此友好，让他心生疑虑。他不知后面要发生什么，心里害怕，悄悄随其他客人散去了。猪原还在与辣椒嘴纠缠，辣椒嘴不知猪原的用心，也不敢得罪猪原，一个劲讨好：“猪原队长，小妇人今个多敬您几杯。”“好好好！来来来！我就喜欢喝你这小妇人敬的酒。”两人你敬我，我敬你，一直喝得醉眼朦胧东倒西歪，但猪原还是没有停下来的意思。等在一边的拐巴子见辣椒嘴喝得不成样子，赶紧上前劝说：“猪原队长，内人不懂规矩，让您见笑了，我这就带她回去。”“不不不！不急。”猪原跟辣椒嘴又喝了起来，拐巴子几次起身督促要辣椒嘴回家，都被猪原制止不得离开，直到夜幕降临。拐巴子实在忍不住了，又上去搀着辣椒嘴要走，猪原还是制止，并且要拐巴子自个回去。拐巴子一听这话就急了，这哪行咪？猪原不搭理拐巴子，架着辣椒嘴摇摇晃晃朝他的住处走去，辣椒嘴头上的红玛瑙玉饰珠子也摇摇晃晃被架去了。拐巴子望着这两个东倒西歪的人哭笑不得，无奈地跟在后面，看着辣椒嘴被猪原架进了住处，门被卫兵“咔嚓”一声关上了。待他撵到门口时，被枪挡在了门外，他在外面来回徘徊，烦躁不安。

一会儿屋里灯光熄灭了，拐巴子心里咯噔一下，傻愣愣地站在院中，不知如何是好。他望着漆黑的屋子，想象出羔羊入了虎口的结果，心里一阵阵发痛。

拐巴子一个人不知如何回到警察队，他整个脑子都觉得晕晕乎乎……

原在凤凰城警察大队的小六子，听说拐巴子回来又当上日伪警察队队长，他寻到花园村跟王神仙聊起此事。小六子说：“神仙老舅，听说拐巴子在据点当上警察队队长了？”“你也想去？”小六子看看边上没人，小声说：“我才不想当汉奸。”“这娃，干警察就是当汉奸？”“在日本人据点干，不是当汉奸是干啥？”“那在日本人据点干就都是汉奸了？照你这么说，我也给猪原看过病，我也成了汉奸了？”“这……”小六子无语。王神仙说：“你原来跟着拐巴子干，现在也可以，到要紧处还可以帮他把警察队连人带枪都拉过来啊！”“我行吗！”“咋不行咪？人多了总比单枪匹马强。”小六子说：“要是这样，那我就去见拐巴子。”

拐巴子参加完猪原举办的宴会，回到警察队才听说是尤申达献殷勤为猪原寻女人，结果被猪原设计诱骗辣椒嘴去赴宴。拐巴子憋着一肚子火气回到家质问尤申达：“是不是你说给猪原寻女人，结果寻到你姐头上？”尤申达说：“我哪知道啊！”拐巴子说：“现在你姐在据点是死是活，你也不问一声？你心里还有没有你姐？你说！是不是你出的馊主意？”尤申达吞吞吐吐地说：“之前，我是说过为猪原寻女人，可我说的是赵明轩的二小姐呀！不知咋回事，猪原却寻上我姐了。”“就是你出的馊主意，若不是你出这主意，猪原哪能想到在凤凰城寻女人？都是你做的孽！想起你姐在据点受罪，我就想把你剁成八大块才解恨！”拐巴子举手想狠狠抽尤申达几下，吓得尤申达缩成一团。拐巴子最终没能打下去，尤申达才松了一口气。气归气，拐巴子总不能真的把小舅子剁成八块，他一甩手，气呼呼出了门。

拐巴子气呼呼从屋里出来，正好被小六子看见。“队长，能不能让我也跟着你干咴？”拐巴子见是小六子，说：“你跟我干有啥好咴？还是寻别的事干去！”“别别别！你让我去，不也能帮帮你啊！”拐巴子说：“你只要不怕别人骂，到头来落得人不人鬼不鬼的，你就来吧！”拐巴子巴不得小六子来，因为小六子是一个非常得力的助手。其实小六子来的主要任务，就是设法把警察队拉出来，这是党组织秘密与王神仙联系，王神仙又密授小六子，也只有小六子才可以接近拐巴子来完成这件特殊的任务。但目前拐巴子正为辣椒嘴被猪原霸占而烦着呢！

辣椒嘴欢欢喜喜随拐巴子去据点赴宴，醉态朦胧时被猪原强行架进住处，她时而眩晕时而清醒。她本想讨好猪原为拐巴子寻找日后靠山，没曾想落入圈套，不得进退，犹如羔羊投进狼怀，再也无法逃脱。面对肥头大耳并带有一撮怪毛嘴脸的猪原，一次次把酒气熏天的嘴巴朝她逼来时，她不由得惊起一身鸡皮疙瘩，心中恶心生厌，她撕打抗争，但一切都无济于事，她陷入万般无奈的境地。此时的猪原在心中暗暗发笑，庆幸他精心设计的骗局，终于将猎物皮毛无损地收入囊中，任其肆意摆布玩弄，何其悠哉……

自从辣椒嘴进入日军据点后，就再也没有回过家。她被软禁在一处小院，像牢笼一样，每时每刻都有日军把守，不得走出半步，拐巴子也接近不了她。此时的拐巴子真想进去痛骂、指责、埋怨一顿辣椒嘴，但再也没这个机会了。每当他走到门口，都被端枪的卫兵喝退，拐巴子心中一阵阵愤怒，却又不敢表现出来。

拐巴子站在外面，天天揪着心听着辣椒嘴在里面惨叫，懊悔自己不知猪原设的陷阱，诱骗辣椒嘴往里跳。他在心中不停地喃喃道：我怎么能相信猪原的宴请呢？这段时间，在拐巴子内心深处骤然积压的除了悔恨就是仇恨。想到之前共产党忠告他的话：“你要是再执迷不悟地一直跟日本人干下去，注定没有好结果。”渐渐地拐巴子攥紧了他的拳头。

猪原霸占辣椒嘴后，常金龙与赵紫燕偷偷成亲，赵紫云为他们在城里租了一个偏避的小院住下，两人悄悄往来，非常甜蜜。常金龙跟紫燕说了许多心里话，说他是临汾人，上有父母在家，还有一个哥哥去日本留学，听说哥哥回来了，就是一直不见人影，父母着急，吃不下饭，睡不着觉……

赵紫燕哥哥也在日本留过学，听了常金龙的情况，内心的爱恋之情油然而生，激动地说："金龙，你哥哥就是我哥哥。你放心，只要是让我遇到了，我一定会像亲哥哥一样对待他。"常金龙没想到在此遇上关爱他心疼他的人，顿时感到无比幸福。

赵紫燕跟常金龙秘密结婚后，小两口卿卿我我恩恩爱爱。借此机会，赵紫云对常金龙进行爱国主义教育，说："金龙，你是一个中国人，不能干对不起中国人的事啊。""姐，我以后就听你的，你说咋干，我就咋干。""以后日军据点有啥情况，你多跟姐说说。""只要姐爱听，我就多跟姐说。""但有个条件，一定要保密，万一被日本人知道了，那可是掉脑袋的事。""姐，这个我知道。""等把日本人赶走了，你们小两口就可以光明正大地过日子了，再生个白白胖胖的小子，那日子该有多好啊！"赵紫云又嘱咐紫燕："金龙父母在临汾，离家远，你要多体贴他。"常金龙听了这些暖心的话，心里像吃了蜜似的甜。

自从辣椒嘴被日军猪原强行留在张村据点后，拐巴子也很少回家。一到夜晚，他看见日军在辣椒嘴住的院子进进出出，辣椒嘴在里面一阵阵嚎叫，气得牙齿咬得咯咯响。小六子说："队长，你能咽下这口气？""咽不下。""咽不下就干他一家伙，就是死了也痛快。""小六子，你有啥想法？"小六子对拐巴子耳语了一番。拐巴子疑惑地说："能成吗？""你没干，咋知道不成咪？"拐巴子回头一想也是，但又一想此事非同小可，闹不好弟兄们的脑袋都得跟着掉。小六子看出拐巴子犹豫不决，说："害怕了？"拐巴子说："这事得好好合计合计。"小六子要把尤申达叫来一起合计，拐巴子说："这个没心没肺的东西，他姐姐多少天没回家，是死是活他都不问一声。"话音刚落，尤申达就出现了，说："谁说我不问，我只是不知事情会弄成这样。"拐巴子不让在此处说，几个人来到沟边一个偏避的窑洞密谋起来……

拐巴子、尤申达、小六子等人在一起商量如何起义反戈报复猪原的计划。尤申达说："姐夫，你还真干咪？""这事还能怂了？"尤申达一脸不自信的样子，说："我真有点担心，弄不好咱这小命都得搭进去。"拐巴子斥责道："你怕了？你难道不知你姐生不如死吗？"尤申达磕磕巴巴地说："谁知猪原就不是个东西。我正给他寻着咪，他咋会看上我姐了呢！"拐巴子用手戳了一下他说："都是你做的孽！"尤申达挠挠头说："谁想到会是这样咪。"拐巴子训斥道："你以后少干点缺德事！"拐巴子见尤申达态度消极，以后商量起义的事，再也没有叫过他。

岳少峰上次让傅愣强争取拐巴子的事，迟迟不见动静。于是又叫王神仙给拐巴子送去一封信。

拐巴子在家还没来得及看信，尤申达就回来了，他打开信看了一遍，内容让他吃了一惊。他万没想到姐夫会跟岳少峰有联系。尤申达与岳少峰是死对头，姐夫却与他暗中来往，这让尤申达心里很不爽。他绝不能让他俩有任何联系，一定要切断他俩之间的往来。于是他把信件悄悄揣进衣兜出了门，去了保安团团部，然后把信件放在桌上，思谋着如何处理这件事。

此时，伪县长毛广善走来，他又是取烟，又是沏茶。毛县长一进来就看见桌上的信，心中起疑，趁尤申达沏茶之际把信的内容大致看了一遍，心中大惊。他装作若无其事，喝完了茶，说了几句客套话就走了，走时趁尤申达不注意顺手把信件揣进兜里，出去就交给了弘部猪原。

猪原得知拐巴子与岳少峰有联系，大为恼火。更恼火的是尤申达竟然是他们之间的传递情报人。猪原交代毛广善先别声张，先稳住这两个人再说。然后通知尤申达、拐巴子到弘部开会。

拐巴子不见了桌上的信件，断定是尤申达拿走了，他赶到保安团跟尤申达要信。拐巴子急得直跺脚，尤申达却说："姐夫，想不到你跟岳少峰还有联系？"拐巴子没有看信，根本不知信的内容，被尤申达说得云里雾里。说："啥联系咪？""你就别装了！我都知道了！""你知道啥了？""岳少峰叫你带着警察队投诚，有没有这回事？""你听谁说咪？""你就别掩盖了，上次叫我一起密谋，不是岳少峰叫你干的？”拐巴子有嘴说不清。他气得指着尤申达说：“把信给我！”尤申达神情诡异地说：“我让你拿信再跟岳少峰联系？”拐巴子气愤地说：“你别管，拿来！”尤申达此时才发现桌上的信不见了，他彻底慌了。拐巴子说：“你把信咋了？”尤申达说：“我就放在桌上呀，咋就不见了！”拐巴子说：“谁来过？”“毛广善来过。”拐巴子把脚一跺说：“遭啦！准送给猪原了！”尤申达知道此事闹大了，不知如何收场。此事，几个日军宪兵来，通知他俩到弘部开会。

他俩进去就被猪原控制起来，一个一个审问。尤申达经不住审问，说信是从姐夫桌上拿的，拐巴子却死活不承认与岳少峰有联系，但白纸黑字写着他的名字，根本无法抵赖。

猪原把拐巴子吊在三角架上，又是皮鞭抽，又是放狗咬，最后用刺刀捅死。其余警察队的人也全部被日军作为活靶，绑在木桩上一刀刀刺死，然后全扔进井里，毛广善吓得背后直冒凉气。尤申达跪在猪原面前求饶，一个劲保证要抓到岳少峰。猪原举着军刀，恶狠狠地说：“抓不到岳少峰，你的死啦死啦！”尤申达连滚带爬逃出了据点……

辣椒嘴得知拐巴子被杀，仇恨至极，趁猪原来时把猪原戳伤，她也被猪原掐死，头上的那个玉饰簪子也被扔在垃圾堆上。

赵紫云听常金龙说拐巴子死了，而且听说是尤申达把岳少峰写给拐巴子的信被毛广善拿了，毛广善又给了猪原，还听说辣椒嘴也死了。她计划把情况报告给岳少峰。

第四十四章　俞倩归来人惊喜　铁蛋举旗摧炮阵

古平县抗日民主政府在东部山区涧阳镇成立后，李鸿远与高杨进行了一次长谈。李鸿远说："现在我们的力量逐步发展壮大起来，东部的土地就能分给无地的农民。这是我们建党时的初心使命。"高杨说："我们忘不了张老师的嘱咐，不知现在老师咋样了？"李鸿远说："老师自从带新军去前线抗日，从忻口打到中条山，又从中条山转战到太岳山区，一次遭遇日军围困，在突围途中不幸中弹牺牲。"高杨听了非常惊讶。李鸿远又说："中条山对敌斗争同样是困难重重，不管道路如何千难万险，我们都要奋力前行。现在抗日民主政府已经成立，新的工作要尽快开展。目前，土地改革是党在农村工作中的重要任务，我们要借此机会在东山根据地，尽快把少数人占有的大量土地分给广大佃农，使农民真正做到耕者有其田。这样，才能把广大农民从贫苦中解救出来，充分发挥农民群众的积极性。"高杨说："这段时间要组织人员深入下去，做好群众的思想工作，打消他们的思想顾虑，尽快把这项工作开展起来。"李鸿远说："土地改革，是我党在广大农村实行的一项重要政策，要稳步扎实向前推进。你这个新县长，担子不轻啊！一定要与少峰同志好好配合，把工作搞好。"

土地革命运动将以前所未有的形势在古平县东部山区展开。李鸿远、岳少峰、高杨、关山、梁虎生等人正在紧锣密鼓开会研究，制定土地改革具体方案。高杨说："首先，我们要搞清少数大户占有的土地量，再摸清佃农佃户的数量。这样才能做到心中有数。"岳少峰说："这一工作可以具体由三区队梁虎生带人去做，他是当地人，对当地情况熟。"高杨说："梁虎生不是抗日游击队队长吗？"岳少峰笑着说："咱古平县的干部都是多面手，抗日打仗是游击队长，土地革命就是工作队队长。"高杨说："好！就按你说的办。"工作刚安排完，王力合带着一队身着灰色军服的人兴奋地走来。岳少峰高兴地喊："傅跃华！"傅跃华也喊："岳会长！"岳少峰说：

“我这个会长早都被七专署撸了。”大家一听都笑起来。岳少峰一边招呼着大家，一边吩咐梁虎生：“今天宰只羊，胡萝卜炖羊肉，为傅团长接风。”

梁虎生走后，岳少峰跟李鸿远、高杨介绍说：“这就是之前配合西北军在中条山作战的部队，不过……”李鸿远说：“你不用介绍，我们在太岳山区就在一起与日军周旋。你忘了之前，我跟你说过的有一队八路军来？你没看看他们这身行头？”逗得几个人都笑起来。岳少峰说：“行头确实与之前不一样了。快说说，你们撤出中条山之后的情况咋样唻？怎么卫青山没跟你一起回来？”一说到卫青山，傅跃华神情就显得沉重，他说：“我们被迫撤离中条山后，就编入八路军序列，这几年一直在太岳山区与小鬼子周旋。在一次与日军激战时，卫青山同志为了掩护大家撤离牺牲了，王战兵和几位同志也牺牲了。”傅跃华声音有点哽咽，大家都跟着难过。吴中建说：“听说八路军又是炸飞机，又是打军列，又是炸铁路，打了不少胜仗啊！”傅跃华说：“是啊！八路军一直在与日寇不停战斗。这几年，我是深有体会。说说你们，我们撤走后，中条山这边的情况咋样？”岳少峰脸上的表情马上凝重起来，说：“西北军撤走后，七专署强行解散抗日武装，解散牺盟会，到处抓捕牺盟会干部，抓捕共产党员，后来的国民党守军，两个集团军共八个军十九个师，大约二十余万人，被日军打得溃不成军，被俘的被杀的不计其数。七专署也逃过黄河，作鸟兽散了。中条山防线溃败后，日军到处烧杀抢掠，奸淫妇女，残害百姓，他们不仅杀害近两万名战俘，就连老百姓也不放过，光咱古平县就有一万多老百姓被炸死或被戳死枪杀，路上尸骨随处可见，豺狼肆意出没，真是惨啊！”大家气得咬牙切齿。岳少峰又说：“国民党军溃败逃走后，我们又重新组织起抗日游击队，坚持与日寇进行斗争，袭击日军运输队，炸日军碉堡，偷袭日军据点，策反伪军，也取得了一定的胜利。”至此，大家的表情由愤怒转为喜悦。傅跃华说：“行啊！你们的战绩也不小。”岳少峰说：“八路军来了，我们就更有底气了。”李鸿远说：“八路军来了，我们军民一心，好好打几个胜仗。”岳少峰说：“鸿远，之前我听你说八路军过几天就来，我还半信半疑，没想到这真的就来了。”说得大家都乐了。此时，傅愣强跑来报告：“岳会长，张村据点的警察队被日军全部杀害了，包括拐巴子在内，还有小六子……”岳少峰本想把拐巴子争取过来，没想到拐巴子被杀了，他感到心里沉沉的。傅愣强又说："主要是尤申达问题。"岳少峰说："尤申达咋了？"傅愣强把尤申达拿走信件，又被毛广善拿给猪原的事说了一遍。岳少峰气得把牙都咬了，说："现在尤申达是啥情况？"傅愣强说："听说从据点跑出来了，具体跑到哪里还不知道。"岳少峰要大家密切注意尤申达的动向。

此时梁虎生说："岳会长，东山孩子们咋办唻？能不能开学？"岳少峰说："现在东部山区形势有所稳定，学校要抓紧时间把孩子们叫回来上课，对下一代的教育工作我们不能放松。"

涧阳镇学校很快复课。岳少峰听着孩子们琅琅的读书声，想到了之前难民儿童教养所孩子们撤退时的情景。当时是他秘密安排俞倩协助转移的，时间过去三四年了，孩子们有下落了，至今却没有俞倩任何音讯。难道是……岳少峰这种担心愈加强烈，他不敢往下想，他更不愿意往坏处想，他相信俞倩一定还活着，她一定在某一天会突然出现在他面前。

长时间没有俞倩的音讯，岳少峰心里的那种牵挂和担忧又骤然加剧。此刻，他才意识到俞倩已经悄无声息地占据了他内心世界，再也无法把她从记忆中抹去。有了这种感觉，他更加强烈地感受到，在工作和生活中，没了俞倩的影子，他似乎心里缺少了什么，这种感受似乎是他生命中不可或缺的一部分，他陷入了深深思念……

此时，小通讯员跑来说："岳会长，快回去，有人看您来了！"岳少峰一边想着一边朝住处走去。他看到一位英姿飒爽的女八路站在那里朝他微笑，他上下打量了一番，惊喜地喊道："俞倩！"俞倩也喊："少峰！"两人情不自禁地拥抱在一起。此刻，岳少峰完全忘记了男女有别的禁忌，紧紧拥抱着俞倩。

这一幕被前来的关山看见，关山也为之高兴不已，却不便留在一旁，正准备离开时被岳少峰发现。岳少峰这才意识到自己的失态，放开俞倩笑着说："关山，俞倩回来了。"关山逗趣地说："回来了好啊！回来了，我们岳会长就解了相思之苦了。"关山的话不紧不慢，却戳破了两人多年不说的隐情。俞倩有点难为情，却又为自己开脱："岳会长整天忙的，哪有时间想我啊！"关山说："这你可就错怪岳会长了。"岳少峰忙岔开话题说："别都站在院里啊！快进屋！"岳少峰把俞倩让进屋，倒了一碗水递给她说："快说说，这几年你都去啥地方了？"关山说："俞特派员，你不在的这些日子，岳会长嘴上虽没说，可我知道，他心里天天都在念叨你崃。”岳少峰不好意思地说：“哪有你说得那么严重？”“你就别嘴硬了！我还看不出来？”俞倩说：“是真的吗？”岳少峰说：“别听他胡咧咧，你快说说，这几年都是咋过来的？”俞倩就把如何带着孩子们转移，如何在码头受阻，如何被日军押送，如何逃走，如何在黄河上漂流的经过粗略地叙说了一遍。岳少峰惊讶地说：“你这是经历了一场生死劫难啊！真没想到会是这么惊心动魄。把你打发走后，我就有点后悔了，后悔不该叫你去。”俞倩说：“你当初的想法是赶紧让孩子们渡过黄河，谁知黄河竟然被日军飞机大炮封死了，过不去。”岳少峰说：“就是能过也挨不上咱们这些孩子啊！”俞倩说：“是啊！码头上到处都是溃退下来的国民党官兵，真是无路可走啊！不得已，我和孩子们又往祁家河方向跑，结果还是被日军抓住。好险啊！要不是那个日军翻译官，我恐怕就不能完完整整地站在你面前了。”岳少峰说：“你说的那个日军翻译官是凤凰城人？”“对！他自己说他是凤凰城人，还说我跟他妹妹长得像崃。”岳少峰思索了片刻说：“你说的这个日军翻译官极有可能是紫云哥哥。”俞倩恍然大悟，说：“对呀！我咋没想到崃？之前我还一直想这个人到底是谁，但就是没往紫云哥哥身上想。”岳少峰说：“紫云的哥哥现在就在茅津据点。”俞倩说：“我看他本质不算坏，既然能帮我逃走，说明他还有中国人的良知。”岳少峰说：“他不仅有中国人的良知，经过紫云做工作，已经成为我们阵营的一名战士了。”俞倩说：“太好了，能为我们做工作了。”岳少峰说：“虽然之前没有明确态度，但一直在帮我们。现在他还在日军据点，一定要严格保密，以保证他的人身安全。”俞倩点点头。

赵紫骏送小栓子去八政据点看病回来，看到日军大卡车在圣人涧弹药库大院进进出出，想必是有大量军火从运城运来。心想：就目前日军对中条山的设点管控，无须这样大批量的弹药。估计日军对豫西另有图谋，一定要把这个情况送出去。目前小栓子在八政据点养伤，茅津周边又没熟人，情报如何能送出去呢？这个问题成为赵紫骏眼前最难办的事。他不知如何跟佐藤请假，大脑急速运转着，力求想出一个稳妥的办法。

佐藤在据点感到无聊孤独，自从有了赵紫骏在身边相对好一些，两人经常喝茶聊天。佐藤见赵紫骏走来，叫他喝茶，他却说："佐藤君，我想请假回去一趟。""来来来！坐下来，先喝几杯茶再说。"佐藤给他倒了一杯，他端起杯呷了一口说："佐藤君，我为你推荐一种小时候吃过的豌豆馍馍，特别好吃，你要不要尝尝唻？""当然愿意品尝品尝啊！""那好，我回去让家人专门为你蒸几个，然后带给你，咋样？""吆西！吆西！""那我现在就回去？""着啥急！把这杯茶喝了再走不迟。"赵紫骏喝完茶，急匆匆向凤凰城走去。

赵紫骏先到学校见了紫云，要她立刻把情报送出去。然后他才回到家，把佐藤要吃豌豆馍馍的事告诉给田妈。田妈一脸不高兴，说："让我蒸馍馍给小鬼子吃？没门！""田妈，你就看在我的面子上给佐藤蒸几个。"一提起日本人，田妈就想起两个弟弟和两个弟媳被炸死、三弟又被吓死的情景。田妈在少爷面前尽管压抑住极其仇恨愤怒的情绪，但还是愤然地说："大少爷，你让田妈干啥都成，让我给日本鬼子蒸豌豆馍馍吃，甭想！"赵紫骏见田妈为此事生气，自己又不便实话实说，只能耐心解释："田妈，你不想让我在日本人那里好好的？"田妈数落道："你说你在哪搭干不好唻，偏要在日本人那里干？"赵老爷说："田妈，你就给他蒸几个吧！"田妈见赵老爷搭话，也不好再坚持了，很不情愿地向厨房走去。毛夫人听说儿子要跟佐藤拿豌豆馍馍吃，就想起毛老大被戳死之事，气愤地说："这个狗东西。"赵紫骏怕娘再去阻拦，赶紧把娘拉到屋里悄悄说了一会儿。

次日下午，赵紫骏带上田妈蒸的豌豆馍馍回到茅津据点时天色已晚，他来到佐藤住处，佐藤拿着豌豆馍馍一个劲"吆西！吆西！"夸赞好，然后张着大嘴吃了起来，越吃感觉越香，高兴地说："紫骏君，想不到你家乡竟然把馍馍蒸得这么好吃，这是我有生以来吃得最香甜的馍馍了。""只要佐藤君爱吃，隔几天我回去一趟给你蒸几个拿来。""吆西！吆西！"佐藤正在高兴之时，一个日本小兵推开门畏畏缩缩进来。佐藤问："有什么事？"小兵吞吞吐吐地说："家人来信说母亲病了，等着钱做手术，想跟大佐借点。"佐藤迟疑了一下说："真不凑巧，我的薪水刚给家里寄回去了。"日本小兵听了此话，眼中溢满了泪水。佐藤转头看了看紫骏，以征询的口气说："紫骏君，你手头有没有？能不能借点给他？"赵紫骏望着小兵有些同情，但进而一想却摇了摇头。佐藤又转向小兵，一脸无奈的表情。小日本兵转身出门，“哇！哇！”地哭了起来。佐藤苦笑了一下说：“这些个娃娃兵，送来能干啥嘛？还不够闹心的。”从那以后，赵紫骏每遇上这个小兵，都要多看他一眼。他总是一副心事重重的样子，没有一丝笑意，有时心烦意乱，有时愁容满面，有时一个人抱着枪傻愣愣地看着远方，有时一个人躲在某个角落偷偷哭泣，出来时眼角还挂着泪珠。

岳少峰在东部山区打击日寇的同时，又在紧锣密鼓地研究土地改革中存在的问题。此时，傅愣强拿着一封信进来说：“岳会长，你的信。”岳少峰打开信看了一遍说：“目前日军向八政据点调来大批军火，估计是要对豫西动手。同时还有一个问题。凤凰城西山梁后的桥头村，出现一个日军炮兵阵地，开始向河对岸打炮。”王力合说：“日军是想打陕州？”岳少峰说：“就目前情况看是这样，但真正的目的，我看不只是这些。”此时，铁脚板也送来一封信。岳少峰打开信件看了一遍，眉头紧锁。王力合说：“信上说啥了？”“上级给我们下达了一个紧急任务，日军大炮对着陕州诸多铁路桥梁，尤其是对灵宝大桥造成了严重威胁，直接关乎到陇海铁路运输线的安危。”王力合说：“上级咋说？”“上级说国民党河防部队，希望咱们配合炮兵摧毁日军炮兵阵地。”王力合说：“上级有啥要求？”“上级指示，要求我们排除一切困难，想方设法配合国民党炮兵，把日军炮兵阵地坚决摧毁！”关山说：“六里坡垴有鬼子炮楼，日军炮兵阵地就在鬼子炮楼的眼皮子底下。这如何配合？难不成让我们的队员都去送死？”铁蛋在门口擦枪，马上进来说：“日本人把大炮都能打到对河陕州，打到火车站，那国民党的炮弹咋就不能从对河打过来，把小鬼子的大炮给摧了？”毛瑞兴说：“铁蛋，你叨叨啥来？你懂啥？”铁蛋噘着嘴说：“我就是心里不顺嘛！干吗他们打个大炮，还要我们配合来？之前打压我们的时候，恨不得把我们都赶尽杀绝，现在倒想求我们了？”毛瑞兴说：“啥求不求来，这不是共同抗日吗？”铁蛋嘟囔着：“自个打不着，是自个没本事。小鬼子能打着铁路，打着火车，那他们咋就打不着小鬼子的大炮来？”岳少峰沉思了一会说：“铁蛋说的这个问题，我也在思考。为什么国民党军的大炮打不着日军炮兵阵地呢？”大家你看看我，我看看你。王力合说：“我们都不是炮兵，咋会知道这些唻！”岳少峰说：“要不然派人实地侦察一下，看是啥情况，然后再想办法。”王力合说：“行！掌握了具体情况，才能做出准确判断。”岳少峰说：“事不宜迟，马上行动！傅愣强，你带铁蛋前去侦察。”“是！”

桥头村位于太阳渡西北四五里的地方，因古代河上有桥而得名。日军炮兵阵地就设在桥头村北面的一个山圪塔上，与凤凰城隔着一道山梁，傅愣强和铁蛋趴在山梁上，察看村周围的情况。日军十几门大炮架在高圪塔处，居高临下，不仅河南陕州尽收眼底，而且沿黄河的陇海铁路也一览无余，这些全在大炮射程之内。国民党炮兵从下到上根本观察不到日军的炮阵位置，而且大炮上还伪装有树枝，前面还有几棵小树遮挡着。铁蛋看到这么多大炮，惊讶地说：“好家伙唻！这么多大炮。”傅愣强仔细观察了一下，说：“你再往后看，那里还隐蔽着一个大家伙。”铁蛋一看说：“好家伙！这么大，人都能钻进去，简直就是大炮王唻！”大炮王特大，炮管长有三丈多，一般炮弹根本奈何不了它。傅愣强也感到惊讶：“怪不得国民党大炮打不着小鬼子的大炮，小炮弹到这大炮王跟前根本就不管用。”

两人侦察完回来，到了凤凰城铁蛋却不走了。傅愣强说：“你想干啥？”“我想回家看我娘唻。”“你咋就不能等仗打完了再看你娘？”“可这仗啥时候才能打完唻？”傅愣强一时无语，说：“我先在东城门外等着，你快去快回！”铁蛋赶紧向家跑去。

自从铁蛋爹被日军飞机炸死后，铁蛋娘就把儿子当作自己的天，她坚持让儿子去抗日，自己一个人留在家苦熬日子。她时常想念铁蛋，怕儿子跟自己留在家出意外，但又怕儿子在外面有闪失，心里一直纠结着。但一想到铁蛋爹被日本鬼子飞机炸死的惨状，就不后悔让儿子去抗日打鬼子。但生活困苦，度日艰难。铁蛋的舅舅为了姐姐生计，送了两只羊给她养着，希望能为姐姐的生活做些贴补。铁蛋娘则把养羊当成家庭收入的唯一支柱，希望剪些羊毛换些米面维持生计。于是她每天赶着羊在河滩或是在山坡上放牧，把全部精力都放在两只羊身上。

铁蛋离开傅愣强赶回家，看见娘为养羊满身满头都是草屑，心里有一种苦苦的酸楚。娘看见铁蛋回来，高兴地说：“铁蛋，你可回来了，娘跟你说个事。桥头村的日军大炮天天朝对河打炮，吓死人了，那对河肯定死了不少人唻。你是不是回来看大炮来了？”“娘，你别问，我看了你就走了。”

铁蛋娘赶紧回屋拿了两个黑面掺和野菜的馍馍塞给儿子。

铁蛋从家里出来见到傅愣强，高兴地把一个馍馍往愣强手上一塞说："给你。"傅愣强拿着馍馍看了看说："你娘拿的？""嗯，吃吧！"两人边走边吃往东山赶。

傅愣强和铁蛋去侦察日军炮阵还没回来，岳少峰和王力合预想着各种方案，但得不到具体情况，还是难以判断。等到天黑，傅愣强和铁蛋回来了，把侦察到的情况做了详细汇报。岳少峰说："日军炮兵阵地处在高圪塔上，炮管有树枝伪装，前面还有小树林遮挡，对河的国民党炮兵确实难以发现，更要命的是大炮王，射程远、威力大，射程范围内不仅有陕州附近三座大桥，还能覆盖灵宝大桥，杀伤力非常巨大。怎么办？如何把日军的炮阵告诉给对河的国民党军？"王力合说："这是个很棘手问题，大家都好好想办法。"大家你一言我一语讨论起来。有的说派人去把情况告诉国民党军，有的说画张图纸送过去，还有的说咱们在这边做个标志性记号，让国民党炮兵看得见，等等说法。综合大家的想法，岳少峰说："大家的想法都值得考虑。只是这些想法只有我们自己知道，得把想法告诉给对河炮兵。如果我们与对河炮兵配合默契，端掉鬼子的炮兵阵地就完全有可能。"铁蛋说："那咋个配合法哝？"岳少峰说："派一个人过去与对河炮兵取得联系，把这里的情况告诉他们，然后再商量办法。"王力合说："我觉得这个办法稳妥。"岳少峰说："愣强，你立刻想法过河联系。"傅愣强说："渡口船都被日军控制了，不好过呀！"岳少峰说："羊皮筏。"傅愣强说："这段时间，日军对河面管控得很严，偷渡的羊皮筏都被打散几个了。"岳少峰说："还有别的办法吗？"傅愣强说："那就用葫芦吧！"岳少峰说："葫芦能行吗？"此时，吴中建说："能行。上此我从河南回来就是靠葫芦的浮力游回来的。"岳少峰说："好！只要葫芦能行，就用葫芦。但一定要多弄几个葫芦。"于是，游击队在各家各户找葫芦，用细麻绳拴在一起，绑在傅愣强背上，趁夜黑向对岸游去。

傅愣强到底能不能游过黄河，岳少峰望着波涛汹涌的河面，悬着的一颗心始终无法放下……

陇海线由于资金困难，修到宝鸡就再也修不动了，中间部分也是修得断断续续。日寇打到中条山后，河南省才倾其全力，拼死了把洛阳和陕州之间的铁路修通。铁路修通后，立刻就担负起往中条山，往豫西运送军用物资的重任。中条山沦陷后，日军大炮在古平县架起，直接对着陕州的铁路桥梁和运输列车。

陕州段北临黄河，沟壑纵横，桥梁众多，是日军炮击的重点区域。日军发现有列车冒烟，就隔河打炮。列车人员提心吊胆，行车异常艰难。为了安全通过，在过桥之前先待在隐蔽处，待运输列车与炮兵指挥官联系好后，卡好时间点炮击日军炮阵，待日军炮兵来不及还手时，列车才加足马力迅速闯过危险地段。如果无法与炮兵取得联系，就只能在隐蔽处冒烟鸣笛，待日军打出第一发炮弹再取炮弹装膛的间隙，加足马力快速通过。火车不能直达目的地，往往是跑跑停停。铁路工人把这种跑跑停停的火车，叫闯关车。闯关车不仅要防日军暴露在外的炮阵，更要防日军的隐蔽炮阵。傅愣强和铁蛋侦察到的正是日军的隐蔽炮阵。

岳少峰在焦虑中看见傅愣强背一身葫芦从黄河游回来，长舒了一口气。他带回的具体情况是国民党炮阵难以观察到日军在桥头村的隐蔽炮阵，希望我们的人把一面红旗插在日军炮阵上。这个问题在游击队员中引起极大情绪，队员们纷纷对此发泄不满。牛二柱说："这是啥鸟主意，把红旗插到日军炮阵上，干脆让我们把红旗插到日军大炮上。"石头说："是啊！这不是开玩笑唻？让他们过来插插试试？"牛二柱说："愣强！你是咋跟他们说的？就出这个鸟办法？"傅愣强说："我当时说这个方法不好办到。可国民党炮兵说，位置不准，就不能准确打击。如果位置准确了，一炮就能命中要害。"毛瑞兴说："这难度也太大了吧！那我们的人万一跑到跟前红旗还没插上，就被鬼子发现了，不是更糟了？"听着大家伙的议论，岳少峰又看看王力合，说："力合同志，说说你的想法。"王力合说："做不到把红旗插到敌人炮阵，河对岸就不能准确打击敌人，这是再明白不过的事了。红旗插不到敌人炮阵，但我们尽可能插得离敌人炮阵最近的地方。这总得做到吧？！要是离敌人炮阵太远了，等于跟没插是一样，那还要我们插红旗干啥唻？如果红旗插得远了，对河炮兵一开炮，不仅打不到日军炮阵，反倒暴露了自己的位置，岂不是更糟了！"大家听了王大队长的一番分析，都不吱声了。岳少峰说："现在关键的问题是如何把红旗插到日军炮阵上。"大伙都不吭声了。此时铁蛋说话了："我说个办法不知行不行唻？”牛二柱鼻子一哼说：“你能想出啥法唻？”毛瑞兴说：“牛二柱！铁蛋还没说，你咋就知道他想不出来？”牛二柱不服气地说：“说说说！让他说！”铁蛋有些胆怯，他不知自己的想法到底行不行，心里没把握。毛瑞兴说：“铁蛋你说。”铁蛋鼓足勇气说：“侦察那天，我看见日军的炮阵就在我舅舅家后面不远的地方。我舅舅屋后有个高土圪塔，如果把红旗能插到那个土圪塔上，就能让对河炮兵看见了。”毛瑞兴马上兴奋起来：“铁蛋的这个办法好！就这么办，把红旗插到那个土圪塔上。”王力合说：“我看这个办法行。”铁蛋看他的办法也得到了王大队长的肯定，然后看了牛二柱一眼，脸上露出了笑容。岳少峰说：“办法确定了，那派谁去完成这个任务唻？”王力合说：“都说说，谁去唻？”毛瑞兴说：“选这个人，既要有理由靠近这个土圪塔，又不被鬼子怀疑。”岳少峰说：“毛瑞兴说得很对。日军的炮阵，是鬼子的军事禁区，不会让人随随便便靠近的。”牛二柱说：“我说铁蛋，你说的这个法好是好，可谁去呀？总得有人能去才行啊！不能去再好的办法不也是白说吗？！”铁蛋支支吾吾地说：“要是没有合适的人去，那你们看我行不行唻？”牛二柱说：“就你？稀屎屄一个，还没到跟前就尿裤子了。”王大队长呵斥道：“牛二柱！说啥唻！”然后又说：“铁蛋，你说说你去的理由？”铁蛋说：“那是我舅舅家，小时候跟我娘经常去，土圪塔也经常上，熟得很。再说，前不久，舅舅送我娘两只羊，我赶羊去舅舅家，也不会引起鬼子的怀疑。”王力合听了铁蛋说的理由，他看看岳少峰。岳少峰说：“这是个容不得半点闪失的事，如果红旗插不到土圪塔上，还暴露了我们的意图，鬼子就会加强防范。要想再插上去，可就更难了，必须慎重慎重再慎重。铁蛋，你有把握吗？”铁蛋吭吭唧唧半天，最后憋出一句：“我试试看。”牛二柱又急了：“不是试试看，是一定要插上唻。你懂吗！”铁蛋傻愣愣地看着牛二柱，就像自己做错了什么事。岳少峰说：“为了确保这次任务能顺利完成，我看这样，傅愣强和牛二柱协助铁蛋去完成这项艰巨任务，毛瑞兴带队员配合，我和王大队长带人负责接应。大家还有啥不同意见？”“没有了！”岳少峰安排完，还是犹豫，说：“铁蛋，你舅舅是谁？”“牢娃。”岳少峰说：“牢娃是码头工人，我在送《工农朋友》刊物时认识他。这样，我去太阳渡码头直接找你舅舅，让他配合你完成这次任务。”铁蛋兴奋地说：“这就更好了。”

岳少峰同毛瑞兴连夜去太阳渡码头，一路抄小道钻庄稼地，爬山涉水寻到牢娃。牢娃接到任务后很激动，握住岳少峰的手说：“我都憋了好长时间了，这次非收拾死这帮狗日的不行！”

次日一早，铁蛋怀揣红旗回到家。娘看见儿子又回来了，诧异地问：“铁蛋，你夜个刚走，咋又回来了？”铁蛋没有正面回答娘的话，而是说：“娘，今个我替你放羊去。”娘笑着说：“这娃，想着一出是一出。你就在近滩，不要走远，更不要去山梁西边，西边有鬼子大炮咪。”“知道了。”铁蛋拿着羊鞭赶着羊出了门。

铁蛋出门不是按娘交代的就近放牧，而是把羊赶到西山梁上去了。母亲一看儿子把羊赶到西山梁上心就慌了，撂下手里的东西撵了出去。

铁蛋赶着两只羊上了西山梁，傅愣强和牛二柱在不远处随后。铁蛋翻过西山梁没走多远，就被一个持枪的日军挡住呵斥：“什么的干活？”铁蛋指指羊说：“给太君送羊的干活，咪西咪西的干活。”日军高兴地说：“吆西！吆西！”铁蛋赶着羊继续往前走，到前面又遇到日军挡住，呵斥铁蛋停下来。铁蛋说：“给太君送羊的干活。”日军指了指北边说：“送羊的？那边去。”铁蛋说：“羊的太少，到舅舅家再弄两只来，统统的送去。”

远处的傅愣强和牛二柱看见铁蛋被日军拦住，都捏了一把汗。之后又看见铁蛋在跟日军说话，之后日军又放行了，他俩心里稍稍松了一口气。牛二柱说：“这小子今个像换了个人似的，咋就那么镇定咪？”傅愣强说：“人都在变咪！何况铁蛋在队伍中都锻炼这么多年了，你还老眼光看人咪？”“我就是对他不放心嘛！”“不放心，当初你咋不说你去咪？”“我不是桥头村没舅舅吗？如果桥头村我有舅舅，肯定是我去咪，还能轮上他去？”“别逞能了，快看！”

铁蛋赶着羊朝桥头村的舅舅家走去。舅舅牢娃看见铁蛋来心知肚明，但装出一副惊讶的样子说：“铁蛋，今个咋有空到舅舅家来？”铁蛋说：“我想舅舅了，来舅舅这里玩咪。”铁蛋边说着边往土圪塔跟前走。舅舅说：“那是你小时候最爱玩的地方，站在上边能看到陕州城咪。”“舅舅，我还想上去看看咪。”铁蛋三下两下就爬上土圪塔，把红旗从怀中掏出，很快绑在羊鞭上，猛然举着红旗在空中挥舞着。只听“砰”一声枪响，铁蛋踉跄了几下倒在了土圪塔上，背部鲜血直流，但手中的旗帜还紧紧握着。舅舅见状，撂下手里的活，赶紧朝土圪塔上爬去。

铁蛋娘发现儿子赶着羊跑到西山梁上，也撵了上去，待她气喘吁吁撵到山梁顶时，铁蛋已经下了山梁，而且正往他舅舅家赶。铁蛋娘就不明白了，跟他说好好的这里有鬼子大炮不能来，为啥儿子偏偏要来？她心里一时生气，生气这个不知厉害的傻儿子。她跌跌撞撞跑着，看见儿子在土圪塔上用羊鞭晃动着一块红布，心里诧异。她不知儿子在干啥？也没弄清是咋回事，扯着嗓子大声喊："铁蛋！你回来！"忽然听到鬼子的枪声，她远远看见儿子倒下了，心里一阵发慌，瞬间腿部发软，脚下不听使唤。为了儿子，她拼命往前跑，在奔跑过程中，她看见牢娃也爬上了土圪塔。

土圪塔上的铁蛋背部流着血，他喘着气对上来的舅舅说："快！红旗！""娃，舅舅知道。"牢娃很清楚此事的重要性。他帮助铁蛋刚把红旗举起来，鬼子炮楼又是一声枪响。牢娃的胸部受伤，瞬间站立不稳，歪倒在铁蛋身上。铁蛋娘赶来看到此情此景，爬上土圪塔抱住弟弟和儿子放声大哭，边哭边说："你们这是干啥咻？"铁蛋挣脱娘，使出全身力气又把红旗举起来。铁蛋娘哭着说："儿啊！你这是为啥咻？"铁蛋断断续续地说："打——鬼——子咻。"牢娃也说打鬼子咻。铁蛋娘看看儿子和弟弟牢娃，又看看不远处的鬼子大炮，似乎明白了什么，她拼尽全身力气紧紧地护着儿子，牢娃又护着她，三人浑身是血，却奋勇地举着手中的红旗，红旗在空中高高飘扬……

顿时，地动山摇，一颗颗炮弹从对河呼啸而来，在日军炮阵猛烈爆炸，发出震耳欲聋的响声，更巧的是打来的一发炮弹，竟然不偏不倚打进日军的大炮筒，大炮王顿时被炸毁，零件铁渣漫天横飞。铁蛋忍着疼痛笑了，铁蛋娘望着儿子笑她也笑了，牢娃在下面咬着牙使劲地支撑着铁蛋娘和铁蛋。他们忍着剧痛，在生命的最后时刻互相艰难地支撑着，拼尽了全身力气，挺立在硝烟弥漫的天地间，挺成了一座不朽的雕像。

傅愣强和牛二柱，还有岳少峰和王力合等人远远望着这一幕，忍不住泪水模糊了眼睛……

第四十五章　军民合力炸军火　土匪偷袭害梁队

日军桥头村炮阵在古平县抗日游击队的配合下，终于被对河中国军炮兵摧毁，从而保住了灵宝大桥，保证了陇海铁路在陕州段的安全畅通。

铁蛋一家为国捐躯后，岳少峰、王力合、毛瑞兴等人非常痛心。铁蛋的英勇牺牲，游击队员们心里也非常难受，尤其是一区队队员更加难受，牛二柱和石妹哭得最伤心。石妹一直在心里不停地自责，平时不该对铁蛋那么凶；牛二柱也不停地怨恨自己，不该讥讽铁蛋是胆小鬼稀屎尻，不该看不起铁蛋。此时，牛二柱和石妹才深深体会到，铁蛋才是他们心中最最勇敢的英雄。

日军在桥头村炮阵被摧毁，运城牛岛非常恼怒，进一步加大往茅津渡增运军火的力度。得知这一情况后，岳少峰迅速做出反应："日军是要进行新一轮报复。力合同志，关于日军军火库一事，是我们当下要解决的迫切问题。"王力合说："要解决这一问题必须得有八路军支持，光靠咱游击队力量恐怕不够。"岳少峰喊通讯员把傅跃华叫来。

岳少峰见傅跃华和俞倩满面春风走来，说："看来你们俩是有好消息了？"傅跃华和俞倩几乎同时在说："还真有好消息告诉你们。我们团拿下了祁家河日军据点。"大家听了都非常振奋。岳少峰说："祁家河解放了，就能与我们东部解放区连成片了。我们没了后顾之忧，就可放心大胆地对付张茅一线的日军了。"几个人很快在一起研究如何袭击日军军火库一事，大家你一言我一语，很快形成一个方案。岳少峰说："吴队长，派徐老六与日伪工作队的郭屯屯、马水祥取得联系，争取他们的配合。你带几名队员佯装搬运工设法接近军火库伺机动手；毛队长带几个队员化装成伪军混入敌营，以便配合郭屯屯、马水祥制服日伪军；牛二柱在外围负责组织车马接应。"然后又说："傅团长，阻挡八政据点的日军火力，还得靠咱八路军啊！"傅跃华说："没问题，我们全力配合。"王力合又说："军火能运走的运走，运不走的全部炸掉。”

此时，三区队梁虎生跑来说：“岳会长，三区一带出现了一伙土匪，号称抗日游击队，到处抢劫老百姓的财物。现在又在马王庄抢劫。”“你知道这伙土匪是些啥人？”梁虎生说：“听说是尤抠爷的儿子尤申达回来了，收集一伙地痞无赖还有几个国民党散兵。”岳少峰说：“看来是日伪警察大队的拐巴子被杀后，尤申达惊慌失措，又逃到东山这边来了，还厚颜无耻地打着抗日的旗号。”梁虎生说：“这伙人咋对付哩？”岳少峰说：“眼前最关键的问题是炸毁日军军火库，尤申达这几个土匪，你带队员立刻去追捕！”梁虎生接到任务转身就走，岳少峰带领大部队秘密向圣人涧进发。

圣人涧村位于傅岩山脚下，其因殷商武丁时期有傅说在此夯土筑墙修路、治理洪水、造福百姓而得名。武丁得知后，以梦求贤得到贤相傅说，从此国富民强，实现了武丁中兴，傅说被尊为圣人，村旁流淌的一条涧水亦称为圣人涧。圣人涧位于中条山中部，是中条山东西之间的分界线。该村依山傍水，位于八政与茅津之间，日军军火库就设在村南的几个大房子里。要想强攻，据点里的鬼子很快就能增援；如若智取，没有内应是难上加难。为了稳妥起见，吴中建之前派徐老六已悄悄潜入。

八政据点日伪工作队的杨炳山被除掉后，日伪工作队并不太平。还有一个副队长叫李金彪，马水祥想带队投诚游击队的话，此人如果使绊，不但事情办不成，反倒还会引来杀身之祸。上次投诚行动失败后，马水祥对此人心有余悸。当徐老六秘密潜入据点把此行目的给他透露后，他犹豫不决。徐老六说：“你还犹豫个啥哩？”“李金彪也在队里，万一让他碰上了，不是事情又砸了？”徐老六思忖片刻说：“要不然借机把这小子给做了？”马水祥点点头。

夜幕降临，马水祥带徐老六、郭屯屯二人走到差务局门口，正好碰见李金彪，因为天黑李金彪看不清人，问了声：“谁？”“是我，水祥。”“后面是谁？”“日本人要苦力，到庄上寻了两个来。”“你到我这来，有事跟你商量。”马水祥向差务局走去，徐老六和郭屯屯也尾随其后。李金彪刚走进差务局还未坐定，徐老六一步上去朝他头上砍了一刀，李金彪“啊！”了一声，起身就往外跑。郭屯屯迅速上去把他按倒在地掐住脖子，直至断气。几个人很快把尸体装入麻袋塞进床下，迅速离开。

夜幕下的圣人涧军火库朦朦胧胧，毛瑞兴碰到几个伪军模样的人，扛着长枪大摇大摆地往军火库附近走去。一个伪军看见喊道："干啥哩？""换岗哩。""今个咋来这么早，还没到换岗时间哩咋就换了？""临时决定。"伪军听说临时决定换岗，打个哈欠说："换早了好，换早了还能回去抽几口。"那个伪军收起枪挎在肩上准备离开，又感到疑惑："我咋看你们几个这么眼生，该不是八路吧？"毛瑞兴上去用枪顶住他的后背说："我们就是八路！你老实点！要不然我崩了你！"那伪军赶紧说："八路爷，别别别！""别出声！"另一个队员上去卸了他的枪。毛瑞兴几个把伪军押到隐蔽处，低声道："识相点，好好配合，不识相现在就送你上西天！"说完手枪又在他后背使劲顶了顶。那伪军赶紧说："听你的听你的。"毛瑞兴说："军火库有啥情况？""今夜还有几辆军火从运城运来。"毛瑞兴叫伪军把枪背上肩走在队列首位，其他人跟在后面继续巡逻。

毛瑞兴用枪顶住伪军的后背在军火库外围巡逻，此时，马水祥带着郭屯屯、徐老六过来。毛瑞兴看到几个人影过来马上紧张起来。由于天黑看不清对方，不敢贸然动手，等几个人走近一看，里面有徐老六，紧张的神经马上放松下来。此时有伪军问："马队长，今夜人员咋突然多起来了？""今夜有任务哩，增员了。""有任务咋不见李队长哩？""李队长有事，来不了啦！"之后，再也没人问了。此时，毛瑞兴看到灯光下吴中建带人向这边走来，喊道："你们几个还磨磨蹭蹭啥哩？赶快过来！马上运军火的车辆就到了。"吴中建几个人正要往军火库门前靠近，岗楼上的日军喊话："站住！什么的干活？"马水祥赶紧上前解释："太君，今夜不是有卸军火任务吗？临时叫了几个搬运工来。"日军说："马！你的要小心，别让八路混进来。"马水祥说："太君，这都是自己人。"然后又把一盒好烟给日军送上。岗楼上日军一听说有大马狗，高兴地"吆西！吆西！"直叫。徐老六、吴中建随马水祥上了岗楼，在马水祥递烟之际，趁势一步上去结束了岗楼里的鬼子，迅速换上鬼子衣服继续在岗楼值班，其余人员很快在堆放军火的帐篷下隐蔽起来。

一队日军巡逻兵过来，大家立刻紧张起来。日军巡逻兵看到帐篷的一角没盖好，过去察看。此刻，帐篷里的队员还有岗楼上的吴中建都紧张得把心都提到嗓子眼了。日军走过去把帐篷角拉了拉，看看没什么异常，继续巡逻，大家这才松了口气。

岳少峰和王力合在外围全面观察指挥，负责接应的牛二柱带着队员和村民，赶着马车驮骡隐蔽在圣人涧东侧的树林中静静等待，埋伏在军火库附近高地的傅跃华、俞倩等人也在严阵以待。

此时，在张店通往圣人涧的公路上，几辆载着军火的大卡车亮着车灯正摇摇晃晃地向圣人涧军火库驶来。当进入傅跃华团的伏击圈时，傅团长一声喊："打！"顿时"砰砰叭叭"密集的枪声响了起来，接着"轰隆！轰隆！"的爆炸声后，几辆汽车趴在路上动弹不得。傅跃华团迅速冲下山坡一阵扫射，带上武器快速撤离，身后传来巨大的爆炸声。傅团长炸毁军火车辆后，迅速组织战士阻截日军，以防八政日军出动。

隐蔽在圣人涧军火库附近的毛瑞兴、吴中建等人，听到枪声和爆炸声，迅速撬开军火库大门。此时，马水祥、郭屯屯在制服伪军同时又加紧做伪军的思想工作，最终伪军调转枪口，一起对付日军。

岳少峰和王力合看到爆炸的火光，招手小树林的牛二柱迅速赶来，他们把仓库里的弹药一箱箱往外搬。岳少峰看看差不多了，督促说："快撤！"大家迅速带着弹药撤离，走在最后的吴中建和两个队员，把准备好的两捆手榴弹，一捆丢进日军仓库，一捆放进院里的军火堆里，然后火速离开，跑不到一百米时，身后传来巨大的爆炸声，顷刻，浓烟滚滚，火光冲天……

近段时间由于日军据点频频被游击队八路军端掉，日军躲在据点不敢轻易出来。一阵阵剧烈的爆炸声把八政的牛尾震得魂不守舍。他打电话给茅津佐藤，佐藤立刻组织茅津据点的日军赶往圣人涧支援，但为时已晚。牛尾气得大骂："八嘎牙路！"

佐藤走后，留下赵紫骏在茅津据点，他佯装给日军岗哨送酒喝，将岗楼哨兵击毙，迅速打开军火库用手榴弹引爆军火，然后扔掉头上的日军军帽迅速离开，身后传来一阵阵猛烈的爆炸声。留守在据点的几个日军被炸得血肉横飞。

佐藤赶到圣人涧军火库时，看到的是一片废墟，回头又听到茅津方向传来巨大的爆炸声，顿时气晕了过去。

岳少峰听到茅津方向传来爆炸声，马上意识到是赵紫骏干的，大声

喊："王大队长！赶快接应赵紫骏！"王力合又喊："徐老六！快！去茅津接应！"徐老六和毛豆几个队员快速向茅津方向摸去。

此时，一个满脸硝尘穿着日军军服的人跌跌撞撞向他们跑来，徐老六赶紧迎上去扶住说："紫骏同志，我们接你来了。"赵紫骏一听"同志"二字，马上浑身发软，站立不稳。毛豆两个队员迅速上前，一左一右架起他向东山方向撤离。

回到涧阳镇，所有参战队员都兴高采烈庆贺胜利。岳少峰非常兴奋地说："这可是一次大的胜利，摧毁了日军大量军火，有效地阻扰日军对豫西的进攻。"王力合说："是啊！这次对日军的震动一定是不小啊！"吴中建说："这下干得痛快！轰隆！轰隆！"俞倩说："这次袭击战，又让我们重新见识了军民团结的强大力量。"傅跃华说："是啊！老蒋就不信这个理，总是跟我们反着来，把中条山防线搞垮了不说，多少国军官兵被俘被杀。这个后果不知他想过没有？"岳少峰说："想到恐怕也都晚了。这次八政、茅津两个军火库都被炸掉，我看小鬼子肚皮都要气爆了。"他突然又话题一转说："力合同志，接应的赵紫骏呢？"王力合又喊："徐老六！接的人咪？"徐老六说："赵紫骏腿都跑软了，我把他安排在咱的住处，正歇着咪！"岳少峰说："走！咱们看看去。"岳少峰、王力合随徐老六来到住处。此时，赵紫骏坐在炕上一直看着自己的胳膊。突然听到有人喊："紫骏同志！"赵紫骏一愣说："你是岳少峰吧？之前，我听紫云说过你。"岳少峰说："这次能顺利地摧毁日军军火，可以说是打乱了日军的南进计划。你送来的情报很及时，我代表抗日军民对你提出口头表扬。考虑到家人的安全，暂不张扬。"赵紫骏说："理解理解。"此时，岳少峰发现赵紫骏负伤了，立刻喊："通讯员！叫俞政委带她的卫生员过来。"

俞倩带着女卫生员匆匆赶来，为赵紫骏脱下衣服袖子，用药水慢慢清洗伤口。俞倩一直在边上盯着这位身穿日军军服的伤员，似乎在哪里见过，她突然想起在祁家河路上。俞倩兴奋地说："你还记得我吗？"赵紫骏笑笑说："有点眼熟，就是想不起来。"俞倩说："祁家河路上，被你放走的那个女的？"赵紫骏的思绪迅速穿越到三年前，在押运儿童教养所孩子们的路上，他放走一个女教师的情景，马上兴奋地说："是你啊！难怪我一见你就觉得眼熟。"岳少峰一直听着他俩的对话，打趣地说："穿着一换，就认不出来了？”赵紫骏说：“是啊！真没想到。”岳少峰说：“你只知其一，不知其二。我给你俩介绍一下。”指着俞倩跟赵紫骏说：“她叫俞倩，之前是省牺盟会的特派员，现任八路军团政委。”赵紫骏说：“怪不得我一看见她就觉得气度不凡。”岳少峰又接说：“俞倩和赵紫云是同学，还是好朋友唻。”听了岳少峰的介绍，赵紫骏马上放松了神情，高兴地说：“怪不得唻，我见她第一眼就觉得跟妹妹像。”俞倩说：“你说你是凤凰城人，回来听岳会长说你是紫云的哥哥。之前我听紫云说过，赵伯偏心，能送哥哥去日本留学，都不准她去运城念师范。”赵紫骏说：“紫云连这都跟你说啊？”俞倩说：“是啊！怎么说我们是好朋友唻？”赵紫骏说：“没想到在这里遇到你们。”岳少峰说：“你在这里安心养伤，还有好多事等着你做唻！”赵紫骏说：“我在这还能做啥？”岳少峰说：“可做的事多着唻！对日军喊话，翻译缴获的日军文件，这都是你的特长。”赵紫骏说：“这个我义不容辞。不过，俞政委，放你走了之后，我好是担心了一段时间。”岳少峰说：“是啊！我也一直想知道究竟咋回事，俞政委就是没时间跟我细说，今个就说给大家听听吧？”于是，俞倩就讲了起来：

日军军车载着儿童教养所的孩子们在祁家河的峡谷中行进，突然车辆熄火，司机扭动车钥匙，就是发动不起来。俞倩借机要方便，翻译官示意她赶快逃走，俞倩心领神会地朝密林深处跑去。

俞倩跑得浑身是汗，但她不敢有丝毫停留，憋住气一直往大山深处跑。树林里荆棘丛生，她一边扒拉着荆棘枝条，一边艰难地前行，穿过一段密林，实在走不动了，只好寻了一块石头坐下来喘气。她环顾四周，山林茂密，凉气习习，没有敌占区路边的那种恶臭腐烂味。她不知这是啥地方，但觉得心情轻松了许多。

有人的地方怕遇到鬼子，没人的地方又怕野兽。俞倩不知该去哪里？思前想后，最后决定寻个远离鬼子的村子。但这里人生地不熟，哪里才是远离鬼子的地方呢？俞倩心里很茫然。但她坚信，只要脚下不停地往前走，就一定有希望寻到路，她又起身开始在山林间穿行……渐渐树林的密度小了许多，林间出现了弯曲的小路。有了路，离人家就不会远了。她顺着弯曲的小路，继续拨开树枝荆棘往前艰难行走，刚走了一会儿，突然看到一头野猪，她怕受到攻击，慌忙朝另一个方向跑去，高一脚低一脚在乱石荆棘中穿行，衣服被挂烂，脚被扎破，眼看日头落山，还看不见一户人家。晚上在野外如何过夜？这是俞倩当下面临的大难题。她又急又饿又累又怕，好不容易看见半山腰有个小庙院，心中燃起了一丝希望。她拖着疲惫不堪的身体向小庙院摸去。

小庙院独居山野，兵荒马乱，没人有心情前来上香，显得特别冷静。长长的梁柱上挂满了蜘蛛网，被山风吹荡得絮絮缕缕；面带微笑的送子娘娘塑像上，落满厚厚一层不易拂去的尘土，香案上也积着厚厚的尘土；香炉中残留着参差不齐的断香，叙说着曾经香客往来的故事，还有孩子们玩耍时，在地上留下许许多多杂乱无章的小脚印……

俞倩望着这一切，心里不禁感到凄凉，突然又听到嘈杂的脚步声由远而近。她来不及多想，赶紧往塑像身后躲去。塑像背腰处有个大洞，是山里孩子们玩耍时的藏匿地，洞口边沿被磨损得光溜溜滑。这可把俞倩高兴坏了，她双手撑住两边，纵身一跃，迅速钻进塑像肚里。此时，一群日伪军蜂拥而至，叽哩哇啦地在庙内胡乱翻腾，也没发现可疑的地方。不甘心的日军，跑到塑像后面发现洞口，并把头伸进去察看，但由于天色麻黑，塑像肚里啥也看不见。日军看不见俞倩，但俞倩能看见日军，她屏住呼吸手拿石头，一旦被发现就准备与日军死拼，但伸进去的日军脑袋看不见任何东西，又缩了回去。日伪军翻腾了一会儿，啥也没发现，只好悻悻离去，让她长舒了一口气。是继续留在庙里，还是出去？继续留在庙里万一鬼子再来咋办？如果出去，山野漆黑一片，遇到野兽咋办？此时的俞倩不知何去何往，感到非常恐惧而又无助。此刻，她想到了岳少峰，想到临行时他对她千叮咛万嘱咐的话，一定要把孩子们转移到安全地方。这个任务自己完成了吗？孩子们安全了吗？俞倩感到非常内疚。但事情已不可逆转，还是想法寻到组织才是最重要的。去哪里能寻到组织呢？祁家河一线全是日军，要想重回古平县恐怕是难上加难。祁家河以东是夏县地界，得想法找夏县抗日组织。主意已定，俞倩饥肠辘辘，天越来越黑，她不敢再出庙门，只好重回塑像洞里，蜷曲在里面过了一夜。

次日一早，俞倩从塑像洞里爬出来，在山上摘了野果充饥，然后继续向东寻去。她不敢走大道，在山间小路走走停停，躲躲藏藏，饿了摘青涩野果充饥，或是在地里拔些没成熟的麦子，揉搓揉搓把颗粒放在嘴里嚼吧嚼吧充饥。这样的日子，她又整整颠沛了六七天。一天麻黑，她正在地里弄吃的，突然从远处跑来一群日军，边跑边喊：“花姑娘！女八路！”俞倩丢下手里的东西起身就跑，日军在后面紧紧追赶，她拼命往前跑，不管前面是沟是崖，最后被日军逼到万丈悬崖边。俞倩望望前面的悬崖，又看看身后的日军。日军不停地叫喊着：“花姑娘！女八路！”眼看日军就到跟前，此刻，她的脑海里想的全是宁死不做俘虏。于是，在日军逼近的那一刻，面对万丈悬崖，她毫不犹豫地纵身一跃，瞬间向深谷飘落……

一群日军追到悬崖边，望着黑咕隆咚深不见底的峡谷，叽哩哇啦了一阵，然后悻悻而去。

悬崖下居住着一户人家，老婆婆早上起来发现院外的树杈上挂着一个人，赶快叫老头子出来把人从树上放下，发现还有气，老两口把人抬回家，又熬了碗热粥喂其喝下。俞倩醒来后感到奇怪，不知这是啥地方？老婆婆告诉她是鬼绝崖，大娘家就在鬼绝崖附近。并说她黑夜掉在树杈上，要是掉在别处，早没命了。俞倩赶紧起身给老婆婆施礼。老婆婆不让她乱动，怕她扭伤了腰。俞倩问老婆婆这里常来鬼子吗？老婆婆说不常来，但偶尔也来一次。俞倩怕连累老婆婆要走。老婆婆却拦着不让走，说她身子太弱不能走。此时，老伯从门外进来，听俞倩说话不像本地人，怕二狗子发现就糟了。于是出去把女儿叫回来，给俞倩想办法。

老伯的女儿是一个非常干练的短发大姐，俞倩看见就兴奋地喊：“苗大姐！”苗大姐愣住了。俞倩又说了中条山妇女代表大会。苗大姐这才兴奋起来，说：“俞倩妹妹，想不到在这里遇到你，究竟咋回事唻？跟大姐说说？”俞倩把前前后后的经过说了一遍。苗大姐问她有啥打算，她说想去太行山。苗大姐问她去太行山是不是参加八路军？俞倩说：“我本想把孩子们送过黄河，就去太行山。谁知路上被鬼子的炮火七炸八轰，孩子们过不了黄河。我知道孩子们现在被送去运城了，我只好去太行山，跟着八路军打鬼子。”苗大姐说：“你既然有这个想法，我觉得也好。不过从这里往太行山可不好走，到处都是鬼子，很难过去。”“那咋办唻？”“我想法帮你渡过黄河，从南边绕过去。”俞倩一听苗大姐帮她过黄河，激动得一个劲儿感谢她。

经过一番准备，在一个漆黑的夜晚，苗大姐带着俞倩还有几个当地游击队员，扛着羊皮筏向黄河边走去。俞倩跟另外两个村民坐上羊皮筏，在水手操作下向黄河对岸缓缓划去。咆哮的河水在黑夜中翻涌得更加凶猛，羊皮筏在波浪中一起一伏颠簸，河中的漩涡一个接一个，似乎要把羊皮筏吞没。此时，水手突然腿部抽筋失去动力，被漩涡卷走。两个村民吓得直叫，俞倩也紧张得不得了。突然，一个浪头打来，一下把羊皮筏掀翻，两个村民被漩涡卷去，俞倩死死抓住羊皮筏，在波浪中沉浮，不知漂了多久……

俞倩说："当时，我也想完了完了。就死死抓住破羊皮筏不放手，在波浪中一起一伏，漂啊！漂啊！一直漂了很远很远，最后不知漂到了啥地方，被波浪推到一个小河口，之后我就啥也不知道了。没想到醒来时，我却躺在八路军医院。"岳少峰说："你这是一次惊心动魄的生死劫难啊！"

此时，卫生员已把赵紫骏的伤口处理好了，又上了点消炎药，然后用纱布包扎好，并嘱咐别沾水注意休息。岳少峰在兴奋之余目不转睛地盯着这个小卫生员，说："这个小卫生员看着挺机灵，要是我妹妹在的话，差不多也就这么大了。"俞倩说："咋了？想妹妹了？""咋能不想呢？十多年了，也不知妹妹身在何处。"岳少峰的思绪又回到十多年前，他带妹妹下涧河抓螃蟹的情景……

俞倩望着岳少峰发愣的样子，深深理解他的心情。此时，小卫生员把赵紫骏的伤口已经包扎好了，蹦蹦跳跳跟俞倩出了院子。岳少峰望着小卫生员的身影，与自己妹妹的影子反复对比，在脑海里交替出现，挥之不去。

俞倩和小卫生员离开后，三区队的铜锁慌慌张张跑来说："岳会长，不好了！梁队长被人杀了。""快！带我去看看。"几个人疾步前往事发地。

岳少峰之前带队去圣人涧袭击日军军火库，梁虎生带队员去马王庄追击尤申达一伙土匪。刚到村口，就有土匪喊："八路来了！快跑啊！"此时，尤申达正带着土匪在村里抢劫，听到喊声，撂下东西撒腿就跑。梁虎生带队员穷追不舍。铜锁说："队长，别撵了，你看他们跑得比兔子还快。"于是，梁虎生带队员回驻地，早早休息。

尤申达被梁虎生撵得气喘吁吁躲在山洞里喘着粗气，说："谁喊八路咪？”一个叫尤申娃的土匪站出来怯生生地说：“是是是我。”尤申达说：“啥八路，就是梁虎生那帮小子，整天被他们撵得躲没处躲，藏没处藏，气死我了。”此时，一个小土匪跑来说：“涧阳镇的大部队都开往西边去了，就剩梁虎生他们，我看得真真切切。”尤申达一听是个机会，喊着他的弟兄们，连夜去了涧阳镇。

尤申达一伙来到涧阳镇，待梁虎生他们入睡后，破门而入，把梁虎生抓了起来，捆住吊打。尤申达不仅对梁虎生抓捕他愤恨之极，对梁虎生带人分了他家的田地更是恨上加恨。他用刀从梁虎生腿上割下一块肉放在嘴里嚼了起来。梁虎生咬着牙骂道：“你跟上小鬼子啥好没学到，就学会害人。你害死了王县长，害死了你姐夫，害死了你姐，今个又来害我，你还要害死多少人？”梁虎生的话戳到尤申达的痛处，他用刀一下捅进梁虎生的小肚子里，然后使劲搅动了几下。瞬间，肠子血肉流了一地。梁虎生挣扎了几下，再也没有醒来。

岳少峰俯下身子轻轻掀开白布，看着梁虎生血淋淋躺在门板上，无言诉说着敌人的残忍。他缓缓站了起来，神色沉痛而又严肃地问道：“这是谁干的？”铜锁说：“是尤申达干的，夜黑他趁队长熟睡时突然袭击。”岳少峰气愤地说：“如此残忍手段，天地不容，一定要严惩凶手！”……

尤申达自从残害梁虎生后，整天提心吊胆，东躲西藏，不敢回家。他知道杀了梁虎生自己也没好果子吃，他每天枪不离手，手不离枪，躲在老龙潭的山洞里不敢出来，即使到了村边也不敢进村，躲在村外的半截窑里，连睡觉都头枕着枪，生怕丢了性命，他常常做噩梦，梦见梁虎生带着血淋淋的一把刀向他讨命来了。从不接受教训的尤申达，在极度惶恐中寻找机会出山……

第四十六章　小翻译半夜杀敌　赵紫云身陷囹圄

中条山日军炮阵被中国炮兵摧毁后，又加上圣人涧茅津大量军火被炸，运城司令长官牛岛在电话里受到上司的严厉训斥，他不停地应答着："嗨！嗨！嗨！"

张村据点猪原遭到运城牛岛训斥后，他又训斥八政牛尾，牛尾遭到严厉训斥后，恼羞成怒。由此，他联想到之前从老虎口监狱逃走的古平县牺盟会会长岳少峰，于是下令悬赏捉拿。一时间，古平县从凤凰城到大小村镇到处贴满了捉拿岳少峰的告示。此时，得到消息的尤申达从老龙潭后山出来，又献计给八政日军队长牛尾，说茅津城铁匠铺徐老五本家兄长徐清源就是岳少峰的老师，抓住徐清源就供出了岳少峰。牛尾如获至宝，责成佐藤抓人。

牛尾责成佐藤去抓人，佐藤心里感觉很不爽。心想：你一个中队长，竟然指派我去抓人？但败军之将只能忍气吞声，无奈接受。佐藤很快联想到之前徐老五偷运军火之事，瞬间，对徐清源恨之入骨。于是立刻派人到狐三村兴亚学校把徐清源强行抓走，连带他的老婆一起吊在茅津城外的大槐树上拷打，逼问岳少峰的下落。无论鬼子如何毒打拷问，徐清源夫妇只字不吐。佐藤把徐清源夫妇吊在大槐树上几天几夜不放，又在周边秘密布下伏兵，诱使岳少峰和游击队前来施救，以便一网打尽。

赵紫云在狐三村学校眼睁睁看着徐清源老师被抓，却毫无办法，于是火速赶往关家窝送信。她送信回来看见爹娘在家默默流泪，不知何故。赵老爷哽咽着说："你哥被炸死了。"赵紫云惊讶地说："你听谁说的？"赵老爷说："佐藤刚派人送的信。"赵紫云感到狐疑，说："我哥真的被炸死了？见着尸首了吗？"赵老爷说："来人说没尸首了，只有一顶烂帽子和一块怀表。"赵紫云说："一顶烂帽子一块怀表能说明啥哝？"赵老爷说："云儿，依你这么说，你哥他有可能没死？"赵紫云说："我也不知道。徐校长现在被佐藤抓去了。”赵老爷惊讶地说：“徐先生啥时被佐藤抓了？”赵紫云说：“三四天了，我就在学校。”“为啥咪？”“不知为啥？”“不说为啥他就抓人咪？”“日本人想抓谁就抓谁，还跟你说为啥咪？爹！快想想办法，救救徐校长。”“走！咱俩一搭去茅津。”

赵老爷和赵紫云火急火燎到了茅津，佐藤把赵紫骏的帽子和怀表拿给赵老爷看，赵老爷老泪纵横，悲痛不已，赵紫云却满腹狐疑。佐藤对赵老爷说：“令郎被炸实属意外，鄙人深表歉意。”赵老爷泣不成声地说：“我儿回来，没有尽一天孝道，就这样没了。你叫老夫如何是好啊？！”佐藤问赵会长有啥要求尽管说。赵老爷说：“我儿死了不能复活，老夫说啥也没用了，只求大佐开恩，把徐先生放了。”“不不不！徐先生不能放。他是岳少峰的老师，有他在，岳少峰一定会来的。”很明显，佐藤抓徐清源只是个诱饵，目的是诱捕岳少峰。赵紫云提出想见徐老师一面，佐藤只给她五分钟的时间。

赵紫云端了两碗水来到大槐树下，看见老师和师母被折磨得遍体鳞伤，顿时泪如泉涌。她含着泪把水喂给师母喝，又喂给老师喝。徐清源颤动着干裂的嘴唇说：“跟少峰说，千万别让他来，来了就没命了。”赵紫云含泪点点头。她从茅津回来，走一路哭一路……

赵紫云见到周掌柜哭着把徐清源的情况说了一遍。周掌柜说：“关山、愣强都不在，这消息咋送咪？”关山的弟弟关峻说：“让我去吧？”周掌柜犹豫地说：“你行吗？”关峻说：“请相信我，岳少峰是我的老师。”

关峻走后，赵紫云说：“周掌柜，还有一件很重要的事咪？”“还有啥事？”“兴亚学校的抗日教材还在学生手里，万一猪原因为此事来学校查可就危险了。”“那我去把抗日教材收回来，等过了这阵子再说。”于是，周掌柜挑着担子以收豆的名义随赵紫云来到学校，把学生手里的书籍全部收回，挑着担刚走不久，猪原带一伙日军就来搜查，搜了教室搜宿舍，搜了宿舍搜藏书阁，结果啥也没搜到，最后放火烧了藏书阁，学校师生望着被烧的藏书阁，一个个含恨离去。

关峻跑到尧店，刚好岳少峰等人也在。他把徐清源的情况跟岳少峰说了后，岳少峰心如刀绞。想到老师每每在自己最困难的时刻，总是第一时间帮自己想办法，如今老师因为自己身处险境，怎能坐视不管？想到此，他立刻召集王力合、吴中建、毛瑞兴、牛二柱、徐老六等人商量对策，准备前往施救。岳少峰把情况说明后，吴中建马上站出来表态："走！我们马上跟你去，一定要把徐先生救出来！"徐老六也立刻说："一定把我大哥救出来！"毛瑞兴和牛二柱也纷纷表示马上施救。平时，岳少峰遇事冷静的工作作风，瞬间一扫而光。王力合分析了情况，冷静地说："岳会长，这可能是猪原的一计。我们如果马上施救，势必中了敌人的圈套，我们就会全军覆没。这是徐先生最不愿看到的，还是不要冲动为好，好好静下心来，谋划谋划才是。"徐老六不以为然地说："管他啥猪计狗计唻，先救了人再说！"王力合说："不能莽撞！"徐老六争辩："啥莽撞唻？不是你家人，你不急我们急！""你……"王力合气得说不出话来。岳少峰说："谁都别拦着，我心已定，今个就是刀山火海，我也要闯一闯，一定要把徐老师救出来！不愿去的留下，愿去的跟我走！"徐老六、吴中建等人纷纷响应。几个人救人心切，情绪激动，如同脱缰的野马。王力合一看岳少峰完全失去了理智，失去了一个指挥员应有的冷静，于是，一步冲到队伍前面，掏出手枪吼道："谁再往前走一步，我就打死谁！"岳少峰面对王力合的异常举动，顿时愣了一下，而后跺了一脚，瞪着眼睛吼道："王力合！你要干啥唻？！"岳少峰情绪愤怒，愤怒得像一头发怒的狮子，比当年为父亲讨说法时还要愤怒，这种愤怒是之前从未有过的。王力合面对岳少峰的态度，尽量平和自己的心态。他深深理解岳少峰的感受。这么多年与他相处，深知他对老师的情感。但在这种情况下去救徐先生，那一定是必死无疑，必须要阻止这种莽撞行为。王力合极力抑制住自己的情绪，说："少峰同志，你作为大家的主心骨，应该从大局考虑，不能为一时一事乱了阵脚。""老师当下命悬一线，我不能不管！""你平时遇事冷静的作风哪里去了？你明明知道这是敌人设的圈套，你还硬生生往里闯？这不是带着大伙去送死吗？这哪里是我平时敬佩的岳会长，简直就是村野莽夫！""你……"王力合一番话让岳少峰哑口无言。

岳少峰强忍着愤怒，大伙的情绪仍在悲愤之中，难以说服。此时，傅愣强来报："岳会长，茅津城周边全是日伪军。"听到此话，大家都面面相觑。岳少峰此时才意识到自己确实太莽撞了，于是朝大伙摆了摆手说："我情不自禁，太冲动了，这事还是听王大队长安排吧！"回头又对王力合说：

“好好想想，看有啥好的办法，越快越好！”此刻，岳少峰心中对尤申达的仇恨，如同骤然升腾起的蘑菇云。他在心里暗暗骂道：“你这个尤申达，如果让我逮住你，非将你碎尸万段不可！”

桥头日军炮阵被炮弹摧毁，茅津、八政军火库也被炸毁，彻底打乱了日军对豫西的进攻计划。猪原遭到运城牛岛严厉训斥后，计划对东山根据地实施报复性打击。

张村据点小翻译常金龙得知情况后，神秘地对赵紫云说：“姐，高桥要唱空城计了。”“到底啥情况？快说说？”“猪原要带小鬼子去东山讨伐八路军游击队，据点只留几个伪军。”“啥时候去咪？”“明个天一黑就行动。”“这么说高桥不去了？”“高桥突然感冒了，去不成了。”赵紫云对常金龙交代了一番。常金龙在得到赵紫云授意和鼓励后，信心满满地走了。赵紫云迅速把这一情报送往关家窝杂货铺情报站，情报站迅速又将情报送往东山抗日根据地。

正当岳少峰等人为如何施救徐清源老师心情焦虑之时，突然傅愣强送来情报，岳少峰看了情报后，立即跟傅跃华、王力合、俞倩等人研究对策。岳少峰说：“这次日军报复，不可能只有张村据点的日军，应该还有八政、张店的日军，我们要做好充分准备。”傅跃华说：“如果说这几个据点的日军都出动，又是从两个方向来，那我们就得设两个伏击点。”王力合说：“在晴岚一带设一个，在南村一带设一个。我们先设好伏击点，必须快打快撤，绝不恋战。”吴中建说：“再把咱的地雷、手榴弹都用上，还有小鬼子的手雷一搭伺候，给他弄个一锅烩，叫小鬼子尝尝这些武器的滋味，等小鬼子品出味来，咱们早就撤了。”岳少峰严肃地说：“我们决不能轻视敌人，一定要周密细致，做到万无一失。”俞倩说：“还有群众转移问题呢！”岳少峰说：“这个我已考虑到了，本想通知申川梅、石妹、杏儿她们，具体联系各村负责群众转移，但回头一想，这样会暴露我们的意图。再说，这次日军报复，还没等敌人进村就会遭到我们伏击。”王力合说：“在伏击敌人的同时，要派几个人去营救徐先生夫妇。”岳少峰说：“这个我也考虑过了，让徐老六带人去。为确保万无一失，必须增加兵力。傅团长，你回去把情况向支队汇报，尽快取得八路军的支持。”

次日下午，张村据点日军整装待发。常金龙拿出盒子枪取出弹夹看了看，然后又把枪放进皮套，顺便把匕首插进靴筒里。一切准备妥当，并仔细观察了周围的情况。

夜幕降临，猪原带队出发。日军由于大部分是步行，尽管猪原和常金龙骑的是高头大马，但队伍行进速度还是不快。常金龙突然捂住肚子直叫。猪原忙问："常，怎么回事？""可能是吃坏肚子了。哎呀！我憋不住了。"常金龙捂住肚子赶快去寻找方便的地方。过了一会儿，他看见猪原走远，翻身上马，一阵快马加鞭往张村据点奔去。

常金龙扬鞭策马来到张村据点吊桥前，急喊："快放吊桥。"岗哨不敢怠慢，赶紧放下吊桥，常金龙又策马来到高桥门前停下。"报告！"里面没有回答，常金龙好奇地进去，看见高桥躺在床上。高桥抬了抬眼皮说："常，你咋又回来了？""有重要情报。"高桥有气无力地说："有啥情报跟猪原大佐说就行了，干嘛还跑回来？""尤申达突然说你的情报不准，猪原大佐要你去对质。""尤申达这狗娘养的，从哪窜出来故意捣乱？不知道我感冒了？""我带你去教训教训这狗娘养的，然后送你回来。"常金龙把高桥扶上马在前面，两人骑一匹马出了据点。出据点到了沟崖边，常金龙拔出皮靴里的匕首向高桥后背刺去。高桥"啊"了一声，从马上滚落下来，在地上乱叫，常金龙跳下马又补了几刀，待高桥再没了声音，把他扔下沟崖，然后策马扬鞭去追赶猪原。

猪原带着队伍继续往前走，不知过了多长时间，常金龙就赶上了。猪原说："拉了泡屎就这么长时间？"常金龙说："拉肚子，折腾了好几次。"猪原说："抓紧时间走，不能再耽搁了。""嗨！"

猪原同张店、八政几个据点的日军摸黑去东山报复八路军游击队，没曾想夜战是八路军和游击队的强项，当他们黑灯瞎火走到半路时，结果遭到伏击，被打得晕头转向，不得不丢下几十具尸体仓皇逃回据点。

折腾了一夜的猪原，带着残兵败将回到张村据点，正准备歇息，一个卫兵匆匆跑来报告："猪原大佐，高桥队长他……""高桥咋了？""你看看吧！"此时，两个伪军抬着满身是血的高桥走来，身上的血迹已经凝固了。猪原马上吼道："谁干的？"边上的士兵面面相觑都摇摇头。猪原怒吼着要彻查。

躲在深山的尤申达一直幻想着寻找日本人做靠山，听说张村据点高桥被暗杀，吃了一惊。他在心中盘算，这高桥在据点咋会被杀了呢？一定有内鬼。这内鬼是谁呢？之前自己给猪原推荐的是赵家二小姐，猪原却莫名其妙地邀请姐姐辣椒嘴。这事会不会与这个内鬼有关？听说去赵家是猪原打发小翻译常金龙去的，难道是常金龙？不可能，不可能。尤申达马上做出否定。于是他又联想到赵家大小姐赵紫云，在凤凰城期间，就隐隐约约听人说赵家二小姐跟常金龙偷偷摸摸在城里的一个小院里来往，但只是道听途说，没有真凭实据；原来也听说赵家大小姐是抗日分子，也没有真凭实据。但把这两件事情联系起来细想，就有点眉目了。他又想到姐夫拐巴子被猪原杀死之事，猪原会不会还怀疑是自己与岳少峰有联系呢？再说当时自己已经说明白了，信是从姐夫桌上拿的，自己与岳少峰没有任何关系。他不知猪原还能不能原谅他？此时的尤申达犹豫不决，但他又想起几年前想娶赵紫云的事，又怨恨起李鸿远，把对李鸿远的恨又转嫁到赵紫云的头上。瞬间，之前对赵紫云的爱慕之情转化为一种刻骨仇恨。如果从赵紫云口中能得知设计杀害高桥的真相，赵家通共抗日这件事也就坐实了，到时猪原大佐不得不信任他尤申达，今后就不用这样再躲躲藏藏，整天跟野狗似的。想到此，尤申达不顾姐姐姐夫与猪原之间的生死仇恨，还是想去赌一把。他捉摸着如何下山去见猪原，打定主意后便昼伏夜行，一路躲躲藏藏向张村据点摸去。

猪原正在为被八路伏击的事纳闷：这么秘密的行动咋会被八路知晓呢？回来又发现高桥被杀。这两件事凑到一块，让他气上加气。卫兵悄悄进来在他耳边嘀咕了几句然后走开了，猪原听后，气势汹汹地派宪兵去抓常金龙。

常金龙从东山回来，刚从家里转了一圈见了紫燕，又受到赵紫云的表扬，心里正乐滋滋的。他自认为事情做得神不知鬼不觉，无人知晓，没想到刚过吊桥进到据点就被抓了起来。他竭力争辩，宪兵队人不由分说，吊起来拷问："说！高桥是不是你杀的？""高桥不是我杀的。我要见猪原大佐，我跟猪原大佐一起去的东山，猪原大佐可以作证。"猪原走来说："常，你跟我去东山不假，也有人举报说你回来把高桥带出去了，怎么解释？"常金龙见事情已经败露，也就坦然地说："是，高桥是我回来杀的。""说！

是谁指使你杀的高桥队长？”常金龙想：决不能供出赵紫云，如果供出赵紫云，就一定会牵扯到赵紫燕。这样，紫云、紫燕都要惨遭毒手，而后还会牵扯到赵会长，连累这么多人，我岂能忍心？不如舍我一人去死，保得一家人平安。想到此他说：“没有谁指使我，是我自个干的。”“为啥要这样干？”“你说为啥？你日本人在中国杀了多少人？”“我今天问你，是谁指使你干的？”“我已经说过了，没有谁指使，是我自个干的，与任何人没有关系。”猪原气急败坏地举起军刀，恶狠狠地说：“你看我敢不敢把你劈了？”“就是劈了也是我自个干的！”猪原一刀下去把常金龙劈死了，还不解气，之后又连劈数刀，把常金龙劈得全身血肉模糊，最后把尸体剁成数块，扔去直接喂了狼狗……

凤凰城的人们得知高桥被杀，心里都暗暗高兴。三五成群在一起悄悄议论：“东山来人了，不然谁敢虎口拔牙啊！”“真是神兵天降来去无踪啊！”但谁也没有想到杀死高桥的人，竟然是一个年仅十六岁的小翻译，只有赵紫云知道此事。赵老爷把常金龙惨死的消息告诉紫云后，赵紫云大为吃惊。紫燕知道后痛哭不止，紫云不停地安慰她。

单纯的紫燕身不由己地被卷入这种偷偷摸摸提心吊胆的生活中，刚刚与常金龙建立起感情，却又遭受生离死别的痛苦折磨，她止不住悲痛的泪水，默默为常金龙烧纸焚香，祭奠她心中的男人。赵紫云望着刚刚新婚不久的紫燕，心中有一种说不出的酸楚，哽咽着说：“燕，金龙不在了，你就回到父母身边吧！这样姐也放心，父母也安心。”紫燕默默点点头。

张村据点猪原正在气头上，尤申达却突然出现在他面前。猪原一把揪住他质问：“尤申达，你还敢来见我？你姐刺伤我还没找你算账，你倒送上门来了？”尤申达慌忙说：“猪原大佐，我姐是我姐，我是我，我对皇军是大大的忠心啊！”“大大的忠心？我今天要你死啦死啦！”尤申达战战兢兢地说：“猪猪猪原大佐，我我我今个来，可可可是给给给你报信来的。”猪原呵斥道：“你还有啥信可报？”尤申达战战兢兢地说：“高高高桥不是被被被被人杀了吗？”猪原恼怒地说：“高桥难道是被你杀了？”“不不不！我哪敢呢！借我十个胆我也不敢。”“量你也不敢。”“但……但我知……知道线索。常……常金龙背……背后一定有人指使，要……要不然他不会有这个胆。”尤申达哆哆嗦嗦说了一长溜。猪原此时情绪有所平复，质问道："那你说说，这背后是谁指使的？"尤申达对猪原耳语了一番，猪原感到诧异，但又怕尤申达说谎，威胁道："你若是再糊弄皇军，坐飞机，吃红枣，吃烧鸡，踩皮球，鲤鱼跳龙门，这几个好玩的我随便叫你试一个尝尝滋味！"猪原所说的坐飞机，就是把手榴弹绑在屁股下，然后拉响导火索把人炸飞；吃红枣是把人当活靶，让日本士兵练习射击，把子弹打入嘴里；吃烧鸡是把人吊在三角架上烧烤；踩皮球是用肥皂水、辣椒水把肚子灌圆，让日军在上面踩踏；鲤鱼跳龙门是把人戳死一脚蹬进水井里。猪原把这几个杀人法，美其名说成是好玩的，尤申达当然知道其中的厉害，顿时吓得直打哆嗦。连声说："不敢不敢不敢！猪原大佐就是再借我一百个胆我也不敢，我尤申达绝对是对皇军忠心的大大的。"尤申达语无伦次地说了一通，猪原将信将疑，但又不得不信。

尤申达从猪原办公室出来，想想猪原说的几个杀人法，就头皮发麻心里哆嗦，思前想后，据点是不能再待了，还是赶快离开为妙。想到此，他夹着尾巴急步向外逃去……

赵紫云送紫燕从娘家回来，看见婆婆一个人坐在门前的石头上，一个劲地呼喊："鸿儿——鸿儿——"她知道婆婆又在思念儿子了，心里一酸，眼泪差点流了出来。"娘，您又想鸿远了。"婆婆此时急得已经差不多看不见了，伸出双手在紫云身上摸索着："媳妇，鸿儿啥时能回来？"赵紫云的泪水唰地又涌了出来。她不敢让婆婆知道自己在哭，悄悄擦拭了泪水，说："娘，等赶走了小鬼子，鸿远就回来了。""这啥时才能把小鬼子赶走咪？""鸿远和许多人都在努力，很快就能把小鬼子赶走！""你说的能成吗？""能成！一定能成！娘，咱们回家吧！别在外面受凉了。"赵紫云把婆婆搀扶着回屋。

此时，赵紫云非常理解一个母亲对儿子的思念和牵挂之情，那一声声深情的呼唤，在她的脑海里久久回荡着。作为自己的丈夫，赵紫云何曾不想他早早回来。而作为中共运城地委的主要领导兼八路军条山支队政委的李鸿远何曾不想回来看看老母亲和妻女？但为了党的工作，常年辗转奔波在外，不得不一次次放弃回家的机会，甚至走到家门口都来不及回去看母亲一眼，只能站在远处默默注视着竹林掩映处的家，以此来排解心中的思念和挂牵。自古忠孝不能两全的含义，在李鸿远身上得以透彻的诠释。同时，不知还有多少个像他这样的人，为了民族解放斗争，甘愿忍受骨肉分离之痛，常年奔波在外……

赵紫云扶着婆婆刚进家门不久，一群日军气势汹汹冲进门来，不由分说抓住她就要带走。婆婆和兰儿哭喊着阻挡撕扯，均被枪托捣在地上。赵紫云愤怒地说："你们凭啥抓人？"日军不予理会，推搡着把她强行架走。

紫云婆婆带着兰儿跌跌撞撞向城里赵家跑去，希望得到赵老爷的搭救。赵老爷得知情况后心急如焚，他立刻吩咐管家准备银两，跟他一同去见猪原。

赵紫云被日军带到据点，猪原严刑拷问："说！高桥是不是你指使常金龙杀死的？"赵紫云笑了笑说："猪原大佐，你也太高抬我了。常金龙是你日本人的翻译，我一个小女子凭啥指使人家？""有人说常金龙娶了你的妹妹？"赵紫云一笑说："常金龙啥时娶我妹妹了？我咋不知道？""不要狡辩，老实交代？""我根本就不知道，你让我交代啥？""尤申达说你是抗日分子，你还不说实话？""尤申达这个一贯投机钻营的人，他的话你也信？""我看你是不想说实话。"随即上去几个鬼子把赵紫云绑在老虎凳上施刑，并在脚下不停地加砖。赵紫云咬紧牙关，死不吐口，直到昏死过去……

游击队和八路军伏击日军后仍然没能救出徐清源夫妇，最终徐老六带人趁日军空虚之际在茅津城外的大槐树下抢回了大哥大嫂的遗体。岳少峰面对老师、师母的遗体悲痛欲绝，长跪不起，俞倩和大伙陪着他默默流泪。最后，岳少峰披麻戴孝安葬了老师和师母。

徐清源夫妇惨遭日军杀害后，大家心情都十分沉重，岳少峰更是一时陷入痛苦，不能自拔。王力合和俞倩等人竭力劝说，并开始研究下一步的行动，计划趁此机会，再端掉小鬼子几个炮楼。为了争取伪军，他们动员家属，准备在炮楼前喊话。

岳少峰情绪恢复后，开始研究如何端掉鬼子炮楼，傅愣强气喘吁吁跑来报告："不好了，赵紫云被猪原抓去了。"大伙一听，心里一惊。尤其是岳少峰听说赵紫云被抓，心急如焚："为啥被抓？""现在还不清楚，可能怀疑她是抗日分子吧！”“关在啥地方？”“张村据点。”大家一听说赵紫云被关在张村据点，马上感到问题严重。赵紫骏听说紫云被抓也匆匆赶来，说：“不行让我回去一趟，直接跟猪原说。”岳少峰说：“你不能回去，你一旦回去，茅津的佐藤就会知道，事情会更糟。”“那咋办哝？”岳少峰思索了一会儿说：“这事大家都得冷静，赵紫云在狼窝虎口里，要想施救难上加难，必须要有一个稳妥的办法。猪原抓捕赵紫云，只是怀疑她是抗日分子，并没有真凭实据。只要赵紫云一口咬定自己不是抗日分子，猪原拿她也没办法。现在最好的办法就是赵老爷去救。”赵紫骏说：“让我爹去救？”“谁去都没有赵伯去合适。赵伯既是维持会长，又是紫云的父亲，去为紫云说情合情合理，猪原不会不给这个面子。”赵紫骏赞同岳少峰的说法，大家也都赞同。岳少峰看大家都没有异议，说：“愣强，你赶快到凤凰城想法了解紫云的情况，并把我们的想法传达给赵老爷，同时通知周掌柜，想法让王神仙协助赵老爷。”“是！”傅愣强接到任务后，急速向凤凰城赶去。

每提到凤凰城，傅愣强就想起被关在瘅恶亭那个被蚊虫叮咬的夜晚，想起没饭吃没水喝的煎熬，想起那个给他送馍馍送半根黄瓜的好心老差役，几年来，他从没忘记过。一次次去凤凰城总希望能遇见他，但总没能遇见过，这让他多少有点懊悔，懊悔当初走得太急，竟不了解老人家一星半点的情况。

傅愣强一边想着心思，一边机警地快步行走，不巧的是正好迎面遇到一伙小鬼子从附近村庄抢东西回来，牵牛的拽羊的拉拉溜溜一长溜。傅愣强一见鬼子祸害老百姓就怒火中烧，但眼下鬼子人多不便动手，于是赶紧藏到路边的玉米地里。他蹲在玉米地耐着性子等鬼子过完，才出来继续赶路。走了一段突然发现后面还落下一个鬼子，鬼子背着枪和花包袱，一手拎着两只鸡，一手还拽着一只羊。傅愣强再也抑制不住心中的怒火，想一枪把鬼子崩了，但为了不惊扰前面的鬼子，他又钻入玉米地尾随其后。鬼子背着东西拎着鸡拽着羊走走停停，非常缓慢，与前面的鬼子隔了几道弯，结果在一个岔路口迷了路，误入村民种地的小道。傅愣强一看机会来了，顺手从地上捡了一块石头掂在手中。鬼子在埝下走，他趁机上到埝上握紧石块紧跟其后，等超过鬼子时，从埝上猛然扑向鬼子，举起石块朝鬼子猛砸。鬼子对这突如其来的打击毫无防备，没等反应过来就一命呜呼了。

此时，一直有个老伯尾随其后，看到小伙子把小鬼子干掉了，赶紧上前说："小伙子，好样的！""老伯，你咋到这来？""这小鬼子抢了我家的东西，我不甘心，就跟来了。"两人把鬼子拖入沟壕，用土块和杂草掩盖住。处理完后，傅愣强背着枪和东西，帮老伯把鸡和羊送回家中。

老伯家是个破烂不堪的窑洞，院子周围全是杂草丛生的荒地和一片小树林。傅愣强把老伯送回家，背上缴获的枪支赶紧要走，老伯却拦住他打量起来：黝黑的皮肤，粗壮结实的身板，一张大脸盘，一双炯炯有神的眼睛，还有一张宽厚有力的嘴唇。老伯看到这个精神头十足的小伙子，直愣愣地盯着，不由得心里喜欢。唤了声："小伙子！"傅愣强愣了一下，直愣愣地打量着老伯：老伯中等个头，古铜色皮肤，头上裹着一块分不清颜色的粗布巾，皱巴巴土乎乎的面容虽显苍老，但精神矍铄，下端留着山羊胡须，说话一翘一翘的。傅愣强看着老伯发愣，老伯又喊了一声："小伙子！"傅愣强这才回过神来笑笑，忽然想到临走时岳少峰交代的任务，说："老伯，我还有任务，我得赶快走。"傅愣强出了院子，老伯才愣过神来，撵出来喊："小伙子！你等等！"傅愣强止住脚步，回头说："老伯，还有啥事？"老伯转身朝树林里喊："串！快出来！"此时，一个黑影从树林里钻出来，脸抹锅底黑，头裹黑头巾，身穿黑夹袄黑裤子，甩着一条乌黑的长辫子，看上去是姑娘，却是小伙子的穿着，她不伦不类怯生生地来到老伯跟前。老伯拉住姑娘的手说："串，爹保护不了你，你还是跟这个小伙子去吧！"这让傅愣强傻了眼："老伯，这咋行哝？""咋不行哝？让她跟着你打鬼子，省的在家提心吊胆地过日子。""老伯，那是部队，不是我家。""那你就跟你部队的头头说说，把串也收了。""这……"老伯见小伙子迟疑，固执地说："别嫌弃串是个女娃，女娃在部队上也能给你们缝衣做饭不是？"傅愣强想了想说："也行，我们那里也有女娃。"姑娘听了望望爹，父女俩都笑了。老伯说："小伙子，你就把红串当做你的妹妹吧！"傅愣强说："不过现在不能去。"老伯把脸一沉说："为啥哝？""老伯，我得去执行任务，待任务完成后，再回来一搭走。"老伯脸上又有了喜色，但又怕不实，疑惑地说："你说话算数？""算数，一定算数。您如果不放心，我先把这支枪交给您藏起来，我完成任务了回来再拿？”老伯高兴地一个劲说：“行行行！”傅愣强急速向凤凰城走去……

赵老爷救女儿的心情比任何人都急切，他想他一个人势单力薄，于是又打发管家去叫王神仙。王神仙一听赵紫云有难，马上与赵管家一同前往。赵老爷一见王神仙就说：“啥话都不说了，快走！”赵老爷、王神仙、赵管家几个人带上银两往张村据点赶去，待赶到张村据点时，赵紫云已被折磨得浑身是伤。赵老爷在日本人面前再也没有之前不卑不亢的态度了，而是赔着一副僵硬的笑脸一个劲地说好话，央求猪原放了女儿。猪原说：“赵会长，不是我不给你这个面子，而是有人告发你女儿是抗日分子，并且指使常金龙杀了高桥队长。”赵老爷说：“这都是子虚乌有的事，哪能相信唻！”猪原说：“我也不愿相信，可高桥队长确确实实被人杀了，不由人不信。”赵老爷说：“云儿她一个小小女子，哪有那能耐？从小连一只鸡都不敢杀，哪还敢杀人？”王神仙也在边上帮话：“猪原大佐，赵会长的女儿是我看着长大的，从小胆子就小，不会干傻事的。”赵老爷把满满一箱银圆摆放到猪原面前，并说：“这是送给猪原大佐的，请大佐笑纳。”猪原看了看这么多银圆心里一喜，说：“既然王神仙也说话了，赵会长态度又这么诚恳，这个面子我还是要给的。不过，放你女儿回去后，你要严加管束，不得再发生伤害大日本皇军的事了。”“请大佐放心，我回去一定严加管束。”赵老爷好说歹说，总算是把紫云从虎口里救了出来。遍体鳞伤的紫云被父亲用马车拉回家中。

紫云婆婆得知媳妇获救后，带着兰儿跌跌撞撞从家里赶来看望。兰儿看到满身是伤的母亲，放声大哭。

傅愣强探知赵紫云被救，迅速接上老伯的女儿，背着缴获的三八大盖离开。红串姑娘跟着这个爹认为是个靠得住而她却感觉陌生的小伙子，怯生生地走着。一路上，傅愣强问一句，她答一句，不敢多说一句话。问答过后，傅愣强才知道她叫万红串，是万老伯的独生女儿。傅愣强带上万红串来到尧店，并把赵紫云获救的情况向岳少峰做了汇报。

岳少峰、赵紫骏等人在得知紫云获救后，都长舒了一口气。岳少峰看了看傅愣强身后的姑娘，说：“这是咋回事？出去了一趟还赚回一个？”岳少峰幽默的调侃让傅愣强有点不好意思。他笑了笑，叙说了事情的经过。

岳少峰说:“好啊!收获不小啊!有红串姑娘来,可以跟着石妹,还有杏儿她们在一起热热闹闹工作呀!”红串姑娘虽然不太明白工作的具体意思,但应该跟爹之前当差的事差不多。好奇地说:“是不是让我在你们这里当差咏?”岳少峰一愣,然后哈哈一笑说:“我们这里不叫当差。”傅愣强赶紧补充道:“这叫抗日,是干革命工作咏。”万红串似懂非懂地笑了,似乎比之前放松了许多。岳少峰又问:“红串姑娘,你爹舍得把你交给我们?”红串说:“舍得,我爹看愣强哥是个正经人,那你们也都差不了。”傅愣强赶紧说:“红串,这可是我们大伙的领导咏。”“领导是个啥咏?”“领导就是带领我们大家伙干抗日工作的头头咏。”红串知道自己说错了话,吐了吐舌头。岳少峰喊道:“石妹!”“到!”“从今天起,万红串跟着你,不会的你负责教她。”“是!”两个姑娘高高兴兴叽叽喳喳地走了。

第四十七章　李鸿远讲述银圆　尤申达被报击毙

自从中条山沦陷后，日寇残暴政策致使许多老百姓背井离乡逃往河南，希望寻一块没有杀戮没有炮火的安宁之地。然而，之后的豫中会战、豫西战役，彻底打破了黄河南岸的安宁。飞机漫天，到处轰炸，坦克肆意横行，在炮火连天的黄河之南，之前逃难的百姓又纷纷回到家乡。曾经逃往河南陕州一带的土匪老鹰嘴一伙，也相继逃回到大郎山一带。

老鹰嘴一伙刚逃回大郎山没几天，就遇到一小队日军来抢东西。老鹰嘴骂道："这伙狗娘养的，来抢老子的地盘。弟兄们！操家伙！"

此时，这队鬼子正在百姓院里抢东西，老鹰嘴的人马把他们团团围住。鬼子一看慌了神，丢下手里的东西就往窑洞里钻。老鹰嘴企图消灭这伙鬼子，大声叫喊着他的兵往院里冲。但还没进院，窑洞里的子弹就飞了出来，吓得他们躲在墙后，无论老鹰嘴再喊叫进攻，下面的兵就是不敢再往前冲。老鹰嘴命令部下朝窑洞里喊话："小鬼子，快快的出来！出来的活命！不出来死啦死啦！"喊话声刚落，窑洞内又飞出几颗子弹。老鹰嘴气得骂道："这伙狗娘养的。以为老子拿你没辙啦！"老鹰嘴看看窑洞周围，一时没了注意。双方在僵持着。此时一个部下献计说："司令，别让弟兄们再冲了，冲上去就是送死。""不冲，狗日的躲在窑洞里不出来咋弄？就这样干耗唻？""司令，你带弟兄们在下面堵住，我带几个弟兄去崖场。"手下带几个人上到崖场，把一个大麦秸垛从崖场上推了下来，正好掉在藏鬼子的窑洞口，又把崖场上的一堆玉米秆也扔下来，然后点燃一个蒿草扫把扔到下面。玉米秆、麦秸垛顿时燃起浓烟大火，直往窑洞里钻。老鹰嘴哈哈大笑说："老子今天就看看你们这些小鬼子厉害还是烟火厉害。"过了一袋烟工夫，麦秸垛燃尽浓烟散去。老鹰嘴喊道："弟兄们！小鬼子见阎王了！这下放心大胆进去，看看咱们收拾过的小鬼子死啥样！"手下兵一听，都纷纷进了窑洞，看见小鬼子歪七竖八躺了一地。老鹰嘴哈哈大笑，说：

"你们也有今天啊！"然后把手一挥："都抬出去，别弄脏了咱老百姓的住处。"大家七手八脚把被熏死的小鬼子一个个抬出窑洞摆放在院外。老鹰嘴和他的兵们看着胜利战果正得意洋洋，没想到死了的小鬼子在外面呼吸到新鲜空气后，一个个又从地上爬了起来。老鹰嘴一看小鬼子没死，举起手中的枪就击毙一个，其余人马冲上去用刺刀使劲戳，直把所有日军都戳死了。望着一院的小鬼子死尸，老鹰嘴又哈哈大笑，说："我老鹰嘴的人马今天也杀了一回日本鬼子，我们的队伍也是名副其实的抗日队伍啦。"说完又哈哈大笑起来。

老鹰嘴是杀了日寇，但祸害百姓的恶习还是不改，地方百姓每每提起他，也是恨得咬牙切齿。

国民党趁中条山日军空虚之际，派人用枪逼着石谷安从西安回来。石谷安爱财如命胆小如鼠，在古平县当县长时，日本人还未打过中条山，他就携家带口带着金银细软连夜从太阳渡乘船逃走。现在日本人炮楼在古平县境内到处都是，他更是胆战心惊。要不是被人用枪逼着，他说啥也不肯回。石谷安到西塬匆匆见了自称是西庄主的那个人，把委任状塞给他就匆匆走了，结果船到河心被日机炸沉。

西庄主其实就是之前被雷周泰暴打的那个恶霸，家有土地几百亩，房有上百间，虽有家丁几个，但见雷周泰的拳脚功夫甚是了得，吓得不敢上前。雷周泰刑满出狱后他也没再敢滋事，但听说雷周泰被日军打死了，又自称西庄主出来兴风作浪。最近听说共产党在东山搞土改分田地，更是恨之入骨，对国民党的委任自是满心欢喜。接到委任状后，他到附近各村纠集藏匿的国民党散兵，组成五百多人的武装力量，一部分留在自家周围，一部分往靖家山聚集，伺机日后攻占全境。

面对各种复杂的情况，岳少峰召集王力合等人开会，讨论分析目前斗争形势，让大家发表看法。王力合说："这个西庄主不能轻视，他们往靖家山聚集，势必与我四区队发生争斗。再加上大郎山的老鹰嘴也回来了，不仅给当地百姓带来压力，四区队夹在中间会受到很大威胁。"岳少峰说："就目前情况不宜与这伙人发生摩擦，但必须密切监视，一旦出现严重情况，我们得马上应对。"说到此他话锋一转说："现在说说我们之前对各据点争取伪军的工作，情况如何？"牛二柱说："喊话筒都准备好了，申川梅大姐把伪军家属都动员好了，有羊蛋媳妇、肉蛋他娘、栓宝他爹，还有不少，都准备好了。”“好！从今个开始，把组织好的家属都带去喊话，坚持七八天，七八天不行就半个月，伪军队伍自然就会土崩瓦解。”此时，杨永生进来说：“哪需要半个月，我看三五天就行。”

岳少峰看到杨永生惊讶地说：“杨指导，这么长时间不见你，你这是从哪冒出来？”“嗨！日军飞机疯狂轰炸涧阳镇，我头部被弹片炸伤昏了过去，家人用羊皮筏把我运过河，头晕目眩，一阵好一阵坏，最后遇到赵军长，送我去了野战医院做了手术，手术好了老爹死活挡住不让走，我趁老爹不注意偷偷跑过来了。”“你回来就好，三区队就交给你了。喊话这事可得抓紧啊！”

于是，杨永生带着人们在日伪据点炮楼外开始喊话。羊蛋媳妇喊：“羊蛋！我是花儿，你赶快回来！村里给咱家分地了，等你回家种地唻！”肉蛋他娘喊：“肉蛋！我是你娘，快回家吧！娘给你寻下媳妇了，等着你回来见面唻！”栓宝他爹喊：“栓宝！我是你爹，快回家吧！别再为小鬼子卖命啦！”……家属们一次次在炮楼外喊话，把炮楼里的伪军喊得无心再干。没有日军的炮楼，伪军纷纷逃离；有日军的据点，伪军们也是身在曹营心在汉。如此情况持续不到一周，再加上对望原伪军的秘密策反工作，八路军和游击队在一夜之间迅速拿下望原、郭原、萝卜圪塔等东部山区所有日军据点，极大地削弱了日军的控制范围，扩展了抗日根据地。此时，主要抗日组织由东部涧阳镇后山迅速移至南村塬尧店村。

岳少峰等人在尧店村刚安顿好，傅愣强就前来报告：“四区队裴队长被西庄主杀害了。”听到这个消息，岳少峰非常震惊。他马上召集人员研究对策。“这几年，我们的抗日游击队主要在东部，裴永安同志带领四区队在敌人的夹缝中艰难生存，本来就不易，这西庄主到靖家山抢地盘，四区队剩余队员被挤压到靖家山之东孤立无援，更是危险。现在该咋办？大伙说说，尽快拿出个妥善办法来。”关山说：“想办法把他们转移到东部。”岳少峰说：“从靖家山到东部晴岚山一带，要经过大郎山。目前大郎山一带有老鹰嘴一伙土匪盘踞，要通过恐怕很难。”王力合说：“我去！”岳少峰说：“老鹰嘴现在部下有三四百号人唻，不是少数。”王力合说：“又不是没跟他交过手。你就放心，我一定能把四区队队员安全给你带过来。”岳少峰说：

“那好，你和吴中建一起去，我安排毛瑞兴接应你们。”然后又对高杨说：“高县长，你负责安排解决一下四区队的食宿问题……”

张村塬北部土地庙村，王力合吴中建带着四区队的队员正在同山妮研究东移路线。山妮说：“王队长，这一带地形我们游击队员都熟，我们跟你们一起东移。”于是，一百多名队员随山妮、王力合等人顺着山间小道向东行进。当接近大郎山时，山妮说：“王队长，前面就是大郎山了，这可是老鹰嘴的老巢。咋办唻？”王力合说：“我的想法是，不放一枪一弹能通过最好。”吴中建说：“你说有啥办法？”王力合说：“之前，国民党二十九军在杜马塬驻防时，我与老鹰嘴打过交道。这次，我还想试试。”吴中建说：“大队长，你想一个人去呀？”“我和牛二柱、石头三人进去，你带领队员在外面见机行事。牛二柱！石头！你俩敢不敢随我进去？”“敢！”“好！到时候看我眼色。”两人随王力合向老鹰嘴的老巢走去。

大郎山半山腰的几个土窑洞，是老鹰嘴的土匪窝。抽大烟打牌搓麻将的，东倒西歪一大炕。匪首老鹰嘴和几个部下边喝着酒边吃着落花生边聊着天：“司令，日本人打来了咱们顶不住，从大郎山折腾到河南，现在日本人在河南打得凶，咱又折腾回来，这折腾来折腾去地又回到老窝。”老鹰嘴说：“不折腾咋办唻？等着挨枪子唻？”“可现在这一边是日本军，一边是八路军和游击队，咱们夹在中间也不好过啊？”老鹰嘴说：“这年月，不好混。咱们也是在夹缝中求生存啊！现在八路军和游击队的地盘越来越大。最近听说没有，东部山区端掉了好几个日军据点。看来，日本军也有些招架不住了。”“那咱们咋办唻？咱们的窝会不会也被端掉了？”“咱们跟日本人不一样。日本人是外来货，咱们是土特产。”“那司令的意思是他们不会对咱们下手？”“以我的判断暂时不会，但不得不防。”说到此，一个卫兵匆匆跑进来报告：“司令！有人求见。”老鹰嘴有点诧异，自言自语道：“谁会来求见老子？”此时，只听一声：“老朋友！”老鹰嘴看了看说：“干啥唻？”王力合说：“老朋友来了，你不欢迎？”老鹰嘴疑惑地说：“你跟谁是老朋友？”“我和你啊！”“我咋不认识你？”王力合说：“你是贵人多忘事啊！六七年前的事转眼就不记得了？”“六七年前有啥事唻？”“日军刚进攻中条山时，咱俩见过面。”老鹰嘴笑了笑说：“是王大队长啊！你今个来有何贵干？”“没啥大事，就是路过一下。”“路过？是说你从我这儿路过一下？这没问题，你要过，我还能不让你过？就是不让你过，这不，你不是也进来了吗？”“不是我一个人要过咪。”“那还有谁要过咪？”“四区队有百十来号弟兄，现在队长被西庄主杀害了，我想把弟兄们接到东山。”“这……”老鹰嘴迟疑了一会儿没表态。边上的一个部下说：“司令！不能让他们过，这是咱们的地盘，咋能别人说过就过咪？”听了部下的话，老鹰嘴故作难为情地说：“王大队长，你看，不是我不让你们过，这事我这帮弟兄不答应啊！”王力合说：“看来大郎山的事不是你这个司令做主啊！”“也不能这么说，都是弟兄们的意思。”王力合指着他一个部下说：“是你的意思吗？”那部下没敢回答。王力合又指着另一个部下说：“是你的意思吗？”这个部下也没敢回答。此时，牛二柱趁势用枪顶住老鹰嘴的一个部下，老鹰嘴赶紧上前制止说：“别别别……”话还没说完，王力合趁机用枪顶住了他，威胁道：“老鹰嘴，你是想让老朋友以这种方式跟你交谈？”“别别别，别开玩笑。”此时，土匪们“哗啦”一下都端枪围上来。王力合说：“谁有闲工夫跟你开玩笑，命令你手下让道！若要耍花招，我崩了你！”“不敢不敢！”王力合、牛二柱分别用枪顶住老鹰嘴和他的那个部下，石头端着枪在身后倒退着监视土匪。老鹰嘴呵斥道：“都给八路让道！快让道啊！”土匪都愣着没动，老鹰嘴气急了，骂道：“你们还杵那干毬啥咪？看老子让人家崩咪？”土匪们这才醒过神来，纷纷让出一条道来。王力合押着老鹰嘴从土匪窝里一步一步走了出来。

王力合在土匪窝里与老鹰嘴斗，吴中建等人在外面密切关注着周围的动向。此时，吴中建看到不远处有几个砍柴娃，于是叫来一个打探情况。砍柴娃一听说他们是八路军游击队，马上睁大了眼睛，紧张地说：“这里可是土匪窝啊！你们赶快走！我跟你们带路。”于是，吴中建随这个砍柴娃离开大郎山，一路向东与接应的毛瑞兴会合。

王力合看见游击队安全通过后，又向老鹰嘴提出一个条件。老鹰嘴战战兢兢地说：“你人都过去了，还有啥条件咪？”“把岳少青叫出来！”“我这里哪有岳少青呀？”王力合又用枪顶了他一下说：“你不想说实话？”老鹰嘴本想有了岳少青后，日后可以用他来作为与岳少峰谈判的筹码，没想到王力合却要挟他要带岳少青走。无奈之下，只好叫人去找岳少青。不大一会儿，部下带来一个衣衫褴褛表情沮丧毫不起眼的小匪兵过来。王力合说："这个人我要带走！"老鹰嘴说："你不就是路过吗！干吗还要带走我的人咏？"王力合用枪又使劲顶了一下老鹰嘴的后背，说："你不愿意？""愿意愿意愿意！"老鹰嘴一连串说了几个愿意，然后又说："王大队长该不会把我也带走吧！"王力合说："等我们安全了，自然会放你回去。"王力合、牛二柱分别押着老鹰嘴和他的那个部下，岳少青跟在后面，石头喊少青快拿枪跟他一起殿后，众土匪没有一个敢轻举妄动。就这样，王力合等人从大郎山土匪窝出来，待离开一段距离后，他说："现在放你们回去，回去后要想着如何打鬼子，别老想着跟游击队过不去。若再执迷不悟，是不会有好果子吃的！"听了这番话，老鹰嘴抬腿就跑，但腿软颤抖，死活跑不动。王力合等人望着老鹰嘴的狼狈相，不禁失声大笑。

岳少峰同关山、高杨、俞倩等人一直在尧店村等待着四区队队员归来，当看见他们时，疾步迎了上去，握住队员们的手久久说不出话来。岳少峰对王力合说："想不到能这么顺利，真值得高兴啊！"王力合说："还有一件让你高兴的事咏。"然后把队伍中的一个小青年叫到岳少峰面前，说："你看看，还认识不？"岳少峰仔细端详着眼前这个衣衫褴褛一直低着头的小伙子，突然喊道："少青！"少青忍不住哭了，兄弟俩激动地拥抱在一起。岳少峰强忍着泪水说："少青，哥问你，这些年你都去啥地方了？哥一直在寻你。""哥，我也一直想寻你，可就是在土匪窝里不敢跑啊！我逃跑他们就打死我咏。"少青又哭了起来。俞倩和山妮也忍不住跟着流泪。岳少峰回头说："力合，你是怎么把少青弄回来的？"王力合说："自从几年前与老鹰嘴交手后，听到有人喊少青的名字，我就一直把这件事记在心上。"岳少峰说："太让你操心了！"王力合说："你整天忙得跟陀螺似的团团转，哪能顾得上这件事啊！我就得为你操心咏！"此时，岳少青才看清石头，两人紧紧拥抱在一起。石头又给少青介绍了牛二柱，说："当年捡麦子就是他带一伙娃打伤你的顶脑（头）。"牛二柱不好意思地说："石头！你咋哪壶不开提哪壶咏？"岳少峰哈哈大笑，说："这陈芝麻烂谷子的事还记着咏？"石头笑了，少青也笑了，大家都笑了。

此时，李鸿远笑着走来说："少峰，这么热闹，今天是游击队大会师咏？""是啊！这下你不用担心了，我们四区队的队员都接回来了。""回来了好，回来了统一指挥，更能有力地打击敌人。”李鸿远又打量了岳少峰身边的小伙子，说：“少峰，少青也该这么大了吧！”岳少峰苦笑了一下说：“这就是少青。”李鸿远惊讶地说：“少青？来！让我看看。”然后拉住少青仔细打量了一番，说：“长高了，就是太瘦了。少青，你还认识我吗？”少青不好意思地说：“你是鸿远哥吧！”“对！我就是你鸿远哥。跟哥说说，今后想干啥唻？”少青不假思索地说：“我想当八路军。”李鸿远马上把他交给俞倩安排，俞倩带着少青向八路军团部走去。

李鸿远与岳少峰商量让大家好好热闹热闹，于是叫山妮给大伙唱一段。山妮笑着说：“我在戏班子那段时间就是跑龙套唻，哪会唱呀！”岳少峰说：“别谦虚了，趁李政委在，跟大伙一搭热闹热闹。”李鸿远也说：“是啊！我好不容易有这个机会，可别让我失望。来来来！咱也就不拘形式，大伙围起来就可以表演。”山妮笑了笑说：“让我唱一段还真让大伙失望。我就给大伙讲个故事好不好？”大家都齐声叫好。山妮说：“在我小的时候，家里特别穷，没有土地，爹和哥给地主家干活，挣来一点点米面维持一家人的生活，常常吃上顿没下顿，生活非常艰难。我娘为地主家打杂，起早贪黑挣一点米面做贴补，但常年劳累致使娘身患重病卧床不起。大夫说如果再不医治恐怕性命难保。爹拿不出一个麻钱为娘抓药治病，四处借钱无门，只能一个劲地唉声叹气。哥哥急得团团转，我当时还不到十岁，看到一家人走投无路心急如焚，但毫无办法。我漫无目的在下乐街上走啊走啊！突然看见一个银圆滚落到我面前，就像天上突然为我掉下一个大元宝唻，让我惊喜万分。心想：这可是我娘的救命钱啊！但是，这个银圆并不是天上掉下的，而是一位大哥哥打开手绢滚落的。我迅速捡起银圆，很是舍不得地还给了那位大哥哥，然后站在原地一动不动地望着他。当那位大哥哥发现我盯着他手中的银圆时，几经问答才知我娘病了，需要钱抓药治病，就毫不犹豫地拿出两块银圆给了我。我拿了一块，飞快跑回家中……之后，我的母亲被救活了。”山妮讲的故事，在李鸿远的脑海里不停地闪现出当年在下乐街的一幕。心想：面前的山妮难道就是当年为自己送入学通知书的那个小妹妹？接着山妮又讲道：“今个，我讲这个故事，就是忘不了送我银圆的那位大哥哥，感谢救我母亲的恩人唻。”

此刻，李鸿远神情凝重地站了起来，说：“山妮同志的故事很感人。但是，她只讲了别人帮助她的故事，却没讲她帮助别人的故事。在这里，我也要跟大家讲个故事。”大家一听李鸿远也要讲故事，都“好！好！”地喊着鼓起掌来。李鸿远说：“外出求学一直是我的一个梦想，当这个梦想即将变为现实时，自然是激动万分。但突然间，这个梦想即将破灭，你会是一种怎样的感受？那是极度地沮丧与不甘心哪！在这绝望之时，只有寄希望于上天能眷顾自己，能帮自己实现梦想。可这种在绝望中盼到希望的人能有几个唻？然而，我就是其中的一个幸运者。”讲到此，李鸿远停顿了一下，他看了看大家，大家正凝神静气地听他往下讲。“十多年前，我去运城师范入学报到时，因为在下乐街遇到土匪，不慎把入学通知书丢失了，到了学校门口却无法入学。当时心里明明知道通知书不可能找到，却心又不甘，仍在学校门口苦苦等待，在绝望中期盼着希望。等待中的煎熬，煎熬中的等待，内心起起伏伏地痛苦挣扎……其中的滋味难以形容。整整两天一夜啊！又期盼又焦虑，对于我来说是个非常漫长的时间。谁能想到在最后期限，日上中天的时候，一个小妹妹领着她的哥哥翻山越岭寻到运城师范，为我送来了入学通知书。”大家发出一阵激烈的掌声。山妮望着眼前讲故事的李政委，慢慢走上前去，神情激动地说：“李政委，难道您就是当年的那位大哥哥？”李鸿远也激动地点点头。李鸿远对大家说：“同志们，山妮同志就是我故事中的那个小妹妹！”“哇！”大家惊叹不已，又报以热烈的掌声。岳少峰也激动起来，说：“鸿远，不知你在上学路上还把入学通知书弄丢了？”李鸿远说：“遇上土匪，丢了行李，多亏山妮捡到送去，要不然，运城师范我是上不成了，也不会有后来的读书会。”“没想到你在上学路上还发生这么多事情。怪不得赵紫云给你的三块银圆少了一块，原来是拿去救人了！”李鸿远笑着点点头。岳少峰又说：“山妮！鸿远！祝贺啊！十年前的恩人都寻到了。”李鸿远说：“是啊！在心里多少年了，连个感谢的话都还没跟这位小妹妹说唻，一转眼都成了游击队长了。”逗得大伙都笑起来。

此时，俞倩带着身着八路军军服的岳少青走来，李鸿远说：“看，少青穿上八路军军服，像换了个人似的。精神！精神！”李鸿远啧啧称赞。岳少峰满心喜悦地嘱咐少青：“到部队好好干，干出个样子来。”

大家散去后，岳少峰又叮嘱王力合，一定要注意老鹰嘴的动向。

老鹰嘴与部下狼狈逃回土匪窝，部下说：“司令，这伙土八路也太坑人了，咱们不能在同一个粪坑里摔倒两次啊！这样在弟兄们面前，咱的脸就如同舀大粪的葫芦瓢了，还能吃香起来？”老鹰嘴咬牙切齿地说：“这口恶气老子一定要出！”此时，一个土匪跑来说：“报告司令！”老鹰嘴正在气头上，没好气得说：“有屁就放！”“景景……景二虎给土八路带的路。”“就是神柏疙瘩的景二虎？”“对！就是那小子。”“这小子，听说景大虎跟着八路军跑了，他又跟老子作对哝，我看他是活腻味了。”

老鹰嘴得知是景二虎给游击队带路经过他的地盘时，心中怀恨，派人去抓景二虎。景二虎刚砍柴回到家，突然一群土匪闯进院子，强行把他带走。二虎娘赶快上前拽住辩解：“凭啥抓我儿子？”“凭啥？你儿子偷了我们一挺机关枪，司令说带他去问话哝！”不由分说，把景二虎强行架到了大郎山，土匪把二虎的头插进裤裆绑成了老汉看瓜，扔在院子里等待老鹰嘴发落，老鹰嘴出来叫吊起来打。

二虎娘见儿子被抓，捣着小脚在后面紧撵，说尽好话土匪不放人，还在树下拢一堆柴火对二虎烧烤。二虎娘呼天抢地哭喊，求老鹰嘴放了她儿子，老鹰嘴就是不答应。还栽赃说：“你儿子偷走老子一挺机关枪，说放就放哝？我那一挺机关枪少说也值一千大洋。去！回家拿一千大洋来，我再放你儿子。”二虎娘哭喊着：“冤枉啊！天大的冤枉！我哪有一千大洋啊！就是把我这把老骨头砸成渣渣卖，我也凑不够一千大洋啊！”老鹰嘴说：“你不想拿一千大洋也行，那就让你儿子在我这里待着，我这帮弟兄天天伺候，看不把他烤成肉干。”二虎娘万般无奈，为了救回儿子，只好答应老鹰嘴的无理要求。二虎娘一路哭着回来，变卖了家里的几头骡和所有田地，但还是凑不够一千大洋。无奈之下她又四处跪求亲戚朋友帮忙，总算给老鹰嘴凑够了钱，土匪才放景二虎回家。

景二虎拖着伤痛的身体刚回到家，又被日伪保安团强行抓去到軨桥坡修路。被土匪折磨了几天几夜的景二虎身体已经极度虚弱，又拖着病体去拉土填路，常常累得头晕目眩，站立不稳。鬼子急着把路修通，又踢又打又用枪托捣，打得景二虎爬不起来。受尽残酷折磨的景二虎，心中燃起对土匪和日寇的刻骨仇恨。期间，又听到不少有关游击队八路军打鬼子杀日寇的消息，不禁想起之前为游击队带路的事，他暗暗下定决心，一定要参加八路军游击队。决心已定的景二虎趁空逃出工地，顺着那天游击队行走的方向一直向东寻去……

景二虎寻到尧店村见到吴中建说明来意，吴中建又带他去见岳少峰。岳少峰说："二虎同志，你想参加游击队八路军，我们欢迎啊！"景二虎一听说同意要自己，就心里高兴。但岳少峰却让他回去执行一个特殊任务，就噘着嘴不愿意回去。岳少峰说："这个任务很重要，只有你回去最合适。一旦发现老鹰嘴有异常情况，马上报告。"景二虎还是噘着嘴不吭声。岳少峰又说："你已经是一名游击队的战士了，游击队战士就应该一切行动听指挥。你回去后，要时刻注意老鹰嘴的一举一动，一旦他们有危害老百姓利益的行为，我们就会一举捣毁他的老巢。"景二虎一听要捣毁老鹰嘴的老巢，马上同意回去。岳少峰说："二虎同志，这件事一定要注意保密，不能让敌人看出你的想法。到时候，会有人跟你联系。不过不急于马上回去，先在这里待几天。"景二虎又诧异了，他睁大眼睛望着岳少峰。岳少峰叫吴中建派个枪法好的队员，教二虎练枪法以及手榴弹的用法。景二虎这下真的是高兴了。此时，岳少峰又想起置赵紫云于死地的尤申达，叮咛牛二柱配合三区队密切监视尤抠爷家，一旦尤申达出现，立刻抓捕。

尤申达跑到张村日军据点，被猪原恐吓了一顿，又从张村据点逃回东后山，藏在后山老龙潭不敢回家。他打发自家兄弟尤申娃回来打探消息，结果尤申娃被铜锁几个队员抓住。铜锁问尤申达在哪里，尤申娃不说。铜锁吓唬他说："你不说，就把你丢进无底洞。"

无底洞在涧阳镇后山根，村里人为了弄清洞有多深，丢一块大石头下去，愣是没听到落地的声音。后来村里人又把一只活鸡拴在几十丈长的绳子上放下去，等把鸡再吊上来，鸡全身光溜溜的，没剩下一根毛。此后，再也没人敢探究无底洞的深度。这件事尤申娃是知道的，一听铜锁说把他丢进无底洞，他就什么都说了。牛二柱得知尤申达准备回家取钱逃走，就隐蔽在院墙周围等待。

尤申达看见自家院墙周围没了游击队员，慌忙攀上树枝往院里跳。还没跳下去就被牛二柱一枪打中，几个队员拥入院中，用脚狠踢他却不见动静。牛二柱看尤申达死了，立刻回去报告。岳少峰听了牛二柱的汇报后，说："你确定尤申达死了？""千真万确。"但岳少峰总感觉尤申达死得太便宜他了。

第四十八章　日寇投降凤凰舞　国民党趁虚而入

赵紫云伤养好后，开始在凤凰城摆起她的布摊，继续为党组织收集情报……

时间到了一九四五年八月中旬的一天，赵紫云在布摊前张罗着她的生意。一个很阔气的人急匆匆走来，急于要买质量好的白纱布。赵紫云看他点头哈腰说话生硬的样子像日本人，不由心中生恨，故意抬高价格。对方也不还价，买了纱布匆匆离去。此人走后，紧接着又来一个买白纱布的人，赵紫云再抬高价格，来人还是没还价，买了就走。赵紫云觉得奇怪，但不知啥原因。此时，她看到王神仙打着卦幡向对面的亨泰昌商号走去，想探个究竟，以买纸为由也向亨泰昌走去。赵紫云进了亨泰昌，发现石云山等人在秘密开会。他们一见有外人来，会议很快移到后院。赵紫云不便跟进，站在院里踌躇，刚好王神仙从里面出来，她忙问："干爹，发生啥事了？"王神仙小声说："小日本要投降了，正在研究如何把伪军拉走075。"赵紫云听到这个消息，赶紧收起布摊，急速向关家窝交通站赶去。

岳少峰等人正在尧店村研究下一步对敌斗争的计划，俞倩拿着一封电报匆匆走来说："岳会长，十支队来电，日军就要投降了，让我们做好受降准备。"一听这个消息，大家不约而同地欢呼起来。岳少峰说："先别激动，赶快研究日军受降一事。牛二柱，你把赵紫骏叫来。"赵紫骏随二柱进来，兴奋的神情溢于言表。岳少峰说："赵哥，你也来听听，到时候你协助负责茅津城日军的受降一事。"此时，傅愣强匆匆进来，递给岳少峰两封信。岳少峰一一打开信件各看了一遍，说："据点的鬼子已经开始行动了，购买大量白纱布，可能是准备携带死亡日军的骨灰用。还有，要做好接应伪军的准备。愣强你也坐下来听听。"此时，李鸿远急匆匆走来说："日军要投降了，上级指示我们要做好两件事：一是争取伪军的工作；二是防止阎锡山与日军勾结把军火运走。"岳少峰说："到底咋回事咪？"李鸿远说："阎锡山与日军勾结，企图把日军及装备拉到太原受降，几列军车均被我军打退。”岳少峰疑惑地说：“这就奇了怪了，这日本人咋就听阎老西的话唻？”李鸿远说：“有个原因你们可能还不知道，阎锡山在日本陆军士官学校学习时，与日军上层就有很多关系。抗战期间，与日军就没断过联系。”王力合说：“怪不得之前一直说阎老西与日军有勾结，这下我算是彻底明白了。”吴中建气愤地说：“阎老西就是个无耻之徒，企图独吞抗战果实，我们决不能让其阴谋得逞。”李鸿远说：“所以说，对每个据点关隘我们都要做好阻击准备，绝不能让一个敌人逃跑。认真做好每个据点的情况摸底，务必做到心中有数。”岳少峰说：“放心吧！我们保证完成任务。”李鸿远走后，他又说：“刚才大伙都听到了，为了防止小鬼子跟阎老西要阴谋，力合同志，你迅速带领游击队配合八路军把住各个关隘要卡设伏，防止日寇逃跑。”王力合带着几个队长迅速离开后，岳少峰又接着说：“关山同志，你和傅愣强把各据点的日军情况数据尽快整理出来，一式两份，一份交八路军，一份留我们自己用。”

阎锡山果不其然与日军勾结。张店、八政、张村几个据点的日军企图携装备往运城逃窜，计划从运城乘火车去太原，均被八路军游击队阻截。日军和阎锡山的计划破灭后，无奈之下，只得乖乖就地受降。

一九四五年八月十五日这一天，是载入世界史册的日子。日本天皇向全世界宣布无条件投降，中条山日军乖乖缴械，猪原、牛尾剖腹自尽。一时间，从山野到城镇到处都是欢呼声：“小鬼子投降啦！”“日本人滚蛋啦！”“我们胜利了！”人们奔走相告，欢呼声鞭炮声响成一片……

茅津城投降的日军官兵身穿屎黄色的军服已排成一队，不远处的卡车上，堆着一堆用白色布袋装着的日军骨灰，等待着受降完后启程，回他们该待的地方。佐藤望了一眼卡车上堆放的骨灰，知道还有无数个像他一样来中国的日本兵，留在了这片不得而知的某个地方任其腐烂发臭或是被狗啃狼撕，不由得垂下了眼帘。这些侵略者清楚地知道，他们的最高统帅所号称的大东亚共荣梦彻底破灭了，不得不离开这个本来就不属于他们的土地。他们身上完全没了往日的骄横，一个个耷拉着脑袋，等待着受降。

此时，岳少峰、王力合带着八路军威风凛凛前来，在日军队列前停下。日军官兵全都是一副冷冰冰像死尸一样的面孔，佐藤也是一样。岳少峰望着他说："佐藤大佐，久闻大名啊！"佐藤诧异地说："您是……"岳少峰哈哈一笑说："佐藤大佐真是好忘事啊！前几日叫喊着要抓我唻，今天就不记得啦。"佐藤满脸疑惑。王力合说："他就是古平县牺盟会会长岳少峰。"佐藤羞愧地低下头。此时赵紫骏走过来喊了一声："佐藤君！"佐藤不禁一愣，心里一切都明白了，他一副僵硬的表情，动了动不太灵活的嘴唇："紫骏君，您这是……"赵紫骏扬了一下眉毛说："你要回日本了，我来送送你。"佐藤立刻感到惊讶，但又马上镇定下来，说："败军之将有啥好送的？"赵紫骏说："我是没啥好送你的，但你还欠中国人一样东西？"佐藤不明其意，说："欠一样东西？一样什么东西？"赵紫骏手往地下一指说："你跪下！"佐藤一愣说："八路军是不虐待俘虏的？"赵紫骏说："我不是八路军！我是赵紫骏！跪下！跪下！！跪下！！！"此刻的赵紫骏两眼怒视，双拳紧握，发出的吼声一声比一声震慑，一扫之前的懦弱之气，从全身上下都喷发出一种想捣碎佐藤的气势。佐藤杵那没动，一副木然的表情。赵紫骏愤然地说："你觉得不应该吗？好好想想吧！你们这些日本兵在中国杀了多少人？烧了多少房？抢了多少财物？"他说完怒视了一会转身离去，刚没走几步，只听背后"扑通"一声。他回头一看，佐藤双膝跪地双手捂住脸大声哭嚎。此时的佐藤不知是悔过，还是为他们的一统大国梦破灭而哭丧。赵紫骏脸上露出轻蔑的一笑，回头的瞬间，他从那个曾向佐藤借钱的日本小兵脸上捕捉到一丝不易觉察的笑意。

日寇投降了，凤凰城豁然间从沉闷气氛中走出，顷刻变得喜气洋洋。城里破房残瓦的街道，也露出久违的笑颜。尤其是那条五色鹅卵石凤颈路，尤为显得熠熠生辉，光彩夺目，大观楼也抖去了几年来的硝烟风尘，焕然一新。凤凰城东的涧水河，哗啦啦地穿过竹林，犹如唱着欢快的歌谣，一路向黄河奔去；涧河上那宛若飞虹的七孔石桥，此刻也伸开它激动的双臂，迎接着凯旋的战士……

此时，凤凰城人海如潮。赵紫云、兰儿和婆婆，赵老爷、毛夫人、紫燕还有田妈、赵管家、胖婶等，都兴奋地在人群中等待着胜利归来的战士。李鸿远、岳少峰、俞倩、关山、高杨、王力合、傅跃华等八路军和游击队的战士们迈着胜利的步伐，走过石桥，走上五彩鹅卵石凤颈路，走在凤凰城的大街上。街边拥挤着激动的人们，不停地呼喊着归来人的名字……

突然间，赵紫云、赵紫燕，还有胖婶、巧嫂领着一群年轻姑娘和媳妇们在大街上扭起了秧歌，俞倩、石妹、山妮、杏儿、红串还有小卫生员以及好多抗日战士，都不约而同地加入到秧歌队伍中扭了起来。此时此刻，这座古老的凤凰城，完全沉浸在胜利的喜悦中……

赵老爷和毛夫人看见儿子回来，激动不已。李鸿远搀扶着老母亲也挤在人群中："娘！你听见了吗？"老母亲激动地说："鸿儿，娘是看不见了，但娘能听得见，这声音里满满的都是笑啊！""娘！您老高兴吗？""高兴！高兴！娘从来没有像今个这样高兴过。"赵紫云从秧歌队伍中跑过来说："娘！这下盼到您儿子了？"鸿远娘高兴地用手抚摸着鸿远，激动地说："盼到了！盼到了！"紫云对鸿远说："娘天天坐在门前石头上喊你的名字，眼睛都……"李鸿远拍拍紫云的肩膀说："你跟娘受苦了。"兰儿蹦蹦跳跳跑过来，李鸿远抱起兰儿在脸蛋上亲了又亲，说："我兰儿都长成大姑娘了。"赵紫云说："你再不回来啊！兰儿都不知道还有你这个爹。"

岳少峰望着李鸿远的老母亲，瞬间想到牺牲的卫青山，想到傅跃华要他把遗物交给卫青山母亲的事，不由得想起卫青山在文昌阁大院奔赴抗日前线时，他母亲跌跌撞撞赶来送儿子的情景。

岳少峰把小银锁紧紧地攥在手中，迈着大步向卫青山家的山村走去。他打听到卫青山的家，青山妹妹哭着说："娘为了等哥哥回来，常常去凤凰城等，我找村里人把娘弄回来几次，可娘还是又去了，去凤凰城要经过日本人据点，日本人还要查良民证，我一个人不敢去啊！娘等不着哥哥回来，人已经疯癫了。"岳少峰心情很沉重，疾步又折向凤凰城。

凤凰城文昌阁大院，没有大街上人声鼎沸的喧闹，一个孤零零的老太婆，蜷曲在台阶上，蓬乱的白发，呆滞的目光。岳少峰怕惊着老人，慢慢走上前去，情不自禁地喊了声："大娘！"老人没有反应。岳少峰把那块系有红线的小银锁轻轻放在老人瘦巴巴的手上，老人突然激动起来。他的泪水止不住地往下流，半跪着背起老人，一步一步向山村走去……

凤凰城的人们还沉浸在欢乐之中，李鸿远抱着兰儿问这问那。此时通讯员跑来报告："李政委，部队通知归队。"他在兰儿的脸上亲了又亲，说："兰儿，爹要走了。"兰儿望着他，一双不解的眼睛睁得大大的。他说："爹有任务，得马上走。”兰儿说：“为啥爹刚回来，就又要走唻？”“等兰儿长大了，就知道了。”李鸿远在兰儿脸上又亲了亲，然后对母亲说：“娘，我得走了，不能陪您了。”老母亲对这短暂的相聚颇为不舍，又伸出双手抚摸着儿子说：“娘舍不得你走啊！”“娘！我还有任务，下次回来好好陪您。”“好不容易见一面，娘还不知道能不能等到下一次唻。”“娘，好日子还在后头唻！您老就好好等着。”“好好好！娘就等着以后的好日子。”李鸿远对赵紫云又嘱咐了一番。赵紫云说：“放心吧！你在外面也要照顾好自个。”赵紫云从怀里把那两块银圆掏出来塞到李鸿远手里，说：“还是你带上吧！在外面万一有个急用。”李鸿远拿着银圆深情地望着紫云，说：“你在家也不容易。”两块银圆谁也舍不得花，最后一人拿一个。

李鸿远看见岳少峰走来，说：“我要走了。”“为啥这么急？”“有任务，得马上走。”“连部队一起带走吗？”“把傅跃华团暂时留下，配合你们保护古平县的安全。情况紧急，部队还有新的任务，你们一定要组织好我们的武装力量，坚守好根据地，保护好胜利果实，防止土匪在这一带滋事，确保人民群众有一个正常稳定安宁的生产生活环境。”岳少峰说：“我们会尽快研究一个具体方案来。”李鸿远说：“我也就不多说了，相信你们。”岳少峰说：“你是身兼两职，又是地方又是军务。”李鸿远说：“情况特殊，暂时性的。日寇投降后，我们还要抓紧时间进行土地改革工作，尽快把土地分到广大农民手中。这两项工作，都很重要，一定要做扎实细致啊！”岳少峰说：“放心吧！我们一定会抓紧时间尽快做好的。”两双有力的手紧紧握别。

日寇投降后，岳少峰带领中共古平县委、县政府机关人员在凤凰城很快研究土地改革方案。此时，仝贯全匆匆跑来说：“伪县长毛广善逃跑了。”牛二柱说：“这个狗汉奸，还知道小日本滚蛋了，他没靠山了就跑了。”毛瑞兴说：“他以为跑了就没事了？害死了多少人？这笔账就这么算了？”岳少峰说：“你知道他跑啥地方去了？”仝贯全说：“据说是陕州，也有可能是西安。”牛二柱说：“跑到哪里也要把他抓回来。”岳少峰说：“愣强，你设法联系一下陕州的几个掌柜，密切监视毛广善的踪迹，一旦有情况及时联系。”“是！”岳少峰刚安排完，景二虎又匆匆来报：“老鹰嘴一伙企图袭击东山游击队。”岳少峰说：“力合同志，你和我带一、二区队所有队员，围歼老鹰嘴！”很快岳少峰和王力合带领游击队员向大郎山挺进。景二虎带几个砍柴娃为游击队带路包抄土匪，经过一天一夜激战，击毙七十多人，俘虏三百多人，匪首老鹰嘴交由县政府处决。

大郎山土匪被剿灭后，岳少峰等人又开始研究土地改革方案，但又遇到意想不到的问题。他说：“土地改革是解决广大农民生产生活的根本问题，这个问题要尽快解决，再不能拖下去了……”说到此，傅愣强匆匆来报：“岳书记，对河的国民党部队过来一个团，把大炮架在六里坡垴，就对着凤凰城唻。”“他们想干啥？”“明摆着是要对我们下手呀！”听了此话，大家都愤恨难平。关山说：“国民党翻脸比翻书还快，刚打走小鬼子，就来下毒手。”吴中建说：“不行就跟他们拼了。”岳少峰看了看王力合，说：“力合同志，说说你的看法。”王力合说：“国民党军突然占领了制高点，这是早有预谋的。如果硬拼，我们会吃大亏的。不如这样，我们先撤，以后从长计议。”岳少峰说：“同志们，情况紧急，不容我们耽搁，就按王大队长说的办。现在大家分头通知各部门各组织，以最快速度撤往南村塬。”

岳少峰他们刚撤至南村塬，傅愣强随后急速来报：“国民党军已经进驻凤凰城、茅津、西塬一带了。”岳少峰说：“国民党军的速度真够快的。”吴中建说：“打鬼子时能有这般速度，也不至于在中条山溃败得那样惨。”岳少峰说：“目前最棘手的问题是咱们该咋办？”吴中建说：“咋办？再把凤凰城夺回来。”牛二柱说：“对，再把凤凰城夺回来。不能就这么白白让他们占了。”岳少峰说：“愣强，还有啥情况？”傅愣强说：“你们能想到进驻凤凰城的国民党军是谁吗？”大家都不约而同地问：“是谁？”“是尤申达。”岳少峰惊讶地说：“是尤申达？他不是死了吗？牛二柱！到底咋回事？”牛二柱也不知是咋回事。

原来牛二柱用枪把尤申达打下墙头，跑进院狠踢了几脚见他不动，以为他死了，就回来汇报。尤抠爷也以为儿子被打死了，吩咐两个长工抬回屋内，计划准备一副薄板埋了，结果长工发现尤申达没死。尤抠爷查看后，是因为子弹打在儿子胸前的吊坠上，把吊坠打掉一块。尤抠爷怕自卫队再来寻申达，给他一袋银圆，叫他跑得越远越好！又给了两个长工封口钱。为了掩人耳目，次日尤抠爷照设灵堂，照出棺木，哭着喊着把棺材埋了。

尤抠爷给了尤申达一袋银圆叫他躲远，但尤申达并没有躲远，而是到了对河的胡宗南部队，并用一袋银圆给自己买了个团长，日军投降后被派进凤凰城。

面对这种情况，岳少峰说："尤申达是当了国民党军团长回来的，他对这里情况熟悉，我们千万不能莽撞。现在不是我们跟尤申达个人之间的问题，而是关系到国共两党之间的问题，待我请示一下上级再定。"岳少峰写了一封信交给铁脚板，让他赶快送给运城地委……

之后，岳少峰又开始研究当前面临的问题。他说："当前的主要问题，县西在国民党军控制范围内，我们要全面开展土地改革运动很难行得通。农民的土地问题得不到彻底解决，农民还得受穷受苦，过着吃上顿没下顿的日子。"正说到此，铁脚板拿着一封信进来递给他。岳少峰接过信打开看了一遍，说："上级指示我们与国民党军尽量不要发生摩擦冲突，尽可能采取谈判的形式来解决问题。"牛二柱说："谈判？这行吗？"岳少峰说："行不行我们都得谈。目前的紧要任务，一方面是准备谈判事宜，另一方面密切监视凤凰城和茅津城的情况。"

话说茅津城的小栓子当时因为受伤在八政日军医院治疗，之后伤还没好利索就回到茅津城，却不见赵紫骏，心里非常失落。他不知赵哥是死是活，也不敢瞎打听，只得默默地在灶房继续帮灶。后来没多久，日寇就宣布投降了，这让小栓子非常高兴，更让他高兴的是日军投降时他又看见了赵紫骏。既惊喜又兴奋的小栓子赶紧寻到赵紫骏说："赵哥，你没死啊！""死？哪有那么容易？""那我以后还跟你？""你先别着急，在家等着，听组织安排。"赵紫骏说让小栓子等组织安排，其实他之前已经知道八路军要他去总部为改造日军俘虏去做翻译工作。小栓子不知缘由，既高兴又懊丧地回到家，一时半会还不知道自己该干啥。他突然想到不如去寻找舅舅徐老六，也许舅舅能帮他参加游击队。主意已定，他收拾了简单行李准备出发，却不料国民党军开进了茅津城。

入驻茅津城的国民党军，其实是阎锡山杂牌军，也只有一个营，营长生就体态浑圆，士兵都叫他胖子营长。胖子营长虽然开始入驻，但兵力布防还未到位，再加上茅津城遭日军飞机大炮数次轰炸后损毁严重，到处残垣断壁漏风走气，不是轻易好守的。小栓子虽没有跟这些兵打过交道，但在难民儿童教养所逃亡之际，在黄河岸边看到国民党军溃逃时，不管不顾孩子们的情景，对他们就没有好感，趁这些兵未驻扎稳定，赶紧跑出去寻找舅舅。

尤申达带兵刚进驻凤凰城没几天，就到处撬门砸窗抢劫东西，到处随地大小便，凤凰城被他们搞得鸡飞狗跳污浊不堪。老百姓之前遭受小鬼子祸害，日子本来就难熬，这又遇上国民党兵三天两头来搜刮，老百姓更是苦不堪言。

尤申达一伙官兵，开始没给凤凰城人留下好印象，更没给赵老爷留下好印象。但许多派粮派款派差丁的事还想依靠赵老爷。于是，尤申达就到赵老爷家，想请他出山。赵老爷听尤申达说想让他协助国军做事，推辞道："老夫年老体弱，干不了啦！"尤申达眼睛一瞪说："日本人在的时候，你不是干得好好的吗？这为国军干，咋就干不了啦？""不瞒你说，跟日本人干是迫于无奈，是跟着凑数，没啥作用唻。""你这话说的，啥叫没啥作用唻？日本人在凤凰城有事还不都得跟你照面唻？""老夫确实干不了啦！"尤申达见说不动赵老爷，眼珠子一瞪说："哎！我说你这个老东西，不把你当汉奸毙了，就已经便宜你了，还这么不识抬举？！"赵老爷一听此话，心中就冒火，但马上又强压怒火说："还是另寻个年轻人干吧！老夫着实干不了啦。"尤申达也怕把事情说崩了，耐着性子说："赵老爷，你看看，这城里哪还有啥年轻人啊？年轻人早都被共匪忽悠跑了。"赵老爷没再吭声。尤申达又说："我看啊！城里再也寻不下比你更合适的人了，你就别再推辞了，就这么定，国军有事就先跟你照面。这不，上头又催剿匪灭共，国军又得补充兵员，还得筹集粮草唻。我忙不过来呀！还得你协助不是？啊！"尤申达一甩手走了，赵老爷坐在那里愣是一动不动。

尤申达刚回到团部，就接到王神仙送来的谈判信，他火冒三丈，骂道："谈啥唻谈？我不愿意谈，我还想把岳少峰这伙共匪全都灭了才省心唻！"王神仙见这个油盐不进的家伙也愤然离去，到赵老爷家倾诉："看来这尤申达是一定要在这打一仗唻。"赵老爷说："不能再打了，再打难说谁赢谁输唻。还是和解吧！要不然凤凰城可又要遭殃了。"王神仙无奈地说：

“这事能由咱唻？”

尤申达计划组织兵力袭击东山八路军游击队，但粮草短缺是个大问题。粮草问题如何解决？再到老百姓家里去抢，这不又得跟老百姓打起来？这样整天跟老百姓吵吵闹闹也不是个长久之计啊！想想还是得找赵明轩。

赵明轩因为前两天尤申达骂他是汉奸，心里很不痛快，正坐在厅堂生闷气。毛夫人宽慰说：“他爹，别生气了，跟这种人生啥气唻？”“我也是劝自个不跟这种人一样，但他骂我是汉奸，我就憋气。”“他还有脸骂你是汉奸？他是个啥？”“这尤申达就不是个人。”“知道他不是个人，就别跟他生气。小鬼子都打跑了，咱们应该高兴才是。”“小鬼子打跑了，咱们该安生地过日子唻，你说这顽固兵中央军又来干啥唻？这是让人好好过日子唻？这不是捣乱吗？”

此时，赵管家匆匆进来，熬煎地说：“老爷，尤申达又来了。”赵老爷还没说话，尤申达就跨进门说：“赵明轩！国军要‘剿灭’东山八路军游击队，你得协助赶紧弄些粮草唻！”赵老爷说：“这几年一直兵荒马乱的，老百姓到处躲避，地被日本人占的占，撂荒的撂荒，老百姓都还饿着肚子唻，到哪去弄粮草唻？”尤申达眼珠子一瞪说：“这个我不管，有没有你都得想法弄！”尤申达甩下这句话扬长而去。赵老爷气得唉声叹气。赵紫云进来见爹唉声叹气，问爹咋了？赵老爷把尤申达催粮草的事说了一遍，赵紫云说：“那你就先给他拖着。”

岳少峰把与国民党军协商谈判事宜的信件通过王神仙交给尤申达后，静静等待对方的回复，好多天过去了，迟迟不见动静。他正与关山、王力合等人分析原因，傅愣强急匆匆跑来说：“尤申达伙同县西保安团，准备向东山八路军根据地发起进攻，并给西庄主保安团配发了很多武器唻。”岳少峰说：“看来尤申达是非要打一仗不可。力合同志，我们不能坐以待毙，一定要想法打乱敌人的进攻计划。”王力合说：“这些天我也一直思考这个问题。尤申达想进攻我们东山八路军游击队，就得组织凤凰城、茅津、西塬三股力量一起上。要破坏这个企图，就得切断茅津与凤凰城、凤凰城与西塬之间的联系。”吴中建眼前一亮，说：“电话线！”王力合说：“对！切断电话线，使他们无法快速调配兵力，我们在时间上赢得主动。”岳少峰说："这个主意好，我赞同，马上组织人员。"王力合说："吴中建，你安排去茅津的人马；毛瑞兴，你安排去凤凰城的人马。赶快行动！"

吴中建在接到任务后与徐老六商量，徐老六匆匆带人去茅津找小栓子。结果与小栓子在南村半坡碰面。"舅舅，有啥任务？""当然有任务，还能让你闲着？"

小栓子在接到任务后，与徐老六、毛豆一起又回到茅津城，以种地为名隐蔽下来伺机动手。他们趁敌人不注意就出城把电话线剪断，敌人发现电话线被剪断又重新接上。小栓子发现电话线被接上，就又去剪断，并把截下的电话线团成一团直接扔到黄河里。但城里的胖营长又派人很快接上。后来小栓子他们干脆扛上大锯，把城外的电话杆彻底锯掉了。这让胖营长非常气恼："换个铁杆子，我看他们还咋锯唻？"铁杆子刚换上不到一天，又被小栓子一伙人拴上绳子用力拽弯，上面的电话线仍是被剪掉收走了。胖营长听说铁杆子也被人破坏了，气得肚子一起一伏的。这电话线剪了接，接了剪，接接剪剪，何时才是个完唻？于是胖营长又派人开始巡查，并喝令遇到破坏电话线的人，见一个崩一个。结果，小栓子他们白天睡觉，晚上出来，拿着洋铁桶在城外使劲闹腾。胖营长起来一次次不见人影，搞得他不得安宁。胖营长气得没辙，左思右想还是组织全部兵力出城"清剿"，企图把这伙不明身份的人全部逮住，一网打尽。

小栓子得知情况后，赶快报告吴中建。吴中建在接到情报后，立刻组织游击队连夜在城门口埋上地雷。胖营长一早带着队伍刚出城门，前面的士兵就踩响地雷，吓得胖营长赶紧撤回，再也不敢叫嚷着要出城"清剿"了。

这段时间，凤凰城的尤申达因为电话与县西、茅津联系不畅，时常发火。这天他又在发火："究竟咋搞唻！这电话线一会好一会坏，说着说着就不通了，真是怪了。这上头催着去东山'剿共'，电话线一直不通，茅津、县西又联系不上。这还咋'剿共'唻？"尤申达派团副到外面查看问题。团副说："查了，天天都在查。""天天查还这个样？早起接上，后晌就断了；今个接上，明个就又断了？"团副只好再出去催人查。

好不容易日寇投降了，国民党兵也感到前所未有的轻松，但一听说又要去打仗，有不少士兵就开了小差。有的撂下枪就跑了，有的连人带枪都不见了。团副出去催人查电话线，才发现这一情况。团副感到问题严重，赶紧回来跟尤申达汇报。尤申达气得说："兵都跑完了，还咋打仗哩？赶紧就近到村里再抓些来补上！"于是，尤申达派兵在凤凰城内外、茅津城内外到处抓兵，戳门打窗到屋里抓，看见种地的到地里抓，见了行人在路上抓，到集市上抓，到学校抓。总之，看见年轻一点的就抓，最后年轻的没有，老的小的也都抓。一时间，人们见了国民党兵都吓得纷纷躲避，来不及躲避的则被抓起来，强行编入队伍，手上塞杆枪就算是一名军人了。茅津城的小栓子、杜家崖的小狗娃，还有凤凰城的门墩以及许多村民娃娃都被抓去编成一个排，驻扎在狐三村，由尤申达指派一个亲信担任排长，看管住他们不准逃跑。

徐老六得知小栓子被国民党军抓走后，心里十分着急，赶紧把这一情况报告给吴队长和岳少峰。岳少峰立刻召集王力合等人开会研究对策，他说："国民党兵开小差的情况很普遍，这说明国民党兵怯战厌战情绪很大。我们一定要抓住这个机会，争取更多的国民党兵起义投诚，反戈一击。这事要做认真细致的思想工作，寻个突破口，最好里面有我们信得过的人。"王力合说："小栓子就可以。"岳少峰说："想法跟小栓子取得联系，把这支队伍拉过来。"

徐老六接到任务后，以货郎的名义挑着货担来到狐三村。驻扎在这里的大兵一见有货郎前来，便纷纷向货郎拥去。小栓子一看是舅舅，十分惊讶。徐老六给他使了个眼色，他心领神会。为了不引起排长怀疑，故意说："哎！卖货的，有啥好玩的哩？""针头线脑，香烟洋糖，想要啥有啥。""给我排长买一包香烟。"徐老六说："给排长的，还买啥买？送一包就是了。"排长不用掏钱就得一包香烟，自然高兴，转脸就给小栓子封了个小班长。徐老六时不时来到狐三村，借机把党组织的意图传达给小栓子。

小栓子在接到任务后，一直寻思着如何才能把队伍拉出去。他想最好有个帮手，才有可能办成这件事。可谁能当自己的帮手呢？门墩不行，都说他爹老丘秃当过汉奸。他思来想去还是小狗娃。小狗娃其实已经不小了，十五六岁的小伙子跟小栓子差不多，在经历了为日本鬼子当差的生死磨难后，已经成熟多了。自从被日军抓去修铁路从夏县介滩逃回后，在家里也不敢太多露面，一旦露面就又被抓去顶差，好歹有个能说会道的老爹从中周旋，才一次次被弄回来。如今日本鬼子投降了，本想能有个安稳的日子，但国民党军一个劲地要消灭共产党，整天喊着“出粮交款，派兵抓丁”，弄得老百姓鸡飞狗跳不得安生，小狗娃躲不过，也被抓来当了兵。

小栓子看见小狗娃就有意套近乎，说起结拜兄弟的事。小狗娃一听也乐意，两人就成了亲密无间的兄弟，但拉队伍投奔游击队的事小栓子一直不敢对小狗娃说，他不知小狗娃有没有这个胆量跟他一起干，怕弄不好就会掉脑袋的事，万一说出去了小狗娃不愿干咋办唻？但不说又没有别的办法，靠他一个人是不可能把排里二十多号人全拉出去，思来想去，他还是觉得先试探一下小狗娃比较合适。

这天，小栓子准备寻小狗娃，正好遇上排长说要把他们排移防到圣人涧，小栓子心里一喜：圣人涧离南村尧店近，人员拉出去也会更容易些。没等小栓子跟小狗娃说事，就开始忙于移防。

小栓子所在的排移驻到圣人涧后，住在一个大窑洞里。此时，小栓子感到任务更迫切了，试探小狗娃的事不容再拖。他寻到小狗娃说：“狗娃兄弟，你家既然在凤凰城，那应该听说过凤凰城的抗日游击队吧？”一说到抗日游击队，小狗娃的话就多起来：“我们那抗日游击队可热火啦！石头、石妹、铁蛋、二柱，里面的人大部分我都认识唻。”“是吗！那你咋不跟他们一搭干唻？”“当时人家嫌我小，不要我。”“现在唻？”“现在我大了，又不知人家这几年都在啥地方唻。”“那你还想不想再寻他们唻？”小狗娃眼睛一瞪说：“想唻！咋能不想？”“那我跟你说个办法，能寻到他们，你干不干唻？”“啥办法？快说！”小栓子对着小狗娃耳语了一番。小狗娃惊讶地说：“能行吗？”“只要你敢干，就行。”“我早都想干了，就是不知该咋干唻。今个有你领着，我干定了。”

门墩见小狗娃和小栓子在一起嘀嘀咕咕几次不让他知道，非常好奇，就注意他俩的行动。

小栓子和小狗娃还有几个约好的弟兄，天一黑就早早熄灯上炕入睡，其他士兵也跟着睡觉。小栓子不敢脱衣服，囫囵钻进被窝里把头蒙上，连人带枪都裹在被窝里，连大气都不敢出，心怦怦直跳，只怕被排长发觉。他钻在被窝里一直告诫自己不要慌，但就是不由自主。他想起在茅津据点时用手枪干掉两个小鬼子的情形，在心里狠狠骂自己：小栓子！你连小鬼子都不怕，还怕这个烂怂排长？大不了弄个鱼死网破。在给自己壮胆鼓气之后心情稍稍平静。此时，他听到排长发出一阵阵的呼噜声，知道排长已进入梦乡，于是悄悄爬起来摸到排长身边，两手举起刺刀猛向排长胸部刺去，排长“啊！”了一声，小栓子又刺一刀，排长再也没了声音。

门墩一直偷偷看着小栓子，看他起来用刀刺排长，吓得大气都不敢出。此时，窑内的士兵都被惊醒，小狗娃和其他几个兄弟也都纷纷起来端枪对着他们，士兵们一个个光着身子呆若木鸡。小栓子说：“弟兄们，都不要怕，赶快穿上衣服，拿上枪，跟我们走！”一听小栓子吆喝，门墩和士兵们都纷纷穿好衣服拿起枪，全部向崔家坡方向跑去。到了崔家坡，接应的牛二柱才看见门墩也在里面。此时牛二柱想起之前在凤凰城外剪日军电话线的事，门墩没跟他汉奸爹老丘秃说，才保证了攻城的胜利。此时他朝门墩笑笑，门墩也笑了。

尤申达进攻东山游击队的计划仍在紧锣密鼓地进行。兵员不足，又得去“剿共”，尤申达心烦意乱。团副出主意说：“要不再跟上头要些兵，补充补充？”尤申达说：“到处都在‘剿共’，哪有人手给咱们派？”团副不吱声了。尤申达又说：“啥也别说了，有多少是多少，把西庄主的人马也调来，加上茅津的人马全部上，我就不信他东山游击队有多大劲势。”正说到此，突然一个士兵哭丧着脸来报：“团长！”尤申达一看士兵满脸哭相就生气，骂道：“你娘死啦，你哭丧个脸？”士兵被骂后不知该说啥，支支吾吾了半天，尤申达又骂道：“支吾啥咪？有屁就放！”“移驻在圣人涧的一个新兵排，夜黑间全都不见了。”“全都不见了？那排长咪？”“排长被杀了。”尤申达一听，气得说：“真是怕处有鬼，越怕啥来啥。”团副疑惑地说：“团长，这仗还打不打？”“打！我就不信了，跑了几个毛毛兵，这共匪就不剿了？！”死心塌地的尤申达死活要跟东山游击队打一仗。

岳少峰等人迎接小栓子一队胜利归来，正好俞倩和傅跃华也来。岳少峰说：“俞政委，你们来得正好，国民党军在茅津城以西集结兵力，准备对我们东山根据地大举进攻。”俞倩说：“是不是尤申达一伙？”岳少峰说：“是的，非常猖獗。”俞倩说：“国民党军的目的，是想把抗战的胜利果实全部独吞。”岳少峰说：“我们古平县也不例外，他们不仅想霸占地盘，而且还想把我们一口吃掉。我看，没那么容易！”俞倩说：“我们做好准备，狠狠打击这伙敌人。”

尤申达在凤凰城多方集结兵力，抬着大炮，来势汹汹，还未上到南村塬就遭到伏击，溃不成军，纷纷溃逃，被赶到凤凰城以西，两军以凤凰城为界，东西形成对峙之势。

第四十九章　申达凤城再逞凶　鸿远泪洒爱妻碑

古平县以凤凰城为界，县东县西敌我双方形成了对峙之势。此种对峙之势是蒋阎集团绝不愿看到的，他们不甘心对峙，目的是要把共产党的武装力量全部赶尽杀绝。但共产党的队伍也不是等闲之辈，岂能任由他们横行。于是，尤申达人马从县西打过来，八路军和游击队从县东打过去。你来我往，形成了拉锯式战。拉锯式战直接影响着凤凰城人的生活，穿黄衣服的国民党军从县西打过来，在城里横行抢劫，老百姓吓得纷纷躲藏；穿灰色军服的八路军从县东打过去，在城里秋毫不犯。两种明显的对比，在老百姓心中留下深刻的印象。老百姓把国民党军叫中央军，把阎锡山军叫顽固兵，用服装颜色分辨，记得清清楚楚。八路军游击队同国民党军这样"拉锯式"的战斗，整整持续了一年多时间。凤凰城则成了双方拉锯的焦点，老百姓看见穿灰色军服的八路军进城，生活依旧安然平稳；若见穿黄色军服的国民党顽匪进城，则是惊慌失措，纷纷躲避，不敢出门。

在一年多的拉锯战中，老百姓苦不堪言。王神仙此段时间经常到赵老爷家聊此事："这仗要打到啥时候哩！"赵老爷说："尤申达拒绝谈，我看他也难赢。"王神仙说："就这么你打过来，他打过去？啥时候才能完哩？"此时，赵紫云进来听两人说拉锯战，也插嘴说："尤申达不和谈，他还能有好果子吃？"王神仙说："岳少峰要谈，尤申达就是不谈。这一年来，我看国民党也没占啥便宜，共产党好像越剿越多了。"几个人正说着，突然尤申达的传令兵跑来说："王神仙，尤团长说了，要跟岳少峰谈，而且必须是岳少峰一个人进城来谈。"几个人面面相觑，不知这尤申达葫芦里卖的啥药。王神仙说："尤团长不是不谈吗？咋突然又要谈哩？"传令兵说："叫你去你就去，咋那么多废话？！"传令兵甩下一封信转身走了。赵紫云说："干爹，这是阴谋！您不能去。"王神仙说："不管是阴谋阳谋，我都得把信送去。"赵紫云见王神仙不分青红皂白就说去送信，怕岳少峰上当受骗，便匆匆出了门。赵老爷和王神仙望着紫云匆匆离去的身影，心中疑惑不解。王神仙被传令兵训斥得一肚子气，迟迟不愿抬脚走。

赵紫云出来急速向关家窝走去，想劝说岳少峰不要来谈判，小心里面有陷阱。她感觉情况非常紧急，必须赶天黑前把消息送到关家窝情报站。赵紫云快步向关家窝赶，当走到半路时，遇上尤申达的巡逻兵，她瞬间放慢了脚步。巡逻兵望着一个小女子在天黑之际匆匆走路，感觉很不正常，于是便盯上了她。赵紫云意识到被敌人盯上，如果再往前走，就会暴露情报站，情急之下，她又折向花园村。巡逻兵觉得她行踪可疑，立刻上去抓捕，并交给尤申达审问。尤申达立刻对赵紫云进行拷问："说！给谁送信？""我没送信。""没送信你麻黑干啥去了？""我女儿感冒了，我去请大夫。""请大夫？凤凰城没有大夫？干嘛往城外跑唻？说！""我去花园村请大夫。""花园村请哪个大夫？""请王神仙。我女儿病了都是王神仙看的，不信你去问王神仙？""你别狡辩！""我没有狡辩，我说的是事实。"赵紫云沉着冷静，回答得滴水不露。王神仙是赵紫云的干爹，给兰儿看病是经常的事，不管谁去问都不会出错，赵紫云当然知道这一点。尤申达怕赵明轩知道这件事，连夜派人把赵紫云送往县西，并交给西庄主审问。

西庄主自从接到国民党委任状后，纠集一伙地痞无赖和一些国民党散兵组成一个团，跟着尤申达进攻东山游击队。他听说共产党要搞土改，怀恨在心。赵紫云对他早有耳闻，面对西庄主，她拿定主意一个字不说。西庄主无论问啥，她都说不知道。西庄主气急败坏地说："你不说，说明你就是共产党！"赵紫云说："共产党咋啦？共产党不赌不抢不坑害百姓，做事不偏不倚，心中装着老百姓，有啥不好？"赵紫云的一番说辞，让西庄主恼羞成怒："你他妈的是要跟老子较劲唻？说！凤凰城的共产党都是谁？具体都在谁家？""我不知共产党具体在谁家？但我知道共产党一定都在老百姓的心中。"赵紫云硬死不出卖组织，敌人一直拷打了三天三夜，也没问出个啥结果。

紫云婆婆几天不见紫云回家，心中担忧，带着兰儿去找赵老爷。赵老爷想起那天尤申达的传令兵来说叫岳少峰谈判的事，紫云匆匆离开，就心中疑惑，说："亲家，你说这紫云几天都没回家？""是啊！几天了，我担心死了。这兵荒马乱的怕遇到坏人唻。"这让赵明轩的心一下子悬了起来。

他安抚亲家母说："亲家，你甭担心，说不定哪一天她就回来了。"赵明轩虽然嘴上安抚亲家母，但他心里一直在打鼓：这紫云究竟是出了啥事？之前紫云被日军抓去的事，他每每想起还心有余悸。现在紫云几天不见了，是不是又出啥事了？他心中七上八下……

西庄主在西塬庙对赵紫云严刑拷问了三天三夜，也没问出啥结果，于是与尤申达联系，让尤申达亲手处置。尤申达说还要"剿共"，如果让赵明轩知道了就不好办了，还是决定由西庄主处置。为了杀鸡儆猴，尤申达叫西庄主把赵紫云带到凤凰城示众。赵紫云又被押到凤凰城东门口，她临危不惧，当众揭露蒋阎集团不顾人民死活、蓄意挑起内战的丑恶嘴脸："乡亲们，蒋阎兵到处杀人抢粮，残害百姓，与日本鬼子有啥两样？共产党的队伍大家也都看到了，到城里秋毫不犯，与国民党兵一样吗？不一样！"西庄主气恼地说："共产党给你啥好处啦？死到临头还替共产党说话？"赵紫云说："共产党给穷人分田分地，为穷人谋幸福，好处多得是。"西庄主一听说分田分地心里就恨，他最怕的就是共产党把他的田地分给穷人，可这赵紫云偏偏就说分田分地好，这让他怒不可遏。在赵紫云的眼里，他们就是举着屠刀的恶魔，是蹦跶不了几天的跳梁小丑。尽管对于死，赵紫云心里也害怕过，她想到年幼的兰儿，想到年迈的父母和婆婆，但更重要的是她想到了李鸿远对自己讲的为理想信念奋斗终生的话语。虽然不知鸿远说的理想社会究竟是个什么样子，但她相信一定是农民有地种、人人有饭吃、人人有衣穿、孩子们个个有学上的美好社会。想到李鸿远和岳少峰这些人为了理想信念不怕牺牲、不懈努力的坚强意志，想到在俞倩引领下她向党发出不惜牺牲一切为之奋斗的铮铮誓言，心中顿时涌起强大的力量。面对敌人的威胁，她面不改色，神情自若，义正辞严，视死如归，以惊人的坚强面对死亡的威胁。她在心里默默地念叨：鸿远，永别了。

反而西庄主本想在东城门口通过对赵紫云的威胁，起到震慑作用，没想到倒成了赵紫云宣传共产党好处的场地。他恼羞成怒，示意刽子手举起屠刀。赵紫云临危不惧，依然高喊："打倒国民党反动派！中国共产党万岁！"

兰儿见母亲被坏人砍了，冲出人群向母亲扑去，婆婆也瞎摸着跌跌撞撞冲出人群……

凤凰城赵家大院，赵老爷和毛夫人忧心忡忡地坐在厅堂思虑着女儿紫云的事。毛夫人说：“都好几天了，也没有云儿的音讯，这云儿到底咋着了，她爹？”赵老爷说：“我也觉得蹊跷，这云儿是出啥事了？”突然赵管家慌慌张张从门外跑回来，上气不接下气地说：“老爷不好了！大小姐……？”“云儿咋了？”“大小姐被中央军抓了，啊不，是顽固兵。”赵老爷和毛夫人“腾”地都从椅子上站起来。赵老爷说：“到底是中央军还是顽固兵？”毛夫人说：“她爹，你管他是中央军还是顽固兵，快去跟人家说说，把云儿放回来。”赵老爷又问赵管家：“你从哪听说的？”“街上的人都说唻，这会被抓在东城门口。”赵老爷和毛夫人异口同声地说：“这是真的唻？”“千真万确。”毛夫人说：“他们凭啥抓我云儿？我云儿犯了啥法啦？”赵老爷说：“你跟谁说理去？”赵管家说：“还是快想办法先把大小姐救回来再说吧！”赵老爷吩咐赵管家准备银两，管家应声而去，赵老爷和毛夫人在厅堂坐立不安。

东城门口的两口井，之前是日军杀人的地方。国民党军把紫云抓到那里，能有好吗？赵老爷和毛夫人焦灼不安。此时，紫燕和田妈听说紫云被抓，也纷纷赶来询问情况。毛夫人说：“让我去东城门看看。”紫燕说：“我也要去！”赵老爷说：“你们去有啥用唻？还是等赵管家取来银两，我去跟他们说，不信他们就不拾我这张老脸？”此时，赵管家带人抬来一个箱子。赵老爷打开箱子一看，一脸的不高兴：“就这点？”管家说：“这几年兵荒马乱，一直进项不好，加上之前给日本人送去的，家底就差不多了，现在就只剩下这么点了。”赵老爷盖上箱子说：“这点就这点吧，赶快走！”赵老爷和赵管家带着银圆急匆匆出了门。毛夫人撵到门口一再叮嘱：“跟人家好好说啊！……”赵老爷回了一声：“你就别操心啦！在家等着吧！”毛夫人、紫燕和田妈在家焦急地等待着。赵老爷和赵管家带着钱财急急忙忙往东城门口赶去，待赶到东城门时，敌人已经用屠刀把赵紫云砍成数块抛入井中，扬长而去，场面血流一片，惨不忍睹。望着眼前一幕，赵老爷感觉天旋地转，顿时昏厥过去。

此时，电闪雷鸣，大雨滂沱，所有赶来的乡亲们都默默地跪了一片，任凭雨水泪水在脸颊上躯体上肆意流淌……在乡民们的泪眼里，浮现出的一幕幕全都是赵紫云当年掂着大饭勺，笑盈盈地为他们这些恓惶饥民一碗一碗舀米粥的情景……

赵老爷被人抬了回来，毛夫人看到老爷昏死过去，又闻女儿遇害，一口气没上来就走了。霎时赵家大乱，哭声一片，管家不知如何是好，街坊四邻拥满庭院……

岳少峰得知此事大为震惊，连夜带毛瑞兴、傅愣强赶到关家窝，与关山、周掌柜商议打捞之事。关山说："你不能去。""为啥唻？""尤申达一直想抓你，被他发觉就不好办了。"岳少峰说："我就不信他尤申达一夜都不睡觉？"关山说："你要去也行，咱们把王神仙叫上。"

关山和周掌柜找到王神仙，王神仙二话没说，拿起马灯套上黑布罩，手执卦幡出了门。为了稳妥起见，岳少峰叫石头、牛二柱担任警戒，王神仙负责应急情况，他和关山、毛瑞兴下井打捞。一切安排就绪，迅速往凤凰城东门赶去。

岳少峰等人来到凤凰城东门口，这里的情况让他们非常震惊。门口一片混乱，人们提着灯笼，举着火把，把尤申达死死围堵在城墙根，要尤申达交出杀人凶手，尤申达举着枪在人群里叫嚣："谁要再闹，就崩了谁！"人们都在喊："有胆量把我们全都崩了？！崩啊！崩啊！"尤申达被围得脱不开身……

岳少峰趁乱来到赵紫云牺牲的地方，此时，凤凰城的乡亲们已经把赵紫云的遗体从井中打捞上来，岳少峰看到惨不忍睹的场面，不由得打了个寒颤。他镇静了一下自己，用颤抖的双手，把血肉模糊的残骸小心翼翼地用白布包好，与关山等人含泪把这个党的忠诚女儿安葬在城外的竹林旁。

赵紫云牺牲的当天晚上，一直在外奔波的李鸿远突然在睡梦中被惊醒：他一会儿梦到紫云抱着兰儿微笑着向他走来，他兴奋地迎了上去，却不见了踪影；一会儿又梦到紫云惨死在敌人的屠刀下，鲜血淋淋，不堪卒睹。他猛然在床上坐起，惊出一身冷汗。他摸出枕头下的银圆在手中抚摸着，默默地回忆着梦中的情形。想想这种惊恐的梦幻也许是自己对爱妻的一种牵挂和担忧，那绝不会是真的。在自我安慰的同时，萦绕在心头的忧虑难以被驱散，他疑惑地躺在床上，直到天亮再也没有睡意……

没过几天，李鸿远接到岳少峰的来信，才得知紫云确确实实已经牺牲

了。之前的梦境得以证实，那是亲情的感应，是生离死别的魂牵梦绕，是托付兰儿的最后交代。他颤抖地捧着书信悲痛欲绝，泪如泉涌……万分悲痛的他，情不自禁地从怀中掏出与紫云分别时的那块银圆，在手中不停地抚摸着，泪眼朦胧中浮现出的全都是紫云的影子：齐耳短发，上身穿月白色衣衫、下身穿黑裙子的紫云，从家乡七孔小桥上飘然而过的身影；用花轿把紫云娶回家坐在新房炕上的样子；紫云坐在门口纳鞋底为他站岗放哨时的情景；紫云不顾生命危险背着兰儿为游击队传送情报的经过……李鸿远越想心里越悲痛，止不住的泪水一直往下流……

李鸿远连夜从韩家岭赶到尧店村，向岳少峰了解具体情况。岳少峰拿出赵紫云的遗物捧给他。李鸿远接过布包慢慢打开，呈现在他眼前的是一块血迹斑斑的丝手帕和一块沾满血渍的银圆，他的泪水唰地又涌了出来。当确认无疑时，决定马上赶往凤凰城。岳少峰说："鸿远，紫云牺牲了，我理解你此刻的心情，你绝不能在这个时候去凤凰城。""为啥哩？""凤凰城被国民党军占领，尤申达就是那里的团长，你还往里钻？"李鸿远流着泪说："紫云都没了，我能不回去看看吗？""你回去紫云就能复活了？""我总该看看她死的地方、埋的地方吧！""紫云如果在的话，绝不允许你冒这个险。""不管你咋说，我必须得回去。"岳少峰说："我之前为救徐清源老师，也是情绪失控，差一点跟王力合打起来。最后还是证明我错了，敌人设下了圈套。"李鸿远惊讶地说："徐清源老师咋啦？""徐清源老师牺牲了。""到底咋回事啊？""被尤申达害死了。"李鸿远惊得半天说不出话来。岳少峰说："鸿远，情绪失控最容易犯糊涂，尤其是面对自己的亲人。说心里话，我与你有同感。你也知道，徐清源老师如同我的再生父母，但不能感情用事啊！咱俩从大的方面说，你是我的上级；从小的方面说，我们是同学，是好朋友。我不能眼瞅着你去送死。要回去看紫云，也得等到适当的时候才能去。""我就是现在想回去看看啊！""鸿远，你现在是运城地委的重要领导，一旦尤申达知道，后果可想而知，你一定要克制情绪啊！不能再钻牛角尖了。今天你必须听我的。"李鸿远痛苦地闭上眼睛，一句话也不说，满脑子全是紫云的影子。岳少峰默默地陪着他，一直到天亮。

天刚亮，通讯员跑来对李鸿远说："报告政委，部队通知你归队。"李鸿远擦了擦眼泪与岳少峰告别，向远山走去。岳少峰望着他远去的背影，心里一阵阵难受……

赵紫云牺牲后，王神仙心里非常难受，一直没把尤申达的信送给岳少峰，但尤申达催得紧又不得不去。他那天晚上为了赵紫云，没来得及跟岳少峰说信的事，少峰就匆匆走了。他在家又犹豫了两天，才把信送到尧店。

岳少峰接到尤申达要谈判的信感到疑惑，为什么之前不谈，而现在却突然要谈？王神仙说："事出反常必有妖，我看尤申达没安好心。"此时，赵管家匆匆赶来说："岳会长，老爷说了，万万不可进城谈，这是尤申达的一个毒计，是想趁机抓捕你俫！紫云就是因为这件事被抓的。"赵管家说完就匆匆走了。岳少峰望望赵管家，又看看王神仙，心里既感激又难过。他把王神仙安顿下来，说等商量后再给予回复。

岳少峰召集县委主要成员，跟大家说明情况并研究对策。大家都认为这次谈判是尤申达设的陷阱，不能进城。岳少峰想到那天晚上民众为了赵紫云与尤申达发生激烈冲突的场面，说："答应他，我一个人进城跟他谈。但有一个前提条件：必须交出杀害赵紫云的凶手。"大家都认为这是个最好办法，既能破了尤申达的阴谋，又能让他无话可说。

王神仙把信件交给尤申达，尤申达看了内容破口大骂："岳少峰还跟我谈起了条件？！"王神仙嘴上没说，却在心里说：人家凭啥不谈条件？

尤申达没想到岳少峰给他出了这么个难题。如果交出杀死赵紫云的西庄主，县西大片防区就没了，等于劈掉他身后的靠山，孤零零地把他晾在了凤凰城，还能与东山游击队抗衡吗？绝对不能。尤申达不肯交出凶手，谈判之事陷入僵局，两军对垒依旧。

此时，全国战事吃紧，国民党军压力越来越大，胡宗南部督促尤申达在古平县尽快与共产党结束对峙，同时给尤申达团以及西庄主保安团又配备了一批美式武器，企图让他们一举摧毁共产党的民主政权。在此情况下，中条山八路军迅速回转，与游击队共同出击，一举击溃县西的国民党军及地方势力，尤申达落荒而逃，残害赵紫云的凶手西庄主被抓捕，关押在凤凰城监狱。凤凰城的人们听说杀害赵紫云的凶手被抓，纷纷涌向监狱门口，要求严惩凶手。

岳少峰立刻展开对西庄主地审讯："为什么要杀害赵紫云？"西庄主一见岳少峰就赶快跪地求饶说："这都是尤申达指使我干的，我哪里知道赵紫云是共产党啊！”岳少峰说：“如此残忍的手段天地难容！”西庄主再三磕头求饶都无济于事。岳少峰愤然地说：“你就等待人民的惩罚吧！”

没过几天，西庄主就被五花大绑推到城南杀场处决，人们如潮涌般地向杀场涌去，都想亲眼目睹这个杀人不眨眼的刽子手的下场。当他死在枪口下时，愤怒的人们还在用脚踢，用石头砸，发泄心中的怒火。

岳少峰和俞倩望着愤怒的人们，心中对赵紫云的思念无法用话语来形容。两人默默地对视了一会儿，然后又一起向赵明轩家走去。赵明轩得知杀害紫云的西庄主被枪决了，拉着岳少峰和俞倩的手激动得老泪纵横，泣不成声……

古平县全县解放后，岳少峰等人又开始研究土地改革具体方案，突然俞倩拿来一封信，对他说：“解放军要南渡黄河，上级要求我们务必做好渡河的准备工作。”岳少峰说：“要我们具体做啥？”俞倩说：“我们部队协助过河，你们地方准备渡河工具。”岳少峰说：“就这些？”俞倩说：“这任务还小啊！几万人唻！不是小数目。一定得重视唻！人手不够我部队支援。”说完俞倩走了。岳少峰又把信件仔细看了一遍，然后说：“同志们，全国解放处在关键阶段，情况紧急，现在的会议改变议题，研究如何为解放军渡河做好准备。大家快说说办法，主要是船的问题。”徐老六说：“我们之前的船都被小鬼子炸烂了，没有几个能用。”岳少峰说：“那现在渡口就没船了？”“还有，不过是日军投降时留下的三只破铁皮船。”岳少峰说：“破船咱把它修好就能用。徐队长，你抓紧时间组织人员修船。大伙再想想，还有啥办法？”毛瑞兴说：“抓紧时间造船啊！”牛二柱说：“造船可不是件容易的事，要有结实的木料，技术好的造船工，铆钉、桐油之类的东西，都得准备齐全。”毛瑞兴说：“不用准备齐全再开始。先组织一部分人员上山砍伐木料，有了木料，木匠就能开工，后面用的东西另派人手再去弄，这样不耽误事。就是不知时间来得及来不及？”岳少峰说：“上级给我们两个月时间。瑞兴说的这个办法节约时间，我看行。这个任务就交给瑞兴具体负责，中建组织人员到山上伐木料。船的问题就这么解决，还有啥？”吴中建说：“伐木最好再派些人手，这样能快一点。”岳少峰说：“刚才俞政委说了，人手不够她来解决。”然后又说：“大伙说说，还有啥？”石头说：“还有羊皮筏。”牛二柱说：“羊皮筏能坐几个人？一个筏也就只能坐三四个，再加上水手坐不了几个人。不行不行！”石头说：“那牛皮筏唻？”牛二柱说：“牛皮筏？你现在去哪弄牛皮唻？再说日本人在这里杀了多少耕牛？剩那几头耕牛还得犁地种庄稼唻。”岳少峰说：“二柱说的是个实际问题，我们不能顾此失彼。大家再想想办法？”此时，俞倩走来说：“用油包。”岳少峰一见俞倩来，马上兴奋起来，说：“俞政委，快说说你的想法。”俞倩说：“把布浸上桐油，不就代替牛皮了吗？”“你咋想出这个办法唻？”“小时候我见过做油布的师傅这样干，道理不都是一样吗？”岳少峰说：“油包也怕扎烂，烂了也会漏气的。”俞倩说：“那就再塞上棉花，棉花轻，即使扎个口子也不怕。”岳少峰说：“俞政委说的这个办法可行。就这样，咱们买布买桐油做油包。而且要把油包做大做结实，起码一次能坐十几个人。”牛二柱说：“这可比羊皮筏牛皮筏都好，又大又轻便，到浅水处好靠岸。”岳少峰说：“那这个任务就交给牛二柱。现在修船、造船、制油包，这三样活就这么定了。油包要制得大而结实，船更要造得大而结实，起码一次能载百八十人。两个月之内必须造四只大船和一百多个油包，谁缺人手缺东西向我和高县长要，余智贤同志随时调拨。这次任务很重要，关乎到解放军向豫西挺进能否顺利的关键，一定要保质保量完成任务。”俞倩说：“我再说几句，这次渡河是非常重要的一件事，我们部队全力配合。大伙有啥解决不了的困难，部队保证全力支持解决。”岳少峰说：“大家有没有信心？”大家异口同声说：“保证完成任务！”

任务明确后，俞倩和傅跃华也把战士们带来，与大伙一起准备，伐木的修船的，两项工作很快开始。但制油包的事却遇到了麻烦。牛二柱跑来报告：“岳书记，制油包的布咱市面上没有啊！”“啥地方有？”“陕州有，但陕州是国统区，咱不好去啊！”岳少峰说：“不好去也得想法去。你去把傅愣强和周掌柜叫来。”牛二柱一听，脸上马上露出了喜色。

不一会儿，傅愣强和周掌柜匆匆走来。周掌柜走来就对岳少峰说：“我和愣强去陕州，不仅要把制油包的布匹买回来，还要把桐油也买回来。”“老周你说带哪些人过去？”“人太多了扎眼，会引起国民党军的注意。我带几个伙计，再加上愣强就行。一次不能弄得太多，分几次弄，不会误事的。”“东西要弄回来，安全也得保障。”岳少峰又对傅愣强叮咛了一番。

……

周掌柜等人把桐油布匹买回来后，又请来专业师傅加了黄丹、土籽之类的东西在药王庙大院支起一口大铁锅熬制起来。牛二柱和几个男人负责熬制桐油，俞倩、石妹和几个妇女负责把布匹按一丈长、二尺宽的规格剪裁好，又一针一线缝好，然后放在熬制好的大桐油缸里浸泡，浸泡好捞出来撑在院子里晾晒。

赵紫燕听说为解放军制油包需要棉花，跟老爹拉了一马车棉花赶来。俞倩见赵伯和紫燕来，拉住他们的手激动得说不出话来。附近村民听说解放军过河做油包需要棉花，也都纷纷拿出自家的棉花送来，她们把三个油包连在一起，做成油包筏，这样做的油包筏既结实又耐用，能最大限度地保障渡河部队的安全。

造船工人分四组同时进行，每一组负责造一只船，大家吃住在工地，白天黑夜连轴转。俞倩不仅在凤凰城做油包，还去茅津城组织妇女们为大伙烧水做饭送水送饭。岳少峰和高杨两人不停地在凤凰城和茅津城两地之间，来来回回检查督促进度，一切工作都在有条不紊地进行……

两个月时间很快就过去了，四条大船也都造好了。造好的大船既坚固又宽大，不仅能渡人，还能渡大炮，渡军车，这让岳少峰非常高兴，也让解放军首长非常满意。为了防止河对岸国民党军飞机大炮的轰炸，大家折来树枝杂草把大船在涧河入河口隐蔽了起来。同时，制好的四十连油包也运抵茅津。一切渡河工具准备就绪，只等解放军到来。

为了确保解放军安全顺利渡河，支前委员会主任李鸿远专门从古平县各渡口，以及河津、风陵渡抽调二百名好水手好船工，甚至从陕州国统区秘密抽调二十名技术过硬的船工，全部聚集在茅津渡口。解放军大军两万多人马也在张茅一线集结待命。此时，李鸿远、岳少峰、俞倩、关山等人都聚集在茅津渡口。为了进一步确保解放军的先头部队能成功登陆，他们又抽调了当地熟悉水性的精干民兵为解放军带路。一切准备就绪，只等一声令下。

黄河南岸孟津至潼关六百里沿线上，部署着国民党十多万精锐部队，他们在南岸不仅修有明碉暗堡，还有飞机大炮做后盾，高枕无忧的国民党守军，自认为固若金汤的黄河防线解放军根本渡不过去，更想不到在漆黑之夜渡河。

七夕之夜，陕州的驻防官员带着家眷正在戏院嗑着瓜子，享受着优美的戏曲。此时的解放军渡河部队，已经下达渡河命令。

为了分散国民党军的注意力，傅跃华率领一部分人马在茅津渡利用三只铁船扎上草人进行佯渡，如同《三国演义》里诸葛亮的草船借箭一样，吸引敌人火力；另一部分人马由俞倩带领在茅津之东沙涧河口监视河对岸敌人，渡河部队在夜幕笼罩下悄悄向河口移动。七夕这天刚下过一场大雨，河水暴涨，河流湍急，但一切按原计划进行。小栓子随先遣队一个连坐上油包筏，以送盐为由率先上岸，迅速控制了岸边哨所的敌军。后续部队快速上岸占领滩头阵地，并打出两颗红色信号弹。信号弹在漆黑夜空中划出两道红色的抛物线，就像一声启航的号令。

北岸解放军指挥官看到红色信号弹升空而起，立刻下达渡河命令。一时间，黄河河面人头攒动，大船、油包筏一起竞发，快速向河对岸驶去。到了对岸，战士们快速下船，大船、油包筏又迅速返回，重新载上解放军官兵向对河划去。这样来来回回，一直持续到次日天亮。天亮后，国民党军才发现解放军渡河，数架飞机在河面猛烈轰炸，暴露在河面上的渡河官兵不断有伤亡，水手、船工在炮火中不断倒下。徐老六倒下了，小栓子受伤了，他咬紧牙关，拼尽全力，在浊浪滔天的炮火中奋勇前行……

岳少峰和李鸿远一直站在河岸，聚精会神地凝望着渡河部队。岳少峰说：“孔旅长的部队已编入中国人民解放军了，前段时间已经过了黄河。不知现在赵军长在哪里？”李鸿远说：“赵军长现在已经是解放军西北野战军副司令了。”岳少峰感慨地说：“真没想到啊！不到三年时间，我们的队伍发展得如此迅猛，这是奇迹啊！”李鸿远说：“这次四万解放军从黄河的不同渡口，以不可阻挡之势同时跨过黄河天险，这也是战争史上的一个奇迹啊！”……

大部队终于全部渡过了黄河。解放军指挥官紧紧握住岳少峰的手说：“太谢谢了！谢谢古平县人民！谢谢中条山人民！”岳少峰笑着说：“这是我们应该做的。”

送走渡河部队，李鸿远对岳少峰说：“这次我走时，要把王力合、吴中建带走。”岳少峰说：“你看中就带走。”岳少峰说：“别光顾谈工作，赶紧回家看看吧！”岳少峰的话立刻触动了李鸿远，他心中瞬间一阵难受，思

妻之情油然而生。他点点头，默默向凤凰城走去，岳少峰在后面默默地陪着他……

赵紫云被西庄主杀害后，凤凰城人把东城门口的两口井盖上石板，并用黄土封了两个大大的土丘，再也没有人打开过。奇怪的是到了第二年春天，人们惊奇地发现，溅着紫云血迹的血冢上，开满了许许多多紫红色的花儿来，而且东城外的涧水边也随后长出许许多多紫红色的花儿，伴随着溪流蜿蜒向远方，渐渐升腾幻化成绚丽的云霞。凤凰城人都说是紫云用鲜血染红的花儿，都叫她紫云花。

李鸿远在岳少峰的陪伴下来到紫云被害的地方，看到开满紫红色花朵的血冢，难以抑制心中的激动。当他被少峰带到紫云的墓前时，再也抑制不住心中的悲痛，抱住紫云的墓碑失声痛哭……

兰儿听说爹爹在娘的墓地，哭喊着赶来。李鸿远看见女儿更是心碎，一把把兰儿拥入怀中，泪流不止。此时紫燕搀扶着鸿远娘也跌跌撞撞赶来，站在一旁默默流泪……

李鸿远放下女儿拉住老母亲的手，哽咽着说："娘，您要保重。"母亲用两只颤抖的手在儿子身上抚摸着，一句话也说不出来。李鸿远满含泪水背过脸对岳少峰说："我要走了。""这么急？""是的……"李鸿远只说了两个字，看着老母亲和兰儿就再也说不下去了。紫燕说："鸿远哥，你放心去吧！兰儿和伯母就交给我吧！"李鸿远泪眼朦胧地点点头。岳少峰说："我也会常来看大娘和兰儿的。"李鸿远把岳少峰的手握了又握，没有说出话来。老娘撩起衣襟擦了擦眼泪说："儿啊！你啥时候能回来？""娘，您在家好好等着，我很快就能回来。""哎！哎！"老母亲应着又擦了一把老泪。此时，兰儿哭着不让爹爹走。李鸿远抱起兰儿亲了又亲，哽咽着一句话也说不出来。他不敢对着兰儿流泪，放下兰儿背过脸，泪水唰地就流了出来，他没敢再回头，擦了把泪水匆匆离去。小兰儿撒腿就追，边哭边喊："我要爹爹！我要爹爹！"李鸿远的身影在女儿的哭喊声中渐渐远去。此情此景，岳少峰的两眼也湿润起来。

此时，俞倩也赶来了，看到哭喊的兰儿，泪水止不住地流出来，她抱起兰儿，一边擦着兰儿的泪水，一边自己流着泪，站在紫云墓前，默默地站了好久好久……

第五十章　少峰欢喜办婚礼　俞倩悲伤感恩师

岳少峰望着俞倩和兰儿，情不自禁地想起自己的小妹妹，心中泛起一阵阵酸楚……

他和俞倩默默地行走在涧水边，好一会儿两人都没有说话。还是岳少峰打破沉默，说："俞政委，部队不是开走了吗？你咋没走？"俞倩说："李鸿远决定把我们暂时留下。""为啥？""说对河还是国民党部队，我们这里也不能放松警惕。"岳少峰说："鸿远把啥都想到了。"俞倩话锋一转说："我一想起紫云，就心里难过。"岳少峰说："说到紫云，我都想把尤申达撕碎了，若不是他从中作祟，紫云根本就死不了。"俞倩愤恨地说："尤申达竟然下如此狠手？"岳少峰说："紫云同志是党的忠诚战士，是人民的优秀女儿。我们不能让她的血白流。"俞倩点点头，一句话也说不出来，满脑子都是赵紫云的影子……

他俩在涧水边走了好长时间，岳少峰说："今天见到兰儿，让我想起一件事。"俞倩说："想起啥事了？"岳少峰说："你那个小卫生员叫啥名字？""叫柳平豫。""她是啥地方人？""你咋对小柳这么感兴趣？""你还记得我之前跟你说过我有一个妹妹的事吗？""当然记得啊！这与小柳有啥关系？""我好像从小柳身上能看到当年妹妹的影子。""真的吗？"岳少峰点点头。俞倩说："如果是这样的话，我回去得好好问问小柳。"岳少峰望着俞倩走远。

俞倩所在的部队，虽然已改为解放军编制，但服装仍然是之前的八路军服，她一身灰色军装依然显得英姿飒爽。帮助岳少峰寻到多年失散的妹妹，一直是她的一个心愿，现在岳少峰自己说出来对小柳的感觉，当然有他的道理，一切都得抓紧时间。

俞倩和小柳在卫生队交谈："小柳，你之前说你是河南洛阳人，那你父亲是干啥的？""父亲是做药材生意的。""你还记得小时候的事吗？"小柳略加思索讲了起来:“我的父亲其实是我的养父。记得很小的时候我的亲生母亲就去世了，父亲把我交给养父。养父对我很好，教我认字，供我上学。养父主要是做盐和药材生意，那时常常给八路军送盐送药品，与傅团长就熟了。一次在送药品途中遭遇日军，养父身负重伤，临终前把我托付给傅团长。那时我才十四岁，跟着养父也学了点医术，在部队当卫生员救治伤员，到处行军打仗。这不，到后来就遇到了姐姐你。”俞倩说:“幸亏遇上你，要不然姐姐早死在黄河里了。”此时，小柳想起了那天，她正在黄河边小河口涮洗纱布，看见一个人趴在破羊皮筏上，被浪潮一波一波地推向岸边的情景。小柳说:“姐，这就是咱俩的缘分啊!”俞倩又问:“你还记得你原来的家在啥地方吗?叫啥名字咪?”小柳想了半天说:“那时我太小了，想不起来了。我记得有两个哥哥，大哥哥叫、叫……好像爹爹喊他峰娃咪。”俞倩又问:“你还记得你原来的名字吗?”“我只记得哥哥喊我英子。”听到这里，俞倩一切都明白了。

为了唤醒小柳的记忆，俞倩要带她回家看看。俞倩说:“小柳，今个还有岳书记和他弟弟少青跟咱们一起去一个地方看看。”小柳笑着说:“少青不是岳书记刚寻到的弟弟吗?”“是啊!可是岳书记还有一个妹妹没寻到咪!”小柳说:“该不是让咱们跟他一起去寻妹妹吧?”俞倩说:“去了你就知道了。”她俩一起朝凤凰城走去。

经过整修后的凤凰城，风景依然很美，竹林溪水，七孔小石桥和大观楼依次展现在她俩面前。少峰和少青站在桥头微笑着看她俩走来。岳少峰说:“小柳，这里的风景美不美?”小柳若有所思地说:“我好像在哪里见过这样的风景。”俞倩说:“好好想想在哪里见过?”小柳说:“就是想不起来。”岳少峰说:“走!到家里看看。”几个人走过小桥，走过五色鹅卵石凤颈路，又穿过弯曲的石板路，向杜家崖走去……

岳少峰在杜家崖的破家，傅愣强已经将篱笆墙整修好了，院子也打扫得干干净净，一切陈设还是十多年前的老样子。小柳随俞倩、少峰、少青来到这里，她望着小柴门、篱笆墙，还有西边的那两孔破旧窑洞，儿时的记忆瞬间把她带回到十多年前的那一天……

岳老汉摸摸索索地把两个粗糠饼装进一个满是补丁的书包里，哽咽着说:“英子，你今个跟爹去店头街赶集去。”英子一听说去赶集，马上高兴起来，岳老汉却老泪纵横。“爹！你为啥哭咪？”岳老汉擦了一把老泪说：“爹舍不得你。”“爹，带我去赶集，又不是卖我咪，为啥说舍不得咪？”岳老汉又抬起老袖头擦了一把泪水，拿着书包说：“英子，把这两个烙饼带上，路上吃。”岳老汉默默流着泪把书包挎在英子身上。英子看看垂吊至膝盖的书包，惊奇地说：“爹，这是哥哥的书包。”“你哥不用了，给你用。”英子挎着与身高极不协调的书包，被父亲牵着手向店头街走去，书包在她的腿上一走一碰。

店头街人来人往，岳老汉走过钟鼓楼在街边寻了一处僻静地蹲下，又在英子头上插了根草花。英子不解地问：“爹！插这个干啥咪？”“插上好看。”英子似有所悟地噢了一声。不大一会儿，一个穿灰色长衫肩搭布褡裢的商人走过来询问：“老哥，你这是……”岳老汉没等商人把话说出口，就起身把商人拉到一边，小声哽咽地说了几句。英子看到爹跟一个陌生人边说话边流泪，跑到跟前说：“爹！你咋又哭咪？”岳老汉擦拭着眼睛说：“英子，我们到陕州城去赶集好不好？”英子一听说去陕州城赶集，更高兴了。岳老汉交代她先跟这位叔叔去上船，他买了眼药一会就到。就这样，英子跟着这位叔叔到太阳渡码头乘船，在浊浪滔天的黄河上颠簸，一直等不见爹爹上船。英子不停地喊：“爹爹—— 爹爹——”

眼前的小柳满眼泪水地喊：“爹爹—— 爹爹——”岳少峰上前紧紧拥抱住她，激动地说：“爹已经不在了，当哥哥得知你被爹卖了，疯了似的撵到码头，站在河岸拼命喊你的名字，就是听不到你的声音。”说到此，岳少峰也泪流满面。“哥！”英子情不自禁地唤了声，紧紧依偎在少峰怀里，泪水止不住地往外淌，不知是伤心还是激动。少青也上前抱住妹妹，兄妹仨紧紧拥抱在一起。俞倩站在一旁一直跟着流泪。

此时关山、石云山走来。关山说：“少峰，弟弟妹妹都寻到了，你和俞倩的事也该办了吧？”俞倩难为情地说：“你胡说啥咪？”“别不好意思，都多大了？紫云的兰儿都十多岁了？”说到紫云，大家的心里又泛起一阵难受。英子听到关山的话，却马上惊喜起来：“俞倩姐，原来你跟我哥这个咪？”她调皮地把两个大拇指并在一起。关山说：“她跟你哥啊！早就心里默许了，就是谁也不说。”然后又对岳少峰说：“我说少峰，你一个大男人就不能主动点？”岳少峰笑了笑走到俞倩跟前郑重其事地说：“俞倩同志……”然后吭吭唧唧没了下文。关山催促道：“说呀！往下说呀？”他只笑，就是不往下说。关山又气又急：“好个大书记，平素讲话一套一套的，今个说个爱你的话咋就这么难？”俞倩说：“关山同志，你就别逼他了。”“不行！必须得说！”岳少峰停顿了一下，又鼓足勇气对俞倩说：“嫁给我吧！”英子说：“哥！大点声，我们听不见。”“要你们听见干啥？”逗得大伙都笑了起来。此时，俞倩又想起了徐清源老师，不无伤感地说：“如果徐老师在，就可以做我们的证婚人了。”岳少峰也难过起来，说：“还没来得及为老师做点啥唻，老师就……”说得几个人又都跟着难过。此时，毛瑞兴、牛二柱、石妹、狗娃、石头，还有红串一群人突然“哇”的一声出现，傅愣强和高杨也都到场，大家笑着闹着，张罗着一场热闹而简单的婚礼。

大伙正在嬉闹，一个头裹粗布巾留有山羊胡须的老头急急忙忙赶来。红串急忙迎上去说：“爹，您咋来了？”傅愣强也迎上去说：“老伯，您咋也来了？”万老伯翘动着胡子说：“我刚到凤凰城，听说岳老汉儿子结婚，心里高兴，就赶来了。”岳少峰也迎过来说：“万老伯，您认识我爹？”“我不认识你爹，但听说过你爹。”岳少峰感到诧异，说：“您听说过我爹啥事唻？”“那一年，你爹被人撞死，听说你到处讨要说法，结果还被关押在县府的瘅恶亭。之后通过赵家跟县府说情，虽说把你给放了，可结果还有一个人被关在里面。真是委屈啊！”岳少峰说：“万老伯，这曲曲折折的事，您咋知道得这么清楚？”“我当时就在县衙当差，为这事……”老伯没把话说完，叹了一口气。红串在边上补充了一句说：“为这事，我爹被县衙辞了。”听了红串的话，傅愣强猛然想起当年被关在瘅恶亭的一幕，想起那个为他送馍送半根黄瓜时，那张被门缝挤压变形的鼻子和脸，还有伸进门缝的几根胡须，之后又放他逃走的老差役。这当年在黑夜里督促他逃走的声音今天又再次重现，他激动地睁大惊奇的双眼望着万老伯，继而又与岳少峰对视了一下，之后又转向老伯说：“万老伯，难道您是？”“我是啥唻？”万老伯被傅愣强的神态搞糊涂了，愣愣地望着他。傅愣强上前拉住万老伯的手激动地说：“万老伯，您还认识我吗？”“你呀！我咋能不认识唻？打死小鬼子的八路军。不认识我能把红串随便托付给你？”傅愣强说：“您再仔细看看想想，在啥地方还见过我唻？”万老伯摇摇头。傅愣强又提醒说：“您还记得您在县府当差时，有一个被关在瘴恶亭的小伙子，您给他送一个馍馍半根黄瓜的事吗？”老伯望着傅愣强打量了半天，说：“那时天黑，没看清小伙子长啥样。难道你就是当年那个小伙子？”万老伯疑惑地望着傅愣强。傅愣强说：“对啊！我就是当年那个小伙子。”万老伯马上激动起来，岳少峰和红串也激动起来。万老伯对女儿说：“串，好好跟着你愣强哥干，这下老爹我就一百个放心了。”万老伯的精神头马上又增强了许多。

岳少峰的简单婚礼刚进行完，关山喊道：“新郎新娘入洞房！”此时，一位满身补丁的大嫂，带着一个三四岁的小男孩走来，询问道：“谁是岳会长？”“大嫂，你这是……”岳少峰望着大嫂感到诧异。大嫂对小男孩说：“根宝，快叫爹。”岳少峰一下愣住了，俞倩也愣住了。岳少峰马上意识到，当年自己的儿子是被村妇从日寇的屠刀下救下了。他激动地把孩子紧紧拥入怀中，满眼泪水夺眶而出。

岳少峰还沉浸在喜得儿子的喜悦之中，通讯员送来一封急件，他看了一遍说：“运城国民党军被围困多日，河南胡宗南部队要调兵增援，上级指示我们要全力配合解放军对胡宗南援军进行坚决阻击，绝不能让他们一兵一卒接近运城。”

岳少峰突然冒出个儿子，俞倩根本没有思想准备，现在又遇到紧急情况。她借机说：“少峰，我和少英、少青得马上归队。”岳少峰歉意地说：“你看这，那……”“别说这说那的，战事紧急，我们必须马上归队。少青！少英！”“到！”“马上跟我归队！”“是！”俞倩不容分说，带着少英、少青急速而去。岳少峰望着他们仨的背影，万般无奈地摇摇头。

一旁的大嫂要把根宝交还给岳少峰，但根宝哭闹着要娘一起跟他留下来。在场的人都望着岳少峰这尴尬处境，谁也不知道该怎么办。

岳少峰思索了一会儿，把大嫂和根宝交代给愣强和红串照看，他马上给各区队布置任务……

为了确保阻击战的胜利，岳少峰很快与傅跃华取得联系，分析了敌人最有可能的渡河点是茅津和太阳渡。他们马上在渡口阻击，傅跃华团在两个渡口阻击。运城的大部队也急速赶来，在张茅公路的軨桥段、杜马塬之北的大郎山、张村塬的土地庙村设伏。

岳少峰和傅跃华、俞倩、王力合带领部队和古平县独立大队刚在茅津渡、太阳渡设伏阻击，胡宗南先头部队就乘船企图在茅津渡登陆，被军民联防强烈阻击后，又组织强大炮火对茅津渡和太阳渡同时进行猛烈轰击，炮弹在黄河北岸频频爆炸，发出震耳欲聋的声音，打得岳少峰、傅跃华、俞倩他们难以抬头。趁此机会，胡宗南先头部队从太阳渡强行登陆，占领滩头后，岳少峰、傅跃华、俞倩他们不得不退到六里坡堖，再度阻击。国民党大部队迅速过河后，组成两股，分别向张村塬和杜马塬行进。

从张村塬一路北上的一股，在六里坡堖马鞍桥路段受到强烈阻击。马鞍桥只有一个三米宽的土桥，傅跃华、俞倩、王力合他们居高临下两面阻击，胡宗南援军严重受阻无法通过，败退下来之后，又绕道北移，形成两股，分别从元圪塔坡堖以及五龙庙沟的虎坡北上。元圪塔坡堖被胡宗南援军用重兵火力突破后，向土地庙突进。土地庙村位于张村塬北部山根，解放军阻击部队已经赶到，在山妮等民兵的协助下，占据有利地形，抓紧时间抢修工事，把一排机枪架在阵地上等候……

岳少峰、俞倩、傅跃华他们边打边退一直退到土地庙村，进入解放军阵地。胡宗南的一股援军在土地庙村一露头，就遭到解放军的猛烈打击，部队顷刻被打乱，败退后又重新组织重兵火力猛烈进攻。解放军拼死反击，炮声枪声爆炸声，杀声四起，硝烟弥漫，激烈的战斗整整持续了一天一夜，硬是把胡宗南援军阻挡在土地庙南，不得前进一步。另一股北移至五龙庙沟虎坡的国民党军，由于坡陡路窄难以上去，前进速度非常迟缓。

五龙庙沟崖高涧深，两边黄土斜坡尽是大大小小高高低低的土圪梁和挂坡地，一条深涧从沟底蜿蜒流过。涧水西坡位于白虎沟一侧，当地人叫虎坡。虎坡陡峭，从塬面弯曲几折直抵沟底；涧水东坡位于青龙沟一侧，坡长约七里，当地人叫七里坡。七里坡蜿蜒曲折缓慢而上至杜马塬。这股援军先头部队先上至虎坡堖时，被密集的枪声打退后，纷纷溃退至沟底，后面队伍继续往前推进。一时间，众多国民党军在狭长的沟谷地带前拥后挤，不知所措。指挥官拿出地图望望前面幽深的峡谷，又望望两边高耸的悬崖，稍作调整后，又重新组织部队从七里坡向杜马塬突进。

初冬时节，杜马塬已是百草枯萎，萧瑟一片，秋庄稼大部分已经被村民收割回家，剩余稀稀拉拉的玉米秸秆、谷子秸秆干巴巴地竖在地里；土埝上的柿子树、沟边的枣树，还有其他树木也都只剩下零零星星发黄的叶子，寒风刮来，发出瑟瑟作响的声音。杜马塬属黄土高原地貌，一年干旱少雨，庄稼收成低，多数没地的农民，或是土地很少的农民，一年干到头填不饱肚子，遇到荒年饥岁更是日子难熬，再加上日军连续几年在此祸害，农民生活更是雪上加霜，苦不堪言。

杜马塬百姓居住的全是窑洞，一眼望去根本看不见村落。老百姓用最廉价的劳动力在黄土地上打窑挖洞，窑院大多是在沟崖边的靠崖院，或是离沟边不远的地窨院。靠崖院与李鸿远和岳少峰家的土窑洞差不多，地窨院就有所不同了。地窨院是在平地挖出两丈来深的长方形或是正方形的大坑，然后在四周掏挖出大小不等的窑洞，挖出的窑洞除留一个做门洞外，其余的住人或是养牲畜。洞门安上厚厚结实的大木门，作为进出院落的唯一通道。这样的窑院当地人叫地窨院。为了解决吃水问题，在地窨院洞门外一侧或是院内，挖一口两丈来深、口径小底部大，犹如酒瓶似的旱井用来蓄存雨水，以供一家人饮用，当地人把这种旱井叫水窨。为了防渗漏，水窨必须经过专人特殊处理后才能蓄水使用。特殊处理前，首先要用驮骡去百八十里远的米汤沟驮回红土。米汤沟是个神话传说，传说大禹在黄河三门峡河道治水时，他老婆给他送红豆米汤时，不小心裙子被枣刺挂住跌倒，结果摔破了米汤罐，红豆米汤洒了一地，染红了沟壑，流出了红泥汤水，米汤沟也由此而来。米汤沟的土质确实像红豆米汤那样的颜色，掺水后黏性极好，是钉窨防渗的好土料。于是钉窨的人家，会不顾路途遥远艰辛，一次次吆上驮骡把红土驮回，然后在挖好的窨壁上掏挖出许多像小胳膊粗细的孔，再把红土用水和成硬硬的泥团，把泥团搓成犹如小胳膊状的泥条塞进壁孔里，把多余部分用手按成钉帽状，然后用螳螂木槌在上面捶打。螳螂木槌像螳螂肚子样，大头长圆形，小头是后面手握部分，犹如螳螂跷起的长腿，抓住小头用大头捶打窨壁上的胶泥，这样，既捶得好又不会沾手。如此这样，一次次把泥条塞进壁孔里，又一次次捶打平整，直到把窨壁完全覆盖，而且捶打得严严实实，从上到下平平整整捶打好。当地人把这种防渗漏的土办法叫做钉窨。窨钉好后，窑顶崖场上的雨水雪水就会顺着事先形成的微微坡度，沿着洞坡暗渠自然流入窨内储存起来，一家人像珍惜圣水一样，谨小慎微地饮用，无论多长时间，水质都是甘甜凉爽。钉窨蓄水花费大，请师傅供匠人，月余四十来天好吃好待才能钉好。只有生活富裕的人家才能一家人钉一口窨，不太富裕的人家只能几家合钉一口窨使用。这样把雨水当圣水喝的生活只能是有土地的富裕人家或是比较富裕的人家才能享受，穷苦人家则不行。穷苦人家靠给地主扛长工打短工生活，只能在沟边荒崖处挖个简陋窑洞，能避风挡雨也就知足了。没有自家水窨的人家，只能挑着大木桶到几十丈深的沟底去挑泉水，路弯坡陡，一路上来只能换肩不能歇脚，一个壮汉挑回一担水，常常把肩膀压得渗出血来，累得两眼冒金花。稍好一些的人家用毛驴或是驮骡，用驮桶从沟底往上驮水。驮桶是木制的，有两尺多高，比一般人挑的木桶粗大，但上面是封口的，只留一个白萝卜粗的小口以备灌水。两个大木桶分别固定在木架两边，放在驮骡背上到沟底驮水。先用小桶一桶一桶把大木桶灌满，为保持平衡，一边一桶往里灌，灌满后用木塞把小口塞紧，以防驮骡走起路来晃荡出水，这样驮回来的水，同样像圣水一样珍贵。无论是住在地窨院的人家还是住在靠崖院的人家，日子过得都不容易，但地窨院相对比靠崖院安全些，只要把洞门关紧闭严了，盗贼土匪很难进院。

杜村和马村是杜马塬的两个大村，马村在南，杜村在北。平时为了蓄水，村里的低洼处都有一个大泊池，每当夏季雨水丰盛或是秋雨连绵时，多余的雨水就会顺着村里的官路壕自然流入泊池，供村里人家的牲畜饮用，或是婆娘们洗衣洗孩子尿布的地方。杜村不仅有个大泊池，村中还有个土炮楼，建在一片开阔地中间，是日本人在时胁迫村民用泥巴搅和麦秸垒起的。两层土炮楼有两丈来高，底大顶小，底部约有两丈见方，顶部稍窄，上面搭的房子样，是从村头土地庙上拆下的椽瓦盖的，就像一个戴着草帽的大灰熊，怪模怪样地蹲在村中。四周有木桶粗的墙洞，就像大灰熊长了几个老虎眼，睁得大大的，虎视眈眈地监视着山上的抗日游击队和周围村民。这比任何一个炮楼都威胁村民，因为它就在村子中间，离村民很近很近，就像羊圈里突然住进一只庞然的食肉怪兽，令村民胆战心惊。炮楼里的鬼子三天两头在村里抢东西抓劳工糟害妇女，村里的老百姓对此恨之入骨。

村北头杨老汉住在官路壕边的地窨院，几年前大儿子被日军抓去夏县介滩修小铁路就再也没回来，他整天望着日本人炮楼在心里咒骂，日本人投降后就把这个怪模怪样的东西留下来，杨老汉见了自然就想起不得好报的日本鬼子。杨老汉带着未成年的小儿子，把撂荒的土地重新整理一遍，种上各种庄稼，日子也安稳了一段时间。这天，他从地里干活回来说：“他娘，馍蒸好了吗？我饿了。”老伴说：“馍才放进笼，你等一会儿，我大火快快烧。”杨老汉的老伴使劲拉着风匣，不一会儿蒸笼里就冒起了大气。此时，有一个穿屎黄色棉衣的兵突然跑进来，在窑洞里东张西望，看见冒大气的蒸笼，不管三七二十一，掀起笼盖也不管烫不烫熟不熟，抓起两个揣在怀里就跑。没过一会儿，又有一群这样的兵跑来抢。杨老汉一锅还未蒸熟的馍馍瞬间被黄衣兵哄抢一空。杨老汉的老伴气得骂道：“这都是从哪搭来的？简直就是一群土匪！”杨老汉也骂：“跟日本鬼子差不多！”此时，崖场上的其他黄衣兵看见了，也纷纷跑到老百姓家里抢……

杜马塬的老百姓弄不清这伙兵都是些啥兵，只能看衣服颜色凭感觉来确定心中的好恶，同拉锯战时凤凰城的老百姓一样，见了黄衣兵就赶紧关门闭户躲藏，见了灰衣兵，不仅不躲不藏，反而还为他们带路，帮他们偷袭敌人。黄衣兵虽然武器精良，但总也打不过灰衣兵。

黄衣兵从老百姓家抢来食物吃饱后继续往大郎山行进。当黄衣兵靠近大郎山时，突然枪声大作，黄衣兵顿时乱了阵脚。之后虽又多次组织重兵进攻，仍久攻不下，且死伤惨重，只得纷纷溃逃。从大郎山溃退下来的黄衣兵，被灰衣兵追击，跌跌撞撞跑至柳沟、贤良、辛庄、神柏疙瘩一带，又经过激烈枪战后，剩余的大部分又跌跌撞撞逃至杜村一带。

杨老汉上午从地里回来，一锅蒸馍被抢后，老伴气得只得重新发酵准备再蒸，到了下午起面还没发好，就听崖场上响起犹如山洪暴发似的脚步声，由远而近。杨老汉上到洞坡垴一看，全是乱糟糟的黄衣兵在落荒而逃，他慌忙回来把洞门关上，任凭洞门被打得咚咚乱响，躲在家里就是不出来。之后，听见一阵激烈的枪声，过后，那阵慌乱的脚步声由近而远，之后又恢复平静。

灰衣兵把黄衣兵南压后，发现黄衣兵纷纷跑到老百姓家里，灰衣兵怕伤及无辜，暂时停止追击。黄衣兵溃退至杜村后，最看重的就是村中日本人留下的那个怪模怪样的炮楼。他们借此机会占据炮楼，架起了重机枪，又在炮楼北面的土埝下快速挖出一条长长的土壕，然后又跑到老百姓家砸门，强行卸下门板搭在上面，再在门板上盖上树枝盖上厚土，弄成下面能钻人的临时暗道，把枪口朝北，企图形成一道不可突破的工事，以防御北边打来的灰衣兵，伺机突过防线继续北进。

灰衣兵看见黄衣兵在机枪的掩护下，在炮楼北面修起了工事，趁机在杨老汉院南的一块空地上也挖起了一条土壕。土壕刚挖好，附近村的民兵就带着村民扛来了许多门板，帮忙搭在上面再盖上厚土，钻在下面枪口朝南，以防黄衣兵攻击。黄衣兵手中全是美式武器，灰衣兵手中还是汉阳造，真正与黄衣兵对阵起来，并不占优势。

到达土地庙的黄衣兵，受到灰衣兵激烈阻击，败退之后也向杜马塬溃逃。此时，两万多黄衣兵全部涌入杜村、马村一带，与北面的灰衣兵形成对垒之势。

杜马塬地势平坦，无险可守，黄衣兵、灰衣兵大部分都暴露在旷野，仅能依据的就是壕沟、土埝、小树林，还有庄稼地里未收完的秸秆。但黄衣兵占据日本人留下的炮楼，似乎比灰衣兵要有优势。

黄衣兵钻在暗壕里死死盯着北面的灰衣兵。灰衣兵也隐蔽在暗壕里，死死盯住炮楼，盯住炮楼前的那片开阔地。两军都互相盯着对方不肯出击。由于地势平坦，谁出击谁伤亡就大，谁也不会主动出击，双方进入了相持状态，为阻击部队快速结束战斗带来很大困扰。

此时，岳少峰从土地庙村绕道大郎山与灰衣指挥官取得联系。指挥官说："岳书记，你把杜马塬的情况说具体一点。"岳少峰说："杜马塬东西地面狭窄，从柳沟到马村，南北长不到二十里，杜村、马村两村加起来也就十多里长，而且全是胡宗南兵。"指挥官说："敌人有重型武器，这仗不太好打啊！"岳少峰说："但我们有民兵和老百姓给解放军带路，无论是夜间偷袭敌人，还是包围敌人，都不是问题。"指挥官笑了。

夜幕降临，岳少峰和关山、毛瑞兴、石云山等人在一起讨论安排。岳少峰说："要快速包抄敌人，必须多派些人为解放军带路，把我们的人都调动起来，东边西边都要考虑到，最好分几路同时行动。关山同志，你负责通知西面的成自奋、仝越、铁脚板，还有土地庙的山妮，以最快速度带部队往杜马塬靠近。"关山离开后，岳少峰又接着说："东面也要分几路，一路从柏坂沟南下，一路从郑沟南下，一路从西祁坂头村南下，一起往杜马塬周围靠拢，对敌形成合围之势。”

此时正值初冬，杜村、马村的村民摘了柿子削去皮后摊在蒲席上风耗日晒，等待变软变甜挂霜后，储存在瓷瓮里当点心食用，还有红枣、核桃、秋梨之类的山果，以及玉米、谷子、大豆等秋粮，都还摊在场上晾晒。地里的红薯还没来得及刨回来，众多的黄衣兵就闯进村里，见核桃就往口袋里装，见红枣就往嘴里塞，甚至见到没晒好的柿疙瘩也往嘴里塞，好吃的不好吃的都被抢去……

黄衣兵困在村里不得出去，老百姓晾晒在崖场上的山货被抢吃一空，黄衣兵还要强行闯入老百姓的窑洞，把老百姓都赶了出来……

夜幕降临，村北的杨老汉听见一阵激烈的枪声不敢出门，之后又恢复了宁静，偶尔半夜有一两声枪炮声，随后又恢复宁静。一直到第二天早上也没再听见枪声。杨老汉早上起来提心吊胆地在院子里侧耳听着，窑顶崖场上没一点动静，他想上崖场看看。此时，杨老汉感到一阵寒冷，不由自主地把两只手往老棉袄袖筒里塞了塞，缩着身子小心翼翼地跑到门洞口，轻手轻脚地打开洞门，上到崖场一看，让他惊呆了。一片灰衣兵还露宿在崖场边的小树林里。杨老汉走近一看，这群兵娃还穿着单薄的粗布衣，他心里一阵发酸：“好娃咪！你们在外面冷不冷？”突然，一个小伙子喊道：“杨老伯！”杨老汉诧异地说：“小伙子，你咋知道我咪？”“我是村南的毛铁虎啊！”杨老汉打量了半天，惊喜地说：“你是铁虎啊！村里人都说你参加八路军了？为这事，你爹娘可没少遭日本人的罪。要不是全村人跪下跟日本人担保，恐怕你爹娘就没命了。”杨老汉说着就想起日本人在的时候对村里人的凶残，气得牙根痒痒。日本人对铁虎爹和娘进行毒打，放狗咬，至现在铁虎爹走路还是一瘸一拐的。杨老汉心疼地说：“你这娃，都到门口了，天这么冷咋不回屋咪？”“没事，我们有毯咪。”“啥毯咪？就是你们身上披的这个布片？”杨老汉拿起铁虎说的毯子用手摸摸，感觉不厚。又凑到眼前仔细看了看，也不是啥毛绒毯子，就是经线有粉条粗细、纬线有筷头粗的棉纱织成的，有二尺来宽、四五尺长的灰棉布片。杨老汉看到这说：“这哪行咪！走！赶紧跟我回屋！”“我们部队有纪律，不能随便进老百姓家。”“啥纪律都不行！赶紧回屋！”杨老汉硬生生拽住铁虎往回拉。“杨老伯，我们真的有纪律。”铁虎说啥也不跟杨老汉走。此时，俞倩和岳少峰走过来查看。毛铁虎看见，赶紧敬礼说:“俞政委好！”俞倩说:“毛排长，在老乡允许的情况下可以进老乡窑洞休息。”杨老汉说:“看看看，政委都发话了，赶紧把你的兵都叫我屋住。”杨老汉把铁虎一个排的战士全带回家。此时有许多村民也都纷纷出来，岳少峰跟村长说:“快跟村里人说，咱们的八路军回来了！”村里人听说八路军来了，纷纷出来把在野外的灰衣兵都叫回家。

第五十一章　尤申达终被处死　岳少峰又踏征程

开始两军阵地互相监视，寻找战机。最着急的还是里面的黄衣兵，几次到了晚上，他们就端着机枪往外打，均被外围的灰衣兵打退。里面的黄衣兵黑夜突围不出来，白天钻在里面放冷枪冷炮，子弹炮弹时不时就落在老百姓的院子里，发出“轰！轰！”的声音，震得窑院崖壁不停地落土，吓得老百姓躲在窑洞里不敢出来。为了避免老百姓不受伤亡，灰衣兵根据方位，总把炮弹打不到的窑洞留给老百姓住，他们则住在有危险的窑洞。杨老汉的地窨院在包围圈北面，南面打来的炮弹最容易落在北窑口，毛排长把北窑自己和战士住，南角最安全的窑洞让杨老汉一家住。杨老汉一家很受感动，给毛排长的灰衣兵送热馍热汤，灰衣兵也是好不感动。

毛铁虎一个排的兵住在杨老汉家，每天担水扫院，帮杨老汉喂牛，从来不动院里晒的核桃枣柿疙瘩。杨老汉几次注意到，每到黄昏时刻，枪炮声一旦响起，这些兵一个个披上粗布毯子，从门洞快速跑出去，进入阵地……

众多黄衣兵被重重围困在杜村、马村两个村子，随身带的食物早早吃完，将近两万人没吃没喝，村里柿树、枣树、核桃树上，剩下的零零星星的几个干货，也全被打下来吃掉，地里的红薯也被挖完吃光，最后在老百姓家抢，抢粮食抢猪羊，把小猪小羊挑在刺刀上放在火里烤，没等烤熟就被撕扯吃了，最后只要看见吃的东西就不要命地疯抢。

村南一家被抢的老两口在家愁眉苦脸地熬煎，老婆子说：“老头子，家里收的那点玉米都被这伙黄皮兵抢走了，咱吃啥呀？”老头子一瘸一拐地走到门口看了看，关上门悄声说：“我在咱柴火堆里还藏了半袋，趁外面没人咱去磨了，能蒸几个馍馍。”于是两人从柴堆里把半袋粮食取出来，老头子背上出门，一瘸一拐走在前面，老婆子拿上簸箕和小笤帚疙瘩，捣着小脚跟在后面，小心翼翼向村里的碾盘走去。看看周围没人，赶紧把玉米摊在碾盘上，老两口刚推着碾盘没走几圈，被一伙黄衣兵看见，他们一窝蜂地跑过来。老两口见状赶紧把碾盘上的半拉子玉米糁拢一堆往布袋里装，刚装完就被抢，老两口死活不给，他们就打，半袋玉米糁硬生生被这伙兵抢了去，老两口气得大喊："土匪！你们是土匪！"黄衣兵掂着枪喝斥道："老东西！再喊我崩了你！"吓得老两口再也不敢喊了，老婆子一屁股坐在地上号啕大哭……

此时，过来一个婆娘神神秘秘地对老婆子耳语了几句。老婆子马上精神一振："哪个说唻？""村里人都说唻。"老婆子马上从地上爬起来说："他爹，回！"老头子诧异地跟着老婆子往回走，不解地问："他娘，刚才那婆娘跟你说啥了？""说咱铁虎回来了！"

这伙黄衣兵抢了半袋玉米糁后，倒入一个大锅里加了水，然后拢火烧了起来。此时边上围了一圈黄衣兵，有的手里拿着洋瓷碗，有的手里拿着洋铁饭盒，有的空手啥也没拿，站在一圈，一个劲地催促："熟了没有？老子都快饿死啦！"烧火的兵说："就刚倒进去，锅还没滚唻！"一圈兵喊着饿死了！等不及了！一阵乱哄哄地嚷叫后，不知是哪个黄衣兵把锅盖掀起先挖了一碗，后面的兵也跟着在锅里挖，有的直接下手到锅里往衣服口袋里捞，不管烫不烫，一阵拥挤推搡撕扯过后，然后躲在一边，一把一把抓着往嘴里填……

被困在包围圈里的黄衣兵，不仅没了粮食吃，就连老百姓水窖里的水也被喝光了。他们端着机枪一次次往外冲，又一次次被灰衣兵打回来，有的黄衣兵熬不住了，趁黑夜偷偷背着枪跑了，有的干脆连枪也不拿就跑了。

吴中建抓了一个国民党逃兵送来，岳少峰与王力合一同审问，才知道炮楼里的一伙国民党兵是尤申达带着。王力合笑着说："看来我们与尤申达有不解之缘啊！"岳少峰说："他是不见棺材不落泪啊！"吴中建说："这个狗东西还想着消灭共产党？"岳少峰笑着说："他这个目的恐怕不好实现喽！"

尤申达发现有人逃跑，掂着枪对黄衣兵训斥："我告诉你们，谁要是敢逃跑，我手里的家伙不答应。我再告诉你们，古平县是共党的老窝，是共党活动最猖獗的地方。要是不把这伙共党的军队都消灭掉，党国就永无宁日。”此时，有士兵小声嘀咕说：“都啥时候啦，还说这话。”尤申达又训斥道：“我再明确地告诉你们，我们的增援马上就到，只要弟兄们再坚持几天，我们一定能打败共军！绝不能让共军认为我们就是软蛋，就是草包。拿出点精神来，打胜了回去赏大洋！”尤申达训完话，黄衣兵面面相觑，表情沮丧。尤申达自言自语地骂道：“他娘的，这要把我们困到啥时候？”有黄衣兵喊：“我们饿！”也有黄衣兵喊：“我们都开始喝泊池水了！啥味道啊？！”尤申达说：“味道不好先将就着！过几天就习惯了！”“尤团长！你还真打算让我们一直喝泊池水啊？那水太难喝啦！”尤申达说：“你们还嫌水不好喝，我不知道啊？不都得喝唻？不好好打出去，过几天连这泊池水也没的喝了！”话音刚落，尤申达“哇哇”地呕吐起来，然后骂道：“哪个狗日的再提泊池水，我非崩了他不可！”黄衣兵们也“哇哇”地恶心起来，呕吐得满脸通红，满脸沮丧……

炮楼里的国民党兵，虽然食物饮水出现问题，但他们有重机枪，有大炮，在尤申达的监视下仍在抵抗。一发现有进攻，就打出照明弹，把灰衣兵暴露在光亮下，机枪“哒哒哒”地扫射，灰衣兵始终无法拿下炮楼，只能在远处监视。

岳少峰同傅跃华和俞倩在阵地不远处的观察棚里分析敌情。傅跃华说：“敌人被困十多天了，估计日子不好过了。”岳少峰说：“杜马的条件本来就缺水缺粮，再加上村里的人家也不富裕，我估计敌人的日子已经很不好过了。”傅跃华说：“就是再富裕的人家也经不住这么多张嘴吃喝。”此时，景二虎匆匆跑来报告：“岳书记，里面的兵已经扛不住了。”“说说具体情况？”“他们被困了十多天了，把老百姓的东西都抢光吃光了，就连泊池里的水都快喝光了。”岳少峰回头对傅跃华说：“国民党军把泊池水都喝光了，可见他们是到了穷途末路的时候了。”傅跃华说：“该是我们进攻的时候了，关键是要拿掉炮楼。但炮楼前暗壕里有敌人，这样我们会伤亡很大。”景二虎说：“先把炮楼里的敌人引出来。”岳少峰说：“说说你的想法？”景二虎说：“敌人多天没吃没喝的，对吃喝很迫切。我看就从这方面下手。”傅跃华说：“这个办法可以试试。”岳少峰说：“景二虎，你能把敌人引出来吗？”景二虎挠挠头说：“说不准。”岳少峰思索了一下又说：“你去把余万叫来。”景二虎不知为啥要叫余万，愣在那里没动。岳少峰督促说："快去啊！"

余万在抗战时期，借着拐巴子把他派往大郎山看守进山关卡时，给山里游击队运送了不少紧缺物资。当他获悉拐巴子和张村据点的所有警察被日军全部杀害后，惊出了一身冷汗，趁机逃离大郎山隐蔽起来。这次杜马阻击战打响后，他找到岳少峰要求参战。岳少峰让他先别急，有用着他的时候。

景二虎很快把余万叫来，岳少峰对他说明情况，让他做好协助突袭队进攻敌人炮楼的准备……

暮色降临，突袭队由景二虎带路，隐蔽在一片树林里。景二虎心里直犯嘀咕：直接上去，万一暗壕里敌人一梭子子弹打来就惨了。咋办咪？他跟余万商量，要自己赶着毛驴车把东西送过去。余万认为景二虎与尤申达不认识，去了会引起尤申达的怀疑，不如由他把东西送去。景二虎听岳少峰说余万和尤申达是旧相识，也同意了余万的办法。于是，余万赶着毛驴车拉着食物，神情淡定地向炮楼走去。突然，从炮楼里打出了一颗照明弹，刺得余万睁不开眼。炮楼里的尤申达喝斥道："干啥咪？"余万说："尤团长，我是余万啊！之前跟你姐夫都在警察大队干过，给你送些吃的来。"尤申达说："是余队副啊！你咋在这搭咪？""别说了，我被你姐夫派到大郎山，日军投降了，我就从大郎山下来，在这安了家。这次听说你来，就来看看你，你看这一车吃的，咋给弟兄们送进去咪？"尤申达对余万没有丝毫的怀疑，于是说："你给看看，附近还有没有共军？"余万望望周边说："早没了，要是有，我哪敢来给你送呀？"尤申达说："车上有没有现成吃的？"余万说："有，不光是米面，还有核桃、红枣、秋梨、柿疙瘩和秋果，好吃着咪！你叫弟兄们都出来尝尝吧！"尤申达一听这么多吃的，一直在咽口水；炮楼里土壕里的黄衣兵也在咽口水。余万说："你要是不放心我，我就把吃的给你搁这搭，你们自个出来拿吧！"尤申达看见余万走了，丢下枪就往外跑，其他士兵也一窝蜂地跑出来，向毛驴车拥去。他们正在争抢着食物，突然"冲啊！"一声，瞬间毛铁虎的突袭队猛然掀掉身上的杂草树枝，迅速跃起向敌人冲去。黄衣兵丢下食物，赶紧转身找枪抵抗，但为时已晚。黄衣兵纷纷溃逃，尤申达带头跑在最前面，跑进老百姓家寻找躲藏之地，有的在茅厕，有的在羊圈牛圈，还有在猪圈的，个个惊惶不安。此时，我军部队的包围圈越来越小，黄衣军的抵抗力度也越来越弱，但枪声仍然没有停息。

战斗进入到最后阶段，俞倩见到岳少峰说：“情况怎么样？”岳少峰说：“战斗还在进行。”俞倩说：“不要放过尤申达。”岳少峰点点头。岳少峰和俞倩又一起投入战斗，岳少青、石头、门墩、铜锁、贯贯等队员，猫着腰往阵地运送弹药。此时地窨院的老百姓也偷偷出来，悄悄为战士们送水送馍，战士们越打越勇。两军的机关枪不停地响着，整整打了三天三夜，从没停歇过……黄衣兵不停地败下阵来，我军的伤员也不断从阵地上抬下来，但同时后续的援军民兵源源不断地往上顶，石妹石头抬着受伤的牛二柱快步往战地医院奔跑，少英紧随其后……

战斗一直从杜村打到马村，从马村打到七里坡，又从七里坡打到五龙庙沟底，被追击的国名党残兵仓皇逃窜。战斗结束后打扫战场，猪圈、牛圈、羊圈藏的兵全部都被捉住了，就是不见尤申达的影子。

景二虎战斗结束回到村，听说村西的青龙沟有国民党败兵，他迅速喊来两个民兵，一人提一筐手榴弹，向沟崖跑去。在他的指挥下，一人往沟前，一人往沟后，居高临下，往深沟两头扔手榴弹。手榴弹在沟底两头不停地爆炸，吓得一伙残兵拥挤在沟底不敢动弹。

岳少峰和俞倩正为没抓到尤申达感到遗憾，却看到景二虎押着一群国民党兵走来，他们以为尤申达就在里面，但扫了一眼，还是不见尤申达的影子。

杜马阻击战的胜利，彻底打乱了国民党军的增援计划，保障了运城的顺利解放。

运城解放后，岳少峰等人在凤凰城开会研究土改方案，傅愣强跑来递给他一封信，信上说尤抠爷吊死了。他不由得一震，说：“到底咋回事？”此时，杨永生赶来说明了情况。

此事还得从牛二柱一枪打中尤申达说起。尤申达把梁虎生残害后，三区队一直在抓他，可他躲在山里就是不出来。为了加强力量，岳少峰把牛二柱派去。牛二柱为了引诱尤申达回来，撤去了尤抠爷家周围的监视人员，结果，尤申达回来从墙外的树上往院墙里翻越，被牛二柱一枪打得栽进院里。几个队员冲进院以为他死了，就草草收兵。后来尤申达又在凤凰城出现，三区队由于忙于打仗，也没顾上再去质问尤抠爷。尤抠爷听说儿子出现在凤凰城，心里就发虚，这次又在杜马塬被解放军围困，又气又急，感觉空棺材里放个大石头糊弄人的事，再也没法见人了，思来想去在院里寻根麻绳，想把自己拴在大门外的老槐树上吊死算了。但年老体弱的尤抠爷无论如何把绳索搭不上高大的树杈，最后一气之下又颤颤巍巍地回到院里，进院时却被伸出的门闩绊倒在地。杨永生和队员因被尤抠爷糊弄，气冲冲地来到尤抠爷大院时，尤抠爷已经吊在门闩上自缢而亡了。

杨永生说："尤抠爷当时只是弄了一副空棺材掩人耳目。"岳少峰说："不管尤申达逃到啥地方，都逃脱不了人民的惩罚。"

形势日夜突变，准备南下的解放军部队正在集结，王力合、吴中建、少青、少英准备南下，傅愣强也要求南下，红串也跟着要南下。岳少峰问她："跟你爹商量好了没有？"红串说："我爹说愣强哥走到哪，我就跟到哪。"把大家逗得哈哈大笑。岳少峰也笑起来，此时，他看见俞倩走来，说："你也是送行来了？"俞倩说："我也是南下。"岳少峰不解地说："你咋也要南下？我咋不知道呢？"俞倩说："临时决定。""这……"岳少峰知道俞倩误会他了，但这么大个决定也不跟他说一声。俞倩当然心里也有怨气，有媳妇有孩子这么大的事，岳少峰也没跟她说一声。

自从岳少峰和俞倩举办婚礼时，根宝娘领着根宝在婚礼现场出现，俞倩走后就再也没有回来过，虽然他俩在战场上见过几次，都忙于作战，对私事避而不谈。回来后俞倩仍然在部队。岳少峰打发关山去跟俞倩再三解释，俞倩还是不见他。今天俞倩主动来见，让岳少峰万分惊喜。但让他没想到的是俞倩是来道别的。俞倩不由分说，留下一封信要南下，这让岳少峰非常难过，但俞倩的性格他想留又留不住，只能望着她坚定远去的身影，心里一阵阵难受……

岳少峰回到家打开俞倩留下的信看了起来："少峰，我们都是经历过生死考验的人，知道得来不易。这次南下不是跟你赌气，不是因为你突然冒出个儿子，而是经过一番认真思考的。根宝娘在日寇的屠刀下舍弃自己的儿子换来你的儿子，几个人能做到这一点？几个母亲能做到这一点？我们不能只顾及自己的感受，而忽略了别人的感受。根宝娘是我特别敬重的大姐，根宝是特别可爱的孩子，我不想让他们再受委屈了……"读完信，他心里久久不能平静……

岳少峰此刻感到俞倩的善良之处，她希望把那个无依无靠的根宝娘托付给岳少峰，但这是能托付的事吗？这不是强人所难吗？

岳少峰思考再三，决定把根宝娘送到扫盲班学习，为她日后的生活有个着落奠定基础。根宝娘白天在扫盲班学习，晚上回来照顾根宝，不知不觉，成为一个能看报能读书的识字人。

中条山区农民运动风起云涌。农会组织如雨后春笋纷纷建立，打倒地主、打倒恶霸的喊声此起彼伏。

此时逃亡西安的毛广善，在当地政府的协助下被押回来交给县人民政府处决。其他地主被吓得躲在家不敢出来。而始终被凤凰城人称为明白人的赵明轩，则是把多余的土地都分给佃户，把家里大院也让给县委办公，自己气定神闲地住进小偏院。从此，人们都叫他老赵，或是他叔他伯。

……

一年后，身为地委书记的李鸿远回到古平县，了解土地改革进展情况。此时，他正在凤凰城县府办公室与岳少峰、高杨等人总结全县土地改革情况。他说："同志们，这一年来，经过土地改革运动，终于把土地分到广大农民手中，真正做到了耕者有其田，百姓有饭吃有衣穿。这成果来之不易啊！是多少革命者为之奋斗的结果，是多少英烈为之付出生命和鲜血换来的啊！同志们，我们今后还要在这片土地上，建学校，修公路，架桥梁，安上电话，引进电力，让老百姓真正过上幸福安康的生活……"岳少峰正听得兴奋，通讯员匆匆跑来说："岳书记，有您一封信。"岳少峰打开信笺看了一遍，说："是俞倩同志的来信。"李鸿远说："信上咋说？""信上说傅愣强在四川抓住了尤申达，已经在押解途中。"牛二柱高兴地说："这个恶棍，终于被逮住了。"岳少峰说："信中还叙说了抓捕的大致情况。"关山说："啥情况？快跟大家说说。"

尤申达在杜马战役中装死，逃过解放军的追击，他趁机换上农民装束逃往西塬，从西塬渡过黄河到河南。他再也不敢到国民党军去打仗了，而是逃到四川以卖鱼为生。一段时间过去了，也没出现啥意外，所以就放心大胆地在街上摆摊吆喝。一天，傅愣强从街上走过，发现一个戴斗笠卖鱼的人与周围人有点不大一样。周围人都穿着草鞋或是赤着脚，他却穿一双布鞋。傅愣强走近观察，发现卖鱼人有些眼熟。此时，卖鱼的正在低头为买家拿鱼，刚巧头上的斗笠掉落，露出面容。傅愣强发现此人就是尤申达，冲上前去一把抓住他，脖子上被弄得污浊不堪的残缺玉坠也被傅愣强抓在手中。

俞倩和傅愣强对尤申达立刻进行审问。但他俩并没有急于问话，而是用愤怒的目光一直盯着尤申达。尤申达的心理防线顷刻崩塌，沮丧地说："我知道，终究会有这么一天。"俞倩说："这就是你一再作恶的必然结果。"尤申达突然鼻涕一把泪一把地央求说："俞政委，你跟少峰、鸿远说说，叫他俩来接我，我可是他俩的同学啊！他俩不能见死不救啊！"俞倩愤怒地说："你杀死赵紫云时，有没有想到过与李鸿远是同学？你伙同日本人抓岳少峰时，有没有想到过与岳少峰是同学？你害死了岳老伯，害死了王立人，害死了徐清源，害死了梁虎生，害死了你姐夫，你害死了多少人？你还有人性吗？"傅愣强说："像你这种没人性的东西，千刀万剐你都不为过！"此时的尤申达一下瘫坐在地上，被两边的公安人员又拖到椅子上，如同一条死狗一样。傅愣强望着他，气愤地说："我非常后悔当年在凤凰城没把你弄死，如果把你弄死了，就不会害死这么多人。"尤申达听到这话一下蒙了，到此时他才完全明白，当年在凤凰城绑架他的人是谁了。

岳少峰也明白了当年的真相，他拿着信件陷入沉思，想起当年为父亲之死讨要说法时的苦楚和无奈，自己就是在这种无奈的情况下，李鸿远为他带来了新思想，才走上为理想信念奋斗这条路。李鸿远望着岳少峰，接过信看了一遍，神情凝重地说："天网恢恢，疏而不漏，一切与人民为敌的反动余孽，无论他们如何狡猾，也逃脱不了人民的惩罚。"此时，外面传来一声："天作孽，犹可恕；自作孽，不可活。"岳少峰一看，惊讶地说："王神仙，您咋来了？"王神仙说："我可不是啥神仙，以后再不能这么叫我了。""为啥不能这么叫？这不大伙都这么叫您唻？"王神仙说："我又救不了天下苍生，是啥神仙唻？！"岳少峰说："那您说神仙在哪呢？""能救天下苍生的，能给穷人分田分地的，能让穷人有饭吃有衣穿的，能让大家过上安稳日子的就是神仙。你们说说，这神仙在哪唻？"大家都面面相觑，然后哈哈大笑起来……

王神仙走后，俞倩突然来到面前，让大家惊喜万分，更让岳少峰惊喜，不禁兴奋地说：“你这是咋回来的？信刚到，你咋就回来了？”俞倩说：“给你的信刚邮走，我也接到李书记的信，抓紧时间就往回返。”

其实，之前俞倩离开岳少峰南下，自己也非常后悔，夜晚翻来覆去睡不着，与岳少峰战斗在中条山的日日夜夜，让她魂牵梦绕，她开始责怪自己遇事不冷静，但又犹豫不决，不知该在南方继续待下去，还是回到岳少峰身边。此时，刚好接到李鸿远的来信，叫他抓紧时间回来，于是，她马不停蹄地赶回来。

岳少峰惊喜地望着李鸿远说：“是你把俞倩调回来了？”李鸿远说：“我不把她调回来，还让你这么单着啊？”岳少峰感激地笑了。

此时，李鸿远神情又严肃起来，郑重地说：“同志们，从我们每个共产党人举起右拳宣誓的那一刻起，目的就是为了让劳苦百姓脱离苦难，过上幸福安宁的日子。为了这一天，无数革命英烈前赴后继，顽强斗争，经历了一次次血与火的考验。我们这支不屈的队伍，自建立之日起走到今天，为了实现心中的理想，为了为大众谋幸福，同地方恶势力斗，同日寇汉奸斗，同土匪恶霸斗，同国民党反动派斗，不屈不挠走过了艰难曲折的道路，取得了今天的胜利。靠的是什么？靠的是中国共产党的正确领导；靠的是我们坚定不移的信念；靠的是我们不怕困难顽强斗争的坚强意志；靠的是广大人民群众对我们的大力支持。今天，我们可以告慰那些为国牺牲的先烈们，新中国的土地上，凝聚着他们为之献出的宝贵生命和鲜血。我们一定要记住他们的名字，把他们的功绩铭刻在我们心上，一代一代传下去，永远传下去。”岳少峰说：“我提议，大家都到山上走走看看，看看曾经在这片土地上与敌人英勇拼杀，与我们一起并肩战斗过的战友们，把我们心中的美好未来，讲给我们的英雄们听……”

中条十月，无边秋色，漫山红叶，层林尽染。岳少峰、李鸿远、俞倩、高杨、关山、毛瑞兴、石云山、傅愣强、牛二柱、石妹等人站在山巅，凝望巍巍群山，峰峦叠嶂，连绵起伏……眼前不禁浮现出为之英勇奋斗、英勇献身的先烈们，浮现出为保卫中条山、保卫黄河、保卫中华民族而奋力拼杀的英雄们，那漫山遍野的红叶，犹如英烈们鲜血染红的猎猎战旗，犹如日出前火红的云霞，迎接着东方的曙光，迎接着喷薄而出的太阳。

岳少峰和俞倩站在李鸿远身旁，与他一起凝望着东方，深情地知道那美丽的云霞里一定有赵紫云的那一朵。

没过两天，尤申达就被押回古平县。凤凰城人听说后，都涌向城外，他还没进凤凰城，就被一阵愤怒的乱棍打死在城外……

新中国成立，百废待兴，人们虽然忙碌，但个个显得精神振奋，容光焕发。他们分田分地，开荒种地，修房补墙，盖房建校，恢复生产，恢复商贸集市，诸多事情有条不紊。人民政府严令取缔赌馆、烟馆等一切不法场所；大力宣传妇女解放，倡导婚姻自由，男女平等；鼓励女孩子上学，等等等等……

一切新的事物都在大家的努力下蓬勃兴起。

赵紫燕被傅岩书院聘为教师，让她非常高兴。田妈和管家也都回到各自的家中耕种新分到的土地。赵明轩辞退所有雇工后，家里就剩下他一个人。他有事没事喜欢到县府门前跟一群老年人晒晒太阳聊聊天，聊天时，总也忘不了当年古平县牺盟会抗日的事，忘不了他捐钱捐枪的事。

岳少峰从县府门前经过时，经常会看见赵明轩在那里与老年人闲聊，偶尔看见那个流浪汉也在那里。岳少峰每看见流浪汉，就想起日寇把他关在县府后院小黑屋的事，不禁在心中发问：他是谁？他家在哪里？

岳少峰正在沉思，赵紫燕突然走到他跟前说，想去临汾看看常金龙的父母。岳少峰说安排人同她一起去，紫燕却坚持自己一个人去。

紫燕把想法跟父亲说了后，赵明轩说："你就去吧！对金龙也有个交代，只是这山高路远，你一个女娃，爹不放心。"紫燕说："爹，这都新中国了，不管走到啥地方都是平安的。""那你就去吧！多带点盘缠。"

赵紫燕踏上去临汾的路途。一路上，她翻山越岭走到运城，到运城又乘火车到了临汾，当她几经周折寻到两位老人时，岁月的苦难和沧桑全写在两张布满皱纹的脸上。两位老人得知小儿子被日本人残杀后，老泪纵横，捶胸顿足，紫燕也泣不成声。两位老人清楚地知道，日本鬼子杀人的手段是残忍的，日军在临汾的罪恶行径，人尽皆知。待两位老人情绪平复后，紫燕跟老人说要带他们来古平县的想法。两位老人听后连声拒绝，但经不住紫燕左一声爹、右一声娘地劝说，只好默默许诺。

紫燕把两位老人接到凤凰城与父亲还有李鸿远的母亲一同一日三餐地

侍候。每到吃饭前几个老人总要聊一会儿家常。赵明轩说：“龙他爹，我听燕说你的大儿子也在日本留过学？”金龙爹说：“别提了，本想让儿子去日本留学学些本事，没承想到日本人打到咱这里来，听说儿子回来了，到现在也不见个人影，不知是死是活。”金龙娘一副愁眉不展的样子，熬煎地说：“燕她爹，你说你们家紫骏都回来了，我的儿咋就不见个人影呢？”金龙爹又叹了一口气说：“这么多年兵荒马乱的，人恐怕早没了。”金龙娘抬起袖子擦着眼泪。赵明轩叹了一口气，说：“国弱被人欺啊！”紫燕说：“那都是民国的事了，现在是新中国了，看他谁还敢再欺负咱？！”赵明轩说：“民国的事？这才过去几天啊？你就全忘了？”紫燕笑了笑说：“我没忘。”

紫燕招呼几位老人围着饭桌吃饭，正吃着，她又盛了一大碗饭端给门口的那个流浪汉。一连几天，金龙娘见紫燕都是这样做，感到非常诧异，说：“紫燕，这人是你家亲戚吗？”赵明轩说：“是个流浪汉，也不知家在啥地方哝。可怜哪！”常金龙的父亲也注意到此人，也感到奇怪。他和老伴走到流浪汉跟前仔细端详起来，同时“啊！”了一声。流浪汉被这声音惊吓住了，望着眼前的两位老人，直愣愣地发呆。金龙娘哭着说：“儿啊！我们寻你寻得好苦啊！”这一幕让在场的所有人都吃了一惊。金龙爹也说：“儿啊！我送你去日本留学去了，你咋成了这副模样了？”流浪汉只是傻笑，一句话也说不出来。娘抱着儿子哭喊着：“这究竟是咋回事啊？谁能告诉我？”紫燕看到这一幕，大为震惊，没想到每天给饭吃的这个流浪汉，竟然是常金龙的哥哥。她赶紧跑上前去安慰两位老人。两位老人号哭不止。赵明轩见金龙父母情绪失控，也心里难受。待他们情绪平复后，慢慢讲述了之前紫骏跟他说过的有关流浪汉的事，是被日军注射了什么药剂造成的后果。一切都清楚了，金龙的哥哥寻到了，金龙的父母又是喜又是恨，喜的是大儿子终于寻到了，恨的是日本人没人性。金龙爹感激赵家一家人对儿子的照顾，说：“大灾之年，我儿还能活下来，多亏你赵家的恩德，这大恩大德让我如何报答哝？”赵明轩说：“要不是金龙护着赵家，赵家还不知被日本人祸害成啥样哝。”金龙爹说：“缘分啊！”赵明轩也说是缘分。金龙的父母与大儿子团聚了，赵明轩禁不住内心的激动，紫燕也是激动不已，总算了却了一桩心愿，对死去的金龙也算有个交代。两位老人执意要带大儿子回去，赵明轩和紫燕怎么挽留都没用。

岳少锋正在县委办公室安排工作，紫燕跑来说她把常金龙的父母接来了，而且意外地与常金龙的哥哥流浪汉相遇了，这让岳少峰既惊讶又高兴，他想得空去看看两位老人，但就是忙，一直走不开。

几天前，高杨被调往运城行署接受新的任务，他也接到上级调令，准备去运城地委报到。他在走之前要处理手头的许多事情，听通讯员说常金龙父母要走了，赶紧丢下手头的事，带着俞倩朝赵家赶去。

赵明轩看见岳少峰和俞倩来，就开始跟亲家介绍："这是我们古平县的县委书记，日本人打来时，他带领大伙抗日打鬼子灭汉奸，打走了小鬼子又打顽固兵，到现在日子总算是平稳了。还有俞倩，那几年在我家住的时候，还是个小娃娃，后来在牺盟会组织捐款捐枪，跟着打鬼子没少遭罪。还有紫云，要是她活着，也能看到今天……"紫燕赶紧说："爹，你咋又提这伤心事哝？"赵明轩不由得抬起老袖头，擦了一下湿润的眼睛，说："我也是说不提了，但见了少峰和俞倩我就忍不住……"

常金龙的父母听了紫燕爹的唠叨，也明白了赵家所经受的摧残和打击，心中涌出一股说不出的苦楚。

岳少峰和俞倩望着两位老人，就想起牺牲的同志，心中泛起说不出的滋味。回来岳少峰给关山交代完工作，又安排牛二柱和石头护送两位老人，自己也顺便把老人送一程，两位老人百感交集。

俞倩心疼岳少峰，边收拾行李边嘱咐："在外面工作，一定要注意身体。大嫂和根宝的事我会照顾好的，你就放心吧！"岳少峰深情地望着俞倩，久久说不出话来。最后说："你也得注意身体，这么多年，在战场上摸爬滚打，身体透支得厉害，也该注意了。"俞倩笑着点点头。

清晨，岳少峰与常金龙的父母就在告别声中，踏上翻越中条山往运城行走的道路，俞倩和赵明轩一家，还有关山等人，以及闻讯赶来的乡亲们都在为他们送行。此时朝阳渐渐升起，远行人和送行人面带笑意，都沐浴在满山灿烂的晨辉里……

后 记

中条山是革命老区，在这片镌刻着红色记忆的土地上，究竟发生了怎样惊天地、泣鬼神的不凡故事？作为后人，我们怀着崇敬的心情，非常期待探知尘封已久的历史。

我通过党史办捧回一摞史料，字里行间闪耀的是一个个鲜活的生命，感天动地的英雄壮举，犹如一簇簇跃动的火焰，迅速点燃我的创作激情。我深知，唯有以文学为载体，将这些可歌可泣的故事诉诸笔端，才能让英雄的光芒穿透时光，照亮更广阔的精神世界，让永不褪色的英雄精神在新时代的沃土上生根发芽。

作品中的凤凰城，是一个已经消失多年的老县城。它曾是无数革命先驱的起点。他们从这里出发，战斗在中条峰峦之间，以满腔热血和钢铁般意志，捍卫民族尊严，守护这片土地。他们身上彰显的“为国为民、舍生忘死、百折不挠”的精神品格，犹如一束永不熄灭的强光，始终照耀着我的创作之路。从构思到动笔，我经历六年的岁月淬炼，使这部六十万字的革命斗争史长篇小说《中条峰峦》，终于在时光的熔炉中逐步成型。

在创作历程中，赵旭光、李怀并、李云峰、王引平、陈秀玲、王明珠、秦邦道、张立功、赵世杰、邓佩霞、孙克战、景耕田、成艳春、赵帮正、杨军和、李胜福、王天运、徐铁全、张克强等诸多热心人士，宛若暗夜中的提灯人，他们纷纷送给的珍贵史料与鼓励，不仅是我构建作品的坚强基石，更是支撑我穿越创作迷雾的精神力量。为了使那段蒙尘的历史在笔下清晰重现，我秉持“深稽博考、躬行践履”的态度：一方面埋首故纸堆，在泛黄的文献中钩沉索隐；另一方面踏上实地考察之路，学会驾车穿梭于中条山的沟壑村寨间，反复丈量历史现场的方位坐标，观察风土人情的细微肌理。那些深夜里，改稿至五更、推敲忘寝食的日子，那些为一个情节辗转反侧、数度起卧的夜晚，虽耗尽心血，却让我在与历史的对话中，获得了沉甸甸的踏实感。

初稿落定后，我以“如切如磋、如琢如磨”的匠人精神，广纳各界真知灼见。为了实现作品的迭代升级，我对故事构架进行了系统性重构：在人物塑造上，以“虚实相生”的笔法勾勒群相，让主人公在历史的洪流淬炼出鲜明的精神特质；在叙事脉络上，强化主线的筋骨脉络，以电影镜头般的画面，层层迭进地展现中条山革命斗争的波谲云诡与惨烈悲壮。这种创作上的“自我颠覆”，只为更精准捕捉历史的心跳，让读者透过文字触摸到英雄们“捐身躯、赴国难”的赤子情怀，感受那段感天动地的峥嵘岁月。

特别要致谢中国言实出版社编辑老师的匠心护航。从选题运作到装帧设计，从字斟句酌到出版发行，每一个环节都凝聚着专业智慧与人文情怀。值此付梓之际，谨向所有给予我思想启迪与实践助力的专家学者、各界人士，致以最诚挚的敬意与感谢！

“文章千古事，得失寸心知。”由于个人才学所限，书中难免存在史料考辨之疏漏、艺术表达之不足。恳请各位方家不吝珠玉，予以批评指正。若这部作品能成为一把钥匙，打开读者心中的历史共鸣之门，便是对我最大的慰藉。

谨以拙作，致敬战斗在中条山的英雄儿女，致敬永不磨灭的精神火炬。

作者

二〇二五年五月

参考书目

1. 山西平陆县党史研究室．条山英烈 [M]. 太原：山西古籍出版社，1999.

2. 山西平陆县党史研究室．平陆抗日斗争纪实 [M]. 北京：中共党史出版社，2009.

3. 山西平陆县党史研究室．中国共产党平陆历史 [M]. 北京：中共党史出版社，2014.

4. 秦邦道．中条山抗战史料汇编 [M]. 北京：中国文化出版社，2021.

5. 平陆县革命老区发展史编委会．平陆县革命老区发展史 [M]. 太原：山西人民出版社，2019.

6. 中共永济市党史研究室．中国共产党永济历史 [M]. 北京：中共党史出版社，2016.

7. 中共垣曲县党史研究室．中国共产党垣曲历史 [M]. 北京：中共党史出版社，2016.

8. 芮城县政协，芮城县关工委，芮城县老干部局．芮城抗日斗争史 [M]. 香港：银河出版社，2005.

9. 赵博，秦建华．熏风雍和 [M]. 太原：山西人民出版社，2013.

10. 中共平陆县党史研究室．平陆县党史教育基地资料汇编，2018.

11. 中共平陆县党史研究室．平陆英烈，1991.

12. 中共平陆县委组织部，中共平陆县委宣传部．平陆红色故事，2021.

13. 中共平陆县张村镇张村党支部、村委会．红色张村记事，2007.

14. 景惠西．中条山抗日实录，2005.

15. 贠创生．运城人物，2003.

16. 中共河津市委宣传部，河津市三晋文化研究会.河津红色经典故事，2021.

17. 中共平陆县党史研究室，杜马阻击战资料汇编，2017.

18. 平陆县志，康熙版.